Über dieses Buch Im abschließenden Teil der Trilogie ›Die Füchse im Weinberg‹, ›Der Preis‹, zeigt Lion Feuchtwanger die entscheidende Bedeutung der Allianz zwischen Frankreich und den dreizehn Vereinigten Staaten von Amerika für den Weinberg auf, in den die Füchse endgültig eingedrungen sind: das Königreich, den Absolutismus. Standen am Anfang dieses Kapitels nicht nur französischer Geschichte starke wirtschaftliche Privatinteressen an der Lieferung von Waffen für Amerika und nur am Rande gesellschaftlich weitergreifende, so nutzte vor allem der Abgesandte der Kolonisten in Frankreich, Benjamin Franklin, »roßtäuscherisch geschickt« die Chance, die Ideen französischer Denker (vor allem Voltaires, Diderots, aber auch des undurchschaubaren Beaumarchais) zu »Leben, Politik, Geschichte« werden zu lassen, die Vernunft walten zu lassen, wie es die »Republik der Gelehrten« propagierte. Am Hof Ludwigs XVI. probt indessen seine Gemahlin Marie-Antoinette mit ihrer Zofe den Rollentausch – sie ahnt nicht, daß sie selbst das, was sie spielt, in der Politik inszeniert hat; ebensowenig versteht die höfische Gesellschaft, die ihr endlich erlaubte Aufführung von Beaumarchais' ›Figaro‹, den Spiegel, den er ihr vorhält: sie gibt sich »ohne Vorbehalt dem Entzücken hin, über Anmut und Fülle des Stückes«. Sie weiß nicht, daß Frankreich zu dieser Zeit mit seinen Verpflichtungen den Amerikanern gegenüber am Ende seiner finanziellen Kräfte ist und ihnen doch eine Anleihe über 25 Millionen Francs zubilligen muß. Überbringer dieser Botschaft ist der Marquis de Lafayette, der einundzwanzigjährige amerikanische Offizier aus dem ältesten Adel Frankreichs, ein entscheidender Verfechter der freiheitlichen Ideen. Das Volk begrüßt ihn mit Jubel, die Geschichte nimmt ihren Lauf. Ça ira – Vorwärts, wenige Jahre später Kampfruf der Revolution – ist der letzte Abschnitt dieses Buches überschrieben.

Der Autor Lion Feuchtwanger, geboren am 7. 7. 1884 in München, gestorben am 21. 12. 1958 in Los Angeles, wurde nach vielseitigem Studium Theaterkritiker und gründete 1908 die Kulturzeitschrift ›Der Spiegel‹. Im Ersten Weltkrieg in Tunis interniert, gelang ihm die Flucht. Er wurde vom Militärdienst beurlaubt, um für Soldaten Stücke zu inszenieren. Von München ging er 1925 nach Berlin. Bei einer Vortragsreise durch die USA wurde er vom nationalsozialistischen Umsturz überrascht, lebte 1933–1940 in Sanary-sur-mer (Südfrankreich) und besuchte 1937 die Sowjetunion. 1940 wurde er in einem französischen Lager interniert, floh und gelangte über Portugal in die USA. Bis zu seinem Tode lebte er in Pacific Palisades (Kalifornien).
Von Lion Feuchtwanger sind außerdem im Fischer Taschenbuch Verlag erschienen: ›Erfolg‹ (Bd. 1650), ›Jud Süß‹ (Bd. 1748), ›Goya oder Der arge Weg der Erkenntnis‹ (Bd. 1923), ›Exil‹ (Bd. 2128), ›Die Geschwister Oppermann‹ (Bd. 2291) – Fernsehfilm ›Die Geschwister Oppermann‹ von Egon Monk (Bd. 3685) – ›Simone‹ (Bd. 2530), ›Die häßliche Herzogin Margarete Maultasch‹ (Bd. 5055), ›Der jüdische Krieg‹ (Bd. 5707), ›Die Söhne‹ (Bd. 5710), ›Der Tag wird kommen‹ (Bd. 5711), ›Jefta und seine Tochter‹ (Bd. 5730), ›Die Jüdin von Toledo‹ (Bd. 5732), ›Waffen für Amerika‹ (Bd. 2545), ›Die Allianz‹ (Bd. 2546).

Lion Feuchtwanger

Der Preis

Dritter Band der Trilogie:
Die Füchse im Weinberg

Fischer Taschenbuch Verlag

Ungekürzte Ausgabe
Fischer Taschenbuch Verlag
Oktober 1983
Umschlaggestaltung: Jan Buchholz / Reni Hinsch
Umschlagabbildung: Archiv für Kunst und Geschichte, Berlin
Fischer Taschenbuch Verlag GmbH, Frankfurt am Main
Lizenzausgabe mit freundlicher Genehmigung
des Aufbau-Verlags, Berlin und Weimar

Druck und Bindung: Hanseatische Druckanstalt GmbH, Hamburg
Printed in Germany
1280-ISBN-3-596-22547-7

Erstes Kapitel

Voltaire

Am gleichen Tage, an dem der Vertrag unterzeichnet wurde, trat ein sehr alter, kleiner, ungeheuer häßlicher Herr eine größere Reise an, von der Ortschaft Ferney aus, die an der Schweizer Grenze gelegen war. Um den geräumigen, altmodischen Reisewagen, der vor dem Tor des schloßartigen Hauses hielt, hatte sich die Dienerschaft versammelt. Mühsam, von rechts und von links unterstützt, stieg der Alte in den Wagen. Die Leute ringsum schienen bewegt. Aus dem Fenster des Wagens ermahnte sie der Herr, sich nicht so zu haben. Sie täten ja, als gelte es einen Abschied fürs Leben. Aber seine Reise werde nicht lange dauern, keinesfalls länger als sechs Wochen; er habe seine ganze Schreiberei auf seinem Tisch liegenlassen, mitten im Wort, weil er sich sehr bald wieder daransetzen werde. Dann fuhr der Wagen an.

Doch schon auf dem Hauptplatz des Dorfes wurde er aufgehalten. Beinahe die ganze Bevölkerung war zusammengelaufen, um dem Reisenden adieu zu sagen. Die Ortschaft Ferney war, als der Alte sich dort niedergelassen und das Schloß aufgebaut hatte, ein kleiner, schmutziger Weiler gewesen. Dann hatten sich, auf Aufforderung des Alten, aus der nahen Stadt Genf immer mehr Leute hergeflüchtet, weil sie der puritanischen Strenge und der Verfolgungen der kalvinistischen Geistlichkeit müde waren; der Alte hatte ihnen Unterkunft und Arbeit gegeben, er hatte eine umfangreiche Industrie aufgebaut, man fabrizierte Uhren, Spitzen, andere Textilien, und nun war Ferney ein großes, blühendes Dorf, eines der wohlhabendsten in Frankreich.

Der Alte – sein Name war François Arouet, die Welt kannte ihn unter dem Namen Voltaire – reiste nach Paris. Das Théâtre Français bereitete die Aufführung seines letzten

Stückes vor, der Tragödie „Irène", und er wollte die Proben leiten.

Er hatte seine Vaterstadt lange nicht mehr gesehen, siebenundzwanzig Jahre lang nicht. Es war ihm das Betreten der Stadt Paris nicht ausdrücklich verboten; doch hatte der letzte König, der Fünfzehnte Louis, erklärt, er wünsche diesen Mann nicht mehr in seiner Hauptstadt zu sehen. Jetzt indes war seit Jahren ein neuer König da, ein Sechzehnter Louis, und Toinette und der Fliederblaue Klüngel bewunderten den Alten.

Trotzdem hatte er lange geschwankt, ehe er sich auf den Weg machte. Sein treuer Freund und Sekretär, Wagnière, der ihn jetzt begleitete, hatte dringlich abgeraten. Der Dreiundachtzigjährige lebte und arbeitete ausgezeichnet in seinem Ferney: was suchte er in Paris? Was immer er sich von Paris erwarten konnte, brachte man ihm ohnedies nach Ferney. Wen immer er haben wollte, der suchte ihn auf. Mündlich und schriftlich teilte man ihm mit, was sich in Paris ereignete, und alle geheimen Motive dazu. Er konnte in seinem Ferney die französischen und die Welthändel besser übersehen als die Minister des Königs in ihrem Versailles. Wozu also wollte der Alte das geregelte Leben seines Landsitzes mit dem aufreibenden, gehetzten Aufenthalt in Paris vertauschen?

Voltaire gestand dem Freunde zu, daß er recht habe. Auch die Ärzte hatten Bedenken. Aber Madame Denis, seine Nichte und Vertraute, stellte ihm vor, er sehne sich nun doch nach Paris, er wünsche sich seit langem, wieder einmal selber eines seiner Stücke auf einer großen Bühne zu inszenieren, er möge sich diese wunderbare Gelegenheit nicht entgehen lassen. Ein anderer Hausgenosse, der Mann von Voltaires Adoptivtochter, der Marquis de Villette, lag ihm mit ähnlichen Argumenten in den Ohren. Voltaire ließ sich gern zureden. Indes verschloß er sich auch nicht den Gründen Wagnières. So schwankte er hin und her, und wenn er in der Stille der Nacht beschloß, keinen Unsinn zu machen und in seinem schönen Ferney zu bleiben, dann sagte er sich des Morgens, er dürfe diese Tragödie „Irène", an der sein Herz hing, nicht Schauspielern überlassen, die nur sich zur Geltung bringen wollten, nicht sein Stück.

Seinem treuen Wagnière erklärte der Alte, er gehe nach

Paris vor allem, um eine Versöhnung mit Versailles herbeizuführen und so die Verbreitung seiner Werke zu fördern. Er sprach ihm wohl auch beweglich von seiner brennenden Sehnsucht nach Paris. Er hatte nun mehr als ein Vierteljahrhundert in Einsamkeit verbracht. Es war eine belebte Einsamkeit gewesen, zugegeben, aber immerhin Einsamkeit, und er wollte, bevor er starb, noch einmal die Buntheit und den Lärm seiner Vaterstadt um sich spüren. Er kannte Paris, er hatte Gedächtnis und Phantasie und wußte: das Paris seiner Vorstellung war schöner, farbiger, lebendiger als das wirkliche. Gleichwohl drängte es ihn, dieses wirkliche Paris zu sehen, zu hören, zu riechen, um sich zu spüren.

Aber Wagnière kannte seinen Herrn, seine Größe und seine Schwächen, und er wußte, daß die letzte Ursache dieser unvernünftigen Reise nicht Voltaires Sehnsucht war, sondern Voltaires Eitelkeit.

Der Alte verachtete die Eitelkeit. Er war übersättigt mit Ruhm. Ferney war das geistige Zentrum der Welt, von seinem Landsitz aus regierte Voltaire die Republik der Geister unumschränkter als irgendein absoluter Monarch seine Untertanen. Wer immer in Europa Anspruch auf geistigen Rang hatte, suchte ihn auf, schrieb ihm, bat um Rat und Meinung. Auch zwei große Herrscher taten das, Friedrich von Preußen und Katharina von Rußland; sie erachteten Voltaire als gleichberechtigte Großmacht. Der Alte spottete über diesen seinen Ruhm, über all das Schellengeklingel. Er wußte, und immer wieder sagte es ihm die Welt, daß er sich ein Monument errichtet hatte, dauernder als Erz, daß die Wertung seiner Leistung längst nicht mehr abhing von der Zustimmung oder der Ablehnung der Zeitgenossen, daß sie nur mehr dem Urteil der Späteren, der Geschichte unterlag. Trotzdem trieb es diesen alten Mann, den Ruhm von heute einzukassieren. Er wollte ihn leibhaft um sich spüren, ihn einschlürfen, wollte umbraust sein vom Lärm des Erfolges. Es dürstete ihn, Ehrungen einzuheimsen in der Stadt, die ihn davongejagt hatte. Er wollte seine Leistung noch einmal bestätigt hören, laut, mit Gedröhn, in der Stadt seiner Geburt.

Darum also fuhr der sehr große alte Mann gegen den Rat des treuesten Freundes, der Ärzte und der eigenen Vernunft aus dem behaglichen, befriedigenden Leben seines Landsitzes durch das winterliche Frankreich in das lärmende, strapaziöse Paris.

Er hatte viele Titel und Würden, er hieß Graf de Tournay, Seigneur de Ferney, Kammerherr des Königs, vor allem aber hieß er Voltaire. Doch auf dieser Reise gebrauchte er keinen seiner Namen, er wollte auf der Fahrt und während der ersten Pariser Tage inkognito bleiben.

Er hatte nicht damit gerechnet, daß sein Gesicht bekannt war wie der Kopf des Königs auf den Münzen. Wo er erschien, war er umströmt von Verehrung. Die sonst so hochnäsigen Postmeister mühten sich, ihm ohne Aufenthalt gute Pferde zu beschaffen. Hatte er irgendwo Aufenthalt, so lief die Kunde seiner Anwesenheit durch den Ort wie der Wind, und die Leute versammelten sich, um einen Blick auf sein Gesicht zu erhaschen. Nirgends konnte er die kleinste Mahlzeit einnehmen, ohne daß sich die Stube gefüllt hätte. In Dijon, im Hôtel Croix d'Or, wo er einen Nachmittag und eine Nacht blieb, fiel ihm auf, wie ungeschickt er bedient wurde; es erwies sich, daß seine Aufwärter junge, wohlhabende Bürgersöhne waren, welche die Kellner spielten, um mit ihm in Berührung zu kommen.

In Moret, kurz vor Paris, wurde er von dem Marquis de Villette eingeholt. Dieser junge Herr, der Jahre hindurch als einer der wüstesten Lebemänner von Paris gegolten hatte, war seinerzeit nach Ferney gekommen, um dem größten Schriftsteller der Epoche seine Verehrung zu bezeigen, wie das die Mode verlangte. Vorher hatte er seinen Freunden mehrmals angedeutet, Voltaire sei mit seiner Mutter sehr vertraut gewesen, und wenn er sich von dem Alten so tief angezogen fühle, so geschehe das vielleicht aus sehr natürlichen Gründen. Voltaire hatte ihn gut aufgenommen, und der junge Marquis war in Ferney geblieben; übrigens hatte er Ursache gehabt, sich in Paris eine Zeitlang nicht sehen zu lassen, er war dort von einer Tänzerin öffentlich geohrfeigt worden.

Nun war damals unter den Bewohnern des Schlosses von Ferney ein Fräulein gewesen, Reine de Varicourt, ein hübsches, ungewöhnlich gutartiges, natürliches Mädchen. Voltaire hatte sie vor dem Eintritt ins Kloster bewahrt, er nannte sie nur die „Schöne und Gute" und hielt sie wie seine Tochter. Es schien Voltaire, es sei ihm geglückt, den jungen Lebemann endgültig zum Geiste zu bekehren, der Marquis gefiel sichtlich dem jungen Mädchen, Voltaire stiftete gern Ehen, er verheiratete die beiden. So war der Mann, der vielleicht der Vater des Marquis war, offiziell so etwas wie sein Schwiegervater geworden.

Der junge Herr hatte das Seine getan, Voltaire zu der Reise nach Paris zu bewegen; auf die Dauer war ihm Ferney zu eintönig geworden. Er war mit der Schön und Guten und mit Voltaires Nichte, Madame Denis, nach Paris vorausgefahren, er hatte sein Haus großartig für den Empfang des Alten gerüstet, und nun also holte er ihn ein, begierig, seinen Freunden seine Beziehungen zu dem berühmtesten Manne der Epoche augenscheinlich vorzuführen.

An der Stadtgrenze wurde Voltaire gefragt, ob er Verbotenes bei sich habe. Er grinste und erwiderte: „Höchstens mich selber." Der Beamte beschaute ihn, rief: „Mein Gott, das ist ja der Herr Voltaire." Sofort liefen die Leute zusammen. Der Marquis de Villette fühlte sich wichtig und freute sich.

Das Haus des Marquis lag in einem vornehmen Viertel, es bildete die Ecke des Quai des Théatins und der Rue de Beaune. Voltaire wurde von der ungeheuer dicken Madame Denis wortreich begrüßt. Die Schön und Gute führte ihn in seine Zimmer. Sie waren dunkel und nicht so behaglich wie seine Räume in Ferney, das Haus war altmodisch.

Mit Hilfe des Kammerdieners zog sich Voltaire um, nahm den gewohnten Schlafrock über, schlüpfte in die Pantoffeln, hüllte den Schädel in die liebe Nachtmütze. Er hatte der Schön und Guten versprochen, ein wenig zu ruhen. Es gelang ihm nicht. Es waren ihm neue Ideen gekommen, zur Verbesserung der „Irène". Er fing an, Wagnière zu diktieren.

Er diktierte nicht lange. Wiewohl man übereingekommen war, Voltaire die ersten beiden Tage Ruhe zu gönnen, hatte Villette ein paar Dutzend Freunden vertraulich erzählt, wer an diesem Freitag, dem 10. Februar, bei ihm eintreffen werde. Da kamen denn sogleich die Besucher. Als einer der ersten der Herzog von Richelieu, ein uralter Lebemann, der vor achtundsechzig Jahren Voltaire in die Welt der Pariser Genüsse eingeführt hatte. Die beiden hatten einander lange nicht gesehen. Sie fanden, sie hätten sich nicht verändert, sie hätten schon vor dreißig Jahren genauso ausgesehen wie jetzt.

Und mehr Gäste kamen und immer mehr, ein Strom von alten Bekannten. So hatte sich's Voltaire gewünscht, Menschen, Menschen. Er empfing in Schlafrock, Zipfelmütze und Pantoffeln. Er hatte ein vortreffliches Gedächtnis, er erinnerte sich jedes einzelnen, auch wenn er ihn Jahrzehnte nicht gesehen hatte, und hatte für jeden ein hübsches, gescheites, persönliches Wort.

Unter den Kömmlingen war auch Monsieur de Beaumarchais.

Die Nachricht vom Eintreffen Voltaires hatte ihn aufgerührt. Er spürte, der respektlose Pierre, vor diesem alten Manne Ehrfurcht und Bewunderung. Der hatte seine dreiundachtzig Jahre so gelebt, wie sich Pierre sein eigenes Leben wünschte. Hatte alle seine Tage angefüllt mit Leidenschaft, großer Literatur, kleinen Intrigen, mit Ruhm, Erfolg, Theater, Geld und mit sieggekrönten Kämpfen für Freiheit und Vernunft. Nun lebte er als Schloßherr, umgeben von seinen Untertanen, eine Kaiserin und ein großer König behandelten ihn als gleichen, sein Name klang über die Länder und die Meere. Seine Erfolge im Kampf gegen das Unrecht und gegen die privilegierte Dummheit waren Geschichte. Dieser Greis durfte sich sagen: wenn die Welt jetzt, da er sich anschickte, sie zu verlassen, ein wenig gescheiter und gerechter war als zu der Zeit, da er sie betreten hatte, so war dies zu einem großen Teil sein Verdienst.

Es war erhebend, daß Pierre seit Jahren von diesem Manne als gleichwertig geschätzt und geehrt wurde. Voltaire hatte in seinem Privattheater in Ferney den „Barbier" spielen lassen, und er hatte Pierre über seine „Mémoires" höchst Schmeichelhaftes geschrieben.

Auch jetzt ehrte ihn der Alte vor den andern. Durch die Menge der Gäste, die ehrfürchtig Platz machten, ging er auf ihn zu, begrüßte ihn: „Mein sehr lieber Freund und Kollege", umarmte ihn. Pierre geleitete ihn behutsam und verehrungsvoll zurück zu seinem Lager. „Wissen Sie, mein Lieber", erzählte ihm Voltaire, „daß ich ohne Sie meine ‚Irène' kaum geschrieben hätte? Es war der Erfolg Ihres ‚Barbiers', der mich angestachelt hat, meine alte Hand einmal wieder zu versuchen. Freilich auch hat mir Ihr vortreffliches Werk einigen Kummer bereitet. Sie werden in meinem Stück einen Priester namens Léonce finden. Dieser Mann hat ursprünglich Basile geheißen. Aber seitdem Ihr Basile auf den Brettern erschienen ist, weckt der Name Vorstellungen, die sich nicht vertragen mit dem finstern Wesen meines alten Priesters. Der Name Basile gehört Ihnen, mein Freund, für die nächsten Jahrhunderte." Pierre, der sonst so Wortgewandte, war verlegen um eine Antwort. Voltaires Anblick ergriff ihn. Da hockte der unglaubhaft magere Alte, umbauscht von dem viel zu weiten Schlafrock, das häßliche Gesicht grotesk von der Zipfelmütze umrahmt, aber daraus strahlten gescheit, gütig und ungeheuer lebendig die Augen, und dieses Häuflein Knochen und pergamentene Haut war der Sitz des stärksten Geistes, der heute auf dem Planeten dichtete und dachte.

Und es kam eine Abordnung der Akademie, Voltaire zu begrüßen. Und es kamen die Mitglieder des Théâtre Français. Auch die Schauspieler, abgebrühte Herren und Damen, waren bewegt, da sie diesen ihren Dichter, der für sie beinahe eine Legende war, lebendig unter sich sahen. Der Mann hatte das Stück, das sie jetzt spielen sollten, als Zweiundachtzigjähriger begonnen, hatte die Arbeit, als sie ihn ermüdete, beiseite gelegt und ein neues Stück angefangen, einen „Agathokles", hatte dann das erste, eben die Tragödie „Irène", wieder vorgenommen, sie vollendet und sie angefüllt mit dem gleichen, gewaltigen Haß gegen das Vorurteil wie seine früheren Stücke. Sie, die Schauspieler, da sie diese Tragödie eingehend studierten, wußten es: die Kraft des Alten hatte nicht nachgelassen. Der verschrumpfte, zahnlose Mann war heute noch wie vor Jahrzehnten ein Bündel Energie, ein einziger, großer, zorniger Brand gegen das Böse.

Eifrig diskutierte er mit ihnen, hörte sich ihre Urteile über die Tragödie an, ging auf ihre Wünsche ein oder wies sie zurück. Man beschloß, die Proben bei ihm abzuhalten, da er nicht kräftig genug war, sich ins Theater zu begeben. Zunächst, am Tage darauf, wollte er ihnen das ganze Stück vorlesen. Jetzt schon sprach er ihnen einzelne Stellen vor, und trotz des Schlafrocks und der Nachtmütze taten die Verse, wie sie aus seinem zahnlosen Munde kamen, starke Wirkung.

Neue Gäste erschienen. Berichteten, die ganze Rue de Beaune und der Quai des Théatins seien voll von Neugierigen. Und die sich draußen angesammelt hätten, seien nicht etwa nur Literaturbeflissene oder Liebhaber des Theaters, es seien vielmehr zum größten Teil Leute aus den Werkstätten, den Läden, aus den Cafés und den Kneipen, es sei das Volk von Paris. Und diese Leute sagten nicht: Wir wollen den Mann sehen, der die Henriade geschrieben hat oder den Candide und die Mérope und die Zaïre; sie sagten: Wir wollen den Mann sehen, der gekämpft hat für die unschuldige Familie Calas und für die Sirvens und für Madame de Bombelles und für den armen Martin und seine Leute und für den ungerecht verurteilten Montbailli und seine Frau und sein ungeborenes Kind, und der geeifert hat gegen die Schändung des Leichnams der Schauspielerin Adrienne Lecouvreur, und der auf seinen Gütern und auf seinem Dorf die niederträchtigen Steuern abgeschafft hat, und der alle, die in seinem Ferney sitzen und arbeiten, klüger gemacht hat, wohlhabender, glücklicher.

Pierre konnte sich nicht losreißen von dem Schauspiel des hofhaltenden Voltaire. Gegen seine Gewohnheit gab er sich bescheiden; er mischte sich nicht in die Beratung Voltaires mit den Schauspielern ein, wiewohl er da einiges hätte beisteuern können, noch in die Unterhaltungen der Besucher. Schweigend und ehrerbietig stand er am Rande des Zirkels, der Voltaire umgab, und sah und hörte. Was der kleine Tempel in seinem Garten gleichnishaft zum Ausdruck brachte, war die reine Wahrheit: die Feder hatte diesem Greis eine Fülle des Ruhmes und der Macht verschafft wie kaum je einem Monarchen seine Krone. Und Pierre war selig, ihm durch Schicksal verbunden zu sein und durch Verwandtschaft im Geiste.

Am Tage darauf empfing Voltaire dreihundert und wieder am Tage darauf vierhundert Menschen. Es kam Necker und es kam Madame Dubarry. Es kamen Condorcet und Turgot. Es kam der Ritter von Gluck, der große Musiker, er war ein sehr stolzer Mann, aber er hatte seine Abreise nach Wien verschoben, um der Ehre und des Glückes teilhaftig zu werden, Voltaire zu sehen. Wenige Stunden später kam Glucks großer Gegner und Rivale, Piccini. Es kamen der Marquis de Vaudreuil und Gabriele Polignac und Diane Polignac. Es kamen die Dichter und Schriftsteller von Paris, „der ganze Parnaß von seinem Schlamm bis zu seinem Gipfel“, wie einer dieser

Herren sich ausdrückte. Es kam der Bildhauer Pigalle; er hatte von Monsieur d'Angivillers Auftrag, aus besonders kostbarem Porphyr die Statuen zu schaffen des größten Soldaten des Jahrhunderts, des Marschalls von Sachsen, und seines größten Denkers und Dichters, Monsieur de Voltaires.

Es kam auch Doktor Franklin.

Er kam voll Neugier und Bewunderung. Er und Voltaire hatten seit Jahrzehnten freundliche Botschaften ausgetauscht. Voltaire hatte ihn und seine Sache stets gepriesen und ihn in seinem „Philosophischen Wörterbuch" hoch gerühmt, weil er den Blitz bezwungen, dessen Gesetze erforscht und so einen wichtigen Beitrag geleistet habe zu der Besiegung des Aberglaubens, der seit den ältesten Zeiten verknüpft gewesen sei mit Blitzen und Gewittern. Vor allem aber hatte dieser Voltaire mehr als jeder andere beigetragen zur Verbreitung der Ideen, auf denen das freie Amerika errichtet war. So fand sich Franklin, begleitet von William, in beinahe festlicher Stimmung bei seinem großen Kollegen ein.

Es waren an die zwanzig Menschen in Voltaires Zimmer. Voltaire lag auf seinem Ruhebett, er hatte leichtes Fieber, die Augen in ihren tiefen Höhlen über der großen spitzen Nase glänzten noch lebhafter als sonst aus dem entfleischten Gesicht. Er wollte sich erheben, doch Franklin ließ es nicht zu, er trat sogleich an sein Lager und drückte ihn mit sanfter Gewalt zurück.

Voltaire sagte, er freue sich, Franklin persönlich Glück zu wünschen zu den Siegen, die seine Truppen erfochten hätten. Er sprach englisch. Franklin erwiderte, wer sich in Amerika mit Literatur befasse, sehe in Voltaire den Vater der amerikanischen Republik. „Wäre ich so jung wie Sie, verehrter Mann", antwortete Voltaire, „dann reiste ich übers Meer, um mir Ihr glückliches Land anzuschauen." Und er zitierte aus dem Gedächtnis Verse aus Thomsons „Ode an die Freiheit", die vor vierzig Jahren große Mode gewesen war und an die sich Franklin undeutlich erinnerte. Voltaires Nichte, im Namen der übrigen Anwesenden, beklagte sich, daß die Unterhaltung englisch geführt werde und niemand sie verstehe. „Ich bitte um Verzeihung", sagte Voltaire, „daß ich der eiteln Genugtuung nachgab, dieselbe Sprache zu sprechen wie Doktor Franklin."

William Temple war in hübscher Bescheidenheit unter die andern zurückgetreten. Franklin rief ihn und stellte ihn Voltaire vor. William neigte sich tief. Voltaire, mit seinen starken, eindringlichen Augen, betrachtete ihn lange. „Sie sind glücklich, mein lieber Junge", sagte er dann, französisch. „Ihnen wird es vergönnt sein, in einem großen Land in einer glücklichen Zeit zu leben. Neigen Sie sich tiefer", bat er, und er legte ihm die uralte Hand aufs Haupt und sagte englisch: „Gott und die Freiheit." Dann wiederholte er's französisch. Alle waren ergriffen.

Eine Stunde später empfing Voltaire den englischen Botschafter, Lord Stormont.

Und es kamen Leute und immer mehr Leute, und Voltaire plauderte, und Voltaire hielt Proben seines Stückes ab, und Voltaire arbeitete leidenschaftlich an der Verbesserung seines Stückes, und Voltaire las Briefe und diktierte ausführliche Antworten, und Voltaire entwarf Pläne.

Der treue Wagnière fühlte sich inmitten dieses gehetzten Treibens von Tag zu Tag weniger wohl. Nicht nur quälte ihn die Furcht um die Gesundheit seines Herrn, der sichtlich verfiel. Noch mehr fast drückte ihn eine andere Sorge. Wagnière war ein leidenschaftlich strenger Anhänger der Vernunft, ein unerbittlicher Bekenner. Voltaire aber hatte wenig Sinn für Würde. Einer seiner Grundsätze war, es komme nicht darauf an, sich zum Märtyrer zu machen, sondern man solle die Wahrheit auch mit zweideutigen Mitteln verbreiten. Er trug kein Bedenken, seine Werke schamlos zu verleugnen, ja, er griff sie schamlos an, wann immer das Bekenntnis der Urheberschaft ihm Schaden gebracht hätte. Hier in Paris nun, fürchtete Wagnière, könnte sich sein Herr zur Verleugnung nicht nur einzelner, sondern seiner gesamten Werke und Grundwahrheiten bewegen lassen.

So leichtsinnig sich nämlich Voltaire gab und so frei von Vorurteilen er war, es quälte ihn die Vorstellung, seine Leiche als die eines Ketzers könnte wie seinerzeit die der Schauspielerin Adrienne Lecouvreur auf den Schindanger geworfen werden. In Ferney hätte es wohl Mittel gegeben, das zu vermeiden. Aber wenn er hier in Paris in seinem jetzigen ungläubigen Stande verlöschen sollte, würde ihm die Kirche ein anständiges Begräbnis verweigern, und Wagnière war gewiß,

Voltaire war zu großen Opfern bereit, auch zu einem Widerruf all seiner Prinzipien, wenn er nur dadurch seinen Leichnam vor Verunglimpfung würde schützen können.

Seine Befürchtungen verstärkten sich, als sich immer mehr Schwarzröcke an den großen Ketzer heranmachten, getrieben von dem Ehrgeiz, ihn zu bekehren. Es kam stattlich und würdig der Domherr von Saint-Sulpice, Monsieur de Tersac. Es redete sacht, doch beständig Voltaires Neffe auf ihn ein, der Abbé Mignot. Es kam, gestützt auf Empfehlungen, ein Abbé Gaultier. Mit ihm unterhielt sich Voltaire lang und zunehmend vergnügt. „Das ist ein guter Mann", sagte er dann zu Wagnière, „der ist freundlich und einfältig, der macht mir, wenn es soweit ist, Beichte und Widerruf billig. Den merken wir uns vor."

„Ecrasez l'Infame – Schlagt die Niedertracht tot", war die ganzen letzten Jahrzehnte hindurch Voltaires Wahlspruch gewesen, und unter der „Infame", der „Niedertracht", wollte er den Fanatismus des Vorurteils verstanden haben, die Intoleranz, die Kirche. Und im Kampf gegen das Vorurteil, den sein Herr so leidenschaftlich, groß und selbstlos geführt hatte, sah Wagnière sein höchstes Verdienst. Er litt also unter den Reden, die der alte Apostel der Vernunft jetzt führte; denn so scherzhaft sie klangen, er fürchtete, sie seien ernstgemeint und Voltaire sei nicht abgeneigt, in seinen letzten Tagen die Grundidee seines Lebens abzuleugnen.

Er beschwor Voltaire, der möge eine Erklärung niederschreiben, welche, die Kirche mit klugen Wendungen abspeisend, gleichwohl die Prinzipien der Philosophie nicht verrate. Wenn er das nicht beizeiten tue, dann werde sich bestimmt in seiner letzten Stunde, da er vielleicht nicht mehr im Vollbesitz seines wunderbaren Geistes sei, die Kirche an ihn heranmachen, seine Schwäche mißbrauchen und ihn zu Bekenntnissen verführen, die weit über das Maß des von ihm Gewollten hinausgingen. Voltaire grinste. „Sie können Ihre Erklärung sogleich haben, mein Lieber", sagte er. Und er setzte sich hin und schrieb mit seiner reinen, deutlichen Schrift: „Ich sterbe in Verehrung Gottes, in Liebe zu meinen Freunden, ohne Haß gegen meine Feinde und in Verabscheuung des Aberglaubens." Freudig nahm Wagnière das Schriftstück an sich.

Wenige Tage später, zwei Wochen nach seiner Ankunft in

Paris, wurde er wirklich, während er diktierte, von einem heftigen Bluthusten überfallen. „Jetzt ist es Zeit für unsern guten Abbé Gaultier", stöhnte er, keuchte er, grinste er, und das Blut kam ihm dick aus Mund und Nase. Bald war der Abbé zur Stelle. Wagnière mußte ihm das Bekenntnis zeigen, und Voltaire fragte, ob es genüge, ihm ein ehrliches Begräbnis zu sichern. Ängstlich schaute er auf das Gesicht des Abbés, ob der auch töricht genug sei. Aber: „Leider nein", sagte der Abbé. „Wir müssen unser kleines Geschäft schon auf gründlichere Art verrichten."

Voltaire, auf Verlangen Gaultiers, beichtete ihm. Dann, in Gegenwart seines Neffen, des Abbés Mignot, eines zweiten Weltgeistlichen und des Sekretärs Wagnière, stellte Voltaire ein Schriftstück aus, er habe dem Abbé Gaultier gebeichtet und sterbe in der katholischen Religion, in welcher er geboren sei.

Abbé Gaultier überlas das Schriftstück. „Ich denke, das genügt", meinte schlau und ängstlich Voltaire. Doch der Abbé schüttelte den Kopf und sagte: „Leider nein, mein verehrter Herr." – „Was soll ich denn noch schreiben?" fragte Voltaire. „Schreiben Sie", befahl sanft, doch autoritativ der Abbé, „schreiben Sie: ‚Und wenn ich die Kirche gekränkt haben sollte, so bitte ich Gott und sie um Verzeihung.'" Wagnière knirschte. „Muß ich das schreiben?" fragte Voltaire. „Schreiben Sie ruhig, lieber Meister", redete freundlich der Priester ihm zu. „So ein Dokumentchen tut keinem weh."

Voltaire schrieb. Wagnière sah auf die magere, schreibende Hand, die Worte wollten Voltaire nicht recht aus der Feder. „Und nun, meine Herren", wandte sich der Abbé an die andern, „bezeugen Sie, bitte, durch Ihre Unterschrift, daß unser Monsieur Voltaire diese Erklärung eigenhändig, freien Willens und bei vollem Bewußtsein niedergeschrieben hat." Die beiden Weltgeistlichen unterzeichneten, Wagnière lehnte finster ab.

Als Voltaire mit dem treuen Sekretär allein war, versuchte er, sich zu rechtfertigen. „Sie müssen doch begreifen", setzte er ihm auseinander, „daß es eine unbehagliche Vorstellung ist, auf den Schindanger geworfen zu werden. Ich weiß natürlich, es ist ein Vorurteil, aber ich hab es nun einmal, und so halten mich die Pfaffen gewissermaßen in der Hand. Dabei werde doch zuletzt ich lachen, beziehungsweise meine Leiche. Es ist nämlich ein recht gutes Geschäft, das ich da mit der Kirche mache. Fünfzigtausend Seiten hab ich geschrieben, und für jede einzelne möchte mich die Geistlichkeit auf den Schindanger werfen, und mit drei kleinen Zeilen zwinge ich sie, mich anständig zu begraben." Und da diese Rechnung keinen Eindruck auf Wagnière machte, fuhr Voltaire fort: „Wenn Sie einmal so alt sind wie ich, mein Lieber, werden Sie es verstehen, daß Heinrich der Große recht hatte und daß Paris eine Messe wert ist." Allein Wagnière blieb bekümmert.

Abbé Gaultier mittlerweile eilte mit seinem kostbaren Dokument zu seinem Obern, dem Domherrn von Saint-Sulpice. Dieser, erbittert, daß die Bekehrung des Ketzers dem kleinen Abbé geglückt war und nicht ihm, dem Domherrn, fand, die Erklärung sei zu flau und wässerig, um als Widerruf von soviel blanker Ketzerei und gewaltigem Ärgernis angenommen zu werden. Sie genüge nicht, Voltaire die Wiederaufnahme in den Schoß der Kirche zu verschaffen. Der Abbé, verärgert und beharrlich, lief zurück in das Haus des Kranken, um aus ihm eine stärkere Erklärung herauszuquetschen.

Der aber fühlte sich jetzt besser und ließ ihn nicht vor. Und als der Unermüdliche am nächsten Tag von neuem vorsprach, fühlte sich Voltaire noch wohler, und abermals mußte er unverrichteterdinge abziehen. Am dritten Tage gar fühlte sich der Kranke so gut, daß er dem um Einlaß Flehenden sagen ließ, er sei während der nächsten Monate beschäftigt und habe keine Zeit für ihn.

Voltaire erholte sich erstaunlich schnell. Bald sah er wieder Menschen, immer mehr, genau wie früher, schrieb, diktierte, probierte mit den Schauspielern, arbeitete sich ab.

Und wieder ein paar Tage später stand er von seinem Krankenlager auf und ging aus, einige der Besuche zu erwidern, die man ihm gemacht hatte.

Altmodisch und prunkvoll angezogen, den schmächtigen Leib in Tücher und Pelze gehüllt, ließ er sich in einer Sänfte durch seine Stadt Paris tragen. Es war ein strahlender, sehr kalter Tag. Trotzdem ließ er die Vorhänge der Sänfte zurückschlagen; er wollte die Straßen sehen, die Menschen sehen, Paris sehen. Überall erkannte man ihn, die Leute blieben stehen, zogen tief Hüte und Mützen, jubelten ihm zu. Wenn er in einem Hause verschwand, sammelten sich dicke Scharen von Neugierigen und warteten auf sein Wiedererscheinen. Mit Blitzeseile verbreitete es sich durch Paris: Voltaire ist sichtbar, und die Leute liefen auf die Straße wie bei einer der großen Prunkzeremonien des Hofes.

Als er zurückkehrte, standen die beiden Seinebrücken, der Quai des Théatins und die Rue de Beaune voll von Menschen, so dicht, daß an kein Durchkommen zu denken war. Polizisten mußten mit Bitten und Gewalt der Sänfte den Weg bahnen. So wurde Voltaire zurückgetragen durch ein Spalier von Huldigenden, und seine Wangen waren gefärbt von Kälte und von Freude.

Toinette, die sich seit ihrer Begegnung mit Franklin berufen glaubte, alles Fortschrittliche zu protegieren, hätte gern eine sensationelle Zusammenkunft mit Voltaire veranstaltet. Der ganze Fliederblaue Klüngel teilte die modische Begeisterung für den großen Schriftsteller, und dieser hatte sich seit Jahren bemüht, freundliche Beziehungen zu Toinette herzustellen. Er hatte ein kleines Festspiel für sie geschrieben und ihr in seinen Werken in deutlichen Anspielungen Schmeichelhaftes gesagt. Toinette war für diese Aufmerksamkeit nicht unempfindlich. Aber es war ihr klar, daß ganz Europa es als politische Demonstration auffassen würde, wenn man Voltaire offiziell in Versailles empfing.

Die kluge Diane Polignac fand einen Ausweg. Könnte man nicht, meinte sie, Voltaire im Théâtre Français die Loge der Kammerherren vom Dienst zur Verfügung stellen? Da diese Loge neben der Toinettes lag, ließe sich so ohne Mühe ein zwangloses, unverfängliches Gespräch arrangieren.

Louis indes, als ihm Toinette von diesem Projekt sprach, geriet in Wut. „Ich verbiete Ihnen, Madame“, rief er, „hören Sie, ich verbiete Ihnen, mit dem Erzketzer in irgendeine Berührung zu treten. Ein Gespräch mit ihm wäre Befleckung.“ – „Monsieur de Voltaire“, antwortete Toinette, „ist der größte Schriftsteller Ihres Landes, Sire, und vermutlich der Welt.“ – „Und vermutlich hat er auch Musik in sich“, höhnte Louis. „Aber ich verbiete Ihnen, diese Musik zu hören.“

Ein wenig ruhiger geworden, begründete er seinen Zorn. „Unser Bruder Josef ist gewiß ein Freidenker. Aber sogar er hat die Berührung mit diesem schillernden Wegwurf vermieden.“ Und voll rachsüchtiger Genugtuung erzählte er, was Toinette längst bekannt war: „Der Alte hat geglaubt, der Kaiser werde ihn bei der Durchfahrt durch Ferney besuchen. Er hat sein Dorf und sein Schloß festlich geschmückt und Ehrenpforten errichten lassen. Aber er hat sich geschnitten. Unser Josef hat den weisen Rat der erlauchten Frau Mutter befolgt und ist mit erhobener Nase an dem Ketzer und seinem Firlefanz vorbeigefahren. Und jetzt wollen Sie im Theater, vor den Augen der ganzen Welt, mit dem Gottesleugner ein Gespräch führen? Niemals. Ich verbiete. Niemals.“

Am gleichen Tage fragte ihn Maurepas: „Ist es Ihnen bekannt, Sire, daß sich Monsieur de Voltaire in Ihrer Hauptstadt aufhält?“ – „Ich dachte“, antwortete kühl Louis, „der Herr hat Stadtverbot.“ – „Es ist nicht eben ein Verbot“, erläuterte Maurepas. „Es war ein Wunsch des hochseligen Königs, der wohl mit dem hochseligen König gestorben ist.“ – „Der Wunsch lebt in mir fort“, antwortete trocken Louis. „Aber auch Sie, Sire“, meinte der Minister, „werden es wohl nicht für angemessen halten, den alten Herrn mit Gewalt aus seiner Heimatstadt zu entfernen.“ – „Das dürfte leider untunlich sein“, gab traurig Louis zu. „Ich frage mich sogar“, fuhr Maurepas fort, „ob es nicht angebracht wäre, dem Manne, der immerhin Europas verehrtester Schriftsteller und sehr alt ist, auch in seinem Heimatland eine kleine Ehrung zu erweisen.“ – „Nein“, antwortete brüsk Louis. „Es ist mein Beruf, den Glauben und die Moral zu schützen. Eigentlich sollte ich den alten Blasphemisten mit Schande aus meiner Hauptstadt hinausjagen. Mir scheint, wenn ich seine Anwesenheit nicht bemerke, so ist das Gnade und Ehrung genug für die Literatur.“

Louis' Zorn war größer, als seine Worte zeigten. Düster, nachdem Maurepas gegangen war, betrachtete er die Bücher und Broschüren Voltaires, die er in seinem Giftschrank stehen hatte. Es waren ihrer viele. Sie waren gedruckt in Amsterdam und in Leyden und in Hamburg und in London, aber sie flogen in sein Frankreich herein, die Grenzen boten so wenig Schutz gegen sie wie gegen die Winde. Es war eine Mahnung, es war eine Züchtigung Gottes, daß der Urheber dieser Schriften unmittelbar nach dem Abschluß des Vertrages mit den Rebellen nach Paris gekommen war. Jetzt also hatte er die beiden bösen Greise auf dem Nacken, Franklin und Voltaire. Frech und schamlos hockten sie mitten in seiner Stadt, Baal und Beelzebub, und seine eigene Frau und seine Minister brachten ihnen Verehrung dar.

Voltaires Anwesenheit machte Louis noch schwieriger in der amerikanischen Frage. Franklin hatte den französischen Herren geraten: „Gehen Sie gegen Ihre Feinde so vor wie diese im Jahre fünfundfünfzig gegen Sie. Lassen Sie Ihre Schiffe angreifen ohne lange diplomatische Ankündigung. Schicken Sie eine Flotte übers Meer und schneiden Sie das Geschwader des Admirals Howe ab, das sich in die Mündung des Delaware vorgewagt hat. Dann ist es immer noch Zeit, den Krieg zu erklären." Auch viele der französischen Minister und Generale fanden, man solle, da doch nun der Vertrag unterzeichnet sei, dem Gegner zuvorkommen und losschlagen. Der ungeduldige Vaudreuil, alle Mitglieder des Fliederblauen Klüngels drängten auf Aktion. Doch als Vergennes dem König von Franklins Vorschlag sprach, verwahrte sich Louis entrüstet: „Da sei Gott davor, daß ich eine solche Perfidie beginge." Immer noch hoffte er, den Krieg zu vermeiden. Er hielt hartnäckig an der Fiktion fest, der Pakt bestehe nicht, solange keine Nachricht da sei von seiner Ratifizierung durch den amerikanischen Kongreß, und er bestand darauf, freundliche Beziehungen mit England zu wahren.

Allmählich indes bedrückte ihn die Zweideutigkeit seiner Haltung. Es schien dem ehrlichen Manne unanständig, daß er mit dem englischen Botschafter freundliche Worte wechselte, nachdem er Verträge gegen sein Land unterzeichnet hatte. Er entschloß sich, dem König von England offiziell mitteilen zu lassen, daß Frankreich die Unabhängigkeit der Vereinigten Staaten anerkannt habe, und er beauftragte Vergennes, diesen Schritt in einer amtlichen Note zu begründen.

Nun erinnerte sich Vergennes, daß Ende Oktober Beaumarchais eine Denkschrift überreicht hatte, welcher das Konzept einer Erklärung beigefügt war, wie er, Beaumarchais, sie erließe, wenn er der König von Frankreich wäre. Vergennes ließ die Denkschrift heraussuchen und fand die von Beaumarchais erlassene Kundgebung sehr geeignet. Sie war schwungvoll und klang sachlich. Der Minister trug keinen Anstand, einen großen Teil der Sätze Pierres zu verwenden für die Erklärung, die er dem König unterbreitete. Louis las, seufzte, unterschrieb. Das Schriftstück ging nach London, und Graf Noailles, der französische Botschafter beim Hofe von Saint James, überreichte dem britischen Ersten Minister die Note Monsieur de Beaumarchais'.

London berief daraufhin seinen Botschafter ab. Versailles folgte. Es geschah dies am 13. März.

Am gleichen Tag teilte Vergennes dem Doktor Franklin mit, daß von nun an der Hof von Versailles die Abgesandten des Kongresses als bevollmächtigte Vertreter der Dreizehn Vereinigten Staaten von Amerika ansehe, und er bat um die Ehre, die Herren in dieser Eigenschaft der Allerchristlichsten Majestät vorstellen zu dürfen.

Diese Einladung bereitete den Delegierten bei aller Freude Kopfzerbrechen. Die Tracht, in der man bei Hofe zu erscheinen hatte, war umständlich und prunkvoll, und es war nur eine Woche Zeit, sie anfertigen zu lassen. Franklin seinesteils wollte in dem braunen Rock erscheinen, den man sicher auch bei dieser Gelegenheit von ihm erwartete. Doch ließ er sich herbei, eine Perücke zu bestellen. Aber alle Perücken, die man ihm anpaßte, erwiesen sich als zu klein. „Nicht die Perücke ist zu klein, Monsieur", rief schließlich verzweifelt der Friseur, „Ihr Kopf ist zu groß." Und ganz Paris lachte wohlwollend. „Sein Kopf ist zu groß." Franklin aber kümmerte sich nicht weiter um die Anweisungen der Kämmerer und Zeremonienmeister, sondern beschloß, sich schlicht anzuziehen, würdig und ohne höfischen Firlefanz. Vielleicht war das eine Dreistigkeit; wahrscheinlicher war, daß gerade solche Simplizität Eindruck machen werde.

Am 20. März also ging Benjamin Franklin, Seifensieder, Buchdrucker, Buchhändler, Schwimmlehrer, Trödler, Verleger, Sklavenhändler, Physiker, Kaufmann, Ehrendoktor, Erfinder, Banknotenzeichner, Schriftsteller, Philosoph, Delegierter der Vereinigten Staaten von Amerika, zu Louis von Bourbon, König von Frankreich.

Die Zufahrtstraßen und der weite Vorhof von Versailles waren voll von Neugierigen. Sie waren gespannt, ob Franklin es wagen werde, in seiner gewohnten Tracht zu erscheinen; sie wären enttäuscht gewesen, wenn er's nicht getan hätte.

Als er aber wirklich ohne Perücke und ohne Degen kam, in seinem braunen Rock mit der braunen Hose, die eisengerahmte Brille auf der Nase, das weiße, sorgfältig gekämmte Haar auf den Rock fallend, „à la Quaker", waren sie doch fasziniert von soviel Kühnheit und Würde. Es war wohl das erstemal, daß ein Mann in schlichter Bürgertracht zu Hofe ging. Es war freilich auch das erstemal, daß ein Vertreter von Rebellen von einem Allerchristlichsten König empfangen wurde.

Vergennes übernahm die Führung. Er erstieg mit den Delegierten die große Freitreppe. Die Trommeln schlugen, die Wachen präsentierten, die Flügeltüren zu den Gemächern des Königs öffneten sich, und der Oberst der hundert Schweizer Garden meldete: „Die Herren Gesandten der Dreizehn Vereinigten Staaten von Amerika." Hofherren, Bischöfe, Diplomaten, hohe Juristen füllten das innere Vorzimmer. Sie machten einen Weg frei für Franklin und seine Begleiter und verneigten sich. Auch die Damen erhoben sich, während Franklin vorbeiging, und knicksten tief.

Die Delegierten wurden in das Schlafzimmer des Königs geführt. Louis, dem dieser Empfang widerwärtig war, saß an seinem Toilettentisch, einen Schlafrock überm offenen Hemd, absichtlich schlampig. Der Friseur war um ihn bemüht. Die sechs Herren vom innern Dienst standen da, einer hielt Louis zeremoniös die Hose hin, ein anderer die Strümpfe.

Vergennes stellte dem König die Delegierten vor. Louis schaute abgleitenden Auges über sie hin. Der Große, Massige da, das war also der Führer der Rebellen. Er ließ sich, dieser berüchtigte Franklin, das Teuflische nicht anmerken, das er im Herzen trug, aber wie frech und rebellisch bürgerlich angezogen war er, und wie unverlegen stand er da, ganz als ob es ihm natürlich wäre und ihm zugehörte, der Toilette des Allerchristlichsten Königs beizuwohnen.

Louis schnaufte ein wenig, schaute die Gesandten nicht an und sagte: „Nun ja, nun schön. Das wäre also das. Versichern Sie dem Kongreß meine gnädige Gesinnung, Messieurs. Ich bin nicht unzufrieden mit der Art, wie Sie sich bisher in meinem Land aufgeführt haben." Er sprach undeutlich und hob nicht die Stimme, trotzdem verstand ein jeder seine Worte, denn es war völlig still im Saal, niemand regte sich, der eine

Kammerherr hielt Louis starr die Hose hin, der andere steif die Strümpfe.

Franklin beschaute ruhig den in unschöner Haltung dahockenden, dicken jungen Herrn, welcher der König von Frankreich war. Der Doktor war ein guter Beobachter. Er nahm wahr, wie seltsam sich im Gesichte dieses Königs die einzelnen Züge widersprachen; der junge Herr mit der kühnen Nase sah aus wie ein echter Bourbon, wie sie sich auf den Münzen präsentierten, und gleichzeitig unentwickelt wie ein Säugling. Seine Verfettung war unnatürlich, krankhaft; offenbar war der Blutumlauf oder eine andere innere Funktion gestört. Dumpf, ungelenk schien dieser Sechzehnte Louis, doch nicht unintelligent. Ein großer Redner war er nicht; das war gewiß, und was er sagte, klang nicht sehr freundlich; doch im ganzen war es das, was bei dieser Gelegenheit zu sagen war. Daran hielt sich Franklin. Er verneigte sich und erwiderte: „Ich danke Ihnen, Sire, im Namen meines Landes. Zählen Sie, bitte, auf die Erkenntlichkeit des Kongresses und darauf, daß er die Verpflichtungen treulich halten wird, die er auf sich genommen hat." – „Schön, Messieurs", erwiderte Louis, und damit war der Empfang zu Ende.

Vergennes gab den Delegierten ein großes, offizielles Essen. Der ganze Adel Frankreichs nahm teil; nun Franklin vom König empfangen war, drängten sich alle, seine Bekanntschaft zu machen. Zur Tischdame hatte er die alte, hochangesehene Marquise de Créquy. Sie nahm mit Befremden die Einzelheiten seiner Kleidung wahr, alles an ihm war braun, Rock, Weste, Hosen, auch die Hände, und er trug eine Krawatte aus Leinen. Am seltsamsten aber waren seine Eßsitten: er aß den Spargel mit der Hand und die Melone mit dem Messer. Auch schlug er sich Eier in einen Becher, tat Butter, Salz, Pfeffer und Senf dazu und löffelte das Ganze aus. Da er ein berühmter Philosoph war, fragte sie, ob er an einen persönlichen Gott glaube und an die Unsterblichkeit der Seele. Er, während er sein sonderbares Gericht schlürfte, bejahte mit Nachdruck. Sie erzählte später, der Quaker habe die Manieren eines Hinterwäldlers, aber eine anständige Weltanschauung.

Louis verbrachte den Abend dieses Tages im Trianon bei Toinette. Nun hatte er sein Versprechen bis ins letzte erfüllt und sogar die Demütigung auf sich genommen, in Gegenwart des Hofes mit eigener Zunge das Wort an den Rebellen zu richten. Da wollte er sich wenigstens seinen Dank holen bei der Urheberin dieser Widerwärtigkeiten und sich eine frohe Nacht machen.

„Ich höre mit Bedauern, Sire", sagte Toinette, „daß Sie den Doktor Franklin besonders unwirsch empfangen haben." – „Nicht einmal eine Perücke hat er sich aufgesetzt, Ihr alter Rüpel", antwortete Louis. „Plump und nackt hat er mir seinen frechen Schädel hingehalten. Sollte ich da auch noch lächeln?" – „Ich werde morgen um so freundlicher zu ihm sein", erklärte Toinette, „verlassen Sie sich darauf." – „Ich kann Sie daran nicht hindern", entgegnete mürrisch Louis. „Das ganze Versailles ist mir verleidet", brach er aus, „seitdem der Rebell dort ein und aus geht, als wäre er zu Hause." – „Ja", sagte süß und triumphierend Toinette, „jetzt habe ich ein bißchen frische Luft hereingebracht."

Doch Louis war nicht zänkisch, er war nicht hierhergekommen, um sich mit Toinette zu streiten. Er aß und trank mit Behagen, seine schöne Frau gefiel ihm, er blieb, wie er sich's vorgenommen, die Nacht über im Trianon und erlustigte sich im Angesicht der österreichischen Verwandten, die in mönchischer Tracht ihre Gräber gruben.

Unter den amerikanischen Delegierten gab es inzwischen neue Differenzen. Arthur Lee hatte es von Anfang an für einen schweren Fehler gehalten, daß Franklin, sich über das Zeremoniell des Hofes hinwegsetzend, mit seinem nackten, schorfigen Schädel vor dem König erschienen war. Bestärkt in dieser Meinung hatte ihn die ablehnende Haltung Louis'; sie war nur die Antwort gewesen auf Franklins Nichtachtung. Trotzdem empfand es Arthur Lee als kränkend, daß Louis die amerikanische Delegation so grob abgefertigt hatte, und er weigerte sich, am andern Tag, wie das der Brauch erforderte, abermals nach Versailles zu gehen, um nun der Königin aufzuwarten.

Franklin nahm an Stelle Arthur Lees seinen Enkel William mit, und zu dreien, er, William und Silas Deane, fanden sie sich in Versailles ein.

Liebenswürdig, ein wenig kokett, königlich und gleichwohl die Dame mit der blauen Maske, mit einem kleinen Blinzeln des Einverständnisses empfing ihn Toinette. Er hatte seinen Spaß an dem prächtigen, zeremoniösen und damenhaft anmutigen Hin und Her, das mit dem Lever der Königin verbunden war, und es belustigte ihn, daß er nun in offizieller Eigenschaft der Toilette dieser hübschen Dame beiwohnte, mit welcher er eine so erfreulich folgenreiche Konversation geführt hatte.

Diese Unterhaltung setzten sie jetzt fort. Mit gutgespielter Unschuld fragte sie ihn, welchen Eindruck er von ihrem Mann, dem König, habe. „Er ist ein gütiger, sehr vielversprechender Monarch“, sagte mit Überzeugung Franklin. Toinette ihresteils versicherte ihm: „Er hat Sie hoch gerühmt, Monsieur, er schätzt und liebt Sie außerordentlich“, und sie schaute ihm treuherzig in die Augen. Dann stellte sie ihm einige vorbereitete Fragen über seine elektrischen Experimente und hörte ihm mit aufmerksamem Gesicht und mit abwesenden Gedanken zu.

Des Abends, nach Tafel, mußte er ihrem Spiel beiwohnen, sie forderte ihn auf, hinter ihrem Stuhl zu stehen. Sie gewann. „Sie bringen mir Glück, mein elektrischer Gesandter“, sagte sie. „Setzen Sie doch auch.“ Er tat es und gewann siebzehn Louis. Dann aber begann Toinette, hoch zu spielen, sie vergaß ihn, und er benutzte die Gelegenheit, sich vergnügt mit Silas Deane, William und den gewonnenen siebzehn Louis zu entfernen.

Für Silas Deane waren diese Stunden in Versailles die letzte gute Zeit. Sein Nachfolger war schon in Frankreich, es war John Adams, ein bekannter Politiker, ein sehr tätiges Mitglied des Kongresses, und ihm, Silas Deane, blieb nichts übrig, als zurück nach Amerika zu fahren. Er schied schweren Herzens. Nicht nur zehrte es an ihm, daß man ihn so schmählich und undankbar behandelte, er ließ auch seine besten Freunde hier zurück, Männer, die genau wußten, welche Verdienste er sich um sein Land erworben hatte, und drüben wird er nur Leute finden, die aufgehetzt waren, voll Vorurteil und Mißgunst.

Franklin war es leid, daß Silas Deane ging. Er hatte oft seine liebe Not mit ihm gehabt, aber der Mann mit der beblümten Atlasweste war wohlmeinend und ein Patriot und hatte sich zuletzt immer der bessern Einsicht gefügt. Franklin versprach, ihn in seiner Sache mit dem Kongreß nach besten Kräften zu unterstützen, und erklärte, er werde oft an ihn denken, schon durch den lieben Anblick der Encyclopédie. Silas Deane lächelte in seinem Kummer, sagte adieu und nochmals adieu und konnte sich kaum trennen.

Sich von Arthur Lee zu verabschieden, hatte Silas Deane nicht die Absicht, doch zu seiner Überraschung suchte Arthur Lee ihn auf. Arthur Lee kam voll gewaltigen Ärgers. Der Hof von Versailles hatte Monsieur Gérard zu seinem Gesandten beim amerikanischen Kongreß ausersehen, und man hatte bei Franklin und Silas Deane angefragt, ob diese Wahl genehm sei, nicht aber bei ihm, Arthur Lee. Er vermutete hinter dieser Brüskierung finstere Manöver der beiden Kollegen.

Wenn er aber diesen Verdacht nicht schlüssig beweisen konnte, so hatte er solide Unterlagen für eine andere Beschwerde: unter den Akten, die ihm Deane übergeben hatte, fehlten Dokumente von hoher Wichtigkeit. Finster und anklägerisch fragte er, was es damit auf sich habe. Silas Deane antwortete, es handle sich um Schriftstücke, die er dem Kongreß vorlegen wolle, zu seiner Rechtfertigung; denn er habe Grund zu der Annahme, daß gewisse Leute ihn in Philadelphia verleumdet hätten.

„Übrigens haben sich", fuhr, ohne auf Mr. Deanes Erwiderung einzugehen, Arthur Lee fort, „auch in den Aktenstücken, welche zurückzulassen Sie die Freundlichkeit haben, schon bei flüchtiger Durchsicht dunkle Posten gefunden. Da figurieren zum Beispiel unter den Ausgaben der Delegierten tausendvierhundertsiebzig Livres für Anschaffung der ‚Encyclopédie des Arts et des Métiers', ausgehändigt an Doktor Franklin. Ich bitte um Aufklärung." – „Die gebe ich Ihnen gerne", antwortete höflich Silas Deane. „Wir haben, Sie und ich, dieses große Werk dem Doktor Franklin zu seinem Geburtstag geschenkt." – „Sie haben sich erdreistet", sagte mit seiner flackernden Stimme Arthur Lee, „ohne mich zu fragen, haben Sie sich erdreistet, ein so kostspieliges Geschenk in meinem Namen zu machen? In einer Zeit, da man in Amerika für einen kupfernen Penny beinahe einen Kongreß-Dollar zahlen muß, schenken Sie auf Kosten des Landes dem Doktor Franklin Bücher für tausendvierhundertsiebzig Livres?" – „Ich habe Sie nicht gefragt", antwortete mit streitbarer Ruhe Silas Deane, „weil Sie ja doch nein gesagt hätten. Ich fühle mich gedeckt vor dem Kongreß, da die Encyclopédie mit Mehrheitsbeschluß angeschafft worden ist." – „Wieso?" fragte entgeistert Arthur Lee. „Ich habe zwar den Doktor Franklin auch nicht gefragt", erläuterte Silas Deane, „aber mit der gleichen Sicherheit, mit der ich weiß, daß Sie abgelehnt hätten, wage ich zu behaupten, daß er ja gesagt hätte." – „Mit solchen französischen Sophistereien", erklärte heftig Arthur Lee, „haben Sie die ganzen Jahre hindurch das Ansehen Amerikas geschändet." – „Mit solchen französischen Sophistereien", antwortete Silas Deane, „hat Doktor Franklin Amerika vor dem Untergang gerettet." Arthur Lee verschränkte die Arme und stieß die Stirn vor. „Man wird Ihnen drüben zeigen, Herr", drohte er, „wie Amerika über Sie denkt."

Monsieur de Beaumarchais aber, als sich Silas Deane von ihm verabschiedete, forderte ihn auf: „Sagen Sie dem Kongreß Ihre Meinung frei heraus, in Ihrem und in meinem Namen. Sagen Sie den Herren ins Gesicht, wie kleinlich und wie undankbar sie sich benehmen. Fürchten Sie nichts, verehrter Mr. Deane. Frankreich läßt keinen im Stich, dem es Hilfe versprochen hat. Vertrauen Sie auf den König und auf das Haus Hortalez und Compagnie."

Arthur Lee, wenig befriedigt von seiner Unterredung mit Deane, schrieb einen langen, bittern Brief an Franklin. Zählte alle die Unbilden auf, die er erfahren zu haben vermeinte. Er habe sich, schrieb er, bereits mehrmals beschwert, doch Franklin pflege seine Briefe nicht einmal zu erwidern. „Wäre ich", fuhr er fort, „der schlimmste Feind Amerikas, Sie könnten mich kaum anders behandeln. Ich habe ein Recht, die Gründe Ihres Verhaltens kennenzulernen. Wenn Sie mir etwas vorzuwerfen haben, dann sagen Sie es offen, damit ich mich rechtfertigen kann. Wenn nicht, warum verletzen Sie Ihre Pflicht gegen Ihr Land und gegen mich? Nennen Sie das Ordnung, Anstand, Zusammenarbeit, Gerechtigkeit?"

Franklin seinesteils setzte sich hin und erwiderte: „Ich habe einige Ihrer Briefe nicht beantwortet, das ist richtig. Ich antworte nicht gern auf Briefe, die im Zorn geschrieben sind. Ich bin ein alter Mann, ich habe kaum mehr lange zu leben, ich habe viel zu tun und keine Zeit für Gezänk. Wenn ich auf

Ihre ständigen Zurechtweisungen und Ihre ewige Schulmeisterei geschwiegen habe, dann deshalb, weil ich die Würde und den Erfolg unserer Mission nicht gefährden wollte. Ich liebe den Frieden, ich habe Achtung vor Ihren guten Eigenschaften und Mitleid mit Ihrem kranken Geist, der sich immerzu abquält mit Eifersucht, Argwohn und der Vorstellung, andere wollten Ihnen übel und mißachteten Sie. Wenn Sie nicht bald gegen dieses Ihr geistiges Leiden etwas unternehmen, dann werden Sie sicherlich im Wahnsinn enden. Ich kenne die Symptome, die sich an Ihnen zeigen, aus ähnlichen Fällen. Gott bewahre Sie vor einem so schrecklichen Los, und um seinetwillen lassen Sie mich gefälligst in Frieden."

Franklin überlas, was er geschrieben hatte, er kratzte sich, sein Schorf belästigte ihn in letzter Zeit wieder mehr. Er fand, sein Brief sei die richtige Antwort, und sandte ihn nicht ab.

Arthur Lee aber hörte nicht auf mit seinen Klagen und Beschwerden. Er wurde darin bestärkt von zwei andern Abgesandten des Kongresses, die sich mittlerweile in Paris eingestellt hatten, von seinem Bruder William Lee und von Mr. Ralph Izard.

Ralph Izard war fünfunddreißig Jahre alt, reich und verwöhnt. Er hatte in England studiert und sich mit führenden englischen Staatsmännern und Schriftstellern angefreundet. Der junge Herr aus den Kolonien hätte damals auch dem König von England vorgestellt werden sollen, aber da das Zeremoniell die Kniebeugung verlangte und Ralph Izards Prinzipien es ihm verboten, vor einem Sterblichen die Knie zu beugen, hatte er die Einführung bei Hofe abgelehnt. Als später der Konflikt mit den Kolonien zum offenen Ausbruch kam, war er nach Amerika zurückgekehrt und hatte sich der Sache der Aufständischen mit Feuer angeschlossen. Jetzt war er vom Kongreß zum Gesandten beim Hofe von Toskana bestellt worden. Da aber dieser Hof die Vereinigten Staaten noch nicht anerkannte, hatte ihn der Kongreß beauftragt, vorläufig in Paris zu bleiben und Franklin und Lee an die Hand zu gehen.

Der andere neue Gesandte, Arthurs Bruder William, war ein rechter Abkömmling des hageren, begabten, mißtrauischen, streitsüchtigen Geschlechts der Lee. Ihn hatte der Kongreß zum Repräsentanten in Berlin ernannt. Doch dieser

Hof anerkannte den Kongreß sowenig wie Toskana, und so erhielt auch William Lee Weisung, Franklin mit Rat und Tat zu unterstützen.

Die neuen Kömmlinge machten sogleich gemeinsame Sache mit Arthur Lee. Sie waren alle drei jung und temperamentvoll, und Franklins milde Art schien ihnen Trägheit, Schwäche, Senilität. Nun der Vertrag geschlossen sei, müsse man, fanden sie, von der französischen Regierung nachdrücklich mehr verlangen und immer mehr, Geld, Truppen, Schiffe. Daß sich Franklin dagegen sträubte, erachteten sie für verbrecherische Lässigkeit.

Mitten hinein in ihre ersten unerquicklichen Auseinandersetzungen mit Franklin kam der Mann, welchen der Kongreß zum Nachfolger Silas Deanes ausersehen hatte, John Adams.

Franklin und John Adams hatten Jahre gemeinsamer Arbeit hinter sich, sie waren beide an der ersten Redaktion der Unabhängigkeitserklärung beteiligt gewesen. Sie anerkannten ein jeder die guten Eigenschaften des andern, aber sie liebten einander nicht. Der fünfundvierzigjährige John Adams war Anwalt von Beruf und pflegte seine Meinung klingend herauszusagen, mit vielen Vergleichen aus der Bibel und aus dem Altertum. Groß geworden in den Jahren des Krieges mit den Franzosen und Indianern, war er ein leidenschaftlicher Patriot. Wenn es den Amerikanern gelänge, hatte er damals erklärt, diese streitsüchtigen Gallier von dem Kontinent zu vertreiben, dann würden sie binnen eines Jahrhunderts alle andern Völker an Zahl übertreffen und den alten Erdteil in Schatten stellen. Europa schien John Adams dekadent, und von Jugend an nährte er den Traum von einem gewaltigen, auf der Tugend begründeten amerikanischen Imperium.

John Adams konnte sich auf große staatsmännische Erfolge berufen; wenn die Unabhängigkeitserklärung Beschluß geworden war, so trug er daran starken Anteil. Der Kongreß schätzte den unermüdlich tatkräftigen Mann hoch, und als die sehnlichst erwartete Nachricht von der Allianz mit Frankreich zögerte und nicht kam, ernannte man an Stelle Silas Deanes ihn zum Delegierten, damit er den Pakt unter Dach bringe.

Nun aber fand Mr. Adams den Vertrag unterschrieben vor und hatte somit in Europa nichts Rechtes mehr zu suchen.

Doch sein wilder Tatendrang ließ ihn nicht ruhen. Er machte sich über die Akten der Delegation her.

Mr. Adams war ein kleiner, beleibter, temperamentvoller Herr mit einem kahlen, breiten Kopf, dessen Breite noch unterstrichen wurde durch mächtige Schöpfe Haares auf beiden Seiten. Diesen Kopf konnte er, wenn er die Akten der Delegation studierte, immer nur schütteln. Er machte sich daran, Ordnung in den heillosen Wirrwarr zu bringen. Da er Franklin mild und ein wenig belustigt lächeln sah, setzte er ihm auseinander: „Nennen Sie meine Methoden Bürokratie; die Römer nannten sie Disziplin. So viel ist gewiß: ohne solche ‚Bürokratie' kann Großes nicht erreicht werden. Wie sollen wir ein großes Reich aufbauen, das die andern überflügelt, wenn wir unser kleines Haus in Passy nicht in Ordnung halten können?"

Mr. Adams wohnte in Passy, im Hause Franklins, das als der Sitz der amerikanischen Delegation galt. Er konnte also Franklins Lebensweise aus der Nähe beobachten. Die beiden Herren behandelten einander mit großer Höflichkeit, doch in seinem Innern mißbilligte John Adams des Doktors Führung von Tag zu Tag mehr. Mit seinen Zweiundsiebzig und trotz seiner Gicht aß dieser Mann üppig und trank nicht wenig. Während man alle Ursache hatte, sparsam zu sein, hielt er sich einen luxuriösen Wagen, beschäftigte viel Dienstpersonal und bewohnte ein reich eingerichtetes Haus. Trotz seines Alters schwänzelte er um die Frauen herum wie nur je ein Welscher. Nehmt alles nur in allem: er war ein Epikureer.

Mr. Adams wohnte erst wenige Tage in Passy, als unangemeldet Franklins Freundin zu Besuch kam, Madame Helvetius. Sie trat ins Zimmer, als wäre sie zu Haus. Sie war die Ruine einer schönen Frau, unordentlich angezogen und frisiert, um den kleinen Strohhut hatte sie ein schmutziges Tuch gebunden, um die Schultern trug sie einen schwarzen Schal, der ihr immer wieder herunterfiel. In Gegenwart Mr. Adams' küßte sie Franklin auf die Wangen und auf die Stirn. Während des Essens saß sie zwischen den beiden, oft hatte sie die Arme um die Stuhllehnen beider, mehrmals umarmte sie den Doktor. In einem ausführlichen Brief schilderte das Mr. Adams seiner vergötterten Mrs. Abigail Adams, mit der er in züchtiger, inniger Verbundenheit lebte.

Mr. Adams vermied es, den Doktor in bittern Reden anzugreifen, wie die jüngeren Herren das taten. Er vermittelte und milderte. Aber wenn es um ernstere Dinge ging, dann stärkte er durch Stillschweigen die Opposition der Lees und Izards.

So bei der Auseinandersetzung über William Temple.

Es ergab sich nämlich bei der methodischen Ordnung des Aktenbestandes, daß jener Brief über die Melasse, welchen Monsieur Gérard auf Verlangen Arthur Lees als ergänzenden integrierenden Bestandteil des Handels- und Freundschaftsvertrags hatte schreiben müssen, verlorengegangen oder verlegt war. Nun bezweifelte niemand, daß der Kongreß den Pakt in der vorliegenden Form ratifizieren werde oder bereits ratifiziert hatte, und das verlorene Dokument besaß also lediglich akademischen, historischen Wert. Trotzdem – und das setzten jetzt die Herren Arthur und William Lee und Ralph Izard dem Doktor Franklin mit Nachdruck auseinander –, trotzdem war ein Mensch, der ein solches Dokument zu Verlust gehen ließ, nicht geeignet zum Sekretär der Gesandtschaft. Von Anfang an war ein Junge von siebzehn Jahren nicht der rechte Mann für ein solches Amt gewesen. Und hatte er sich nicht schon früher saumselig und nachlässig gezeigt? Hatte er nicht zum Beispiel den Entwurf des Allianzvertrages vor indiskreten französischen Augen herumliegen lassen?

„Und mußte man überhaupt", setzte Ralph Izard den Vorwürfen der andern die Krone auf, „mußte man überhaupt zum Sekretär der Gesandtschaft gerade Mr. William Temple Franklin bestellen?" Er unterstrich den Vornamen des jungen Mannes, und jeder wußte, was er sagen wollte. In der letzten Zeit hatten die englischen Zeitungen viel Rühmens gemacht von dem Gouverneur William Franklin, dem Vater des jungen William, der trotz aller Quälereien von seiten der Meuterer seinem König treu geblieben sei, und sie hatten sich höhnisch ausgelassen über den großen Rebellen Franklin, der nicht einmal den eigenen Sohn von der Güte seiner Sache zu überzeugen vermocht habe.

Doktor Franklin hatte die Vorwürfe seiner jungen Kollegen bisher mit Ruhe angehört. Als indes dieser letzte Einwand vorgebracht wurde, ergrimmte er. „Sollte ich den Jungen in der Umgebung seines Vaters lassen?" fragte er. Das war keine Widerlegung, aber es klang durch seine Worte so viel Schmerz und Zorn, daß die andern schwiegen.

Und nun endlich griff John Adams ein. „Sie sind zu weit gegangen, Mr. Izard", tadelte er, und Ralph Izard entschuldigte sich auch sogleich: „Ich bedaure, wenn ich Doktor Franklin sollte gekränkt haben."

Der Zwischenfall endete damit, daß Franklin fortan das Gehalt William Temples aus der eigenen Tasche bezahlte und einen weiteren Sekretär anstellte, der von den andern Herren vorgeschlagen war, einen Franzosen, einen Monsieur de la Motte. Das schien ein gewissenhafter und der Sache Amerikas ergebener Mann, doch fühlte sich Franklin ständig von ihm beaufsichtigt.

Seit dem Abschluß der Allianz hieß es überall in Paris: „Franklin, Franklin", und Pierres Verdienste gerieten in Vergessenheit. Das wurmte den treuen Philippe Gudin. Er hüllte sich in den Schlafrock, den ihm Pierre geschenkt hatte, setzte sich in die Rundung seines kostbaren Schreibtisches und schrieb. Verfaßte einen Essay, eine Denkschrift: „Vorläufiger Abriß des Lebens eines großen Zeitgenossen." Ohne einen Namen zu nennen, stellte er die staatsmännischen, kaufmännischen und literarischen Verdienste seines Freundes um die Sache Amerikas und der Freiheit auf solche Art dar, daß jeder Kundige erkennen mußte, um wen und was es sich handelte. Die Verdienste des „Alten im Garten" wurden gewürdigt, doch wurde in dunkeln Worten hingedeutet auf gefährliche Eigenschaften dieses Alten. Später wurden die Leistungen des „Alten im Garten" verglichen mit denen des großen Zeitgenossen, von dem die Denkschrift handle, und da schnitt der „Zeitgenosse" besser ab als der „Alte". Der Tag werde kommen, schloß das kleine Werk, da die Weltgeschichte Licht und Schatten gerechter verteilen werde.

Philippe Gudin überlas, was er gemacht hatte, und war zufrieden. Zwar hatte er notgedrungen dunkel bleiben müssen wie Heraklit oder Lukrez, und die düstere Gewalt dieser beiden war ihm nicht gegeben, aber gleichwohl, fand er, nahm es sein Opusculum auf mit den Historien etwa eines Rollin.

Er bedachte, daß Pierre vielleicht die Veröffentlichung

seines „Vorläufigen Abrisses“ nicht gutheißen werde; denn Pierre war edelmütig und wollte wahrscheinlich dem „Alten im Garten“ die Bloßstellung ersparen. So ließ Gudin seine Broschüre hinter dem Rücken des Freundes drucken, auf eigene Kosten und Verantwortung, und übersandte sie denjenigen, die daran interessiert sein mochten, auch dem „Mann im Garten“.

Dann, stolz und glücklich, überbrachte er das Büchlein ihm, dem zu Ehren es geschrieben war.

Pierre blätterte und las. Es wärmte ihm das Herz, daß da endlich einer seine Verdienste aufzählte und rühmte, in mancherlei Verhüllungen zwar, mit viel Griechisch und Latein und mit wenig Schwung, doch dem Wissenden deutlich genug. Auch freuten ihn die Anspielungen auf die Überschätzung des „Alten im Garten“. „Das hätte ich nicht gedacht“, sagte er und drohte mit dem Finger, „daß Sie hinter meinem Rücken so gefährliche Dinge trieben.“ Gudin lächelte und erwiderte: „Einer muß es doch schließlich sagen. Und da von unsern Plutarchen keiner seine Pflicht tat, mußte eben ein kleiner Mann ans Werk.“

Pierre war gerührt; aber er sagte sich, daß auch eine verhüllte Darstellung der Tätigkeit des Hauses Hortalez für ihn nur unangenehme Folgen haben könne, und er schlug vor, die Schrift vorläufig in der Schublade zu halten. Aber: „Ich habe Vorsorge getroffen“, antwortete Gudin, „daß Ihnen Ihre Bescheidenheit nicht wieder einen Streich spielt. Die es angeht, haben die Denkschrift bereits in Händen“, und sein gutmütiges Gesicht strahlte Stolz und Genugtuung über seine Schlauheit und Menschenkenntnis. Pierre klopfte ihm den Rücken, zuckte die Achseln, gab sich zufrieden.

Bald darauf lief in Lorient eines von Pierres Schiffen ein, die „Gloire de France“. Sie brachte aus Amerika eine Ladung von Reis und Indigo. Der begleitende Frachtbrief war ausgestellt an die Herren Franklin, Silas Deane und Arthur Lee. Die Ladung war indes zweifellos für die Firma Hortalez bestimmt, es war die von Paul längst angekündigte Sendung. Und wenn sie an die amerikanischen Delegierten adressiert war, dann sicherlich nur, damit nicht bei einer allenfallsigen Kaperung des Schiffes durch die Engländer die Firma Hortalez von neuem kompromittiert werde; die „Gloire de France“

war abgegangen, bevor die französisch-amerikanische Allianz jenseits des Ozeans bekannt war.

Arthur Lee aber roch Unrat und verlangte, daß, solange nicht Aufklärung geschaffen sei, die Ladung den Adressaten zur Verfügung gestellt werde, das heiße, den Delegierten und niemand sonst. Die Angelegenheit verwickelte sich. Der Kapitän des Schiffes lehnte es ab, die Ladung den Kommissaren auszuhändigen. Die berieten. Arthur Lee forderte in heftiger Rede seine Kollegen auf, sich nicht länger von dem berüchtigten Monsieur de Beaumarchais auf der Nase herumtanzen zu lassen. Wahrscheinlich seien schon frühere Ladungen, welche der Kongreß auf Schiffen Beaumarchais' der Delegation geschickt habe, von Mr. Deane dem Hause Hortalez zugeschanzt worden. Diesmal seien erfreulicherweise die Frachtbriefe in die rechten Hände gelangt. Er beantragte, den Kapitän, der offenbar im Komplott mit Beaumarchais sei, durch Gerichtsbeschluß zur Auslieferung der Ladung zu zwingen.

Wäre die Sache eine Woche früher zur Sprache gekommen, so hätte sich wohl Franklin einem solchen Schritt widersetzt. Nun aber war ihm in diesen Tagen eine Broschüre zugesandt worden: „Vorläufiger Abriß des Lebens eines großen Zeitgenossen". Darin machte irgendein gelehrter Esel unter Anwendung vieler Zitate hämische Anmerkungen gegen den „Mann im Garten" und schrieb in gravitätischen Wendungen das Hauptverdienst an dem Sieg von Saratoga und an der Allianz dem gewissen Monsieur Caron zu. Franklin nahm gemeinhin Schmähschriften nicht sehr ernst. Aber dieser Autor besaß eine auffallend genaue Kenntnis vieler Einzelheiten, er wußte um Daten, die er nur von Monsieur Caron selber oder seinen nächsten Vertrauten erhalten haben konnte. Es war also die Veröffentlichung der Broschüre eine feindselige Handlung von seiten Monsieur Carons, und Franklin fühlte sich nach dieser Kampfansage nicht bemüßigt, Monsieur Caron seinesteils gegen die andern in Schutz zu nehmen. Er stellte zusammen mit Lee Antrag an das Seegericht von Lorient, dieses möge den Kapitän der „Gloire de France" anweisen, seine Ladung den rechtmäßigen Adressaten auszufolgen, den Herren Franklin und Lee.

Pierre wurde blaß vor Überraschung und Wut. Er hatte erwirkt, daß dieser alte Mann als Gesandter der Vereinigten

Staaten anerkannt wurde, und seine erste Amtshandlung war, daß er ihm sein Eigentum raubte. Niemals war ihm die Niedertracht so schamlos nackt entgegengetreten. Vor diesem Bonhomme Richard verblaßte Tartüff.

Und warum hatte der Alte das gemacht? Wozu? Gut, die Amerikaner hatten kein Geld. Aber so wenig Geld hatten sie doch nicht, daß sie diese Ladung, das Lämmlein des Armen, hätten stehlen müssen. Es mußte persönlicher Haß sein, der Franklin trieb.

Die Broschüre war daran schuld, das unglückselige, langweilige Erzeugnis dieses Philippe. Alle wirkten sie zusammen, ihm zu schaden, seine Freunde und seine Feinde. Und sein Zorn und seine Enttäuschung entluden sich über den Kopf Philippe Gudins.

Man war in dem prunkvollen Arbeitszimmer Pierres, und Pierre, während er seine Anklagen auf Philippe niedersausen ließ, lief stürmisch hin und her. Philippe hörte zunächst geduldig zu. Dann aber riß es ihn hoch, auch er lief hin und her, schweren Schrittes, laut atmend. „Sitzen Sie wenigstens still, wenn ich rede“, schrie ihn Pierre an. Gudin blieb stehen. „Ich bin bereit“, antwortete er, „stillzuhalten, meinen Kopf hinzuhalten, alle Lanzen in meiner Brust einzusammeln wie jener Schweizer. Aber Sie tun mir unrecht. Es bedurfte nicht erst meines bescheidenen Werkes, um diesen Franquelin zu Ihrem grimmigen Feind zu machen. Er war es von je. Ich habe in meinem ‚Vorläufigen Abriß‘ einen Vers aus der ‚Antigone‘ auf ihn angewandt, jenen Vers von dem ‚Mann mit dem tückevollen Mund‘, als welchen Sophokles den Tyrannen Kreon kennzeichnet. Aber der ‚Alte im Garten‘ ist niedriger als Kreon, ich sage Ihnen, er ist der geborene Thersites. Er ist von allen Verleumdern und Verkleinerern der schwärzeste. Er hat – aber nein, ich schüre Ihren Zorn nicht noch mehr. Fahren Sie fort, zu glauben, daß es meine schwachen Worte waren, welche die Rachsucht jenes ränkevollen Greises entzündet haben. Glauben Sie es weiter.“

Aber: „Was wissen Sie?“ herrschte ihn Pierre an. Gudin schwieg, gekränkt, verstockt. „Was hat dieser Franklin schon früher Schmähliches gegen mich gesagt oder getan?“ erregte sich Pierre. „Beruhigen Sie sich“, bat Gudin. „Verlangen Sie nicht, daß ich Ihnen jene schwarzen Worte wiederhole.“ –

„Was hat er ...?“ bestand Pierre, die Stimme versagte ihm. „Er hat Sie“, offenbarte, beinahe flüsternd, Gudin, „verglichen mit der Fliege aus den Fabeln des Lafontaine, mit jenem kleinen, lästigen und eiteln Insekt.“ – „Mit der Fliege?“ fragte Pierre. „Mit der Fliege von der Kutsche?“ – „Sie haben es gesagt“, antwortete Gudin.

Pierre mußte sich setzen, er fühlte sich schwach und taumelig. Er hatte Jahre seines Lebens und sein Vermögen hingegeben für Amerika, hatte die Waffen hinübergeschickt für Saratoga, hatte diesem Alten die Begegnung mit der Königin erwirkt und den Pakt. Und der hatte für ihn nichts als billigen, lausejungenhaften Hohn. Die Fliege und die Kutsche. Er schüttelte den Kopf, langsam, erschüttert.

Niemals hatte Gudin den Freund so gesehen; es zerriß ihm die Brust. Schweigend und jämmerlich stand er und schaute immer nur auf Pierre. „Ich begreife es nicht“, sagte der nach einer Weile, mit einer sonderbar stillen Stimme, „immer noch begreife ich es nicht. Was hab ich ihm denn getan? Ich habe doch wirklich für zehn Millionen Waffen nach Amerika geschickt und nichts dafür gekriegt.“ Er schüttelte immer noch den Kopf.

Als er Therese von dem Vorgefallenen erzählte, verfinsterte sie sich. Ihr eignete ein brennender Sinn für Gerechtigkeit, es kränkte sie, daß Pierres Verdienste um Amerika und die Freiheit so bitter verkannt wurden und daß gerade der große und ehrwürdige Franklin ihn und seine Leistung so abtat.

Ohne Pierre davon zu sprechen, fuhr sie nach Passy.

Franklin hatte sein Vorgehen schon den Tag darauf bereut. Es war keine Frage, daß die Entscheidung des Gerichtes für den Franzosen ergehen werde und gegen die Gesandtschaft. Er hatte sich benommen wie ein Arthur Lee und sich von billigen Regungen hinreißen lassen, statt der Vernunft zu folgen. So kam es ihm gelegen, daß er sich vor Madame Beaumarchais rechtfertigen konnte.

Sie habe sich, sagte nach kurzer Einleitung Therese, noch nie in die Geschäfte ihres Mannes eingemischt, aber in diesem Falle gehe es wohl um mehr als ein Geschäft. Sie bedaure, daß die Abgesandten eines Landes, dem Monsieur de Beaumarchais so starke Beweise seiner Freundschaft gegeben habe, ihrerseits so unfreundlich gegen ihn vorgegangen seien. Es werde viele Franzosen wundernehmen und betrüben, daß man nicht, ehe man die Gerichte anrief, versucht habe, sich freundschaftlich zu verständigen.

Franklin betrachtete sie aus seinen gewölbten, ruhigen, alten Augen. Er hatte sich die Frau dieses Monsieur Caron sehr anders vorgestellt, keineswegs so schlicht und sympathisch, und es wäre ihm lieb gewesen, wenn sie mehr seiner Vorstellung entsprochen hätte. In seinem Innern gab er ihr recht. Er hatte sich oft geärgert über die täppische, voreingenommene Art, wie seine Landsleute mit Ausländern umgingen, und nun hatte er selber aus seinem Geblüte heraus gehandelt statt aus seinem Verstand.

Er erwiderte, der leidige Fall wäre vermieden worden, wenn nicht Monsieur Deane, der die Verhandlungen mit Monsieur de Beaumarchais geführt habe, hätte nach Amerika zurückkehren müssen. Die Angelegenheit sei verwickelt, Monsieur Deanes Nachfolger habe die Akten noch nicht durcharbeiten können, und in Amerika sei man gewohnt, in unklaren Fällen die Gerichte anzurufen. Keineswegs sei es die Absicht der Delegierten oder gar die seine gewesen, Monsieur de Beaumarchais Feindseligkeit oder auch nur Unfreundlichkeit zu bezeigen. Er unterschätze durchaus nicht die Dienste, die Monsieur den Vereinigten Staaten geleistet habe, und soviel ihm bekannt sei, habe auch der Kongreß Monsieurs Leistungen in einem schmeichelhaften Brief anerkannt. Doch Geschäft sei Geschäft, und Ziffern und Buchstaben hätten kein Herz und keine Höflichkeit. Im übrigen habe er den Eindruck, daß Monsieur in der fraglichen Angelegenheit recht behalten werde, und niemand würde sich darüber mehr freuen als er, Franklin. Die ganze Zeit über beschaute er Therese mit gelassenem Interesse, und er sprach höflich und respektvoll. Aber er war sich bewußt, daß gegen seinen Willen seine Rechtfertigung frostig klang.

Als Therese zurückfuhr, war sie sicher, daß Pierres Waren bald freigegeben würden, vermutlich noch vor dem Spruch des Gerichtes; doch ebenso gewiß war sie, daß Franklins Widerwille gegen Pierre unbesiegbar sei.

Franklin seinesteils saß noch eine Weile und überlegte. Es war seltsam, daß dieser windige Monsieur Caron, der ihn abstieß, die Fähigkeit hatte, Menschen anzuziehen von solcher Gediegenheit wie diese Frau oder wie jenen jungen Mann, der seinethalb nach Amerika gegangen war.

Er rieb und drückte seinen gichtischen Fuß. Das Gespräch mit Madame Beaumarchais hatte ihm den Tag verdorben. Trotz der vielen Freunde, mit denen er kluge und scherzhafte Gespräche führte, trotz Madame Helvetius und der andern Frauen, die sich zärtlich an ihn drängten, trotz des leichtfertigen und gutanzuschauenden William, den er liebte, fühlte er sich manchmal sehr einsam, und Frankreich wurde ihm zum fremden Land.

Er vermißte sehr seinen alten Dubourg. Er nahm das „Eulogium Linnaei" zur Hand, die Hinterlassenschaft seines Freundes. Es war ein guter Aufsatz, Dubourg war ein rechter Wissenschaftler gewesen, der die Erkenntnis um ihrer selbst willen liebte. Er, Franklin, hatte sich denn auch mit Eifer bemüht, den Aufsatz gut zu übertragen. Er ging hinüber in seine Druckerei und machte sich daran, das Manuskript zu setzen.

Voltaire hatte nach seinem triumphalen Umzug durch Paris einen Rückfall gehabt und war nun wieder ans Bett gefesselt. Das hinderte ihn nicht, die Proben zur „Irène" fortzusetzen. Die Proben enttäuschten ihn. In den Jahren, da er Paris ferngeblieben war, hatte sich ihm die Pariser Bühne verklärt, nun fand er die Mehrzahl der Schauspieler hölzern, und es gelang ihm nicht, aus ihnen herauszuholen, was ihm vorschwebte. Er arbeitete mit doppeltem Eifer und feuerte sie an, bald durch Schmeichelei, bald durch Hohn. Sich zwischen seinen Kissen hochrichtend, zahnlos, in höchster Passion, sprach er ihnen seine Verse vor, nochmals und nochmals; doch wenn sie zurückkamen, dann, in den meisten Fällen, klangen sie zwar edel, doch leblos.

Auf die Dauer hielt seine geschwächte Gesundheit die Proben nicht aus. Er mußte die Schauspieler sich selber überlassen. Und es war nicht daran zu denken, daß er der Erstaufführung der „Irène" hätte beiwohnen können.

Auch ohne ihn wurde die Aufführung zum Ereignis. Der ganze Hof war anwesend mit Ausnahme des Königs. Das Publikum war fest gewillt, sich begeistern zu lassen. Mit ihm Toinette und der Fliederblaue Klüngel.

Da waren Verse, die Toinette in der Tat das Herz rührten. Wenn Zoë das harte Los ihrer Kaiserin beklagte, waren diese Klagen nicht auf sie selber gemünzt? „Zur Sklaverei bist du geboren. Dein Glanz und deine Herrlichkeit, was ist es sonst als ewiges Leiden, ewiger Zwang? Wohl bist du Herrscherin, doch nur der Name eignet dir, und deiner Würde höchst gefährliche Last hält dich in elender Gefangenschaft. Des Volkes Meinung, Brauch und Tradition, sie fesseln härter dich, als ein Tyrann es könnte." Toinette, diese Verse hörend, atmete stärker, spürte stärker die Gegenwart Vaudreuils, der hinter ihr stand. Er war ein großer Dichter, Voltaire; da sprach er von der Bühne her ihre heimlichsten Gefühle aus.

Man tat ihm bitteres Unrecht. Hatte er, der Vielverlästerte, nicht sogar Sinn für die Würde und Größe der Kirche und der Priesterschaft? Sie mußte die Verse im Gedächtnis behalten, welche jetzt der Mönch Léonce sprach: „Es legt die Religion den heiligen Zügel auch Fürsten an und zwingt sie in die Knie. Und meine Kutte, die der Fürst verachtet, siegt über seinen Purpur." – „Merken Sie sich diese Verse, meine Damen", befahl sie. „Notieren Sie sich diese Verse auf. Ich muß sie dem König vorsprechen."

Freilich kamen gleich darauf Verse, welche den Frommen Ärgernis geben mußten. Der Feldherr Alexis nämlich, der neue Kaiser, den der Mönch bedrohte, schlug furchtbar zurück. Er wütete: „Ich reiß ihn nieder, deinen Tempel, wo man's wagt, mich zu beleidigen. Ich schmettre ihn in Stücke, den Altar, der immerzu wetteifert mit dem Thron. Was ist er andres, dein Altar, als Instrument der wüsten Leidenschaft, verderbenbringend, schwerbeladen mit dem Gold der Völker, geschweißt mit ihrem Blut, gebaut aus Raub und Plünderung?" Und das ganze Publikum brach in wilden Beifall aus.

Inmitten der Menge war Pierre. Er hielt sich bescheiden im Parterre, er war gekommen, nicht um gesehen zu werden, sondern um zu sehen. Empfänglich für jedes große Schauspiel, ließ er sich hinreißen von den Geschehnissen im Zuschauerraum nicht weniger als von denen auf der Bühne. Der Anblick Toinettes und des Hofes, die dem Genius Voltaires huldigten, und Irènes tragischer Konflikt mischten sich ihm. Er vergaß alle kritischen Einwände gegen die Vorgänge des Stückes, gegen seine Menschen, gegen das Spiel der Darsteller. Nichts mehr war in ihm als die tönenden Verse der Irène und der ungeheure Applaus, der sie wieder und wieder unterbrach. Der Wirbel des Vorurteils, der über Irène hereinbricht, der Kampf des Alexis gegen Tyrannei und herrschsüchtigen Priesterwahn, der tosende Jubel der Zuschauer, die Seligkeit über die Wirkung der Literatur, all der Lärm und Glanz versetzten Pierre in Taumel.

Und dieser Taumel reifte in ihm ein Projekt, das ihm vag die letzten Tage hindurch vorgeschwebt war. Frankreichs größter Verleger nämlich, Monsieur Pancoucke, hatte sich lange mit der Idee getragen, eine Gesamtausgabe der Werke Voltaires zu publizieren. Das war ein kostspieliges und riskantes Unternehmen, und gerade während der Anwesenheit Voltaires in Paris wurde es klar, daß bei der hartnäckigen Gegnerschaft des Königs die Verbreitung einer solchen Gesamtausgabe in Frankreich auf Jahre hinaus so gut wie unmöglich sein werde. Deshalb hatte Monsieur Pancoucke seine Absicht endgültig aufgegeben. Wenn aber, hatte sich Pierre gesagt, kein Verleger den Mut fand, die Opera Omnia des größten französischen Schriftstellers zu publizieren, so mußte eben ein anderer diesen Mut aufbringen, und jetzt, berauscht vom Glanz der „Irène"-Aufführung, erkannte und beschloß er: *er* war dazu berufen; ihm, keinem andern als ihm, oblag es, in einer endlosen Reihe herrlicher Bände das Werk dieses Voltaire aufzurichten als ein nationales Monument.

Voltaire lag derweilen in seinem Bett, schwitzend und hustend. Er versuchte Gleichmut zu heucheln, aber er war erregt wie ein junger Autor bei der ersten Aufführung seines ersten Stückes. Ein Bote nach dem andern kam aus dem Theater und brachte Meldung, wie die einzelnen Szenen aufgenommen worden waren. Er konnte seinen Gleichmut nicht festhalten, er wollte mehr wissen und immer mehr und erkundigte sich eifrig, wie diese Stelle aufgenommen worden sei und wie jene. Und als man ihm sagte, daß die Verse gegen den Priesterwahn: „Ich reiß ihn nieder, deinen Tempel", hatten dreimal wiederholt werden müssen, kicherte er glückselig: „Ich wußte es, ich kenne meine Pariser. Ecrasez l'Infame."

Nach Schluß der Vorstellung eilten die nächsten Freunde, unter ihnen Pierre, in das Haus des Kranken, um ihm zu erzählen und ihn zu beglückwünschen. Sie ließen sich nicht halten, sie drangen in sein Zimmer.

Es ging Voltaire sichtlich nicht gut. Aber grinsend unter seiner Nachtmütze schlürfte er die begeisterten Lobsprüche ein. Er rief Pierre zu sich heran und sagte: „Sie sind der beste Kenner in diesem Lande, mein Freund, Sie müssen mir erzählen", und er tätschelte Pierres Hand. Der berichtete, und er ließ winzige Einwände einfließen, welche das Lob nur erhöhten. Der Alte strahlte: „Da Sie es sagen, muß es wahr sein."

Da zähmte sich Pierre nicht länger. Begeistert bat er Voltaire um die Erlaubnis, die Opera Omnia herauszugeben. „Seien Sie überzeugt, großer Mann", versicherte er, „ich werde keine Mühe scheuen und kein Geld. Ich werde mir für die Mitarbeit an der Redaktion die besten Geister Frankreichs bestellen, und ich werde Lettern fabrizieren lassen, wie sie dieses Land noch nicht kennt."

Voltaires lebendige Augen leuchteten stärker. Mit den dürren Armen umfaßte er Pierre. „Mein Guter", nannte er ihn, und: „Nun kann ich ruhig sterben", verkündete er, „nun weiß ich mein Werk in den zartesten und kräftigsten Händen."

Pierre schlug das Herz hinauf in den Hals. Weit hinten im Dämmer verlöschten die Beleidigungen, die ihm der Mann im Garten angetan hatte, weit hinten versanken die Sorgen, die ihm die bösartig säumigen Schuldner jenseits des Meeres bereiteten. Der größte Genius des Jahrhunderts hatte ihn als seinen Bruder und Erben bezeichnet, und ganz Paris war dabeigestanden und hatte es gehört.

Nun aber, da sich Voltaires Befinden weiter verschlechterte, erklärte sein alter Arzt Tronchin, er schaue diesem ausgedehnten Selbstmord nicht länger zu. Er bestand darauf, daß Voltaire sogleich nach Ferney zurückkehre.

Théodore Tronchin war mit Voltaire seit Jahrzehnten befreundet. Er stammte aus einer uralten, ernsthaften Schweizer Familie, er war jetzt in seinem siebzigsten Jahr, und der hochgewachsene Mann hatte von jeher auf den schmächtigen Schriftsteller, dieses ewige kleine Kind, mit Liebe, Zärtlichkeit, Bewunderung und Verachtung herabgesehen. Vieles an diesem von der Welt und dem Schicksal so unerhört verwöhnten Menschen schien Doktor Tronchin äffisch bis zur Verrücktheit, mehrmals war es zwischen dem kalvinistisch strengen Doktor und seinem frivolen Patienten zu heftigen Auseinandersetzungen gekommen. Doch die Freundschaft hatte standgehalten, und als der große Arzt einen Ruf nach Paris annahm, hatte Voltaire das von Herzen bedauert. Schon am ersten Tage, da Voltaire in Paris eingetroffen war, hatte ihn Tronchin in klobigen Worten beschimpft. Es sei unglaublich töricht, hatte er ihm gesagt, es grenze an Wahnsinn, daß sich der schwächliche Greis den Strapazen des Pariser Aufenthalts aussetze.

Jetzt bestürmte er ihn von neuem. „Statt von Ihren Zinsen zu leben", erklärte er ihm grimmig, „zehren Sie von Ihrem Kapital, und glauben Sie, da ist noch viel vorhanden? Um ein Leben auszuhalten, wie Sie es hier führen, müßte man einen Körper aus Stahl haben", und: „Gehen Sie zurück nach Ferney", befahl er, „solang es noch Zeit ist." Und er schrieb selber nach Ferney, man möge sogleich Voltaires Reisewagen und Bedienung für die Rückreise nach Paris schicken.

Der treue Sekretär Wagnière war glücklich; er freute sich von Herzen darauf, seinen Voltaire wieder zurück in Ferney zu haben, inmitten richtiger Arbeit und eines halbwegs vernünftigen Lebens. Aber der Marquis de Villette suchte die Rückkehr Voltaires mit allen Mitteln zu verhindern. Er strahlte Genugtuung, daß jetzt sein Haus das Zentrum von Paris war; man sah ihm die Freude darüber so meilenweit an, daß sich der alte Maurepas zu einem Epigramm veranlaßt fühlte. „Kleiner Villette", dichtete er, „ja, jetzt bist du sehr berühmt; es ist der Ruhm eines Zwergs, der einen Riesen vorführt."

Vor allem aber widerstrebte Madame Denis, die fette Nichte, einer Rückkehr nach Ferney. Sie haßte das Leben auf dem Land, sie liebte den Wirbel ihrer Stadt Paris. Sie gab zu, der Aufenthalt in dem Hause Villettes biete dem verehrten Oheim nicht genügend Ruhe und Behagen. Doch das lasse sich leicht ändern; ein besser geeignetes Haus sei nicht schwer zu finden. Und schon verhandelte sie über den Ankauf eines Hauses an der Rue Richelieu.

Voltaire selber war hin und her gerissen. Er sehnte sich nach seinem Ferney. Er wußte, Tronchin hatte recht, Paris verkürzte den kurzen Rest seines Lebens. Aber da gab es Arbeiten, die er nur hier erledigen konnte. Gerade erst hatte ihn die Akademie zu ihrem Präsidenten gewählt; das war eine herrliche Gelegenheit, einen geliebten alten Plan zu verwirklichen, die Erneuerung des „Wörterbuchs der französischen Sprache". Und mußte er nicht mit diesem großartigen Freund und Mitarbeiter Beaumarchais zahllose Einzelheiten bereden über die Publikation der Opera Omnia? Und mußte er nicht von den Tausenden, die ihn zu sprechen begehrten, wenigstens hundert oder zweihundert sehen, denen er und die ihm Ernstliches zu sagen hatten? „Gehen Sie", drängte Tronchin, „oder es ist Ihr Tod." – „Bleiben Sie", drängten Villette und Madame Denis, „es ist das letztemal, daß Sie in Ihrer Stadt sind." – „Wir können Sie hier nicht entbehren", drängten Philosophen, Dichter, Politiker, Schauspieler.

Voltaires Reisewagen traf ein, seine vertrauten alten Diener, seine Hündin Idamée. Die Diener, als sie ihm die Hand küßten, hatten Tränen in den Augen, die Hündin wußte sich nicht zu lassen vor Freude. „Es scheint, sie sehnen sich nach mir in Ferney", sagte Voltaire. Er entschloß sich, zurückzufahren.

Da aber bekam er Nachricht von einem neuen Vorstoß, den der Führer der Klerikalen, der Abbé Beauregard, gegen ihn unternommen hatte. Nachdem er vorher schon in der Kathedrale von Notre-Dame gegen ihn geeifert, hatte der große Kanzelredner jetzt auch in der Schloßkapelle von Versailles den Kreuzzug gegen ihn verlangt. „Alle Werke der sogenannten Philosophen", hatte er vor König und Hof verkündet, „zielen nur dahin, Thron und Kirche zu stürzen. Aber diese Produkte sind unweise erlaubt und bringen ihren Urhebern Huldigung an Stelle von Strafe. Die Eule der heidnischen Minerva hat sich in Paris niedergelassen und thront schamlos und empfängt den unheiligen Weihrauch ihrer Verehrer. Offen in der Sänfte wird das Idol der Ketzerei durch die Straße der Hauptstadt des Allerchristlichsten Königs getragen. Offen von der Bühne her", ereiferte er sich mit deutlicher Anspielung auf die Verse aus der „Irène", „verkünden es die Philosophen, daß sie die Tempel des Herrn niederreißen wollen. Sie halten in ihrer verbrecherischen Hand Hammer und Axt bereit und warten nur auf den günstigen

Moment, Thron und Altar zu zerstören. Haben diejenigen, die es angeht, vergessen, daß auch die Nachsicht ihre Grenzen haben muß? Und daß Güte Schwäche wird, wenn sie die Lästerung nicht straft?"

Als Voltaire von dieser Predigt hörte, widerrief er seinen Entschluß. Die Priester wollten ihn aus Paris verjagen? Nein, er wich nicht zurück, vor ihrem Hohn. Ein großer Zorn erfüllte ihn. Ecrasez l'Infame. Nun gerade blieb er, trotz der Beschwörungen Doktor Tronchins und trotz der inständigen Bitten Wagnières. Und er unterzeichnete den Vertrag über den Kauf des Hauses an der Rue Richelieu. „Jetzt hat der alte Narr sein Todesurteil unterschrieben", sagte Doktor Tronchin.

Da sich in Ferney dringliche Geschäfte gehäuft hatten, schickte Voltaire den treuen Sekretär zurück. Es war kein leichter Abschied.

Nachdem Wagnière fort war, gab es keinen mehr, der den Alten zurückgehalten hätte. Unablässig empfing er Besucher, nahm Ehrungen entgegen, machte Ausfahrten.

Jetzt erfüllte er auch die Bitte seines Freundes Beaumarchais, ihm einen Besuch abzustatten. Was sich Pierre wünschte, war, daß der Vertrag über die Opera Omnia in seinem Haus an der Rue Saint-Antoine unterzeichnet werde.

Der Besuch Voltaires erregte ihn tief. Er empfing den Gast an der Grenze seines Besitzes. Er hielt eine Sänfte bereit, und während der Alte behaglich in der Sänfte saß, schritt er ihm ehrfürchtig zur Seite und erläuterte ihm Hof und Garten. Lächelnd und ergriffen nahm Voltaire Kenntnis von der Gleichnishaftigkeit des Tempels, der seinen Namen trug. Wind ging, und die Erdkugel bewegte sich, gesteuert von dem Federkiel. Pierre war erfüllt von Demut und Stolz.

Dann stellte er seinem Gast Therese vor und seinen Neffen Félicien.

Félicien schwieg. Er schaute den Alten immer nur an mit seinen dringlichen Augen. Doch Voltaire fühlte sich nicht gedrängt, ihn zu segnen wie seinerzeit den Enkel Franklins. Es ging etwas Forderndes und bei aller Bewunderung Kritisches von dem jungen Menschen aus.

Auch Therese sprach wenig. Doch ihr Gesicht und ihre Haltung zeigten die tiefe Ehrfurcht, die sie vor dem Manne empfand, der sein Leben hindurch für die Gerechtigkeit gekämpft hatte, heftiger, glühender als irgendein anderer, selbst als ihr Pierre. Die Namen derer, die er befreit oder deren Andenken er gereinigt hatte, standen wie Ehrentafeln die ganze Straße seines Lebens entlang. Therese neigte sich in Bewunderung.

Und dann bat Beaumarchais Voltaire, den Vertrag zu unterschreiben über die Rechte und Pflichten des Herausgebers der Opera Omnia Voltaires. Es war ein kurzer Vertrag, aber er legte eine schwere Last auf Pierres Schultern. Voltaire nahm sein Lorgnon und las genau. „Ein guter, klarer Vertrag", sagte er.

Flüchtig dachte Pierre daran, daß Maigron errechnet hatte, er werde mehr als eine Million Livres in dem Unternehmen investieren müssen. Aber: Der Bruder und Erbe Voltaires, dachte er, und: Nachdem ich dem undankbaren Amerika und seinem Franklin so ungeheure Opfer gebracht habe, soll ich davor zurückscheuen, eine schäbige Million zu wenden an das größte geistige Erzeugnis des Jahrhunderts? Und er ergriff den Federkiel und unterzeichnete. Und dann unterschrieb der Alte, und da stand es nebeneinander: „Beaumarchais – Voltaire."

Groß und grau schaute zu dem weiten Fenster die Bastille herein, in welcher Voltaire zweimal gesessen hatte und die den Drucker seiner Werke bedrohte.

Weder die Abwesenheit seines Wagnière noch seine ausgedehnte Geselligkeit hielten Voltaire von seiner literarischen Arbeit ab. Sowie er sich wieder regen konnte, hatte er sich das Manuskript geben lassen, welches der Aufführung der „Irène" zugrunde lag, und war in wüste Wut verfallen über die Änderungen, welche man in den letzten Proben vorgenommen hatte. Jetzt stellte er selber eine letzte Fassung der Tragödie her, änderte, verbesserte. Auch begann er von neuem mit den Schauspielern zu probieren. Und rastete nicht, bevor er aus ihnen alles herausgeholt hatte, was sie geben konnten, und bevor aus seinem Werk und ihnen eine neue Einheit entstand.

Der Aufführung dieser letzten endgültigen Fassung der „Irène" wohnte er selber bei.

Klein, dürr, altmodisch und pompös angezogen, gehüllt in den Zobelpelz, den ihm die Kaiserin Katharina übersandt hatte, fuhr er ins Théâtre Français in seinem blauen, sterngesprenkelten Wagen, überall mit Ehrfurcht und Jubel begrüßt. Die Vorhalle und die Korridore des Theaters waren voll zum Ersticken. Mühsam bahnte man ihm den Weg zu seiner Loge. Man küßte ihm die Hände, riß, zum Andenken, die Haare seines Pelzes aus. Als er endlich seine Loge betrat, sprang das ganze Publikum hoch und schrie, klatschte, trampelte, daß sich der Raum mit einer dicken Wolke Staubes füllte.

Und nun begann die Vorstellung, derenthalb er nach Paris gekommen war. Sie bedeutete mehr, als er erwartet hatte; denn seit der kriegerischen Predigt des Abbé Beauregard hatten die schmetternden Verse des Feldherrn Alexis gegen Thron und Altar eine neue, noch gewichtigere Meinung angenommen. Sie waren die Antwort der Vernunft auf die Anklagen und Beschimpfungen, mit denen die Kirche und der Aberglaube sie bedroht hatten. Und so empfanden es auch die Hörer. Stürmisch begrüßten sie die klingenden Verse, und nach Schluß blieb das ganze Publikum in dem von Staub und schlechter Luft erfüllten Hause, um dem Vertreter der Vernunft zu huldigen. Der Vorhang ging abermals hoch; auf der Bühne, inmitten des kaiserlichen Saales von Byzanz, stand auf einem Sockel die Büste Voltaires, und die Schauspieler, noch in ihren Kostümen, bekränzten sie. Gewaltige Wellen von Beifall stiegen hoch, schwollen ab, wieder an, wollten nicht verebben. So hatte sich's Voltaire erträumt; es war mehr, als er sich erträumt hatte. Er lachte und weinte vor Freude. Und spürte dabei Ödnis und Enttäuschung. War das alles? Deshalb war er hergekommen? Deshalb hatte er sein Leben verkürzt? Und er sehnte sich nach Ferney und nach seinem Wagnière und entbehrte es schmerzlich, daß er ihm nicht ein paar stolze und ironische Verse diktieren konnte.

Noch schneidender mischten sich in ihm Triumph und ironisch resignierte Erkenntnis von der Eitelkeit des Erfolges wenige Tage später, als er zum Louvre fuhr, um die Präsidentschaft der Akademie zu übernehmen.

Auch diesmal hatten sich mehrere tausend Menschen eingefunden, um ihm zuzujubeln, und weit über die Seine hallte ihr Freudengeschrei. Die Mitglieder der Akademie kamen ihm in feierlichem Zug entgegen in den großen Hof, eine Ehrung, wie sie noch keinem Fürsten erwiesen worden war. So geleiteten sie ihn in den Saal.

Auch Doktor Franklin war anwesend. Er hatte seinen Kollegen John Adams mitgebracht, der unter den Zuhörern saß. D'Alembert rühmte in einer schönen Rede Voltaire. Der dankte und verneigte sich gegen Franklin, der sich lebhaft am Applaus beteiligte.

Stimmen wurden laut, die beiden großen Männer sollten zusammen auf dem Podium erscheinen. Sie taten es. „Sie müssen sich umarmen", rief man ihnen zu, „Sie müssen sich umarmen und küssen, wie es französische Sitte ist."

Die beiden Greise zögerten. Beide wußten sie, daß Theater, tönende Worte und starke Gesten zu jedem Ruhm gehörten, aber Franklin war groß und beleibt, Voltaire klein und überaus mager, beide scheuten sie das Lächerliche. Aber beide empfanden sie auch die Berechtigung des Verlangens. Beide hatten sie ihr gut Teil dazu beigetragen, den Weg zu bahnen, der zur amerikanischen Revolution geführt hatte. Sie fügten sich. Umfaßten einander, küßten sich die vertrockneten Wangen.

Was für Schauspieler wir sind, dachte Voltaire. Aber es ist eine gute Szene, voll innerer Bedeutung. Ähnlich dachte Franklin. Voltaire hatte die Vorurteile niedergerissen, welche der Aufrichtung der Vereinigten Staaten entgegengestanden waren; er hatte sehr früh die Prinzipien ausgesprochen, von denen die amerikanische Revolution ausging, und er hatte sie so wirksam formuliert, daß die ganze Welt davon ergriffen war. Flüchtig ging dem Doktor durch den Sinn jene dreiste Äußerung des Monsieur Caron, wenn Frankreich der Geist der Freiheit sei, so sei Amerika ihre Faust. So standen sie auf dem Podium, Voltaire und Franklin, und alle im Saale applaudierten, und man rief: „Seht sie beide vereint, Solon und Sophokles."

John Adams sah und hörte, und er dachte: Die Popularität dieses Doktor h. c. ist der stärkste Kreditposten Amerikas in Europa. Und er dachte: Die Welt will betrogen sein. Da bin *ich* im Saale, und die Welschen erblicken in diesem alten Epikureer den Repräsentanten arkadischer Tugend.

„Sie dürfen, lieber Mr. Adams", erklärte auf der Nachhausefahrt Franklin, „den Parisern ihre übertriebenen, extravaganten Huldigungen nicht übelnehmen. Es ist nun einmal ein Volk, großgezogen in monarchischen Ideen; deshalb muß sich ihnen das Große in einem einzigen Namen personifizieren. Sie wollen immer, daß ein einzelner alles getan haben soll, und sie begreifen nicht, wie viele wackerer Männer zusammenwirken mußten, um so etwas zustande zu bringen wie unser Amerika."

Für einen Augenblick war John Adams betroffen von dieser Bescheidenheit, und er fragte sich, ob er an Stelle Franklins solche Erwägungen angestellt hätte.

Des Abends, in einem ausführlichen Brief, erzählte er seiner Abigail von Franklins Popularität. „Sein Ruhm", schrieb er, „ist größer als der eines Leibniz, Newton, Friedrich oder Voltaire. Es gibt keinen Handwerker, keinen Kutscher, keine Waschfrau, es gibt keinen Menschen in der Stadt oder auf dem Lande, dem sein Name nicht vertraut wäre. Man betrachtet ihn als einen Freund der ganzen Menschheit und erwartet sich von ihm die Herbeiführung des Goldenen Zeitalters. Sein Gesicht und sein Name sind bekannt wie der Mond." Dann schilderte er die Szene, die sich am Vormittag in der Akademie abgespielt hatte. „Wahrhaftig", schrieb er, „sie umarmten einander und drückten und küßten und schaukelten sich, zwei alte Komödianten auf der großen Bühne der Philosophie und des Zynismus."

Vor Pierres altem Haus an der Rue de Condé hielt ein Wagen. Ein junger Herr in Reisekleidung fragte den Diener: „Ist Monsieur de Beaumarchais zu Hause?" Der Diener gab hochmütig Bescheid, Monsieur de Beaumarchais wohne jetzt in dem Haus an der Rue Saint-Antoine. „Ach ja", antwortete der Fremde, „das hätte ich mir sagen müssen." Inzwischen war die neugierige Julie herbeigekommen. „Das sind Sie, Monsieur Paul", rief sie. Ein kleines Erschrecken ging über ihr Gesicht, doch sie wischte es schnell fort. „Sie wohnen natürlich hier", bestimmte sie, „und ich schicke sogleich nach Pierre." Sie führte Paul ins Haus, wies ihm sein Zimmer an, sorgte um sein Gepäck.

Paul sah zum Erbarmen aus. Wohl strahlten noch die großen, braunen Augen voll des alten Glanzes, doch der übrige Körper war schlotterig und abgezehrt. Dabei war Paul überraschend lebhaft, er sprach und erzählte ohne Aufhören. Er hatte natürlich Pierre von seinem Kommen benachrichtigt, aber die Post war wohl von den Engländern abgefangen worden.

Auch Pierre erschrak beim Anblick des veränderten Freundes und hatte Mühe, sich zu meistern. Paul erzählte, jetzt, nach Abschluß der Allianz, habe es drüben für ihn wenig mehr zu tun gegeben, so habe er geglaubt, er könne der Firma Hortalez hier in Paris nützlicher sein. Das war Unsinn, und alle wußten es. Paul war zurückgekehrt, weil er nicht unter den Menschen des Westens sterben wollte, sondern in seinem Paris.

Vielleicht um die Gedanken davon abzulenken, redete und erzählte Paul. Er berichtete von dem Einfluß, welchen die Lees und ihr Anhang im Kongreß und im ganzen Lande hätten. Paul fürchtete, Silas Deane werde vor den Intrigen dieser Leute nicht bestehen können. Auch die Firma werde noch manche Schwierigkeiten durchzukämpfen haben. Immerhin seien jetzt viele Mitglieder des Kongresses über Pierres Leistung aufgeklärt, und zuletzt würden bestimmt die Ansprüche der Firma gedeckt werden; freilich werde es seine Weile dauern. Dann sprach er ausführlich über die politischen und ökonomischen Verhältnisse der Vereinigten Staaten.

Pierre hörte zu. Paul schien viel größeren Anteil zu nehmen an der Politik Amerikas als an den Interessen des Hauses Hortalez. Auch war es Pierre leid, daß Paul so gar nicht danach fragte, was sich in der Zwischenzeit hier in Paris ereignet hatte. Ihm, Pierre, war das Herz voll von Dingen, die er Paul erzählen wollte, von all dem Großen und Klugen, was er hier in der Zwischenzeit vollbracht hatte, von dem Arrangement der Begegnung Franklins mit Toinette, von der Vollendung seines neuen Hauses, auch von den gefährlichen Widerwärtigkeiten, in welche die Kleinlichkeit des Kongresses ihn brachte, und vor allem von der Niedertracht und dem Undank des eifersüchtigen Franklin. Doch Paul schien angefüllt von seinen eigenen Geschehnissen und Gesichten.

Zum Ärger Julies verfügte Pierre, Paul solle in das Haus an der Rue Saint-Antoine übersiedeln, und zwar schon heute.

Am Nachmittag suchte Paul seinen alten Pariser Arzt auf, den Doktor Lafargue. Der meinte, Pauls Zustand habe sich verschlechtert durch die Anstrengungen der Reise, das habe er ihm ja vorhergesagt. Doch jetzt sei er glücklicherweise in guter Obhut, und man werde ihn schnell wieder hochbringen. Der Doktor sprach mit viel Autorität, und Paul glaubte kein Wort.

Dann, und das war der Zweck, zu dem er hergekommen war, ging er allein durch die Stadt Paris. Er traf manchen Bekannten, aber er wollte mit keinem sprechen, und er verbarg sich in der Menge; er hätte es kaum nötig gehabt, denn schwerlich hätte man ihn erkannt. Er stellte sich eine Zeitlang auf den Pont-Neuf und auf die Place Louis-Quinze, wo der Verkehr am dichtesten war, und ließ sich stoßen und beschimpfen und freute sich. Er setzte sich in ein rauchiges Café, und er setzte sich in die Taverne des Gevatters Ramponneau. Die Leute tranken und lachten und sangen, alte Lieder und neue, sentimentale und fröhlich unanständige, und lächelnd hörte er, daß sie noch immer das Eingangslied aus dem „Barbier" pfiffen und sangen. Und sie grölten, und sie rauchten, und einige wurden lästig und wurden hinausgeworfen, und die andern faßten sich unter und schunkelten hin und her und sangen im Kanon: „Bruder Jacques, Bruder Jacques, Digu, Dingu, Dong."

Dann ging er wieder durch die Straßen, und er hörte das Geschrei der Hausierer. Die Salatweiber schrien: „Brunnenkresse, es gibt nichts Gesünderes, kleine Chicorée, kleine wilde Chicorée." Und der Käseverkäufer schrie: „Guten, reifen, stinkenden Livaro, Camembert, reif und richtig." Und die Stuhlflechter schrien: „Geben Sie Ihren Stuhl zum Ausbessern, kleine Frau, wozu wollen Sie sich auf den Boden setzen?" Und die Blumenmädchen riefen: „Wie sie duften, unsere Veilchen, wie sie duften. Duften Sie auch, schöne Dame." Und Paul sah die Männer von Paris, die immer in Eile waren, und er sah die Frauen von Paris, die immer noch Zeit hatten, einen Blick zu erwidern, und er hörte und sah und spürte all das Leben, und eine kleine, törichte Hoffnung stieg ihm hoch, daß Doktor Lafargue vielleicht nicht gelogen habe, und es war doch undenkbar, daß dieses alles sein und er nicht mehr sein sollte.

Dann, unvermittelt, fühlte er sich unendlich schwach, und er nahm einen Mietwagen und fuhr in die Rue Saint-Antoine zum Hause Pierres.

Pierre hatte mittlerweile Therese von Pauls Rückkehr erzählt. Er hatte ihr nicht verhehlt, daß der Junge zum Erschrecken aussehe und daß er kaum mehr lange werde zu leben haben. „Dieses Amerika ist ihm nicht gut bekommen", sagte er, und in seinen Worten war alles, was zu sagen war: seine Schuld, seine Reue, seine Verteidigung. Er hoffte, Therese werde nicht noch einmal über all das reden, und sie redete nicht.

Paul, nach der ersten Begrüßung, mußte sich niederlegen. Dann, vor dem Essen, zeigte ihm Pierre ein wenig von seinem Haus. Doch Paul war bald erschöpft, man konnte keinen rechten Rundgang machen, auch zeigte er keine rechte Anteilnahme. Nicht einmal das große Projekt der Voltaire-Ausgabe schien ihn zu enthusiasmieren. Wohl aber hatte er ein brennendes, freundschaftliches Interesse für alles, was mit Pierres Beziehungen zu der großen historischen Situation zusammenhing. Und sehr erregte er sich, als ihm Pierre von der unbegreiflichen Feindseligkeit Franklins erzählte. Später aber, als ihm Pierre Näheres von der Verworrenheit seiner Geschäfte berichtete, versank er wieder in sich selber. Einmal raffte er sich auf, und unerwartet warf er ein, er mache sich keine Sorge um den Freund, er sei sicher, daß Pierre alles gut ausgehen werde. Dieser Satz klang, als ob er einen Strich setze unter alles, was Pierre gesagt hatte, und offenbar fiel es ihm schwer, fortan auch nur ein aufmerksames Gesicht zu machen. Und ganz plötzlich erkannte Pierre, daß dieser junge Mensch mit sehr vielen Dingen abgeschlossen hatte, so daß sie tot für ihn waren und er tot für sie, und daß zu diesen Dingen zum Beispiel auch die Geschäfte der Firma Hortalez gehörten. Und Pierre spürte, was das hieß, und er erschrak.

Am Tag darauf, ohne dem andern etwas zu sagen, fuhr Paul nach Passy. Während der Fahrt fühlte er sich sehr schwach, und der Gedanke, es sei zudringlich, wenn er unangemeldet zu Franklin komme, bedrückte ihn so, daß er versucht war, umzukehren.

Dann aber fuhr er ein in den „Garten". Monsieur Finck kam, musterte den Fremden und sagte: „Der Herr Doktor philosophieren." Paul stand unschlüssig. „Da fahre ich wohl am besten wieder zurück", meinte er. Monsieur Finck schaute ihn nochmals an und sagte dann, wohl getroffen von dem Ton seiner Worte: „Ich kann ja den Versuch machen, Sie zu melden."

Franklin empfing ihn im Freien, unter der Buche. „Ich störe Sie", sagte Paul. Aber: „Setzen Sie sich neben mich", antwortete Franklin mit ruhiger, beinahe heiterer Miene, gerade weil der Anblick des gezeichneten Gesichtes ihn bewegte. Und: „Bringen Sie uns doch, bitte, etwas Madeira", beauftragte er Finck.

Da saßen sie zusammen, der Alte und der Junge, zu ihren Füßen senkte sich der schöne Park hinab zur Seine, sie schauten auf den Fluß und auf die Stadt Paris, die silbriggrau am andern Ufer lag. Durch das junge Laub der großen Buche kam milde Sonne, Franklin hatte die Brille abgenommen und spielte mit seinem Stock. Sie saßen nebeneinander, sie schauten sich nur selten an, aber sie spürten stark ein jeder des andern Gegenwart.

Franklin forderte Paul auf, ihm von seinen Eindrücken in Amerika zu berichten. Paul sprach offen von den mancherlei Enttäuschungen, welche ihm die Roheiten und Rauheiten des jungen Landes bereitet hätten. Nicht nur seien die amerikanischen Tories zahlreicher, als er angenommen habe, es seien unter ihnen auch so viele, die Gelegenheit gehabt hätten, sich Bildung anzueignen und verfeinerte Gesittung. Die Republikaner hätten also nicht nur gegen die Engländer, sondern gegen eine starke einheimische Allianz von Bildung und Besitz zu kämpfen. Paul sprach in einem langsamen, doch klaren und sichern Englisch. Jetzt unterbrach er sich. „Mais ça ira", sagte er mit einem kleinen Lächeln. „Und unsereiner, ein Bewohner dieses Kontinents", fuhr er fort, „kann sich, solange er es nicht gesehen hat, kaum vorstellen, was es bedeutet, in einem Erdteil zu leben, der nicht belastet ist mit den Traditionen vieler Jahrhunderte. Dieses Amerika hat nicht nur keine alten Schlösser und Burgen, es hatte schon vor der Revolution soviel weniger Privilegien- und Kastenwesen. Das wußten wir natürlich, aber als ich es drüben erlebte, hat es mich doch jeden Tag neu gepackt. Der Ton, in welchem Ihre Bürger mit den Behörden und Ihre Soldaten mit den Offizieren verkehren, das war für mich ein Wunder, mit dem ich mich noch jetzt kaum abfinde. Und noch eines: wenn man von hier hinüberkommt, dann spürt man erst, wie weit und leer dieses Amerika ist mit seinen drei Millionen. Unser Europa ist so übersät mit Menschen, Fürsten, Völkern, Privilegien. Wir hier haben zwar die Forderung aufstellen und begründen können, einen Staat auf den Prinzipien der Vernunft aufzubauen. Aber einen solchen Staat wirklich machen, das konnte man nur in Ihrem Lande. Ich habe gespürt, was Leibnizens Ausspruch sagen will: ‚Dieses Land ist ein unbeschriebenes Papier, auf das man alles schreiben kann.‘“

Paul sprach langsam, nicht immer fand er das rechte Wort. Franklin hörte aufmerksam zu; zuweilen nippte er an seinem Madeira, zuweilen zeichnete er mit seinem Stock im Sand. Zuweilen, immer zuhörend, betrachtete er Paul von der Seite und beobachtete die Zeichen des Verfalls, und dann betrachtete er seine eigenen Hände, die braun waren und verwittert, und dachte nach über den Verfall des eigenen Körpers, und daß jedes Leben von Anfang an ein langsames Sterben ist, und wieviel man redet über das Wesen des Alterns und wie wenig man weiß. Er müßte darüber einmal mit seinem Freunde Ingenhousz korrespondieren; der hatte ihm mancherlei Kluges gesagt über die Verlangsamung des Blutkreislaufes in den späteren Jahren.

Mittlerweile war Paul zu Ende gekommen. „Sie haben richtig beobachtet, mein Freund“, antwortete Franklin. „Unsere Tories sind zahlreich, und sie finden sich zumeist unter den Gebildeten. Doch noch gefährlicher sind jene lauen Bürger, die weder Freunde sind noch Feinde. Für uns Amerikaner, die wir nicht nur zu beobachten haben, sondern zu kämpfen, gibt es da nur *einen* Weg: uns nicht verwirren lassen von dem vielfältigen Aspekt der Dinge. Hier in Paris ist es erlaubt, Sinn zu zeigen für die feineren Verästelungen einer jeden Frage; aber wer sich in einem Kampfe behaupten will wie dem unsern, der muß Simplizität des Denkens anstreben. Ich bin nicht immer“ – er lächelte mit den Winkeln des langen Mundes – „der bäuerliche Philosoph, den man hierzulande in mir erblickt. Aber wenn ich mir die Gesamtsituation Amerikas klarmachen will, dann bemühe ich mich, einfach zu sehen und in großen Linien.“ Er hatte ihm den mächtigen Schädel zugewandt, und die weiten, gewölbten Augen schauten ruhig, beinahe streng.

Es war Paul eine Genugtuung, daß Franklin zu ihm wie zu einem Vertrauten sprach. Und unvermittelt dachte er laut: „Warum haben Sie die Waren Monsieur de Beaumarchais' beschlagnahmen lassen, Doktor Franklin?“

Paul war erschreckt über die eigene Kühnheit, und es wallte auch Zorn auf in Franklin gegen diesen jungen Menschen, der es wagte, ihn zur Rede zu stellen. Doch noch ehe dieser Zorn die Züge seines weiten Gesichtes erreicht hatte, verebbte er. Er hatte den andern durch die eigene Offenheit ermutigt, und wenn irgendwer, dann war dieser Moriturus, der um Amerikas und um jenes Monsieur Caron willen sein Leben verkürzt hatte, zu seiner Frage berechtigt. Der Junge verstand es nicht, wie ein Mann, der für weise galt, so unweise hatte handeln können. Er selber verstand es nicht. „Was ich getan habe“, bekannte er, „war übereilt. Es kam aus dem Geblüt.“

Was Franklin da und wie er es sagte, wärmte Paul das Herz. Daß der große Mann aus einer Laune heraus, daß er ohne Vernunft gehandelt hatte, hob ihn herunter aus der Höhe, in der er nicht mehr erreicht werden konnte, und machte ihn zu einem Wesen der eigenen Art. Aus einer Statue, die man bewunderte, war er zu Fleisch und Blut geworden. Schmerzhaft deutlich aber zur gleichen Zeit erkannte Paul, daß von Pierre zu Franklin kein Weg ging. Dessen Abneigung „kam aus dem Geblüt“, da half keine Mahnung des Verstandes. Überwogen aber wurden diese Gefühle und Betrachtungen Pauls von einer großen Dankbarkeit. Er war diesem alten Manne tief dankbar, daß er ihn hatte hineinschauen lassen in die dunkeln Regungen seiner Brust, und er spürte sich ihm nahe.

Franklin selber blieb geteilten Gefühles zurück. Es tat gut, in der milden Sonne zu sitzen und hinüberzuschauen auf das schöne Paris. Wenn man bedachte, daß dieser junge Monsieur Théveneau nächstes Jahr nicht mehr dasein wird, wohl aber man selber mit seiner Gicht und seinem Schorf, dann erregte einem das Gefühle, die sonderbar aus Pein und Lust gemischt waren.

Er verscheuchte die makabern Gedanken und sann nach über seine merkwürdige Antipathie gegen Monsieur Caron. Er wußte genau, was alles dieser Monsieur Caron für die

Vereinigten Staaten getan hatte und daß er's nicht nur um des Profites willen getan hatte, und daß es ein Unrecht war, wenn ihm der Kongreß das wohlverdiente Geld vorenthielt, und daß er, Franklin, besondere Ursache hatte, dem Monsieur dankbar zu sein. Doch diese Erwägungen halfen nichts; der so überaus französische Monsieur Caron mit seiner Gewecktheit und seinem übertriebenen Gerede blieb ihm zuwider.

Er versuchte sich lustig zu machen über diese seine Antipathie und dachte an eine Anekdote, die er unlängst geformt hatte. Trifft da der Marchese Gorgonzola den Vicomte de Roquefort. „Er mag ja seine Verdienste haben, dieser Gorgonzola", erzählt hernach Monsieur de Roquefort, „aber ich weiß nicht, es geht ein so sonderbarer Geruch von ihm aus."

An einem der nächsten Tage bat Therese, nun möge Paul ihr einmal lange und ganz aufrichtig von Amerika erzählen. Félicien war zugegen, und die beiden jungen Menschen, Paul und Félicien, lebten auf, Paul, weil er sprechen, Félicien, weil er hören sollte.

Pauls Rückkehr und seine Anwesenheit unter *einem* Dach mit ihm selber erregten Félicien. Weder Pierre noch Therese hatten ihm von der wahren Bedeutung der Reise Pauls nach Amerika gesprochen, doch hatte er durch eigenes Nachdenken herausgefunden, daß Paul wissentlich einen Teil seines kurzen Erdendaseins daran gegeben hatte, dieses Neue, dieses Amerika zu erleben. Wenn einer den Tod dafür zu zahlen willens war, dann mußte solches Erleben sehr kostbar sein. Félicien ging herum wie in einem leichten Rausch, da er Gelegenheit hatte, Paul zu sehen und von ihm zu hören.

Félicien, als Paul nun erzählte, hing an seinen Lippen, und es war, als ob diese glühende Teilnahme Paul stachelte. Er sprach in einfachen, doch starken Worten. Verbarg nichts von den Widerwärtigkeiten, die ihm begegnet waren. Sprach von den endlosen Schwierigkeiten, welche die Leute drüben zu überstehen hätten. Berichtete, wie die vielen Fehlschläge schließlich auch ruhige Menschen gereizt und unleidlich machten. Überdies hätten von den Leuten dort drüben die meisten nicht gelernt, böse Anwandlungen unter guten Manieren zu verstecken. Die Selbstsucht mache sich nicht die Mühe, sich zu verkleiden, sie zeige sich schamlos nackt und häßlich. Das sagte er in vielen Wendungen und tat es dar an vielen kleinen Erlebnissen.

Aber, fuhr er fort, aus den vielen, oft jämmerlichen Einzeldingen entstehe zuletzt doch ein erhabenes, faszinierendes Ganzes. Die Leute seien klein, aber sie würden, ob sie's wollten oder nicht, getrieben von der großen Sache, von dem Willen zur Vernunft, der das Beste an diesem Jahrhundert sei, von dem Streben nach einer vernünftigen Ordnung des Staates. Und so kläglich sich der einzelne zuweilen benehme, das Volk als Ganzes zeige allen schweren Schlägen zum Trotz eine hartnäckige Zuversicht, eine ruhevolle, bewundernswerte Beharrlichkeit.

„Immer wieder war ich erstaunt", sagte er, „wenn ich mit einem zänkischen, mißtrauischen Kongreßmann verhandelte oder wenn ich mit einem schimpfenden Soldaten des Generals Washington sprach, daß so kleine Leute es vermochten, eine so große Sache auf die Beine zu stellen wie diese Republik der Freiheit und Vernunft, und daß sie sie aufrechterhalten können. Aber wenn ich in einer ihrer Versammlungen war, dann hab ich es begriffen. Wenn man in England oder in Frankreich inmitten einer Menge Volkes ist, dann fühlt man sich, vielleicht, warm und behaglich, doch niemals mehr. Aber in Amerika, da gibt es in einer solchen Menge immer einen Moment, wo etwas Großes aufzündet. Mit einer Masse größer werden, als man selber ist, hochgerissen werden, Teil einer Masse sein und sich nicht schämen, solch ein Teil zu sein, das kann man heute nur in Amerika. Wir Franzosen", schloß er, „haben große Männer, wir haben unsere Montesquieu und Helvetius und Turgot und Voltaire und Jean-Jacques und wohl auch meinen Freund Beaumarchais. Aber alle unsere Helden und Dichter und Philosophen haben Frankreich nicht aus seinem jämmerlichen Zustand herausreißen können, während diese einfachen Bürger und Bauern ihre englischen Ausbeuter abgeschüttelt haben."

Es war im Garten, nicht weit vom Voltaire-Tempel, daß ein letzter Blutsturz Paul ereilte. Doktor Lafargue erklärte, er werde den Tag nicht überleben. Wiewohl Pierre und die Seinen einen solchen Ausgang hatten voraussehen müssen, traf sie das Ereignis wie etwas fürchterlich Neues.

Paul war in seinen letzten Stunden bei vollem Bewußtsein. Pierre, Therese und Félicien waren um ihn. Pierre mußte sich sehr zusammennehmen, um nicht laut herauszuheulen. Paul sagte: „Wenigstens wissen jetzt in Amerika einige, daß ohne Ihre Hilfe die Vereinigten Staaten nicht hätten siegen können." Später sagte er: „Es war gut, daß ich nach Amerika gegangen bin, und niemand soll darum klagen."

Auch sagte er: „Doktor Franklin hat es bereut, daß er Ihre Waren hat beschlagnahmen lassen." Pierre starrte ihn entgeistert an. „Sie waren bei Franklin?" fragte er. Paul nickte, und der Schatten eines listigen Lächelns ging über sein Gesicht.

Der große, stattliche Pierre weinte haltlos vor der Leiche; sich zu beherrschen hatte er nie gelernt. Ihm war, als habe er in diesem jungen Menschen den besten Teil seines Selbst verloren. Er vergaß Therese. Nie mehr wird er einen solchen Freund finden. Keinen gab es, der, alle seine Schwächen kennend, so überzeugt ja zu ihm gesagt hätte. Laut und hemmungslos jammerte er, und in überschwenglichen Worten klagte er sich an, daß er Pauls Ausfahrt nach Amerika nicht verhindert habe.

Félicien schaute auf den Toten mit sonderbar saugenden Blicken, als wollte er dieses Gesicht für immer in sich eintrinken. Er sah, wie er so stand und schaute, viel älter und erwachsener aus als seine Jahre.

Nach einer Weile geschah es, daß Pierres beträntes Auge den Jungen traf und daß er sich des Gegensatzes bewußt wurde zwischen seiner eigenen Haltung und der des Knaben. Er brach mitten in seinem Jammern ab. Beinahe mit Furcht sah er auf Félicien. Dann, unvermittelt, verließ er das Zimmer.

Er wusch sich, setzte sich an seinen Schreibtisch. Die Hündin Caprice betrachtete ihn aufmerksam, befremdet, verständnislos. Er dachte nach. Es beschäftigte ihn, daß Pauls letzter Ausgang dem Doktor Franklin gegolten hatte. Paul hatte es um seinetwillen getan; dennoch kränkte es ihn. In ihm und um ihn war eine Leere, Kälte, Armut, wie er sie vorher nie gespürt hatte.

Er wollte eine großartige Leichenfeier für Paul rüsten. Doch Therese riet ab. Ihre Worte waren gelinde, ihr Gesicht war so, daß Pierre seinen Plan aufgab. Er teilte nicht vielen mit, wann die Beerdigung stattfinden werde.

Die Nachricht mußte sich aber doch schnell verbreitet haben. Zahlreiche Wagen nahmen an dem Leichenzug teil, unter ihnen der Wagen Doktor Franklins.

Félicien hatte schon zu der Zeit, da er den Quälereien des Collège Montaigu ausgesetzt war, den Plan gefaßt, hinüberzugehen nach Amerika. Die Männer des Westens kämpften für alle Rechtlosen gegen die Privilegierten, sie rächten auch ihn für die Demütigungen des Collèges. Der Sieg von Saratoga gab seinem Projekt neue Nahrung. Er hatte auf Pierres Wunsch das Studium der Rechte begonnen, es war trocken, es sagte ihm nicht zu. Er wollte nach Amerika, es zog ihn hinüber, er spürte, dort wartete seine Bestimmung auf ihn. Hier in Europa war das Leben wie abgestandenes Wasser; in der Neuen Welt war ein Leben möglich gemäß den Prinzipien Voltaires und Jean-Jacques', gemäß den Prinzipien der Vernunft und der Natur.

Der Tod Pauls machte Féliciens Vorsatz zum festen Entschluß. Er hielt es für seine Pflicht, dort weiterzuarbeiten, wo Paul hatte aufhören müssen. Die Ideen Europas waren übers Meer hinübergesprungen und hatten dort gezündet: jetzt war es die Mission der Gutgesinnten, das Feuer zu schüren und es schließlich herüberzuholen für den alten Kontinent.

Solange sein Plan nur eine vage Idee gewesen war, hatte Félicien keinem davon gesprochen. Auch als sein Entschluß feststand, fiel es ihm nicht leicht, zu reden. Er überlegte, wem er sich eröffnen sollte, Therese oder Véronique. Er entschied sich für Véronique.

Véroniques Gegenwart ließ ihn die ganze Größe seines Opfers empfinden, doch sein Entschluß wurde nicht wankend. Zuerst stockend, dann immer enthusiastischer sprach er. Er sagte nicht: „Ich will", er sagte: „Ich werde."

Véronique geriet in Panik, aber man konnte ihrem magern Gesicht mit den großen Augen nichts anmerken. Sie wußte, daß ihr Freund Félicien sie liebte und daß er, wenn er jetzt nach Amerika fuhr, in Gefahr geriet, sehr nahe war die Möglichkeit, daß sie ihn für immer verlor, und der Gedanke zerriß ihr das Herz. Aber sie verstand, daß er verpflichtet war, zu gehen. Denn was wäre das für eine Tugend, für die man nicht hoch hätte zahlen müssen?

Sie hatte unlängst in einer Aufführung der Elevinnen ihres Klosters die Bérénice des Racine gespielt. Dort war Titus vor dem gleichen moralischen Problem gestanden wie jetzt Félicien. Er wie dieser hatte Opfer zu bringen für das Wohl des Staates, der Menschheit. Und die Geliebte, die Liebende hatte zu leiden. Sie traute sich zu, daß sie, wenn sie es darauf anlegte, Félicien wankend machen und ihn hierhalten könnte. Aber der große Dichter zeigte ihr, was sie zu tun hatte. Sie überwand die Versuchung. Sie sagte sich, sie sollte sich glücklich preisen, sie mehr als andere, daß das höchste Wesen ihr ein so schmerzhaftes Opfer auferlegte.

Denn sie war mehr als andere verpflichtet, für die Tugend zu opfern. Langsam hatte sie begriffen, daß die Amtsführung ihres Vaters keineswegs edel und gerecht war und wenig geeignet, dem Lande und der Menschheit Nutzen zu bringen. Nun war es an ihr, Véronique, das gutzumachen.

Sie betrachtete mit inniger Beharrlichkeit das harte, eckige Gesicht Féliciens, seine großen, ernsthaften Augen. Er schien ihr sehr männlich, und sie liebte ihn. Sie saßen im Garten des Hôtels Montbarey, sie hielten sich an den Händen, und Véronique sagte: „Ja, Félicien, was Sie da tun wollen, ist schwer und groß." Mit Überwindung setzte sie hinzu: „Schwer auch für mich." Und dann, hart, beinahe gewalttätig, befahl sie: „Tun Sie es."

Als er Pierre von seinem Vorhaben sprach, wurde dieser nachdenklich. Für Pierre war der Begriff Familie in einem sehr weiten Sinn etwas Naturgegebenes, und mit der gleichen Selbstverständlichkeit fühlte er sich als Haupt der Familie. Er war der absolute Herrscher über seine Schwestern, Neffen, Nichten, Schwäger, Vettern, Basen, und er war verantwortlich für sie, verantwortlich auch für Félicien. Er hatte keine nahen Beziehungen zu Félicien, der Junge war ihm immer ein bißchen unbehaglich gewesen, aber er war der Sohn seiner toten Schwester, er liebte ihn auf seine Art, und jedenfalls war er für ihn verantwortlich.

Daß der gründliche, ernsthafte Félicien auf einmal eine solche Neigung zu großen Abenteuern zeigte, überraschte Pierre. Offenbar zog die Idee der Freiheit alle Mitglieder seiner Familie auf unheimliche Weise an. Das traf ihn, das rührte ihn, doch erbitterte es ihn auch. Er selber hatte sein Vermögen und seine besten Jahre verloren im Kampf für die amerikanische Freiheit, sein Neffe, Louis de Fleury, war in der Schlacht am Brandywine verwundet worden, sein nächster Freund, Paul, war für Amerika gestorben, und nun wünschte dieser sein Neffe Félicien, hinüberzuziehen in das Land der danklosen Opfer.

Nein, das wird er nicht zugeben. Er hat jetzt wahrhaftig genug für die Freiheit getan. Er gibt nicht auch noch diesen Jungen daran.

Er sagte ihm, sein Entschluß sei edelmütig, und niemand verstehe ihn besser als er, der selber manchen kühnen Entschluß gefaßt und durchgeführt habe. Aber der Plan sei voreilig und bei der Jugend Féliciens unvernünftig. Félicien möge sein Unternehmen verschieben. Er solle weiterstudieren, und in einem Jahr oder in zweien, wenn er dann noch darauf bestehe, werde er ihn gern hinüber nach Amerika schicken. „Dann werden die Amerikaner keine Freiwilligen mehr brauchen", antwortete Félicien. „Hoffentlich", sagte heiter Pierre. Félicien schwieg und schaute den Oheim mit seinen unbehaglichen Augen an, machte eine ungelenke Verbeugung, sagte: „Danke für die Unterredung", ging.

Er dachte nicht daran, seinen Vorsatz aufzugeben. Er liebte Ordnung und Methode, doch jetzt sah er sich aus moralischen Erwägungen gezwungen, ins Abenteuerliche hineinzugehen, und daß ihm die Ausübung der Tugend erschwert wurde, machte ihn nur starrsinniger. Er erörterte mit Véronique Gründe und Gegengründe, und sie kamen zu dem Schluß, sein Gefühl sei richtig, es wurzle in der Vernunft, er sei verpflichtet, seine Familie zu verlassen und heimlich davonzugehen.

Véronique als erste erwähnte einen wichtigen Punkt. „Sie brauchen Geld, Félicien", sagte sie. Félicien hatte schon daran gedacht. Er hatte etwas wie einen Ausweg gefunden; doch auch da erhoben sich Bedenken, ob sein Plan vereinbar sei mit den Forderungen der Tugend.

In Pierre Beaumarchais' verschwenderischem Haushalt lag Geld, wenn welches da war, für die Familienmitglieder immer bereit. Und zwar lagen Livres, Tournois, Ecus und manchmal auch Louisdore hinter jeweils einem bestimmten der schweren Bände der Encyclopédie. In diesem Monat zum Beispiel lag das Geld hinter dem Band „Nature-Pompéi". Onkel Pierre hatte Félicien mehrmals aufgefordert, sich in dringlichen Fällen aus diesem Vorrat zu bedienen, und war wohl ein Fall denkbar, der dringlicher gewesen wäre? Andernteils aber sah der Oheim, nachdem er ihm diese Reise verboten hatte, den Fall offenbar nicht als dringlich an, und war es dann nicht Diebstahl, wenn Félicien nach dem Gelde griff? Véronique widersprach. Wenn Monsieur de Beaumarchais Féliciens Abreise nach Amerika nicht wünschte, dann nur, um ihm Gefahren fernzuhalten, nicht um Geld zu sparen. Nachdem Monsieur de Beaumarchais, wie alle Welt wußte, Millionen für Amerika geopfert hatte, konnte ihm nichts daran liegen, wenn sein Neffe für den gleichen Zweck aus der gemeinsamen Kasse ein paar Ecus mehr spendete. Nach mancherlei Gewissensskrupeln entschloß sich Félicien.

Aber es lag hinter dem Bande „Nature-Pompéi" ein einziger schäbiger Livre. Er ließ ihn liegen.

Er erzählte Véronique nichts von diesem Fehlschlag. Doch als er, im Begriff, sich auf die Reise zu machen, ein letztes Mal mit ihr zusammenkam, fragte sie, wie es um sein Reisegeld bestellt sei. Er wollte nicht mit einer Lüge von ihr gehen und sagte ihr, daß er nicht mehr besaß als vier Livres und sieben Sous. Doch das schade nicht viel, meinte er; er werde eben zu Fuß gehen, bis er einen der nördlichen Häfen erreichte. Von dort führen jetzt, nach Abschluß der Allianz, viele Schiffe nach Westen. Er werde sicher Mittel und Wege finden, hinüberzukommen. Véronique aber, die bei dem ganzen Unternehmen große Umsicht bewies, hatte einen nicht unansehnlichen Betrag bei sich, drei Louisdore, und bat ihn, das Geld zu nehmen. Er weigerte sich. Sie bestand nicht.

Er sprach wieder von den großen Dingen, die ihn drüben erwarteten. Dort seien in idealer Verbindung verwirklicht die Träume Jean-Jacques' und die logischen Forderungen Voltaires, und er setzte ihr auseinander, wie er das meine. Sie aber hörte nur mit halbem Ohr hin. Seitdem Félicien Jean-Jacques erwähnt hatte, gingen ihr durch den Kopf jene alten, populären Verse, die Jean-Jacques vertont hatte. „Fröhliche Vögel, verliebte Scharen, habt Mitleid mit mir, singt nicht, singt nicht. Der Liebste, der mich glücklich machte, ging fort in ein anderes Land. Für die Schätze der Neuen Welt läßt er die Liebe und trotzt er dem Tod. Warum sucht er überm Ozean das Glück, das er hier schon hat?"

Dann sagten sie einander adieu. Er wollte ihre Hand küssen, sie aber, scheu, doch dringlich, umarmte ihn. Er drückte sie linkisch an sich, er spürte ihren Körper, sie küßten einander lange, zitternd, sich dicht umfangen haltend.

Als er auf dem Wege war, sah er, daß sie ihm, wohl während er von Voltaire und Jean-Jacques erzählte, das Geld zugesteckt hatte.

Vaudreuil spielte mit dem Prinzen Karl Tennis; er hatte die Tennishalle seines Landsitzes Gennevilliers ausbauen und modernisieren lassen.

Vaudreuil spielte in der letzten Zeit viel Tennis, überhaupt trieb er viel Sport in diesen Wochen. Wenn er ritt, wenn er jagte, wenn er um die Tennisbälle lief, wurde er am leichtesten die Unrast los, die ihn verzehrte. Der Krieg, der kommen mußte, war sein Krieg, er hatte ihn gemacht, und nun sollte der Krieg schon beginnen, er wollte fort, wollte an diesem Krieg teilnehmen. Louis aber tat alles, den Ausbruch der Feindseligkeiten hinauszuziehen.

Das Warten zerrieb Vaudreuil die Nerven. Er hatte Versailles und den Hof satt bis zum Halse. Die Idee, mit Toinette zu schlafen, hatte ihren Reiz verloren, das Trianon und der Fliederblaue Klüngel schienen ihm abgestanden. Das ganze, preziöse, verkünstelte Gewese ödete ihn an. Er bemühte sich kaum mehr, Unmut und Ungeduld hinter der früheren überlegenen Liebenswürdigkeit zu verbergen.

Prinz Karl, der Vaudreuil in allen Dingen nachahmte, machte auch seine Passion für das Tennisspiel mit und trainierte eifrig. Nun war Vaudreuil kräftig und geschickt und ihm weit überlegen. Solange er den Prinzen brauchte, hatte er ihn oft gewinnen lassen. Neuerdings zeigte er ihm mit bösartiger Rücksichtslosigkeit, wie stümperhaft er spielte.

Désirée schaute der Partie von der Galerie zu, und vielleicht trug ihre Gegenwart die Schuld, daß Vaudreuil heute mit dem Prinzen besonders hochmütig umsprang.

Stärker und stärker in dieser letzten Zeit fesselte ihn Désirée. Er brauchte viele Frauen, Frauen der verschiedensten Art, so entsprach es seiner Neigung, und ursprünglich hatte er

Désirée als eine dieser vielen betrachtet. Doch je mehr er Toinette und Versailles satt bekam, so mehr zog Désirée ihn an. Mit ihr langweilte er sich nicht. Ein kräftiges, vulgäres Korn Natur war in allem, was sie tat und was sie sagte. Überdies hatte sich das Gerücht verbreitet, sie habe einen Heiratsantrag Lenormants abgelehnt. Es war dem Marquis nicht unlieb, wenn man ihn als den offiziellen Liebhaber Désirées betrachtete.

Der Prinz war verwundert, daß er heute keinen Ball nach Hause bringen konnte. Die Scherze Vaudreuils überhörte er; daß es jemand ernstlich wagen sollte, ihn zu hänseln, konnte sich der junge, gutaussehende, verwöhnte Herr nicht vorstellen. Doch da sah er, als ihm wiederum ein scheinbar sicherer Ball mißlang, Vaudreuil aus einem Mundwinkel lächeln, und es kam ihm gegen seinen Willen die Erinnerung an ein kleines Erlebnis aus der ersten Zeit ihrer Bekanntschaft. Damals pflegte er, wenn er an der Büste Louis' des Fünfzehnten im Boskett vorbeikam, ihm mit der Hand zu winken und zuzurufen: „Guten Morgen, Großpapa." Als er es das fünfte- oder sechstemal so machte, antwortete die Büste: „Halt 's Maul, du Lausejunge", und ihm war damals gewesen, als spräche der hochselige Großvater mit der Stimme Vaudreuils. Diese Erinnerung kam ihm jetzt. Er warf den Schläger weg und sagte: „Geben wir's auf, wir sind heute beide schlecht in Form."

Beim Essen dann sprach Prinz Karl von den Vorbereitungen der Liebhaberaufführung im Trianon, und da verschwand Vaudreuils Unmut. Es war jetzt nämlich soweit, Toinette wollte schon in der allernächsten Zeit in ihrem Theater auftreten, und diese Aufführungen des Trianon waren unter allem, was es in Versailles gab, das einzige, woran Vaudreuil noch ernsthaften Anteil nahm. Er hatte seinen Ehrgeiz darangesetzt, daß diese Vorstellungen Format haben sollten.

Man arbeitete an den Proben von sechs kleinen Stücken, von denen je zwei für einen Abend bestimmt waren. Vaudreuil hatte sich noch nicht schlüssig gemacht, mit welchen Stücken er sein „Theater der großen Herren" eröffnen wollte. Die Wahl der Stücke sowohl wie die Besetzung sollten ihre geheime, pikante Bedeutung haben. Er stieß indes auf Schwierigkeiten, und die beiden Herren trugen keine Scheu, diese Schwierigkeiten vor Désirée zu erörtern.

Da hatte zum Beispiel Toinette die Idee gehabt, Madame Joséphine müsse mitspielen, die Gemahlin des Prinzen Xavier; sie war so entsetzlich plump und unbegabt, und alle hätten ihren Spaß daran gehabt, dieses Stück Unglück sich auf der Bühne abzappeln zu sehen. Aber Madame Joséphine hatte Unrat gewittert, sie weigerte sich, und sie hatte die Unterstützung des Prinzen Xavier, wiewohl sich dieser selber für einen guten Schauspieler hielt und gerne auftrat.

Toinette ihresteils, darin waren sich beide Herren einig, probierte überaus beflissen. Prinz Karl freilich meinte, leider genüge das nicht, es fehle an Technik, und die beiden alten Schauspieler, welche ihr die Rollen beizubringen suchten, seien nicht das Rechte. „Sie, Désirée, sollten sich meiner Frau Schwägerin ein wenig annehmen", meinte er scherzend.

Désirée beschränkte sich darauf, zu lächeln. Aber die spaßhafte Anregung Karls traf sie. Sie hatte durch Vaudreuil und ihre andern Freunde aus dem Fliederblauen Klüngel viel von Toinettes Passion für ihr Liebhabertheater gehört, und sie hatte zuweilen daran gedacht, auf dem Wege über diese „Truppe der großen Herren" in den Kreis Toinettes einzudringen. Doch es war ihr klar gewesen, daß dazu verwickelte Intrigen nötig waren und daß vor allem die Anregung nicht von ihr selber ausgehen durfte. Nun Prinz Karl von der Idee gesprochen hatte, lockte sie die Aussicht mit neuer Kraft.

Es hatte Désirée Schwierigkeiten gekostet, sich zur „Sociétaire du Théâtre Français" heraufzuarbeiten. Sie war klein von Wuchs, ihre Kunstart sprengte den klassischen Stil des Ensembles, vielen war sie zu „modern". In der letzten Zeit verschärfte sich der Kampf um sie. Der Schauspieler Lekain, der immer ihre Partei genommen hatte, war gestorben, und der Herzog von Fronsac, der Intendant, dem das Théâtre Français unterstand, auf dessen Unterstützung sie bisher hatte zählen können, kehrte sich mit einemmal gegen sie. Sie ahnte, wer diesen Wandel verschuldet hatte. Sie hatte sich die neuen Widerwärtigkeiten selber zuzuschreiben. Monsieur Lenormant war befreundet mit dem Herzog von Fronsac; er war es, der ihn aufhetzte.

Wenn es ihr gelänge, die Freundschaft der Königin zu gewinnen, dann könnte sie über diese Angriffe lachen. Gegen Toinette kam Charlot mit seinem Herzog von Fronsac nicht auf. Die Worte des Prinzen Karl waren ein Scherz gewesen, doch nur ein halber Scherz. Désirée nahm sich vor, der Königin Schauspielstunden zu geben. Sie wird das noch heute abend durchsetzen.

Désirée hatte Vaudreuil gern. Er hatte mehr Geist als die andern Aristokraten ihrer Bekanntschaft, sein Hassen und Lieben war weniger dünn, seine wilden Launen waren reizvoll, er verstand es, mit selbstverständlicher Geste zu verschwenden. Aber auch er, wie die andern Aristokraten, wandelte inmitten einer dicken Wolke von Dünkel und Vorurteil. Den Streich zum Beispiel, den sie und Pierre ihm gespielt hatten, als sie damals die Begegnung Franklins mit Toinette durchsetzten, hatte er bestimmt nicht durchschaut. Er konnte sich einfach nicht vorstellen, daß man sich über ihn, den Marquis de Vaudreuil, Großfalconier des Königs, Intendanten der Königin, lustig machen könnte. Gerade darum lockte es sie, ihre bürgerliche, eigengewachsene Überlegenheit über seinen Aristokratenhochmut zu spüren und ihn als unwillentliches Werkzeug zu benutzen.

So viel war gewiß, daß er, wenn sie ihn bat, ihr bei Toinette zu helfen, es ohne weiteres ablehnen würde. Sie mußte erreichen, daß er selber ihr das Angebot machte. Das bedurfte gewundener Umwege.

Glücklicherweise begann er, als Karl gegangen und sie mit ihm allein war, von neuem über sein „Theater der großen Herren“ zu reden. Er setzte ihr auseinander, daß er am ersten Abend, dem Louis bestimmt beiwohnen werde, Stücke spielen lassen wolle, welche elegant bösartige Anspielungen auf den König enthielten, deren Absicht klar und doch nicht nachweisbar sein sollte. Zu diesem Zweck werde er Sedaines „Unvorhergesehene Wette“ zusammenspannen mit „König und Bauer“. Désirée meinte leichthin, es sei ein Jammer, daß die Auswahl der Stücke für das Trianon so beschränkt sei; so würden wohl oder übel seine Aufführungen den üblichen langweilig höfischen Anstrich haben. Vaudreuil, ein wenig empfindlich, antwortete, er finde es keineswegs langweilig, sondern recht gewürzt, wenn sich Louis vor Zuhörern bösartige Anspielungen auf seine Leidenschaft für die Schlosserei und aufklärerische, freimaurerische Wahrheiten müsse ins Gesicht sagen lassen.

„Gewiß“, antwortete Désirée, „das sind politische Späßchen, über die man lächelt. Aber sind die nicht etwas dünn? Bleiben sie nicht Limonade, wenn man sie vergleicht mit dem Champagner, der anderorts serviert wird?“ – „Wo?“ fragte Vaudreuil. „Nun“, erwiderte Désirée, „mein weiland Freund Lenormant zum Beispiel schenkt in seinem Theaterchen erheblich stärkere Getränke aus als Sie in dem Ihren.“

Es bewirkte aber die Erwähnung Lenormants, daß sich die dicken, tiefschwarzen Brauen Vaudreuils erschreckend zusammenzogen. Keine der großen Damen, die mit ihm befreundet waren, hätte sich erdreistet, eine Unternehmung von ihm mit der eines früheren Liebhabers zu vergleichen. Er dachte daran, die Dame durch seinen Kammerdiener Baptiste vor die Tür begleiten zu lassen. Doch im gleichen Augenblick sagte er sich, daß Désirée nicht die Frau war, später einmal durch diese Tür zurückzukehren; das hatte sie gerade im Falle Lenormant bewiesen.

Im übrigen war, was sie sagte, nicht ohne ein Körnchen Salz. Seine Darsteller, die großen Herren und Damen, hatten eine fatale Neigung, ins Konventionelle zu fallen, er selber fühlte sich als Regisseur seiner Technik nicht ganz sicher, kurz, die Umstände waren dazu angetan, der Bühne des Trianon trotz der politischen Anspielungen einen leisen, faden Lavendelduft zu geben. Und wenn *ein* Mensch ihm helfen konnte, diesen Duft zu vertreiben, dann war das Désirée. Er bezwang sich also, zuckte die Achseln und bat, die tiefe, geschmeidige Stimme dämpfend: „Seien Sie friedlich, Désirée.“ Und ohne Übergang, vertraulich, fuhr er fort: „Ich spanne die ‚Unvorhergesehene Wette‘ mit ‚König und Bauer‘ deshalb zusammen, weil ich auch meinen Privatspaß haben möchte. Meine Skala ist nicht klein, und ich finde es amüsant, wenn ich in dem ersten Stück dem Dicken als großer Herr meine Meinung sage, in dem zweiten als einfacher Saubauer.“ Er nahm die Haltung des Bauern Richard an, der den König nicht erkennt. „‚Wissen Sie, Monsieur‘“, sagte er breit im Ton eines Schauspielers, der einen Bauern darstellt, „‚da haben wir von einem König geredet. Ich aber habe was gesehen, was ein König nie zu sehen kriegt.‘ – ‚Und das wäre?‘“ fragte er im Tone des Königs und beantwortete sich selber die Frage, breit ausladend und pfiffig, im Tone des Bauern: „,Menschen.' Mir scheint, das bringe ich nicht schlecht."

Désirée überlegte eine winzige Weile und sagte: „Für einen Dilettanten nicht schlecht. Michu hat es seinerzeit bei uns nicht viel besser gemacht."

Vaudreuil schluckte. Er hatte an der Rolle mit Michu gearbeitet, der hatte ihn ungeheuer gerühmt. Aber er selber, Vaudreuil, wiewohl er der Wirkung des Satzes gewiß war, hatte das leise Gefühl, irgend etwas an seiner Wiedergabe stimme nicht ganz. „Was finden Sie denn dilettantisch an dem Satz?" fragte er.

Sie versuchte zu erklären. „Sie legen den Satz hin", sagte sie, „wie seinerzeit unser guter alter Michu, breit, fett, so daß jede Ratte im Zuschauerraum ihn verstehen muß. Ich würde den Satz fallen lassen, ich würde die etwas heikle Pointe: ‚Menschen' sachlich bringen, nicht unterstrichen", und sie sprach den Satz.

Vaudreuil sah, daß mit einemmal alles stimmte. „Als Bauer Richard sind Sie großartig, Désirée", anerkannte er ehrlich. Und: „Hören Sie", fuhr er fort, „die Idee, die da unserm Freunde Karl kam, ist vielleicht gar nicht so übel. Wie wäre es, wenn Sie ein wenig mit Toinette arbeiteten?"

Jetzt hab ich es, sang es in Désirée, ça y est. Laut sagte sie, nachdenklich: „Mit Ihnen könnte ich vielleicht arbeiten, François. Sie sind begabt, und wenn Sie nicht François Vaudreuil wären, dann wären Sie heute wahrscheinlich ‚Sociétaire du Théâtre Français'. Aber mit der Österreicherin?" Sie zog ihr berühmtes, krauses, sinnierendes Gesicht. „Ist sie nicht ungeheuer launisch? Und ungeheuer hochmütig? Und wenn sie was nicht fertigbringt, wird sie es dann mir persönlich übelnehmen?" Doch Vaudreuil antwortete ungeduldig: „Ach was. Seien Sie nicht so bedenklich."

Aber Désirée, innerlich schmunzelnd, zierte sich weiter und sagte: „Und Madame wird doch sicher die Marquise spielen. Die liegt mir nicht, und da kann ich ihr nicht helfen. Die Rolle ist einfach zu langweilig, daraus kann eine Schauspielerin nichts machen, geschweige denn eine Dilettantin. Die Rolle der Zofe ist fünfmal kleiner, aber ich habe die Molé nie beneidet um die Marquise."

„Wer sagt Ihnen denn", ereiferte sich Vaudreuil, „daß Toinette die Marquise spielen wird? Ich überlege seit langem, ob ich ihr nicht die Zofe geben soll. Es wäre viel pikanter."

Das war mehr, als Désirée erwartet hatte. Da spottete der Herr Marquis seiner selbst und wußte es nicht, und sie, Désirée, verteilte die Rollen für die „Bühne der großen Herren". Aber sie zeigte auch nicht die Spur ihres Triumphes.

Vaudreuil wurde dringlicher. „Sie müssen das machen, Désirée", beschwor er sie. „Sie müssen mit Toinette arbeiten. Sie müssen mir die Liebe tun. Und ich gebe Toinette die Zofe."

Désirées Augen schielten nachdenklich nach ihrer Nase, sie war eine vorbildliche Zögernde. „Aber Sie müssen Ihrer Toinette klarmachen", verlangte sie, „daß sie ernsthaft arbeiten muß. Und Sie müssen uns Zeit lassen, ihr und mir. Wenn Sie mir das versprechen, dann will ich es versuchen, Ihnen zuliebe."

Toinettes Beziehungen zu Vaudreuil waren jetzt weniger bitter. Zwar hatten sie oft heftiges Gezänk, aber sie hatten ein gemeinsames Ziel: die Aufführungen des Trianon sollten für immer verzeichnet bleiben in der Geschichte der französischen Bühne.

Toinette war nicht unbegabt und nahm ihr Probieren ernst. Sie debattierte lebhaft und nicht ohne Sachverstand mit Vaudreuil und andern Mitgliedern der „Truppe der großen Herren". Sie arbeitete täglich stundenlang mit den Schauspielern Michu und Caillot. Langsam lernte sie ihr widerspenstiges „R" beherrschen, aber sie sah ein, daß die Damen des Théâtre Français und der Comédie des Italiens ihr einiges voraushatten.

Als Vaudreuil ihr vorschlug, sie solle mit Désirée arbeiten, stieg ihr eine kleine Röte in die hellen Wangen. Schnell wechselnd zeigte ihr ausdrucksvolles Gesicht Verlegenheit, Begierde, Hochmut. Sie wußte natürlich, daß die Mesnard eine Freundin Vaudreuils war, und sein Vorschlag empörte sie. Es war schon nicht ganz leicht, Gabriele immer um sich zu haben, wissend, daß François und Gabriele ihre, Toinettes, Angelegenheiten im Bett diskutierten. Es war eine Frechheit, wenn er ihr jetzt auch noch die Gemeinschaft mit seiner Mesnard zumutete. Andernteils war sie sich klar darüber, daß der ganze Fliederblaue Klüngel dergleichen spießbürgerliche Bedenken verhöhnt hätte. Vor allem aber schätzte sie die Kunst der Schauspielerin Mesnard; deren Darstellungsart sagte ihr viel mehr zu als der veraltete Stil der Herren Michu und Caillot, und die Aussicht, mit ihr zu studieren, lockte sie.

„Meinen Sie ernstlich, François, ich kann mit Mademoiselle Mesnard arbeiten?" fragte sie, und gegen ihren Willen legte sie einen kleinen Ton auf das „ich". Vaudreuil hörte alles heraus, was in der Frage lag: Ich, die Tochter Maria Theresias, Königin von Frankreich, soll *eine* Luft atmen mit deiner Hure. Er verfinsterte sich. „Als Ihr Intendant, Madame", erklärte er, „habe ich Ihnen eine Mitteilung zu machen. Ich muß mich endlich entschließen, wer die Marquise spielen soll und wer die Zofe. Die Zofe ist die dankbarere Rolle, aber die schwierigere, und Madame de Polignac ist ihr weniger gewachsen als Sie. Aber eine Madame de Polignac, die mit Mademoiselle Mesnard probiert, wird trotzdem eine bessere Besetzung sein als die Königin, wenn sie mit Monsieur Michu arbeitet. Die Entscheidung steht bei Ihnen." Und: „Ich lasse mir diese mühevolle Aufführung nicht verderben", brach er plötzlich los, „durch zimperliche Bedenken."

Toinette senkte den Kopf. Am nächsten Morgen teilte der Intendant der Schauspiele und Vergnügungen der Königin Mademoiselle Mesnard mit, sie werde aufgefordert, sich am Dienstagmorgen um zehn Uhr dreißig in der Orangerie in Versailles einzufinden.

Das Schreiben war beinahe unhöflich, ein Befehl mehr als eine Bitte. Vaudreuil wollte offenbar nicht mehr wahrhaben, wieviel ihm an ihrer Mitwirkung lag, und nicht zeigen, welche Mühe es ihn gekostet hatte, den Auftrag für sie zu erlangen. Sie nahm es ihm nicht übel. Was sie da erreicht hatte, war ein Triumph. Daß die Königin sie berief, stärkte ihre Stellung im Théâtre Français und machte sie unverletzlich gegen die Angriffe Lenormants. Nur klug mußte sie sein und nicht, wie Pierre, übermütig. Ob Toinette sich stolz gab oder freundlich, sie durfte ihrem Gefühl nicht nachgeben, sie mußte kalt und rechenhaft bleiben.

Am Dienstagmorgen, in der Orangerie, hatte Désirée zunächst lange zu warten. Als Toinette endlich kam, entschuldigte sie sich obenhin und war liebenswürdig herablassend.

Toinette hatte Sedaines Komödie „Die unvorhergesehene Wette" genau studiert, sie hatte die Aufführung des Théâtre Français besucht und die der Comédie des Italiens, sie hatte gut aufgepaßt, sie glaubte jedes Wort und jeden Satz zu kennen, aber jetzt merkte sie, wieviel ihr entgangen war. Désirée erklärte ihr, warum dieser Satz stärker wirkte, wenn man ihn fallen ließ, und jener, wenn man ihn „brachte". Toinette begriff schnell, sie war begeistert und bewunderte kindlich Désirées Kunst und Technik. Désirée dankte höflich und verbarg nicht, daß sie an solche Huldigungen gewöhnt war.

Sie zeigte ihr, wie sie sich über diese Schwierigkeiten weggeholfen hatte und über jene. Sprach einen Satz vor, zehnmal, zwanzigmal, geduldig, und ließ ihn Toinette wiederholen, zwanzigmal, fünfzigmal. Toinette, da der Satz nicht gelingen wollte, lachte verärgert. „Wir sind schließlich Dilettanten", sagte sie. „Befehlen Eure Majestät, daß ich Sie als Dilettantin behandle?" fragte höflich Désirée. „Ich muß es kriegen, ich werde es kriegen", bestand Toinette und wippte mit dem Fuß.

Désirée blieb auch in den nächsten Tagen die beflissene Lehrerin, die alles Persönliche vermied. Mehrmals kam es vor, daß Toinette sie lange warten ließ und sie lange über die vereinbarte Zeit dabehielt. Einmal machte Désirée darauf aufmerksam, daß, wenn sie jetzt nicht aufbreche, heute abend an ihrer Stelle Madame Molé spielen werde. „Man wird Sie entschädigen, meine Liebe", sagte Toinette. „Das kann man nicht, Madame", erwiderte liebenswürdig und trocken Désirée.

Bei alledem fuhr Toinette fort, der Schauspielerin anmutig, unverhohlen und naiv zu zeigen, wie sehr sie ihre Kunst bewunderte. Aber Désirée liebte Toinette nicht um ihre Freundlichkeit und haßte sie nicht um ihren Hochmut.

Manchmal machte es ihr Spaß, der Königin zu zeigen, was Arbeiten heißt. Sie ließ sie etwa einen Satz zehnmal wiederholen, um endlich zu konstatieren, der Wortlaut sei anders. Toinette suchte in ihrem Gedächtnis nach dem Wortlaut, gab es schließlich auf und fragte: „Ist es denn so wichtig, ob es ‚also' heißt oder ‚und so'?" – „Ja", antwortete entschieden Désirée, „der Wortlaut des Autors ist heilig." – „Des Autors Sedaine?" fragte Toinette. „Gewiß, auch des Autors Sedaine", entgegnete Désirée.

„Wie haben Sie es nur angestellt", fragte Toinette, „Ihr

Gedächtnis so zu schärfen?" – „Ich habe", erwiderte Désirée, „als ich Elevin war, täglich fünfzig Verse Corneille, Racine oder Molière auswendig lernen müssen." – „Ihre Zeit, meine Liebe", sagte seufzend Toinette, „war nicht so ausgefüllt mit Zeremoniell." – „Nein, Madame", antwortete Désirée, „ich war Ausläuferin im Spitzengeschäft der Madame Meunier. Monsieur Robecque gab mir Stunden umsonst und aus Freundlichkeit. Wir hatten beide nicht viel Zeit, ich war oft müde, er gereizt. Er konnte sehr unangenehm werden, wenn ich meine fünfzig Verse nicht richtig gelernt hatte." – „Er hat Sie bestraft?" fragte Toinette. „Ich mußte dann", entgegnete Désirée, „an Stelle der fünfzig Verse für den nächsten Tag hundert lernen, und manchmal hat er mir wohl auch eine feste heruntergehauen." Nicht erzählte Désirée, daß mit ihrer Lehrzeit für die Bühne auch andere Unannehmlichkeiten verknüpft waren. Daß sie mit ihrem Lehrer schlafen mußte, war ihr selbstverständlich erschienen; das Peinliche war, daß Madame Robecque eifersüchtig war und sie zerkratzte und an den Haaren riß. Auch ihre Mutter, die moralisch war, verprügelte sie, wenn sich Monsieur Robecque Freiheiten erlaubte. „Dafür scheint sich aber auch Ihr Gedächtnis ungewöhnlich gut entwickelt zu haben", anerkannte mittlerweile Toinette, und: „Ich werde auch mein Gedächtnis üben", beschloß sie. „Ich werde täglich zwanzig Verse Racine oder Corneille lernen."

Désirées gesunder Menschenverstand hatte ihr immer gesagt, daß eine Frau auch mit einer Krone auf dem Kopf eine Frau bleibt. „Es gibt Stellen", hörte man häufig in den Kneipen Frankreichs, „wo sich eine Königin nicht von einem Dienstmädchen unterscheidet." Und seitdem Désirée der Zusammenkunft Franklins mit der Dame in der blauen Maske beigewohnt, war ihr vollends klargeworden, daß diese Königin bei aller natürlichen Liebenswürdigkeit eine recht törichte Frau war und besessen von einem Hochmut, der ihr geradezu stupid schien. Immerhin hatte sich Désirée nicht ganz befreien können von dem Gefühl der Scheu und Ehrfurcht, das sich infolge der Bemühungen der Kirche, der Behörden und der Schulen mit dem Begriff „König", „Hof", „Versailles" verband. Jetzt indes, da sie das Wesen und Treiben des Fliederblauen Klüngels so lange und aus nächster Nähe beobachten konnte, erkannte sie immer deutlicher, daß es bei Hofe viel simpler und kindisch-menschlicher zuging, als sie vermutet hatte.

Da war zum Beispiel das Streitgespräch zwischen der Königin und Madame Joséphine, der Gemahlin des Prinzen Xavier. Toinette hatte ihr launisches Projekt, die plumpe, unbegabte Frau auf der Bühne dem Spott der Familie bloßzustellen, noch immer nicht aufgegeben, und mit viel List hatte sie die Schwägerin dazu vermocht, sich ihr kleines Theater, nun es endgültig fertiggestellt war, wenigstens anzuschauen. Wirklich kam Madame Joséphine. Toinette probierte gerade auf der Bühne, Désirée schaute von einer der dunkeln Logen aus zu. Toinette bemächtigte sich sogleich der Schwägerin, und ohne sie auf die Anwesenheit der Schauspielerin aufmerksam zu machen, führte sie ihr die erfindungsreichen Einrichtungen der kleinen Bühne vor. Dann bat sie sie von neuem, doch keine Spielverderberin zu sein und auch eine Rolle zu übernehmen. Doch Joséphine blieb fest. In ihrem dumpfen, italienisch gefärbten Französisch erklärte sie sich bereit, allenfalls mitzutun, wenn man in Versailles um den Tisch herum ein Stück mit verteilten Rollen lese; aber sich auf die Bretter eines Theaters zu stellen, vor Zuschauern, das mache sie nicht. „Das ist meiner ganz und gar unwürdig“, erklärte sie böse und entschlossen. „Aber da ich, die Königin, es tue“, antwortete lebhaft Toinette, „brauchen Sie doch keine Skrupel zu haben.“ Joséphine entgegnete hart: „Wenn ich nicht Königin bin, so bin ich doch aus dem Holz, aus dem man Königinnen macht.“ – „Gewiß“, antwortete süß Toinette. „Aber auch Sie werden zugeben, daß das kaiserliche Haus von Österreich dem königlichen von Savoyen ebenbürtig ist. Oder nicht, meine Liebe?“

Hatte Désirée ihren Spaß daran, die Königin von Frankreich die Zofe spielen zu lassen, so hatte Toinette noch größere Freude, die Zofe zu spielen. Es war wirklich so, daß sie in dem kleinen Part der Zofe ihre Freundin Gabriele in der großen Rolle der Marquise mühelos ausstechen konnte. Und es war unterhaltlich, durch die Darstellung der Zofe zu zeigen, daß sie nicht etwa nur die Huldigungen der Franzosen entgegennahm, sondern daß sie die Lebensweise des Volkes verstand und zu ihm gehörte.

Sie bemühte sich um Naturwahrheit. Sie hatte auf der Bühne zu servieren, sie hatte die Hosen des Kammerdieners Lafleur zu bügeln. Sie ließ sich von ihrer Zofe zehnmal zeigen, wie man bügele, wie man serviere. Die Vorstellung, daß sie, Abkömmling Rudolfs von Habsburg, Königin von Frankreich, beflissen bügelte, servierte, Zofe war, machte ihr außerordentliches Vergnügen. Stolz führte sie Désirée ihre Fertigkeit vor und war enttäuscht, als diese keineswegs zufrieden war. Désirée setzte ihr geduldig auseinander, daß es auf der Bühne nicht darauf ankomme, daß man richtig bügelte, sondern darauf, daß man glaubhaft bügelte, daß man den Anschein erweckte, zu bügeln. Und Toinette begriff.

Vaudreuil sah gierig zu, wie Désirée mit Toinette arbeitete. Nun strebte er mit doppeltem Ehrgeiz nicht nur nach Wirkung, sondern auch nach Glaubhaftigkeit. Er wollte im ersten Stück ein glaubhafter großer Herr, im zweiten ein ebenso glaubhafter Bauer sein. Désirée lobte ihn auf kluge, spärliche Art.

Ihr grimmiges Vergnügen an diesem „Theater der großen Herren" wuchs mit jeder Probe. Wie sie schwitzten, wie sie sich anstrengten, und wie dilettantisch sie waren. Dieser François Vaudreuil. Da vergaß er sein brennendes Verlangen, der Liebhaber der Königin zu sein, da vergaß er seinen Traum, die französischen Armeen nach England zu führen, und war lieber ein mittelmäßiger, peinvoll bemühter Schauspieler. Und erreichte doch in seinen besten Momenten nicht, was der schlechteste Schauspieler des Théâtre Français in seinen schwächsten. Wie blind sie waren, diese Königin und diese großen Herren und Damen.

Ein wenig von dem, was in Désirée vorging, ahnte Vaudreuil. Er spürte ihr geheimes Lächeln, und es verlangte ihn, die Sprödigkeit dieser Frau zu brechen, sie in Wahrheit zu gewinnen, sie ihres Geheimnisses zu berauben.

Daß sich Désirée auf ihre Stellung als Schauspielerin beschränkte und nichts sprach, was nicht mit ihrem Amt zusammenhing, wirkte auf Toinette so, wie Désirée wollte: es machte Toinette neugierig. Mademoiselle Mesnard war merkwürdig unzugänglich, man konnte mit ihr von nichts reden als von dem nackten Unterrichtsstoff, sie hatte sich eigentlich Vaudreuils Freundin anders vorgestellt. Gabriele, als Toinette ihr davon sprach, meinte, es sei wohl die Scheu vor der

Königin, welche das Mädchen so zurückhaltend machte. Toinette beschloß, diese Verkrustung aufzubrechen. Sie fragte Désirée nach kleinen Dingen aus dem Leben ihrer Kollegen, nach Theaterklatsch. Auch da blieb Désirée reserviert. Das lockte Toinette, und sie warb mit immer größerer Mühe um Désirées Freundschaft.

Graf Mercy berichtete über die neue Liebhaberei Toinettes nach Schönbrunn. Die alte Kaiserin war nicht allzu bekümmert. Sie schrieb zurück, Toni werde wohl mit dieser neuen Betätigung nicht viel Unglück anrichten. Bestimmt sei es weniger kostspielig, wenn sie Theater als wenn sie Pharao spiele und wenn sie den Polignacs Rollen gebe anstatt Ministerposten.

Louis selbst war interessiert an Theaterdingen und legte dem neuen Zeitvertreib Toinettes nichts in den Weg. Er erschien sogar auf Proben.

Vor der Probe gewisser Szenen indes bat ihn Vaudreuil, sich zu entfernen, da es sich um Überraschungen für ihn handle. Da war die eine Szene, in welcher der Marquis über seiner Freude an der Schlosserei seine Eifersucht vergißt und die man Louis erst am Abend der Vorstellung zeigen wollte. Und aus ähnlichen Gründen wollte man ihn noch nicht wissen lassen, welche Lieder eingelegt wurden. Louis verstand, daß man sich einige Rosinen für den Abend zu reservieren wünschte, und erklärte, als man ihn hinauswies, gutmütig: „Schön, ich gehe zurück an meine Arbeit. Aber *eine* Bedingung stelle ich, mein lieber Marquis. Wenn Sie schon Lieder singen, dann müssen Sie auch mein Lieblingslied steigen lassen." Es wußte aber der ganze Hof, daß Louis' Lieblingslied das „Lied von der Ziege" war.

Und man arbeitete und plagte sich ab. Toinette kämpfte mit ihrem „R", Vaudreuil holte sich bei Pierre Ratschläge wegen kleiner Textänderungen. Die ersten Musiker des Königreiches setzten die Musik für das Kammerorchester, welches die Lieder zu begleiten hatte. Für das Türschloß, das in der „Unvorhergesehenen Wette" eine solche Rolle zu spielen bestimmt war, holte man sich den sachverständigen Rat des Schlossers Gamain, damit Louis unter keinen Umständen was zu tadeln finde.

Dann gab es noch eine letzte Schwierigkeit. Den geprellten und nichtgeprellten Marquis spielte Jules Polignac, und es lag eine gewisse Pikanterie darin, daß auf der Bühne vorgegeben wurde, Vaudreuil habe ihn nicht gehörnt. Jules spielte die Rolle gern. Aber er verlangte, daß er das „Kreuz des Großen Louis" tragen durfte. Nun war es aber nicht erlaubt, französische Orden auf der Bühne zu tragen. Jules indes wollte nicht darauf verzichten, schon um nicht für einen Schauspieler gehalten zu werden. Vergebens sagte ihm Vaudreuil, er laufe da keine Gefahr; Jules Polignac bestand auf seinem „Kreuz des Großen Louis". Toinette mußte einen günstigen Moment abwarten, um Louis ein Edikt abzuschmeicheln, welches für diesen speziellen Fall das Verbot aufhob.

Und nun war alles probiert und bereit. Ein letztes Mal ging Toinette mit Désirée die Rolle durch. „Ich habe unendlich viel von Ihnen gelernt", anerkannte glücklich Toinette und legte Désirée in einer raschen, aufrichtigen Wallung den Arm um die Schulter, wie sie ihn sonst nur um die Schulter ihrer Freundin Gabriele legte.

Das hinderte nicht, daß sie den einzigen Wunsch vergaß, den Désirée ausgesprochen hatte, den Wunsch, den Autor zuzuziehen.

Michel Sedaine nämlich, der Autor der beiden Stücke, hatte es nicht leicht gehabt. Jetzt zwar wurde er als großer Schriftsteller gerühmt; aber er hatte sich gegen heftige Widerstände durchsetzen müssen; er war Maurerlehrling gewesen und gezwungen, sich die Zeit zum Schreiben abzustehlen, und er war nur mit schwerer Mühe vorgedrungen zu den Männern, die eine Aufführung seines Stückes erwirken konnten. Gerade darum wollte Désirée es ihm ermöglichen, die beiden Komödien dargestellt zu sehen von der „Truppe der großen Herren". Nun kannte sie den Hochmut Toinettes und wußte, daß es ausgeschlossen gewesen wäre, Sedaine zum Abend der Aufführung einzuladen. Doch wenigstens der Generalprobe seiner Stücke sollte er beiwohnen dürfen, und das hatte ihr Toinette auch nach kurzem Zögern zugesagt. Aber Toinette vergaß, und Désirée fand den Anlaß nicht wichtig genug, es auf eine Probe ihres Einflusses ankommen zu lassen. Sedaine wurde nicht geladen.

Es waren alles in allem dreiundzwanzig Gäste, die sich am

Abend der Aufführung in dem zierlichen Theater versammelten. Graf Mercy wäre gern dabeigewesen, um der erlauchten Frau Mama zu berichten, aber Toinette wollte nur vor Zuschauern prinzlichen Geblütes spielen, sie hatte nur die Angehörigen der königlichen Familie zugelassen, und sie konnte nicht wohl eine Ausnahme machen.

Der kleine Raum sah jetzt, da die Decke von Lagrenée ausgemalt und die Beleuchtung verbessert war, noch schöner aus als damals bei der Einweihung mit dem „Barbier". Prunkvoll und trotzdem diskret schimmerte der weiß und goldene Saal im Licht der zahllosen Kerzen, zärtlich und zeremoniös luden Logen und Gestühl, sich behaglich zurechtzusetzen, und die Löwenköpfe an den Pfeilern, die den Balkon trugen, deuteten an, daß man im Hause der Königin war.

Da saßen die Gäste und warteten angeregt und ein wenig skeptisch vor dem Vorhang, der, schwer, aus kostbarem, golddurchwirktem blauem Samt, den Saal von der Bühne trennte. Das kleine Orchester, gebildet aus den besten Musikern des Königs, war bereit; die Zuschauer wechselten mehrmals die Plätze, gingen von einer Loge in die andere, unterhielten sich gedämpft, warteten.

Hinter dem Vorhang war Lampenfieber. Prinz Karl trank ziemlich stark, auch Toinette nahm gegen ihre Gewohnheit ein Glas Champagner. „Fühlen Sie, wie kalt meine Hand ist", sagte sie mehrmals zu Vaudreuil. Plötzlich erklärte sie, die Leere des Theaters mache sie nervös; auch habe der Raum, wenn er nicht gefüllt sei, nicht die rechte Akustik. „Das hätten Sie sich vorher überlegen sollen, Madame", sagte Vaudreuil, der in seiner blau und roten Oberstenuniform noch anziehender und gewalttätiger aussah als sonst. Aber: „Ich wünsche, daß das Theater gefüllt wird", erklärte die Zofe Nanine, jetzt keineswegs zofenhaft. „Geben Sie Order, daß Schweizer Garden und Leute vom Personal die leeren Plätze besetzen." – „Sie haben erklärt, Madame", antwortete ärgerlich Vaudreuil, „daß Sie außer der Familie keine Zuschauer haben wollen." – „Schweizer Garden und Dienstpersonal sind keine Zuschauer, sondern Volk", tat Toinette seinen Einwand ab. „Da hat Toinette recht", sagte sanft die Marquise Clainville, gemeinhin Gabriele Polignac, und Jules Polignac stimmte empört zu: „Zuschauer, diese Typen, ces espèces." Vaudreuil selber hatte Befürchtungen wegen der Akustik, er fügte sich und gab Auftrag.

Mittlerweile ließ er die Ouvertüre spielen. Dann aber gab es wieder eine lange Pause, und nun wurden die geladenen Gäste ungeduldig. Louis, gut gelaunt, er hätte am liebsten selber mitgespielt, spielte jetzt wenigstens einen ungeduldigen Zuschauer, klatschte in die Hände, trampelte und rief lärmend: „Anfangen, anfangen." Die andern beteiligten sich an dem fröhlichen Gelärm.

Gabriele trat vor den Vorhang und erklärte, sie bitte um wenige Minuten Geduld, man wolle nur noch die Akustik des Hauses verbessern.

Da trampelten auch schon unter der Führung eines Offiziers die Schweizer Garden in den Raum. Sie standen stramm beim Anblick des Königs. Aber: „Rührt euch, Platz nehmen, marsch", befahl der Offizier, und die Soldaten, verlegen, bemüht, wenig Lärm zu machen, setzten sich klirrend mit ihren kräftigen Hintern in das delikate Gestühl. Zwischen ihnen drängten sich Zofen und Hausmädchen.

Dann klopfte der Stock auf, der Vorhang teilte sich, und auf der Bühne stand, in einem zierlichen, ausgeklügelten, zofenhaften Kostüm, das die Knöchel und die halben Waden freiließ, Marie-Antoinette, Königin von Frankreich, eine zu bügelnde Hose über dem nackten Arm, und sagte zu ihrem Schwager Karl, dem Kammerdiener Lafleur: „Da beklagen wir Dienstboten uns immerzu", aber sie konnte nicht darlegen, worüber sie sich beklagte, sie wurde unterbrochen durch die dröhnende Lache Louis'. „Großartig, Madame", rief er und klatschte. „Sie sehen aus und sprechen wahrhaftig wie eine wirkliche Zofe. Großartig, bravo", und er wandte sich an die andern: „Finden Sie nicht auch, meine Herren und Damen? Großartig. Noch einmal."

Da aber ging der Vorhang empört wieder zu. Vaudreuil trat vor und sagte zornig, doch höflich beherrscht: „Meine Herren und Damen, wir beginnen von neuem. Ich muß Sie aber ernstlich ersuchen, das Spiel nicht zu unterbrechen." Louis, aus seiner Loge, antwortete gut gelaunt: „Schon recht, Vaudreuil, und nichts für ungut. Aber Madame hat mir eben so besonders gefallen. Und jetzt werde ich bestimmt nicht mehr stören, das verspreche ich Ihnen."

Der Vorhang teilte sich nochmals. Diesmal rollte die Aufführung weiter, und alles ging, wie es gehen sollte. Bald sahen die fürstlichen Zuschauer in Jules und Gabriele Polignac und in dem Prinzen Karl und in Vaudreuil und Toinette nicht mehr Jules, Gabriele, Karl, Vaudreuil und Toinette, sondern den Marquis und die Marquise Clainville und den Kammerdiener Lafleur und den Oberst d'Etieulette und die Zofe Nanine, und sie interessierten sich nur mehr für das kleine Abenteuer des Ehepaars Clainville. Louis indes, wiewohl er den ernstlichen Vorsatz hatte, sich zu beherrschen, verursachte eine zweite Störung. Als Jules Polignac das Türschloß untersuchte und sachgemäß analysierte, hielt er nicht an sich, sondern rief: „Das müssen Sie mich hernach genau sehen lassen, Jules", und der Marquis de Clainville wurde plötzlich wieder zu Jules Polignac.

Die Soldaten, Lakaien und Hausmädchen, welche der Vorstellung zuschauten, waren von der plötzlichen Einladung so überrascht, daß sie eine Zeitlang kein rechtes Aug und kein rechtes Ohr hatten für die Vorgänge auf der Bühne. Sie waren benommen und mußten sich erst zurechtfinden; denn was da mit ihnen und was da auf der Bühne geschah, war befremdlich. Es war sehr merkwürdig, daß sich die Königin so anstrengte, eine Zofe zu machen; es war tief ungehörig, daß sich die Königin und der Bruder des Königs aufführten wie Komödianten und Hanswürste. Allmählich aber schmolz ihre Befangenheit, und sie hatten ihren Spaß an der Sache. Es fiel ihnen nicht ganz leicht, dem eleganten Dialog des Stückes zu folgen; so viel aber hörten sie heraus, daß sich da ein Autor, der dem Volke mehr wohlwollte als den Adeligen, lustig machte über die dummen Tändeleien, mit denen sich die gelangweilten Privilegierten die Zeit vertrieben. Die Frechheit der Zofe Nanine und die Frechheit des Kammerdieners Lafleur sagte ihnen zu, das war ihre eigene Frechheit, und daß diese Frechheit aus dem Munde der verkleideten Königin und des verkleideten Prinzen kam, würzte den Spaß. Aber immer noch nicht wagten sie, ihr Vergnügen zu zeigen, ihr Lachen klang unbeholfen, und sie erstickten es gleich wieder; wer wußte, ob nicht auf einmal die großen Herren die Laune verloren und überm Kirschenessen ungnädig wurden?

Dann aber trat Vaudreuil an die Rampe und sang. Ja, er hatte sich entschlossen, das gewagte Lied zu singen. Mit seiner tiefen, wohlklingenden Stimme sang er es, das Matrosenlied, das ihnen allen bekannt war und das jetzt, da der englische Krieg über Nacht ausbrechen konnte, seinen guten politischen Sinn hatte. Er sang von der englischen Fregatte, die, während sie auf der Fahrt nach Breslau ist, am 31. August, von einem französischen Schiff gesichtet wird. Der französische Kapitän fragt sogleich seinen Leutnant: „Leutnant, fühlst du dich fähig, das Schiff zu entern?", und der stolze und kühne Leutnant antwortet: „Jawohl, Kapitän", und sie drehen bei und bringen mit Piken und Musketen und Enterhaken den Engländer zur Vernunft. „Und jetzt", sang frech und kühn dieser Marquis de Vaudreuil, Großfalconier des Königs und Intendant der Königin, die Schlußstrophe, „und jetzt trinken wir einen Schluck auf den Kapitän, und einen auf den Leutnant, und noch einen auf alle Verliebten, und noch einen auf den König von Frankreich. Und Scheiße auf den König von England, der uns den Krieg erklärt hat."

Die geladenen Gäste in den Logen waren betroffen. Man war nicht im Krieg mit England, und es war merkwürdig, daß Monsieur de Vaudreuil dieses alte, derbe Volkslied im Theater der Königin sang. Die Soldaten aber, das Volk, ces espèces, diese Typen, hielten sich jetzt nicht mehr, sie klatschten, sie riefen: „Bravo", und: „Noch einmal."

Vaudreuil schaute nach der Loge, in welcher der König saß. Er war froh, daß er sich zu dem Lied entschlossen hatte, er hatte bis zum letzten Augenblick nicht gewußt, ob er sich entschließen werde, er schaute frech und vergnügt, es war ein kühner, geistreicher, großartiger Streich, den er da diesem ewig unentschlossenen Sechzehnten Louis spielte; und es war eine gute Idee gewesen, daß man das Volk hereingeholt hatte, so wird sich die Kunde von seinem Spaß noch heute nacht über ganz Paris verbreiten, und schließlich wird er, François Vaudreuil, es sein, der England den Krieg erklärt hat.

Louis' gute Laune entwich, als der freche Vaudreuil das Matrosenlied begann. Das Lied war schon dumm gewesen damals, als es entstand, im letzten Krieg. Denn erstens hatten wir leider nur sehr wenige englische Schiffe genommen und durchaus keine Ursache, zu jubeln und zu trinken, und sodann bewies es ungewöhnliche Ignoranz, wenn der Verfasser das englische Schiff nach Breslau fahren ließ. Heute aber war das Lied nicht nur dumm, es war auch höchst anstößig. Und es war grob ungehörig, daß sich dieser Vaudreuil hinstellte und das Lied grölte.

Verdrossen hockte Louis und rutschte auf seinem blauen Sessel herum. Als gar das Volk anfing zu jubeln und das Lied nochmals verlangte, wurde er traurig. Die armen Narren, sie wollten den Krieg. Er sah sie, die jetzt prall lebendig dasaßen, wie sie in die Bäuche von Schiffen gestopft wurden und wie sie ertranken, oder wie sie in den Wäldern dieses rebellischen Landes bei Ortschaften, die nicht einmal auf der Karte verzeichnet waren, jämmerlich verwesten und verrotteten. Und nun lächelte auch noch Vaudreuil höhnisch zu ihm herauf und schaute ihm gerade ins Gesicht mit seinen insolenten Augen. Für einen Augenblick drängte es Louis zu schreien: Halt. Vorhang. Ich erlaube nicht, daß weitergespielt wird. Aber er sagte sich, wenn er das tue, mache er aus der kindischen Angelegenheit einen Skandal, und er beschloß: Nun gerade nicht. Ich nehme dieses dumme Lied nicht als ein politisches Ereignis. Wir sind unter uns, in der Familie, ich höre nur die Musik, ich wünsche nicht, daß irgendwer irgendeine Bedeutung dahinter sieht. Da ein Schiff nicht nach Breslau fahren kann, kann man es auch nicht kapern, und das Ganze ist einfach fröhlicher Unsinn. Er saß also da und lächelte dümmlich, und Vaudreuil verbeugte sich vor den Bravorufern und sang das Lied noch einmal.

Die „Unvorhergesehene Wette“ ging weiter, der Zwischenfall wurde vergessen. Auch Louis beschloß, ihn zu vergessen, und er vergaß ihn. Als das erste Stück unter großem und ehrlichem Beifall zu Ende gegangen war, begab er sich auf die Bühne, drückte mit vielen Worten und Gesten seine Befriedigung aus und störte sehr, denn die Damen und Herren hatten sich umzuziehen. Er stieß Vaudreuil, der sich aus dem Marquis in den Bauern Richard verwandelte, vor den Bauch und sagte ihm: „Hab ich es Ihnen nicht gesagt, Monsieur? Sie sind der geborene Intendant. Und da haben Sie sich von mir so lange bitten lassen, bevor Sie Ihre wahre Bestimmung erkannten.“ Vaudreuil dankte kühl. Es verdroß ihn, daß der Dicke das Lied mit guter Miene hingenommen hatte. Aber wenigstens wird er ihm im nächsten Stück als Bauer Richard seine Meinung in das fette, faule Gesicht sagen können.

Doch Louis ließ sich auch diesmal die Freude nicht verderben. Alles an dieser Komödie „König und Bauer" gefiel ihm, die Jagdkostüme, die fröhliche Hifthornmusik, seine Toinette, die ihr Bauernmädchen so charmant und deftig spielte, sein Bruder Karl, der als tölpischer Flurwächter die Jagdgesellschaft, den König und sein ganzes Gefolge verhaftete. Und Vaudreuil war als Saubauer einfach großartig. Als er seinen berühmten Satz brachte: „Ich habe aber was gesehen, was ein König nie zu sehen kriegt: Menschen", da rief Louis schallend: „Sehr gut, ausgezeichnet", und wiederum war Vaudreuil enttäuscht. Das Volk indes freute sich, doch diesmal wagten die Leute nicht zu klatschen, sondern sie schauten nur freundlich auf ihren guten König Louis.

Und dann hatte Louis seinen Hauptspaß. Man legte wirklich das Lied ein, das er sich gewünscht hatte, „Das Lied von der Ziege". Prinz Karl sang es, der tölpische Flurwächter, er sang es sehr wacker. „Wir hatten eine Ziege", sang er, „eine Ziege von vierzehn Jahren. Sie machte sich über den Kohl her, den Kohl von Jean Bertrand. Sie hat Verstand, unsre Ziege, sie hat Verstand. Jean Bertrand ertappte sie, packte sie und ließ sie verhaften durch achtzig Gendarmen. Sie hat Verstand, unsre Ziege, sie hat Verstand. Sie erschien vor Gericht, hob zierlich den Schwanz und setzte sich auf ihre Bank. Sie hob ihren Schwanz, sie saß auf der Bank und ließ einen fahren in die Nase des Herrn Präsidenten. Sie hat Verstand, unsre Ziege. Und kleine Rosinen, einen ganzen Korb, hat sie gemacht für die Herren Beisitzer und Schöffen. Und sie stieß ihr Horn in den Hintern des Herrn Vorsitzers und Präsidenten. Sie hat Verstand, unsre Ziege, sie hat Verstand."

Das also sang der prinzliche Flurwächter. Wie er aber so sang, kam über die Leute aus dem Volk wieder jene Befangenheit, die sie zuerst verspürt hatten. Das Lied von der alten, klugen Ziege war ein gutes Lied, es sagte gute Wahrheiten, aber im Theater der Königin war es nicht angebracht, und höchst unziemlich war es, daß ein Prinz von Geblüt es sang. Und daß er es ihnen vorsang, das war eigentlich ganz undenkbar. Und genau das ereignete sich. Die Leute saßen und hörten, aber sie wollten es nicht glauben. Und sie wollten es nicht glauben, als sie sahen und hörten, wie sich Louis freute, und wie er den Refrain zuerst mitsummte und dann ganz laut mitsang.

Vaudreuil war sehr befriedigt, mehr als das, beschwingt. Er fand sich in beiden Rollen höchst glaubwürdig und die Aufführung beider Stücke sehr geglückt. Aber er tat, als sei er durch die Dickfelligkeit Louis' um seinen Lohn geprellt. Er gab sich verärgert und sagte grimmig zu Toinette: „Wir hätten ihn nicht hereinlassen sollen. Es war ein Skandal, wie er sich benommen hat. Zweimal hat er die Vorstellung gestört, immer hat er an der falschen Stelle gelacht, ich habe mich geschämt vor meinem Kammerdiener Baptiste."

Toinette begriff nicht, was François wollte. Sie war glücklich erregt, sie hatte alles großartig gefunden, es hatte keinen toten Moment gegeben, sie war mit ihrer Wirkung sehr zufrieden, die Gäste waren wunderbar mitgegangen, Vaudreuil hatte sich selber übertroffen, er mußte doch gemerkt haben, daß jedes Wort von ihm eingeschlagen hatte. Langsam, vor ihrer sichtlich aufrichtigen Lobpreisung, gab Vaudreuil seinen gespielten Unmut auf.

Später, tief in der Nacht, bemerkte er das unterstrichen beschäftigte Gesicht des Kammerdieners Baptiste, der ihm beim Auskleiden half. „Was hast du, Baptiste, gibt es etwas?" fragte er.

Baptiste reichte ihm das gewärmte Nachthemd und antwortete enthusiastisch und ehrerbietig: „Verzeihen Sie, Monsieur, aber ich muß es sagen: Monsieur waren herrlich." – „Schon gut", winkte gnädig Vaudreuil ab. In der Dämmerung aber, hinter den zugezogenen Bettvorhängen, lächelte er.

Toinette lag auf dem Bett, Doktor Lassone untersuchte sie. Obgleich der Doktor trotz seines Alters als ein Mann galt, der die Frauen liebte und von ihnen verwöhnt wurde, bemühte sich Toinette, ihn ausschließlich als Arzt zu betrachten. Aber sie konnte ein peinliches Gefühl nicht loswerden. Seine kalten, prüfenden Augen und seine geübten Hände bereiteten ihr ein mit Kitzel gemischtes Unbehagen; dunkel empfand sie, wie er ihren nackten Leib mit den Körpern anderer Frauen verglich, und gleichzeitig wartete sie mit einer schier unerträglichen Spannung auf das, was er sagen werde. Schon vor einigen Tagen hatte sie eine erste leise Hoffnung verspürt, sie hatte sie aber damals nicht einmal dem Arzt anzuvertrauen gewagt.

Doktor Lassone streifte ihr jetzt mit sanfter Bewegung das Hemd wieder über den Leib und trat zurück. Sie schaute ihn nicht an, fragte nicht. Er aber verneigte sich tief und sagte: „Meine untertänigste Gratulation, Madame."

Es riß Toinette den Kopf hinüber zu ihm, sie schaute ihn an, es verschlug ihr die Stimme. „Und es ist kein Zweifel, Doktor?" fragte sie. „Es ist kein Zweifel, Madame", bestätigte er, und er wiederholte: „Meine untertänigste Gratulation." Toinette wagte es noch nicht zu glauben. „Und ich kann es nach Wien schreiben?" fragte sie. „Ich kann es Louis sagen?" Es war das erstemal, daß sie den König in seiner Gegenwart „Louis" nannte. „Es ist kein Zweifel, Madame", wiederholte ein wenig stärker Doktor Lassone.

Als er gegangen war, lag Toinette lange allein, mit geschlossenen Augen, in glücklicher Benommenheit. Eine ungeheure Last war von ihr genommen, alles Kleine, Kümmerliche war fortgespült, sie fühlte sich ganz leicht und hoch, sie spürte eine restlose, selige Erfüllung. Habsburg, Frankreich, das alles war sie, in ihr war die Vergangenheit und die Zukunft dieser Länder.

Sie war mitteilsam von Natur, aber jetzt blieb sie allein, lange, sie konnte es keinem sagen, es war zu groß, zu herrlich. Endlich läutete sie, und noch ehe sie sich ankleiden ließ, schickte sie nach Mercy.

Während sie auf ihn wartete, schrieb sie ihrer Mutter, in einem Gemisch von Deutsch und Französisch. „Wie bin ich Ihnen dankbar", schrieb sie, „daß Sie mich geboren haben. Ich hätte es niemals für möglich gehalten, daß es solche Glückseligkeit auf Erden gibt. Ich wollte Ihnen schon vor Tagen schreiben, und jetzt bedaure ich, daß ich es nicht tat. Aber ich fürchtete, Ihr Kummer werde zu groß sein, falls sich meine Hoffnungen nicht erfüllten."

Mercy kam. Er war, als ihn Toinettes Aufforderung erreichte, tief erschrocken; kaum je war es vorgekommen, daß Toinette mit solcher Dringlichkeit nach ihm verlangt hätte, im Gegenteil, gewöhnlich ging sie ihm aus dem Weg, sie mußte etwas Fürchterliches angestellt haben. Aber dann sah er sie, ihr Gesicht war verändert, weich, sonderbar gelöst, und es war, als werde sie gleich zu weinen anfangen. Und schon während er ihr die Hand küßte, sagte sie zu ihm: „Ich muß es Ihnen als dem ersten sagen. Sie sind der nächste, Sie sind Wien", und: „Ich krieg ein Kind, Mercy", sagte sie auf deutsch, „ich bin schwanger", und: „Ich werde einen Dauphin haben", setzte sie französisch hinzu, und sie umarmte den alten Mercy, der selber, der Abgebrühte, kaum die Tränen zurückhalten konnte. Gleichzeitig überlegte er schon, welchen besonders schnellen Kurier er nach Wien schicken könnte. Sie inzwischen sprach weiter: „Jetzt müssen Sie sehr auf mich achtgeben", bat sie, glücklich. „Jetzt hängt das Schicksal Frankreichs davon ab, daß ich keine falsche Bewegung mache. Sagen Sie, das Reiten werde ich wohl besser aufgeben?" Er aber dachte, er habe Vorsichtsmaßnahmen ganz anderer Art zu treffen, Vorsichtsmaßnahmen gegen den tückischen Prinzen Xavier, dessen Hoffnungen durch Toinettes Schwangerschaft verdämmerten.

Dann, als schon der Kurier sich bereit machte, mit ihrem Brief und mit Mercys Depesche nach Wien zu rasen, ging sie hinüber in Louis' Gemächer. Er war aber nicht da, er war in seiner Schmiede, unterm Dach, und hatte Weisung gegeben, er wollte nicht gestört sein.

Dort, allein mit seinem Gamain, stand er breitbeinig und arbeitete mächtig, und es war grobe Arbeit. Er war finster gelaunt; die bayrischen Verwicklungen, die drohende Wahrscheinlichkeit, daß die Feindseligkeiten mit England trotz allem in den nächsten Tagen ausbrechen würden, grämten und erbitterten den gutmütigen Mann. Er machte sich Luft in körperlicher Betätigung. Im Hemd stand er da, mit gelockerter Hose, verrußt, und schwang mit dickem, kräftigem Arm den Hammer und schlug auf das Eisen ein. Oh, wäre das Franklin. Oh, wäre das Josef. Er schwang und schlug, und sein feistes Gesicht war finster und erfreut, weil er drauflosschlagen durfte.

Toinette hörte schon von ferne den pöbelhaften Lärm. Sie war ein einziges Mal hier oben gewesen, vor Jahren, als Louis ihr das erstemal seine Schmiede gezeigt hatte, seither hatte sie den häßlichen Ort nicht mehr betreten. Im Fliederblauen Klüngel pflegte man Witze zu machen und geistreiche Verse über Vulkan und Venus, und sie selber hatte wohl schon dergleichen geäußert. Doch heute stieg nicht der leiseste Schimmer solcher Gedanken in ihr hoch. Sie machte die Tür auf, eine schwere, niedrige Tür, und vor ihr war der kleine, heiße, nach Arbeit und Sachlichkeit riechende Raum, sehr anders als die Stätten, in denen sie sich ihrer ländlichen Arbeit hinzugeben pflegte. Louis stand da, schmutzig, Gesicht, Hände und Hemd verrußt, schwitzend, finster, ein richtiger Arbeiter, daß man sich fragte, ob ihm wohl die Gabe der Sprache verliehen sei.

Er schaute hoch, und da stand Toinette in dem dämmerigen Raum, ein wenig überflackert vom Schein seines Feuers. Wäre sie zu einer andern Zeit gekommen, dann hätte er sich wohl gefreut, obgleich sie, wenn sie ihn ungerufen aufsuchte, beinahe immer etwas von ihm zu verlangen pflegte. Aber heute war er mit Körper und Seele bei seiner Arbeit und seinem Eisen, und er dachte langsam, und es war zunächst in ihm nichts als Ärger und Verdruß, daß er gestört wurde, wo er doch befohlen hatte, man solle ihn in Ruhe lassen.

„Guten Tag, Louis", sagte Toinette. „Was gibt es, Madame?" antwortete er, und: „Sie sehen, ich arbeite", konnte er sich nicht enthalten, unwirsch hinzuzufügen. „Schicken Sie Ihren Mann fort", verlangte Toinette. „Kann ich nicht unsere Arbeit erst fertigmachen?" fragte er. „Ich brauche noch zehn Minuten." Aber: „Nein, Sire", erklärte Toinette, „keine Minute länger geb ich Ihnen", und Gamain mußte sich zurückziehen.

„Was also gibt es, Madame?" fragte mürrisch Louis. Toinette sah ihn an, strahlend. „Ich komme nicht allein, Louis", sagte sie. Louis schaute mißtrauisch. „Wen haben Sie denn noch mitgebracht?" fragte er. Toinette aber brach aus: „So wie ich hier stehe, bin ich zu zweit", und da er ein dickes, dummes Gesicht machte, fuhr sie fort: „Erraten Sie denn immer noch nicht?" Er dachte nach, und dann, zögernd, fragte er: „Sie sind schwanger, Madame?" – „Ja, ja, ja", jubelte sie. „Sie sind wirklich schwanger?" fragte er, immer noch ganz dumm. „Lassone sagt, es ist kein Zweifel möglich", erklärte sie.

Und da endlich glaubte er. Ein großer Schein ging über sein Gesicht, die weit auseinanderstehenden, braunen Augen blinzelten, die dicken Wangen zuckten, das kleine Doppelkinn zitterte, er warf klirrend den Hammer fort und schlug sich klatschend auf die Schenkel. „Wir kriegen ein Kind“, schrie er heraus, die Stimme schlug ihm über, er haute sich noch einmal den Schenkel, er klatschte Toinette mit der schweißigen, rußigen Hand den Rücken. „Ein Kind“, schrie er, „Sie und ich, einen Dauphin“, und er lachte seine grobe Lache und stampfte hin und her und tanzte und packte sie und küßte sie und sagte in seinem mühsamen Deutsch: „Toni, Toni.“ Er ging um sie herum, betrachtete ungläubig ihren weiten Rock, deutete mit dem dicken Finger darauf hin und sagte, breit schmunzelnd: „Louis der Siebzehnte.“

Lange saßen sie zusammen, glücklich, und sie achtete es nicht, daß jetzt auch ihre Haut und ihr Kleid über und über schwarz wurden. „Jetzt müssen Sie sich aber in acht nehmen“, ermahnte er sie wichtig. „Täglich baden, nicht zu heiß und nicht zu kalt. Und nicht zu lange aufbleiben. Keine Erregung. Nichts vom Krieg, nichts von Ihrem Budget. Immer nur an das Kind denken, an den Dauphin.“ – „Und ob“, versicherte sie. „Da brauchen Sie nicht lange auf mich einzureden.“

Dann erzählte sie ihm, sie habe nachgedacht, wann sie empfangen habe; das müsse gewesen sein an dem Tag, da er den Doktor Franklin so schlecht behandelt habe und dann reuig zu ihr ins Trianon gekommen sei. „Ist das nicht ein Zeichen?“ fragte sie. „Ist das nicht eine ungeheure Bestätigung, daß ich alles recht gemacht habe und Gott zu Gefallen? Denn wie hätte er sonst eine solche Fülle Seligkeit über mich ausgeschüttet?“ Louis erwiderte nichts und tätschelte nur weiter ihren nackten Rücken und machte ihn noch schwärzer. Sie aber sagte: „Und zu denken, daß damals, als Sie bei mir waren, meine alten Onkel zugeschaut haben von ihrem Bild. Das ist alles sonderbar und erfreulich und hat sicher seine Bedeutung.“ Er aber ging nicht weiter darauf ein, sondern sagte, er wolle gleich der Frau Mutter schreiben. „Eigenhändig“, fügte er stolz hinzu, „und auf deutsch. Und ich weise zehntausend Livres an für die Armen.“

Dann verkündete Toinette das Ereignis ihren Nächsten. Gabriele teilte das Glück der Freundin, aber sie war schweigsam; sie brauchte ihre Zeit, um fertig zu werden mit den mancherlei Hoffnungen und Befürchtungen, die sich an dieses Geschehnis knüpften.

Und dann sprach Toinette mit Vaudreuil. Unbefangen und strahlend erzählte sie ihm, daß sie jetzt den Dauphin gebären werde, auf den Frankreich und die Welt warteten. Sie war so erfüllt von der Bedeutung ihres Berichtes, daß sie ihre Beziehungen zu Vaudreuil und ihr Versprechen völlig vergaß. Sie hielt es für selbstverständlich, daß ein jeder, daß im Wortsinn das ganze Land teilhabe an ihrer Freude.

Vaudreuil brachte es über sich, ihr ruhig mit seiner tiefen Stimme zu sagen: „Meine herzlichsten Glückwünsche, Madame." Er aber war kalt verärgert, und es verschwand in diesem Augenblick der letzte Rest seines Verlangens nach ihr. Der tölpische Louis hatte es also doch geschafft. Und diese Toinette freute sich über ihren entstehenden Bauch wie nur eine Kleinbürgerin, welche über die Sous verfügte, ihrem Kind eine Amme zu halten. Es wurde wirklich Zeit, daß er den Krieg in Schwung brachte und diesen Hof verließ. Er mußte es tun, solange Toinette noch nicht zu dick und widerwärtig war, auf daß er sich seiner und ihrer nicht zu sehr zu schämen habe.

Er erzählte Désirée von seinem Entschluß, und wie sehr Versailles ihn anöde; das Gewese, welches man jetzt um die Schwangerschaft Toinettes machen werde, verleide ihm das Leben dort noch mehr.

Désirée zog ihr krauses, nachdenkliches Gesicht. „Da wird wohl Madame aufhören", meinte sie spöttisch und bedauernd, „ihre täglichen zwanzig Verse Racine zu lernen." Der Ton aber, in welchem sie das sagte, bewirkte, daß Vaudreuil sehr heftig daran dachte, daß von den sechs Stücken, die man für das Trianon probierte, vier noch immer nicht gespielt waren und daß in jeder dieser vier Komödien eine sehr reizvolle Rolle auf ihn wartete. „So schnell", erwiderte er, „wird es nun auch wieder nicht gehen. Ich glaube, Désirée, Sie werden noch Muße haben, mit Toinette weiter zu probieren."

Unglaubhaft schnell traf Maria Theresias Antwort ein auf die gesegnete Nachricht. Drei Briefe brachte ihr Kurier aus Wien, einen gerührt glücklichen an Toinette, einen würdig glücklichen an Louis und einen höchst besorgten an Mercy. „Ich muß Ihnen sagen", schrieb sie ihrem alten, vertrauten Freund, „ich bin in größter Angst für Mutter und Kind. In einem Land, in welchem die Freigeisterei solche Blüten treibt wie in Frankreich, schrickt man vor den schwärzesten Verbrechen nicht zurück. Ich fürchte die Intrigen des Prinzen Xavier und seiner welschen Frau. Wenn ich nicht wüßte, mein lieber Mercy, daß Sie um meine Tochter sind und um sie sorgen, wäre ich noch mehr in Angst. So suche ich die vielen Beispiele schauerlicher Verbrechen zu vergessen, welche die Geschichte Frankreichs bietet, und vertraue auf Gottes gütige Vorsehung. Ihre wohlaffektionierte Maria Theresia."

Schon zwei Tage später schrieb die Kaiserin einen weiteren Brief an Toinette; sie gab ihr hygienische Ratschläge nicht nur für die Zeit der Schwangerschaft, sondern auch schon für die Wochen nach der Geburt. „Folge ja dem Doktor in allen Dingen", schrieb sie. „Säuglinge sollten nicht zu eng gewikkelt sein, auch nicht zu warm gehalten. Vor allem aber tu Dich jetzt schon um nach einer guten, gesunden Amme. So eine ist in Paris gar nicht zu finden, und nur schwierig auch auf dem Lande, infolge der korrupten französischen Moral."

Ganz Versailles nahm an, daß nun, durch ihre Schwangerschaft, Toinettes politischer Einfluß steigen werde. Man behandelte infolgedessen die Repräsentanten Habsburgs, Mercy und den Abbé Vermond, mit doppelter Aufmerksamkeit. Der Abbé Vermond sah bei seinem Lever noch mehr Würdenträger um sich als früher. Als der Marquis d'Aubespine ihn aufsuchte, um seine Vermittlung zu erbitten für gewisse Verhandlungen, die er mit Toskana führte, gestattete sich der Abbé, ihn im Bade zu empfangen, und der Marquis schien sich darüber nicht einmal zu verwundern. Der Abbé Vermond dachte an seinen Vater, den kleinen Handelsmann in Sens, und bedauerte, daß er das nicht mehr erlebte.

Wenige Tage später wurde ihm noch größere Genugtuung. Der gutmütige Louis, in seinem Glück, gab seine starre Haltung vor dem Abbé auf. Zum erstenmal seit langen Jahren sah er nicht an Vermond vorbei, als sich dieser, wie er vorüberging, schief und tief vor ihm neigte. Er überwand sich und richtete das Wort an ihn. „Wie geht es Ihnen, Herr Abbé?" fragte er. Der Abbé erwiderte strahlend: „Ich bin glücklich über das Glück der Majestät." – „Danke, Herr Abbé", sagte Louis.

Die gnädige Laune Louis' wirkte sich auch dahin aus, daß er den Urteilsspruch in dem Wiederaufnahmeverfahren des Prozesses Lally beschleunigte.

Um die Affäre Lally stand es so. Thomas-Arthur Graf Lally, Abkömmling einer irischen Familie, hatte sich als General der französischen Armee höchlich ausgezeichnet, und beim Ausbruch des Siebenjährigen Krieges übergab man ihm den Oberbefehl in Französisch-Indien. Der Gouverneur aber und der Admiral der im Fernen Osten operierenden Flotte sowie die leitenden Beamten der Ostindischen Compagnie verstanden sich schlecht mit dem sehr eigenwilligen und groben Offizier; zudem bestand eine alte, latente Feindschaft zwischen der Regierung und der Ostindischen Compagnie. Jetzt, während der Kriegszeit, waren die Herren dem General Lally unterstellt, doch sie leisteten ihm Hilfe nur halben Herzens. Er hielt mit seinem Urteil nicht zurück und bezeichnete die Herren in seinen Briefen an den König, die Minister und die Pariser Direktoren der Compagnie als feig und korrupt. So fühlte man in den indischen Direktionsbüros der Compagnie bei aller Betrübnis Genugtuung, als sich herausstellte, daß General Lally gegen das Genie seines englischen Gegners, Clive, nicht aufkam, und man beschleunigte die unvermeidliche Niederlage. Der Schatzmeister der Compagnie hielt die Löhnung für die nicht sehr zuverlässigen einheimischen Truppen zurück, der französische Admiral ließ englische Schiffe durchschlüpfen, man behinderte General Lally in jeder seiner Unternehmungen. Bis er schließlich Pondichéry verlor und selber in englische Gefangenschaft geriet.

Der Verlust Indiens erregte in Paris stürmische Empörung. Lally hatte in seinen Berichten nicht zu Unrecht den Hauptteil der Schuld seinen Untergebenen zugeschrieben. Die ihrerseits erklärten, Lally habe sich von den Engländern kaufen lassen und ihnen Französisch-Indien verräterisch in die Hände gespielt. Lally kehrte freiwillig aus der englischen Sicherheit nach Frankreich zurück und verlangte Gericht und Urteil. Das Oberste Tribunal war voreingenommen; unter seinen Mitgliedern waren persönliche Feinde Lallys. Die Herren der Ostindischen Compagnie suchten alle Schuld auf ihn zu wälzen; denn wenn er nicht schuldig war, dann waren sie es. Die öffentliche Meinung war der Regierung feind, und der gewalttätige Lally galt als eine Kreatur der Regierung und war nicht populär. Bei alledem war es nicht leicht, eine Anklage auf todeswürdige Verbrechen gegen den General zu konstruieren. Man mußte ihn beinahe zwei Jahre in der Bastille gefangenhalten, ehe man die hundertneunundfünfzig Anklagepunkte zusammengebastelt hatte, derenthalb man ihn prozessierte. Der Prozeß war ein schmachvolles Spektakel. Es wurde dem General kein Verteidiger zugestanden, seine Schriftsätze wurden unterdrückt, es wurde in unwürdiger Hast verhandelt und jeweils so lange, daß der erschöpfte Angeklagte sich nicht verteidigen konnte. Gleichwohl waren noch am Tage vor der Urteilsfällung von den fünf Richtern nur zwei für ein Todesurteil zu haben, und die zwei mußten auf die drei stundenlang einreden, ehe einer von den dreien zu ihnen übertrat mit den Worten: „Schön, soll der Mann dran glauben, damit wir endlich zum Schluß kommen." Die Exekution selber wurde auf besonders erniedrigende Art vorgenommen. Der vierundsechzigjährige General, der sechsmal im Dienste Frankreichs verwundet worden war, wurde nicht, wie das der Brauch war, in seinem eigenen Wagen zur Richtstätte gefahren mit einem Gefolge seiner Freunde, sondern auf einem Schinderkarren, die Arme hinter dem Rücken zusammengeschnürt, den Mund geknebelt. Die Direktoren der Ostindischen Compagnie wohnten der Hinrichtung bei.

Diese Hinrichtung hatte stattgefunden am 6. Mai 1766. Voltaire kannte den General Lally persönlich und hatte seinen Prozeß mit Spannung verfolgt und mit steigendem Ingrimm. Er hielt den Spruch für einen Justizmord. Viele hielten ihn für einen Justizmord. Aber: „Das Schlimme an den anständigen Leuten ist", fand Voltaire, „daß sie so feig sind; sie schimpfen über das Unrecht, machen das Maul wieder zu, essen zu Abend, gehen schlafen und vergessen." Er vergaß nicht. „Man hält unser Jahrhundert für lächerlich", schrieb er einem Freunde, „aber es ist grausig." Einem andern schrieb er, daß Lally und die früheren Opfer der französischen Justiz ihm in seinen Träumen erschienen. Allein er wußte, daß die öffentliche Meinung gegen den General noch zu sehr aufgehetzt war, als daß man sie in direktem Angriff hätte gewinnen können, und er beschränkte sich vorläufig darauf, in seine „Geschichte Louis' des Fünfzehnten" eine grimmig sachliche Darstellung der Verdienste General Lallys einzufügen.

Dann aber sandte ihm Lallys junger Sohn die Denkschriften des Generals, welche das Gericht unterdrückt hatte, und umfängliches Material, welches die Unschuld des Hingerichteten dartat. Voltaire war damals achtzig Jahre alt und sehr krank. Aber er ging sogleich ans Werk. Der Prozeß lag nun geraume Zeit zurück, doch Voltaire wußte, daß er auch jetzt noch Umwege werde machen müssen und daß, wenn er ein Buch zur Rehabilitierung des toten Generals schrieb, das keine leichte Arbeit werden konnte; denn das Buch mußte amüsant sein, um die Affen zu fesseln, welche die eine Hälfte der Nation bildeten, und es mußte pathetisch und rührend werden, um die Herzen der Tiger zu bewegen, aus denen die andere Hälfte bestand. Aber er nahm es auf sich, er arbeitete Tag und Nacht, und es entstand ein wunderbar spannendes Buch, voll von farbigen Schilderungen Indiens und voll von witzigen und tiefen Anmerkungen über die Geschichte, die Anschauungen, die Sitten und Gebräuche seiner Völker, und einstreute er in diese Schilderungen und Reflexionen eine zornig kalte Darstellung der kläglichen und erregenden Schicksale des Generals Lally und jenes schmählichen Gerichtsverfahrens, das sie beschloß. Und er nannte sein Werk: „Fragmente aus der Geschichte Indiens und des Generals Lally."

Als dieses Buch erschien, war der General so gut wie vergessen. Aber nun erinnerten sich Tausende und Zehntausende, und sie nahmen Anteil an dem, was ihm geschehen war, und sie empörten sich über die Schändlichkeit seines Prozesses. Die gleiche öffentliche Meinung, die damals soviel dazu beigetragen hatte, den General zu verurteilen, verlangte jetzt seine Rehabilitierung.

Louis selber, sonst um Gerechtigkeit bemüht, schob das Studium der peinlichen und umständlichen Akten des Falles Lally von sich. Er ließ auch das Buch Voltaires ungelesen. Im Gegenteil, daß nun der Name Lally verknüpft war mit dem des verhaßten Erzketzers, brachte ihn gegen den toten General auf. Er wollte nicht darüber belehrt werden, daß das Urteil hätte ungerecht sein können.

Nun aber beschäftigte man sich seit Voltaires Ankunft in Paris mit seinen Schriften noch eifriger als früher. Immer mehr Leute nahmen Anteil an der Affäre Lally. Immer mehr dringliche Aufforderungen, den Toten zu rehabilitieren, flogen in das Kabinett des Justizministers und auf den Schreibtisch Louis'.

Und jetzt, in der glücklichen Stimmung, mit welcher die Aussicht auf den Erben ihn erfüllte, las Louis diese Bittschriften, und er las sie aufgeschlossenen Herzens. Er gab Weisung, daß der Fall des Generals neu untersucht werde, und das Höchste Gericht des Königreichs, das „Tribunal der Zweiundsiebzig", nahm die Verhandlungen auf.

Voltaire, vielleicht um die Reue zu übertäuben, daß er nicht nach Ferney zurückgekehrt war, arbeitete mit verdoppeltem Eifer. Zwar behinderte ihn die Abwesenheit seines vertrauten Helfers Wagnière; aber er biß die Lippen zusammen, trank noch mehr Kaffee als sonst, schrieb und diktierte. Nicht nur arbeitete er an der Tragödie „Agathokles", auf welche das Théâtre Français wartete und an der noch immer einige Szenen fehlten, sondern es beschäftigte ihn auch ein neuer Plan von sehr viel höherem Ehrgeiz.

Voltaire und die französische Sprache waren eines. Sie war das Werkzeug, mit dem er arbeitete, sie war der Boden, aus dem er seine Nahrung zog, sie war ihm eine Geliebte, die einzige, die er niemals satt bekam. Nun hatte er der Akademie vorgeschlagen, den veralteten Dictionnaire der französischen Sprache gründlich zu erneuern. Die Mitglieder hatten seinem Antrag nur lauwarm zugestimmt. Was von ihnen verlangt wurde, war schwere, danklose Arbeit. Wenn die Herren solchen Mutes an die große Aufgabe herangingen, dann konnte sie nie gelingen.

Um ihren Enthusiasmus zu entfachen, machte er sich daran, ein Manifest zu schreiben, das dartun sollte, welch wichtige Funktion ein solcher moderner Dictionnaire im Leben der Nation zu erfüllen habe. Auch zeigte er die Methode, wie die Modernisierung des großen Werkes zu organisieren sei. Und darüber hinaus, um Beispiele zu geben, wie die einzelnen Artikel auszusehen hätten, begann er die Bearbeitung des umfangreichen und schwierigen Buchstabens „A". Er schrieb mit Leidenschaft. Sein Manifest und seine Artikel mußten so werden, daß sie die andern mitrissen, daß sie auch die Trägen und Stumpfen begeisterten für die Kraft und die Feinheit des französischen Wortes.

Inmitten all dieser Arbeit fand er immer noch Zeit, Besuche zu empfangen und abzustatten. Er wohnte den Sitzungen der Akademie bei, er sah sich im Théâtre Français sein Stück „Alzire“ an und unterzog sich der Anstrengung, die Ovationen des Publikums entgegenzunehmen.

Er hatte der Akademie versprochen, ihr das Manifest zum Dictionnaire in der Sitzung vom 11. Mai vorzulesen. Doch am 11. Mai fühlte er sich zu schwach, auszugehen, er mußte sich zu Bett legen, die Vorlesung wurde um eine Woche verschoben.

Am Tag darauf, am 12. Mai, verschlechterte sich sein Befinden. Sein Diener und Pfleger Morand wollte Doktor Tronchin rufen; doch der Kranke ließ es nicht zu, er hatte Unbehagen vor dem Anblick des Arztes, der so offenbar recht behielt. Mittlerweile kam Voltaires Freund, der uralte Herzog von Richelieu. Als er Voltaire sich unter Schmerzen krümmen sah, empfahl er ihm, ein gewisses Opiat zu nehmen, das ihm selber in ähnlichen Fällen zu helfen pflege. Der immer gierige Voltaire nahm eine sehr große Dosis, und seine Schmerzen verstärkten sich. Er verfiel in eine Art Delirium und rief nach Wagnière. „Wagnière ist nicht in Paris“, unterrichtete ihn sanft Madame Denis, „Sie haben ihn nach Ferney geschickt.“ Aber: „Wagnière, Wagnière“, rief Voltaire, „wo bleiben Sie denn?“

Nun mußte man doch Tronchin holen. Der gab dem Kranken ein Gegenmittel gegen das Opiat. Voltaire, wieder bei Sinnen, meinte traurig: „Sie haben recht gehabt, mein Freund, ich hätte nach Ferney zurückfahren sollen.“

Als sich Tronchin entfernte, erklärte er den Angehörigen, Voltaire sei nicht zu retten, er habe nur mehr wenige Wochen zu leben.

Am 17. Mai ließ die Akademie anfragen, ob sie für den nächsten Tag mit Voltaires angekündigtem Vortrag über den Dictionnaire rechnen dürfe. „Verschieben Sie mein Referat um eine Woche, auf den Fünfundzwanzigsten“, gab Voltaire Weisung.

Am 25. Mai erklärte Tronchin, es sei ausgeschlossen, daß Voltaire die Woche überlebe.

Am 26. Mai traf die Meldung ein, daß das Höchste Gericht das Urteil über den General Lally für nichtig erklärt habe, mit allen zweiundsiebzig Stimmen. Voltaire lebte auf. Er diktierte einen Brief an den jungen Lally: „Der Sterbende erwacht zum Leben, da er die große Meldung erhält. Zärtlich umarmt er Monsieur de Lally. Er sieht, daß trotz allem noch Gerechtigkeit in der Welt ist, und stirbt in Frieden." Und mit eigener zitternder Hand auf einen großen Bogen schrieb er: „Am 26. Mai wurde das mörderisch falsche Urteil, gefällt gegen den Mann Lally, für nichtig erklärt vom Tribunal der Zweiundsiebzig mit zweiundsiebzig Stimmen gegen keine." Diesen Bogen ließ er so über seinem Bett anbringen, daß er selber und jedermann, der zu ihm kam, ihn immer vor Augen hatte.

Voltaires Angehörige bemühten sich, ihm jenes würdige Begräbnis zu sichern, für welches er soviel Entwürdigung auf sich genommen hatte. Sie verheimlichten, wie schlecht es um Voltaire stand, um zu verhüten, daß die obersten Kirchenbehörden Weisungen gegen die Bestattung der Leiche ergehen ließen.

Mittlerweile verhandelte Voltaires Neffe, der Abbé Mignot, Titularinhaber der Abtei Scellières, ein angesehener Herr, vertraulich mit dem zuständigen Priester, Monsieur de Tersac, dem Domherrn von Saint-Sulpice. Er bat ihn, dem Sterbenden, der ja ein christliches Glaubensbekenntnis abgelegt habe, die letzten Tröstungen zu spenden. Der Domherr erwiderte trocken, er habe bereits erklärt, daß er sich mit dem ihm vorgelegten sogenannten Glaubensbekenntnis nicht zufriedengeben könne. Weder könne er daraufhin dem Sterbenden die letzten Tröstungen bewilligen, noch dem Toten ein christliches Begräbnis. Abbé Mignot erwiderte, Monsieur de Tersac bekunde da eine sehr strenge und wohl auch enge Auffassung, die er vor dem Erzbischof und dem Obersten Tribunal werde zu verteidigen haben. „Seien Sie überzeugt", sagte er, „daß ich an diese Instanzen appellieren werde." – „Halten Sie das, wie Sie wollen, Monsieur", antwortete der Domherr.

Abbé Mignot begab sich darauf zu dem freundlichen und einfältig verschmitzten Abbé Gaultier. Vielleicht konnte dieser aus dem Sterbenden eine umfassendere, präzisere Erklärung herausholen, welche den Ansprüchen der Kirche genügte. Der geschmeichelte Abbé versprach sein Bestes.

Der Domherr aber hatte sich gleich nach der Unterredung mit Mignot des großen und peinlichen Aufsehens erinnert, welches seinerzeit die Verweigerung des Begräbnisses der Schauspielerin Lecouvreur erregt hatte. Er fürchtete, es könnte, wenn gerade ein ungünstiger freidenkerischer Wind blase, der Erzbischof ihn im Stich lassen, und er bereute seinen Mut. Er bat den Abbé Mignot nochmals zu sich.

Der berichtete ihm, daß Gaultier versuchen wolle, ein mehr ins Detail gehendes Bekenntnis Voltaires beizubringen. Der Domherr schwieg eine Weile; dann erklärte er mit höflicher Sachlichkeit, er sehe sich zwar durch klare Vorschriften gezwungen, Monsieur de Voltaire eine christliche Beerdigung in seinem eigenen Bezirk zu verweigern, er werde aber von seinem Recht, die Leiche zurückzuhalten, keinen Gebrauch machen. „Heißt das", fragte Mignot, „daß ich die Leiche an anderer Stelle würdig bestatten kann?" – „Darüber zu befinden, ist nicht meines Amtes", antwortete der Domherr. „Aber Sie geben mir die Erlaubnis, die Leiche aus Paris fortzutransportieren?" fragte Mignot. „Ja, Monsieur", antwortete der Domherr. „Würden Sie die Güte haben", vergewisserte sich Mignot, „mir diese Erlaubnis schriftlich auszustellen?" – „Wenn Sie es wünschen", antwortete etwas empfindlich der Domherr, und er schrieb.

Er überlegte, daß dieser Abbé Gaultier immerhin einen gewissen Erfolg bei Voltaire gehabt hatte, und er besorgte, es möchte dem schlauen und einfältigen Manne doch noch gelingen, aus dem Sterbenden ein großes, sensationelles Bekenntnis herauszuholen: denn Sterbende reden manches, und mit den Dummen ist häufig das Glück. Ohne falsche Rücksicht auf seine Würde entschloß sich also der Domherr, seiner früheren Erklärung zum Trotz selber einen letzten Versuch zu machen, den großen Ketzer mit der Kirche zu versöhnen. In sehr großen Buchstaben schrieb er nieder: „Ich, Voltaire, glaube an die Göttlichkeit Christi." Dieses Schriftstück wollte er dem Sterbenden vor Augen halten und sich zufriedengeben, wenn der es mit einem einfachen „V“ in Gegenwart von Zeugen signierte. In aller Eile sodann berief er Mignot und Gaultier, und die drei geistlichen Herren fuhren zu dem Haus, in welchem Voltaire mit seinem Sterben beschäftigt war. „Ein einfaches ‚V‘, Messieurs“, erklärte auf der Fahrt der Domherr den beiden andern, „ein Strich herunter und ein Strich hinauf: da kann niemand sagen, die Kirche sei nicht tolerant.“

Voltaire war längst jenseits all dieser Sorgen. Furchtbarer Schmerz in seinen Eingeweiden zwickte ihn, brannte ihn, zersägte ihn. Dann wieder tauchte er in eine freundliche Bewußtlosigkeit; doch hielt sie ihn nicht lange. Doktor Tronchin fragte sich, ob er ihm nicht ein Betäubungsmittel geben solle. Er wünschte dem Freund keinen gräßlich schmerzhaften Tod. Andernteils nahm er an, daß ein Mann, der zeitlebens alles, was ihm zustieß, Gutes und Böses, willkommen geheißen hatte, seine letzten Stunden nicht werde verlieren wollen, wie immer die sein mochten. Auch hoffte Doktor Tronchin, daß dieser Gottlose und Spötter infolge seiner Schmerzen vielleicht doch noch Reue empfinden werde über sein törichtes Leben. Wenn freilich die Schmerzen nachließen, dann sah zur Enttäuschung des Arztes das uralte, vertrocknete Antlitz Voltaires keineswegs reuig und von innerer Qual verzerrt aus, vielmehr schaute der Verlöschende mit einer gewissen Freude hinauf zu der Inschrift über seinem Bette, die verkündete, daß er für den toten General späte Gerechtigkeit ersiegt habe. Und mit unbehaglichem Staunen mußte der Arzt den Wortfetzen des Lallenden entnehmen, daß dieser, statt sich seiner Sünden zu erinnern, mit letztem Leben tote Freunde scherzhaft zynisch ansprach oder tote Feinde boshaft verhöhnte oder auch an seinem Artikel arbeitete über die Wendung „ad patres“ für den Dictionnaire; es wurde aber diese Wendung gebraucht für einen, der sich zu seinen Vätern versammelt hatte und also tot war.

Als der Domherr und die beiden Abbés eintrafen, waren um den Verlöschenden versammelt Doktor Tronchin, der Diener und Pfleger Morand, der Marquis und die Marquise Villette und Madame Denis. Der Domherr trat an das Bett und sagte: „Monsieur de Voltaire, es ist an dem. Bereuen Sie? Glauben Sie an die Göttlichkeit Jesu Christi?“ Der Sterbende sah ihn mit klaren Augen an, aber er schwieg. Da neigte sich der Domherr tiefer zu ihm, und Voltaire hob einen unendlich schwachen, unendlich dürren Arm. Der Domherr hatte ein kleines, beglücktes Lächeln; er glaubte, der Ketzer hebe den Arm reuig, zur Begrüßung. Mit seiner geübten Stimme, leise, doch sehr deutlich, wiederholte er seine Frage: „Monsieur de Voltaire, glauben Sie an Jesus Christus?" Da aber wurde die Armbewegung des Sterbenden so, daß alle erkannten, es war Abwehr. Und Voltaire sank zurück und flüsterte barsch: „Lassen Sie mich in Frieden sterben."

Im Hinausgehen sagte der Domherr grimmig zu dem Marquis de Villette: „Warum hat sich Abbé Mignot hineingemischt? Warum haben Sie den einfältigen Gaultier bemüht? Hätten Sie mich allein machen lassen, ich hätte alles großartig arrangiert."

Noch zwei Stunden standen die Hausgenossen um das Lager Voltaires. Der rief noch mehrere Male nach seinem Wagnière. Um 11 Uhr 4 Minuten sagte er zu seinem Diener: „Adieu, mein lieber Morand, ich sterbe." Um 11 Uhr 13 starb er.

Mit ihm hinab sanken zahllose ungeborene Dramen und Epen und wunderbare Essays. Mit ihm hinab sank ein Verstand von blitzender Schärfe, eine grenzenlose Begier und Kunst, zu spotten, ein unbezwinglicher, kindisch naiver Geltungsdrang. Mit ihm hinab sank ein Geist, der in vielen kleinen Dingen über alles Maß hinaus selbstsüchtig verlogen war und in allen großen Dingen kämpferisch aufrichtig ohne Maß. Mit ihm hinab sank ein Wesen, gemischt aus schäbigstem Geiz und blinder Verschwendung, schamlos habsüchtig und großartig wohltätig. Mit ihm hinab sank ein ungeheures Wissen und die erstaunlichste Fähigkeit, Brücken zu schlagen von einem Gebiet des Geistes zum andern. Mit ihm hinab sank ein brennendes Verlangen, Erkenntnis über die Welt zu verbreiten, ein flammender Haß gegen Intoleranz, Aberglauben, Unwissenheit, Ungerechtigkeit. Mit ihm hinab sank ein Geist, gemacht, zu wirken in die weiteste Weite und in die fernste Zeit. Jetzt, an diesem 30. Mai um 11 Uhr 13, schrumpfte dies alles zusammen zu einer winzigen Leiche.

Als dieses winzige, verschrumpfte Etwas noch denken und schreiben konnte, hatte es geschrieben: „Ich habe einen Mann gekannt, der fest überzeugt war, daß das Summen einer Biene nach ihrem Tode nicht fortdauert. Er verglich den Menschen mit einem musikalischen Instrument, das keinen Ton mehr gibt, wenn es zerbrochen ist. Er behauptete, augenscheinlich sei der Mensch, wie alle andern Tiere und alle Pflanzen, gemacht, um zu sein und nicht mehr zu sein. Auch pflegte dieser Mann, nachdem er so alt geworden war wie Demokrit, es ebenso zu halten wie Demokrit und über alles zu lachen."

Jetzt dachte dieser Mann nicht mehr und lachte nicht mehr und achtete dessen nicht mehr, was mit ihm geschah.

Wohl aber achteten des die andern. Der Domherr von Saint-Sulpice hatte es für seine Pflicht gehalten, dem Erzbischof sogleich Bericht zu erstatten. Der vermutete, die Angehörigen würden Voltaires Leiche nach Ferney bringen, und der zuständige Bischof erhielt Weisung, eine christliche Beerdigung auch in Ferney zu untersagen.

Das aber hatte der Abbé Mignot vorausgeahnt und einen Plan ersonnen, seinem toten Oheim das Begräbnis zu sichern, das dieser sich gewünscht hatte, und den Erzbischof zu prellen. Es wurde also Voltaires Tod nach wie vor geheimgehalten. Ein vertrauter Arzt und zwei Helfer balsamierten die Leiche ein und schminkten und richteten sie so her, daß sie den Schein des Lebens vortäuschte. Des Nachts setzte man den Toten in einen Reisewagen und brachte ihn in eine bequeme Stellung. Und so, einem Schlafenden gleich, still und heimlich, fuhr der große Voltaire aus der Stadt Paris, die er lärmend und glanzvoll betreten hatte. Mit ihm fuhren ein Diener, der ihn in der rechten Stellung hielt, und der Abbé Mignot. Sie fuhren in aller Eile durch die Nacht, in südöstlicher Richtung, sie fuhren hundertzehn Meilen weit, nach Romilly an der Seine, wo die Titular-Abtei des Abbés, Scellières, gelegen war.

In Scellières setzte der Abbé Mignot dem Prior des Klosters auseinander, er habe den Leichnam seines Onkels dessen Wünschen gemäß nach Ferney bringen wollen, um ihn dort zu bestatten; doch scheine die Leiche die lange Reise nicht zu überstehen. Er bitte deshalb um die Erlaubnis, den Toten hier in der Kirche bestatten zu dürfen. Der geschmeichelte Prior, nachdem er Einsicht genommen hatte in das vor dem Abbé Gaultier abgelegte Glaubensbekenntnis, gab ohne weiteres seine Zustimmung, und man traf die notwendigen Vorbereitungen. Des Nachmittags wurde der Tote im Chor der Kirche ausgestellt, und es wurden Leichenmessen gesungen. Die Nacht über verblieb der Körper in der Kirche, von Fackeln beleuchtet, von Verehrern bewacht. Am nächsten Morgen, am 2. Juni, wurde Voltaire in Gegenwart vieler geistlicher und weltlicher Würdenträger mit allem kirchlichen Gepränge beerdigt, in geweihter Erde, wie er sich's verschmitzt und kindisch gewünscht und gerichtet hatte.

Drei Stunden später erhielt der Prior von Scellières ein Schreiben seines Vorgesetzten, des Bischofs von Troyes, das ihm verbot, die Leiche Voltaires zu bestatten.

Louis hatte natürlich trotz der Anstrengungen der Familie von Voltaires Tod schon am nächsten Tage erfahren. Er billigte durchaus die Weigerung der Kirche, den Ketzer zu beerdigen. Die Schriften der Freidenker und insbesondere diejenigen dieses Voltaire waren voll von gleisnerischen Sprüchen über Toleranz. Er aber, Louis, hatte für dieses süße Geschwätz, welches das Verbrechen der Lauheit mit schönen Worten verkleidete, nichts als Zorn und Ekel. Er war entschlossen, eisern intolerant zu bleiben; der Thron wollte dem Altar nicht nachstehen.

Er wünsche, erklärte er streng dem Polizeipräsidenten Lenoir, daß jede Ehrung des verstorbenen Ketzers unterbleibe. Den Zeitungen wurde verboten, Nachrufe zu bringen, sie durften Voltaires Tod nicht einmal erwähnen. Der Akademie wurde untersagt, eine Totenfeier abzuhalten, den Theatern, Stücke von Voltaire zu spielen, den Schulen, Werke des Toten zu lesen.

Doch hatten diese Maßnahmen wenig Erfolg. Paris ließ es sich nicht nehmen, des stärksten Genius zu gedenken, den das Frankreich dieses Jahrhunderts hervorgebracht hatte, und der Versuch, sein Andenken zu ächten, erregte Empörung. Hunderte von Flugblättern wurden verbreitet, eine Flut von Erbitterung und Hohn ergoß sich über die Behörden, die den Unsterblichen totschweigen wollten. Niemals vorher waren Voltaires Werke mit so glühender Teilnahme gelesen worden wie jetzt. Gerade weil es verboten war, lernten in diesen

Wochen der Intoleranz Tausende von Jünglingen auswendig jenes Gebet, das Voltaires „Traktat über die Toleranz“ beschließt: „An dich richte ich meine Bitte, Gott aller Wesen, aller Welten, aller Zeiten. Du hast uns Herzen gegeben, nicht damit wir uns hassen, und Hände, nicht damit wir uns erwürgen. Gib, daß die winzigen Unterschiede in den Kleidern, die unsern gebrechlichen Leib bedecken, in unsern unzulänglichen Sprachen, in unsern lächerlichen Bräuchen, in unsern unvollkommenen Gesetzen, in unsern sinnlosen Überzeugungen, gib, daß alle diese winzigen Unterschiede, die uns so ungeheuer groß erscheinen und die nichtig sind vor dir, gib, daß sie nicht zu Signalen des Hasses und der Verfolgung werden. Gib, daß die Menschen Tyrannei über die Seelen genauso verabscheuen und in Bann tun wie Raub und Gewalt. Und wenn Kriege unvermeidlich sind, dann gib, daß wir uns wenigstens nicht auch mitten im Frieden hassen und zerreißen, sondern unsere Existenz dazu verwerten, in tausend Sprachen, doch in *einem* Gefühl, von Siam bis nach Kalifornien, deine Güte zu preisen, die uns den kurzen Augenblick geschenkt hat, den wir Leben nennen.“

Die Priester ihrerseits ergingen sich in wüsten Angriffen auf den Toten. „In seinem greulichen Wahnsinn“, schrieb einer, „nannte sich dieser unverschämte Gotteslästerer den persönlichen Feind des Heilands. Er tauchte in den Schlamm, wälzte sich im Schlamm, erfreute sich des Schlammes. Seine Phantasie entzündete sich an der Hölle, und die Hölle gab ihm die Kraft, das Böse bis an seine letzte Grenze zu durchschreiten.“

War es den Parisern verboten, öffentliche Feiern für den Toten abzuhalten, so ehrte ihn um so mehr die übrige Welt. Schwärmerisch betrauerte ihn Katharina von Rußland. „Nun er tot ist“, klagte sie, „ist die Welt leer des Geistes und des wahren Witzes“, und: „Alles, was ich denken kann, danke ich ihm“, bekannte sie. König Friedrich von Preußen, Präsident seiner eigenen Akademie, veranstaltete eine Feier und hielt selber die Totenrede. Sie war voll von Verachtung für die enghirnigen und engherzigen Pfaffen von Paris, und sie flog über die ganze Welt. Auch ordnete der König an, daß in allen katholischen Kirchen seines Landes Messen für den Toten gehalten würden.

Schneller als man erwartet hatte, war Versailles gezwungen, die Verbote gegen den toten Voltaire aufzuheben. Das Théâtre Français spielte seine hinterlassene Tragödie „Agathokles“. Das Publikum erschien in Trauerkleidern, man klatschte nicht und entfernte sich schweigend. Ähnlich verhielt man sich bei der Gedächtnisfeier der Akademie. Tausende von Menschen in Trauerkleidern sammelten sich im Hofe des Louvre und erfüllten die Straßen rings um das Gebäude, und sie standen schweigend, barhäuptig, im Regen, während d'Alembert die Trauerrede hielt.

Zweites Kapitel

Das Verbot

Pierre war, als sich die Nachricht von Voltaires Tod durch Paris verbreitete, mitten in einer Konferenz mit Maigron gewesen; es ging um eine wichtige geschäftliche Transaktion, um ein Darlehn, welches die Société Industrielle de Chinon der Firma Hortalez gewähren sollte.

Die Firma Hortalez bestand im wesentlichen aus Pierre Beaumarchais, die Société Industrielle de Chinon bestand aus Pierre Beaumarchais allein. Die Société Industrielle verfügte über reichen Waldbestand und einträgliche Sägemühlen, sie war niemand verschuldet, sie war unter Pierres Aktivposten der solideste. Die Transaktion war riskant, weil sie Gläubigern der Firma Hortalez Ansprüche verschafft hätte auf Werte, die bisher ihrem Zugriff entzogen waren. Aber Pierre war die ewigen Scherereien satt; er wollte sich Ruhe schaffen, wenigstens auf eine Weile. Maigron wies hin auf die Gefährlichkeit der Maßnahme, riet dringlich ab. Pierre wollte nicht hören. Maigron blieb hartnäckig.

Mitten in dieser Diskussion erhielt Pierre die Nachricht von Voltaires Tod. Er hatte fünf Tage lang umsonst im Hôtel Villette vorgesprochen, er hatte seinen großen Freund und Kollegen nicht zu sehen bekommen, das hatte ihn nachdenklich gemacht. Trotzdem traf ihn die Nachricht als ein schwerer Schlag. Er ließ Maigron ohne Bescheid stehen und eilte nach Hause.

Dort erfuhr er von Gudin, wie man die Leiche heimlich hatte fortschaffen müssen, um zu verhüten, daß sie von den Behörden geschändet werde. Ein ungestümer Zorn packte Pierre. Er wollte sogleich zu Maurepas. Der mußte dem Klerus eine unvergeßliche Lehre erteilen. Voltaires Leiche mußte nach Paris zurückgeschafft und im Mittelpunkt der

Stadt beerdigt werden, auf dem Pont-Neuf, zu Füßen der Reiterstatue Heinrichs des Großen. Voltaire hatte das Epos dieses Königs geschrieben, Frankreichs größter Schriftsteller und Frankreichs größter Herrscher gehörten zusammen. Schon rief Pierre nach seinem Diener Emile, um sich für den Besuch bei Maurepas anziehen zu lassen; nur mit Mühe konnte ihn Gudin zurückhalten.

Nach diesem ersten, tatenlustigen Ausbruch überkam Pierre eine empfindsam pathetische Stimmung. Er gedachte seines letzten Zusammenseins mit dem kleinen, doch so gewaltigen Greis, es hielt ihn nicht mehr im Hause, er stürmte hinaus in den Garten. Gudin folgte ihm, beschwerlich eilend. Es hatte kurz vorher geregnet, die Luft war frisch, die Erde roch stark und lieblich. Ohne Rücksicht auf die Feuchtigkeit setzte sich Pierre auf die Stufen des Voltaire-Tempels, versunken, hinüberstarrend zu der Bastille, die sich mächtig und regennaß jenseits des Platzes erhob.

Lange wagte Gudin nicht, das Schweigen des Freundes zu stören. Dann, leise, sagte er: „Ich verstehe, daß dieser Tod Sie mehr berührt als uns andere; denn Sie waren dem Toten tiefer verbunden." Pierre sah hoch. Er erinnerte sich der erhabenen Minute, da er und Voltaire im Angesicht der Bastille den Vertrag über die Herausgabe der Opera Omnia unterzeichnet hatten. Es war richtig, was Philippe da sagte; so wie auf dem Vertrag, der nun in seiner Truhe lag, die beiden Namen eng verknüpft waren, so mußten er und Voltaire für alle Zeiten verbunden auf *einem* Sockel stehen. Gerade daß die Behörden dem Toten eine anständige Bestattung versagten, spornte ihn, die Herausgabe der Opera Omnia mit aller Kraft zu betreiben. „Verlassen Sie sich darauf", sagte er finster und entschlossen, „ich werde Voltaire das Monument errichten, das ihm Hof und Kirche verweigert haben."

Aber: „Das meinte ich nicht, Pierre", antwortete Gudin. Und heiser vor Bewegung fuhr er fort: „Der Autor der ‚Mérope' ist tot, der Autor des ‚Figaro' lebt. Nun sind Sie der Genius Frankreichs, Pierre."

Schwer von Bedeutung, groß und wohltuend drangen diese Worte in Pierre ein. „Ja", erklärte er ungewohnt langsam und versonnen, „nun habe ich neue Verpflichtungen, schwerere; soweit haben Sie recht, mein Philippe. Nach dem Tode und der Schändung Voltaires müssen diejenigen, welche Kraft und Atem haben, noch mutiger eintreten für die Freiheit. Jetzt *muß* ich den ‚Figaro' spielen lassen. Und wenn der Erdkreis in Stücke bricht", setzte er lateinisch hinzu.

Zunächst, mit stürmischer Energie, ging Pierre an die Publizierung der Opera Omnia. Er gründete eine „Société Littéraire, Typographique et Philosophique", die wiederum nur aus ihm bestand. In England ließ er die Typen der berühmten Druckerei des John Baskerville ankaufen, aus Holland ließ er besonders kunstfertige Schriftgießer kommen, im Rheinland gründete er neue Papiermühlen. Voltaires Werk auf französischem Boden zu drucken, daran durfte man nicht denken. So pachtete die Société Typographique dem Markgrafen von Baden das alte, verlassene Städtchen Kehl ab, das unmittelbar an der französischen Grenze gelegen war, und richtete sich dort ein. Es machte Pierre Spaß, das Werk des Erzketzers im Angesicht der französischen Festung Straßburg zu drucken.

Sogleich und von allen Seiten setzten Angriffe ein. Der Fürsterzbischof von Straßburg, Kardinal Rohan, einer der bekanntesten Lebemänner Frankreichs, beschwor seinen „Vetter", den Markgrafen, die Tätigkeit eines so zweideutigen Subjektes wie des berüchtigten Beaumarchais nicht auf seinem Gebiete zu dulden; er, der Fürsterzbischof, fürchte für das Seelenheil seiner Straßburger, wenn die giftigen Erzeugnisse des toten Ketzers in solcher Nähe gedruckt würden. Um die gleiche Zeit ließ ein Mitglied des Pariser Obersten Gerichts eine Kampfschrift erscheinen: „Schreit und heult." Sie denunzierte den toten Voltaire als den triumphierenden Antichrist und Pierre Beaumarchais als dessen ersten Apostel, der nun darangehe, ihm einen Thron zu errichten.

War die Publikation der Opera Omnia ein riskantes, kostspieliges und kompliziertes Unternehmen, so verwickelten sich auch Pierres übrige Geschäfte und wurden immer gefährlicher. Der Besitz der Forsten und Sägemühlen aus der Erbschaft seiner toten Frau hatte ihn zur Gründung von Werften veranlaßt, zur Finanzierung der Werften hatte er eine Diskontbank errichtet, diese Diskontbank finanzierte eine Gesellschaft zur Herstellung moderner Feuerspritzen und ähnliche Compagnien. Die von der Firma Hortalez kontrollierten Reedereien hatten jetzt, nach Abschluß der Allianz, große Lieferungen und Transporte für die Regierung übernommen, besonders nach Westindien. Pierres Geschäfte griffen nach allen Seiten ins Weite. Der einzige, der sich noch darin zurechtfand, war Monsieur Maigron. Trüb und trocken rechnete er seinem Chef vor, daß dessen Unternehmungen allein in den letzten drei Jahren einen Umsatz von 54 044 191 Livres gehabt hätten.

Pierre sagte sich, ein Mann, durch dessen Hände solche Summen gingen, dürfe nicht kleinlich sein, und er half überall, mit Geld, mit Rat, mit Einsatz seiner ganzen Person. Er gewährte verschuldeten Aristokraten Anleihen und gab Erfindern die Möglichkeit, ihre Patente auszunützen. Er leistete Leuten Beistand, die er unschuldig verfolgt glaubte, er erwirkte für die kalvinistischen Kaufleute von Bordeaux und La Rochelle die Erlaubnis, in die Handelskammern einzutreten. Er setzte sich im Théâtre Français und bei den Italienern für begabte Schauspielerinnen ein. Er befürwortete bei den geistlichen Behörden das Gesuch des Prinzen von Nassau, der seine Ehe mit einer geschiedenen polnischen Dame legalisiert wünschte.

Pierres größtes Unternehmen, Amerika, brachte ihm auch weiter nicht nur keinerlei Gewinn, sondern wachsende Schulden. Dafür brachte es ihm Ehre. Ein Mr. William Carmichael, offenbar ein angesehener amerikanischer Staatsmann, erkundigte sich in einem ausführlichen Brief nach dem Schicksal Theveneaus. Mr. Theveneau, schrieb er, habe ihn überzeugt, daß die Ansprüche des Hauses Hortalez voll gerechtfertigt seien, und er werde sein Bestes tun, um die Begleichung der Forderungen durchzusetzen. Auch ein Mr. Thomas Jefferson – Pierre glaubte, den Namen in irgendeinem Zusammenhang mit der Unabhängigkeitserklärung gehört zu haben – schrieb ihm, er bedaure, daß der Firma Hortalez aus der Säumigkeit des Kongresses und der Entwertung des amerikanischen Geldes Schaden erwachse. Denn gerade Monsieur de Beaumarchais habe sich besondere Verdienste um Amerika erworben; er habe sich durch seine Bemühungen um die Menschenrechte, durch sein Genie und seine literarische Leistung die tiefste Verehrung Amerikas gesichert.

Pierre freute sich dieser Briefe. Es ergriff ihn, daß sich Pauls Tätigkeit noch nach seinem Tode auswirkte.

Aber es verdroß ihn, daß ein anderer es verschmähte, ihm Nachricht zu geben, sein Neffe Félicien. Der hatte Therese geschrieben, es tue ihm leid, daß er sich ohne Abschied von ihr habe entfernen müssen, er lebe und es gehe ihm nicht schlecht. Ihm selber, Pierre, hatte er nicht geschrieben. Dabei hatte Pierre, nachdem Félicien nun einmal drüben war, seinen amerikanischen Agenten angewiesen, ihn mit Geld, Rat und Empfehlungen zu unterstützen. Doch Félicien hatte kein Geld genommen, sondern war als Freiwilliger und gemeiner Soldat in die Armee Washingtons eingetreten.

Monsieur Lenormant ging nach wie vor bei Pierre ein und aus. Er hatte sich als Désirées Nachfolgerin eine andere Schauspielerin des Théâtre Français ausersehen, die junge, hübsche Sophie Olivier. Pierre hatte ein paar Wochen lang eine ziemlich heftige Freundschaft mit dieser Mademoiselle Olivier unterhalten; auch Doktor Lassone hatte sich eifrig, doch erfolglos um sie bemüht. Sowohl des Arztes mißglückte wie Pierres geglückte Bewerbungen um Sophie machten Charlot stolz darauf, daß nun er ihr erklärter Freund war. Es kam vor, daß Mademoiselle Olivier um Rollen kämpfte, die im Besitz Désirées waren; und Charlot setzte sich dann mit naiver Frechheit für Mademoiselle Olivier ein.

In geschäftlichen Dingen blieb der Ton zwischen den Freunden der alte, scherzhafte, leise gefährliche, freundfeindliche. Oft und mit kameradschaftlicher Ironie erkundigte sich Lenormant, wann denn nun Pierre größere Zahlungen aus Amerika erwarte. Pierre erwiderte mit immer der gleichen Zuversicht: „In längstens einem halben Jahr." – „Ihre Monate haben viele Tage", antwortete dann wohl Lenormant, und auf seinem Gesicht erschien die Andeutung jenes fatalen Lächelns. Pierre aber sagte: „Sie selber haben mir zugegeben, daß niemand die Entwicklung der amerikanischen Ereignisse so klar und präzis vorausgesagt hat wie ich. Glauben Sie wirklich, daß ein Mann, der politische Dinge so scharf zu beurteilen weiß, in seinen eigenen Geschäften völlig blind ist?" – „Das kommt vor", meinte Charlot und lächelte besinnlich; Pierres Reden festigten seine Überzeugung, daß ihm die Firma Hortalez doch noch in die Hände fallen werde.

Wenn Pierre seiner Freundin Désirée von solchen Gesprächen mit Lenormant erzählte, hörte sie ihn ruhig an. Mit ihrem guten Weltverstand fand sie es richtig, daß sich Pierre, wiewohl sie mit Charlot gebrochen hatte, dessen Freundschaft erhalten wollte. Die Unsinnige war sie gewesen, die um Pierres willen Lenormants Antrag abgelehnt hatte. Sie war sich in jenen entscheidenden Minuten darüber klar gewesen, daß sie eine solche Chance kein zweites Mal haben werde und daß sie durch ihre Ablehnung einen einflußreichen Freund in einen beharrlichen Hasser verwandelte. Und dennoch hatte sie ihre gigantische Dummheit gemacht, sie, die kluge, welterfahrene, mit allen Wassern gewaschene Désirée Mesnard, und würde sie heute genauso machen.

Sie schüttelte den Kopf über sich. Sie hatte sich daran gewöhnt, zwischen Bühne und Leben einen scharfen Trennungsstrich zu ziehen, und gerade weil man rühmte, niemand könne auf der Bühne so überzeugend „J'aime" sagen wie sie, schien es ihr läppisch, im Leben dergleichen zu spüren. Die ganze Zeit über hatte sie ihre Verbundenheit mit Pierre für nichts anderes gelten lassen wollen als gute Kumpanei und gelegentlichen Sinnenreiz. Und jetzt mußte sie sich verwirrt, verlegen und belustigt eingestehen, daß es mehr war.

Dabei war er lächerlich, ihr Pierrot, mit seiner hausbackenen Liebe zu Therese und mit seiner hemmungslosen Eitelkeit. Er hatte große historische Leistungen vollbracht, er hatte Stücke geschrieben, die neben denen Voltaires bestehen konnten. Aber statt sich damit zu begnügen, daß andere seine Leistung rühmten, blies am stärksten die Trompete er selber, und die Welt fand das lächerlich, und die Welt hatte recht. Und seine Üppigkeit war lächerlich, in deren Mitte die brave, bürgerliche Therese saß. Und am komischsten blieb, daß sein Haus und sein ganzes Gewese nichts war als ein ewiger, vergoldeter Bankrott.

Aber es half Désirée nichts, daß sie das alles mit Schärfe sah. Schon in dem Augenblick, da Pierre sie verließ, sehnte sie sich nach dem nächsten Mal, da er sich mit all seinen Schwächen vor ihr spreizen werde.

Doktor Franklin, in seiner Druckerei in Passy, setzte eine seiner „Bagatellen". Die Akademie in Brüssel hatte eine komplizierte geometrische Preisfrage gestellt und dazu bemerkt, daß die Lösung dieses Problems die Grenzen unseres Wissens ausdehnen und somit nicht unnützlich sein werde. Diese Anmerkung reizte Franklins Spottlust; so offen er den Nutzen als das letzte moralische Prinzip anerkannte, es schien ihm oberflächlich, die Forschung auf das Gebiet des Platt-Nützlichen einschränken zu wollen. Da arbeitete er also an der Drucklegung eines deftig scherzhaften Antwortbriefes an die Brüsseler Akademie.

„Wie allgemein bekannt ist“, hieß es in diesem Opusculum, „wird bei der Verdauung unserer Nahrung in den Eingeweiden eine große Menge Windes erzeugt, und das Entweichen dieser Luft ist unangenehm für den Entweichenlassenden sowohl wie für alle in der Nähe Befindlichen infolge des dabei entstehenden übeln Geruches. Um diese Unannehmlichkeit zu vermeiden, halten wohlerzogene Leute den natürlichen Drang, sich von den erwähnten Winden zu befreien, gewaltsam zurück. Solche Zurückhaltung ist nicht nur schmerzhaft, sie wird auch zuweilen zur Ursache von Krankheiten. Wäre es nicht wegen des peinlichen Geruches, so würden sich vermutlich manierliche Leute auch in Gesellschaft des Entlassens ihrer Winde so wenig schämen wie des Spuckens oder des Schneuzens. Meine Preisaufgabe also sollte anregen die Entdeckung eines Mittels, welches, unserer Nahrung beigemischt, die natürliche Entlassung unserer Winde nicht nur nicht widerwärtig, sondern angenehm wie Parfüm machte. Wieviel wichtiger wäre die Lösung eines solchen Problems als die meisten philosophischen Systeme, die ihren Urhebern zu ewigem Ruhm verholfen haben. Oder sind heute in Europa auch nur zwanzig Menschen glücklicher infolge einer Erkenntnis, die sie dem Aristoteles entnahmen? Und schaffen die ‚vortices‘, die ‚Wirbel‘ des Cartesius einem Manne Erleichterung, wenn er Wirbel in seinen Eingeweiden spürt? Welche Wonne aber, wenn man siebenmal täglich nach Belieben den Wind aus seinen Eingeweiden lassen und dabei sicher sein kann, seinen Gefährten nur Freude zu verschaffen. Ist die Freiheit, sich ohne Anrüchigkeit auszudrücken, für das menschliche Wohlbefinden nicht wichtiger als jene Freiheit, sich auszudrücken, für welche in Kampf und Tod zu gehen das englische Volk von jeher willens war?“

Vive la bagatelle, hatte Franklin gedacht und hatte die Briefschaften, die gehäuft auf seinem Schreibtisch lagen, liegenlassen und war herüber in die Druckerei gegangen, um seinen lustig unflätigen Unsinn zu setzen und zu drucken. Doch die unmutigen Gedanken ließen sich nicht vertreiben. Er gab die Arbeit in der Druckerei auf und ging zurück in die Bibliothek.

Dort saß der Sekretär de la Motte, beschäftigt mit der Sichtung der Post. Viele französische Briefe waren seit langem unerledigt; dazu war gestern amerikanische Post eingetroffen. Es waren zumeist verdrießliche Sachen, die politischen sowohl wie die privaten, die französische Post wie die amerikanische.

Da war zunächst eine Fülle von Kleinkram, manches traurig, manches komisch, alles lästig. Eine Reihe von Zuschriften feierte die Sache der amerikanischen Freiheit in gereimten und ungereimten Versen. Die Dichter erwarteten sich je nach der aufgewandten Kunst Remunerationen im Betrag von zwei bis zehn Livres. Der Herzog von Burgund beklagte sich in einem höflichen, doch ziemlich energischen Brief über die Schwierigkeiten, welche er infolge des latenten Kriegszustandes habe, sich aus England gewisse Hunde zu beschaffen, ohne welche ihm seine Jagd keine Freude mache; er hoffe, Doktor Franklin bei seinen sicherlich nach wie vor guten Beziehungen zu einflußreichen englischen Persönlichkeiten werde ihm da helfen können. Ein Physiker, ein gewisser Jean-Paul Marat, schickte einen verworrenen, doch anscheinend nicht uninteressanten Essay über das Wesen des Feuers und der Elektrizität und bat um Beachtung und Empfehlung. Amerikanische Matrosen, die in Marseille wegen allerlei Unfugs von der Polizei festgehalten wurden, verlangten, Franklin solle für sie finanzielle Bürgschaft stellen; wenn sie dann erst frei seien, würden sie sich davonmachen. Ein holländischer Philosoph übersandte Vorschläge zur Herbeiführung des ewigen Friedens, ein Schweizer Richter erbot sich, nach dem Vorbild der Verfassung der Dreizehn Eidgenössischen Kantone eine juristisch stichhaltige Konstitution für die Dreizehn Vereinigten Staaten zu entwerfen. Monsieur de la Guarde, Oberst im Ruhestand, schickte ein Projekt, wie tausend Husaren, als Touristen verkleidet, sich einer feindlichen Stadt bemächtigen könnten; die Franzosen seien für derartige kühne Ideen zu bedenklich, doch ein junges Volk wie das amerikanische könne sie bestimmt mit Nutzen ausführen. Der Marquis de Mortagne aus der gleichnamigen Stadt im Gouvernement Perche schickte aus seiner Kelterei ein Faß Apfelwein und wies darauf hin, daß Amerika auf die Dauer nicht imstande sein werde, ohne einen Monarchen auszukommen. Eine autoritative Stelle müsse dasein, die letzten Entscheidungen zu treffen, wenn sich der Kongreß nicht einigen könne. Er sei bereit, das Amt des Monarchen zu übernehmen. Er stamme in gerader Linie von Wilhelm dem Eroberer und sei willens, sich mit dem Titel eines Königs und einer Apanage von fünfzehntausend Livres zu begnügen.

Dann legte Monsieur de la Motte ein kleines Buch vor, ein unbekannter Mr. Ritchie schickte es aus Philadelphia, es war die Biographie des Reverends William Smith, geschrieben von dessen Sohn. Dieser Reverend Smith war ein Führer der Partei der Großgrundbesitzer gewesen, die Franklin befehdeten. Immer und überall hatte es zwischen den beiden Männern scharfe Differenzen gegeben, und der weiland Doktor Smith war gern persönlich geworden. Er hatte zum Beispiel aus der Luft behauptet, Franklin habe seine Idee über Elektrizität einem gewissen Ebenezer Kinnersley gestohlen. Franklin war in diesen Streitereien maßvoll geblieben, sachlich. Einmal aber hatte der Verewigte eine von Humanität triefende Broschüre veröffentlicht über die Segnungen der Wohltätigkeit und Güte, und Franklin hatte sich nicht enthalten können, auf diese Broschüre ein paar Verse des Dichters Whitehead anzuwenden:

„So mancher tückische und neidisch böse Geist
Spukt heimlich durch sein Tun, und während er
Die Güte selbst für alle Menschheit ist,
Schlägt seinen Nächsten hart er ins Gesicht."

Jetzt also blätterte Franklin in der Biographie, welche Smith junior über den Reverend Smith geschrieben hatte, und er sah: Smith junior schlug weidlich zurück. „Doktor Benjamin Franklin", hieß es in dem Büchlein, „hat der Welt in Versen erzählt, was seiner Meinung nach mein Vater war. Ich will in Prosa erzählen, was mein Vater nicht war; kein billiger Kalenderschreiber, kein Quacksalber, kein Seifenschläger, kein Atheist. Und alle seine Kinder waren ehelich gezeugt. Vielleicht wird man dem Doktor Franklin ein Denkmal errichten und meinem Vater nicht. Aber meines Vaters Kinder brauchen dafür nicht zu hören, daß er Tag für Tag erklärt wird als ein Hurer, ein Heuchler, ein Gottloser."

Während Franklin in der Biographie des Reverends Smith blätterte, las ihm de la Motte das Begleitschreiben des unbekannten Mr. Ritchie vor, der sich auch als ein Geistlicher erwies. Reverend Ritchie machte Franklin bösartig und besorgt darauf aufmerksam, daß die Behauptungen des Mr. Smith junior leider nicht übertrieben seien, vielmehr sei in der Tat überall in Amerika unangenehmes Gerede darüber, wie üppig der Vertreter der Vereinigten Staaten in Paris lebe, während seine Landsleute in Valley Forge hungerten und frören. Doktor Franklin, heiße es, wohne in einem luxuriösen Palais, schwelge an überreich bestellter Tafel, sein Haus wimmle von Dienerschaft, er fahre vierspännig durch die Straßen. Auch sei er Tag und Nacht von Damen umgeben, deren Sitten amerikanischen Anschauungen über die Tugend nicht entsprächen. Er selber, der Briefschreiber, sei von der Lügenhaftigkeit dieses Geredes überzeugt. Aber im Interesse der Vereinigten Staaten, der Tugend und der Freiheit wäre es wünschenswert, wenn Doktor Franklin die bösen Gerüchte an Hand von Tatsachen dementierte.

Die Worte des Geistlichen klangen doppelt falsch und absurd, wie de la Motte sie vorlas, schnell, mit unbeteiligter Stimme, mit leicht französischem Akzent. Franklin hörte nur mit halbem Ohr hin. Das war nicht der erste Brief solcher Art. Und auch in den Briefen, in denen Franklins wahre Freunde ihm über die Stimmung berichteten, war oft die Rede davon, daß sich in der Heimat immer mehr Haß und Mißtrauen gegen ihn zusammenbraue. Es mehrten sich in Amerika diejenigen, die es ihm nicht verziehen, daß er der Vater seines William war, des Verräters, und daß er im Ausland berühmt war, und daß er sich den Sitten des Auslandes anpaßte, und daß er den Sonntag nicht heilig hielt.

Der Sekretär war zu Ende. „Was erwidern wir dem Reverend Ritchie?" fragte er. „Ich denke, mein Freund", sagte Franklin, „das überlasse ich Ihnen. Danken wir ihm höflich und unverbindlich für seinen freundlichen Rat."

Der junge William kam. Er war in Paris gewesen, bei dem Bildhauer Houdon. Der hatte Franklin gebeten, ihm zu sitzen, er wollte die Büste den Amerikanern anläßlich des zweiten Jahrestags der Unabhängigkeitserklärung zum Geschenk machen. Franklin verstand nicht viel von Kunstdingen; aber das Angebot des großen Bildhauers bedeutete etwas. Eine Büste von Houdon wird sicher eine gute Büste werden. Und eine Büste von Houdon, das mußte sogar in Amerika Eindruck machen.

Der junge William erzählte, Houdon habe ihn mit besonderer Liebenswürdigkeit aufgenommen. Er hatte die Stunden der einzelnen Sitzungen mit ihm vereinbart; Houdon glaubte, er werde nicht viele Sitzungen benötigen.

William brachte des weiteren aus der Buchhandlung ein paar Werke mit, die dort für Franklin eingetroffen waren, dazu einen Stich, den man seit gestern verkaufte. Der Stich stellte Voltaires Grab dar. Auf der einen Seite des Grabes stürmte die Unwissenheit vor, verkörpert durch eine kräftige, üppige Frauensperson mit einer Binde vor den Augen; an den Schultern hatte sie riesige Fledermausflügel, mit der Rechten schwang sie einen Feuerbrand. Auf der andern Seite des Grabmals aber stand kampfbereit die Intelligenz der vier Weltteile, und Amerika war repräsentiert durch Franklin. Franklin war ziemlich nackt, doch er trug seine Pelzmütze und auch sonst etwas Pelz. In der Hand hielt er etwas, das eine Rute sein mochte oder ein Palmzweig, und hob es drohend gegen die üppige Unwissenheit. Lächelnd, seufzend, betrachtete Franklin die starken Arme und Schenkel, welche ihm der Künstler verliehen hatte, und rieb seinen gichtischen Fuß.

„Wir müssen den Stich in die Mappe tun“, sagte William zu de la Motte. „Was für eine Mappe?“ fragte Franklin. „Was habt ihr euch da wieder ausgedacht?“ De la Motte schaute lächelnd, fragend, auf William. „Ja“, antwortete der, „jetzt ist die Mappe voll genug, jetzt können wir sie dem Großvater zeigen.“

Franklin hatte zuerst gefürchtet, die jungen Leute würden schlecht miteinander auskommen, doch vertrugen sie sich ausgezeichnet. Er selber hatte seinen französischen Sekretär liebgewonnen. Zuerst war er mißtrauisch gewesen vor der ihm von seinen Kollegen aufgeschnallten Hilfe. Monsieur de la Motte war sichtlich gewohnt an Arbeitsmethoden, wie sie John Adams und Arthur Lee anzuwenden pflegten, und hatte sich kaum bemüht, sein Befremden über Franklins Trägheit und Schlamperei zu verbergen; ja, er war in den ersten Wochen ein einziger stummer Vorwurf gewesen: marsch, Alter, keine Faulheit, an die Arbeit. Allmählich aber hatte er erkannt, wieviel Weisheit und Überlegenheit hinter Franklins gelassener, etwas nachlässiger Art stak und wieviel stille, humoristische Menschenfreundlichkeit. Er gab seinen Widerstand auf und zeigte dem Doktor bei jedem Anlaß, wie tief er ihm ergeben war.

Jetzt also schleppten die beiden jungen Leute stolz, wichtig, lächelnd eine große Mappe herbei.

Es enthielt aber diese Mappe zahllose Bilder Franklins, gute und schlechte, würdige und unwürdige; auf diesem schaute er aus wie ein braver, behäbiger Bürger, und auf diesem wie ein Held, und auf jenem wie ein schlauer Geschäftsmann, und dann wieder wie ein Genießer, und dort wie ein Philosoph. Aber alle die Bilder hatten wohl den Zweck, ihn zu ehren.

Da war das Porträt des Duplessis. Und da war das der Madame Filleul und das des Charles-Nicholas Cochin mit der Pelzkappe und das des Greuze und das des Jean-Martin Renaud und das des Carmontelle und das schwere, kalte, gravitätische des de l'Hospital und das schillernde, seltsame, reizvolle des Fragonard mit dem schiefen Mund und mit der Umschrift: „Der amerikanische Sokrates." Die meisten dieser Porträts hatten Verse zur Umrahmung oder zur Unterschrift, sehr übertriebene Verse gewöhnlich. Und da war ja auch der Stich des Martinet, zu welchem seinerzeit der wackere Dubourg Verse beigesteuert hatte, maßlos prahlerische Verse, über die Franklin auch heute den Kopf schüttelte:

> Er raubte dem Himmel den Blitz; in den Ländern
> der Wilden
> Ließ er die Künste erblühn. An die Spitze der Weisen
> Stellt Amerika ihn.
> Hätte er in Hellas geblüht, so hätte man dorten
> Beigezählt ihn den Göttern.

Ja, ja, ein wenig überschwenglich war er, der gute Dubourg.
Ein Bild um das andere nahmen die jungen Leute aus der Mappe, es ihm zu zeigen, und nach den Porträts kamen die

symbolischen und allegorischen Darstellungen. Da war ein Holzschnitt; auf ihm sah man den Globus, und deutlich eingezeichnet war Amerika, und der Globus trug eine Büste Franklins, und groß schwebte die Freiheit herbei und bekränzte die Büste. Und da war ein Stich, auf dem sah man Diogenes, und in der Linken hielt er seine Laterne, mit der Rechten aber wies er auf ein schöngerahmtes Porträt des „Menschen", den er sein Leben lang gesucht und nun endlich gefunden hatte, und siehe, der „Mensch" war Benjamin Franklin.

William und de la Motte, als sie Franklin alles das vorwiesen, lächelten ein wenig belustigt, aber gleichzeitig begeistert von soviel Ruhm. Offenbar hatten sie die kindische und rührende Sammlung angelegt, weil sie empört waren über den dummen Undank, welchen Franklin in der Heimat fand. Und wenn sie ihre Sammlung gerade heute vorwiesen, dann deshalb, weil die letzten Nachrichten aus Amerika gezeigt hatten, mit welch hämischer Torheit so viele seiner Landsleute es Franklin vergalten, daß er sich's erlaubte, ein großer Mann zu sein. Und dem Doktor, während er die Bilder beschaute, wurde das Herz warm bei dem Gedanken, daß die Jugend an ihm hing, die Jugend Amerikas und Frankreichs.

Aber jetzt sei es genug, meinte William; der Großvater müsse sich noch ein wenig ausruhen. Für den Nachmittag hatten sich die andern Delegierten angesagt, um die amerikanische Post zu besprechen.

Franklin aber fühlte sich nicht müde. Und statt sich hinzulegen, suchte er, nachdem die beiden jungen Menschen ihn allein gelassen hatten, einen Brief aus Wien her, einen Brief seines Freundes Ingenhousz, den er schon seit einer Woche beantworten wollte. Es hatte ihm aber Doktor Ingenhousz über gewisse neue Erfindungen und Experimente berichtet. Und er hatte in Kontrast zu der wissenschaftlichen List dieser Experimente die Dummheit und Trägheit der Massen gestellt. Und er hatte von dem Krieg mit Preußen gesprochen, den er zu seinem Schmerz für unvermeidlich hielt.

In Franklin wurden, als er diesen Brief von neuem überlas, Gedanken wach an den Reverend Ritchie und an den toten Doktor Smith und an den lebendigen Arthur Lee und an seinen Sohn William, den Verräter. Und er setzte sich hin und schrieb seinem Freunde Ingenhousz: „Die schnellen Fortschritte der Wissenschaft lassen es mich manchmal bedauern, daß ich so früh geboren wurde. Es ist gar nicht auszudenken, welche Macht über die Materie der Mensch noch erreichen kann. Vielleicht bekommen wir es fertig, schwerem Stoff seine Schwere zu nehmen und ihn zu Zwecken leichten Transports unschwer zu machen. Vielleicht kann die Landwirtschaft die Mühe und Arbeit, mit der sie heute verquickt ist, ungeheuer vermindern und ihre Produkte vervielfachen. Vielleicht werden wir fähig sein, unsere Krankheiten, das Alter nicht ausgenommen, durch zuverlässige Mittel zu verhüten oder zu heilen und unser Leben nach Belieben zu verlängern. Daß wir doch imstande wären, Moral und Gewissen gleicherweise zu erhöhen, daß die Menschen aufhörten, einer des andern Wolf zu sein, und daß sie endlich jene Eigenschaft erlernten, die sie heute höchst unpassend ‚Menschlichkeit' nennen."

Die Sitzung des Nachmittags mit John Adams, den Brüdern Lee und Ralph Izard fand in der „Braunen Bibliothek" statt, das war der Raum, den Franklin am wenigsten liebte. Hier waren die Akten der Delegation verwahrt und jene Bücher, an denen Franklin nichts gelegen war. Seit einigen Wochen hing hier auch ein Gemälde, welches der Maler Prunier der Delegation als Geschenk übersandt hatte und das den General Washington darstellte; er stand auf einem mit vielen Toten und vielen Kanonen überstreuten Schlachtfeld vor einer sehr blutigen Sonne. Wiewohl dem Doktor das Gemälde nicht gefiel, hatte er es aufhängen lassen; denn sonst hätten die andern nach Philadelphia geschrieben, aus Eifersucht auf den General Washington lasse Doktor Franklin die Ehrengaben französischer Maler auf dem Speicher verstauben und kränke sowohl die patriotischen Gefühle Amerikas wie die gallische Kunst.

Die Delegierten hatten bekümmerte Mienen. Der Winter hatte sich weiß Gott nicht so gut angelassen, wie nach dem großen Siege zu erwarten war. Der offizielle Bericht des Kongresses, so dürre, vorsichtige Wendungen er gebrauchte, war ernst, und die Meldungen, welche die Herren in ihren privaten Briefen erhalten hatten, zeigten noch deutlicher, wie übel es stand.

In vielen Teilen des Landes weigerte man sich, das vom Kongreß und den einzelnen Staaten ausgegebene Papiergeld überhaupt noch zu nehmen. Die Marktleute, hatte Mrs. Abigail Adams ihrem Manne geschrieben, hätten das Kongreßgeld einfach zurückgewiesen, und Ralph Izard hatte Nachricht, daß sein Vater für ein paar Pantoffeln einen Silberschilling und drei Papierdollar hatte zahlen müssen.

Das schlimmste war, wie infolge der Teuerung die Armee verkam. Franklin hatte einen anschaulichen Bericht von einem guten Bekannten, dem Armeearzt Doktor Waldo. Die Lieferungen für die Truppen blieben aus, der Sold blieb aus. Die Winterquartiere in Valley Forge waren elend, die Soldaten hungerten und froren erbärmlich. Sie schliefen nicht, denn es gab keine Betten und nur wenig Decken. Sie hatten keine Seife, aber sie hatten auch nichts, was sie hätten waschen können, sie gingen in Lumpen. Nur wenige hatten Schuhe. Seuchen gingen um, und es gab keine Medizin. Es gab in Valley Forge nichts als Hunger, Kälte, Krankheit, Tod, Meuterei und Desertion. Und der Kongreß schuf keine Abhilfe, der Kongreß versagte.

Arthur Lee verteidigte den Kongreß. „Die ganze Schuld", ereiferte er sich, „liegt hier, liegt an Frankreich. Mit ein paar Millionen wäre uns geholfen. Aber diese Nation ist so knickerig, wie sie reich ist."

Und da war man beim Thema der heutigen Sitzung. Denn das war der Kern aller Schreiben aus Amerika: man brauchte Geld. Wenn man gutes französisches Geld hätte, etwa fünfundzwanzig Millionen, dann wäre man aus allen Übeln heraus. Das war nun freilich eine riesige Summe, und der Kongreß überließ es den Delegierten, wieviel sie und wann sie es verlangen wollten. Aber Geld brauchte man, eine Anleihe brauchte man. Die nüchternen Mitglieder des Kongresses wurden poetisch, wenn sie schilderten, wie dringend man eine Anleihe benötigte. Man brauchte sie „wie das dürre Feld den Regen", man schrie danach, „wie der Hirsch nach Wasser schreit".

Die Berichte aus Amerika zeigten, daß man dort den Sinn und das Wesen des französischen Paktes nicht recht begriff oder doch nicht begreifen wollte. Wohl hatte man in Amerika, als die Nachricht vom Abschluß der Allianz eintraf, tief aufgeatmet, den Vertrag gefeiert und große Reden gehalten. Aber – das erhellte deutlich aus den Berichten – eine starke Partei im Kongreß fand es demütigend, daß man bei Frankreich Hilfe hatte suchen müssen. Diese Herren überschätzten den Pakt und unterschätzten ihn zur gleichen Zeit. Sie verhöhnten und beschimpften den Allianzpartner und erwarteten dabei von ihm Unmögliches.

Franklin hielt es für unklug, gerade jetzt eine Anleihe zu verlangen. Es gab viele kleine Ereignisse, welche die Pariser Begeisterung für Amerika merklich abgekühlt hatten. Der Chevalier du Buysson, der enthusiastisch nach Amerika gegangen war, um dort Kriegsdienst zu nehmen, war sehr ernüchtert zurückgekehrt und erzählte viele lächerliche und ärgerliche Dinge über den Kongreß, die Armee und die Bürger. Mehrere reiche französische Herren hatten der Yale-Universität die Mittel angeboten, einen Lehrstuhl für Französisch und eine französische Bibliothek zu gründen. Doch der Präsident der Universität, Doktor Stiles, bedrängt von einflußreichen puritanischen Geistlichen, hatte gezögert, das papistische Angebot anzunehmen; nun waren die französischen Herren verärgert. Vor allem aber hatte Franklin sichere Nachricht, daß der König selber voll schwerer Sorge war über die unerwartet hohen Rüstungsausgaben und kaum geneigt, den „Rebellen“ eine größere Anleihe zu gewähren. Doch Franklin war sich auch klar darüber, daß sich seine Kollegen solchen Argumenten verschließen würden. Sie waren sichtlich erregt durch die amerikanischen Berichte, und er fürchtete, ihre Logik werde in ihrem Gefühl ertrinken.

Schon begannen die Lees, Versailles anzuklagen. Die französischen Herren, fanden sie, hätten beleidigend taube Ohren gehabt, wenn man diskret darauf hingewiesen habe, welche Hilfe eine Anleihe gerade jetzt bedeute. Es sei gut, daß man klipp und klar erklären könne, man habe Weisung vom Kongreß, die Anleihe zu verlangen. „Wir werden so“, sagte triumphierend Ralph Izard, „unsern zweideutigen Vertragspartner zwingen, sich endlich unumwunden zu äußern.“ Und Arthur Lee meinte finster: „Frankreich hat die Pflicht, uns die Anleihe zu geben. Aber es sollte mich nicht wundern, wenn Versailles sich drückt. Frankreich hat schließlich gerade dadurch, daß es uns anerkannte und mit uns den Vertrag schloß, seine Verträge mit England gebrochen. Ein solches Land wird ohne viel Federlesens auch uns betrügen, wenn es sich daraus Vorteil verspricht."

Franklin hatte Mühe, vor so querer Logik seine Ruhe zu bewahren. Um sich das zu erleichtern, schaute er auf das Bild, das ihm gegenüberhing, und suchte, wie er das von Jugend auf gewöhnt war, sich seinen Inhalt nüchtern klarzumachen. Was war das für eine Sonne, vor der Washington stand? Ging sie auf oder ging sie unter? Das war nicht recht klar. Er mußte einmal Monsieur Prunier fragen, den Maler.

Sachte begann er, das unsinnige Gerede der Kollegen zu entkräften. „Denken Sie doch daran, meine Herren", bat er, „zwischen was für Partnern der Vertrag geschlossen wurde. Auf der einen Seite ein Land von fünfundzwanzig Millionen, das eine mächtige Flotte und die beste Armee Europas hat und eine Diplomatie, die berühmt ist wegen ihrer außerordentlichen Gewandtheit; auf der andern Seite ein Land von noch nicht drei Millionen Einwohnern, zur Hälfte vom Feinde besetzt, ohne Handel und ohne Industrie und mit einer schwachen Regierung. Man kann nicht sagen, daß Vergennes unsere ungünstige Situation ausgenützt hätte. Sie müssen zugeben, meine Herren, daß wir auch schlechtere Bedingungen unterzeichnet hätten. Ich finde, Frankreich hat uns generös behandelt, großherzig."

Keineswegs gebe er das zu, ereiferte sich Arthur Lee, Frankreich habe den Vertrag aus rein selbstischen Gründen abgeschlossen, und bald war man inmitten einer allgemeinen Erörterung über das Wesen der Franzosen und ihrer Politik. Ralph Izard und die Brüder Lee argwöhnten hinter allem, was Frankreich tat, Habsucht, leeres Gerede, Schein und Trug. Franklin erwiderte, er sei tief überzeugt, daß die Begeisterung der Pariser für die Sache Amerikas echt sei. „Und dieser Enthusiasmus", sagte er, „hat sein gut Teil dazu beigetragen, Widerstände zu überwinden und die Abschließung des Vertrags zu ermöglichen." Arthur Lee erklärte energisch: „Ohne unsern Sieg bei Saratoga wäre der Vertrag nie zustande gekommen." – „Vergessen wir nicht", mahnte Franklin, „daß der Sieg von Saratoga nicht hätte erfochten werden können ohne französische Waffensendungen."

John Adams hatte bisher geschwiegen; doch hatte ihm

Franklin angesehen, daß er eine größere Rede vorbereitete. Jetzt hielt er sie. Gewiß, man könne in Paris viele schöne Sätze hören über Amerika und die Freiheit. Aber das französische Gerede sei etwas sehr anderes als die große, glühende Begeisterung, die saeva indignatio der Amerikaner. Was man hier in Paris zu hören bekomme, das sei im Grunde nichts als Mäkelsucht und stichelnde Aufsässigkeit. Wie könne es auch anders sein? Die französische Nation sei verrottet durch und durch.

„Da habe ich zum Beispiel", führte er aus, „Gelegenheit gehabt, Einblick zu nehmen in die Statistiken über den Bevölkerungszuwachs. Die Ziffern sind erschreckend, meine Herren. Es wurden im vergangenen Jahr, im Jahre siebenundsiebzig, in der Stadt Paris 19 855 Kinder geboren. Und wissen Sie, wie viele davon ausgesetzt wurden? 6918. Mehr als der dritte Teil. Stellen Sie sich das vor. 6918 Kinder ausgesetzt, 6918 Findelkinder in einer einzigen Stadt. Niemals werden Sie mich glauben machen, Doktor Franklin, daß ein Land, dessen Hauptstadt so viele Kinder aussetzt, in Wahrheit erglüht für die Freiheit und für die Tugend. Zugegeben, die Franzosen haben Boden vorbereitet, auf dem wir gebaut haben, zugegeben, sie haben gewisse Vorurteile niedergerissen, die uns im Wege standen: aber sie haben sehr viel Gutes mit niedergerissen. Was sie getan haben, das war Zerstörung, nichts als Zerstörung. Dieser Mann, der jetzt gestorben ist, Ihr Monsieur Voltaire, Doktor Franklin, was hat er sein ganzes Leben lang getan? Zerstört und zerstört. Aufgebaut haben wir. Er konnte nichts als verneinen. Lassen Sie uns mit Stolz aussagen, was ist, meine Herren. Es gibt heute eine große Bejahung in der Welt. Sie heißt: Amerika."

Die jüngeren Herren, die begeistert zugehört hatten, saßen ergriffen und schwiegen.

Franklin erwog, wie tief ein Mann mit solchen Ansichten alles an ihm, Franklin, mißbilligen mußte, seine Moral und sein Leben. Er hatte, während die wohlgebildeten Sätze aus dem wohlgebildeten Munde Mr. Adams' kamen, den breiten Kopf des Mannes mit den gewaltigen seitlichen Schöpfen genau betrachtet, und er überlegte, ob wohl einmal eine Zeit kommen werde, da man aus der Form des Schädels schlüssige Folgerungen ziehen könne auf seinen Inhalt.

Dann, nachdem Mr. Adams zu Ende war, wartete Franklin ein weniges. Er betrachtete nachdenklich den gemalten General Washington, mit dem er sich einig wußte, und die leibhaften Herren Räte und Kollegen, mit denen es so schwer war, sich zu verständigen, und er sprach: „Erlauben Sie mir, Ihnen eine kleine Geschichte zu erzählen. Saß da unlängst ein Mann auf dem Pont-Neuf und wollte Goldmünzen verkaufen, Louisdore, alte und neue, jeden Louis für zwei Livres das Stück, zum zehnten Teil des Wertes. Viele blieben stehen, sie prüften die Louis, sie klangen echt, aber der Mann konnte keinen einzigen seiner Louis absetzen, kein Käufer wollte seine sichern zwei Livres an den Louis wagen." – „Und?" fragte ablehnend Ralph Izard. „Was soll das?" – „Die Louis waren echt", sagte Franklin. „Es handelte sich um eine Wette. Der Mann, der gewettet hatte, die Leute seien so mißtrauisch, daß sie echtes Gold nicht nehmen, wenn man es ihnen billig gibt, hatte gewonnen." – „Ich verstehe noch immer nicht", sagte Ralph Izard. Doch Arthur Lee sagte: „Sie nehmen wirklich an, Doktor Franklin, die französische Freiheitsbewegung sei goldecht?" Franklin wandte ihm sein großes, ruhiges Gesicht zu. „Ja, Mr. Lee", antwortete er, „das nehme ich an." – „Nehmen Sie auch an", fragte herausfordernd William Lee, „daß ein Volk mit soviel Findelkindern gesund ist, nicht dekadent?" – „Das französische Volk", antwortete Franklin, „ist genauso gesund und genauso dekadent wie jedes andere." Und in die stumme, empörte Ablehnung der andern hinein sagte er weiter: „Es ist durchaus nicht ausgeschlossen, es ist sogar wahrscheinlich, daß in den nächsten Jahren die Zahl der Findelkinder steigen wird. Ich bin so gut wie sicher, daß eine direkte Proportion besteht zwischen der Höhe der Steuern und der Zahl der Findelkinder. Wenn Sie mir mit Ziffern kommen, antworte ich Ihnen mit Ziffern. Monsieur Necker hat mir erklärt, daß der Krieg, den die Franzosen führen, zumindest auch in unserm Interesse führen, wenn er nicht binnen zwei Jahren beendet ist, an die tausend Millionen kosten wird. Tausend Millionen. Da wird die Zahl der Findelkinder steigen." – „Es ist leicht", sagte, ohne Franklin anzuschauen, Arthur Lee, „in Paris ökonomisch philosophische Anmerkungen zu machen, während in Valley Forge unsere Leute verhungern." Franklin sagte langsam, gelassen: „Sie halten die

Franzosen für egoistisch, meine Herren, und ihre Gesinnung für leeren Wortschwall. Nicht wenige unter den Franzosen werden ihresteils finden, wir hier schmarotzten in Paris und beuteten Frankreich aus. Wir verlangen Geld, Waffen, Schiffe, sehr viel Geld, sehr viele Schiffe. Und was bieten wir dafür?"

John Adams sagte: „Wir bieten das größte moralische Schauspiel, welches der Globus je zu sehen bekommen hat." Und, nicht laut, doch mit starker Betonung des Versmaßes, fuhr er fort: „Die Welt im Osten stirbt, ihr Ruhm verklingt. / Das Reich ersteht dort, wo die Sonne sinkt."

Franklin hätte gern erwidert, vorläufig brauche das im Westen erstehende Reich eine Anleihe von dem sterbenden Osten. Aber er unterdrückte diese Anmerkung; er hatte erkannt, daß er die Hinauszögerung des Anleihegesuches nicht werde erreichen können. „Kommen wir zur Sache, meine Herren", sagte er.

„Der Kongreß beauftragt uns", sagte trocken Arthur Lee, „eine Anleihe von fünfundzwanzig Millionen zu verlangen." – „Von bis zu fünfundzwanzig Millionen", korrigierte Franklin. William Lee meinte: „Da der Krieg ohnedies tausend Millionen kostet, kann es Monsieur Necker auf fünfundzwanzig Millionen mehr nicht ankommen."

„Wenn Sie auf mich hören", sagte Franklin, „dann verschieben wir das Gesuch. Erinnern Sie sich, bitte, an die böse Abfuhr, die wir uns holten, als wir die vierzehn Millionen verlangten. Die öffentliche Meinung ist auch diesmal unserer Forderung nicht günstig. Versailles hat ungeheure Ausgaben für die Rüstung. Man hat erst vor drei Wochen neue Steuern ausgeschrieben. Wir werden auch diesmal nichts erreichen und lediglich das Kabinett verstimmen, wenn wir jetzt auch noch eine Anleihe verlangen, von der jedermann weiß, daß sie ein Geschenk ist." – „Da Frankreich", antwortete Arthur Lee, „seine Menschen und seine Schiffe zurückhält und es uns zuschiebt, den Krieg zu führen, sollte es uns wenigstens die paar Säcke Goldes geben, die, weiß Gott, die Ströme Blutes nicht aufwiegen, die wir zu opfern haben. Ich glaube, das müßte den französischen Herren begreiflich gemacht werden können. Ich stimme dafür, daß wir die Anleihe jetzt verlangen." – „Auch ich", sagte Ralph Izard. „Und ich", erklärte William Lee. „Und Sie, Mr. Adams?" fragte Franklin. „Wenn

Doktor Franklin Gewicht darauf legt", antwortete John Adams, „habe ich nichts dagegen einzuwenden, daß man das Gesuch um zwei Wochen verzögert." – „Mit zwei Wochen ist wenig getan", sagte Franklin.

„Es wird wohl das Richtige sein", meinte sachlich Arthur Lee, „wenn wir mit der Führung der Anleihegeschäfte Mr. Adams betrauen." Die drei Herren sahen sich an, ohne zu sprechen; um Franklins Lippen war ein winziges Lächeln. „Die Herren sind einverstanden?" fragte Arthur Lee. Die Herren waren einverstanden.

Nach dieser Sitzung schrieben die beiden Brüder Lee, John Adams und Ralph Izard lange Briefe an ihre Freunde in Amerika, und ein jeder gab der Meinung Ausdruck, daß ein weiteres gedeihliches Zusammenwirken mit dem Doktor h. c. schwer möglich sei. Es war nicht so sehr die Debatte über die Anleihe als vielmehr die Diskussion über den moralischen Zustand Frankreichs, welche in den Herren das Gefühl erweckt hatte, mit einem Manne von so widerwärtig anderer Anschauung könne man nicht zusammen arbeiten. Sie schlugen also, ein jeder auf seine Art, vor, man solle an Stelle der drei Kommissare einen einzigen bevollmächtigten Vertreter der Vereinigten Staaten am Hofe von Versailles ernennen. John Adams hielt es für selbstverständlich, daß die Wahl auf ihn fallen werde; Arthur Lee war sicher, Amerika wisse jetzt, daß nur er für diesen Posten taugte.

Franklin sagte sich, daß sie fortan in Philadelphia um sein Amt raufen würden wie die Hunde um den Knochen. Aber er griff nicht ein. Er wartete ab, gelassen, bereit, hinzunehmen, was kommen werde.

Louis hatte einen angenehmen Frühsommer. Toinette vergaß über ihrer Schwangerschaft die Politik, und er teilte beflissen ihre unablässige Sorge um ihre eigene und des werdenden Dauphins Gesundheit. Zahllose Symptome fielen ihm auf, die keine waren, und er befragte Doktor Lassone um ihre Bedeutung. Auch mit der alten Kaiserin in Wien korrespondierte er über das, was Toinette nützen oder schaden könnte, und außer den Versailler Ärzten mußte Maria Theresias Doktor Ingenhousz wieder und wieder seine Meinung abgeben.

Louis war glücklich. Er schob die Gedanken an die Politik

so weit von sich wie möglich, er las in seinen historischen und geographischen Büchern, übersetzte, besuchte seine Porzellanmanufaktur, ritt auf die Jagd und kümmerte sich um seine liebe Frau.

Der frühe Sommer brachte ihm eine weitere Freude: es starb Jean-Jacques Rousseau, der Philosoph, der Aufrührer. Am Tisch seiner Bibliothek saß Louis, vor den großen, toten Dichtern, den Lafontaine, Boileau, Racine, La Bruyère, deren Statuetten er in Sèvres hatte herstellen lassen. Das waren Schriftsteller nach seinem Herzen; sie hatten gewirkt und wirkten fort im Glauben an Gott und die von ihm eingesetzte Ordnung. Es war ein Jammer, daß es große Schriftsteller solcher Art nicht mehr gab. Aber wenigstens waren von den drei gefährlichen, die ihm das Leben sauer machten, von den Aufrührern Voltaire, Rousseau und Beaumarchais, zwei jetzt hin und verdorben.

Hinter den Freuden, welche Louis' frühen Sommer ausfüllten, stand freilich immer die Sorge. Der Krieg, mit welchem er, verführt von seinen Ministern, ein so gefährliches Spiel trieb, konnte von einem Tag zum andern beginnen. Wohl sagten ihm alle, und er selber sagte sich's, der Abbruch der diplomatischen Beziehungen sei eine Art Kriegserklärung gewesen; aber er machte die vertracktesten Drehungen und Windungen, um den tatsächlichen Ausbruch des Krieges vielleicht doch noch zu verhüten. Auf dem Umweg über Spanien versicherte er London, die Anerkennung der Vereinigten Staaten sei nicht als politische Maßnahme gedacht gewesen, sondern nur als kommerzielle, und wiewohl der Hof von Saint James verächtlich schwieg, ließ er ihm einen umständlichen Nichtangriffspakt vorschlagen.

Jetzt war er froh, daß er den Prinzen Montbarey zum Kriegsminister gemacht hatte; denn der half ihm bei seinem zähen passiven Widerstand. Auch konnte er sich auf Montbarey berufen, wenn er sich beharrlich weigerte, dem „Brausekopf" Vaudreuil ein Kommando zu übertragen. In dieser ernsten Zeit vertraute er die entscheidenden Befehlsstellen nur solchen Männern an, die bekannt waren um ihrer Bedächtigkeit willen.

Stets von neuem nahm er mit der Linken zurück, was er mit der Rechten gab. Auf das Drängen seiner Herren ließ er eine starke Flotte nach Amerika auslaufen und an den Küsten Frankreichs eine Armee aufstellen. Aber er gab Order, sich nicht provozieren zu lassen und unter keinen Umständen den ersten Schuß zu tun. Pläne für eine Invasion Englands wurden ausgearbeitet. In der Normandie und in der Bretagne träumten die Offiziere davon, daß sie Jersey und Guernsey nehmen würden, morgen wollten sie die Insel Wight und den Hafen Portsmouth erobern, übermorgen in Harwich landen. Doch kein Befehl kam aus Versailles. Louis' Leibregiment sollte Order erhalten, sich marschfertig zu machen, der Marquis de Biron, der Kommandant, wurde gefragt, ob er seine Leute binnen zwei Wochen marschfertig haben könnte. Er zog seine Uhr. „Es ist jetzt ein Uhr", erklärte er, „um vier Uhr werden sie marschieren." Sie marschierten aber nicht, und Louis wußte es einzurichten, daß sie auch zwei Wochen später nicht marschierten.

Dann brach das Unheil dennoch los.

Als Louis den ersten, vagen Bericht erhielt, es habe zwischen englischen und französischen Schiffen ein Treffen stattgefunden, hockte er lange in dumpfer Benommenheit. Krieg, dachte es in ihm. Nun hat alles nichts genützt. Wir haben Krieg. Ich bin im Krieg. Dann aber kamen genauere Berichte, und er hellte sich auf. Er war unschuldig, seine Leute waren unschuldig, die Engländer hatten den ersten Schuß getan, hatten sein gutes Schiff, die „Belle-Poule", frech überfallen, sein Kapitän hatte sich ausgezeichnet verhalten, friedfertig und doch mutig. Die „Belle-Poule" hatte sich gegen eine ungeheure Übermacht behauptet und ehrenvoll den Hafen Brest erreicht. Gott hatte in diesem ersten Treffen seine Kanonen gesegnet. Der Geist der Bourbonen kam über ihn. Ich bin im Krieg mit England, dachte er, und ich habe einen ersten Sieg.

Auch die nächsten Wochen waren gute Wochen. Die Macht seiner Schiffe und seiner Armeen erregte Furcht in England, die Bewohner von Devonshire und Cornwall flüchteten von den Küsten ins Innere. Sein Vetter Georg mußte noch gewaltigere Schulden aufnehmen als er selber, und die englische Staatsrente sank noch schneller als die seine.

Gott war mit dem Allerchristlichsten König. Gott, der in die Herzen schaute, wußte, daß er, Louis, sein Bestes tat, die Flut der rebellischen, gottlosen Gesinnung einzudämmen.

Aber die Welt wußte es nicht. Mit dumpfer Wut mußte er wahrnehmen, daß man ihn als Schutzherrn der Rebellen feierte. Er fand auf seinem Tisch einen Holzschnitt, betitelt: „Frankreichs König anerkennt die Freiheit der Vereinigten Staaten". Das primitive Machwerk stellte ihn dar, Louis, jung, heldisch, in Rüstung, tretend auf zerbrochene Ketten. Einige plumpe Männer in bäuerlicher Tracht hoben die Hände zu ihm empor, er reichte ihnen eine Rolle, und auf ihr stand: „Freiheit". Eine stattliche Frau aber mit einer phrygischen Mütze kam von hinten auf ihn zu und wollte ihn bekränzen. Außerdem waren noch einige bewimpelte Schiffe zu sehen, eine Palme und ein paar Soldaten, die sich eilig und bestürzt davonmachten, sichtlich Engländer.

Louis' schräge, fliehende Stirn runzelte sich, seine dicken Wangen zuckten. Er wollte sich nicht von der bemützten Frauensperson kränzen lassen, er wollte nicht als Protektor des Lumpengesindels gelten, er wollte nicht, daß die Welt ihm die Schuld zuschrieb an diesem dummen, selbstmörderischen Krieg. Er gab Vergennes Auftrag, ihn zu rechtfertigen und darzutun, daß Frankreich mit seiner amerikanischen Politik von Anfang an kein anderes Ziel verfolgt habe als den Schutz der Freiheit der Meere.

Vergennes und seine Herren arbeiteten ein Manifest aus. Louis, als ihm Vergennes das Exposé vorlegte, war enttäuscht. Alles klang schief, nichts überzeugte. Er setzte sich hin und übersäte den breiten Rand des langen Schriftstücks mit umständlichen, verdrießlichen Bemerkungen. Er schrieb: „Es hat keinen Sinn, zu erklären, daß Frankreich an den Wirren in den englischen Kolonien keinen Anteil habe. Wir sollten besser diesen kitzligen Punkt nicht berühren. Wir sind nun einmal schuld an der Unabhängigkeit der Vereinigten Staaten, und ohne unsere Anerkennung könnte die nationale Existenz Amerikas nicht verwirklicht werden." Er schrieb: „Monsieur de Vergennes liebt Worte wie: infam, perfid, heuchlerisch. Ein solches Vokabular zu gebrauchen, entspricht nicht der französischen Höflichkeit." Er schrieb: „Die Ermordung Karls des Ersten und Maria Stuarts zu erwähnen, kann höchstens dazu dienen, unsere eigenen Mißvergnügten anzustacheln, unsere Protestanten, unsere Separatisten in der Bretagne. Und streichen Sie das Wort Cromwell. Die Engländer sind im Recht, wenn sie uns noch heute vorwerfen, daß wir die Regierung dieses schlechten Mannes anerkannt haben." Er überlas seine Anmerkungen und sah, daß er nur weggenommen hatte, nicht zugefügt. Er dachte nach, wie er wohl am wirksamsten England vor den Augen der Welt ins Unrecht setzen könnte, und schrieb: „Wenn ich sehe, wie meine Untertanen in Indien und sogar in Europa von Engländern vergewaltigt werden, körperlich gezüchtigt, gepeitscht, dann habe ich die Pflicht, England dafür zu bestrafen. Solche Argumente müssen Sie bringen, mein lieber Vergennes, solche Argumente machen Eindruck. Als die Spanier einmal einem englischen Fischer die Ohren abschnitten, geriet ganz Europa in Wut."

Trotz der von Louis verlangten Milderungen machte das Manifest Eindruck. Man ließ sich gerne überzeugen.

Da aber schlug England zurück. Edward Gibbon, der große Historiker, machte sich zum Fürsprecher seines Königs.

Louis verehrte Gibbon, er hatte selber Teile seines großen Geschichtswerkes ins Französische übersetzt. Langsam und gründlich las er diese „Erwiderung", diese „Rechtfertigungsschrift". Immer niedergeschlagener wurde er. Was ihm der Mann da vorwarf, das war alles richtig, das saß und traf und zeigte, wie fadenscheinig seine eigenen Argumente waren. In klaren, großen Sätzen, die von einem antiken Schriftsteller hätten sein können, legte dieser Historiker Edward Gibbon dar, daß sich der Hof von Versailles hinweggesetzt habe über alle feierlichen Versicherungen und Verpflichtungen, daß er eine falsche, heimtückische Politik getrieben habe, welche das Licht des Tages nicht habe vertragen können, daß er das Völkerrecht verletzt habe und den Frieden gebrochen. Er brachte Beweise, dieser Edward Gibbon, er zählte die heimlichen Waffenlieferungen auf, die Versailles gemacht oder zumindest wissend geduldet hatte, es war ein langes Register, welches ihm der Chronist vorhielt. Er sprach zu ihm große, anklägerische Worte, auf die es keine Erwiderung gab, er sprach so, wie der Prophet Samuel zu Saul oder der Prophet Nathan zu David gesprochen haben mochte. Was für ein Glück hatte sein Vetter in England. Nicht nur hatte er die bessere Sache, er hatte auch einen großen Mann, sie zu vertreten. Wen hatte er, Louis, zum Sachwalter? Einen alten, schlauen, in Ränken und gewundenen Worten erfahrenen Beamten.

Das Manifest Edward Gibbons, in herrlichem Französisch geschrieben, wurde in Paris nicht verboten. Alle lasen es.

Auch Pierre las es. Der Sieur de Beaumarchais wurde in der Denkschrift mit Namen genannt, von seiner Firma Hortalez und Compagnie war die Rede, von seiner Flotte, von seinen gewaltigen Vorratshäusern. Pierre lächelte stolz und tief. Nun konnte die Welt es lesen, nun hatte der größte Geschichtsschreiber der Epoche es in klassischen Wendungen festgestellt, daß der Sieur de Beaumarchais den Rebellen die Waffen geliefert hatte, die allein ihnen den Widerstand gegen ihren König ermöglichten. Jetzt waren seine Verdienste um die Sache Amerikas für immer in die Tafeln Klios eingeschrieben.

Pierre ließ alle andern Geschäfte liegen. Die Denkschrift Monsieur Gibbons machte es ihm zur willkommenen Pflicht, Amerika nicht nur mit den Waffen zu verteidigen, sondern auch mit der Feder. Das war er Voltaire schuldig und sich selber, der französischen Literatur, der Neuen Welt und der Freiheit.

Er schrieb, und sein Herz schrieb mit. Die Engländer wagten, von Perfidie zu reden. Ein Historiker erdreistete sich, zu behaupten, Frankreich habe die Kolonien zum Abfall bewogen. Als ob nicht einzig und allein die freche Dummheit der englischen Minister Amerika veranlaßt hätte, sich von der englischen Krone loszusagen. Pierre, immer voll Bewunderung für den großen Schriftsteller Gibbon, enthüllte die erhabene Heuchelei, die sein Manifest durchdrang. Mit der Verve des geborenen Dramatikers, mit der Beredsamkeit des geborenen Advokaten, mit dem Feuer des geborenen Frondeurs schrieb Pierre eine Geschichte der Beziehungen Englands zu Amerika, wie sie so scharf und klar und geistreich vorher niemals geschrieben worden war. Er nannte aber sein kleines Werk: „Anmerkungen zu der Rechtfertigungsschrift des Hofes von London. Von Pierre-Augustin de Beaumarchais, Reeder und französischem Bürger."

Die Streitschrift hatte stürmischen Erfolg. Begeisterte Briefe aus allen Teilen des Landes und von jenseits der Grenze überschwemmten Pierre. Hatte ihn Gudin bisher mit Plautus und Aristophanes verglichen, so verglich er ihn jetzt mit Tacitus.

Louis las aufmerksam. Mehrmals nickte er befriedigt mit dem dicken Kopf. Er konnte schreiben, dieser Bursche, das mußte man ihm lassen. Louis selber mußte lächeln über die Frechheit und Eleganz, mit welcher der Sieur Caron die gesamte Verantwortung für seine Waffenlieferungen auf sich nahm. Mit spitzbübischer Unschuld erklärte er, als französischer Bürger und redlicher Kaufmann habe er sich eine Ehre daraus gemacht, die Sache der Freiheit zu fördern und den französischen Handel an den britischen Piraten zu rächen.

Dann aber bedachte Louis, daß diese Behauptung des Sieur Caron eine glatte, bewußte Lüge war. Hatte nicht er selber, Louis, dem freiheitsliebenden Bürger seine ehrenvolle Leistung mit zwei Millionen Livres Subvention aufwiegen müssen? Langsam drängten sich ihm die großen, marmornen Wendungen Edward Gibbons vor die schmissigen, advokatischen des Sieur Caron. Dumpfe Wut stieg auf in Louis gegen den Lumpen Beaumarchais, der ihn in dieses ganze Abenteuer hineingehetzt hatte. Denn der amerikanische Aufstand wäre in seinen Anfängen zusammengebrochen, wenn sich nicht dieser Geschäftemacher hineingemengt und die Rebellen unterstützt hätte.

Es kam Louis gelegen, als auch andere Pierre angriffen und der Lüge bezichtigten. Pierre hatte sein Werk in Eile hinwerfen müssen, es waren ihm Flüchtigkeiten unterlaufen. Er hatte, als er die schmachvollen Bedingungen des letzten Friedens aufzählte, geschrieben, England habe sich das Recht vorbehalten, die Zahl der französischen Kriegsschiffe zu begrenzen. Das war unrichtig, und Monsieur de Choiseul, der im Jahre dreiundsechzig Ministerpräsident gewesen und für jenen Frieden verantwortlich war, wütete. Er verbat sich die Verleumdung, er verlangte, daß Pierres „Anmerkungen" verboten würden. Vergennes versuchte, die gute, wirksame Streitschrift zu retten. Aber Louis fuhr ihm zornig über den Mund. Wie sorgfältig und abgewogen war jeder Satz in dem Manifest Gibbons, und dieser Caron log plump und leichtfertig darauflos. Choiseul war im Recht. Dieser Caron war der geborene Schwindler. Er konnte kein wahres Wort schreiben. Unter seiner Feder wurde alles zur Lüge, die beste Sache zum Unrecht.

Die „Anmerkungen des Reeders und Bürgers Beaumarchais“ wurden verboten.

Pierre war gewohnt, Unrecht zu leiden, er trug es gemeinhin mit Humor. Aber hier hatte er eine Tat getan, deren patriotische Wirksamkeit das ganze Land rühmte, hatte die innerste Meinung des französischen Volkes so klar und stark ausgedrückt, wie es selten glückte, und nun stopfte man ihm einfach den Mund. Man war mitten im Kriege mit England, französische Männer starben unter den Kugeln Englands, und da durften Worte gegen England, die allen aus dem Herzen kamen, nicht gedruckt werden, weil eine alte, abgelebte Tante, eine Mumie von einem Minister, einen halben Satz übelnahm. Freilich war es ein Aristokrat, der übelnahm, und derjenige, von dem er sich gekränkt fühlte, war ein gewöhnlicher Bürger.

Pierre warf den Kopf zurück. Die Denkschrift hatten sie verboten. Die Denkschrift war bestimmt gewesen, eine Woche zu leben oder einen Monat. Der „Figaro“ wird nicht morgen veralten und nicht über einem Jahr. Den „Figaro“ ließ er sich nicht aus der Hand schlagen. Jetzt gerade wird er die Aufführung erzwingen.

Er veranlaßte die Mitglieder des Théâtre Français, dem Polizeipräsidenten das Manuskript einzureichen und die Erlaubnis zur Aufführung einzuholen. Noch in der gleichen Woche erhielten sie Bescheid, die Aufführung könne nicht gestattet werden.

Pierre hatte mit dem Verbot gerechnet. Auch Désirée hatte damit gerechnet. Beinahe freute sie sich. Jetzt oblag es ihr, die Aufführung zu erkämpfen. Denn jetzt gab es nur mehr den Weg über Toinette.

Mit Geduld und List hatte Désirée erreicht, daß ihre Verbindung mit Toinette immer enger wurde. Sie hatte Toinette werben lassen, war ihr langsam unentbehrlich geworden. Toinette spürte in Désirée das Fremde, Höhnische, Gefährliche. Gerade das reizte sie. Désirée war ihr ein Teil jenes „Volkes“, nach dessen Ovationen sie sich sehnte, so lächerlich sie ihr schienen.

Nach wie vor, trotz ihrer Schwangerschaft, wohl weil sie Désirée möglichst viel um sich haben wollte, trieb Toinette ihre Schauspielstudien. Gewissenhaft, wenn ihr Gedächtnis versagte, lernte sie, so wie das seinerzeit Désirée hatte tun müssen, ihre zwanzig Verse Corneille oder Racine auswendig. Jetzt schlug ihr Désirée vor, anstatt der klassischen Verse moderne Prosa zu lernen; das sei schwerer, doch auch nützlicher. Toinette ging sogleich darauf ein und lernte auf Désirées Rat zunächst die Partie der Rosine aus dem „Barbier". So schaffte sich Désirée Gelegenheit, von der „Hochzeit des Figaro" zu sprechen. Sie erzählte, es seien drei Frauenrollen in dem Stück, eine schöner als die andere. Ihr selber habe der Autor die Zofe Suzanne bestimmt, aber sie frage sich, ob sie nicht den Pagen Cherubin vorziehen solle. Toinette, geschmeichelt von dem ungewohnten Vertrauen der Schauspielerin, nahm heftigen Anteil. „Sie müssen mir das Stück zu lesen geben, meine Liebe", bat sie, „Sie müssen mir erlauben, Ihnen zu raten." – „Nichts wäre mir lieber, Madame", antwortete Désirée, „als Rat zu erhalten von einer Kennerin, von der ich weiß, daß sie mir wohlwill."

Toinette las das Stück, sie begeisterte sich für die Rollen, für beide. Mademoiselle Bertin mußte Kostüme entwerfen. Toinette konnte sich nicht schlüssig werden, welches Kostüm Désirée besser stehe, welche Rolle ihr besser liege.

Da aber meinte Désirée, sie habe leider Zeit, sich das Problem zu überlegen, denn die Aufführung stoße auf Schwierigkeiten. „Auf Schwierigkeiten?" fragte Toinette und zog die Augenbrauen hoch. „Ja", antwortete beiläufig Désirée. „Wie ich höre, haben einige Bürokraten Bedenken. Es gibt da Zensurschwierigkeiten oder dergleichen, ich weiß nicht genau."

Toinette lächelte und freute sich ihres Standes. „Sie werden diese Suzanne oder diesen Cherubin spielen können, meine Freundin", sagte sie liebenswürdig, „wann immer es Ihnen beliebt. Ich denke, die Bürokraten werden verstummen, wenn ich das Stück zu sehen wünsche." – „Wenn Sie der Komödie auf die Bühne helfen, Madame", antwortete Désirée, „werden Sie dem französischen Theater einen Dienst für alle Zeiten erwiesen haben." – „Es freut mich, Désirée", sagte Toinette, und sie nannte sie zum erstenmal bei ihrem Vornamen, „daß ich Ihnen einen Dienst erweisen kann."

Sie erzählte Louis, Monsieur de Beaumarchais habe ein neues Stück geschrieben. „Es soll außerordentlich gut sein", sagte sie. „Im Théâtre Français hält man das Stück für die beste Komödie Ihres Zeitalters, Sire." Louis meinte trocken: „Schauspieler neigen zur Übertreibung. Meine Herren sagen mir, die Komödie Monsieur de Beaumarchais' sei unziemlich. Monsieur Lenoir hat sie verboten." Toinette tat betroffen. Schwieg eine Weile. „Wir sollten uns vielleicht die Komödie vorlesen lassen, Sire", meinte sie dann. „Es soll ein großartiges Stück sein, und Monsieur Lenoir ist manchmal überbedenklich." – „Ich habe wenig Zeit, Toinette", antwortete unbehaglich Louis. „Der Krieg ..." – „Ich möchte mir das Stück gerne vorlesen lassen, Louis", beharrte Toinette, „und ich möchte es nicht allein hören. Tun Sie mir schon den Gefallen in meinem Zustand. Sicher wird Monsieur de Beaumarchais glücklich sein, es uns vorzulesen." – „Ich will von diesem Manne nichts vorgelesen haben", sagte schnell und böse Louis. „Wenn Sie glauben, Sire, ihm dadurch zu weit entgegenzukommen", schlug Toinette vor, „dann könnten doch andere uns das Stück vorlesen, mein Vaudreuil zum Beispiel und Mademoiselle Mesnard."

Louis wand sich unglücklich, aber er wollte die Mutter seines Kindes nicht aufregen. „Nun ja, nun schön", sagte er schwunglos.

Désirée, als ihr Toinette triumphierend berichtete, der König wünsche, daß Vaudreuil und sie ihm Monsieur de Beaumarchais' Komödie vorläsen, strahlte Glück. Der Gedanke, daß sie vor dem mächtigsten Manne des Landes ihre Stimme für ihren Freund und sein bestes Werk erheben sollte, begeisterte sie. Auch Vaudreuil empfand es als angenehme Unterbrechung seines ungeduldigen Müßigganges, dem Dicken ins Gesicht den „Figaro" vorzulesen.

Sie probierten, Désirée und Vaudreuil. Es ging darum, bei der Vorlesung über die gefährlichen, rebellischen Stellen der Komödie wegzuhuschen und statt ihrer die listige Verschlungenheit der Intrige zu betonen. Aber wenn das gelingen sollte, wenn die frondierende Frechheit des Stückes nicht nackt und bloß hervortreten sollte, dann brauchte man mehr Stoff, sie zu verkleiden.

Es war kein Schade, fand Désirée, daß Pierre genötigt war, den „Figaro" nochmals zu überfeilen. Denn die Désirée, die jetzt an dem Werke probierte, war eine andere als jene, die bei der ersten Lesung seine elegante, streitbare Vernunft mit solchem Entzücken genossen hatte. Die erstaunte Erkenntnis, daß sie ein Herz besaß, hieß sie jetzt mehr verlangen. Das Stück sollte ein Meisterwerk sein, etwas Vollendetes. Es sollte seiner Vernunft, seiner Frechheit, seinem Spaß noch Gefühl zufügen, Musik, Poesie.

Es gelang ihr, Pierre zu überzeugen. Er erkannte, es war zuviel Anklage in der Komödie und zuwenig Dichtung. Sie machten sich an die Arbeit.

Er hatte die Menschen und die Begebenheit seiner Komödie in Spanien angesiedelt, aber die Kostümierung war oberflächlich. Jetzt erinnerte er sich seiner spanischen Zeit, es war eine gute Zeit gewesen, und er holte aus der Erinnerung Farbe, Musik, Geleuchte. Aus einem Schloß, das überall in der Welt stehen konnte, machte er den Landsitz Aguas Frescas bei Sevilla. Aus Figuren, die überall in der Welt zu Hause sein konnten, machte er spanische Menschen. Und den großen Monolog Figaros machte er aus einer Einlage, zu sprechen von einem beliebigen Schauspieler an der Rampe einer beliebigen Bühne, zu einem Stück Handlung. Jetzt erging sich ein spanischer Figaro voll Erwartung, Hoffnung und Furcht in einem Hain riesiger, gepflegter Edelkastanien, einem Hain, den Pierre sehr wohl kannte; er lag in der Tat nicht weit von Sevilla, und Pierre hatte dort eine erfüllte Stunde der Hoffnung und der Furcht erlebt.

Auch Vaudreuil, der an der Arbeit der beiden teilnahm, kam jetzt auf seine Rechnung. Zuerst hatte es ihn verdrossen, daß er den Figaro nicht mit der ganzen Verve und Frechheit des rebellierenden Kammerdieners sollte ausstatten dürfen; denn er traute sich schauspielerisches Talent genug zu, auch rebellierenden Pöbel zu gestalten. Jetzt aber begann er sich mit dem Grafen Almaviva zu identifizieren. Denn wenn Pierre ursprünglich in diesem großen Herrn Almaviva nichts hatte darstellen wollen als die ganze, aufgeblasene Frechheit der Aristokraten, wenn er sich, ihn schaffend, nur den Ärger über die Vergennes und Lenormant und wohl auch die Vaudreuil von der Seele hatte spülen wollen, so machte er jetzt, angesichts des begierig hilfsbereiten Vaudreuil, den Grafen Almaviva rund und menschlich. Gab ihm zu seinem Hochmut und zu seiner Lüsternheit ein gut Teil sieghaft liebenswerter Eleganz. Gab ihm Würde und Takt noch in der Enttäuschung der Niederlage. Vaudreuil sah, wie sich der Graf Almaviva wandelte, das Porträt schmeichelte ihm, er sagte aus vollem Herzen ja zu dem Grafen. Mehr und mehr wurde „Die Hochzeit des Figaro" eine Komödie, die er, Vaudreuil, geschaffen hatte und die er nun großmütig von seinem Schützling Beaumarchais signieren ließ.

Wenn Désirée Toinette gesagt hatte, sie schwanke, ob sie die Zofe Suzanne spielen solle oder den Pagen Cherubin, so war das mehr gewesen als taktisches Gerede. Wohl hatte sie sich zuerst nur als jene weltkundige Zofe Suzanne gesehen, an deren Schöpfung sie selber mitgewirkt hatte; jetzt aber lockte sie viel stärker der Part des Knaben Cherubin. Noch waren von dieser Figur nur vage Umrisse da, aber sie sah den Pagen vor sich, wie sie ihn spielen wollte, einen Knaben, der zum Leben erwacht, voll von Regungen, die er selber nicht versteht, angelockt von jeder Frau, naiv von einer zur andern taumelnd.

Pierre, als sie ihm ihren Vorschlag machte, war verblüfft. Er schaute sie an, wie sie vor ihm stand, schlank, klein, anmutig, spitzbübisch mit der vorwitzig etwas nach oben gebogenen Nase, und er sah in ihr nichts als die Zofe Suzanne. Aber dann spielte sie ihm vor, was sie meinte, und die Augen gingen ihm auf. Theatermann, der er war, erkannte er alle Möglichkeiten der Rolle des Cherubin; es war selbstverständlich, daß der nur von einem Mädchen, daß er nur von Désirée gespielt werden konnte. Und Dichter, der er war, begriff er das ganze verworrene Leben, das Désirée in den Knaben hineinträumte. Aber nichts sah er, auch jetzt sah er nichts von der innern Désirée, er sah nur die Schauspielerin, die ihm den Pagen Cherubin spielen sollte.

Ach, wie dumm sind manchmal die gescheiten Leute, dachte Désirée einen Satz des Figaro.

Voll bitterer, mit Ironie gesprenkelter Freude machte sie sich daran, gemeinsam mit ihrem Dichter den Pagen Cherubin neu zu schaffen. Und Cherubin wurde so, wie sie ihn gesehen hatte; naive Heiterkeit und ursprüngliche Wirrnis sehr jungen Gefühles war in ihm und eine zarte, anmutige Frivolität war um ihn. Und dann fiel Pierre für den Cherubin jenes kleine, volkstümliche Lied ein, nach dem er immer gesucht hatte und das Sinn hatte, nur wenn es aus dem Munde Cherubins kam. Sehr einfache Verse sollten es sein, und es wurden sehr einfache Verse. Die Romanze mußte jedem eingehen, sie kam aus dem Volk, sie zeigte, daß Pierre bei all seinen Weltmannsmanieren aus dem Volke kam. Désirée nahm Pierres Gitarre und klimperte und sang, und alles fügte sich wie von selber:

„Mein Rößlein, sollst mich tragen
Ach, mein Herz, mein Herz tut mir schlagen
Durch Berg und Tal zu jagen
Wohl über Stock und Stein."

Und dann fiel Pierre eine weitere Strophe ein, und Désirée fand das fehlende Wort, und ihm kam eine neue Strophe.

Es sollten aber Pierres Worte gesungen werden auf die Melodie des Liedchens: „Malbrough s'en va-t-en guerre"; es war diese Melodie, die Pierre seine Verse finden ließ. Das alte Kriegslied war wieder in Schwang gekommen durch den Krieg in Amerika, und lächelnd erwog Pierre, daß somit Amerika wenigstens auf diese Weise zurückzahlte, was er für Amerika getan hatte.

Die Vorlesung fand statt in Toinettes Gelbem Salon.

Désirée und Vaudreuil waren sich bewußt, daß das Unternehmen ein Wagnis war. Es war sehr wohl möglich, daß man gerade durch die Vorlesung den argwöhnischen Louis gegen die Komödie aufbrachte. Trotzdem waren sie zuversichtlich. Louis stand allein gegen drei enthusiastische Anhänger des Stückes, und er hatte Rücksicht zu nehmen auf Toinettes Zustand.

Louis selber war guter Laune und angeregt gespannt. Er hatte beschlossen, seiner lieben Frau eine Freude zu machen und das Stück, falls es sich nicht als gar zu lästerlich erweisen sollte, durchgehen zu lassen, schon um nicht durch Verärgerung Toinettes den werdenden Dauphin zu gefährden. Um sich während der Lektüre bei gutem Humor zu halten, hatte er beizeiten reichlich gegessen und sich noch ein Stück kalter Hasenpastete hinstellen lassen, auch einiges Konfekt.

Es war ein Sommerabend und noch hell, aber man hatte die Vorhänge zugezogen und Kerzen angezündet. Louis half

Toinette, sich bequem zurechtzusetzen, setzte sich selber breit in seinen breiten Sessel und sagte: „Und nun legen Sie los, Monsieur und Madame." Vaudreuil und Désirée begannen zu lesen. Sich an ihren Plan haltend, glitten sie fort über alles, was anstößig hätte scheinen können, und der lange erste Akt ging gut vorbei. Als man im zweiten Akt an die Romanze des Cherubin kam, wurde Louis sogar aufgeräumt. Er summte mit, und als Désirée mit dem Lied zu Ende war und, als Gräfin, dazu bemerkte: „Es ist naiv und hat Gefühl", anerkannte er ungewohnt lebhaft: „Richtig, sehr richtig. Es ist allerliebst, es gefällt mir." Er wiederholte die durchgehende Verszeile: „Que mon cœur, mon cœur a de peine", wandte sich an Toinette und sagte überzeugt: „Das müßten Sie singen, Toinette."

Während des ganzen zweiten Aktes hielt sich Vaudreuil im Zaum, „brachte", wie es verabredet war, nur den Grafen und unterschlug den Elan des Figaro. Désirées Zuversicht stieg.

Doch im dritten Akt fiel es Vaudreuil zusehends schwerer, sich an die Weisungen Désirées zu halten. Es wurde ihm auf die Dauer leid, die hübschen, geistreichen Sätze des Figaro blaß und farblos herunterzuleiern; schließlich stand er hier als Schauspieler und hatte das Recht auf seine Wirkungen. Er gedachte seiner hellen Freude, als Pierre das Stück das erstemal vorgelesen hatte, und er empfand es als geschmacklos, der Komödie ihre Würze zu nehmen; die bestand nun einmal in der frechen Intelligenz des Figaro. Er wollte sie nicht fallenlassen, er wollte sein Kind nicht verleugnen. Auch schmeckte Vaudreuil mehr und mehr den Reiz der Situation. Dem phlegmatischen Dicken gewisse Wahrheiten ins Gesicht zu sagen, solch ein Amüsement gab es kein zweites Mal in der Welt. Tief eingeprägt hatte sich in Vaudreuil und lebte fort in ihm der Tonfall, in welchem ihm Pierre damals, das erstemal, den oder jenen Satz des Figaro gelesen hatte. Dieser Tonfall drängte sich ihm mehr und mehr vor den erklügelten, den ihm Désirée beigebracht hatte. Er begann, die Sätze zu akzentuieren, wie Pierre sie betont hatte, so daß sie ihre ursprüngliche Farbe annahmen.

Louis wurde unruhig. Zuweilen nahm er ein Stück seiner Hasenpastete und kaute und schluckte, um seinen Ärger hinunterzuschlingen. Er hatte sich vorgenommen, duldsam zu sein. Es gab hübsche Stellen in dem Stück, und diese Mesnard war eine gute Schauspielerin, daran hielt er sich. Übrigens war es auch eindrucksam, wie Vaudreuil den Grafen Almaviva las. Die Rolle war freilich ein wenig übertrieben. Dieser Vaudreuil selber mochte so frech und gewalttätig sein wie sein Almaviva, doch glücklicherweise war die Mehrzahl seiner Edelleute anders. Übrigens war auch das Recht der ersten Nacht abgeschafft.

Allmählich aber, gegen seinen Willen, nahm Louis größeren Anteil am Wesen und Schicksal des Kammerdieners Figaro als an dem des Grafen. Gewiß, es war nicht angenehm, wenn einem ein anderer zu der Frau ins Bett steigen wollte, in der ersten Nacht, noch bevor man selber mit ihr geschlafen hatte. Aber wenn der Graf in seiner Sinnengier und Gewalttätigkeit unsympathisch war, so war es der dreiste, rebellische, verschlagene Kammerdiener noch viel mehr. Was er trieb und sagte, entbehrte der Anmut der Komödie, es war schlechthin impertinent. Dieser Bursche verhöhnte jede Autorität. Und in ihm, hinter ihm stak natürlich Monsieur Caron selber.

Désirée versuchte, Vaudreuil durch Blicke und kleine Gesten zu zähmen. Der aber hatte nun Feuer gefangen, und als er sah, daß sich Louis erregte, vergaß er den Zweck der Vorlesung über der Lust, den Dicken nur mehr und mehr in Rage zu bringen.

Toinette sah es mit Unbehagen. Dabei empfand sie an diesem Abend seit langer Zeit zum erstenmal wieder den Reiz Vaudreuils. Wie zuckte und blitzte es über sein Gesicht, wie gefährlich drohten seine dicken Brauen und seine kühnen Augen, wie gescheit war alles, was er sagte und wie er's sagte. Was war er für ein Schauspieler und für ein Mann, er war der Graf und Figaro in einem, und wenn sie erst den Dauphin geboren hat, wird sie seiner und wird sie ihres Versprechens gedenken.

Désirée war empört über die Unbeherrschtheit des Aristokraten, welche die ganze Veranstaltung sinnlos machte. Aber sie hörte durch Vaudreuils Sätze immer wieder den Tonfall Pierres, und in all ihrem Ärger bedachte sie amüsiert, daß also nun ihr Pierre dem König durch den Mund seines Ersten Edelmannes seine und der Stadt Paris Wahrheit in das dicke Gesicht sagte.

Louis wurde immer grimmiger. Er nahm, um sich zu beruhigen, ein Stück Konfekt, legte es ungegessen zurück auf den Teller, steckte es dann doch in den Mund. Stand auf. Kauend ging er auf und ab, schüttelte den fleischigen Kopf, sagte halblaut: „Das ist ganz schlecht“, dann wieder: „Ungeheuer übertrieben“, dann wieder: „Geschmacklose Karikatur.“ Désirée hörte auf zu lesen. Louis setzte sich wieder hin, doch diesmal auf einen kleinen goldenen Stuhl, über dessen Sitz sein Hinterer massig hinausragte. Er fragte Toinette: „Fühlen Sie sich auch wohl, meine Liebe?“ Und als sie nickte, sagte er zu Désirée, höflich und bestimmt: „Lesen Sie weiter, Madame.“

Man las weiter, und während die tiefe Stimme Vaudreuils und die helle Désirées in seine Ohren drangen, dachte Louis an den sicheren Monsieur Caron, und ein dumpfer Groll erfüllte ihn. Es wäre Wahnsinn gewesen, die Pariser dieses Stück sehen zu lassen. Es genügte wahrhaftig, daß eine unselige politische Verkettung ihn zwang, an der Seite der westlichen Rebellen Krieg zu führen; er brauchte nicht auch noch rebellische Gesinnung von der Bühne her in seiner Hauptstadt verkünden zu lassen. Dieser Caron ging offenbar darauf aus, hier in Paris der Catilina und Gracchus zu werden, zu dem sich in Philadelphia der Doktor Franklin gemacht hatte. Sie arbeiteten sich in die Hände, die beiden, sie wollten England umstürzen und Frankreich. Grimmig bedachte er, was alles ihm dieser Mensch schon angetan hatte. Aufrührerische Denkschriften gegen seine Justiz hatte er publiziert. Den Rebellen hatte er die Waffen geliefert für ihren verdammten Sieg bei Saratoga. Er war es gewesen, dieser Caron, dieser impertinente rebellische Kammerdiener, dieser Figaro, der ihn gegen seinen Willen in das amerikanische Abenteuer hineingehetzt hatte. Und nun wagte es dieser Mensch, ihn zu verhöhnen in Gegenwart seiner Königin.

Der vierte Akt war zu Ende. Louis hielt sich mit Mühe auf seinem kleinen Stuhl. Er schnaufte stark. Bezwang sich. „Ich finde nicht, daß man dieses Stück spielen kann“, sagte er gefährlich ruhig. Niemand sprach. Man hörte nur das Schnaufen Louis'. „Hören Sie erst zu Ende“, bat nach einer Weile Toinette. Louis hatte ihre Schwangerschaft ganz vergessen. Er nahm sich zusammen. „Wie Sie befehlen“, sagte er.

Désirée begann den letzten Akt zu lesen. Und nun setzte Vaudreuil ein, und jetzt wird gleich der große Monolog kommen. Diesen Monolog hatten sie zwinkernd auf ein paar kurze Sätze zusammengestrichen. Aber als jetzt Vaudreuil den Monolog begann, erwog er, daß ja doch alles verloren sei, und nun wollte er wenigstens seinen Spaß haben. Dreist legte er das Manuskript zur Seite, und aus dem Gedächtnis sprach er den Monolog, so wie Pierre ihn geschrieben hatte, „brachte" ihn, Pointe um Pointe. Funkelnd kamen sie, die scharfen, geschliffenen Sätze: „Mein Buch wurde verboten, und während man die Tür meines Verlegers zusperrte, machte man mir die Tür der Bastille auf. Sechs Monate wurde ich dort frei verpflegt, und diese Ersparnis war der einzige finanzielle Ertrag, den die Literatur mir einbrachte." Und: „Nur kleine Geister fürchten kleine Bücher." Und: „Weil Sie ein großer Herr sind, Herr Graf, bilden Sie sich ein, Sie seien ein Genie. Adel, Reichtum, Titel, Ämter, das macht stolz. Bitte, was haben Sie verrichtet als Gegenleistung für diese Annehmlichkeiten? Sie haben sich die Mühe gemacht, geboren zu werden."

Louis schleifte durchs Zimmer, schwer, erregt. Er schnaufte so stark, daß Vaudreuil die Stimme heben mußte, um das Schnaufen zu übertönen. Désirée sah, daß man nicht nur nichts erreicht, sondern alles und für immer verdorben hatte. Trotzdem saß sie entspannten Gesichtes, und hinter Vaudreuil sah sie ihren Pierre und hinter Vaudreuils Stimme hörte sie die freche, lachende, glorreiche Stimme ihres Pierre, die dem König ins Gesicht warf, was er von ihm und seinem Hofe hielt.

„Ich dagegen", sagte jetzt Pierre-Vaudreuil, „der ich aus der namenlosen Menge stamme, ich habe, verdammt noch eins, bloß um meine Existenz zu fristen, mehr List und Wissen aufwenden müssen, als die Regierung Spaniens seit hundert Jahren aufgewandt hat, um das Land ..."

Er sprach den Satz nicht zu Ende. Louis klopfte scharf mit seinem Ring auf den Kaminmantel. „Ich danke", sagte er. „Es ist genug. Ich bin im Bilde."

Toinette war lässig dagesessen, doch hatte sie sich, als Vaudreuil mit solcher Passion den Monolog sprach, höhergerichtet. „Das Stück gefällt Ihnen nicht, Sire?" fragte sie süß. „Es ist abscheulich", erklärte Louis, „es ist unziemlich vom ersten bis zum letzten Wort", und er richtete seine vorstehenden Augen zornig auf Vaudreuil, dann auf Toinette, dann wieder auf Vaudreuil. „Es ist aber sehr geistreich", meinte Toinette. „Ja", antwortete giftig Louis, „es hat Musik in sich. Aber ich wünsche nicht, daß man sich mit dieser Musik befaßt. Ich will nicht, daß jemand auf diese Musik hereinfällt. Ich bin ein kleiner Geist, und ich mag nicht die kleinen Bücher. Ich sage Ihnen, Madame, ich erlaube nicht, daß dieses Stück gespielt wird. Es ist genug mit den Konzessionen", schrie er auf einmal in der Fistel, „und mit den Kompromissen. Die Bastille. Er wagt es, meine Bastille zu verhöhnen, dieser Bursche. Eher lasse ich sie niederreißen, die Bastille, als daß ich dieses Stück erlaube."

Schweigen war. Vaudreuil klappte dreist geräuschvoll sein Manuskript zu. Louis aber, höflich und mit einer Ironie, die ihm sonst fremd war, sagte: „Ich danke Ihnen, mein Herr Marquis. Sie haben sehr gut gelesen. Und Sie, Madame Mesnard, sind eine große Künstlerin."

Pierre war von dem Mißerfolg weniger enttäuscht als die andern. Es war nun einmal so eingerichtet, daß ihm nichts leicht gemacht wurde; das Schicksal hatte ihn zum Kämpfer bestimmt.

Zunächst galt es, die Welt auf die Komödie neugierig zu machen. Vom Fliederblauen Klüngel aus verbreitete sich erstauntes, empörtes Gerede, der König selber habe das neue Stück Monsieur de Beaumarchais', eine entzückende Sache, aus purer, übellauniger Prüderie verboten.

In den Gesellschaften, welche Vaudreuil, die Polignacs und andere Mitglieder und Freunde des Fliederblauen Klüngels gaben, bat man Pierre, von seinem berühmten Stück zu erzählen, daraus vorzulesen. Pierre ließ sich lange bitten. Dann ergab sich, daß er sein Manuskript im Wagen hatte. Es wurde herbeigeholt, es war schmuck und elegant anzuschauen, gebunden in kostbares, blaues Leder, zusammengehalten durch silberne Bänder. Pierre setzte sich zurecht, verlangte aber mit liebenswürdiger Dringlichkeit, es möge, wer gerade am Spieltisch beschäftigt oder in einer Unterhaltung begriffen sei, sich nicht stören lassen. Dann, inmitten der Geräusche eines Gesellschaftsabends, inmitten leise klirrender Münzen und gedämpften Lachens und Schwatzens las er eine Szene, und dann noch eine. Er verstand es, sich in seine Hörer einzufühlen, sie auf immer wechselnde Art zu packen. Bald verließen die Spieler den grünen Tisch, die Liebespaare unterbrachen ihr galantes Geschwätz, alle sammelten sich um den Lesenden. Und wenn dann die heitere Spannung am höchsten gestiegen war, sagte wohl Pierre lächelnd: „Nun aber ist es genug", und er schlug sein Manuskript zu, knüpfte mit den gepflegten, geschickten Fingern die blauen Seidenbänder seiner Mappe, und nichts konnte ihn zum Weiterlesen bewegen. „Eine Komödie gehört auf die Bühne, meine Herren und Damen", sagte er, „oder nicht? Ich habe dieses Stück geschrieben, nicht daß es gelesen, sondern daß es gespielt werde." Und alle waren empört über den König, der aus plumpem, mürrischem Eigensinn heraus dem Hof und der Stadt verwehrte, sich an dieser hübschen, geistreichen Komödie zu ergötzen.

So las Pierre einige Szenen des „Figaro" im Salon der Madame de Genlis und einige andere bei der Prinzessin Lamballe und wieder einige bei der Prinzessin Rohan. Und immer brach er ab, wenn die Hörer auf den Geschmack der Komödie gekommen waren und mehr, mehr, mehr verlangten.

Eine Szene aber las er überall, die vierte des zweiten Aktes, er nannte sie „Konversation in Spanisch" nach dem hübschen Bilde Vanloos. Es war die Szene, in welcher Cherubin die Romanze singt. Pierre sang die Romanze, er summte sie, er unterstrich sie mit Mienen und Gesten, sie riß die Hörer mit.

Aus den Salons der großen Herren und Damen verbreitete sich die Romanze über die Stadt und mit ihr der Name und Ruhm des neuen Stückes. „Was ist das?" fragte man, und: „Das ist aus dem neuen Stück des Monsieur de Beaumarchais, dem ‚Figaro'", sagten die Kammerdiener, und die Hausierer sagten: „Das ist aus dem ‚Figaro' des Monsieur de Beaumarchais, den der König verboten hat", und in den Kneipen und Kaffeehäusern sagte man: „Das ist aus dem ‚Figaro', den uns der König nicht sehen lassen will." Und: „Que mon cœur, mon cœur a de peine", summten die Pariser, und: „Figaro", sagten sie, und: „Beaumarchais", sagten sie, und: „Man hat ihn uns schon wieder verboten."

Als Pierre bei der Herzogin von Richelieu eingeladen war – es war die dritte Frau des uralten Herzogs, sie war jung, und er hatte sie geheiratet, vor allem um seinen Sohn zu ärgern –, waren dort inmitten der zahlreichen Gesellschaft mehrere hohe geistliche Würdenträger. Die Herzogin bat Pierre in schmeichelhaften Worten, er möge doch aus seiner vielbesprochenen Komödie ein paar Szenen vorlesen. „Die Konversation in Spanisch", bat sie, „und die Szene, in welcher der Page sich versteckt. Der Herzog von Guines erzählt mir, er müsse jetzt noch lachen, wenn er nur daran denke." Pierre widerstrebte. Wies hin auf den Erzbischof und die andern Prälaten, die er vielleicht vertreibe. Aber Monsignore de Virieu fragte mit liebenswürdiger Entrüstung, ob sich denn Monsieur unter den geistlichen Herren dieses Jahrhunderts lauter härene Säulenheilige vorstelle. Habe sich nicht der Kardinal Bibbiena von Macchiavell die „Mandragola" vorlesen lassen? Und sei nicht der päpstliche Legat Chigi dagewesen, als Molière den „Tartuffe" vortrug? So las also Pierre, und die Prälaten hörten mit nicht geringerem Spaß als die andern, und sie lachten und klatschten wie die andern, und sie summten: „Que mon cœur, mon cœur a de peine." Monsignore Virieu drohte Pierre mit dem Finger: „Sie sind ein Schalk, mein Lieber", und alle waren sie verwundert, daß Louis das anmutige Stück der Bühne fernhalten wollte. Er sei zu streng, der junge König, meinte Monsignore de Govone, er habe keinen Sinn für die Schwächen des Fleisches.

Um diese Zeit befand sich in Paris der russische Thronfolger, Großfürst Paul. Er und seine Frau, eine württembergische Prinzessin, reisten inkognito, als Graf und Gräfin du Nord. Sie wurden in Versailles sehr gefeiert. Es fiel Vaudreuil und den Seinen nicht schwer, die russischen Herrschaften auf Beaumarchais neugierig zu machen. Sie hatten den „Barbier" in St. Petersburg gesehen, die Großfürstin hatte mit Vergnügen Monsieur de Beaumarchais' Denkschriften gelesen.

Ein Zusammentreffen wurde arrangiert im Salon Gabriele Polignacs. Die Russen waren entzückt von Pierre. Die Großfürstin und ihre Erste Dame und Freundin, auch sie eine Deutsche, schwärmten. Die Schriftsteller, die man ihnen bisher vorgeführt hatte, waren zumeist ungefüg gewesen, verlegen und in der Konversation schwer beweglich. Dieser Mann, der als einer der größten lebenden Autoren galt, war amüsant und sah gut aus, er benahm sich höfischer als der beste Hofmann, er wußte auf alles eine hübsche, galante Antwort. Nicht das leiseste Rüchlein verriet, daß er im Komplott war mit dem Führer der amerikanischen Rebellen. Sie baten und bedrängten Pierre, ihnen vorzulesen. Leider hatte er sein Manuskript nicht bei sich. Aber es bestand eine Möglichkeit, daß es im Wagen war. Man schickte, suchte, fand. Die Damen waren hingerissen, noch ehe Pierre begann. Sie hörten entzückt zu, ihr Lachen übertönte das der andern, sie weinten vor Vergnügen.

Die Erste Dame der Großfürstin, eine Baronin Oberkirch, erzählte Pierre, sie habe in Deutschland die Vorstellung eines Stückes gesehen, dessen Held er sei, Monsieur de Beaumarchais. Der Schauspieler, der ihn darstellte, sei freilich, verglichen mit dem Original, recht hölzern gewesen, doch das Stück als Ganzes habe sie gepackt. Es habe zum Gegenstand jenes Abenteuer, welches Monsieur de Beaumarchais mit dem Spanier Clavijo bestanden und in seinen „Denkwürdigkeiten" so farbig geschildert habe. Hergestellt sei das Stück von einem jüngeren Schriftsteller, der jetzt in Deutschland Aufsehen errege, Goethe sei der Name. Pierre dachte ein wenig nach, erinnerte sich höflich, von einer solchen Dramatisierung gehört zu haben, verschwieg, daß er das Machwerk kannte und verachtete.

Großfürst Paul hatte eine Idee. Wie wäre es, wenn man Pierres Stück, da es in Paris auf Schwierigkeiten stoße, in St. Petersburg aufführte? Auf alle Fälle werde er dem Intendanten, Monsieur de Bibikoff, von der neuen Komödie erzählen und ihn anweisen, sich wegen der Aufführung mit Monsieur de Beaumarchais ins Benehmen zu setzen.

Pierres Brust hob sich. Es traf sich gut, daß der Großfürst ihm das Angebot machte in Gegenwart der Kollegen Chamfort, Marmontel, Sedaine. Jetzt zeigte sich, daß sein wackerer Gudin recht hatte; er, Pierre, verbreitete Frankreichs Ruhm über den Erdkreis, bis zum Nordpol, er war in Wahrheit der Erbe Voltaires.

Meldung traf ein von einer Seeschlacht, die an der bretonischen Küste stattgefunden hatte bei einer Insel, welche die Franzosen Ouessant, die Engländer Ushant nannten. Zuerst hieß es, es sei ein großer Sieg, dann, die Schlacht sei unentschieden gewesen, dann stellte sich heraus, daß sie eher eine Niederlage gewesen war als ein Sieg.

Es gab in Versailles zwei Theorien, wie der Krieg geführt werden sollte. Die eine befürwortete eine Invasion Englands, die andere die Entsendung eines Expeditionskorps nach Amerika. Louis war beiden Projekten abgeneigt, doch vermochte er sich mit der geplanten Expedition in das ferne Land noch leichter abzufinden als mit dem Plan der Invasion. Der verpaßte Sieg von Ouessant machte ihm das Experiment der Invasion noch widerwärtiger.

Vaudreuil war ein unbedingter Anhänger der Theorie der Invasion und glaubte sich berufen, eine solche Unternehmung zu leiten. Die Fehler und Dummheiten, welche die Helden von Ouessant gemacht hatten, steigerten seine Empörung darüber, daß er verurteilt war, sinnlos hier herumzuhocken. Vor allem wütete er gegen den Minister Montbarey. Dessen Unfähigkeit, kühne Entschlüsse zu fassen, trug die Hauptschuld an der Niederlage. Niemals wird ein Montbarey einen beherzten Mann wie ihn, Vaudreuil, mit dem erwünschten Kommando betrauen. Montbarey mußte fort.

Ihn zu stürzen, gab es einen einzigen Weg, die Intervention Toinettes.

Solange Vaudreuil Toinette begehrte, war es ihm nicht schwergefallen, von ihr Förderung zu verlangen. Nun ihn aber Toinette kalt ließ, kostete es ihn Überwindung, ihr mit einer Bitte zu kommen. Das Kommando in dem großen Feldzug war solche Überwindung wert.

Seit Beginn ihrer Schwangerschaft war Toinette von der Aufgabe, sich um ihr und des Dauphins Wohl zu kümmern, so völlig beansprucht, daß sie sich nicht vorzustellen vermochte, es könnte ihr in ihrem Zustand jemand mit einem politischen Anliegen kommen. Auch jetzt, als Vaudreuil sie leise und stürmisch bat, ihm, und zwar in einem der „Nebenzimmer", eine vertrauliche Aussprache zu gewähren, glaubte sie, es gehe um eine Auseinandersetzung in Liebesdingen. Sie zögerte, ließ sich bitten, war gekitzelt, sagte sich, sie stelle in der Tat die Geduld Vaudreuils auf eine harte Probe, gab nach.

In jenem „Nebenzimmer", wo sie manche handgreifliche Werbung Vaudreuils erlebt hatte, erwartete sie ihn. Sie stand vor dem Spiegel. Ihre Freunde hatten ihr versichert, sie sei durch die Schwangerschaft nicht verändert, höchstens sehe sie gelockerter aus, glücklicher. Sie forschte, ob das wahr sei, musterte ihre Züge wie eine schwer zu entziffernde Schrift.

Im Spiegel sah sie Vaudreuil kommen. Sein mühsam beherrschtes, gewalttätiges Gesicht flößte ihr Verlangen ein, eine an Mitleid grenzende Zärtlichkeit und Furcht. Sie lächelte ihm im Spiegel entgegen, sah, wie er sich verneigte. Behutsam küßte er sie auf die gepuderte Schulter.

Endlich wandte sie sich ihm zu. „Was gibt es, François?" fragte sie mit unsicherer Stimme. Beinahe begierig wartete sie darauf, wie er sie mit ungeduldigen, verzweifelten Klagen bestürmen werde, und sie war gewillt, ihm freundliche, tröstliche Worte zu erwidern, ihm zu sagen, daß ja nun der längste Teil seiner Wartezeit vorbei sei.

„Es fällt mir nicht leicht, Madame", hob er an, „Sie aus Ihrer glücklichen Unwissenheit aufzustören und in eine Aufregung zu versetzen, die vielleicht Ihrer Gesundheit abträglich ist." Sie war unangenehm überrascht; das klang nicht wie die Einleitung einer Liebeserklärung. „Leider aber", fuhr Vaudreuil fort, „muß ich es tun. Es handelt sich um Ihre wichtigsten Interessen, Madame." – „Ich verstehe kein Wort", entgegnete Toinette.

„Sie haben Witze gemacht über die Männer von Ouessant, Madame", erklärte Vaudreuil, „und mit Recht. Aber die Niederlage ist keineswegs nur lächerlich. Täuschen Sie sich nicht. Der Hohn und die Empörung der Pariser richtet sich nicht nur gegen die Herren, welche die Flotte befehligen, sondern vor allem gegen Sie." Doch Toinette war nicht gewillt, sich aufbringen zu lassen; sie schüttelte nur den Kopf, verwundert, gelangweilt, und wippte mit dem Fuß. „Jeden zweiten Tag", fuhr er fort, dringlicher, „erscheinen neue, bösartige Pasquille gegen Sie. Unsere schwächliche Kriegspolitik wird Ihnen zur Last gelegt. Man wirft Ihnen vor, Sie wollten die Armee zurückhalten, um sie für Habsburg einzusetzen."

Toinette zuckte die Achseln. „Ich will von dem Unsinn nichts hören, François", sagte sie gelassen, „ich bin nicht in der Stimmung dafür", und sie lächelte in sich versunken, glücklich. Aber: „Sie müssen hören, Madame", herrschte Vaudreuil sie an in dem alten, gefürchteten, geliebten, drohenden Ton. „Ich verlange, daß Sie Ihr bequemes Phlegma aufgeben."

Endlich empörte sich Toinette. „Was fällt Ihnen ein", entrüstete sie sich. „Meine Politik ist weder Österreich noch Amerika, meine Politik ist der Dauphin, und nichts sonst. Lassen Sie mich in Frieden." – „Ich denke nicht daran", antwortete Vaudreuil. „Es ist Ihr Krieg, der da geführt wird. Es ist unser Krieg, es ist der Krieg auch Ihres Dauphins. Seien Sie nicht so feig", herrschte er sie an. „Verstecken Sie sich nicht so jämmerlich vor Ihrer Wirklichkeit." Er faßte sie hart an der Hand.

Toinette fürchtete sich vor seinen Augen, vor seinen Händen. Sie weinte. „Ich glaubte", klagte sie, „wenigstens jetzt würdet ihr mich in Frieden lassen. Ich glaubte, wenigstens mein Kind würdet ihr mich in Ruhe austragen lassen."

Die Tränen standen ihr nicht. Vaudreuil betrachtete sie kritisch, ohne Mitleid. Ihre Züge wurden schwammig, sie mißfiel ihm, er begriff nicht, daß er so lange und so heftig gewünscht hatte, mit ihr zu schlafen. Ihm das Kommando verschaffen, das war das wenigste, was sie tun konnte, um sein langes, dummes Warten gutzumachen. „Dankbarkeit", sagte er bitter, „war niemals eine Tugend Ihres Hauses. Ich habe verzichtet auf meinen Traum, ins Feld zu gehen, nach Amerika zu gehen, und sei es als kleiner Oberst, Ihrethalb habe ich verzichtet, Madame. Ich habe meine soldatischen Neigungen dem Ruhm Ihres Trianon geopfert. Und Sie erfüllen mir nicht die kleinste Bitte. Begreifen Sie denn nicht, daß es um Sie selber geht, um ganz Frankreich? Sie sehen ja, wohin es führt, wenn man Schwächlinge und Idioten an die Spitze der Armee und der Flotte stellt. Die Schlacht von Ouessant. Ich kann das nicht länger mitansehen, als Mann nicht und als Franzose nicht. Ich verlange den Oberbefehl über die Streitkräfte in der Bretagne. Wenn Sie mich schon in der Liebe darben lassen", schloß er finster, „dann geben Sie mir wenigstens Gelegenheit, mich im Krieg zu bewähren."

„Sie sind ja selber an allem schuld, François", klagte Toinette. „Sie haben Saint-Germain weggeschickt und diesen Montbarey eingesetzt. Und jetzt ist es Montbarey, der Ihnen die Bretagne nicht geben will." – „Montbarey", antwortete verächtlich Vaudreuil. „Wenn solch ein Gewächs einen sticht, dann reißt man es aus." Und da Toinette schwieg, setzte er hinzu: „Ich habe nichts dagegen, wenn im Frieden Schwachköpfe in den hohen Ämtern sitzen. Aber im Krieg sollte man zum Kriegsminister nur einen Mann bestellen, der eine Landkarte von einem Teppichmuster unterscheiden kann."

Toinette raffte sich auf, entschloß sich. „Hören Sie, François", sagte sie, „ich will gerne helfen. Aber in meinem gesegneten Zustand muß ich vorsichtig sein. Fragen Sie Lassone, ich darf mich nicht aufregen. Ich will mit Louis reden, aber nur an einem Tage, da ich das Gefühl habe, daß es mir nicht schadet."

Dabei mußte er es bewenden lassen.

Wiewohl sich der Konflikt Österreichs mit Preußen wegen der bayrischen Erbfolge ständig zuspitzte, nahm man in Wien die Hilfe Toinettes nicht in Anspruch. Josef zwar hätte die Schwester gerne durch einen seiner scharfen, ironischen Briefe an ihre Pflicht erinnert, aber die alte Kaiserin verwehrte es ihm. Sie wünschte, daß man auf Toinettes Zustand Rücksicht nehme.

Dann aber fiel König Friedrich in Böhmen ein, und nun richtete Maria Theresia selber einen schmerzlichen Brief an Toinette. Sie verstehe, schrieb sie, daß ihr lieber Schwiegersohn infolge anderer Verwicklungen die österreichischen Dinge vernachlässigt habe. Aber nun sei sie ohne ihr Verschulden in einen neuen Krieg mit dem Erzfeind geraten, wieder hätten ihre Untertanen unsägliche Leiden zu erdulden, und sie könne nichts tun, als ihre Nächte mit Tränen und Gebet füllen. Ihre liebe Tochter werde es verstehen, wenn sie sich in dieser Not an sie wende.

Auch beauftragte die Kaiserin ihre Pariser Vertreter, Toinette zu ermahnen, sie möge ernsthaft und dringlich auf Louis einreden, daß dieser das Übel nicht durch schlappe Haltung noch weiter verschlimmere. Sie sollten ihr einschärfen, was sie zu sagen und was sie zu verschweigen habe. In einer Nachschrift indes bat die alte Kaiserin: „Aber reden Sie nicht zu hart mit dem Kind, mein lieber Mercy. Denken Sie an den Zustand meiner Tochter, und seien Sie sacht und vorsichtig, wenn Sie sie ermahnen."

Friedrichs Einmarsch in Böhmen hatte Toinette aufgewühlt. Schon als kleines Kind hatte sie Klagen und Flüche gehört über den preußischen Tyrannen, der soviel Unglück über die Welt und insbesondere über die habsburgischen Länder brachte. Er hätte sich zufriedengeben können, nachdem er ihrer guten Mutter Schlesien geraubt hatte. Aber nun war er in seiner unbezähmbaren Gier von neuem über die alte Frau hergefallen. Es war Toinette leid und es verletzte ihren Stolz, daß sie das nicht hatte verhindern können.

Mercy und Abbé Vermond fanden sie in Tränen. Alles, was sie gegen Josef auf dem Herzen hatte, war weggeschmolzen, voll Trauer und Mitleid gedachte sie ihres Bruders, ihres „Seppl". „Ist es nicht schrecklich, Messieurs", fragte sie die Abgesandten ihrer Mutter wieder und wieder, „was dieser böse alte Mann uns antut?"

Der Abbé Vermond machte den riesigen Mund auf. „Es ist an Ihnen, Madame", führte er aus, „einzugreifen. Klärlich ist der Fall gegeben, welchen die Klausel IV des Bündnis-Paktes vorsieht: Österreich ist angegriffen worden. Sie müssen es Ihrem erlauchten Gemahl begreiflich machen, daß er als Alliierter und Partner des Familienpaktes verpflichtet ist, dem Kaiser zu Hilfe zu kommen. Der Allerchristlichste König kann nicht tatenlos zuschauen, wenn Ihre Mutter und Ihr Bruder von dem Tyrannen von Preußen überfallen werden. Der Krieg ist den Ihren aufgezwungen worden, Madame. Der Allerchristlichste König darf Sie und die Ihren nicht im Stich lassen." Mercy aber ermahnte Vermond, Toinette nicht aufzuregen. „Sie sehen ja, mein lieber Abbé", sagte er, „es bedarf unserer Exhortationen nicht." Und väterlich besorgt riet er Toinette: „Lassen Sie sich, bitte, nicht auf lange Erörterungen ein mit Ihrem erlauchten Herrn Gemahl. Lassen Sie Ihre bloße Erscheinung, Ihren Zustand, auf den König wirken. Weinen Sie und vertrauen Sie auf das weiche Herz des Königs und auf die Vorsehung."

Toinette gelobte, alles zu tun, was sie vermochte.

Nun hatte sie aus den Reden ihrer Freunde ersehen, daß Frankreich, vollauf beschäftigt mit dem englischen Krieg, vorläufig nicht daran denken konnte, in den preußisch-österreichischen Konflikt einzugreifen. Sie war entschlossen, ihr Bestes zu tun, aber sie fürchtete, es werde vergeblich sein, und hatte sich in ihrem Innern damit abgefunden. Doch so tief traurig das alles war, ein jedes Unglück hatte auch seine gute Seite. Wenn Louis ihr, der Mutter seines Kindes, in dieser lebenswichtigen Sache nicht helfen konnte, dann mußte er ihr andere Zugeständnisse machen. Jetzt war die Gelegenheit da, den patriotischen Wunsch François' durchzusetzen, die Abberufung dieses Montbarey.

Voll solcher Erwägungen ging sie zu Louis.

Dem war die Meldung von Friedrichs Einmarsch in Böhmen eine trübe Genugtuung gewesen. Jetzt also erntete Schwager Josef den Sturm, den er gesät hatte. Bei alledem tat ihm der Schwager leid; er hätte ihm gerne geholfen, schon aus Dankbarkeit, weil er ihm die segensreiche Operation angeraten hatte, und beinahe war er froh, daß er durch seinen eigenen Krieg an der Sendung von Truppen verhindert war.

Er hatte erwartet, daß Toinette vor ihm klagen und ihn bestürmen und beschimpfen werde, und sich vorgenommen, es still hinzunehmen. So hielt er es. Was immer sie vorbrachte, er erwiderte nur: „Was soll ich tun, was kann ich tun?" – „Alles", antwortete sie. „Es kostet Sie nur eine Unterschrift, und Ihre Truppen marschieren." Und da er sich nicht rührte, sondern immer nur unglücklich schwieg, brach sie, wie es Mercy ihr geraten hatte, in Tränen aus. Louis sah sie, die Mutter seines Sohnes, rührend und aufgelöst, und ihm selber waren die Tränen nicht fern. Aber er blieb seinem Vorsatz treu und wiederholte hilflos: „Ich habe alle Schuld, ich weiß es. Ich kann Ihnen gar nichts erwidern, aber was kann ich tun?" Und dann, sehr besorgt, bat er: „Denken Sie nicht an diesen dummen Krieg, denken Sie nur an Ihren Zustand. Sie müssen sich beruhigen. Ich schicke nach Lassone." Sie aber wies ihn ungeduldig zurück und klagte: „Sehen Sie. Nicht einmal darauf nehmen Sie Rücksicht, nicht einmal auf unser Kind. Nicht die kleinste Unterschrift geben Sie mir. Nichts tun Sie für mich und mein Kind. Dabei wäre es Ihr bestes Interesse, wenn Sie zusammen mit Josef marschierten. Meine Mutter würde Ihnen nichts zumuten, was Ihnen schaden könnte." Er schnaufte unglücklich. „Aber ich kann doch nicht, Toinette", wandte er sanft ein. „Begreifen Sie doch. Ich bin doch im Krieg mit England."

Jetzt hatte sie ihren Einsatz. „Ihr Krieg mit England", höhnte sie. „Was ist das für ein Krieg? Lauter halbherzige

Maßnahmen. Lauter Niederlagen. Es kann ja auch nicht anders sein mit Ihrem Montbarey, diesem Feigling, diesem korrupten Dummkopf." – „Auch mir wäre lieber", erinnerte er sie trüb und umwegig, „wir hätten noch Saint-Germain. Aber der ist gestorben, an gebrochenem Herzen." Toinette, darüber weghörend, sagte heftig: „Wer immer, jeder ist besser als Ihr Montbarey."

Nun wurde Louis schon seit Ausbruch der Feindseligkeiten bedrängt, er möge Montbarey wegschicken. Vergennes lag ihm damit in den Ohren, die Generäle klagen, wie sehr sie durch diesen Minister behindert würden, und Monsieur Necker war empört über die Verschwendung und die Günstlingswirtschaft Montbareys. Louis hatte sich gesträubt, weil der Mann verwendbar war, den Beginn der Feindseligkeiten hinauszuzögern. Jetzt, da der Krieg nicht hatte verhindert werden können, hatte er keine Ursache mehr, sich schützend vor ihn zu stellen.

„Ich sage nicht", erklärte er vorsichtig, „daß ich Montbarey ewig halten werde. Und nun beruhigen Sie sich", bat er, da sie eifrig hochschaute, und streichelte sie täppisch. „Sie werden ihn also fortschicken?" fragte sie. „Ich werde es mit meinen Räten durchsprechen", antwortete er ausweichend. „Tun Sie das, bitte, sogleich", beharrte Toinette. „Es gibt unter Ihren Ministern nur *einen*, der an Montbarey interessiert ist. Schicken Sie hinüber zu Maurepas und befehlen Sie ihn hierher. Wir wollen hören, was er für seinen Schützling vorzubringen imstande ist."

Maurepas kam. Sie fiel sogleich über ihn her: „Ich höre, der König hat sich entschlossen, Ihren Monsieur de Montbarey wegzuschicken, wenn Sie nicht triftige Gründe für ihn anzuführen haben." Maurepas verbarg nur mit Mühe seine Bestürzung. Er hatte sich vorhergesagt, daß er Montbarey werde fallenlassen müssen, doch auf diesen plötzlichen Schlag von seiten der schwangeren Österreicherin war er nicht gefaßt. Madame de Montbarey war die Kusine und nächste Freundin der Gräfin. Maurepas stellte sich vor, wie unangenehm die Mahlzeiten mit seiner lieben Frau werden würden, wenn jetzt Montbarey gehen mußte.

„Sie wollen den Prinzen wirklich fortschicken, Sire?" fragte er. Louis erwiderte unbehaglich: „Sie haben ja gehört, Monsieur, ich lege die Entscheidung in Ihre Hände." Da Maurepas sah, daß Louis noch schwankte, entschloß er sich, für den Schützling seiner Frau zu kämpfen. „Sie haben", sagte er, „in bewährter Friedensliebe Ihren Kriegsminister beauftragt, Feindseligkeiten mit England so lange wie möglich zu vermeiden. Ich wüßte unter Ihren Soldaten keinen zweiten, Sire, der einem Zusammenstoß mit so vorbildlicher Sorgfalt ausgewichen wäre wie Prinz Montbarey." – „Ja", ereiferte sich Toinette, „ganz Europa macht sich lustig über uns wegen der schwächlichen Kriegführung Ihres Protegés. Mir gibt man die Schuld. Es ist empörend." – „Regen Sie sich nicht auf, Toinette", bat Louis, „das ist die Sache nicht wert." Plötzlich überkam ihn Zorn über die endlosen Schwierigkeiten, Zorn über Josef, über Franklin, über Monsieur Caron, über Montbarey, und Zorn vor allem über Maurepas, der ihn vor diesem ganzen wüsten Kram nicht schützte, wie das seine Pflicht gewesen wäre. „Was haben Sie der Königin zu erwidern, Monsieur?" sagte er streng, und mit überschlagender Stimme schrie er ihn an: „Montbarey war Ihr Rat. Oder nicht?"

Maurepas erbleichte unter der Schminke. Er sagte sich: Siebenundsiebzig bin ich. Lange brauch ich's nicht mehr mitzumachen. Jetzt durchhalten bis an das kühle Grab. Wenn er wütend ist, mein Sechzehnter Louis, dann schaut er aus wie ein gutmütiger Wilder, der sich eine Kriegsmaske aufgesetzt hat, um den Feind zu erschrecken. Aber mir kann er nichts vormachen. Der Vergleich mit dem Wilden und der Kriegsmaske gefiel ihm, er gedachte ihn in seine Memoiren aufzunehmen, und das half ihm zu einer milden, skeptischen Gelassenheit. Er erkannte, daß Montbarey nicht zu halten war, und entschloß sich, ihn elegant zu verraten.

„Prinz Montbarey", sagte er, „ist ein idealer Kriegsminister für den Frieden. Als ich ihn vorschlug, Sire, waren wir im Frieden. Jetzt sind wir leider im Krieg." Er zuckte ausdrucksvoll die Achseln.

Louis hatte seine Heftigkeit sogleich bereut. Er schleifte auf Maurepas zu. „Lassen Sie mich nicht im Stich, mein Mentor", flüsterte er ihm ins Ohr. Toinette verbarg nicht ihre Verachtung. „Sie haben also nichts für Monsieur de Montbarey vorzubringen, Exzellenz?" fragte sie und wippte mit dem Fuß. Und da er schwieg, sagte sie, sehr höflich und sehr hochmütig: „Dann teilen Sie, bitte, dem Prinzen Montbarey den Wunsch des Königs mit."

Maurepas blickte fragend auf Louis. „Nun ja, nun schön", sagte dieser. Maurepas verneigte sich. „Wie Sie befehlen, Madame", sagte er und zog sich zurück, ehrfürchtig, unbehaglich und gekränkt, um zunächst von seinem Sekretär Sallé das klägliche Terzett, das soeben er, Louis und die Österreicherin gesungen hatten, mit bösartiger Genauigkeit aufzeichnen zu lassen.

Die Gräfin Maurepas hatte verschiedene Methoden, ihrem Manne ihre Unzufriedenheit zu zeigen. Diesmal, nach der Entlassung Montbareys, wurde die lebhafte Dame einsilbig. Das war das Schlimmste, was sie dem geselligen Maurepas antun konnte. Vor allem zur Zeit des Frühstücks, die er für die liebste Stunde des Tages erklärte, vermißte er schmerzlich ihr scharfes Geplauder.

Drei Tage lang strafte sie ihn so. Am vierten tat sie den Mund auf. Unerwartet, während er trübselig sein knuspriges Hörnchen in die Schokolade stippte, sagte sie: „Wie wäre es, Jean-Frédéric, wenn ich unsern Toutou bäte, seinen ‚Figaro' bei mir vorzulesen?"

Maurepas war so überrascht, daß er das eingetunkte Hörnchen länger in der Schokolade ließ, als er vorgehabt hatte, so daß, als er es herausnahm, der aufgeweichte Teil zurückplanschte. Er wischte sich sorgfältig die Spritzer ab. Dann löffelte er das Gebäck aus der Tasse, das gab ihm Zeit, seine Antwort zu bedenken.

Seine liebe Gräfin erwartete eine Genugtuung für die Kränkung, die er ihr hatte antun müssen, und er war willens, sie ihr zu geben. Aber was sie da von ihm verlangte, war stark. Wenn die Frau des Ministerpräsidenten sich und ihren Freunden das dem König verhaßte und von ihm verbotene Stück durch den Autor selber vorlesen ließ, so bedeutete das eine Verhöhnung des königlichen Urteils. Gutgesinnte konnten es als kleinen, harmlosen Scherz auffassen, Bösartige mochten darin eine Herausforderung sehen, die an Rebellion grenzte.

Er schluckte das schokoladegetränkte Gebäck hinunter. Dann hüstelte er ein wenig. „Sie wollen sich von unserm Beaumarchais sein hübsches kleines Stück vorlesen lassen,

Teuerste?“ fragte er. „Ist das nicht etwas gewagt?“ – „Ich fände es angebracht, mein lieber Jean-Frédéric“, antwortete sie, ihn mit ihren schwarzen, hurtigen Augen voll anschauend, „wieder einmal ein bißchen Salz in unsere Unterhaltungen zu streuen. Wir sind in der letzten Zeit recht saftlos geworden.“

Zu ihren Häupten, Maurepas gerade vor Augen, hing das Franklin-Porträt des Duplessis; nach abgeschlossener Allianz hatte er es hier in Versailles aufgehängt. Seine liebe Gräfin hatte in der Sache des hinterwäldlerischen Aufrührers die richtige Intuition bewiesen, wahrscheinlich wird sie auch in der Sache ihres Toutou recht behalten. Das Verbot Louis’ war in der Tat zu brav ledern; es wird sich nicht aufrechterhalten lassen. Man durfte in unsern aufgeklärten Zeiten eine kleine Komödie, welche sich über eine mißglückte erste Nacht lustig machte, nicht wichtig nehmen. Er, Maurepas, war es seinem Rufe bei der Nachwelt schuldig, in dieser Angelegenheit von seinem Zögling abzurücken. Louis wird es nicht wagen, ihm das zu verdenken; nach dem Insult, den er ihm vor der Österreicherin zugefügt hatte, fühlte er sich bestimmt schuldbewußt.

Er nahm ein neues Hörnchen, hielt der Katze Gris-Gris ein Stück hin, sie schnüffelte daran und kehrte sich ab. „Sie wollen also Ihren Toutou wieder einmal ins Hôtel Phélypeau laden“, überlegte er laut. „Aber doch nicht ins Hôtel Phélypeau“, antwortete sie lebhaft. „Das alte, verstaubte Palais wäre ein schlechter Rahmen für ein Stück von Verve und Esprit. Selbstverständlich soll Toutou hier lesen. Gerade hier“, sagte sie, „da, wo Sie sitzen, mein lieber Jean-Frédéric.“

Bei meiner Seele, wenn ich eine habe, dachte Maurepas und rückte unwillkürlich ein wenig zur Seite. Er kannte seine Gräfin und hatte von Anfang an gewußt, daß sie die Komödie gerade hier vorgelesen haben wollte, in unmittelbarer Nähe des ledernen jungen Monarchen. „Sie haben immer so originelle Ideen“, seufzte er. „Ich wußte, daß meine Idee Ihnen gefallen wird“, antwortete sie. „Ich bin sicher, Sie werden einen vergnügten Abend haben.“ Der Alte erschrak. „Wie, Madame?“ fragte er. „Sie rechnen auf meine Gegenwart? Würde das der Allerchristlichste nicht als Vermessenheit deuten müssen?“ – „Es ist Ihr Wagemut, Monsieur“, erwiderte sie liebenswürdig, „um dessentwillen die Welt und ich Sie schätzen." Er küßte ihre Hand. „Wenn meine Arbeit es gestattet, Madame", sagte er, „werde ich mir die Freude machen, auf ein Viertelstündchen zu erscheinen."

Als Pierre die Aufforderung erhielt, sein Stück in Versailles vorzulesen, im Dunstkreis des verbietenden Königs, wußte er sich vor Freude nicht zu lassen. Auch Vaudreuil und Désirée fanden, diese Vorlesung bedeute einen weiten Schritt nach vorn. Pierre war sicher, er werde so gut lesen wie niemals vorher. Er wünschte, daß sein Chronist Gudin Zeuge seiner Meisterleistung sei, und während er es sonst vermied, Angehörige oder Freunde in die großen Häuser, deren Gast er war, mit einzuschmuggeln, bat er diesmal die Gräfin, Philippe Gudin mitbringen zu dürfen.

Er las denn auch mit Schwung und wußte seine Komödie so deutlich zu machen, daß man sie vor sich sah wie auf einer Bühne. Mit Ton und Gesten malte er die Situationen, und jeder seiner Menschen lebte sein besonderes Leben. Die Hörer waren hingerissen, sie klatschten, sie riefen ihm zu, und er hatte für jeden Zuruf eine witzige, treffende Antwort.

Gudin nahm alles in sich auf, trunken von Begeisterung, und große Sätze entstanden in ihm für seine „Geschichte des Dichters und Staatsmannes Beaumarchais". Welch ein Dichter, welch ein Geist, welch ein Schauspieler. So mußte es gewesen sein, wenn der Rhapsode Homer seine Gesänge den Bewohnern der griechischen Insel vorlas, so, wenn Horaz den Freunden seine ewigen Oden rezitierte.

Maurepas zeigte sich erst, als die Vorlesung längst begonnen hatte. Er war sorgfältig hergerichtet, aber im Schlafrock, und tat überrascht. „Ich wollte dir nur gute Nacht sagen, Teuerste", erklärte er, „ich wußte nicht, daß du Gäste hast." Dann ließ er sich überreden, zu bleiben, hörte zu, schnalzte leicht mit der Zunge, klatschte andeutend in die dürren Hände, sagte: „Allerliebst, das haben Sie sich allerliebst ausgedacht, mein lieber Pierre." Er war ein leidenschaftlicher Anhänger des Theaters, er verstand es, Pierres geschliffene Leistung zu schätzen. Er fühlte sich zurückversetzt in seine Jugend, in die Epoche der Regentschaft, da man Geist, Frivolität und Komödie auf eine Art zu mischen wußte, von der das rohere, abergläubischere Heute keine Ahnung mehr hatte.

Aber nicht doch, dieser Pierre hatte eine Ahnung. Er hätte es verdient, in jener guten alten Zeit zu leben. Dann freilich wäre er jetzt wohl tot; denn aus dieser Zeit lebten nur mehr er selber und der alte Richelieu.

Je länger Pierre las, um so tadelnswerter schien dem Minister das Verhalten seines Zöglings. Dieser Sechzehnte Louis war gutmütig und folgsam, aber dann wieder unerwartet schwerfällig und zäh. Da verbiß er sich in einen moralisierenden Groll gegen dieses hübsche Stück und machte ihn, Maurepas, vor der Nachwelt lächerlich, statt froh zu sein, daß seine Regierungszeit eine solche Komödie hervorbrachte. Nein, dieses Verbot durfte nicht bestehenbleiben. Eine Weile noch mochte in Gottes Namen Louis, da er sich's einmal in den dicken Kopf gesetzt hatte, das Stück der Bühne fernhalten. Aber nicht sehr lange; denn er, Maurepas, war fest entschlossen, der Aufführung dieser allerliebsten Komödie im Théâtre Français noch beizuwohnen.

Die Gräfin hatte mit Vergnügen wahrgenommen, wie sehr Pierres Vorlesung ihren Maurepas anregte. Zusammen mit Pierre trat sie an ihn heran und fragte: „Finden Sie nicht auch, Jean-Frédéric, diese ausgezeichnete Komödie gehört auf die Bühne?" Maurepas fühlte sich kühn und jung wie zu der Zeit, da er, knapp siebzig, die Ministerpräsidentschaft übernommen hatte. Wer der Pompadour die Spitze zu bieten gewagt hat, wird schließlich auch noch einen Strauß mit dem Sechzehnten Louis ausfechten können. „Madame, Sie haben recht", sagte er galant. Er dachte einen Augenblick nach, dann wandte er sich an Pierre und sagte schlau und diplomatisch drechselnd: „Wenn zum Beispiel welche unter Ihren hochgeborenen Freunden darangingen, Ihr charmantes Stück vor einem ausgesuchten Auditorium spielen zu lassen, so würde, glaube ich, vor einer solchen Veranstaltung die Krone grollend, aber eben nur grollend, die Augen schließen, so wie sie die Anwesenheit des Ketzers Voltaire in ihrer Hauptstadt nicht zu bemerken geruhte."

„Sie raten mir...?" fragte erwartungsvoll Pierre. Aber: „Ich rate gar nichts, Monsieur", wies ihn Maurepas zurecht. „Was ich da äußerte, das waren vagabundierende Gedanken eines Privatmannes, der Sinn für die Grazie der Frechheit hat. Heute haben ja nur mehr wir Greise dafür Sinn. Sie erinnern sich, mein Lieber, daß ich einmal für ein Epigramm ein Vierteljahrhundert Verbannung auf mich nahm. Das waren Zeiten. Damals fanden wir, ein wenig Wagemut sei ein selbstverständliches Ingredienz aller Schriftstellerei. Ihr ‚Figaro' hat mich an jene Zeiten erinnert, Herr Kollege."

Vaudreuil war mit Freuden bereit, Pierre zu helfen. Er war strahlender Laune. Der neue Kriegsminister, Graf Ségur, hatte ihm das Kommando in der Bretagne für die allernächste Zeit zugesagt, und es traf sich gut, daß er vorher noch sein Versprechen erfüllen, den „Figaro" zur Aufführung bringen und mit einer Sensation von Paris scheiden konnte.

Der ganze Fliederblaue Klüngel machte sich mit Eifer ans Werk. Die Aufführung des „Figaro" sollte stattfinden als private Feier anläßlich des Geburtstages des Prinzen Karl. Gabriele erreichte vom Intendanten der Oper, daß er das Hôtel des Menus Plaisirs zur Verfügung stellte, einen der schönsten Säle des Reichs; daß das kleine Palais Eigentum des Königs war, würzte den Spaß.

Pierre ließ es sich angelegen sein, nicht nur die Proben zu leiten, sondern auch für das ganze Um und Auf der Vorstellung zu sorgen. Da er einer Äußerung Vaudreuils entnahm, daß Gabriele Polignac, die als Festgeberin zeichnete, wieder einmal kein Geld hatte, zahlte er die Kosten der Proben lächelnd und stillschweigend aus der eigenen Tasche. Sie waren nicht niedrig; wenn die Mitglieder des Théâtre Français Stücke für private Aufführungen des Hofes einstudierten, erwarteten sie für jede Probe ein Honorar von fünfzehnhundert Livres.

Sogar um die Einladungskarten kümmerte sich Pierre. Er ließ sie auf edelm Bütten drucken, das seine Papiermühlen für diesen Zweck herstellen mußten. Auf der Vorderseite der Einladung sah man Figaro. Spanisch, elegant, ein bißchen närrisch und sehr lustig angezogen, verneigte er sich, am Band hatte er die Gitarre, das Haar trug er im Netz, um den Hals schlang sich lässig das rote, seidene Fichu, und heiter und höhnisch verkündete eine Unterschrift aus dem „Barbier": „Eh, parbleu, j'y suis – Potzblitz, da wär ich."

Die Einladungen wurden mit bedeutsamem Lächeln und Geheimnis überreicht, auch die Schauspieler wurden um

Heimlichkeit gebeten, und das Gewese und Geraune bewirkte, was es bewirken sollte: unter allgemeinem „Pst! Pst!" wußte schnell die ganze Stadt um die Angelegenheit.

Der Polizeipräsident stand vor einem Problem. Die Aufführung entsprach, vorsichtig ausgedrückt, nicht den Wünschen des Königs, und die vorgeschriebene Erlaubnis war nicht eingeholt. Andernteils hatte der Intendant der Königin den Mitgliedern des Théâtre Français den Auftrag erteilt, und die Proben fanden statt mit Wissen und wahrscheinlich auf Wunsch der Königin. Wer in die Vergnügungen des Fliederblauen Klüngels eingriff, verbrannte sich leicht die Finger. Monsieur Lenoir hatte Sorgen. Sehr wohl war es möglich, daß, ob er erlaubte oder verbot, ein Zwist zwischen dem Königspaar durch seine Entlassung beigelegt wurde.

Er versuchte, sich bei Maurepas Rat zu holen. Er fand geringe Hilfe. „Hat denn niemand um Ihre Erlaubnis nachgesucht?" fragte mit falscher Verwunderung der Alte, und: „Die Herren machen es sich wirklich leicht", sagte er kopfschüttelnd. „Soll ich also verbieten?" fragte hoffnungsvoll Monsieur Lenoir. „Da würden Sie sich bei der Königin schön in die Nesseln setzen", antwortete Maurepas. „Eine kitzlige Situation", überlegte bekümmert Monsieur Lenoir. „Das kann man wohl sagen, mein Lieber", meinte teilnahmsvoll Maurepas. „Ich möchte nicht in Ihren Schuhen stehen."

Inzwischen probierte man in den Menus Plaisirs. Viele Herren und Damen vom Hof, die dem Fliederblauen Klüngel nahestanden, baten, einer Probe beiwohnen zu dürfen. Man probierte reichlich. In den späteren Proben wirkten viele Szenen bereits so fertig wie in der Aufführung, und die anwesenden Zuschauer applaudierten.

Auch Monsieur Lenormant schaute sich, still und versteckt, eine Probe an. Er spürte in allen Knochen den Reiz, der von dem Stück und von der Vorstellung ausging, das in jeder Hinsicht Unziemliche, Verbotene, die Sinne und den Verstand Aufrührende. Er sah Désirée in ihrer Pagentracht, weiß und silbergestickt, den hübschen, frechen, knabenhaften Kopf unterm Federhut, den leichten, blauen Mantel über der Schulter, er sah, wie sie sich in ein Mädchen verwandelte, er hörte sie die Romanze singen mit ihrer etwas spröden, ins Blut gehenden Stimme. Er kam sich läppisch vor mit seiner neuen

Freundin Olivier. Wie war sie hölzern vor dieser holden und kecken, wunderbar lebendigen Désirée. Wie war sie lächerlich, wenn sie klagte, daß die unersättliche Mesnard ihr den Cherubin wegspielte, wie war er lächerlich, wenn er sich das anhörte. Er war erfüllt von einem wütenden Verlangen nach Désirée und von einer wilden Sehnsucht, hinauf auf die Bühne zu springen und sie niederzuschlagen.

Den Tag darauf ging er zu Maurepas.

Er sprach von Politik, vom Krieg, von Geschäften. Erzählte von den Proben zum „Figaro". „Es ist merkwürdig", meinte er, „wie aufregend diese Komödie von der Bühne wirkt. Gefühle, wie sie einem dieser ‚Figaro' erregt, müssen jene Meuterer in Boston verspürt haben, als sie die Teeschiffe stürmten und uns den Krieg mit England anhängten." Maurepas mekkerte ein bißchen. „Ich weiß", antwortete er, „wie stark Theater auf Menschen mit Phantasie wirken kann. Aber daß diese charmante Komödie den Fliederblauen Klüngel anstacheln sollte, Teegeschäfte zu plündern, nein, mein Lieber, das glaub ich Ihnen einfach nicht. Unser Pierre wendet, um zu wirken, alle Mittel an, auch ein bißen politische Pikanterie. Warum nicht? Und wenn unsere blasierten Fliederblauen ein leichtes Gruseln spüren wollen, von mir aus können sie es haben." – „Lebten wir im Frieden", antwortete Lenormant, „dann stimmte ich Ihnen zu. Aber jetzt, nach der Allianz, mitten im Krieg für Amerika, wirken diese Szenen wie ein Aufruf zur Revolution. Bitte, glauben Sie mir, Exzellenz." – „Nein", lächelte Maurepas freundlich, „das glaub ich Ihnen nicht, mein Lieber. Doktor Franklin und Figaro, der Barbier: die Verbindung ist mir zu bizarr." – „Aber die beiden gehören zusammen", bestand Lenormant. „Die Geschichte hat sie zusammengespannt. Sie gehören zusammen wie Hand und Handschuh." Und da der andere fortfuhr, höflich und ungläubig zu grinsen, setzte er ihm auseinander: „Der König fürchtet, die Allianz könnte dazu beitragen, rebellische Ideen aus dem Westen hierher zu verpflanzen. Sie selber haben mir das erzählt, Exzellenz. Wenn jetzt eine Komödie wie dieser ‚Figaro' Erfolg hat, dann wird der König darin einen Beweis für die Triftigkeit seiner Befürchtungen sehen. Ich bin sicher, Exzellenz, daß sich auch Ihnen solche Erwägungen aufdrängen, wenn Sie einer Probe beiwohnen." Maurepas schaute ihm lächelnd ins Gesicht. „Sie werden in meinen Memoiren als ein Herr von ungewöhnlicher Vorsicht erscheinen“, meinte er.

Aber sein Lächeln verschwand, sowie Charlot gegangen war. Lenormants Gerede, wiewohl er's nicht hatte wahrhaben wollen, hatte ihn angerührt. Er fühlte sich frostig trotz all seiner Tücher und Schals. Schreiendes Bekennertum war vulgär. Alles, wo es hingehörte. In der Einsamkeit seines Landsitzes Pontchartrain war Mut am Platze gewesen, hier in Versailles war weise Vorsicht angebracht. Aus geziemender Vorsicht hatte er seinen Freund Turgot geopfert und seinen Freund Saint-Germain. Gemessen an solchen Opfern, was wollte es da viel besagen, wenn er die vergnügliche Pflicht, die Aufführung der Komödie zu erzwingen, auf eine Weile zurückstellte?

Andernteils war er kein Reaktionär und wollte nicht dafür gelten. Auch wäre es unanständig, wenn er sich der Aufführung, die er selber angeregt hatte, in den Weg stellte. Ganz abgesehen von dem Verdruß, den er seiner Gräfin dadurch bereitete.

Der alte Diplomat suchte nach seinem Ausweg. Er fand ihn.

Als er Louis das nächste Mal Vortrag hielt, entschlüpfte seiner Aktentasche die Einladungskarte zu der Veranstaltung in den Menus Plaisirs. Der kurzsichtige Louis zog zerstreut die Karte an sich, spielte damit, mechanisch, betrachtete flüchtig das bunte Bild, wurde aufmerksam, beschaute die Karte näher. „Potzblitz, da wär ich“, verkündete Figaro. Louis verfinsterte sich. „Was ist das?“ fragte er Maurepas. „Soweit ich sehe“, antwortete unschuldig der Minister, „eine Einladung zur Feier des Geburtstags des Prinzen Karl.“ Louis wollte etwas Heftiges sagen, schluckte es hinunter, fragte nur: „Darf ich mir die Einladung ausborgen?“ – „Die Karte ist hübsch“, sagte Maurepas. Er war mit sich zufrieden. Er hatte seine Pflicht getan sowohl dem Fortschritt als auch seinem jungen Monarchen gegenüber.

Louis, allein, betrachtete lange die Einladungskarte. „Die Künstler des Théâtre Français – Die Gräfin Polignac – Anläßlich der Feier des Geburtstages Seiner Königlichen Hoheit des Prinzen Karl – Im Hôtel des Menus Plaisirs – Eh, parbleu, j'y suis.“ Ganz genau beschaute sich der König von Frankreich und Navarra das Bild des Kammerdieners Figaro, seinen bunten, närrischen und eleganten Anzug, die Gitarre, das spanische Haarnetz, das rote, seidene Fichu, das freche, lustige Gesicht. Und in den Menus Plaisirs, dachte er, in meinem eigenen Hause. Dieses Pack. Dieser Bursche. In meinem eigenen Hause.

Er berief den Polizeipräsidenten. Hielt ihm erzürnt die Einladungskarte vor Augen. „Potzblitz, da wär ich", las Monsieur Lenoir.

Er erklärte, auch er habe Kenntnis von dem Projekt der Feier zu Ehren des Prinzen Karl. Sein erster Impuls sei gewesen, zu verbieten. Andernteils finde die geplante Geburtstagsfeier in einem engen, erlesenen Zirkel statt, und offenbar mit Billigung Ihrer Majestät der Königin, auf deren Zustand Rücksicht zu nehmen klärlich erstes Gesetz sei. So habe er, Lenoir, sich vor einem Problem gesehen, das er nicht lösen könne. Wenn Louis ihn nicht herbeibefohlen hätte, so hätte er sich von allein erlaubt, untertänigst bei ihm Rat einzuholen.

Louis schwieg. Der Hinweis auf Toinettes Schwangerschaft war ihm nicht angenehm. „Darf ich also verbieten, Sire?" fragte nach einer Weile der Polizeipräsident. Drei Sekunden zögerte Louis. Dann sagte er unwirsch: „Alberne Frage, Monsieur. Ich habe erklärt: Niemals. Das sollte meinem Polizeipräsidenten bekannt sein. Niemals ist niemals."

Lenoir verneigte sich tief und wollte sich zurückziehen. Aber: „Halt, Monsieur, warten Sie", kommandierte Louis. In meinem eigenen Hause, dachte er. „Verbieten Sie auch jetzt noch nicht", befahl er rachsüchtig, „verbieten Sie erst im letzten Augenblick." – „Mit Vergnügen, Sire", erwiderte Lenoir.

Als Lenoir sich entfernt hatte, ging Louis einige Male auf und ab, zornigen, herrscherhaften Gesichtes. Allmählich aber erschlafften seine Züge. Er setzte sich an seinen Schreibtisch, richtete einen abwesenden Blick auf die Porzellanstatuetten seiner Autoren und verkündete ihnen: „Und er wird es doch durchsetzen, dieser Caron."

Die Neugierigen, die sich an dem Tage der Aufführung vor dem Hôtel des Menus Plaisirs sammelten, kamen auf ihre Rechnung. Eine Doppelreihe von Lakaien in der Livree der Polignacs stand vor dem Palais, am Gittertor wurden die

Gäste von dem Haushofmeister Gabrieles in Empfang genommen, die Wagen waren festlich geschmückt, und die ihnen entstiegen, waren die Träger der großen, alten Namen Frankreichs.

Aus dem Spalt des Vorhangs beschaute sich Désirée das Publikum. Mit Ausnahme des Königspaares war alles gekommen, was dem Hofe Glanz verlieh. Eine Genugtuung erfüllte Désirée, daß sie die Aufführung erreicht hatte, auf vielen Umwegen und zuletzt durch Glück. Es war ein großer, festlicher Spaß, dieses Stück zu spielen für diese, gegen diese Damen und Herren.

Und stolz war Désirée, daß sie sich entschlossen hatte, Cherubin zu sein, nicht Suzanne. Sie wußte, daß heute niemand in Frankreich die bange, vage, brennende Verliebtheit des Knaben besser darstellen konnte als sie, sie wußte, wie anmutig und verlockend sie in dem Kostüm des Pagen aussah, sie wußte, daß sie es vermochte, die Prise Frechheit zuzugeben, welche die Gestalt davor bewahrte, sentimental zu werden.

In einer der Logen gewahrte sie Lenormant. Er hatte wirklich naiv und dreist die Olivier mitgebracht, die hübsche, leere, kleine Gans, er wollte zeigen, daß er sie, Désirée, verschmerzt habe. Armer Charlot, armer, bitterer, ohnmächtiger Charlot. Und sie war glücklich, daß sie damals die größte Dummheit ihres Lebens begangen hatte und nicht eingezogen war in Schloß Etioles durch das Tor mit der gemeißelten Inschrift: „Vanitas, vanitatum vanitas".

Zehn Minuten waren vorbei nach der festgesetzten Stunde des Beginns, das Publikum wurde unruhig. Offenbar wartete man noch auf den Mann, dem zu Ehren das Stück gespielt werden sollte, auf den Prinzen Karl. Da kam er, jung, lächelnd, frech, spitzbübisch. Man lachte, begrüßte ihn lärmend.

Und nun konnte der Spaß anfangen. Aber es vergingen weitere drei Minuten, fünf Minuten. Schon trampelten einige, und: „Was ist denn los, meine Lieben?" rief nun auch die helle, kecke Stimme des Prinzen.

Jetzt endlich erschien einer der Schauspieler vor dem Vorhang, Préville-Figaro, in dem Kostüm, das man von der Einladungskarte her kannte. Gab es einen Prolog? Man klatschte, wurde still.

Es war aber kein Prolog. Vielmehr erklärte Préville-Figaro mit einer geübt ruhigen Stimme, die aber tiefe Empörung nicht verbarg: „Wir bitten um Ihre Aufmerksamkeit, meine Herren und Damen. Es ist uns soeben ein schriftlicher Befehl Seiner Majestät des Königs zugestellt worden. In diesem Befehl wird uns bei Strafe der Ungnade Seiner Majestät untersagt, in irgendeiner Aufführung der Komödie ‚Der tolle Tag oder Die Hochzeit des Figaro' mitzuwirken, sei diese Aufführung veranstaltet von wem immer. Unsere Vorstellung kann also nicht stattfinden. Wir bitten um Ihre Nachsicht, meine Herren und Damen."

Einen Augenblick war tiefes Schweigen. Dann ertönte ein schriller Pfiff, er kam vom Prinzen Karl, und dann sagte eine grobe, große Stimme: „Unerhört, das ist Tyrannei", sie kam von Jules Polignac. Und dann begann das ganze Publikum, alle diese geschmückten Herren und Damen, zu johlen und zu pfeifen, und immer wieder hörte man: „Willkür, Tyrannei." Pierre aber rief in den Tumult hinein: „Beruhigen Sie sich, meine Herren und Damen. Über diesen ‚Tollen Tag' ist der Vorhang noch nicht gefallen."

Den Herzog von Richelieu hatte es Anstrengung gekostet, sich zu der Aufführung zu begeben, denn er war sehr alt. Was sich aber nun ereignet hatte, belebte ihn. Während er seine junge Frau zum Ausgang führte, sagte er zu seinem dreiundsechzigjährigen Sohne, dem Herzog von Fronsac: „Sehen Sie, mein lieber Junge, unter dem Vierzehnten Louis haben wir den Mund gehalten, unter dem Fünfzehnten haben wir leise gemurrt, unter dem Sechzehnten schreien wir."

Vor dem Theater standen noch viele Neugierige. Sie nahmen den Ruf der enttäuschten Gäste auf. Immer wieder hörte man: „Willkür, Tyrannei", und am Abend schallte es durch die Tavernen und Kaffeehäuser: „Man verbietet uns unsern Beaumarchais. Despotismus, Willkür, Tyrannei."

Drittes Kapitel

Figaro

In diesem Frühsommer machte Doktor Franklin wahr, was er sich beim ersten Anblick des Hôtels Valentinois und des „Gartens“ gewünscht hatte: er nahm auch das Hauptgebäude in Besitz, so daß die behagliche Ruhe seiner Wohnstätte nicht mehr durch die Gegenwart Fremder gestört war.

Monsieur de Chaumont hatte Franklin den Flügel, den dieser bewohnte, nicht nur mietfrei überlassen, er hatte sich auch sonst als ungewöhnlich gefälliger Hauswirt erwiesen; dadurch war Franklin gezwungen gewesen, Rücksichten zu nehmen. Wenn jetzt der Doktor auf seiner Lieblingsbank unter der großen Buche saß, wohlig auf den Fluß und auf die silbriggraue Stadt Paris schauend, brauchte er nicht mehr zu besorgen, daß ihn sein dienstwilliger Hausherr in ein langes, höflich nichtssagendes Gespräch verwickelte. Des weiteren hatte er nun Platz genug, sich, seine Bücher und die mannigfachen Dinge seines Komforts unterzubringen, wo immer es ihm paßte. Er brauchte fortan die Braune Bibliothek nur mehr bei Zusammenkünften mit den Kollegen zu betreten und konnte sich den Ärger sparen, zu anderer Zeit das schlechte Gemälde betrachten zu müssen, das seinen verehrten Freund Washington auf dem blutigen Schlachtfeld darstellte.

Monsieur de Chaumont verlangte auch für das ganze Haus nur einen billigen Mietpreis; es war leicht gewesen, sich mit ihm zu verständigen. Bedenken aber hatte Mr. Adams geäußert. Er hielt es für unangebracht, daß die Vertreter der neuen, tugendhaften Republik so large und üppig wohnten. Doch hatte er sich gefügt; denn er hatte bei aller Gegensätzlichkeit Achtung vor Franklin.

Im stillen wunderte sich Mr. Adams, daß der alte Doktor soviel Mühe daran wandte, seine Wohnstätte in Passy zu erweitern und zu verändern. Ahnte denn der Mann nicht, daß seines Bleibens in Frankreich nicht mehr lange sein wird? Aber das mußte der Alte mit sich selber ausmachen. Solange sie noch zusammen waren, bestrebte sich Adams, ein bequemer Hausgenosse zu sein; er drängte sich nicht auf und suchte Franklins Gesellschaft nur dann, wenn es nötig war.

So konnte Franklin die Annehmlichkeit seines Gartenhauses und des schönen Frühsommers in Ruhe genießen. Er saß unter seiner Buche und meditierte. Er las in seinen Büchern. Er ging mit Madame Helvetius und Madame Brillon in seinem Garten spazieren. Er erhielt lange, interessante Briefe von Erasmus Darwin, von Doktor Ingenhousz, von John Pringle, von vielen andern Freunden und erwiderte sie ausführlich. Er fand, es sei gut, auf dieser Erde zu sein, trotz der Kollegen, trotz des Kongresses, trotz der Einsichtslosigkeit und Undankbarkeit seiner Landsleute im besondern und der meertiefen Dummheit der Bewohner dieses Planeten im allgemeinen.

Die angenehme Stille und Weite des Hauses weckte in Franklin Verlangen nach der Gegenwart seines jüngeren Enkels, des kleinen Benjamin Bache. Der Rektor des Genfer Internats berichtete, der Junge gedeihe prächtig und nehme an Wissen zu. Die Briefe, die der Knabe regelmäßig in kindlichem, doch geläufigem Französisch schrieb, waren dem Alten eine rechte Freude. Jetzt, nachdem er das erweiterte Haus instand gesetzt hatte, fand er, Benjamins Aufenthalt in Genf habe lange genug gedauert, und er könne mit Vorteil hier weiterlernen. Lächelnd über die fadenscheinige Verkleidung seiner Sehnsucht, bat er den Rektor in Genf, ihm den Enkel in Begleitung eines zuverlässigen Erwachsenen zurückzuschicken.

Franklin tat in diesem Sommer viel für seine Gesundheit. Er zwang sich, die Terrassen des Gartens hinauf und hinunter zu gehen, und schwamm in der Seine. Dreimal in der Woche lag er zwei Stunden lang im heißen Bad.

Dann kam wohl der junge William und setzte sich zu ihm, und sie schwatzten. Manchmal kam Monsieur de la Motte mit einer Frage herein, und auch ihn forderte er gelegentlich auf, zu bleiben. Da saßen dann die beiden jungen Leute auf der Holzdecke der Badewanne, man redete beschaulich und ein wenig hinterhältig über die Dinge des „Gartens“ und der Welt, und der Alte freute sich des warmen Wassers und des Gespräches.

Eines Abends, als William so, auf der Holzdecke der Wanne sitzend, vertraulich mit dem Großvater schwatzte, ließ er ihn merken, daß er was auf dem Herzen habe. Auf einiges Drängen gestand er, daß er Beziehungen unterhalte zu einer sehr hübschen Französin. Nun ja, meinte der Doktor, die fleischliche Begier sei von allen Trieben der stärkste. Man solle sich bezähmen, aber es sei verzeihlich, wenn man diesen Trieb nicht immer bändigen könne. Der Junge machte ein hübsches, verlegenes Gesicht und sagte zögernd, es sei nicht die Sünde allein, die ihn bedrücke; leider habe sie Folgen gehabt, Blanchette sei schwanger.

Der Mann im Bade dachte eine Weile nach. „Blanchette?“ fragte er dann. „Was für eine Blanchette? Kenne ich sie?“ – „Ich glaube, ja“, antwortete William. „Es ist Blanchette Caillot.“

Das hörte Franklin geteilten Gefühles. Monsieur Caillot, der Vater Blanchettes, war ein Angestellter des Steuerpächters Fromentin, der für Amerika lieferte. Die Caillots waren eine reputierliche Familie, und es stand zu erwarten, daß es Schwierigkeiten geben werde. Er hatte es eilig, dieser junge William. Er selber war dreiundzwanzig gewesen, als er seinen William gezeugt hatte, William etwa achtundzwanzig, als er der Vater dieses jungen Menschen geworden war. Der war noch keine neunzehn und trachtete schon, ihn zum Urgroßvater zu machen. Freilich war man in Frankreich.

Franklin hätte es nicht gerne gesehen, wenn sein sehr junger Enkel eine Französin aus nichtwohlhabender Familie geheiratet hätte, doch entschloß er sich im stillen, nachzugeben, wenn der Junge darauf bestehen sollte. „Eine unumwundene Frage“, sagte er nach einer Weile. „Mußt du denn durchaus Kinder machen?“ William schwieg ein weniges, dann sagte er: „Sie ist so hübsch, Großvater.“ Franklin wurde besorgt; es schien, der Junge wollte sie heiraten. „Und wie denkst du dir das Weitere?“ fragte er. „Meinst du, ich muß sie heiraten?“ fragte kläglich William. „Ich bin noch nicht neunzehn.“

In seinem Innern atmete Franklin auf und billigte den Weltverstand, den da sein Enkel bezeigte. Anderntęils wird die Verhütung von Skandal ein gutes Stück Geld kosten, und er hatte für die Erweiterung des Hauses viel springen lassen. „Und wie also stellst du dir das Weitere vor?" wiederholte er. „Wir dachten", sagte William, „Blanchette spricht mit ihrer Mutter. Das wird Blanchette nicht leichtfallen, aber es geht wohl nicht anders. Und dann, dachten wir, kommt Madame Caillot zu dir, und du besprichst mit ihr, was geschehen soll." – „Macht ihr es euch nicht etwas einfach, mein Junge?" antwortete Franklin. „Ihr habt das Vergnügen, und das Weitere sollen dann Madame Caillot und ich ordnen." Der Junge sah verlegen aus, aber keineswegs unglücklich, ja, er lächelte. „Was kann ich tun ohne deine Hilfe?" fragte er. „Und was kann Blanchette tun?" Und von neuem, schwungvoll, erklärte er: „Sie ist so reizend, und sie hat auch schon ein wenig Englisch gelernt." – „Schick mir also Madame Caillot", sagte Franklin seufzend. „Aber laß sie von vornherein wissen, daß ich sehr betrübt und sehr aufgebracht bin", und er lächelte.

Als er allein war, kam über sein weitläufiges Gesicht heiter grimmige Nachdenklichkeit. Er bedachte, wie sehr die Schicksale der Franklins, des Großvaters, des Vaters und des Sohnes, einander glichen. Immer machten die Söhne den Vätern illegitimen Nachwuchs, und immer bereiteten die Söhne den Vätern Herzeleid.

Denn Herzeleid, den entscheidenden Stich Herzeleid, hatte auch William der Verräter von seinem Sohne erfahren. Es erfüllte Franklin mit böser Genugtuung, daß sein Sohn William am eigenen Kinde das gleiche hatte erleben müssen, das er ihm, Franklin, angetan. Es war dem jungen William damals, als er ihn mit sich nach Frankreich nahm, nicht leichtgefallen, sich von seinem Vater zu trennen, es waren bei dem Abschied in Perth-Amboy viele Tränen geflossen. Aber später, unmittelbar bevor man Amerika verließ, hatte der junge William aus eigenem einen klaren, entschiedenen Absagebrief geschrieben, er hatte seinem Vater den verdienten Stich Herzeleid versetzt und sich mit der gleichen Entschiedenheit von ihm losgesagt wie der Verräter William seinerzeit von ihm.

Sie hatten männliche Enkel von ihren Söhnen, die Väter Franklin, aber sonst hatten sie kein Glück mit diesen unehelichen Söhnen, auch wenn sie sie hinterher adoptierten. „Die Götter sind gerecht. / Aus unsern lustigen Sünden machen sie / Das Werkzeug unserer Strafe." Franklin konnte mit Shakespeare nicht viel anfangen, aber das waren gute Verse, voll von nachdenklicher Wahrheit.

Am übernächsten Tag statteten Madame Caillot und Mademoiselle Blanchette dem Doktor den vereinbarten Besuch ab. Blanchette war in der Tat ein sehr hübsches Mädchen. Auch Madame Caillot war appetitlich anzuschauen, nur war sie sehr drall. Franklin schätzte eine gewisse Fülligkeit, ihm gefiel Madame Caillot. Aber er sah die Ähnlichkeit zwischen Mutter und Tochter und war so gut wie gewiß, daß auch die schlanke Blanchette, noch bevor sie ihr dreißigstes Jahr erreichte, sehr drall sein werde. Er fragte sich, ob wohl der Enthusiasmus Williams für sie standhielte, wenn er seine, Franklins, Erfahrung besäße und aus der Ähnlichkeit von Tochter und Mutter die rechten Folgen zöge.

Madame Caillot erzählte, sie selber habe sich nach einer schweren, schlaflosen Nacht mit der Situation abgefunden; was bleibe einem auch sonst übrig? Aber sie habe noch nicht gewagt, Monsieur Caillot von dem schrecklichen Ereignis in Kenntnis zu setzen. Der Gedanke an den Zusammenbruch, den Monsieur Caillot da erleben werde, sei ihr grauenvoll. Eine liebste Hoffnung werde ihm geknickt werden, er werde abwechselnd wüten und jammern. Madame Caillots Wangen zuckten, all ihr Fett zitterte, sie weinte reichlich. Dann, bedenkend, daß Monsieur Caillot bei dem Steuerpächter Fromentin angestellt war, der große Lieferungsverträge für Amerika hatte, beeilte sie sich zu erklären, daß selbstverständlich Monsieur Caillot trotz dieses Ereignisses weiter für die amerikanische Sache erglühen werde; doch sie und Blanchette würden schwere Zeiten haben.

Vielwortig versicherte sie, wie tief es sie aufwühle, daß sie die Ehre dieses langen Gespräches mit dem großen Doktor Franquelin einem so traurigen Anlaß verdanke. Dabei könnte doch das betrübliche Ereignis ein so erfreuliches sein. Ihr scheine eine schnelle Eheschließung der Liebenden die beste Lösung. Sie würde sich über die Maßen freuen, wenn sie den jungen Monsieur Franquelin, der ein so liebenswürdiger und vielversprechender junger Herr sei, als Schwiegersohn begrüßen dürfe, und sie würde ihm seine Voreiligkeit nicht lange nachtragen. Franklin antwortete freundlich, doch entschieden, der Junge werde wahrscheinlich bald nach Amerika zurückkehren, und er, Franklin selber, möchte der liebenswürdigen Mademoiselle Caillot unter keinen Umständen zumuten, sich auf Lebenszeit von ihren Eltern zu trennen. Madame Caillot gab zu verstehen, daß sie vielleicht diesen Schmerz würde überwinden können, aber der Doktor beharrte mild, und nach einigem Widerstreben gab sie das Projekt auf. Franklin hatte den Eindruck, Madame Caillot sei eine vernünftige Frau, und ihr Schmerz werde zu einem großen Teil wettgemacht von der Sensation, daß es sein, des Doktor Franklin, Enkel war, der das Unglück verursacht hatte.

Blanchette selber sprach wenig, sie schaute den berühmten Großvater ihres Liebsten immer nur bewundernd und zärtlich an. Sie bereute sichtlich keineswegs das Vorgefallene, sie lächelte tiefvergnügt und ein wenig spitzbübisch, als ob ihr ein kühner Streich geglückt wäre.

Man kam nach manchem Hin und Her überein, daß sich Blanchette zur gegebenen Zeit, in zwei oder drei Monaten also, aufs Land zurückziehen solle. Madame Caillot hatte nicht weit von Le Havre eine Schwester wohnen, dort war Blanchette gut aufgehoben. Die Vorstellung freilich, welche Überwindung es sie kosten werde, sich ihrer Schwester zu eröffnen, machte Madame Caillot von neuem klagen und heulen. Jetzt wurde übrigens auch die einsilbige Blanchette beredt und bat schmeichelnd, Doktor Franklin möge gestatten, daß ihr William sie in ihrer Einsamkeit recht oft besuche.

Madame Caillot begann von den äußern Schwierigkeiten zu reden, welche die Situation ihr auflege. Sie sprach in geschwindem, umwegigem Französisch, von dem Franklin nur einen kleinen Teil verstand. Aber das verstand er, daß es um Geld ging, und er erklärte, er werde für das Finanzielle aufkommen. Er nehme an, die Kosten des Aufenthalts der Damen in der Normandie und der ersten drei Jahre des Kindes könnten mit etwa achthundert Livres gedeckt werden; notfalls sei er bereit, bis zu tausend Livres zu gehen. Madame Caillot klagte, daß von so materiellen Dingen zwischen ihr und dem Befreier Amerikas die Rede sein müsse.

Dann sprach sich Franklin dafür aus, daß das Kind legitimiert werde. Er habe nichts dagegen, daß einmal sein Enkel das Kind adoptiere; falls aber Mademoiselle Blanchette früher heirate, könne vielleicht ihr Mann für die Legitimierung Sorge tragen. Die Entscheidung überlasse er Madame Caillot; er freue sich, in ihr eine so verständige Dame kennengelernt zu haben.

Die Frauen blieben weit über eine Stunde. Als sie sich verabschiedeten, weinte Madame Caillot nochmals ausführlich. Mademoiselle Blanchette küßte dem Großvater ihres Liebsten zärtlich die Hand, knickste tief und voll Verehrung und sagte lächelnd und auf englisch, sie danke ihm.

Mit dem nächsten Schiff erhielt Franklin Nachricht, daß Eliza Franklin, geborene Downs, Frau seines Sohnes William, des Gouverneurs, des Verräters, gestorben sei. Sie hatte ihren Mann in den vielen Jahren seiner Gefangenschaft nicht gesehen. Es mußte bitter für William sein, daß sie nun so verlassen und verloren gestorben war.

Ihn selber, den Doktor, traf die Nachricht. Er hatte seine Schwiegertochter Eliza gern gehabt. Ihre Ehe mit seinem William war für sie kein gutes Geschäft gewesen. Sie stammte aus angesehener westindischer Familie, und sie hatte mancherlei mit in diese Ehe gebracht, ein angenehmes Aussehen, einen guten Verstand, ausgezeichnete Manieren, viel Geld. William hatte sie dafür, als er durch albern freche Haltung den Kongreß zwang, ihn gefangenzusetzen, in Not zurückgelassen. Ein wenig Geld hatte er, der Alte, ihr damals geschickt; sechzig Dollar, er erinnerte sich genau, mehr wäre zuviel gewesen und hätte böses Gerede gemacht. Auch ihres Antwortschreibens erinnerte er sich; es war ein bescheidener Brief, voll Verehrung und Dankbarkeit, voll schüchterner Bitte für ihren Mann; es war ein bewegender Brief gewesen. Und nun also war sie tot, und der gefangene William hatte keinen Menschen mehr.

William hätte es verhüten können, daß seine Frau getrennt von ihm starb. Der Kongreß hatte ihn milde behandelt aus Rücksicht auf ihn, den Doktor Franklin. Aber William hatte durch Trotz und Übermut den Kongreß zu schärferen Maßnahmen geradezu gezwungen. Hatte, auf Parole freigelassen, sich mit Gesinnungsfreunden betrunken, dummdreiste Schmähungen gegen die Dreizehn Staaten ausgestoßen und die Wächter, die ihn höflich zur Ruhe wiesen, mit dem Galgen bedroht. Und wenn er in diesen zwei Jahren nicht längst ausgetauscht war, so war auch daran einzig und allein seine halsstarrige Dreistigkeit schuld.

Das Gefängnis von Litchfield war kein angenehmer Aufenthalt, es mußten schwarze und bittere Gedanken gewesen sein, die den Jungen erfüllten, als er vom Tode seiner Frau erfuhr. Wenn er anläßlich dieses Todes Bilanz machte, dann mußte er sich sagen, er habe sein Leben verspielt und vertan. Dabei hatte er die denkbar besten Chancen gehabt, viel bessere als er, der Alte, und in sehr jungen Jahren Titel und Würden. Wenn er jetzt so schmachvoll im Dreck saß, dann durfte er sich bei niemand beklagen als bei sich selber.

Grimmig, schwer brütend saß Franklin. Williams Ehe war kinderlos geblieben; er könnte dem Sohn manche schwere Stunde erleichtern, wenn er ihm mitteilte, daß der junge William Vater werden wird. Aber er wird ihm die Freude nicht machen, er wird dem Verräter nichts leichter machen.

Benjamin Franklin war gerecht und bemüht, die Motive der andern zu wägen, auch wenn ihre Handlungen ihn ärgerten. Aber wenn es sich um Amerikaner handelte, welche zu der Partei dieses dummen Königs und seiner dummen Minister hielten, dann konnte er nicht gerecht sein. Und wenn es sein Sohn war, sein Junge, der zu dieser Partei hielt, dann wollte er erst recht nicht gerecht sein. Er war gar nicht mehr so jung, der Junge, er war jetzt nahe den Fünfzig, er hätte gescheiter sein können. Er hätte von Anfang an gescheiter sein können. Wir alle sind Menschen, wir sind dem Irrtum unterworfen, unsere Meinungen werden zumeist von unsern äußern Umständen bestimmt. Er selber, Franklin, hatte dahin gewirkt, daß der Junge zum Gouverneur des Königs ernannt worden war; es war begreiflich, daß der Junge weiter an die Sache des Mannes hatte glauben wollen, dessen Brot er aß. Aber William hätte neutral bleiben können, er hätte nicht die Waffen erheben müssen gegen seinen Vater.

Konflikte zwischen Vätern und Kindern waren in dieser Zeit nicht selten. Die Tochter seines Freundes Otis war mit einem englischen Major durchgegangen, das war auch keine leichte Sache gewesen für den alten Otis.

Es war Franklin leid um seinen Sohn William, doch Gram und Mitgefühl wurden weggeschwemmt von seinem Zorn. Er liebte seinen Sohn William, und er haßte ihn mehr als irgendeinen andern Menschen auf der Welt. Es war nicht Benjamin Franklins Art, einem Manne, der ihn zurückwies, seinen Rat aufzudrängen. Doch dem Jungen hatte er ihn aufgedrängt, er hatte sich Lippen und Zunge wund geredet mit sachlichen Gründen und gütlichen Vorstellungen und zornigen Warnungen. Aber der Junge hatte nicht gehört. Der Junge war ein Höfling durch und durch, eitel und aufgeblasen wie nur einer der Gecken von Versailles. Es war zum Lachen und es war zum Schreien: der ein Höfling, dieser William, sein William, der Sohn Barbaras, der Dienstmagd. Er hatte es verdient, der Prahlhans, der Narr, der Gockel, daß er in Litchfield saß, während seine Frau in Perth-Amboy starb. Er gönnte es seinem Sohn William, er freute sich, daß sein Sohn William das erfahren mußte.

Plötzlich sprang in seinen innern Blick das Bild seines Freundes Dubourg, wie dieser, als er einen seiner lateinischen Sprüche zitierte, plötzlich innehielt und sich naiv-erschrocken an den Mund griff. Es hatte aber der Spruch gelautet: „Acerima proximorum odia – Nichts ist bitterer als Haß unter den Nächsten."

Haßte ihn der Junge? Ja. Sonst hätte er nicht soviel Gepolter gemacht, als er sich zu den Gegnern schlug. Selbst die Verzögerung seines Austauschs hat er auf sich genommen, nur um ihn zu kränken. Er mußte wissen, daß seine Briefe aufgefangen wurden; trotzdem hat er aus der Haft überflüssige, albern trotzige Briefe hinausgeschmuggelt, welche London seiner unverbrüchlichen Treue für den König versichern sollten. Er wollte allen zeigen: ich bin anders als mein Vater, ich will nichts mit ihm zu tun haben.

Hat er, Franklin, das verdient? Er hat ihn als kleines Kind ins Haus gebracht, ihn adoptiert, ihn auf Reisen mitgenommen, ihm in England die denkbar beste Erziehung zuteil werden lassen, eine bessere, als es in Amerika möglich gewesen wäre. Hat ihm Gelegenheit gegeben, seine Titel in Oxford zu erwerben, hat ihm Ämter und Würden verschafft und mit ihm von Anfang an gesprochen nicht nur wie ein Vater mit seinem Sohn, sondern wie ein Freund mit dem Freunde.

Viele haben ihm gesagt, wie ähnlich ihm der Junge sehe, sie haben es ihm gesagt, um ihm zu schmeicheln; denn William sieht ungewöhnlich gut aus, besser, als er in seiner besten Zeit ausgesehen hat. Es eignet William eine natürliche Eleganz, die ihm, dem Alten, fehlt. Im übrigen hat die Natur und der ständige Umgang mit ihm, dem Vater, William vieles mitgegeben, was Benjamin eigentümlich ist. Selbst die gleichen Anekdoten hat William erzählt, und im gleichen Tonfall, und die zuweilen unflätigen und gewagten Geschichten haben doppelte Wirkung getan im Munde des eleganten Gouverneurs. So vieles hat William mit ihm gemein, im Gang und im Gehabe und in zahllosen kleinen Gesten und in Schwingungen der Stimme, und in so vielen geringfügigen Fragen hat sein Sohn William so gehandelt, wie er, Benjamin, es getan hätte: und im Entscheidenden hat er sich so abscheulich benommen, verräterisch, dumm, feig, niederträchtig selbstisch. Daß er ihm so ähnlich war und doch so verschieden, brachte den Doktor zwiefach grimmig gegen den Sohn auf. Er liebte nicht die großen Worte, aber: Er hat mir aufs Herz getreten, dachte er, mehrmals, und: Es geschieht ihm recht, wenn ihm selber das Herz weh tut.

An diesem Abend trank Franklin mehr als sonst, mehr, als ihm guttat; er trank, damit er schlafen könne. Doch er schlief schwer und schlecht, und am Morgen darauf plagte ihn seine Gicht. Auch daran ist William schuld, dachte er; aber als er das dachte, lächelte er bereits wieder.

Der junge William Temple kam herein, schnell, wichtig, strahlend. „Sie ist da", verkündete er, „sie bringen sie", und Franklin wußte: sie, das war seine Büste, die Büste Houdons.

Man schleppte das schwere Steinwerk, Büste und Sockel, in die Grüne Bibliothek, den Lieblingsraum Franklins. Zu dreien standen sie davor, Franklin, der junge William, de la Motte. Keiner sprach ein Wort. Es hätte keinen Sinn gehabt, vor dieser Büste irgendwas zu sagen. Und leise, nach einer kleinen Zeit, wie auf Verabredung, entfernten sich die beiden Jungen und ließen Franklin allein mit dieser seiner Büste, mit seinem Ruhm.

Die Büste war nicht groß und beherrschte trotzdem das Zimmer. Sie war realistisch, der gebuckelte Schädel war da, die starken Furchen quer über der Stirn und die Nase entlang, das schwere Kinn, der große Sack des Doppelkinns, die dicken Augenbrauen, die tiefen Falten unter den Augen. Der Kopf war nicht veredelt, aber da war nichts Kleinlich-Veristisches. Es war der Benjamin Franklin, den Paris liebte und bewunderte. Nichts war in dem Werk von der gezirkelten Künstelei, die sich von Versailles aus über die Welt verbreitet hatte, jeder Zoll dieses Gesichtes war Größe, edle Einfalt.

Franklin saß in dem bequemen Sessel, er saß schlaff, er spürte in allen Gliedern, daß er in der letzten Nacht nicht geschlafen hatte. Der weiße, steinerne Schädel mit den nachdenklichen und dennoch wachsamen Augen und der braunrote, lebendige Schädel mit den trüben Augen schauten einander an. Welcher war der richtige Franklin? Der marmorne mit seiner Klarheit und Reinheit? Oder der alte, gichtische mit dem wuchernden, verwitternden Fleisch und dem Schorf und der Müdigkeit und der Wirrnis seines Innern?

Der Marmor sagte nicht die ganze Wahrheit. Der Marmor log. Der alte Benjamin Franklin war keineswegs abgeklärt, keineswegs voll Hoheit und Würde. Er war voll von trüben Süchten und Leidenschaften.

Da hatte er geglaubt, er habe die Gedanken an seinen Sohn William ein für allemal abgetan. Aber die ganze Nacht hindurch haben ihn diese Gedanken gequält, und auch jetzt, im Angesicht der Büste, geben sie keine Ruhe.

Die Jahre im Gefängnis und der Tod der Frau werden William klüger gemacht haben. Er wird sich für eine Spanne Zeit weniger insolent gebärden, und beim nächsten Gefangenenaustausch wird man ihn freilassen und auf englisches Gebiet bringen. Dann wird er mit doppeltem Feuer gegen die „Meuterer" kämpfen, gegen ihn, den Alten. Und die englischen Zeitungen werden wieder viel zu schreiben haben, wie warm und kräftig der Gouverneur Franklin die Sache der Britischen Majestät vertrete und wie tragikomisch es sei, daß der alte Meuterer Franklin nicht einmal den eigenen Sohn für seine Sache haben gewinnen können. Und William wird seine grimmige Freude daran haben, daß er ihm das antun kann.

Aber er wird ihm nichts antun. Denn er, Benjamin Franklin, wird seinen Sohn ausgetilgt haben aus seinen Gedanken und aus seinem Herzen.

Er *hat* ihn ausgetilgt. Und mit aller Kraft müht er sich, die Gedanken an William zu verscheuchen. Er strafft sich, sein Auge schärft sich, der Mund preßt sich zusammen; ohne es zu wollen, nimmt er den Ausdruck der Büste an.

Aber das dauert nicht lange. Der Fuß schmerzt ihn. Er zieht Schuh und Strumpf ab und drückt an dem Fuß herum, leise ächzend.

Es ist sinnlos, wenn er alle Schuld an dem Geschehenen auf William abzuwälzen sucht. Nun die steinernen Augen der Büste auf ihn gerichtet sind, weiß er, er zürnt gegen sich selber, wenn er gegen William zürnt. Er hat den Jungen sehr gut behandelt, väterlich, freundschaftlich. Und er hat es gut gemeint, als er nicht zuließ, daß der Junge seine Mutter je kennenlernte. Aber das war falsch gewesen, ein schwerer Fehler.

Es war keine angenehme Erinnerung, die Erinnerung an die Mutter, an die Dienstmagd Barbara. Zehn Pfund Jahreslohn hatte die Dienstmagd Barbara erhalten, und er hatte ihr zwei Pfund zugelegt und ihr eingeschärft, daß sie unter keinen Umständen das Kind im leisesten merken lassen dürfe, daß sie die Mutter sei. Wenn er sich jetzt das Bild der Magd Barbara vor Augen hielt, dieser plumpen, unschönen, dummen Frau, dann begriff er nicht, wie er mit ihr hatte schlafen können. Er hat mit ziemlich vielen Frauen ihrer Art geschlafen, damals, getrieben von den Süchten seiner Jugend, es sind rasche, wilde und versteckte Gemeinsamkeiten gewesen, gefallen haben sie ihm nicht, diese Frauen niedriger Art, diese Dienstmädchen und Huren. An vielen Morgen hat er sich vorgenommen, nun aber werde er sich bezähmen, und am Abend ist er doch wieder zu ihnen gelaufen. Er hat sich Barbaras geschämt, weil er sich seiner selbst schämte. Er hat auch äußern Grund gehabt, seine Beziehungen zu ihr zu verstecken; wäre es nach dem Gesetz gegangen, wie es damals noch im Buche stand, dann hätte er einundzwanzig Peitschenhiebe bekommen müssen am Schandpfahl von Philadelphia. Aber auch ohne solchen Zwang hätte er die Magd Barbara im Dunkel und im Winkel gehalten; denn er ist über die Maßen stolz und insolent einhergeschritten, damals.

Es war im März des Jahres dreißig, daß Barbara empfangen hatte, er war viermal mit ihr zusammen gewesen in jenem März, und wenn er an den Dezember jenes Jahres dachte, an die Wochen vor und nach ihrer Entbindung, dann war es ein peinliches Gedenken. Barbara hatte sich nicht gegen ihn aufgelehnt, sie hätte es auch schwerlich gekonnt, sie war ganz von ihm abhängig. Sie hatte die zwei Pfund Zulage genommen und sich an seinen Wunsch, an sein Verbot, gehalten und geschwiegen. Etwas war natürlich doch laut geworden, mehrere Male hatte man ihn wegen seines Lebenswandels mit deutlichen Anspielungen angegriffen, und alles in allem war es eine Erleichterung gewesen, als die Magd Barbara starb. Er, der sonst so gern Grabschriften verfaßte, ihr hat er keine geschrieben, nicht in Vers und nicht in Prosa, er hat keinen Stein auf ihr Grab setzen lassen, sie lag in einem Stück Erde, das nicht weiter gezeichnet war, vergraben und vergessen.

Er hat verhindern wollen, daß der Sohn um seine Mutter wisse. Aber nicht verhindern konnte er, daß seine Frau Deborah dem Jungen im Zorn die gröbsten Schmähworte an den Kopf warf, ihn einen Bastard nannte, einen Bankert, und schrie, vom Sohne einer solchen Person, eines solchen Wegwurfs, eines „Mensch“ und einer Hure könne man es auch nicht anders erwarten. Es hatte sich schließlich alles gesänftigt, im Grunde ihres Herzens ist seine Deborah ja eine gute Frau gewesen, und nachdem er den Sohn erst aus dem Hause gebracht hatte, sind die beiden gut miteinander ausgekommen. Und wenn der Knabe William hat leiden und sich einen Bankert hat schelten lassen müssen, so hat er, Benjamin, das später reichlich gutgemacht: er hat bewirkt, daß König und Universität dem Jungen den frühen Schimpf durch Titel und Würden vergalten. Aber der „Bankert“ hat nicht vergessen, er hat die Titel und Würden nicht mehr hergegeben, als man sie zurückverlangte, er hat sie verbissen festgehalten.

Der steinerne Franklin schaute auf den lebendigen, duldsam, patriarchalisch, weise. Dem Menschen sind seine Lüste gegeben, daß er sich ihrer erfreue, wenn dies geschehen kann, ohne daß er andere schädigt. Und ohne Erotik ist kein großer Mann denkbar, kein Staatsmann, kein Forscher. Aber wenn er vermocht hat, alles zu meistern und aufs rechte Maß zurückzuführen, diesen Trieb, der ihn von Jugend auf geplagt hat, diesen gesegneten und verfluchten Trieb hat er nicht nach Gebühr einteilen und abmessen können, und mit zweiundsiebzig Jahren hat er immer noch nicht gelernt, ihn zu zügeln. Sein großer Schädel mag manchmal ausschauen wie der marmorne Schädel da vor ihm, aber was in dem lebendigen Schädel vorgeht, ist keineswegs immer geeignet, der Welt gezeigt zu werden.

Bestimmt hat sich William jetzt beim Tode Elizas an den Tod seiner Stiefmutter erinnert, an den Tod seiner, des alten Benjamin, Frau. Auch sie ist allein gestorben, er, Franklin, war auf der andern Seite des Meeres. William, als er ihm damals Deborahs Tod mitteilte, hatte geschrieben: „Ich hätte sehr gewünscht, du wärest im Herbst zurückgekommen; ich glaube, die Enttäuschung, daß du nicht kamst, hat sie furchtbar hergenommen."

Er hatte Deborah aus nüchternen Gründen geheiratet; er wollte nicht länger durch lästige, unbesiegliche Wallungen des Fleisches in immer neue, schmutzige Abenteuer getrieben werden, und er wollte jemand haben, der ihm Haus und Kasse zusammenhielt. Sie haben eine gute Ehe geführt und sich ihre Fehler gegenseitig nachgesehen. Sie hat ihn Pappy gerufen, ganz Philadelphia hat ihn schließlich Pappy gerufen, doch er hat ihr niemals ein Wort darüber gesagt, wie sehr ihn das verdroß, er hat es geduldet, er hat auch andere Fehler von ihr geduldet. Anderenteils hat er ihr manches zugefügt, was ihr schmerzlich sein mußte. Sicherlich war es ihr leid, daß er manchmal so lange auf Reisen ging. Aber er hat ihr jedesmal angeboten, sie solle ihn begleiten, und wenn sie solche Furcht vor der Seekrankheit hatte, so ist das nicht seine Schuld gewesen. In seinem Innersten freilich war er froh, daß sie zu Hause blieb; repräsentativ war seine Deborah nicht, und seine Londoner und seine Pariser Geschäfte wären durch ihre Gegenwart kaum gefördert worden. Aber er hat sie von solchen Hintergedanken nicht das Leiseste merken lassen, er hat sich auf jede Art bemüht, ihr zu zeigen, daß er ihr zugetan war.

Hat er nicht sogar ein Lied für sie geschrieben? Mit einem ganz kleinen Lächeln suchte er die Verse zusammen in seinem ausgezeichneten Gedächtnis.

> Fehler haben wir alle,
> Und Fehler hat Debsy mein.
> Aber es sind sehr geringe,
> Ganz winzige Fehlerlein.
>
> Und ich hab mich daran gewöhnet,
> Und ich trage daran nicht schwer,

Und zuletzt wie meine eigenen
Seh ich sie gar nicht mehr.

Und käm eine junge Prinzessin
Mit Geld wie Sand am Meer
Und sagte: Nimm mich für Debsy,
Ich gäb meine Debsy nicht her.

Aber als er so bemüht war, seine alten Verse für Debsy zusammenzuklittern, klangen ihm andere Verse dazwischen, jene, die er auf den weiland Doktor Smith, seinen Feind, angewandt hatte: „Und während er / Die Güte selbst für alle Menschheit ist, / Schlägt seinem Nächsten hart er ins Gesicht." Unsinn. Er hat seiner guten Debsy niemals Grund gegeben, an der Echtheit der Gefühle zu zweifeln, die in seinen hausbackenen Versen ausgedrückt waren. Gerade wenn er fort war, hat er alles getan, ihr solche Zweifel zu nehmen, und hat sie verwöhnt mit Briefen, Geschenken, Aufmerksamkeiten aller Art. Nein, es war ausgeschlossen, daß sie je auf die Vermutung kam, er könnte sich ihrer schämen.

Es blieb merkwürdig, wie auch da das Schicksal seines Sohnes William sein eigenes wiederholte. Nun ist also Williams Eliza allein gestorben, wie seine Deborah. Der Alte gab einen kleinen, unbehaglichen, abwehrenden Laut von sich.

Da waren sie beide in der Grünen Bibliothek, der steinerne Franklin auf seinem Sockel und der lebendige in seinem Sessel, und sie schauten einander an, und der lebendige Franklin rieb und drückte sich den nackten, schmerzhaften Fuß.

„Benjamin Franklin", stand unter der Büste, nichts sonst, der Bildhauer Houdon hatte keines von den üblichen schwulstigen Attributen beigefügt. Benjamin. „Sohn der rechten Hand, Sohn des Glückes", bedeutete das nach der Bibel. Alle Welt glaubte, er habe seinem Namen Ehre gemacht. Er hatte wohl auch die meisten Dinge mit der rechten Hand getan, aber sein Inneres war nur in wenigen Stunden so gesegnet gewesen, wie das Steinbild vorgab.

Er war alt, Benjamin Franklin, und geplagt von kleinen Gebrechen, und er hatte sehr viel Erfolg, und er war weiser als die meisten andern Menschen und wohl auch im Weltsinne tugendhafter. Und er war lasterhafter; denn wenn er seine Laster vor sich selber kostümierte, wußte er's.

War dieses Steinbild vor ihm der wahre Franklin?

Sokrates ist bestimmt nicht immer der Sokrates gewesen, den Platon und Xenophon uns vorführen. Wenn Sokrates *zuweilen* so gewesen ist, war das schon viel. Und *wenn* er zuweilen so gewesen ist, dann ist der Sokrates des Platon und des Xenophon der wahre, und was er sonst gewesen sein mag, ist ohne Belang.

Es ist nichts untergegangen von dem, was er, Benjamin Franklin, einmal gewesen ist. Es lebt alles noch fort in seinem mürber werdenden Fleisch, in seinen brüchigeren Knochen und in seiner verwitternden Haut. Der Lüstling, der im Winkel und mit schlechtem Gewissen der Magd Barbara beilag, und der Geldgierige, der Leibeigene verhandelte, und der Fresser, der eine zweite Portion Schlagsahne fraß, wiewohl er wußte, daß sie ihm schädlich war, alle diese lebten fort in dem Weltmann und in dem gefeierten Weisen und in dem schlauen und freundlichen alten Herrn, der ein galantes Gespräch mit der Dame in der blauen Maske führte, und in dem schlichten und würdigen Gesandten, der für sein Land den großen Vertrag mit Frankreich abschloß. Aber der Schatten verdunkelt nicht das Licht, wohl aber scheint das Licht in die Finsternis. Und der lebendige Franklin braucht das Aug nicht zu senken vor dem weißen, marmornen.

Im Angesicht der Büste setzte er sich hin und schrieb sich selber eine Grabschrift.

„Der Körper
Von
Benjamin Franklin
Drucker
– Gleich dem Einband eines alten Buches
Das Buch selber ist herausgerissen
Und der Einband seiner Schrift und Vergoldung beraubt –
Liegt hier, Futter für Würmer
Aber das Werk wird nicht verloren sein
Denn es wird, wie er glaubt, nochmals erscheinen
In neuer und schönerer Ausgabe
Revidiert und verbessert
Von
Dem Autor."

Die französisch-amerikanische Allianz war sehr jung, und schon wurde sie auf eine harte Probe gestellt. Die Flotte, die Frankreich über den Ozean geschickt hatte, war zu spät gekommen, sie hatte Admiral Howes Geschwader nicht abfangen können. Die Amerikaner äußerten sich grob und bitter über das Versagen der Franzosen, es gab ständig Reibungen, und Admiral d'Estaing berichtete seiner Regierung erzürnt, mit den Amerikanern könne man nicht arbeiten.

Es traf sich unglücklich, daß nun auch noch Mr. Adams den französischen Ministern wegen seiner Anleihe in den Ohren lag. Besorgt sah Franklin die finstere Miene, mit welcher der Kollege herumging, und wartete darauf, daß er Unangenehmes werde zu berichten haben.

Bald ersuchte denn auch Mr. Adams den Doktor um eine Unterredung. „Ich habe recht gehabt", erzählte er. „Diese Franzosen sind geizige Krämer. Das habe ich Vergennes auch ins Gesicht gesagt." Franklin erschrak, doch beherrschte er sich. „Und haben Sie daraufhin die Anleihe erhalten?" fragte er. „Keineswegs", antwortete zornig und leicht verlegen Adams. „Es ist jetzt so weit, daß ich, ein Bevollmächtigter Minister der Vereinigten Staaten, am Quai des Théatins nicht mehr vorgelassen werde. Nicht einmal meine Briefe beantwortet man."

Die Unterredung fand in der düstern Braunen Bibliothek statt, und Franklin schickte einen Blick hinauf zu seinem Freunde Washington, der sich auch mit dem Kongreß herumschlagen mußte und für seine Sorgen sicher Verständnis hatte. „Es ist eine Tragödie", fuhr Adams fort zu eifern, „daß die Vereinigten Staaten gezwungen waren, ein Bündnis mit diesem Volk und diesem Hof einzugehen." Franklin antwortete darauf nicht. „Wie denken Sie sich das Weitere?" fragte er. „Das Einfachste wird sein", erwiderte Adams, „daß Sie die Verhandlungen fortführen, Doktor Franklin. Sie verstehen es besser, mit diesem Pack umzugehen." – „Ich fürchte", entgegnete Franklin, „wie die Dinge heute liegen, hat es wenig Sinn, über eine Anleihe zu verhandeln." – „Aber zumindest", sagte heftig Adams, „müssen doch diese Froschesser uns Delegierten gegenüber die elementarsten Regeln der Höflichkeit einhalten. Ich wäre Ihnen verbunden, Herr Kollege, wenn Sie dahin wirken wollten." – „Ich will mein Bestes tun", sagte Franklin.

Graf Vergennes empfing ihn freundlich. Sein Gesandter in Philadelphia, Monsieur de Gérard, hatte ihm ausführlich über den Empfang berichtet, den ihm der Kongreß in Philadelphia bereitet hatte. Davon, leise schmunzelnd, erzählte er jetzt Franklin. Beinahe zwei Wochen lang hatte man über das anzuwendende Zeremoniell beraten. Die Kongreßmitglieder aus dem Süden hatten die Bedeutung der Tatsache, daß die größte Republik des Planeten den Repräsentanten des mächtigsten europäischen Monarchen empfing, durch große Feierlichkeit unterstreichen wollen; die Delegierten der Nordstaaten, damit man ja nicht denke, sie seien servil, befürworteten republikanische Simplizität. Man hatte sich gestritten über die Zahl der Pferde für Monsieur de Gérards Wagen, über die Zahl der Stufen für seinen Ehrensitz, über den Schnitt der Jabots, welche die ihn empfangenden Kongreßmitglieder tragen sollten.

Franklin lächelte freundlich mit und steuerte aus den Berichten, die ihm zugekommen waren, ein amüsantes Detail bei. Die Delikatessen und die Weine, die bei dem Diner zur Feier der Ankunft des französischen Botschafters serviert wurden, waren eine Festgabe Englands; sie waren ein Geschenk jener englischen Kommission, die unmittelbar nach Eintreffen der französischen Meldung von der Allianz letzte Friedensvorschläge des englischen Parlaments überbracht hatte, um den Abschluß der Allianz zu verhindern. „Auf alle Fälle, Herr Graf", sagte Franklin, „ersehen Sie aus der Aufnahme Ihres Herrn Gesandten, daß der Kongreß die Bedeutung der Allianz zu würdigen weiß."

Vergennes' Augen verschleierten sich, er nahm seine Große-Herren-Miene an. „Ich fürchte", erwiderte er, „eine solche Folgerung wäre nicht korrekt. Monsieur de Gérard hat leider nicht nur Amüsantes zu berichten. Es herrscht in Philadelphia, teilt er uns mit, Parteiung und Zersplitterung über beinahe alle Fragen der amerikanisch-französischen Politik. Viele Ihrer Herren sind keineswegs geneigt, die Generosität meines Monarchen anzuerkennen, sie sind voll von Scheelsucht und Mißtrauen. Und wenn die von uns erwartete Bitte um die Entsendung eines französischen Hilfskorps bis jetzt unterblieben ist, so ist das auf dieses Mißtrauen zurückzuführen. Was Ihre Herren von uns wollen", schloß verächtlich und voll Bitterkeit der Minister, „ist einzig und allein Geld."

„Monsieur de Gérard", erwiderte vorsichtig Franklin, „wird Ihnen sicher auch berichtet haben, daß nur ein beschränkter Teil des Kongresses so denkt. Berücksichtigen Sie, bitte, unsere drückenden Finanzsorgen. Ist es nicht begreiflich, daß diese Sorgen manchen unserer Herren das Urteil trüben?"

Vergennes schwieg eine Weile. „Der König glaubt", sagte er dann ungnädig, „für Ihr Land sehr viel getan zu haben. Ihm gerade jetzt, wo er für Amerika neue, ungeheure Lasten auf sich genommen hat, abermals mit Forderungen zu kommen, hält er für, gelinde gesagt, unbescheiden. Nun hat aber Ihr Monsieur Adams eine neue, riesige Summe von mir verlangt auf eine nicht befristete Zeit. Und er hat mir unverblümt zu verstehen gegeben, daß die Empfindungen, die Ihre Landsleute für uns hegen, sehr entfernt sind von Gefühlen der erwarteten Dankbarkeit. Nicht nur das. Er hat mich in geradezu drohendem Ton darüber belehrt, daß es einfach meine Pflicht sei, Ihrem Lande diese Millionen zu geben. Ein solches Verfahren mit dem rechten Worte zu bezeichnen, verbietet mir die französische Höflichkeit. Sagen wir, es sei schlecht am Ort gewesen, mal à propos."

Franklin schwieg. Vergennes, ein wenig versöhnlicher, fuhr fort: „Ich bin von ganzem Herzen ein Freund Ihres Landes, das wissen Sie, Doktor Franklin, und ich habe deshalb dem König nur andeutungsweise über meine unerfreulichen Unterredungen mit Mr. Adams berichtet. Aber mich selber möchte ich solchen Gesprächen nicht weiter aussetzen, die sind meiner Gesundheit abträglich. Ich habe mich daher entschlossen, für Monsieur Adams nicht mehr zu Hause zu sein."

Er danke dem Grafen herzlich für seine Offenheit, antwortete Franklin, und er bedaure die Plumpheit des Kollegen Adams. Indes sei die Anleihe für die Vereinigten Staaten von höchster Bedeutung, und er hoffe, es sei darüber das letzte Wort noch nicht gesprochen.

Vergennes spielte nachdenklich mit seinem Federkiel. Der König finde, sagte er dann, langsam, die Worte wägend, der König finde, er habe in großmütigster Weise gegeben und wolle es nun genug sein lassen. Nur allerdringlichste Vorstellungen könnten die Majestät dazu bewegen, mehr zu gewähren. Bestimmt könne er, Vergennes, in dieser Angelegenheit nichts ausrichten, er bedürfe starker Unterstützung von seiten Maurepas'. Maurepas aber, nicht geneigt, den Unwillen des Monarchen herauszufordern, nehme die unbesonnenen Reden Monsieur Adams' zum willkommenen Vorwand für seine Ablehnung. „Wie die Dinge heute liegen", schloß Vergennes, „bin ich im Kabinett der einzige, der über eine Anleihe für Amerika weiterverhandeln möchte. Auf mich, mein verehrter Doktor Franklin, können Sie zählen, obwohl Sie mit den Herren Adams und Lee behaftet sind."

Franklin, auf solche Art an Maurepas verwiesen, war sich klar darüber, daß er von ihm nichts werde erreichen können, wenn er in amtlicher Eigenschaft zu ihm käme. Er mußte versuchen, ein harmlos-geselliges Zusammentreffen herbeizuführen.

Nun war in diesen Tagen die Redoute Chinoise eröffnet worden, ein neuartiges Speise- und Vergnügungshaus, von dem ganz Paris sprach. Franklin erfuhr aus dem Kreis des alten Herzogs von Richelieu, daß Maurepas gerne hingegangen wäre, aber fürchtete, man könne es einem so betagten Herrn verübeln, wenn er sich diese neue Stätte der Lebewelt anschaue. Franklin sagte sich, er selber gelte als würdiger Greis, und glaubte, in seiner Gegenwart werde sich der alte Ministerpräsident weniger geniert fühlen. Er lud ihn ein, mit ihm in der Redoute Chinoise zu Abend zu essen. Maurepas nahm an.

„Ich hoffe", sagte de la Motte, als Franklin in den Wagen stieg, um Maurepas abzuholen, „ich hoffe, Doktor Franklin, es wird Ihnen heute glücken, wieder einzurenken, was Monsieur Malaprop verdorben hat." – „Seien Sie nicht naseweis, junger Herr", sagte lächelnd Franklin.

Die Redoute Chinoise stand auf der kleinen Bodenerhebung der Place Saint-Laurent. In den Hügel war eine künstliche Grotte eingebaut. Galerien führten die Erhöhung hinauf, und auf engem Grunde war ein erstaunlich weites Östliches Asien geschaffen. Eine Karawanserei war da, ein Basar, ein Café, es gab Baumgruppen und fremdartige Landschaften, auch ein Ringelspiel und ein kleines Theater. Chinesische

Laternen verbreiteten zartes, gedämpftes Licht. Türsteher, Kellner, Aufwärter waren Chinesen, teils geborene, teils nur kostümierte, alle bezopft.

Als Maurepas, Frankreichs Nestor, und Doktor Franklin, der Patriarch der Neuen Welt, in diesem China erschienen, bemühten sich Wirt und Kellner, die distinguierten Gäste nicht zu erkennen, und das Publikum starrte sie diskret, doch intensiv an. Sie kosteten in der Karawanserei ein wenig von den chinesischen Gerichten und aßen herzhaft von den französischen, sie versuchten sich an den Eßstöckchen und benutzten die gewohnten Bestecke. Sie nippten etwas am Reiswein und an dem chinesischen Tee und tranken ausführlich Burgunder.

Dazu führten sie eine angenehme Unterhaltung. In ihrem Verlauf, gelegentlich, meinte Franklin, er hoffe nur, Monsieur de Maurepas habe die Herren Adams und Lee in seinen Memoiren nicht allzu hart abgestraft. Maurepas, sichtlich erfreut, daß Franklin die Memoiren erwähnte, lehnte sich behaglich zurück und frönte seiner Neigung, geistreich zu dozieren.

„Ihr Herren aus dem Westen", begann er, „tretet so laut auf, immer in Horden. Wir mit unsern fünfundzwanzig Millionen haben euch einen einzigen Gesandten geschickt; ihr mit euern drei Millionen setzt uns drei Bevollmächtigte Minister auf den Nacken und dazu zwei hochbetitelte Räte. Ist das nicht ein bißchen viel?" Franklin versuchte mit seinem Eßstöckchen einen kleinen Fleischkloß zu angeln. „Wir wollen eben mehr von euch als ihr von uns", antwortete er mit milder Offenheit. Maurepas belehrte ihn weiter: „Es gibt viele Methoden, aus Versailles etwas herauszuholen: List, Betrug, leise Drohung, Erpressung, zäh wiederholte untertänige Bitten, freche Anmut. Aber eine Methode zieht bestimmt nicht: drohendes, tugendhaftes Geblök." – „Mein verstorbener Freund Dubourg", stimmte Franklin höflich zu, „pflegte den Aristoteles zu zitieren: ‚Zuviel Tugend ist einer Regierung genauso schädlich wie zuviel Laster.'" – „Im Ernst, Doktor Franklin", fuhr Maurepas fort, „Ihre Herren werden störend. Die Herren scheinen der Meinung zu sein, lärmende Manieren seien das wesentliche Attribut der Freiheit. Die Art der Herren, die Füße auf den Tisch zu legen, wirkt hierzulande befremdlich." Franklin schaute ihn mit den großen, gewölbten, ruhigen Augen wartend an, und Maurepas, im Bezirk dieser Augen, wurde vertraulich. „Ja, wenn wir mit Ihnen allein zu tun hätten, Doktor Franklin", sagte er, „dann könnten wir uns über manche schwebende Angelegenheit schnell verständigen. Ich muß das wissen. Denn jeden Tag, wenn ich mit meiner lieben Gräfin frühstücke, habe ich Ihr Porträt vor Augen, und immer wieder verkündet es mir: ‚Ecce vir.' Mit einem Manne aber können wir uns verständigen. Mein Kollege Vergennes teilt diese Meinung." Und beiläufig, elegant, verriet er ihm: „Wenn ich nicht irre, hat er unserm Monsieur Gérard einen Wink in dieser Richtung gegeben. Und unser Gesandter wird sicher sein Bestes tun, die Herren in Philadelphia über diese unsere Ansicht zu informieren."

Das dämmernde Licht der Redoute Chinoise half Franklin, seine Bewegung zu verbergen. Vielleicht wird man jetzt in Philadelphia verstehen, daß gewisse Delegierte anderswo besser am Platze wären als hier in Paris. Dann hätten Monsieur Malaprops Anleiheverhandlungen ein unerwartetes, aber doch erfreuliches Resultat gehabt. „Ich sehe mit Dankbarkeit, Herr Graf", antwortete er, „wie gut Sie es mit meinem Lande meinen."

Der Aufwärter fragte die Herren ehrerbietig, ob sie den Kaffee nicht in der Grotte nehmen wollten, und geleitet von einem Schwarm diensteifriger Chinesen, begaben sich der sorgfältig angezogene Maurepas und der braunberockte Franklin in die Grotte. Trotz der Anweisungen des Geschäftsführers konnte sich die Musikkapelle nicht enthalten, bei ihrem Eintritt eine kriegerische Weise anzustimmen, und alle Kaffeetrinker erhoben sich und applaudierten. Beide Herren verneigten sich, aber die Kundgebung war ihnen nicht angenehm. Auch war es kühl in der Grotte. Ein wenig verstimmt machten sie sich über ihren heißen Kaffee her, saßen eine Weile müde, einsilbig, verdauten und warteten auf die Wirkung des Kaffees.

Da trat ein Herr auf sie zu, strahlend, bester Laune: Pierre. Zwar hatte er Grund, dem Minister zu zürnen; denn der, nachdem er die Aufführung in den Menus Plaisirs angeregt, hatte ihn sitzenlassen. Aber Pierre war generös, und er hielt es auch für klüger, ihm nichts nachzutragen.

Er hatte richtig kalkuliert. Gerade nach dem Streich, den ihm der Minister hatte spielen müssen, ließ er sich's angelegen sein, ihm zu demonstrieren, wie liberal und fortschrittlich er war. „Nehmen Sie doch den Kaffee mit uns, Monsieur", forderte er ihn auf, und ein hocherfreuter Pierre nahm sogleich Platz.

„Sagen Sie selbst, Messieurs", meditierte Maurepas, in kleinen Schlucken seine zweite Tasse Kaffee schlürfend, „ist unser Frankreich nicht das toleranteste Land der Welt? Es ist eine absolute Monarchie, eine Tyrannis, wie ihr modernen Philosophen zu sagen beliebt, und da sitzen wir, Revolutionär rechts, Revolutionär links und Oberster Knecht des Tyrannen in der Mitte, und trinken friedlich schwatzend unsern Kaffee, aufmerksam bedient von Söhnen des Fernen Ostens. Und das mitten in einem mörderischen Krieg." Franklin hätte hier gern ein paar passende Anekdoten eingeflochten, aber er merkte, daß es dem Minister Spaß machte, selber zu reden, und er hielt an sich und ließ ihn gewähren.

Doch wurde Maurepas bald unterbrochen. Die chinesisch kostümierten Musikanten spielten „Malbrough, s'en va-t-en guerre" und sangen dazu Pierres Romanze. „Que mon cœur, mon cœur a de peine", sangen sie. Und das ganze Publikum fiel ein, und als das Lied zu Ende war, klatschten sie Pierre zu.

Da hatte Maurepas seine Gelegenheit, sich zu rechtfertigen und groß vor Pierre dazustehen. Er klatschte mit den andern und sagte dreist: „Welch ein Jammer, mein Lieber, daß wir nicht Ihre allerliebste Romanze von der Bühne hören können. Aber daran sind einzig und allein Sie selber schuld oder doch Ihre Anhänger." Pierre, verblüfft ob solch frecher Verdrehung der klaren Fakten, schaute ihn offenen Mundes an. „Ja, ja, es ist schon so, und Sie wissen es auch ganz genau", sagte Maurepas und drohte ihm schalkhaft mit dem Finger. „Und obendrein haben Sie mich auf meine alten Tage zum falschen Propheten gemacht." – „Verehrte Exzellenz", sagte, immer noch aufrichtig verblüfft, Pierre, „ich verstehe kein Wort." Maurepas aber hatte sich seine Version des Verbotes zurechtgemacht, und die brachte er jetzt an den Mann. „Ich hatte nämlich Monsieur de Beaumarchais in Aussicht gestellt", erklärte er dem Doktor Franklin, „man werde an allerhöchster Stelle im Fall einer privaten, diskreten Vorführung seiner Komödie Augen und Ohren nicht gebrauchen. Ich hatte für diese Annahme meine guten Gründe. Aber was glauben Sie, Doktor Franklin, tut unser jugendlicher Freund? Er kündigt jede seiner diskreten Proben mit Kanonenschüssen an. Muß da nicht auch ein Monarch, der sich beide Ohren zuhält, hinhören?"

Er belebte sich und wandte sich wieder an Pierre. „Ich habe soeben", erzählte er ihm, „unserm verehrten Doktor Franklin eine kleine Vorlesung gehalten über die Vorteile der Diskretion. Revolutionen, geistige und politische, müssen sein, und sie sind auch gar nicht so übel, vorausgesetzt, daß sie still vor sich gehen, diskret. Sacht und leise kommt man auch zum Ziel, und je besser der Läufer, auf so leiseren Sohlen rennt er. Wozu das Geschrei, Messieurs? Glauben Sie einem alten Mann: heute bei unserm Kaffee und unserm ruhigen, guten Männergespräch ist sowohl für die Vereinigten Staaten wie für den ‚Figaro' mehr erreicht worden als bei den großen Reden am Quai des Théatins und in den Menus Plaisirs."

Pierre war beglückt, daß Maurepas Amerika und den „Figaro" in *einem* Atem nannte. Man mußte es dem Alten lassen: er gab Ehre, wem Ehre gebührte. Er zeigte deutlich, daß er ihn, Pierre, genauso zu den Gründern der amerikanischen Republik zählte wie den Doktor Franklin. „Ich habe aus Ihrem Gespräch, meine Herren", sagte er, „mehr gelernt als aus manchem dicken philosophischen Lehrbuch." Er erhob sich, verneigte sich, verneigte sich tief und zierlich und ließ die beiden allein.

Auch die brachen bald auf. Sie hatten zuletzt gefröstelt, und beide fürchteten sie leise eine Erkältung.

Maurepas, am andern Morgen, prüfte sich sorgfältig, räusperte sich, hüstelte, drückte an den rheumatischen Stellen seines Leibes. Der Befund konnte nicht besser sein. Ihm schien, der Abend in der Redoute Chinoise sei recht befriedigend verlaufen.

Er hatte wohl bemerkt, wie sehr Franklin beeindruckt gewesen war von seiner Andeutung, Gérard betreibe in Philadelphia im Auftrag der französischen Regierung seine Ernennung zum Alleinigen Bevollmächtigten. Vielleicht war es nicht ganz im Sinne Vergennes', daß er, Maurepas, dem Doktor das mitgeteilt hatte. Aber ohne seine Zustimmung hätte der Auftrag an Gérard nicht erfolgen können, und so hatte er wohl, nachdem er sich vor der Geschichte als progressiver Staatsmann bewährt hatte, das Recht, das auch vor Doktor Franklin und sich selber zu konstatieren. Längere Betrachtungen darüber diktierte er seinem treuen Sallé für seine Memoiren. Im übrigen sagte er sich, daß er nun ruhigen Gewissens abwarten dürfe, welchen Erfolg die Bemühungen seines amerikanischen Gesandten hätten, bevor er seinem unwilligen Zögling mit der Befürwortung einer amerikanischen Anleihe weiter lästig falle.

Auch Franklin fühlte sich am nächsten Morgen wohlauf. Auch er war zufrieden mit dem Ergebnis des vergangenen Abends. Je länger er Maurepas' Mitteilung über das Eingreifen Gérards bedachte, so tiefere Genugtuung erfüllte ihn. Vergennes hatte Takt gezeigt, indem er ihm, Franklin, die Verlegenheit erspart hatte, die Mitteilung gewissermaßen amtlich entgegenzunehmen. Aber einen noch größern Dienst hatte ihm durch seine spontane Vertraulichkeit Maurepas erwiesen. Franklin wußte nun aus dem Munde des leitenden Staatsmannes: die bloße Anwesenheit der Herren Lee und Adams in Paris gefährdete die Beziehungen der Vereinigten Staaten zur französischen Krone. Wovor er bisher zurückgescheut hatte, das war jetzt seine Pflicht geworden: er mußte dahin wirken, daß der saumselige Kongreß endlich die beiden andern abberief. Oder ihn.

Er schrieb an Mr. James Lovell, der dem Komitee für Außenangelegenheiten beim Kongreß vorstand.

Berichtete zunächst über verschiedene Geschäfte der Delegierten. Fuhr dann fort: „Da ich von Delegierten im Plural spreche, frage ich mich, ob der Kongreß wirklich drei Delegierte an diesem Hofe belassen soll. Eigentlich sind wir ja unser fünfe, den Herrn eingerechnet, der für Toskana bestimmt ist und sich vorläufig noch hier aufhält, recht zornig darüber, daß er bei den Allianzverhandlungen nicht um Rat gefragt wurde, und den Botschafter für Wien, der dort nicht zugelassen wird und also auch hier bleibt. Die Kosten, uns alle halbwegs anständig zu unterhalten, sind, glauben Sie mir, recht erheblich. Ich hoffe nur, der Nutzen ist es auch. Ernstlich, die Arbeit von fünf Köpfen trägt nicht dazu bei, die

Geschäfte der hiesigen Delegation zu erleichtern. Im Gegenteil, an einem Hofe, an dem jedes Wort gehört und gewogen wird, verringert es das Gewicht der Meinungen und Äußerungen der Delegierten, wenn nicht jeder die gleiche Meinung mit den gleichen Worten ausdrückt. Und wenn jeder über jedes Punctilio befragt werden muß und jeder beleidigt ist, wenn die kleinste Winzigkeit ohne seine ausdrückliche Zustimmung vorgenommen wird, dann entsteht Unfriede und Verzögerung. Diese Nachteile ließen sich verringern, wenn alle Delegierten in *einem* Hause wohnen könnten. Aber es ist beinahe unmöglich, fünf Männer zu finden, die so viel Gleichmut haben und einer des andern Gesellschaft und Lebensart und Gespräch so lieben, daß sie es fertigbringen, in Harmonie zusammen zu wohnen. In Anbetracht all dieser Umstände wünschte ich, der Kongreß würde uns trennen."

Franklin überlas, was er geschrieben hatte, und fand es maßvoll und deutlich. Sicherlich wird sich jetzt der Kongreß für die Abberufung von zwei Delegierten entscheiden, und sehr wohl möglich war es, daß man Adams oder Lee als Alleinigen Bevollmächtigten in Paris beließ. Für jeden der beiden sprach eine starke Partei und alles, was es im Lande an selbstgerechter Dummheit gab. Für ihn, Franklin, sprach nur seine Leistung und die Vernunft, Kräfte, die gewöhnlich in der Minorität bleiben. Wenigstens wird jetzt das Eingreifen des französischen Gesandten die Herren auf der Gegenseite nachdenklich machen. Er schloß und siegelte den Brief. Wofür immer man sich in Philadelphia entscheiden wird, er, Franklin, hat das Seinige getan und konnte gelassen warten.

Es war denn auch ein gelassen aufgeräumter Franklin, der am 4. Juli dieses Jahres achtundsiebzig, am zweiten Jahrestag der Unabhängigkeitserklärung, seinen Gästen entgegentrat.

Die Lage der Vereinigten Staaten war jetzt anders als im vorigen Jahr, und Franklins Sorgen waren klein, gemessen an den Sorgen jener Zeit. Wohl lag noch ein weiter Weg vor ihm, aber das stand fest: die Unabhängigkeit Amerikas war erkämpft. Ein von London abhängiges Amerika ließ sich nicht mehr denken. Sein Sohn William wird niemals mehr Gouverneur von New Jersey sein, er wird bis zu seinem Lebensende „der frühere Gouverneur" bleiben.

Die Delegierten hatten es für angebracht gehalten, den Nationalfeiertag ihres nunmehr anerkannten Landes breit und festlich zu begehen, und Doktor Franklin hatte in sein größeres Haus eine größere Schar von Gästen geladen. Alles war festlich geschmückt, man sah überall die amerikanische Fahne und die phrygische Mütze; kleine Überraschungen, hübsche Geschenke waren für jeden Gast vorbereitet. Bunt und heiter, ernsthaft und müßig plappernd, verbreitete man sich durchs Haus und über den Garten. Es gab kein Zeremoniell; denn die Feier war auch dieses Jahr von Madame Helvetius arrangiert, und wo immer sie waltete, trugen gastliche Zusammenkünfte den Aspekt ihrer eigenen Geselligkeit. Das ganze Haus hatte sogleich etwas lustig Verschlamptes, heiter Verwahrlostes angenommen, und überall hörte man ihre, ihrer Töchter, ihrer Abbés und ihrer Hunde laute, fröhliche Stimmen.

Freilich hatte sie diesmal die Anwesenheit auch anderer Damen in Kauf nehmen müssen, und es waren darunter viele sehr hübsche. Madame Brillon fehlte nicht, die junge, schöne Prinzessin d'Enville war da, die Gräfin d'Houdetot.

Graf Vergennes hatte sich nicht entschließen können, sich einer Begegnung mit den unmanierlichen Herren Adams und Lee auszusetzen, er ließ sich durch Monsieur de Rayneval vertreten, der Monsieur de Gérards Amt übernommen hatte. Von Aristokraten hatte Franklin jene verlässigen geladen, die sich von Anfang an für die Sache Amerikas erklärt hatten, Turgot, Condorcet, de la Rochefoucauld, Noailles, die Marschallin de Mouchy. Dafür hatte er diesmal die Bürger Frankreichs gebeten, den großen Festtag Amerikas mitzubegehen. Selbst von Nantes war ein Abgesandter gekommen und einer von Marseille, ein Monsieur Marius Leroucas, ein lauter, bunter, beweglicher Herr; in Marseille, erzählte er, hatte sich ein Klub gebildet, der jeden Monat zusammenkam, um die Siege und die Tugenden der Amerikaner zu feiern, und Monsieur Leroucas hatte viele Manuskripte und Drucksachen mit, in denen diese Marseillaisen das Wesen und das Schicksal der Neuen Welt feierten. Arthur Lee hatte sich's nicht nehmen lassen, auch diesmal in Begleitung seines finstern Mr. Reed zu erscheinen, so daß also sogar das freiheitlich gesinnte England vertreten war. Am zahlreichsten aber waren die Philosophen, Gelehrten, Künstler. Houdon war da, Leroy, Duplessis, die Führer des geistigen Frankreich so gut wie alle. „Man könnte eine Sitzung der Akademie abhalten", scherzte Turgot.

Die Gäste hatten ungünstige Nachrichten aus Amerika gehört, aber sie waren zuversichtlich. Es mochte seine gute Weile dauern, ehe sich die Allianz Amerikas mit dem mächtigsten Lande der Welt auswirkte, aber durch diese Allianz war der Sieg entschieden. Franklins Gäste teilten seinen Gleichmut. „Ça ira."

Turgot vermißte seinen Freund Dubourg, mit dem er sich gerne herumgestritten hatte. Jetzt warf ihm keiner mehr vor, daß er als amtierender Minister den Amerikanern Kredite verweigert hatte, und er brauchte sich nicht zu rechtfertigen, weil er's nicht hatte zulassen wollen, daß die Reinheit der amerikanischen Sache korrumpiert werde durch das Geld der verrotteten Monarchie. Dafür hielt er jetzt den jüngeren französischen Herren eine Rede. Erklärte, daß er sich der Allianz freue, aber es auch beklage, daß das moralische Prestige der Vereinigten Staaten durch dieses Bündnis geschädigt werde. Er sei kein Mann der Kompromisse. Ihm wäre es lieber, Amerika befreite sich aus eigener Kraft. Aber nun war die Allianz einmal abgeschlossen, und es blieb nur zu hoffen, daß die Vereinigten Staaten durch die Besudelung nicht leiden würden. „Heute", ereiferte er sich, „ist das amerikanische Volk die Hoffnung des Menschengeschlechtes. Es muß ein Vorbild für die ganze Menschheit werden. Amerika muß der Welt durch die Tat beweisen, daß die Menschen frei sein können und trotzdem gelassen, stark, ruhig und beherrscht. Die Tyrannen und die Scharlatane jeden Ornats haben erklärt, die Wohlfahrt der Menschheit beruhe auf Bindungen, auf Abhängigkeiten, auf Unterwerfung unter Könige und Prälaten. Amerika muß beweisen, daß es sehr wohl möglich ist, sich von allen Ketten zu befreien und gerade dadurch zu blühen. Amerika ist es sich selbst und der Welt schuldig, das Asyl jeder Freiheit zu werden. Es muß allen Unterdrückten aller Nationen Zuflucht gewähren und so der Trost des Planeten werden. Dann wird Freiheit überall auf Erden sein; die Möglichkeit, ein solches Asyl zu nutzen und sich dem Zugriff einer schlechten Regierung zu entziehen, wird alle Regierungen zwingen zur Gerechtigkeit und zur Aufklärung."

Franklin hörte diese Rede nicht gerne. Solche Äußerungen, fürchtete er, würden die Beziehungen der Vereinigten Staaten zur französischen Regierung keineswegs verbessern. Noch weniger gerne hörte er die Reden, welche der Abgesandte von Marseille hielt, der gestenreiche Monsieur Leroucas; glücklicherweise bemühte sich Monsieur de Rayneval, der Vertreter der Regierung, von den geräuschvollen Äußerungen wegzuhören. Jetzt gar rezitierte der Marseillaise einigen jungen, fanatisch aussehenden Herren, die sich um Mr. Reed gesammelt hatten, seinen gereimten „Brief an die Boston-Leute"; Doktor Franklin hatte ihn bereits hören müssen. „Ich selber", deklamierte Monsieur Leroucas, „sehe mit Neid, wie ihr, allem Geschrei zum Trotz, jenen Cäsarismus anprangert, der uns um zweitausend Jahre rückständig macht. Ihr, unloyale und meuterische Leute, die ihr seid, ohne Papst, ohne Könige und Königinnen, ihr tanzt, während die Ketten klirren, die auf dem Menschengeschlecht lasten. Ihr zertrümmert gelassen die Tradition der andern und habt die Stirn, der ganzen Welt ins Gesicht zu lachen und frei zu sein."

Mr. Reed applaudierte voll düsterer Begeisterung, und so taten alle die Seinen. Auch Pierre applaudierte, nicht ohne wohlwollende Malice für die gutgemeinten, aber nicht immer geglückten Verse.

Ja, auch Pierre und Therese waren da. Pierre hatte, als er Franklins Einladung erhielt, eine Freude verspürt so übers Maß, daß er sich's kaum zu erklären wußte. Der Doktor hatte der hübsch gedruckten Einladung mit eigener Hand ein paar Zeilen zugefügt; er bitte Monsieur de Beaumarchais, hatte er geschrieben, seine liebenswürdige Frau Gemahlin mitzubringen. Schon seit dem Abend in der Redoute Chinoise hatte Pierre seinen Groll gegen Franklin vergessen. Jetzt hob ihn Dankbarkeit. Er hatte es von Anfang an gewußt: ein Franklin konnte nicht darauf beharren, einen Beaumarchais zu hassen.

Nach Kräften mühte er sich, dem Doktor seine tiefe, verehrungsvolle Sympathie zu zeigen. Mit Wärme fragte er, wo denn heute der nette, gescheite Junge sei, mit dem er sich voriges Jahr so gut unterhalten habe, Franklins kleiner Enkel, hieß er nicht auch Benjamin? Wiewohl sich der Alte sagte, daß Monsieur Carons Gerede nichts sei als die übliche französische Höflichkeit, so war doch dieser Caron der erste, der sich nach seinem Enkel Benjamin erkundigte, er freute sich und gab ihm ausführlich Bescheid.

Später bezeigte Franklin Madame Beaumarchais so beflissene Galanterien, daß Madame Helvetius alle lärmend darauf aufmerksam machte. Therese lächelte gelassen und freundlich, nicht sehr berührt von Franklins Bemühungen; sie wußte, wie wenig sie bedeuteten. Pierre indes war stolz und ließ Therese und den Doktor allein, damit sich Franklin nicht behindert fühle.

Er trieb sich in dem großen Hause herum. Er hatte viel von dem Hôtel Valentinois gehört, der Philosoph und Geschichtsschreiber David Hume hatte es als eines der zwölf schönsten Häuser in Paris bezeichnet. Pierre fand das Haus nicht übel, aber veraltet und vernachlässigt, und keinesfalls konnte es sich mit seinem eigenen Hause messen.

Er geriet in die Grüne Bibliothek. Sah die Büste Houdons. Sah, und alle kleinen Gedanken entflogen. Schnell wechselnd in seinen Gefühlen, ließ er sich von diesem steinernen Kopf ergreifen und bewunderte ohne Grenzen. Erkannte: er hatte in seinem ganzen Leben einen einzigen Mann getroffen, der größer war als dieser, und dieser größere war tot. Nun war Benjamin Franklin der Größte unter den Lebenden. Was immer Franklin ihm angetan hatte, es war kein Unrecht; dieser Mann konnte kein Unrecht tun.

Jäh kam ihm die Erinnerung an seine Wette mit dem Schauspieler Préville. In den nächsten Tagen wollte der Bildhauer Houdon mit den Sitzungen beginnen. War Pierre nicht vermessen, wenn er sich von dem Schöpfer dieser Büste modellieren ließ?

Mit einer Bewegung der gepflegten, fleischigen Hand wischte er die Bedenken fort. Es mochte Männer geben, die größer waren als er, aber der Autor des „Figaro“ hatte die Pflicht, der Nachwelt ein Bildmal von der besten Hand zu hinterlassen.

Er ging zurück in den Hauptsaal. Wurde festgehalten in einem Kreis, der sich um Franklin gesammelt hatte. Der erklärte die Einrichtung eines Ofens, den er für diesen Saal hatte bauen lassen. Die Rede kam auf andere Erfindungen, und Pierre erzählte, wie er in sehr frühen Jahren eine Verbesserung des „Widerstands“ im Uhrgetriebe erdacht habe, eine technische Verfeinerung, die man jetzt allgemein anwende. Wie immer in seinem Leben, habe er sich auch damals sogleich in Kämpfe verwickelt gesehen. Ein gewisser Monsieur Lepaute habe seine Erfindung für sich selber in Anspruch zu nehmen versucht. Es habe Prozesse gegeben, Zeitungspolemiken, Gutachten der Akademie, ehe man ihn, Pierre, anerkannt habe.

Franklin fragte ihn nach Einzelheiten seiner Erfindung.

Damals, als Pierre sie gemacht hatte und der erste, lärmende Streit um ihn entbrannt war, hatte er sie König und Hof vorführen dürfen. Das war nun ein Vierteljahrhundert her, einundzwanzig war er damals gewesen, erfüllt von Ehrgeiz und wütender Lebenslust, und er hatte sich angestrengt, sein Bestes zu geben und auf den König Eindruck zu machen. Aber diesmal, da er sich vor Franklin bewähren sollte, spannte er sich stärker. Erklärte deutlich und interessant. Ein Sachverständiger dem andern, erläuterte er dem Doktor genau, worum es bei seiner Erfindung ging, wie der „Widerstand" früher gewesen war und was er daran verbessert hatte; an Franklins Uhr und an seiner eigenen führte er es ihm vor. Franklin war ehrlich interessiert, er stellte Fragen, er verspürte Achtung und Sympathie für diesen Uhrmacher Caron, der sein Handwerk so gut verstand. „Sie sind vielseitig, Monsieur", rühmte er ihn. „Man sagt, das seien Sie auch", antwortete Pierre. „Das mag wohl sein", sagte der Doktor. „Ich habe mich in mancherlei Berufen umgetan, ich bin Geschäftsmann gewesen und Politiker und Schriftsteller und Drucker." – „Das war ich alles auch", sagte Pierre, „und dazu Advokat und Schiffsbauer und, wie gesagt, Uhrmacher und Musiker." – „Aber sind Sie auch Seifensieder gewesen?" fragte Franklin. „Und Schwimmlehrer? Und Banknotenzeichner? Sehen Sie, ich kann es mit Ihnen aufnehmen. Aber Sie sind ja noch jung."

Der Doktor begab sich zu einer andern Gruppe. Dort stand ein streitbarer Turgot einem streitbaren Mr. Adams gegenüber. „Nein", erklärte Turgot, „sie gefallen mir gar nicht, die Konstitutionen, die ihr für eure einzelnen Staaten zusammengeschustert habt. In Pennsylvanien muß einer einen religiösen Eid leisten, wenn er in das Repräsentantenhaus eintreten will. Heißen Sie das Gewissensfreiheit, Monsieur? Anderswo, ich glaube, es ist in den Jerseys, muß der Kandidat gar noch beschwören, daß er an die Göttlichkeit Christi glaube. Nein, Monsieur, so stelle ich mir die Gedankenfreiheit nicht vor. Und ihr glaubt auch gar nicht an das Volk. An die natürliche gemeine Vernunft des Volkes zu glauben, dazu fehlt euch einfach der Mut. Sonst würdet ihr nicht immer so gedankenlos die englischen Institutionen nachäffen. Warum gebt ihr nicht einer einzigen Volksvertretung die ganze Macht? Ich will es Ihnen sagen, Herr. Weil England einen König hat und ein Oberhaus und ein Unterhaus, darum, in sklavischer Nachahmung, muß jeder eurer Dreizehn Staaten seinen Gouverneur haben und seinen Senat und sein Repräsentantenhaus. Das heiße ich mir einen schönen Glauben an das Volk." Mr. Adams schickte sich an, zu erwidern, doch Turgot ließ ihn nicht zu Worte kommen. Franklin stahl sich leise fort, zu einer andern Gruppe.

Hier sprach man von Monsieur de Sartines, dem vor kurzem verstorbenen Marineminister. Monsieur de Chaumont meinte, ohne sein Organisationstalent wäre die Flotte nicht geschaffen worden, die sich jetzt im Krieg bewähre. Condorcet hingegen und de la Rochefoucauld hatten harte Worte für den Toten. Dessen Skrupellosigkeit habe bewirkt, daß der Staatsschatz so leer sei; mit der Begründung, es müßten Schiffe gebaut werden, mit welchen Mitteln immer, habe er profitgierigen Geschäftsleuten die Kassen des Königs leeren helfen. Monsieur de Chaumont verteidigte den Verewigten: „Aber das wichtigste ist doch, daß Schiffe da sind. Und das hat er geschafft. Und die andern, redlichen, die haben es nicht geschafft." – „Und was immer Monsieur de Sartines tat", kam ihm lächelnd Monsieur de Rayneval zu Hilfe, „tat er es nicht mit Anmut und den besten Manieren? Er war ein Edelmann, auch wenn er stahl und raubte."

„Das erinnert mich an eine Grabschrift", sagte Doktor Franklin, „die mir einmal mein Freund Erasmus Darwin in England zeigte, auf dem Friedhof von Litchfield. In den Stein war gemeißelt: ‚Hier ruht Roger Jackson, ein Politiker und ein Edelmann.' Ich fragte den Doktor Darwin: ‚Habt ihr auf diesem Friedhof so wenig Platz, daß ihr drei Tote in *einem* Grabe unterbringen müßt?'" – „Sie scheinen den Beruf, den wir beide treiben", sagte lächelnd Monsieur de Rayneval, „nicht gerade hochzuschätzen, Doktor Franklin." –

„Wenn ich ein Politiker bin", wehrte sich Franklin, „so wende ich ganz unpolitische Methoden an." Und schmunzelnd, geheimnisvoll anvertraute er ihm: „Verraten Sie's nicht, Monsieur de Rayneval. Ich sage immer nur, was wahr ist. Das glaubt dann keiner."

Er verließ die Gruppe, und da er sich abgespannt fühlte und sah, daß die Braune Bibliothek leer war, ging er hin und setzte sich in einen Sessel. Von seinem blutigen Schlachtfeld aus schaute General Washington auf ihn herunter mit dem langnäsigen, großen, sonderbar starren Gesicht, welches ihm Monsieur Prunier verliehen hatte. Franklin murrte in seinem Herzen, daß er in dem gleichen Hause, in dem die Büste Houdons aufgestellt war, diese talentlose Malerei dulden mußte. Ich stell sie auf den Speicher, beschloß er. Wenn ich erst allein bin, ist das das erste. Er machte die Augen zu. Recht müde bin ich, dachte er. Ich sollte mich eigentlich um meine Gäste kümmern. Ich tue es nicht. Ich hab ein Recht, müde zu sein. Es ist ein Jahr voll Arbeit gewesen, und an diesem Vierten Juli brauche ich keine Schwachherzigen zu trösten. Ça ira.

Leute kamen. Es waren die Brüder Lee und Ralph Izard. Es zog sie wohl in die Braune Bibliothek, wo sie so viele Stunden des Haders ausgekostet hatten.

Franklin hielt es für seine Hausherrenpflicht, ein paar Worte mit ihnen zu wechseln. Er fragte sie, ob nicht auch sie ihre Freude hätten an der zahlreichen Gesellschaft, die hier versammelt sei, um Amerikas Unabhängigkeit zu feiern.

Die Gesellschaft sei nicht klein, antwortete Ralph Izard. Aber wenn man die Namen wäge und nicht zähle, dann bemerke man mit Bedauern, wie viele der Herren aus den großen alten Häusern es vorgezogen hätten, fernzubleiben. Das bestätige seine Ansicht, wie bösartig skeptisch sich die französische Aristokratie nach wie vor von der Sache Amerikas absondere. „Da deuten Sie die Absonderung dieser Herrschaften falsch", erwiderte freundlich Franklin. „Sie sind einfach deshalb weggeblieben, weil ich sie nicht geladen habe. Nachdem die Allianz einmal abgeschlossen ist, scheint es mir wichtiger, daß die Welt wieder und wieder erfährt, Turgot bekennt sich zu uns und Condorcet und Morellet und Houdon und Duplessis und", schloß er mit einem kleinen Lächeln, „der Autor des ‚Figaro'."

Arthur Lee schlug die Arme über der Brust zusammen, stieß die Stirn vor und wollte einen seiner scharfen politischen Vorträge beginnen. Aber Franklin hielt ihn zurück. Er wies auf das Bild Washingtons und sagte freundlich wichtig: „Was denken Sie, Mr. Lee? Was finden Sie? Geht die Sonne hinter dem General Washington auf oder geht sie unter?"

Es gelang Mr. Lee nur schwer, seinen Widerwillen vor dem Doktor h. c. zu verbergen. „Entschuldigen Sie", antwortete er trocken, „aber mir scheint, die Kommissare des Kongresses der Vereinigten Staaten haben andere Probleme zu lösen."

Der Sekretär Maigron hatte sich nun lange genug von einem Tag zum andern vertrösten lassen. Heute, wiewohl Monsieur de Beaumarchais mitten im Gespräch mit Gudin war, bestand er darauf, angehört zu werden. Seufzend fügte sich Pierre. Allein: „Sie bleiben, Philippe", befahl er, „dann macht es unser Maigron kürzer."

Die Hündin Caprice knurrte, sie konnte Maigron nicht leiden. „Still, Caprice", sagte Pierre, und: „Was also haben Sie schon wieder?" fragte er, mit den Fingern trommelnd. Der Sekretär setzte ihm in trockenen Worten auseinander, die Firma Hortalez könnte die am Freitag fälligen hundertzwölftausend Livres nicht auftreiben. Die Einnahmen seien auf lange hinaus verpfändet; auf die amerikanischen Guthaben Geld zu leihen, sei unmöglich. „Ist das alles?" fragte Pierre. „Ja", sagte Maigron, und trotz seiner ausgelöschten Miene stand er da wie das Verhängnis. „Was schlagen Sie vor?" fragte Pierre. „Ich würde die Firma endlich in Bankrott gehen lassen", antwortete Maigron.

Eine ganz kurze Zeit überlegte Pierre. „Die Compagnie Industrielle de Chinon wird Ihnen die hundertzwölftausend Livres vorstrecken", entschied er dann großartig. „Das ist unratsam", antwortete Maigron. „Daß wir die Compagnie Industrielle Ihren übrigen Betrieben fernhalten, ist das einzige gesunde Prinzip, das wir konsequent durchgeführt haben. Es ist unratsam, daß wir sie jetzt hineinmengen." Er sagte das alles in der gleichen farblosen Art.

Gudin fühlte sich bemüßigt, die Situation weltanschaulich zu kommentieren. „Als der Philosoph Thales von Milet einmal sehr arm war", erzählte er, „kaufte er, wie uns Aristoteles berichtet, auf Abzahlung die gesamten Olivenpressen von Milet und berechnete dann für ihre Benutzung Monopolpreise. Wodurch er reich wurde. Er tat dies aber, um zu beweisen, daß Philosophen, wenn sie es nur wollen, sehr wohl Geld machen können und daß sie, wenn sie arm bleiben, dies freiwillig tun und nur deshalb, weil sie sich mit Besserm zu befassen haben als mit der Jagd nach Profit." – „Ihr Philosoph, Monsieur Gudin", antwortete sachlich Maigron, „war in einer günstigeren Lage als Monsieur de Beaumarchais. Ich sehe nicht, wo dieser das Geld hernehmen sollte, eine Anzahlung auf Olivenpressen zu leisten."

Pierre setzte sich hin und schrieb: „Hier", sagte er, „haben Sie Ihre hundertzwölftausend Livres. Tratte auf die Compagnie Industrielle. Und jetzt lassen Sie mich in Ruh." – „Ich habe Ihnen bereits erklärt", entgegnete Maigron, „daß eine solche Lösung unratsam wäre", und er zerriß langsam und sachlich, unbewegten Gesichtes, die Anweisung. Die Hündin Caprice knurrte.

„Ich finde, Pierre", meinte Gudin, „Sie haben zur Genüge bewiesen, daß Sie es verstehen, Geld zu machen. Sie könnten ruhig Bankrott ansagen und sich eine Zeitlang ausschließlich mit Schriftstellerei und Politik befassen." – „Aber vielleicht", sagte mit höflicher Ironie Pierre zu Maigron, „aber vielleicht werden Sie mir gestatten, mein altes Haus an der Rue de Condé zu verkaufen, um die Firma Hortalez am Leben zu erhalten." – „Ich habe mir nie erlaubt, Monsieur", antwortete Maigron, „mich in Ihre persönlichen Dinge einzumischen. Aber ich möchte Sie darauf aufmerksam machen, daß Sie durch diesen Verkauf nicht nur Geldverlust, sondern auch Ärger haben werden."

Pierre selber hörte schon im Geiste das jammervolle Geschrei seiner Schwester Julie, wenn sie das alte Haus verlassen und die Herrschaft des neuen mit Therese teilen sollte. Doch die Firma Hortalez lag ihm am Herzen, das Haus an der Rue de Condé wurde verkauft.

Julie, wie er es erwartet hatte, hub zu schreien und zu jammern an. „Das wenn unser Vater erlebt hätte", klagte sie, „daß du mich aus dem Hause vertreibst, in dem ich ihn bis an sein Ende betreut habe." Er redete ihr gut zu, sie werde es in dem neuen Hause viel besser haben. Und wie schön werde es sein, wenn sie alle einträchtig unter *einem* Dache wohnten, und unter was für einem Dache, einem großen, hohen, aus edelstem Material errichteten.

Julie überlegte, daß sie Energie genug habe, um mit Therese fertig zu werden. Pierre brauchte nun einmal viel Pflege und Umsorgtheit, leichtsinnig und liebebedürftig, wie er war. Ob Therese wollte oder nicht, sie, Julie, wird sich ihres Pierre annehmen. Sie sah sich in dem Haus an der Rue Saint-Antoine herumgehen, schalten und walten; es war ein wunderschönes Haus, da hatte Pierre recht, und sehr groß. Es wird nicht allzu schwer sein, die stille Therese auf einen Teil des Hauses zu beschränken. In ihrem Innern fügte sich Julie. Doch grollte und schimpfte sie noch lange fort. „Und das schlimmste ist", empörte sie sich, „daß ich jetzt wieder den ganzen Tag das Porträt dieser Person vor Augen haben soll, dieser Mesnard, die dir nur Unglück bringt."

Den vielen Bewunderern Désirées hatte sich in den letzten Wochen einer zugesellt, dessen Nähe sie sich zunächst nur amüsiert, später aber mit steigender Anteilnahme gefallen ließ.

Als nämlich Toinette trotz ihrer Schwangerschaft darauf bestand, ihre Theaterproben fortzusetzen, hatte Louis angeordnet, daß Doktor Lassone den Proben beiwohne und eine Überanstrengung Toinettes verhüte. Bei dieser Gelegenheit hatte Lassone Désirée kennengelernt und über ihrer Gesellschaft Mademoiselle Olivier, die er an Charlot verloren hatte, völlig vergessen. Er fehlte bei keiner Probe, suchte nach jedem Anlaß, in Désirées Atemnähe zu sein, und gab ihr unermüdlich in pedantischen, etwas altväterischen Wendungen zu verstehen, wie sehr sie ihn fasziniere.

Der alternde Arzt interessierte Désirée mehr als mancher ihrer jungen, glänzenden Freunde. Es gingen in Paris viele Geschichten um über seinen Dünkel, seine Liebesaffären, seine Geldgier. Aber sie hatte Urteil genug, um zu erkennen, daß hinter diesen Eigenschaften, die zu verbergen er sich kaum mühte, ein überlegener Verstand waltete. Es machte ihr Spaß, daß sich dieser große Rationalist vergeblich gegen die Bezauberung wehrte, die von ihr ausging. Sie nahm keinen Anstoß an seinen alten, herrschsüchtigen Augen, an seinem harten Mund, an seinen großen, knochigen, bedrohlichen Händen. Es reizte sie, den Mann mit all seinem Wissen und seinen Erfahrungen unterzukriegen, daß er knurrend tue, was sie von ihm verlangen wird.

Kalt und schamlos fragte sie ihn aus nach seinen äußeren und inneren Verhältnissen, bis er sie ihr widerwillig offenbarte. Er hatte wissenschaftliche Erfolge, welche nur die Gelehrten zu würdigen wußten, er hatte Titel und Würden, vor denen das breite Publikum sich beugte, er hatte Geld. Er war raffgierig und wollte nichts missen. Er liebte Pracht und Verschwendung und war geizig.

Désirée sah, daß er nur auf eine Aufmunterung wartete, um ihr einen Heiratsantrag zu machen. Ohne solche Aufmunterung würde er kaum sprechen; denn er war zu dünkelhaft, um sich der Gefahr einer Abweisung auszusetzen. Als sie jetzt erlebte, wie Pierre sein Haus verkaufen mußte, machte sie das nachdenklich. Wäre sie jetzt Madame Lassone, dann könnte sie vermutlich Pierres Haus erwerben und es ihm überlassen. Auch wäre, wenn sie Lassone heiratete, sie die Gebende und weniger verpflichtet, als wenn sie etwa die Werbung eines jungen aristokratischen Verehrers annähme. Ferner sagte sie sich, mit Lassone werde sie immer fertig werden. Überdies war er alt.

Mittlerweile hatte in der Karibischen See, und zwar bei La Grenade, die französische Flotte unter Führung des Admirals d'Estaing einen entscheidenden Sieg errungen, und ohne es zu wissen, hatte Pierre an diesem Siege hervorragenden Anteil.

Es hatte nämlich im frühen Juli eine Flotte des Hauses Hortalez, bestehend aus zwölf schwerbeladenen Schiffen, unter dem Geleit des Kriegsschiffes „L'Orfraye" die Karibische See erreicht. Als Admiral d'Estaing das schöne Schiff erspähte, wies er ihm sogleich einen Platz in seiner Schlachtreihe an und überließ die unglücklichen Handelsschiffe ihrem Schicksal. Die „Orfraye" bewährte sich denn auch glorreich, achtzig Kugeln durchbohrten sie, ihre sämtlichen Masten wurden zerschossen, ihr Kapitän, Montaud, getötet. Der Admiral d'Estaing selber teilte Pierre das Ereignis in einem schmeichelhaften Briefe mit, wünschte ihm Glück, daß er zum Erfolg der Waffen des Königs einen so großen Beitrag geleistet habe, und versicherte ihm, er werde dafür sorgen, daß seine Interessen nicht zu leiden hätten.

Pierre jubelte. Zärtlich betrachtete er die Nachbildung der Galion des „Seeadlers". Seine Intuition hatte sich wieder einmal als richtig erwiesen; er hatte recht getan, als er seinerzeit sein Letztes gewagt, das Schiff zu erwerben. Mut und Verstand zwingen am Ende das Glück herbei.

Er schrieb dem König, er sei erfüllt von brennendem Stolz, daß sein Schiff und sein Vermögen an der Züchtigung des übermütigen England habe mitwirken dürfen. Dem Marineminister schrieb er, er verspüre eine geradezu kindische Freude bei dem Gedanken, daß die Engländer jetzt in den gleichen Zeitungen, in denen sie ihn mit so vielen Schmähungen überhäuft hätten, berichten müßten, es sei eines seiner Schiffe gewesen, das so wesentlich zur Niederlage beitrug.

Maurepas gratulierte und fragte, welche Belohnung er erwarte. Pierre erwiderte, er bitte um eine Gedächtnisfeier für seinen gefallenen Ersten und um das Ludwigskreuz für seinen Zweiten Kapitän, und er hoffe, man werde diejenigen seiner Matrosen, die sich besonders ausgezeichnet hätten, in die Kriegsmarine übernehmen. „Sie sind billiger, als ich glaubte", sagte Maurepas. „Und von Monsieur Necker erwarte ich natürlich", fuhr Pierre fort, „daß er sich bei der Regelung meiner Schadenersatzansprüche so großzügig erweist, wie ich mich in ähnlichen Fällen zu verhalten pflege."

Der Sieg in Westindien wurde von den Parisern bejubelt, es gab Feuerwerk und andere öffentliche Vergnügungen, und da Admiral d'Estaing nicht zur Hand war, feierte man Pierre Beaumarchais. Er hatte nicht nur die beste französische Komödie seit Molière geschrieben, er hatte nicht nur Amerika befreit, jetzt hatten seine Schiffe auch noch die Engländer entscheidend geschlagen und reichen englischen Besitz für die Krone Frankreichs erobert. Und von neuem und noch häufiger als früher pfiff und summte und sang man das zärtlich kriegerische Liedchen des Cherubin.

Pierres frisches, fülliges Gesicht mit der klaren Stirn, den lustigen, gescheiten Augen über der scharfen, geraden Nase und dem vollen, geschwungenen Mund strahlte Leben. Es traf sich herrlich, daß der Bildhauer Houdon gerade jetzt an seiner Büste arbeitete. Die Büste wurde denn auch wunderbar, und das schien Pierre recht und billig.

Er schwamm auf einer neuen, hohen Welle des Glückes. Der Schadenersatz für die „Orfraye" wird die Firma Hortalez aufrechterhalten, bis die amerikanischen Zahlungen eintreffen; einmal werden sie ja wohl kommen. Und Hof und Stadt verwöhnten Pierre wie noch nie.

Nur *eines* fehlte. Der „Figaro" konnte nach wie vor nicht gespielt werden. Das kratzte Pierre. Das Verbot durfte nicht bleiben. Wenn er jetzt, unterstützt von ganz Paris, die Freigabe der Komödie verlangte, dann konnte sich Louis nicht länger sträuben. Er wird das Verbot des Königs von Frankreich zu Fall bringen, wie er die Tyrannei des Königs von England gestürzt hat, und der Ruhm des Staatsmannes und Kriegsmannes Beaumarchais wird gekrönt werden vom Ruhme des Dichters.

Vaudreuil hatte die Nachricht vom Siege bei La Grenade geteilten Gefühles aufgenommen. Er war Patriot genug, sich des Sieges zu freuen. Aber er wartete nun seit langem voll rasender Ungeduld darauf, endlich nach der Bretagne abzugehen zu der Armee, die dort für die Invasion Englands aufgestellt und deren Führung ihm übertragen war, und nun half dieser Sieg in Westindien jenen Armee- und Flottenführern, welche statt der Invasion die Absendung eines Expeditionskorps nach Amerika befürworteten. So viel war gewiß: jetzt mußte er noch länger hier in Versailles bleiben und sich abplagen, Louis die Erlaubnis für die Invasion abzuringen.

Solcher Stimmung also war Vaudreuil, als ihm Pierre und Désirée vom „Figaro" sprachen. Désirée hatte ihn aufgefordert, seinen Schützling zum Essen zu laden, und er hatte gerne die Gelegenheit wahrgenommen, durch Gespräch mit dem possierlichen Autor ein paar Stunden der verdrießlichen Wartezeit zu vertreiben. Als Désirée halb scherzhaft, halb betrübt davon sprach, daß der Marquis nun doch Versailles verlassen werde, ohne die Aufführung des „Figaro" durchgesetzt zu haben, empfand er das nicht als insolente Mahnung an sein Versprechen. Im Gegenteil, die Erinnerung kam ihm gelegen. Er war kein Kleinbürger und also kein Mann von Wort. Aber er hatte vielen erklärt, er werde den „Figaro“ spielen lassen, gerade weil Louis ihn verboten habe; die Aufführung war seine eigene Sache geworden, und da er ohnedies genötigt war, noch Tage und Wochen in Versailles zu bleiben, hatte er kaum Besseres zu tun, als die Aufführung des „Figaro“, seines „Figaro“, zu erzwingen. So wird er sich, bevor er seine glänzende Laufbahn in der Bretagne antritt, in Versailles einen glänzenden Abgang schaffen. „Seien Sie unbesorgt, Désirée“, sagte er, „und Sie, Pierre. Ich habe über dem Angriff auf England den ‚Figaro‘ nicht vergessen.“

Er ging zu Toinette. Er war völlig erkaltet vor ihr; die Zeichen ihrer Schwangerschaft, der schwere Gang, das schlaffere, verschwommene Gesicht flößten ihm geradezu Widerwillen ein. Er freute sich darauf, von ihr fortzukommen. Er wollte nichts mehr zu tun haben mit dieser Frau, die an ihrem Kinde, an ihrem und des Dicken Kind, Freude hatte wie nur je ein Krämerweib. Er begriff nicht mehr, daß er eine Zeitlang für sie entflammt gewesen war.

Aber er verbarg sorglich seine Abneigung. Verhalten erklärte er, wie schwer es ihm falle, von ihr wegzugehen, meinte dann, mit sachtem Übergang, nicht einmal seine Aufgabe als ihr Intendant habe er bis zum Ende durchgeführt. Erreichen habe er wollen, daß sie als Gönnerin der französischen Bühne in der Geschichte fortlebe. Aber nur ein Teil des Weges sei zurückgelegt. Gerne hätte er gesehen, daß unter ihren Auspizien die Aufführung des „Figaro“ stattgefunden hätte. Es sei nicht geglückt. Er habe nur sich selber kompromittiert dadurch, daß er ihrethalben so stolz und zuversichtlich erklärt habe, die Komödie werde gespielt werden.

Sie erwiderte zögernd, er wisse ja, was für dumme Hindernisse der Aufführung im Wege stünden. Er zwang seinem Gesicht Empfindung auf. Immerhin wäre es schön, entgegnete er, wenn die Jahre ihres Zusammenseins durch eine solche gemeinsame Tat gekrönt würden. Er neige nicht zur Sentimentalität, aber ausgemacht sei es nicht, daß er zurückkehre. „Reden Sie doch nicht solchen Unsinn, François“, ereiferte sie sich mit zuckenden Lippen.

Er lachte und sagte leichtsinnig: „Kein Heil ohne ‚Figaro‘. Mir scheint, einen letzten Versuch wäre die Sache wert. Einen bessern Anlaß für unsern neuen Vorstoß als den Sieg der ‚Orfraye‘ können wir uns gar nicht wünschen. Ganz Paris verlangt stürmisch die Aufhebung des läppischen Verbots. Machen Sie sich zur Wortführerin der Pariser, der Dicke wird schwerlich auf seinem Nein bestehen."

Toinette hörte aufmerksam zu. Sie antwortete nicht, aber er war gewiß, daß sie seine Worte aufgenommen hatte, und er sprach nicht weiter vom „Figaro", sondern wurde wieder traurig und zärtlich.

Noch am gleichen Tage ging Toinette zu Louis.

Louis hatte den Bericht über den Sieg von La Grenade mit bourbonischem Stolz gelesen. Vor allem freute ihn, daß durch diesen Sieg die Argumente derjenigen, die eine Invasion Englands befürworteten, geschwächt wurden; denn da jetzt seine Minister und Generäle die Expedition nach Amerika werden beschleunigen wollen und da man nur eine der beiden großen Unternehmungen wagen konnte, wird man die Invasion auf unbestimmte Zeit verschieben müssen. Und wenn ihm der Gedanke, daß seine Franzosen in Amerika kämpfen sollten, widerwärtig war, so war ihm der Gedanke an die Invasion zehnmal mehr verhaßt. Richtige Kriege konnten nur in Europa stattfinden, und solang er seinem Europa ernsthafte militärische Zusammenstöße fernzuhalten vermochte, war es noch kein wahrer Krieg. Er nahm also die Nachricht von La Grenade mit Stolz auf und mit innigem Behagen.

Ein wenig Bitterkeit freilich mischte sich ihm auch in diese Freude. Es verdroß ihn, daß das Schiff, welches der berüchtigte Monsieur Caron ihm abgeschwindelt hatte, so hervorragend an der Schlacht beteiligt gewesen war. Mit Unmut las er im Polizeibericht, daß die Romanze aus dem „Figaro" zu einer Art Nationalhymne werde, die ausziehenden Truppen sängen Monsieur de Beaumarchais' Text, und es gingen Gerüchte, die Matrosen der „Orfraye" seien mit diesem Lied auf den Lippen gestorben.

Doch die kleinen Mißhelligkeiten verminderten sein Vergnügen nur um ein Geringes, und als jetzt Toinette bei ihm erschien, fand sie ihn heiter und aufgeräumt. Breit lächelnd beschaute er die Zeichen ihrer Schwangerschaft, konstatierte voll Genugtuung, man sehe ihr die Hoffnung schon sehr an, und streichelte sie täppisch. Sie erwiderte, es könne ihr gar nicht besser gehen. Freilich mache es sie ein wenig traurig, daß in der nächsten Zeit einer ihrer liebsten Freunde sie verlassen werde, ihr Intendant Vaudreuil. Louis antwortete trocken, wenn er sich recht erinnere, dann habe doch sie selber dringlich das Kommando für Vaudreuil verlangt. Sie erwiderte, es sei selbstverständlich, daß sie, wenn es um die Interessen Frankreichs gehe, auch mit ihren besten Freunden nicht geize. Übrigens habe sie ihrem Vaudreuil einen letzten Wunsch gewährt und hoffe, er, Louis, werde sie an der Erfüllung ihres Versprechens nicht hindern. Der Marquis wünsche seine Intendantentätigkeit mit einer Aufführung des „Figaro" zu beschließen.

Louis schwieg verdüstert. Wieder zerren und ziehen sie alle an mir, meditierte er, genau wie vor der Allianz. Und wie ich mich damals vergeblich gegen jenen Franklin sträubte, so hat es jetzt keinen Sinn, wenn ich mich gegen diesen Caron wehre. Niemals, habe ich gesagt, und vor mir selber habe ich mich an diesem Niemals gefreut und war stolz darauf. Aber wahrscheinlich habe ich schon damals in meinem Tiefsten gewußt, daß es doch sein wird. Sie sind eben allesamt blind und graben an ihrem Grabe, und ich kann sie nicht hindern.

„Vaudreuil", führte mittlerweile Toinette aus, „steht nicht allein mit seinem Wunsch. Die Flotte Monsieur de Beaumarchais' hat einen so glorreichen Sieg errungen, und ganz Paris möchte jetzt sein Stück sehen." Louis schnaubte zornig. „Das ist es ja", sagte er. „Wenn es nur um eine Aufführung in Versailles ginge, das machte mir wenig Sorge; an meinen Herren und Damen ist nichts zu verderben. Aber die Pariser sollen das unanständige Stück nicht zu sehen bekommen. Ich habe schon gewußt, warum ich damals sagte: niemals." Er suchte autoritär zu sprechen.

Toinette schmollte. „Vielleicht haben Sie schon einmal gehört", sagte sie, „daß schwangere Frauen ihre Launen haben. Wenn man diesen Launen nicht nachgibt, ist es schädlich. Doktor Lassone wird Ihnen das bestätigen. Es ist nicht recht, Louis, daß Sie den Dauphin gefährden wollen. Ich habe mir's nun einmal in den Kopf gesetzt, meinem Vaudreuil diese letzte Freude zu machen."

Louis, nach einer Weile, sagte schwach und zornig: „Und wo will er denn spielen, Ihr Herr Intendant? Wieder in meinen Menus Plaisirs? Oder vielleicht im Trianon?" Er schaute sie herausfordernd an. „Nein, nein", beeilte sie sich zu erwidern. „Ganz privat, nur für die Intimsten. In Gennevilliers, denke ich."

Louis saß da, die Stirne faltig vor Nachdenken. „Aber hören Sie, Toinette", sagte er dann, „es wäre wirklich nicht angängig, es wäre höchst anstößig, wenn sich die Königin von Frankreich diese Komödie anschaute, nachdem ich mehrmals erklärt habe: niemals." – „Wenn Sie es nicht wünschen, werde ich nicht hingehen", sagte Toinette, und: „Vaudreuil kann also spielen?" fragte sie geradezu. „Nun ja, nun schön", sagte Louis.

Aber sogleich engte er ein: „Unter der Bedingung, daß man aus der Komödie alle unziemlichen Stellen herausstreicht, und unter der Bedingung, daß sie ein einziges Mal gespielt wird, und zwar in Gennevilliers, und nur vor den intimsten Freunden des Marquis de Vaudreuil, und unter der Bedingung, daß Sie, Madame, der Aufführung fernbleiben, und unter der Bedingung, daß dann niemals mehr von diesem ‚Figaro' die Rede ist." – „Einverstanden", sagte Toinette.

Und süß und strahlend fügte sie hinzu: „Ich wußte, daß Sie die Wünsche der Mutter Ihres Sohnes erfüllen, mein lieber Louis."

Der Tag der Aufführung war sehr heiß. In dem kleinen Theater von Gennevilliers, dem gleichen, in dem Désirée seinerzeit vor Franklin und Toinette Tells Knaben gespielt hatte, war es unerträglich schwül; denn der Saal war gestopft mit Menschen, sie standen in allen Gängen und Korridoren.

Bisher hatte es Pierre widerspruchslos hingenommen, wenn gewisse Aristokraten ihn ohne seine Angehörigen einluden; diesmal hatte er verlangt, daß auch Therese und sein Freund Gudin der Aufführung beiwohnen sollten. Sie saßen in einer der kleinen Logen, sehr sichtbar. Therese, das große, lebendige Gesicht mit dem geschwungenen Mund und den hohen, kühnen Brauen voll ruhiger Erwartung, Brust und Schultern in mattem, blaßbräunlichem Glanz aus dem blauen, schlichten Kleid heraustauchend, erregte viel Aufmerksamkeit; in dieser Gesellschaft kannte jeder jeden, aber wenige kannten Therese. „Das ist Madame de Beaumarchais", hieß es, und viele erinnerten sich verwundert: Figaro hatte eine Frau.

Wieder, aus dem Spalt des Vorhangs, beschaute sich Désirée in ihrem Pagenkostüm die Versammlung. Nun hatte sie es geschafft, trotz Charlots, trotz Louis', und kein zweites Mal wird sie im letzten Augenblick um ihren Cherubin und um die Frucht all ihrer Listen und Demütigungen geprellt sein.

Sie sah in der Loge Therese. Pierre stand hinter ihr und beugte sich zu ihr herunter. Es war merkwürdig und ein wenig lächerlich, daß ihr Pierrot, der bei all seinem Idealismus so zynisch war, im Grunde seiner Seele nur diese Therese liebte. Er gehörte dieser Therese wie ein großer, treuer Hund. Sie, Désirée, hatte seine Begabung entfesselt, daß er das drängende Gefühl des Knaben Cherubin Wort und Gestalt werden lassen konnte, aber dieses Gefühl galt nicht ihr, sondern eben der Frau in der Loge.

Der Stock klopfte auf, der Vorhang teilte sich. Préville-Figaro stand auf der Bühne, maß ab und sagte: „Neunzehn zu sechsundzwanzig."

Pierre saß und sah und hörte, er war wie im Traum und gleichzeitig überwach. Der „Figaro" wurde gespielt. Es *war* so: „Der tolle Tag oder Die Hochzeit des Figaro" wurde gespielt. Schon einmal hatte sich der Hochadel Frankreichs versammelt, sein kühnes Spiel anzuschauen. Damals hatte der König wütend eingegriffen. Aber nun hatte er, Pierre, gesiegt, die Wut Louis' von Bourbon erwies sich als ohnmächtig, und ein zweites Mal waren sie gekommen, alle diese Prinzen und Herzöge und Grafen und Marquis. Und jetzt gab Suzanne ihre erste lustige Replik, und jetzt lachten sie, und es war ein langes, gutes Lachen, und es *war* so: der „Figaro" wurde gespielt. Er sagte ihnen seine Sätze ins Gesicht, genau wie er sich's geträumt hatte, und sie hörten sich's an und ließen sich's gefallen. Von keinem andern hätten sie sich's gefallen lassen. Ihn baten sie darum, bestürmten sie darum; denn sie mußten ihm zugeben, daß kein zweiter es so leicht und weltmännisch hätte tun können, daß kein zweiter heute in Frankreich mit so viel Witz von der Bühne sprach wie er. Und er saß in der Loge mit seiner schönen, geliebten Frau, und auf der Bühne redete und agierte seine vielbewunderte, blitzend gescheite Freundin, und Frankreichs große Herren und Damen hörten ihm zu.

Wenn diese großen Herren und Damen ursprünglich nur gekommen waren, um lachend gegen den König zu frondieren, der ihnen einen Spaß verbieten wollte, so vergaßen sie schnell diese ihre Absicht und gaben sich ohne Vorbehalt dem Entzücken hin über die Anmut und Fülle des Stückes. Sie hatten Geschmack, sie hatten Geist, sie hatten Sinn fürs Theater. Sie freuten sich der gescheiten Impertinenz Figaro-Prévilles, der nobeln, leicht angekränkelten Eleganz Almaviva-Molés, und sie waren erstaunt und gerührt über diese Désirée Mesnard. Das hätten sie ihr doch nicht zugetraut, daß sie als der liebenswerte, verliebte Junge so echt und anmutig und bewegend sein werde. Sogar die Romanze, die doch ein jeder hundertmal gehört hatte, war etwas Frisches, Unerhörtes, nun sie von der Bühne aus dem Munde dieser Mesnard kam.

Im Parterre, wo es nur Stehplätze gab, stand eingekeilt Doktor Lassone, und so jung er sich gemeinhin fühlte, es war sicherlich nicht gut für einen Mann in seinem Alter, sich solchen körperlichen und geistigen Anstrengungen auszusetzen. Er sah Désirée, er sah und spürte, wie alle Männer in diesem Saale sie begehrten und wie wohl auch die meisten Frauen den Knaben Cherubin begehrten, und er atmete stark. Er sagte sich: Es ist eine Dummheit, aber ich werde sie heiraten. Sie liebt nur diesen Windhund Caron, und auch diesen eiteln Hahn Vaudreuil zieht sie mir bei weitem vor. Und sie wird mich in allen Richtungen der Windrose betrügen und mich erniedrigen und mich mein ganzes Geld kosten. Es ist eine ungeheure Dummheit, wenn ich sie heirate, aber es ist die letzte Dummheit, die ich machen kann, und es ist eine Dummheit, die der Mühe wert ist.

Auch Vaudreuil spürte den starken Zauber, der von Désirée ausging. Sie gehörte ihm. Alles gehörte ihm. Es war für Vaudreuil ein guter Abend, er verbrückte eine glänzende Vergangenheit mit einer noch glorreicheren Zukunft. Im Begriffe, Versailles zu verlassen, sah er Versailles mit freundlichen Augen. Was daran schön und lebendig gewesen war, verdichtete sich ihm zu diesem einen Abend. Er hatte durch seinen Schützling Pierre dieses Stück geschaffen, er hatte dem Dicken diese Aufführung abgezwungen, er schenkte diese Komödie dem französischen Volk, so wie der Vierzehnte Louis Molières Komödie den Franzosen geschenkt hatte. Ihm gehörte der Mann, der diese blitzenden Sätze erdacht und gefügt hatte, ihm die Frau, die jetzt von der Bühne her alle hinriß, ihm die Königin, die das Ganze beherrschte. Und die Würze war: ihm lag nichts an alledem, er ließ es liegen und ging fort.

In einer der Logen saß Maurepas. Er fühlte sich progressiv, weil er die Aufführung der Komödie seines Leibnarren erwirkt oder doch zumindest zugelassen hatte, und er genoß den frechen Witz des Stückes. Aber einmal, und zwar bei der Stelle: „Was ist die Kunst des Höflings? Empfangen, nehmen, fordern", überkam ihn jäh der Gedanke, daß sie alle, die sie in diesem Theater versammelt waren und sich freuten, wieder einmal einen gewaltigen Schnitt sägten in den Ast, auf dem sie saßen, und für einen Moment hatte er ein unbehagliches Gefühl im Magen. Dann aber sagte er sich, es werde ja, solange er lebe, der Ast noch halten, und für den Rest des Abends blieb seine Freude an dem allerliebsten Spiel ungeschmälert.

Die andern, dieser ganze, große Adel Frankreichs, schienen unberührt von den Bedenken, welche Maurepas gestreift hatten. Sie lachten und ergötzten sich, als sie ihr wahres Gesicht sahen, ihre Verspieltheit, ihre sehr guten Manieren und die freche Ödnis und Leere ihrer Hirne und ihrer Herzen. Am stärksten wirkten jene nicht gesprochenen Sätze, welche Pierre lustig durch Gesten und lange, bedeutungsvolle Pausen ersetzen ließ; denn viele im Publikum kannten die gestrichenen Worte. Sie klatschten und riefen: „Nochmals, nochmals", und zehn und zwanzig und hundert Stimmen sprachen die gestrichenen Sätze. Und es stieg die Begeisterung, ungeheuer jubelten die großen Herren und Damen, mit prasselndem Beifall dankten sie Figaro, daß er ihnen ins Gesicht sagte, was sie waren.

Einige wenige Schriftsteller und Philosophen waren auserlesen, der Vorstellung beizuwohnen, und sie formulierten im Zwischenakt die Meinungen, welche am nächsten Tag Paris nachsprechen sollte. Es sei eine wahrhaft enzyklopädische Komödie, dekretierte Chamfort. Und besonders begeistert äußerte sich Baron Grimm. Der gefürchtete Kritiker hatte die ersten Stücke Pierres mit bösartigem Spott abgetan. Aber nun sah er, wie ehrlich enthusiasmiert dieses einflußreiche Publikum war, und er beschloß, sich geirrt zu haben, und gestand diesen Irrtum in geschliffenen Worten ein. Das Stück, erklärte er, sei ein kühnes und geistvolles Gemälde der Sitten und Meinungen der herrschenden Klasse, gemalt von einem Manne, der seine Farben zu mischen und seinen Pinsel zu führen wisse wie kein zweiter. Sein Stück bestehe aus nichts als dem Kampf um eine Liebesnacht und sei gleichwohl ein Spiegel der ganzen Epoche; es sei also notwendig die Schöpfung eines Genies.

Man hatte gefürchtet, daß vielleicht der zweite Teil der sehr langen Komödie das launische Publikum ermüden werde. Doch trotz der Hitze blieben die Gäste frisch und aufnahmefähig wie zu Beginn. Mit Spannung folgten sie den komplizierten Windungen der Handlung und begriffen und genossen jede leise angedeutete Pointe.

Und nun kam der letzte Akt mit dem großen Monolog. Um diesen Monolog hatte es auf den Proben viele Zweifel und Diskussionen gegeben. Noch niemals war auf der französischen Bühne ein so langer Monolog gesprochen worden. Durfte man Zuschauern, die ermüdet waren von beinahe vier Stunden Witz und Wirbel und Handlung, noch einen solchen Monolog zumuten? Sogleich wird es sich zeigen, sogleich wird sich entscheiden, ob das Publikum die langen Betrachtungen hinnehmen, oder ob das kühne Experiment die Komödie am Ende doch noch zu Fall bringen wird.

Figaro ging auf und ab unter spanischen Kastanien. Bald setzte er sich vorn auf eine Bank und redete in den Zuschauerraum hinein, bald wieder stand er auf und lief hin und her, gestikulierend, voll Temperaments, dann wieder setzte er sich vorn hin und meditierte. Und sprach und sprach und sprach. Aber siehe, die Zuschauer blieben gespannt, sie hüstelten nicht und wurden nicht unruhig, sie folgten aufmerksam den Sprüngen und Wendungen des längsten Monologs, der jemals auf der französischen Bühne gesprochen worden war.

Désirée stand in der Kulisse. Sie trug ihr Offizierskostüm, sie wußte, wie frech und hinreißend sie aussah, aber sie vergaß es. Sie wartete auf die wunderbaren Sätze, die nun sogleich den Monolog abschließen werden und in denen Figaro-Pierre von seinem Leben sagen wird, treffender, als seine Neider und seine Bewunderer davon sagen konnten. Jetzt kamen sie, diese Sätze.

„Da laufe ich meine Straße", sagte Figaro-Préville, er wagte es, leise zu sprechen, und trotzdem, nach vier Stunden Hitze und anstrengenden Zuhörens lauschten die Leute atemlos, „da laufe ich meine Straße; ich habe sie betreten und hab nicht gewußt, wie ich sie verlassen werde, und ich hab es nicht gewollt. Und solang ich sie gehe, bestreu ich sie mit soviel Blumen, wie mein Humor es mir erlaubt. Ich sage: *mein* Humor und weiß doch nicht, ob es mein Humor ist, sowenig ich weiß, was eigentlich dieses Ich ist, mit dem ich da befaßt bin: ein Ungestaltetes aus Vielerlei. Jetzt ein armseliger Dummkopf, ein kleines, leichtfertiges Tier, ein Bursche, der glühend dem Vergnügen nachrennt. Heute Herr, morgen Knecht, wie es trifft. Ehrgeizig aus Eitelkeit, arbeitsam aus Not, faul mit Wonne, Redner, je nachdem die Gefahr es verlangt, Poet zur Erholung, Musikus bei Gelegenheit, Liebhaber in jähen Wallungen. Nichts gibt es, was ich nicht gekostet, nichts, was ich nicht getan, nichts, was ich nicht genutzt und genossen hätte."

Und dann ging das Stück zu Ende. Und in die frechen Strophen des abschließenden Vaudevilles hinein, in das Schlußballett hinein schlugen die Wellen des Beifalls, daß Musik und Verse darin ertranken. Die Schauspieler verneigten sich. Man klatschte ihnen zu, klatschte hinauf zur Loge des Autors. Auch er verneigte sich, oft und abermals, doch nicht, wie andere Autoren das taten, mit gespielter Blasiertheit: er zeigte seine strahlende Freude.

Désirée war stolz. Sie hatte ihrem Pierre diesen Sieg erlistet und erspielt. Doch mit einem kleinen ironischen und bittern Lächeln sah sie, daß Pierre zwar ihr und den andern Schauspielern zuklatschte, daß er sich aber inmitten des allgemeinen Jubels immer wieder zu seiner Therese hinunterneigte, zärtlich, seine Zärtlichkeit betonend.

Später, in Désirées Garderobe, sagte Vaudreuil zu Pierre: „Das hätten wir jetzt geschafft, mein Lieber. Und morgen fahre ich in die Bretagne und schlage England."

Die etwa vierhundert Amerikaner, welche in London in elender Gefangenschaft gehalten wurden, sandten dringliche Klagerufe an Doktor Franklin, und die Delegierten beschlossen, ihnen Geld und sonstige Hilfe zu schicken. Der Mann, den sie mit dieser nicht ungefährlichen Mission betrauten, mußte zuverlässig sein und sehr gewandt. Franklin hatte zwei Kandidaten vorzuschlagen. Persönliche Erfahrungen mit ihnen hatte er nicht gemacht, doch sprachen für sie Zeugnisse würdiger Männer und ihre Gesichter. Arthur Lee hingegen empfahl einen Herrn, den er seit Jahren kannte, einen gewissen Mr. Digges, einen Geschäftsmann aus Maryland; mit dem gewohnten düstern Ungestüm erklärte er, er verbürge sich für die Ehrlichkeit und das Geschick dieses Herrn. Der Doktor fand Mr. Digges wenig angenehm; der redete ausführlich und etwas ölig und hatte ausweichende Augen.

Als in einer Konferenz der drei Delegierten Arthur Lee auf die Anstellung seines Mr. Digges drängte, machte Franklin ein ablehnendes Gesicht. „Was haben Sie gegen Mr. Digges einzuwenden?“ fragte Mr. Adams. „Er gefällt mir nicht“, sagte schlicht Franklin. „Ich verbürge mich für den Mann“, wiederholte Arthur Lee. Mr. Adams war gerecht. Da Arthur Lee sich für Mr. Digges verbürgte und Doktor Franklin gegen ihn nichts vorzubringen hatte als den wenig günstigen Eindruck seines Gesichtes, stimmte auch er für Mr. Digges, und man schickte ihn nach London.

Franklin wußte seit langem, daß er Mr. Adams unschmackhaft war, aber er wußte auch, daß sich dieser bestrebte, sachlich und gerecht zu sein. Um so peinvoller überraschte es den Doktor, als er wahrnehmen mußte, daß die giftige Atmosphäre dieser Wartezeit sogar einen John Adams zu Niedrigkeiten verleitete.

Auf dem Umweg nämlich über seinen Sekretär de la Motte erfuhr er, daß sich Mr. Adams besonders unfreundlich über ihn ausgesprochen hatte, und zwar vor Monsieur Marbois; es war aber Monsieur Marbois einer der Sekretäre Vergennes'. Mr. Adams hatte sich erbittert darüber lustig gemacht, daß Paris in dem Doktor Franklin den großen Gesetzgeber Amerikas verehre. In ganz Europa nehme man an, Franklin mit seiner Elektrizität habe die amerikanische Revolution gemacht. Das sei Unsinn. Nicht einmal die, übrigens miserable, Konstitution seines Heimatstaates Pennsylvania habe er zustande gebracht. Auch von Franklins unehelichen Kindern war die Rede gewesen, und Mr. Adams hatte erklärt, man dürfe über Franklins außerordentlichen Fähigkeiten als

Schriftsteller, Schöngeist und Gelehrter seine großen Fehler nicht übersehen.

So vertraut Franklin mit der Schwäche der Menschen war, er hatte sich einer solchen Erfahrung von seiten John Adams' nicht versehen. Es ärgerte und bekümmerte ihn, daß ein Delegierter des Kongresses, ein ehrenwerter Mann, einen Kollegen vor einem hohen französischen Beamten auf solche Art schlechtmachte.

Er sehnte sich danach, die andern los zu sein. Er warnte sich selber vor falschen Hoffnungen, aber setzte sich nicht drüben der französische Botschafter für ihn ein? Und in seinem Innersten rechnete er damit, man werde ihn zum Alleinbevollmächtigten ernennen.

Da fiel über seine Aussichten der Schatten seines Sohnes. William hatte sich in der Tat während der letzten Monate ruhig verhalten, er war ausgetauscht und auf englisches Gebiet gebracht worden. Da saß er in New York, präsidierte einer Vereinigung der „Loyalen Amerikaner", beriet die englischen Beamten und Offiziere und hielt pompöse Reden, der größte Teil der Einwohner der Kolonien sei unverdorben und stehe in unverbrüchlicher Treue zu der Britischen Majestät. An sich war das alles so unschädlich, wie es überflüssig war. Leider aber glorifizierten, genau wie es Franklin erwartet hatte, die englischen Zeitungen Williams Geschwätz in pompösen Aufsätzen und spielten die Treue des Sohnes gegen die Tücke des rebellischen Vaters aus. Und bestimmt kamen diese englischen Artikel seinen Feinden in Philadelphia gelegen, und bestimmt werden viele jetzt in ihm nicht den Mann sehen, der geholfen hat, die französische Allianz zustande zu bringen, sondern nur den Vater des Verräters. Und nun haben sie neue Argumente gegen ihn und der Kongreß einen neuen Vorwand, seine Entscheidung hinauszuzögern.

Der junge William und de la Motte schalten in heftigen Worten über die Zaudertaktik, über die verbrecherische Langsamkeit des Kongresses. Franklin aber hatte dafür nur milde Ironie und verschloß Unmut und Ungeduld tief in seiner Brust.

Da lag er wohl in seiner Badewanne, und die jungen Herren saßen auf der Holzdecke und waren voll Bitterkeit, weil das gestrige Schiff noch immer keine Nachricht vom Kongreß gebracht hatte. Er aber, der Alte, ließ sich heißes Wasser nachgießen und erzählte ihnen die Geschichte vom Kaninchen und der Schildkröte.

Hatte sich da das Kaninchen ein Bein gebrochen. „Tu mir den Gefallen“, sagte es zu seiner Freundin, der Schildkröte, „lauf zum Doktor und hol mir ein paar Heilkräuter.“ Die Schildkröte nickte. Das Kaninchen hatte Schmerzen und lag und wartete. Das Kaninchen wartete lange. Endlich, am nächsten Tage, des Abends, kam die Schildkröte. „Konntest du denn nicht früher zum Doktor?“ jammerte das Kaninchen. „Wenn du mir so kommst“, antwortete die Schildkröte, „dann geh ich überhaupt nicht.“

In all dem Gewarte und den Unerquicklichkeiten hatte Franklin eine große Freude. Der kleine Benjamin Bache kam zurück, und der Rektor des Genfer Internats hatte nicht gelogen: er war prächtig gediehen. Der Doktor hörte mit Vergnügen, wie hübsch und geläufig der Kleine französisch parlierte, er hatte offene Augen für alles und ein kluges Urteil, kein vorwitziges, frühreifes. Auch bezeigte er reges Interesse für Franklins Druckerkünste und faßte schnell auf, was er ihm beibrachte. Madame Helvetius schloß den Knaben sogleich in ihr Herz und wies lärmend und immer wieder darauf hin, wie ähnlich sich Großvater und Enkel sähen.

Der kleine Benjamin erinnerte Franklin an seinen Sohn Francis, seinen Liebling, der mit vier Jahren gestorben war. Das war nun auch schon zweiundvierzig Jahre her. Der Doktor scherzte oft darüber, wie blind Eltern vor ihren Kindern sind, aber sein kleiner Franky war in der Tat ein außergewöhnlich hübscher Junge gewesen, so gescheit und so gut anzuschauen mit seinen blonden Locken und seinen großen Augen, ein Kind, wie man wahrhaftig seinesgleichen selten sah.

Es geschah nicht oft, daß Franklin träumte, er hatte eigentlich nur zwei Träume, sie kamen immer wieder. In dem einen hatte er sich fest vorgenommen, nicht zu schwitzen, damit die andern seine Angst nicht sähen, aber er war in seinem blauen, schweren Manchesteranzug, und er saß nahe dem Feuer und konnte nicht wegrücken, und er mühte sich mit aller Kraft, keinen Schweiß zu vergießen, aber der Schweiß brach ihm dennoch aus, und er schwitzte immer stärker, und er durfte doch nicht. In dem andern Traume aber hob er seinen kleinen

Sohn Franky hoch über den Kopf, und der Kleine jauchzte und krähte, und er war ungeheuer leicht, und Franklin freute sich, daß er so leicht war, und er wurde immer leichter, und auf einmal war er nicht mehr da, und Franklin stand und schaute in die Luft, dumm und bestürzt.

In diesen Wochen, wohl infolge des Anblicks seines Enkels Benjamin, kam ihm dieser zweite Traum häufig, und er hätte nicht sagen können, ob er sich darauf freute oder davor fürchtete. Auch tagsüber dachte er oft an seinen Sohn Franky.

Und oft auch dachte er an Frankys Mutter, an Deborah, seine tote Frau.

Deutlich mit seinem innern Auge sah er sie. Ein stolzes und verlegenes Lächeln über dem dicken, runden, weißen und rosigen Gesicht stand sie und schaute auf ihn. Sie hatte ihn zum Frühstück gerufen, und da war auf einmal für seine Milch eine Porzellanschale und ein silberner Löffel. Bis jetzt hatte er mit einem Zinnlöffel gegessen und aus einer irdenen Zwei-Pence-Schale. Sie hatte das kostbare Geschirr hinter seinem Rücken gekauft, dreiundzwanzig Schillinge hatte es gekostet, und nun er ein wenig brummte, sagte sie, sie könne nicht einsehen, warum nicht ihr Mann ebensogut einen Silberlöffel und eine Porzellanschale haben sollte wie seine Nachbarn. Robust stand sie da, ein bißchen rustikal, gewiß, aber was für ein stattliches, resolutes Stück Frau war sie, und wer im Grund verstand sich auf seine vielen kleinen Wünsche besser als sie? Wie war er stolz damals, zu Zeiten des Stempelgesetzes, als er von Kopf zu Fuß in Wolle und Leinen gekleidet war, das sie mit den eigenen Händen angefertigt hatte. Und wenn sie für seine Papierfabrik Lumpen einkaufte, wie scharf konnte sie da handeln und feilschen. Er hatte Sparsamkeit gepredigt, aber seinem wahren Wesen lag Sparsamkeit nicht, und wenn sie das Geld nicht zusammengehalten hätte, er hätte es immer wieder hinausgeworfen.

Es wäre gut, jemand zu haben wie Deborah. Monsieur Finck war ein tüchtiger Butler, aber man konnte sich das Haus freundlicher gehalten vorstellen. Ein Leben ohne Frauen taugte nichts. Das spürte er heute mit zweiundsiebzig genauso, wie er es mit siebzehn gespürt hatte. Der Trieb war einem nun einmal vom höchsten Wesen eingepflanzt, und wenn es Stunden gab, da man ihn als etwas Erniedrigendes empfand, dann empfand man falsch. Lächelnd gedachte er der guten, derben Scherze, in denen er sich zuweilen seiner Kraft und seiner Lust gefreut hatte, jenes deftigen Briefes zum Beispiel, mit dem frech verdrehten Latein des Thomas a Kempis. „In angulo cum puella, beziehungsweise in angulo puellae." Auch sein Essay über die Gründe, aus denen eine ältere Geliebte einer jüngeren vorzuziehen sei, hatte seine Logik und seine Meriten. Er glaubte nicht an romantische Liebe, aber an platonische noch weniger.

Ein einzelner Mann ist ein unfertiges Lebewesen; er gleicht der einen Hälfte einer Schere. Franklin fühlte sich müde und allein. Wenn er aber in die Heimat zurückgerufen werden sollte, in eine Heimat, in der er als Hurer, Heuchler und Gottloser galt, wird er dort nicht noch mehr allein sein?

Hier in Frankreich liebte und verehrte man ihn. Die Jungens hatten bereits die dritte dicke Mappe angelegt mit Lobpreisungen in Versen und Prosa und mit panegyrischen Zeichnungen. Er wollte hierbleiben, und es tat wohl gut, sich beizeiten Gründe zu suchen für den Fall, daß ihm der Kongreß seine Gründe nehmen sollte.

Den Abend verbrachte er in Auteuil bei Madame Helvetius. Er fühlte sich an ihrem üppig und schlampig gedeckten Tisch wohler als bei sich zu Hause. Hier kümmerte man sich liebevoll um seine Bedürfnisse, Schwächen, Wünsche. Während man den andern Gästen Kalbsbraten vorsetzte, servierte man ihm ein schmackhaftes Gericht aus gehacktem Hühnerfleisch, wie es seinen spärlichen, empfindlichen Zähnen angepaßt war. Und zu Obst und Kuchen gab es Schlagsahne, wie er sie liebte, süß und steif.

Nach dem Essen sangen die Demoiselles Helvetius seine schottischen Lieblingslieder, die Abbés machten behagliche Witze, er erzählte mehrere Anekdoten, und jeder hatte seine Freude an den andern und an sich selber.

Später im Verlauf des Abends schwatzte er mit Madame Helvetius am Kamin, allein, wie sie das gewohnt waren. Füllig saß sie in ihrem Sessel, überquellend, eine Dame hoch in den Fünfzig, weiß und rosig, sorglos geschminkt, das verwitternde Blond des Haares nachlässig gefärbt. Aber für den Doktor prangte sie in ihrem früheren vielbewunderten Glanz.

Sie schwatzte drauflos, vergnügt und ihrer Wirkung sicher, und ihre laute, fröhliche Stimme, ihr impulsives Gehabe, ihr ganzes Sein und Scheinen erregte sein inniges Wohlgefallen. Sie war eine wunderbare Vereinigung dessen, was er an seiner heimisch behaglichen Deborah und an seiner pariserisch verfeinerten Madame Brillon schätzte.

Ohne seines schmerzenden Fußes zu achten, stand er auf, trat hinter sie, lehnte sich über ihren Sessel. Flüchtig, halb heiter, halb verlegen, dachte er daran, daß er und Madame Helvetius, sie ihr Hündchen auf dem Schoß, er sich über sie beugend, eine Gruppe abgeben mochten wie auf einem der vielen galanten Stiche, die hier herumhingen.

„Wie wäre es, Marie-Félicité", sagte er unvermittelt, „wenn man ein wenig heiratete?"

Sie schaute hoch, ihr großes Erstaunen nicht verbergend. „Reden Sie im Ernst?" fragte sie. Franklin, die französischen Worte mit Mühe suchend, antwortete: „Wenn Sie es nicht wollen, rede ich nicht im Ernst; wenn Sie es wollen, ist es Ernst."

Sie schwieg, das große, verschminkte Gesicht sonderbar verträumt, und streichelte mechanisch das Hündchen auf ihrem Schoß. Er beschaute ihren hübschen, vollen Arm, die kleine, immer noch kindliche Hand. Beiläufig, leise, sachlich, gegen seine Gewohnheit fast verschämt, setzte er ihr seine Situation auseinander. „Wenn ich, wie es sehr wohl möglich ist", sagte er, „in naher Zeit von meinem Posten abberufen werde, dann stehe ich vor einem schweren Problem. Soll ich nach Philadelphia zurück? Soll ich ein Land verlassen, in dem ich soviel Verständnis gefunden habe, so viele Annehmlichkeiten, äußere und innere, die mir das Herz wärmen? Das Land, in dem Sie leben, Marie-Félicité? Mit einem einzigen kleinen Ja von Ihrer Seite wäre mein Problem gelöst."

Sie streifte langsam das Hündchen von ihrem Schoß und stand auf. Mit einer Verlegenheit, die sie sehr viel jünger machte, lächelnd und sichtlich tief angerührt, deutete sie auf eines der vielen Porträts ihres Claude-Adrien Helvetius.

Franklin, lebhafter als er sonst sprach, sagte: „Er war ein großer Mann, Ihr Gatte, mein Freund Helvetius. Wenn einer, dann würde er es verstehen, warum ich mich sehne, mit Ihnen zusammen zu leben. Er würde es billigen, mit seiner ganzen

Philosophie. Und haben Sie mir nicht selber gesagt, Marie-Félicité, daß er Ihnen zuletzt noch ans Herz gelegt hat, Sie sollten Ihr Leben genießen?" Sie, immer lächelnd, ohne ihn anzuschauen, sagte: „Sprechen Sie ruhig weiter, lieber und verehrter großer Mann. Ich höre Ihnen sehr gerne zu." In leichten, galanten, vernünftigen Worten stellte er ihr vor, wie sie die gleichen Dinge liebten, die gleichen Menschen, die gleiche Art, das Leben zu führen. Ein wenig ungeduldig unterbrach er sich, klagte: „Jetzt bedaure ich mehr als sonst mein armes Französisch. Ich möchte Ihnen das alles in viel besseren Worten sagen, weniger plump." – „Ihr Französisch ist gar nicht schlecht", antwortete sie. „Ihre Madame Brillon hat Ihnen ein recht gutes Französisch beigebracht", und zögernd, tiefer lächelnd, die Silben auskostend, nannte sie ihn das erstemal bei seinem Vornamen: „Benjamin." Es hatte ihn aber noch niemals jemand auf französisch so genannt, und er hatte Mühe, seinen Namen zu verstehen. Ihr Gesicht gar und ihre Haltung sagten mehr als ihre Worte, und er glaubte, sie schon gewonnen zu haben. Innig, ein wenig gravitätisch führte er ihre Hand zu seinem Munde.

Ihr Herz schlug höher bei dem Gedanken, daß sie diesen Mann, den ihre Freunde unter den heute Lebenden am höchsten schätzten, so tief hatte bezaubern können. „Das alles hört sich wunderbar an, mein Freund", sagte sie, „und es gefällt mir über die Maßen, ich gebe es zu. Aber ich weiß Bescheid, Sie verschmitzter alter Herr. Sie können – Sie haben es mir oft gesagt – Ihre Worte, ohne gerade zu lügen, so setzen, daß sie dem andern eingehen. Deshalb muß ich alles gut erwägen, und Sie müssen mir Bedenkzeit lassen."

Sie fuhr zu ihrem Freunde Turgot und erzählte ihm von Franklins Antrag. „Das ist einer seiner Späße", sagte sogleich entschieden und mißbilligend Turgot. „Aber nein doch, Jacques-Robert", sagte lebhaft Madame Helvetius. „Er hat es ganz und gar ernst gemeint." Turgot dachte daran, wie sie ihn selber abgewiesen hatte, ein erstes Mal, als er jung und ohne Geld, ein zweites Mal, als er reich und berühmt war. Es schmerzte den heftigen und empfindlichen Herrn noch heute. „Und was haben Sie erwidert?" fragte er, sein schönes, starkfaltiges Gesicht wurde noch finsterer. „Ich habe mir Bedenkzeit ausgebeten", berichtete sie. „Was?" rief er zornig.

„Sie haben ihm nicht sogleich eins auf den Kopf gegeben? Bedenkzeit? Sind Sie verrückt geworden?" – „Sie sind immer gleich so grob, Jacques-Robert", beklagte sie sich kindlich. „Es ist doch ehrenvoll und verlockend, wenn einen der Doktor Franklin heiraten will." – „Ehrenvoll? Verlockend?" brach er aus. „Abgeschmackt ist es, Wahnsinn. Vollkommen unsinnig ist es. Und wenn Ihnen ein anderer, der so herschaut wie er, mit so was käme, ein gewöhnlicher Mr. Brown oder Mr. Smith, dann würden Sie einfach lachen." – „Er ist aber kein Mr. Brown", antwortete sie, „er ist eben der Doktor Franklin."

Turgot ging zornig hin und her. „Wenn ich Sie so reden höre", sagte er, „dann verstehe ich nicht, daß ich manchmal den Versuch mache, mit Ihnen ein vernünftiges Gespräch zu führen. Sehen Sie denn nicht von alleine, wie aberwitzig es ist, an einen solchen Antrag auch nur ein Wort zu wenden? Aber", schloß er bitter, „Sie lassen sich eben blenden von Geld und Ruhm." – „Das dürfen Sie nicht sagen, Jacques-Robert", antwortete sie. „Mit allen Ihren Vorurteilen können Sie nicht leugnen, daß mein Claude-Adrien nicht nur reich und berühmt war, sondern vor allem der charmanteste Mann Frankreichs."

Er schwieg eine Weile. „Und es ist doch so", sagte er. „Weil Sie erst den Mann geheiratet hatten, den Sie für den berühmtesten Philosophen der Welt hielten, wollen Sie jetzt den berühmtesten Staatsmann der Welt heiraten. Machen Sie doch die Augen auf, Marie-Félicité. Ihre Urteilslosigkeit und Ihre kindliche Freude an Lärm und Glanz wird Ihnen noch den Lebensabend verderben." Füllig und kleinlaut und recht jung saß sie da. „Ich habe gefürchtet", gab sie zu, „daß irgend etwas gegen diese Heirat spricht. Aber ich möchte so gern mit ihm zusammen leben. Erklären Sie mir doch, Jacques-Robert, warum das ein solcher Unsinn sein soll."

„Ich verehre Franklin und liebe ihn und bin sein Freund", sagte er nachdenklich. „Es trifft sich unglücklich, daß ich in Dingen, die ihm am Herzen liegen, nein sagen muß, nicht das erstemal. Er nicht, aber viele andere nehmen es mir heute noch übel, daß ich seinerzeit kein Geld für die Amerikaner hergab. Aber ich durfte doch keines geben", ereiferte er sich. „Amerika mußte . . ." – „Das haben Sie mir schon oft erklärt", suchte sie ihn zur Sache zurückzubringen. Er verstummte. Dann, mit erzwungener Geduld, wie zu einem Kinde, sagte er: „Wenn Sie ihn heiraten, werden Sie Ihr ganzes Leben ändern müssen. Haben Sie das bedacht?" – „Aber wieso denn", fragte sie bestürzt zurück. „Er hat die gleichen Menschen gern wie ich, die gleiche Art zu leben." – „Der amerikanische Botschafter", erläuterte er ihr, „kann, auch wenn er so wenig auf Würde hält wie Franklin, sehr viele Leute nicht in sein Haus einladen, an denen Ihnen liegt, und muß sehr viele Leute empfangen, die Sie nicht haben wollen. Sie werden auf viele und auf vieles verzichten müssen, Marie-Félicité. Sie werden sich und ihn auf Schritt und Tritt fragen müssen, ob das angebracht ist oder nicht. Eine so eigenwillige Dame wie Sie wird es nicht leicht haben, wenn ihr Salon zur Europa-Agentur der Vereinigten Staaten wird." Sie überlegte. „Vielleicht wird der Doktor abberufen", sagte sie dann, hoffnungsvoll. „Und wenn sein Amt unsern Neigungen wirklich in die Quere kommt, kann er ja auch freiwillig zurücktreten." – „Was faseln Sie jetzt wieder zusammen", fuhr er sie an. „Glauben Sie, ein Franklin würde, vor die Wahl gestellt zwischen Ihnen und Amerika, auch nur einen Augenblick zögern? Wenn man über siebzig ist, dann ist man kein Romantiker mehr. Und Benjamin Franklin war in seiner frühesten Jugend nicht so jung, daß er den Sinn seines Lebens für eine Frau preisgegeben hätte."

Sie schwieg, schmollend, doch sichtlich beeindruckt. Er redete weiter auf sie ein. „Auch Ihr Helvetius", sagte er, „hätte aus Gründen plattester Vernunft eine solche Heirat aufs äußerste mißbilligt. Und Franklin selber bereut wahrscheinlich schon heute, was er Ihnen gestern abend sagte. Wenn nicht überhaupt Sie ihn mißverstanden haben und das Ganze doch einer seiner vertrackten Scherze war."

Madame Helvetius, zurück in Auteuil, ging herum zwischen den Bildern ihres Helvetius, der ebenso vernünftig gewesen war wie lebenslustig, was sogar Jacques-Robert zugeben mußte. Doktor Franklin, Benjamin, hatte viel Ähnlichkeit mit ihm; es wäre schön, mit ihm zusammen zu leben. Aber sie und Claude-Adrien waren jung gewesen, und es war ihnen nicht schwergefallen, sich einander anzupassen. Doktor Franklin galt als ein Mann, der bei aller Sanftheit zuletzt seinen Willen durchzusetzen wußte. Sie bedachte, daß „der amerikanische Botschafter“ sie manchmal um das bitten werde und manchmal um jenes, was ihr nicht gefiel. Sie stand vor dem Spiegel. Sie fühlte sich jung: aber war sie jung genug, schmiegsam genug, sich einem andern anzupassen? Sie hatte nun viele Jahre einzig und allein das getan, was ihr behagte. Wenn sie den ungestümen Jacques-Robert abgewiesen hatte, dann war es geschehen aus Furcht für ihre Unabhängigkeit. Benjamin war weniger ungestüm, aber kaum weniger eigenwillig und zäh. Sie seufzte.

Setzte sich an ihren Schreibtisch. Schrieb ihrem Benjamin einen heiter ernsthaften Brief. Wenn einer, schrieb sie, ihren Entschluß, ihrem geliebten toten Mann zu Ehren allein zu bleiben, wankend machen könnte, dann wäre das Benjamin Franklin. Aber ihr Entschluß sei unverbrüchlich und halte selbst dieser Versuchung stand. Sie weinte ein bißchen, faltete den Brief, siegelte ihn und schickte ihn ab.

Auch Franklin hatte mittlerweile hin und her überlegt, was Gutes und was weniger Gutes eine Ehe mit Marie-Félicité mit sich bringen mußte. Er sah sie vor sich, füllig und erfreulich und soviel anmutiger als die zwar wenig bekleideten, doch strengen Frauenspersonen, die auf den ehrenvollen Stichen auf ihn zuzukommen pflegten, um ihn zu bekränzen. Dann wieder dachte er daran, wie eigenwillig Marie-Félicité war und wie lärmend, und daß er noch viel weniger Stunden der Lektüre und des beschaulichen Nachdenkens haben würde. Aber dann erinnerte er sich, wie sie kindlich und errötend vor ihm gestanden war und ihn beim Vornamen genannt hatte. Benjamin, dachte er in französischen Lauten, Benjamain, wie er es manchmal geschrieben las, und ihre Haltung und ihre Stimme war auch in der Erinnerung höchst anziehend. Doch dann wieder erwog er, daß sich die temperamentvolle Marie-Félicité viel stürmischer in seine Angelegenheiten werde einmischen wollen, als das seine Debsy getan hatte. Es sprach ebensoviel für die Heirat wie dagegen, und wie immer Madame Helvetius' Entscheidung ausfallen wird, er wird sie philosophisch hinnehmen und das Gute daran auskosten.

Und so hielt er es, als ihr Brief eintraf. Er war zufrieden, daß er diese Ehe angestrebt hatte, und er war zufrieden, daß sie ihm nun erspart blieb.

Marie-Félicités Brief gefiel ihm sehr. Er bemerkte die zahlreichen grammatikalischen und orthographischen Fehler und erwog, daß auch das ein Zug war, den Madame Helvetius mit seiner Deborah gemein hatte. Auch schmeichelte es ihm, daß der Verzicht sie offenbar schweren Kampf gekostet hatte. Es hatte sich wieder einmal alles herrlich gefügt, und er freute sich auf das nächste Zusammensein. Sie an zwei oder drei Tagen der Woche zu sehen, war alles in allem schöner, als sie sieben Tage in der Woche um sich zu haben, und für die andern Tage mußte er sich eben mit den ehrenvollen allegorischen Damen der Stiche begnügen.

Er schrieb ihr seine Antwort.

„Ihr Entschluß, meine Teure, zu Ehren Ihres lieben Gatten für den Rest Ihres Lebens allein zu bleiben, hat mich tief getroffen und mich den größern Teil der Nacht über wach gehalten. Als ich endlich einschlief, suchte mich ein Traum heim. Ich sei tot, träumte ich, und im Paradiese. Man fragte mich, ob ich irgendwelche bestimmten Persönlichkeiten sehen wollte, und ich verlangte nach den Philosophen. ‚Zwei wohnen gleich nebenan; sie halten beste Nachbarschaft und sind eng befreundet.‘ – ‚Wer sind sie?‘ – ‚Sokrates und Helvetius.‘ – ‚Ich verehre beide. Aber ich möchte gern zuerst Helvetius sehen. Französisch kann ich ein bißchen, aber gar kein Griechisch.‘

Helvetius empfing mich sehr freundlich. Er fragte mich nach tausend Dingen, wie der Krieg gehe, und wie es jetzt in Frankreich um die Religion stehe und um die Freiheit und um die Regierung. ‚Und nach Ihrer lieben Freundin, nach Madame Helvetius‘, sagte ich, ‚fragen Sie mich nicht? Dabei liebt sie Sie über die Maßen. Ich war gerade bei ihr.‘ – ‚Ach‘, sagte er, ‚Sie erinnern mich an mein früheres Glück. Lange Jahre konnte ich an nichts denken als an sie, aber schließlich habe ich mich getröstet und eine andere Frau genommen, die ihr ähnlichste, die ich fand. So schön freilich ist sie nicht, aber guten Verstand hat sie auch und Humor, und ihr einziges Bestreben ist, es mir angenehm zu machen. Sie ist gerade unterwegs, um für heute abend das Beste an Nektar und Ambrosia aufzutreiben. Bleiben Sie zum Essen und Sie werden sehen.‘ – ‚Ihre frühere Gefährtin‘, erwiderte ich, ‚ist treuer als Sie. Man hat ihr mehrere verführerische Heiratsanträge gemacht, sie hat sie alle abgelehnt. Ich selber, ich gesteh es Ihnen offen, war wahnsinnig in sie verliebt.' – ,Das tut mir ehrlich leid für Sie', sagte er, ,Ihrethalb, sie ist eine gute Frau und verdient jede Liebe.'

Während wir so sprachen, kam die neue Madame Helvetius mit dem Nektar, und stellen Sie sich meine Überraschung vor: es war meine alte amerikanische Gefährtin, Mrs. Franklin. Ich reklamierte sogleich. Aber sie sagte kalt: ,Ich war Ihnen eine gute Freundin für neunundvierzig Jahre und vier Monate, beinahe ein halbes Jahrhundert. Das muß Ihnen genügen. Jetzt habe ich hier eine neue Verbindung geschlossen für die Ewigkeit.'

Ich war sehr ärgerlich über diese Ablehnung von seiten meiner Eurydice, und ich verließ sofort die undankbaren Schatten und kehrte zurück in diese gute Welt, um die Sonne und Sie wiederzusehen. Hier bin ich, Madame, lassen Sie uns Rache nehmen."

Franklin überlas seinen Brief, schmunzelte, lachte: „Vive la bagatelle", und war noch tiefer überzeugt. Es war gut, daß er seinen Antrag gemacht, und es war sehr gut, daß sie ihn abgelehnt hatte.

Am Abend war er Gast bei Madame Brillon. Er war aufgeräumt, und die Erwägung, daß er als Gatte der Madame Helvetius sicherlich nicht so oft zu seiner liebenswürdigen Lehrerin des Französischen hätte gehen können, hob seine Laune noch höher.

Auf zehn Uhr hatte Madame Brillon ihr Bad angeordnet, aber man war mitten im Gespräch, und sie ließ ihn nicht fort. Noch beinahe zwei Stunden saß er auf der Holzdecke ihrer Badewanne und schwatzte mit ihr.

Vaudreuil war unmittelbar nach der Aufführung des „Figaro" an die Küste gefahren, um das Kommando der Invasionsarmee zu übernehmen. Er fand die Truppen in sehr schlechter Verfassung, zermürbt durch das lange Warten. „Sterben wäre nicht schlimm", klagten ihm in tausend Variationen die Offiziere, „sich schlagen wäre großartig, sich langweilen ist entsetzlich."

Vaudreuil wollte den Befehl zum Angriff erzwingen. Manchmal sandte er am gleichen Tage zwei Kuriere nach

Versailles. Aber es ging dem heftigen, energischen Vaudreuil nicht besser als seinem Vorgänger, dem alten, gelassenen Marquis de Castries. Versailles fand tausend Vorwände, den Angriff hinauszuzögern, wies hin auf die Notwendigkeit, das Expeditionskorps auf See zu bringen, auf ein neues Projekt, eine Armee nach dem Senegal zu senden. Vaudreuil schimpfte, drohte, flehte. Nichts half. Die geschmeidigen Herren in Paris und Versailles ließen ihn sich abarbeiten. Er saß in der Bretagne, dort mochte er sich die Finger wund schreiben.

Die Offiziere, um der tödlichen, gespannten Langeweile zu entgehen, trieben immer tolleren Unfug. Man spielte höher als in Versailles, es gab wüste Orgien jeder Art, die Gerichte bekamen zu tun. Vaudreuil beteiligte sich selten an diesen Unterhaltungen. Er hatte in der Nähe von Brest ein Landhaus bezogen. Dort, mit seinen besten Offizieren, arbeitete er an den Plänen für die Invasion und ersann immer neue Änderungen im Exerzierreglement, um die Truppen zu beschäftigen.

An einem Mittag im Spätsommer erreichte ihn in seinem Landhaus die Nachricht, französische Schiffe auf der Fahrt nach Brest seien von einem englischen Geschwader überrascht worden, und es sei zu einer großen Schlacht gekommen. Aber die französischen Schiffe seien der Übermacht entronnen und würden bald in Brest einlaufen. Besonders ausgezeichnet habe sich die Fregatte „La Surveillante“, sie habe das Schlachtschiff „Quebec“ versenkt.

Vaudreuil, mit Hilfe seines Kammerdieners Baptiste und einer Ordonnanz, warf sich sogleich in Gala und stieg zu Pferde, um nach Brest zu eilen und die Seehelden zu empfangen. Es war eine halbe Stunde scharfen Rittes, und in Brest selber kam er nur langsam durch die steilen, gewundenen Straßen. Es herrschte Erregung, man berichtete Wundermären über die Taten der französischen Schiffe, alles, Truppen und Bevölkerung, drängte zum Hafen.

Endlich gelangte Vaudreuil zu dem Kai. Dort hielt er, zu Pferde, die Menge überragend, und spähte nach den Schiffen. Es war schwül, Roß und Reiter schwitzten heftig. Es hieß, die „Surveillante“ habe die „Quebec“ in die Luft gesprengt, doch habe sie selber Feuer gefangen, und ihr Kapitän, der Chevalier de Couédic, sei schwer verwundet.

In der Ferne jetzt gewahrte man die „Surveillante“, sie kam

heran, langsam, umgeben von Rauch, Schleppschiffe trafen Anstalt, ihr zu Hilfe zu kommen. Wie langsam alles vor sich ging, auch hier. Vaudreuil wollte nicht länger warten, er wollte dem siegreichen Geschwader, das seinen Hoffnungen neue Nahrung gab, entgegen. Das eine Schleppschiff war im Begriff, abzustoßen. Er ritt heran und schaute um sich, wem er sein Pferd anvertrauen könnte. Er stieg ungern vom Pferde. Er dachte an die schöne Reiterstatue seines Onkels, des Marschalls Vaudreuil. Er dachte daran, wie unlängst Gabriele, als er mit dem Dicken auf die Jagd ritt, ihm zugeflüstert hatte: „Zu Pferde sehen Sie aus wie der leibhaftige Mars“, er hielt es für unmilitärisch, die Sieger anders zu empfangen als zu Pferde, er lenkte sein Pferd auf das Schiff. Die Leute riefen: „Es lebe Vaudreuil.“

Die Luft war schwer, schwül und still. Langsam bewegte sich der Schlepper auf die „Surveillante“ zu, die, groß und plump in ihrer Wolke von Rauch, kaum näher zu kommen schien. Vaudreuil, immer zu Pferde, spähte aus. Fernher kam eine schwere Detonation, das Pferd, von Anfang an unruhig, bäumte. Vaudreuil zwang es zur Ruhe. Da hielt er, männlich, prächtig, jedermann im Wege. Er wandte den Kopf und schaute nordwärts, wo die Küste Englands lag. Jetzt, nach diesem Sieg, wird ihm der Dicke das große Unternehmen nicht länger verwehren können. Er wird an der Spitze seiner Armee in England einfallen.

Der Schall einer neuen Explosion kam, diesmal viel näher. Das Pferd setzte mit einem jähen Sprung über die Reling in die See.

Wie Vaudreuil, ein guter Schwimmer, zu Tode gekommen sein mochte, darüber wurden später viele Vermutungen aufgestellt. Er war behindert durch die Reitstiefel und den schweren Stoff der Staatsuniform; vielleicht hatte ihn ein Hufschlag des mit den Wassern kämpfenden Pferdes getroffen, die Matrosen, die ihm sogleich nachgesprungen waren, konnten ihm nicht helfen. Für eine Weile schwammen sein Hut und sein Handschuh auf dem Wasser, während die brennende „Surveillante“ langsam näher kam.

Die Nachricht von dem seltsamen Ende des Marquis de Vaudreuil erregte Bestürzung in Paris und in Versailles. Es war kurz vorher ein anderer angesehener französischer Offizier durch einen ähnlichen Unfall umgekommen, der Generalmajor du Coudray. Er war von Silas Deane für Amerika angeworben worden und hatte sich dem Kongreß in Philadelphia vorgestellt, der seine Ernennung bestätigte; als er sich daraufhin ins Hauptquartier hatte begeben wollen, war er bei der Überfahrt über den Fluß Schuylkill nicht vom Pferde gestiegen, das Pferd war von der Fähre in den Fluß gesprungen, und er war ertrunken.

Als Vaudreuil den alten General Castries im Kommando ablöste, hatten viele gehofft, jetzt werde Frankreich Ernst machen und über den Erbfeind herfallen, und sie waren betreten über das groteske Ende des stolzen Mannes und ihrer Hoffnung.

Pierre war betrübt. Vaudreuil war unter den vielen Hochmütigen, die er kannte, der Hochmütigste gewesen, aber er hatte ihn trotzdem gern gehabt. Es hatte ihm Kitzel und Befriedigung verschafft, den Grafen Almaviva zu verspotten, aber er hatte auch viel Glanz um ihn gewebt, und mit Überzeugung. Es war Pierre ehrlich leid um seinen geliebten und gehaßten, bewunderten und verachteten Freund Vaudreuil.

Er war überrascht, wie kühl Désirée das Ereignis aufnahm. Einen Augenaufschlag lang, als er's ihr mitteilte, war sie betroffen. Dann meinte sie sachlich: „Es wäre aus seiner Invasion ja doch nichts geworden", und sie hielt ihm einen nüchternen Nachruf: „Es war ein netter Mensch für einen Hocharistokraten, weniger dumm als die andern, aber noch eingebildeter. Als Liebhaber war er nicht angenehm; er tat, als sei es eine Gnade. Er starb zur rechten Zeit. Seine Funktion war erfüllt: der ‚Figaro' ist gespielt, und er selbst lebt als Almaviva weiter."

Der Fliederblaue Klüngel fühlte sich verwaist. Prinz Karl, dem nicht leicht etwas zu Herzen ging, war tief niedergeschlagen. Er hatte einen Freund verloren, wie er keinen zweiten mehr finden wird. François Vaudreuil hatte ihm als Spiegel der Mode, der Galanterie, der wahrhaft aristokratischen Lebensart gegolten; er war ein Mann gewesen, dessen Rat man blind befolgen durfte. Fortan hatte er, Prinz Karl, allein und ohne Vorbild den Adel Frankreichs und die adelige Lebensart zu repräsentieren.

Niedergeschmettert war Gabriele Polignac. Sie war lässig von Wesen, ihr Blut kam nicht leicht in Wallung. Doch dieser François hatte vermocht, sie zu erregen; sein schönes, wildes Gesicht, die Eleganz seines Körpers, seiner Bewegungen, seiner Sprechweise, sein überlegener Witz, seine ganze, gepflegte Männlichkeit, sein Geruch, seine bloße Gegenwart hatten sie entzückt. Solange Vaudreuil auf der Welt war, hatte sie gewußt, was Liebe ist. Sie weinte lang, still, endlos. Und ihr Mann, Jules Polignac, verstand sie. „Wir haben viel verloren", sagte er, spürte er.

Ein schweres Problem war zu lösen. Wie sollte man der schwangeren Toinette, ohne sie zu gefährden, die gräßliche Nachricht beibringen? Diane Polignac beriet mit Doktor Lassone. Sie fürchtete, wenn Gabriele, die selber so befreundet mit dem Toten gewesen war, ihr die Kunde übermittelte, so würde ihr Schmerz die Erregung Toinettes noch steigern. Lassone dachte nach. Hatte eine Idee. Wie wäre es, wenn man Mademoiselle Mesnard mit der Aufgabe betraute? Sie stand der erlauchten Schwangeren nahe und gleichwohl fern; es war besser, wenn sie die Meldung durch Mademoiselle Mesnard erfuhr als durch einen Fremden oder einen Zufall.

Doktor Lassone selber, im Namen der Freunde der Königin, bat Désirée um die Gefälligkeit. Der Auftrag lockte sie; beinahe freute sie sich darauf, Toinette den Tod des gemeinsamen Freundes mitzuteilen. Sie waren auf seltsame Art verbunden, Toinette, sie selber, die Gräfin Polignac und der Tote. Es erwies sich, daß sogar Doktor Lassone in diesen Zirkel gehörte; denn er zog sehr persönliche Folgerungen aus dem Tode Vaudreuils. Er nahm an, Désirée habe fest an Vaudreuil gehangen und es sei mit ihm das Haupthindernis verschwunden, das seinen Wünschen im Wege stand. Kaum hatte er Désirée gedankt für den Dienst, den sie den Fliederblauen erweisen wollte, da trug er ihr mit einer Mischung von Gravität, Verlegenheit und Schalkhaftigkeit seine alte Hand an.

Désirée war darauf vorbereitet, sie hatte gewußt, daß er das einmal tun werde, und daß gerade das groteske Ende Vaudreuils ihm den Anlaß gab, machte sie beinahe lachen. Doch sie beherrschte sich, spielte die Überraschte, Gerührte und erbat sich Bedenkzeit. „Bedenkzeit wie lange?" fragte Lassone. „Wenn Sie drängen, mein lieber Herr", antwortete

Désirée und schaute ihn an, „dann zwingen Sie mich leider, nein zu sagen." – „Ich dränge nicht", beeilte sich Lassone zu versichern.

Toinette, als ihr Désirée von Vaudreuils Ende berichtete, erblaßte. „Entsetzlich", sagte sie, „grauenvoll." Doch Désirée, gewohnt, die Gefühle der andern zu durchschauen, erkannte, daß das Ereignis Toinette weniger tief anrührte, als die Fliederblauen befürchtet hatten. Ja, sie glaubte wahrzunehmen, daß Toinette etwas wie Erleichterung empfand.

So war es. Wohl trauerte Toinette tief über den Heldentod ihres François, aber in ihrem Innern, ohne sich's zuzugeben, dankte sie der Fügung Gottes. Sie war willens gewesen, ihrem Versprechen getreu den Wünschen François' nachzugeben. Sie hatte sich gesagt, ein Ehebruch, begangen an dem schwachen und bemitleidenswerten Louis, sei eine geringere Sünde als ein Bruch des Versprechens, der diesen glänzenden Soldaten und Edelmann in Verzweiflung und vielleicht zum Selbstmord triebe. Nun hatte Gott sie aus diesem bittern Konflikt der Pflichten gerettet und sie, die Mutter des Dauphins, davor bewahrt, Ehebrecherin zu werden. Ein Jammer war es immerhin. Sie dachte an den feurigen Kitzel, den sie gespürt hatte, wenn Vaudreuil sie so beglückend und frech angepackt hatte, und Tränen kamen ihr.

„Wie schrecklich", meditierte sie laut. Und: „Was für ein tapferes, heldisches Ende", sagte sie, und: „Was verlieren wir alle in ihm, was für einen Feldherrn, was für einen Edelmann, was für einen Künstler. Finden Sie nicht auch, Désirée?" – „Gewiß, Madame", sagte trocken Désirée. Toinette aber beschloß: „Er muß ein Staatsbegräbnis haben. Ich gehe sogleich zu Louis."

Auch Louis hatte, als er vom Tode Vaudreuils erfuhr, darin den Finger Gottes gesehen.

Der schmähliche Friede des Jahres dreiundsechzig mußte zunichte gemacht werden, gewiß, und die Gelegenheit des amerikanischen Konflikts war günstig. Aber er hegte keinen Haß gegen seinen Vetter in Saint James, und ihn in seinem England zu überfallen, hielt er für unanständig. Es schien ihm ritterlicher, den Streit in fernen Weltteilen auszutragen. Andernteils stand es dem König von Frankreich nicht an, ohne weiteres nein zu sagen, wenn seine Generäle ihn bestürmten, er möge eine Landung in England befehlen. Jetzt war Vaudreuil, der heftigste Fürsprech der Invasion, ins Meer gefallen und mit ihm seine Pläne. Jetzt wird man langsam das Expeditionskorps nach Amerika abgehen lassen, und die an den Nordküsten gesammelten Truppen wird man nach Afrika schicken, nach dem Senegal, und diese beiden Expeditionen werden in einer würdigen Art das Britische Imperium auf das rechte Maß reduzieren.

Auch Louis hatte sich Sorge gemacht, wie Toinette wohl das Ende ihres Freundes aufnehmen werde, und als sie jetzt zu ihm kam und eine nicht überschwengliche Trauer an den Tag legte, atmete er auf. Sie sprach davon, wie tröstlich es sei, daß Vaudreuil einen so heldischen Tod gefunden habe auf der Kriegsfahrt nach England, von der er immer geträumt. Louis, im stillen, dachte: Wer hat ihm befohlen, zu Pferd aufs Schiff zu steigen? Aber er hütete sich, diesen Gedanken laut werden zu lassen. Vielmehr streichelte er Toinette und sagte: „Ja, es ist schade um unsern Vaudreuil."

Dann meinte Toinette, er werde wohl dem Toten den Cordon Bleu und ein Staatsbegräbnis zuerkennen. Louis fand das übertrieben, ja lächerlich; doch er wollte die Trauernde nicht aufregen und erwiderte: „Ja, Madame. Das ist ein guter Vorschlag, Madame."

Die Beerdigung fand statt mit dem ganzen Prunk, den Versailles aufbieten konnte. Der Hof nahm teil, alle Minister und Gesandten. Viele Frauen weinten hemmungslos, auch Gabriele Polignac bezeigte mehr Schmerz, als die gute Sitte zuließ. Prinz Karl, gegen seinen Willen, hatte eine ergriffene Miene, und Jules Polignacs Gesicht war überströmt mit Tränen.

Maurepas und Franklin begrüßten sich würdig und traurig, wie es der Anlaß verlangte. Es hatte aber Maurepas ein Epigramm auf den Toten und Franklin eine Grabschrift auf ihn verfaßt, beide Opuscula waren in manche Ohren geflüstert worden, und Maurepas fand seine Verse besser als Franklins Prosa. Die beiden Herren blinzelten einander zu in unmerklichem, fast belustigtem Einverständnis.

Es waren zehn Schiffe gewesen, welche dem Schutze der „Orfraye" anvertraut waren, als diese damals von Admiral d'Estaing requiriert wurde. Alle zehn Fahrzeuge waren, nachdem sie ihr Geleitschiff eingebüßt hatten, den Engländern in die Hände gefallen. Übereinstimmung herrschte, daß der Firma Hortalez aus diesem Verlust Schadenersatzansprüche an die Regierung zustanden, aber keineswegs einig war man sich über die Höhe des Verlustes. Mehrere der Schiffe hatten einen Teil ihrer Ladung in Westindien gelöscht, auch hätte die „Orfraye" nicht jedes einzelne der Schiffe auf der ganzen Reise begleiten können. Mit solchen Argumenten hielten die Beamten des Finanzministeriums Pierre hin.

Pierre argwöhnte, daß hinter den immer neuen Ausflüchten eine Weisung von oben stehe. Als er Maurepas geradezu fragte, antwortete der lächelnd, er habe ihm ja schon anläßlich ihrer angenehmen Zusammenkunft in der Redoute Chinoise mitgeteilt, daß er seinerzeit durch sein unangebrachtes Lärmen die Krone verstimmt habe; er dürfe sich also jetzt nicht wundern, wenn ihm die Krone ihr Geld nicht nachschmeiße.

Es wurde schließlich eine Kommission von drei Generalsteuerpächtern eingesetzt, die feststellen sollten, wie hoch die Verluste und die Ansprüche der Firma Hortalez seien. Die Herren hatten es nicht eilig. Sie verlangten Unterlagen, die aus Westindien oder gar aus Amerika beigebracht werden mußten, sie stellten Rückfragen, die wiederum nur durch Auskünfte aus Westindien oder aus Amerika beantwortet werden konnten. Es war vorauszusehen, daß unter diesen Umständen die Kommission Monate, vielleicht Jahre brauchen werde, um zu einer Entscheidung zu kommen. Pierre bat um eine Abschlagszahlung. Doch das Finanzministerium des Königs von Frankreich, ganz ähnlich wie der Kongreß in Philadelphia, stellte sich auf den Standpunkt: solange nicht die Höhe der gesamten Ansprüche festgestellt sei, zahle man gar nichts. Vergennes wies schließlich Pierre einen Vorschuß von lächerlichen hundertfünfzigtausend Livres an.

Geheimnisvolle Gegner waren am Werke, die Stadt jede Einzelheit von Pierres Schwierigkeiten wissen zu lassen. Die Gläubiger drängten hart. Mit Mühe frettete sich die Firma Hortalez von einem Tag zum andern durch. Maigron verlangte dringlich eine Konferenz mit Pierre. Pierre wich aus. Maigron stellte sich in dem Haus an der Rue Saint-Antoine ein und ließ sich nicht abweisen.

Die prunkvolle Firma Hortalez, setzte er Pierre zum zwanzigsten Male auseinander, habe von Anfang an nur dadurch gehalten werden können, daß Pierre große Beträge aus seinen andern Geschäften hineinwirtschaftete. Auf diese Art arbeiteten jetzt auch diese andern an sich soliden und lukrativen Unternehmungen mit Defizit. Mehr und mehr werde die Firma Hortalez zu einem Geschwür, welches langsam sämtliche Unternehmungen Pierres auffresse. „Es ist närrischer Idealismus", erklärte mit ungewöhnlich starken Worten Maigron, „wenn Sie weiterliefern für die Leute überm Meer, die nicht daran denken, zu bezahlen. Nehmen Sie Vernunft an, Monsieur. Geben Sie die Firma Hortalez auf. Lassen Sie mich den Bankrott der Firma Hortalez anmelden."

Nun hatte sich Pierre selber eine Frist gesetzt. Er wollte die Firma Hortalez aufrechterhalten bis zum 1. September. Sollte bis dahin weder vom Kongreß in Philadelphia noch von der Krone Frankreichs eine größere Zahlung eingetroffen sein, dann wollte er aufgeben. Der 1. September war vorbei. Es war auf das, was der verlässige, ihm tief ergebene Maigron vorbrachte, nichts zu erwidern. Er hatte grundfalsch daran getan, soviel Geld in die Firma zu stecken; sie länger zu halten, war Wahnsinn. „Lassen Sie mich den Bankrott anmelden", drängte auf seine stille, beharrliche Art Maigron.

Pierre, mit ungeheurer Anstrengung, das Gesicht abgewandt, sagte: „Ich will es mir bis morgen überlegen."

Maigron war erschüttert. Er hatte damit gerechnet, Pierre werde, wie stets, nein sagen und ihn beschimpfen. Es war in den langen Jahren ihrer gemeinsamen Arbeit das erstemal, daß der glänzende, ewig gutgelaunte Chef an seinem Glück irre wurde. Maigrons hölzernes Gesicht zuckte, nervös spielte er mit seinem Bleistift. „Es wird noch alles gut werden, Monsieur", brachte er hervor.

Doch Pierre hatte alle Haltung verloren. „Seien Sie klug, Maigron", drängte er mit einer Ironie und Verzweiflung, die dem andern das Herz zerschnitt. „Es gibt in Paris keinen zweiten, dem ein großer Unternehmer seine Geschäfte mit solcher Ruhe anvertrauen kann wie Ihnen. Ich weiß, daß man Ihnen von allen Seiten Angebote macht. Gehen Sie zur Compagnie des Indes. Gehen Sie zu Lenormant. Verlassen Sie mein Schiff, das kein Segel mehr hat und keinen Mast. Sie sind überall besser aufgehoben. Ich danke Ihnen, Maigron. Suchen Sie sich einen gescheiteren Herrn."

Maigron schaute ihn böse an. „Reden Sie keinen Unsinn", sagte er und entfernte sich.

Allein, saß Pierre eine Weile an seinem wunderbaren Schreibtisch, dem von Meister Lalonde gefertigten, dem schönsten des Königreiches, den Kopf in die Hände gestützt. Die Hündin Caprice schmiegte sich an ihn, er merkte es nicht. Er war leer und müde wie noch nie. Er spürte: in dem Augenblick, da er nicht mehr überzeugt war, die ganze Welt gehöre ihm, war er verloren. Er sah sein Gesicht im Spiegel, und zum erstenmal wurde ihm bewußt, daß er nicht mehr jung war. „Ich versinke", sagte er vor sich hin, „ich versinke, ich bin schon untergegangen."

Gudin kam. Er erschrak, als er den Freund sah. „Was gibt es denn um Gottes willen?" fragte er. Es belebte Pierre, daß einer da war, dem er seine Verzweiflung vorführen konnte. „Es gibt nichts als das Übliche", antwortete er mit kaltem Spott. „Jemand hat der Welt einen ungeheuern Dienst geleistet, dafür stößt sie ihn in den Dreck." – „Gewiß ist das das Übliche", erwiderte der Historiker Gudin, „und die Stunde reichte nicht aus, wenn man nur die Namen der so Gekränkten anführen wollte, von Demosthenes und Perikles bis herunter zu Voltaire und Ihnen. Aber was hat man Ihnen jetzt wieder getan, Pierre?" – „Ich bin bankrott", sagte Pierre. Gudin war enttäuscht. „Das waren Sie doch immer", sagte er. „Aber jetzt bin ich es wirklich", ereiferte sich Pierre. „Ich habe keinen Sou. Der Stuhl, auf dem ich sitze, der Ring an meinem Finger gehören mir nicht. Ich bin arm wie eine Maus."

Gudin begriff nicht recht. Ein Geschäftsmann war heute oben, morgen unten, das war das Wesen der Profession. Es mußte ein anderer, ein moralischer Grund sein, der heute den immer zuversichtlichen Freund so tief erschütterte. Sicher hatten ihm diese niederträchtigen Amerikaner einen neuen Schlag versetzt. Gudins Gesicht wurde teilnahmsvoll.

„Ich habe", sagte immer mit der gleichen stillen, kalten Bitterkeit Pierre, „einiges für Amerika geleistet, oder irre ich mich? Die ‚Ferragus', die ‚Eugénie', die ‚Therese', die ‚Heureux', die ‚Mercure', die haben doch Waffen nach Amerika gebracht, Waffen und Material, das mich sechs Millionen Livres gekostet hat, oder hab ich das geträumt? Für die Staaten Virginia, New Hampshire, North Carolina habe ich nochmals für drei Millionen geliefert, oder bilde ich mir das nur ein? Und die ‚Orfraye' hat sich beteiligt an der Schlacht von La Grenade, oder ist auch das eine Täuschung? Und was ist mein Lohn? Man zieht mir das Dach überm Kopf weg."

Bei aller Teilnahme befriedigte es Gudin, Zeuge einer großen historischen Szene zu sein, welche eine wunderbare Seite abgeben wird in seinen „Aufzeichnungen über das Leben und die Meinungen Caron de Beaumarchais'". Mit Wärme sagte er: „Sie haben bewirkt, Pierre, daß noch Freiheit in der Welt ist. Das kann Ihnen niemand abstreiten. Das ist Geschichte. Sie haben in Ihrer Truhe das große Dankschreiben des Kongresses, und sogar der neidische, giftige Tacitus Gibbon hat, gegen seinen Willen, Ihr Verdienst anerkannt. Sie haben die Freiheit gerettet, Pierre", schloß er, stark. „Und ich gehe dabei vor die Hunde", antwortete Pierre.

Dann aber, mit jähem Wechsel, wurde sein Gesicht wieder das alte, lebendige, gutmütig humoristische. „Machen wir uns nichts daraus, mein Philippe", sagte er. „Was bleibt einem schon auf dieser Welt? Man kann nur lachen oder verzweifeln. Lachen wir."

Doch als Gudin gegangen war, lachte er nicht. Er holte aus seiner Truhe hervor jene Dokumente, die ehrenvollen Zeugnisse seiner Taten, das Gerichtsurteil, das ihn von dem „Makel" befreite, den Dankbrief des Kongresses, die Manuskripte der „Denkschriften", des „Barbiers", des „Figaro". Aber der Anblick seiner Dokumente vermochte ihn nicht zu trösten. An die achtundvierzig Jahre war er jetzt, und den größern Teil seines Lebens hatte er angefüllt mit Mühe und Arbeit, mehr im Interesse der andern als in seinem eigenen, und nun stand er wieder vor dem völligen Zusammenbruch. Wohl konnte er triftig beweisen, daß dieser Zusammenbruch verursacht war einzig und allein durch die Schuld der Alliierten, der Vereinigten Staaten. Aber wenn auch die Geschichte das anerkennen wird, er lebte heute, und der Gedanke an Ehrungen durch die Späteren machte die Schmach nicht süßer, die er jetzt auf sich nehmen mußte. Denn der Bankrott der Firma Hortalez wird mit erniedrigenden Formalitäten verknüpft sein, er wird von neuem die bösen Erfahrungen der „Bemakelung“ machen müssen. Die großen Herren werden ihm auf die Schulter klopfen und sich amüsieren, sein Lever wird betrüblich einsam sein, und wenn ihm Charlot aus Mildtätigkeit ein ausgesuchtes Diner vorsetzt, wird er den großen Kopf schütteln und ihn mit seinem fatalen Lächeln erinnern: „Hab ich es Ihnen nicht vorausgesagt?“

Am nächsten Morgen kam Maigron und brachte ausgefüllt die Formulare mit, welche zur Anmeldung des Bankrotts unterzeichnet werden mußten. Schon griff Pierre zum Federkiel, da sagte Maigron: „Ich muß Ihnen doch noch von einer Unterredung berichten, die ich heute nacht mit Monsieur Brunelet hatte. Sie wissen, dem Brunelet, der manchmal als Strohmann des Marquis d'Aubespine agiert.“ Pierre hatte den Gänsekiel sogleich weggelegt. „Sie können Geld von ihm bekommen?“ fragte er aufleuchtend. „Er wäre bereit“, informierte ihn Maigron, „auf das Haus an der Rue Saint-Antoine eine Hypothek zu geben.“

Pierre war enttäuscht. Man hatte Versuche gemacht, das Haus zu beleihen, hatte aber nur niedrige und riskante Angebote erhalten. „Das wird uns nicht viel nützen“, sagte er. „Monsieur Brunelet“, berichtete zögernd Maigron, „wäre bereit, sechshunderttausend Livres zu geben.“ – „Sechshunderttausend?“ strahlte Pierre. „Gemacht.“

„Warten Sie“, dämpfte ihn Maigron. „Das Angebot riecht faul. Monsieur Brunelet will das Geld nur auf zwei Monate leihen. Und der gesamte Inhalt des Hauses soll dafür stehen, Mobiliar, Kunstwerke, alles. Es ist klar: Monsieur Brunelet und sein Hintermann rechnen damit, das Haus an sich zu bringen.“ – „In zwei Monaten“, sagte stürmisch Pierre, „hab ich das Geld dreimal herein, aus Amerika, aus den Schadenersatzansprüchen. Zwei Monate, sechzig Tage, einundsechzig Tage, und da zögern Sie? Sie sind ein Lahmarsch, Maigron. Treu wie Gold, aber ein Lahmarsch. Ich würde die Hypothek aufnehmen, und wenn sie auf einen einzigen Monat befristet wäre.“

Die Hypothek wurde aufgenommen. Von den sechshunderttausend Livres schickte Pierre sogleich fünfundzwanzigtausend als Honorar an den Bildhauer Houdon.

Louis besichtigte die Ausstellung im Salon. Geführt von den Künstlern Greuze und Duplessis, inmitten einer ehrfurchtsvollen Menge, beschaute er die Gemälde und Skulpturen. Er war nicht sehr interessiert an Kunst, aber das Stoffliche vieler Werke erregte seine Teilnahme. Da waren Genreszenen seiner Künstler von Sèvres, an denen er sich aufrichtig ergötzte. Auf einem Bilde Pourrats fiel eine alte Frau von einem mit Hausrat hochbepackten Wagen auf die Landstraße. „Die arme Alte", freute sich Louis, und seine Fuhrmannslache machte die Leinwand des Bildes beben. Auch gewisse Landschaften interessierten ihn, und aus der Fülle seines geographischen Wissens unterrichtete er die ihn führenden Künstler über die Bevölkerungsziffern dieser Landschaften oder über Handel und Gewerbe, die dort blühten.

Man gelangte in ein kleines Kabinett, in dem nichts stand außer drei Büsten. „Und hier", erklärte Monsieur Greuze, „ist das, was unser Praxiteles, Monsieur Houdon, in diesem Jahre beigesteuert hat." Monsieur Houdon hielt sich bescheiden wartend im Hintergrund.

Louis sah und verdüsterte sich. Da standen in kleinem Halbkreis weiß und marmorn die dreie, die er unter allen Menschen der Welt am meisten haßte: Voltaire, Franklin, Beaumarchais. Und die drei sahen keineswegs her wie Ketzer und Aufrührer, im Gegenteil, sie sahen würdig und tugendhaft aus, man hätte sie für Heroen des Altertums nehmen können. Aus den blitzenden Augen Voltaires sprach schalkhafte Güte, Franklins Kopf war voll Einfachheit und Weisheit, das Gesicht Beaumarchais' zeigte Humor und überlegen gutmütigen Verstand. Louis schnaufte stark. Um seinen Ärger zu verbergen, trat er ganz nahe an die Büsten heran, sie kurzsichtig anblinzelnd.

Sein Schweigen wurde unbehaglich. „Unser Monsieur Houdon", rühmte Monsieur Greuze, „ist der erste Mensch auf der Welt, der es zuwege gebracht hat, steinerne Augen lebendig zu machen." Und der bäuerlich verlegene Duplessis raffte sich auf und sagte: „Ja, Sire, jetzt hat der größte Künstler Ihres Reiches die drei größten Schriftsteller modelliert, die Ihre Hauptstadt beherbergte."

Diese Äußerungen wühlten Louis noch tiefer auf. Aber er mußte sich bezähmen, er mußte etwas sagen. „Ich weiß", wandte er sich an Houdon, „Sie sind ein vortrefflicher Künstler. Ich war auch mit meiner Büste sehr zufrieden. Und viele Sitzungen haben Sie auch nicht gebraucht. Nun ja, nun schön", sagte er und wandte sich, um den Rundgang fortzusetzen.

Auf der Nachhausefahrt war er versunken in böse Gedanken. Wenn der größte Künstler seiner Zeit, sein Praxiteles, sich die besten Köpfe suchte, um sie zu modellieren, dann fand er diese drei. „Die drei größten Schriftsteller Ihrer Stadt Paris." Und sein Hofmaler Duplessis rühmte die drei in seiner Gegenwart, naiv, schamlos, ohne an ihrer Gesinnung Anstoß zu nehmen. Es stand schlecht um sein Regime, wenn man in diesen dreien die Repräsentanten seiner Epoche sah. Es bedeutete, all sein redliches Bemühen war ohne Frucht geblieben.

An diesem Tage hielt ihm der Herzog von Fronsac, Intendant des Théâtre Français, Vortrag über die Angelegenheiten seines Ressorts. Der russische Thronfolger hatte damals Pierre keine leeren Komplimente gemacht. Er hatte nach seiner Rückkehr die hübsche Komödie nicht vergessen; vielleicht auch hatten seine entzückten Damen ihn an den amüsanten Autor erinnert. Jedenfalls wollte jetzt der Großfürst die Komödie „Der tolle Tag oder Die Hochzeit des Figaro" in St. Petersburg aufführen, und der russische Botschafter hatte im Auftrag seiner Regierung den Intendanten des Théâtre Français gebeten, einige seiner Künstler zu diesem Zweck zu beurlauben. Monsieur de Bibikoff, der Intendant der Kaiserlichen Hoftheater, warte nur die Zusage ab, um sich auf den Weg nach Paris zu machen.

Louis schnaubte. Unter den drei Rebellen, deren Köpfe er hatte beschauen müssen, ohne sie in Trümmer schlagen zu können, war dieser Caron der schlimmste. Nicht nur war er am Leben, er war auch verhältnismäßig jung. Und Louis fühlte sich von ihm vergewaltigt und betrogen. Der Mensch hatte ihm auf dem Umweg über seine schwangere Königin die Erlaubnis dieser Vorstellung in Gennevilliers abgeschwindelt. Louis hatte sich ausdrücklich ausbedungen, daß nach Gennevilliers von dem rebellischen, zuchtlosen Stück nicht mehr die Rede sein dürfe. Und nun hatte der unverschämte Bursche eine neue Intrige angezettelt und sich hinter die Röcke Katharinas von Rußland gesteckt.

„Das ist unangenehm", stieß er hervor, „das ist eine Zumutung. Was bilden sich diese Eskimos ein? Soll ich mein Théâtre Français zusperren, damit sie sich an dem schweinischen Stück amüsieren?" – „Was befehlen Eure Majestät, daß ich dem Großfürsten erwidere?" fragte der Herzog von Fronsac. „Die Petersburger sollen mich am Arsch lecken", gab Louis ungnädig Weisung, „drücken Sie das auf höfliche Art aus." – „Das ist nicht leicht, Sire", seufzte der Intendant. „Ich weiß", gab Louis zu. „Es ist eine widerwärtige Situation, in die uns dieser Caron gebracht hat." – „Wir könnten", schlug Monsieur de Fronsac vor, „ohne im leisesten in den Geruch der Unhöflichkeit zu kommen, die Forderung der Russen ablehnen, wenn wir die Komödie selber spielten. Der Großfürst wird es begreifen, daß wir dann unsere Künstler selber brauchen." – „Ich möchte nicht zu so drastischen Mitteln greifen, nur um höflich zu erscheinen", antwortete zornig Louis. „Belieben Sie sich zu erinnern, Herr Herzog, daß ich gesagt habe: Niemals." Monsieur de Fronsac verneigte sich.

Schon am nächsten Tag kam dem König Monsieur Caron von neuem in die Quer. Diesmal mit seiner Voltaire-Ausgabe. Während andere verbotene Werke stillschweigend geduldet wurden, ärgerte Louis diese Ausgabe besonders, und so stieß Pierres Société Littéraire et Typographique auf die größten Schwierigkeiten. Nicht nur in Paris, überall im Lande traf die Polizei strengste Maßnahmen, um die Verbreitung des Werkes zu unterbinden. Pierre aber verpflichtete immer neue Agenten, denen er ungewöhnlich hohe Provisionen zubilligte. Diesmal mußte Louis im Polizeibericht lesen, daß in Paris allein an einem einzigen Tage drei fliegende Händler festgenommen worden seien, welche die Häuser wohlhabender Bürger aufgesucht hätten, um ihnen Subskriptionen der verbotenen Voltaire-Ausgabe aufzuhängen.

Louis nahm die Sache selber in die Hand. Er gab Monsieur Lenoir Weisung, die Straffälligen nicht, wie das üblich war, auf drei Tage einzusperren, sondern auf fünf Wochen, mit einem Fasttag in der Woche. „Ich werde Monsieur Caron und seinem Gesindel beibringen", verkündete er erbost, „daß die Zensurvorschriften der Krone keine Farce sind. Ich lasse mir nicht auf dem Kopf herumtanzen. Ich bin unzufrieden mit Ihnen", tadelte er seinen Polizeipräsidenten. „Sie sind zu lax, Monsieur." Lenoir wies darauf hin, die genehmigten Beträge genügten nicht, die Zensurvorschriften nach Gebühr zu überwachen. „Ich genehmige hunderttausend Livres mehr", erklärte hitzig Louis. „Ich wünsche, daß diese Laxheit aufhört", schrie er in der Fistel. „Bin ich verstanden, Monsieur?"

Dann schlug er plötzlich um. „Meine Beamten haben kein Mark in den Knochen", klagte er. Und trübe verkündete er seinem verblüfften Polizeipräsidenten: „Sie werden sehen, Lenoir, es wird noch so weit kommen, daß dieser Beaumarchais und sein ‚Figaro' stärker sind als Ihr Verbot."

Wieder zwei Tage später kam Vergennes in seinem Vortrag auf den verhaßten Monsieur Caron zu sprechen. Der hatte mit Rücksicht auf die bedrängte Lage der Firma Hortalez gebeten, ihm auf seine Schadenersatzansprüche einen Vorschuß von einer halben Million zu gewähren. Diesmal, setzte der Minister auseinander, stehe es in der Tat sehr schlimm um die Firma, und falls sie Bankrott ansagen müsse, dann sei zu befürchten, daß Monsieur Caron Paris und der Welt erzählen werde von den Verknüpfungen der Firma mit der Regierung schon in den Zeiten vor der Allianz; eine solche Erklärung aber käme den Engländern sehr gelegen, als Beweis dafür, daß Versailles die Neutralität schon seit Jahren gebrochen hatte. Im übrigen sei nicht zu leugnen, daß der Firma Hortalez in Westindien große Verluste entstanden seien. Resümierend befürwortete der Minister Pierres Gesuch.

Aber: „Ich habe die ewigen Betteleien Ihres Caron satt", beschied ihn übellaunig Louis. „Von einem Geschäftsmann, der auf so ungeheure Gewinne spekuliert, kann man verlangen, daß er auch ein Risiko auf sich nimmt. Das könnte Monsieur Caron passen, daß er die Gewinne einstreicht und ich die Verluste zahle. Ich bin kein Trottel, der sich von jedem Hochstapler ausplündern läßt. Und wenn uns der Bursche mit Drohungen kommt, so hat die Krone schließlich noch Mittel und Wege, mit unbotmäßigen Untertanen fertig zu werden."

Daß der „Figaro", wiewohl noch nicht aufgeführt, von soviel Ruhm umstrahlt war, rief Neid und Anfeindung hervor. Flugblätter gegen den Autor erschienen, selbst der Erzbischof von Paris fand in einem Hirtenbrief Worte heiligen Zornes gegen die Komödie. Der erbittertste Gegner aber war Abbé

Suard, ein begabter, einflußreicher Schriftsteller, ein Mitglied der Akademie. Zunächst sprach er vor den Unsterblichen über die billige Erotik des modernen Theaters, dabei häufig und unmißverständlich auf den „Figaro" anspielend. Dann attackierte er die Komödie in seinem angesehenen „Journal de Paris" in zwei langen, anonymen, sorgfältig geschriebenen Aufsätzen.

Als ein dritter Artikel erschien, wiederum nur gezeichnet „Ein Abbé", konnte sich Pierre nicht mehr bezähmen. Er erwiderte dem Anonymus, hinter dem er den Abbé Suard vermutete, in einem offenen Brief, den er im „Mercure" veröffentlichte. „Was alles", höhnte er, „gibt sich heutzutage nicht für einen Priester aus? Früher schmückte ein solcher Titel nur weise, abgeklärte Männer. Heute muß man jedem Lumpen und Dummkopf zurufen: ‚Still, Abbé, marsch, fort, Abbé.' Was beabsichtigen Sie eigentlich mit der Publikation Ihrer Albernheiten, meine Herren Anonymi? Wollen Sie mich, der ich, um eine Aufführung meines Stückes zu erreichen, den Kampf mit Löwen und Tigern nicht scheute, zu dem Geschäft einer Dienstmagd verurteilen, die mit dem Flederwisch winzige Wanzen totschlägt?"

Wenn Pierre von „winzigen Wanzen" sprach, so dachte er an den zwerghaft kleinen Abbé Suard. Der Artikel aber, gegen den er eiferte, jener dritte, letzte Artikel, war nicht von dem kleinen Abbé geschrieben, sondern von einem sehr dikken, umfangreichen Herrn, dem Prinzen Xavier.

Prinz Xavier, sonst seinem Bruder Louis sehr unähnlich, haßte wie dieser den Autor des „Figaro". Prinz Xavier hielt es nicht für ausgeschlossen, daß der Vater des werdenden Dauphins, der ihn um die Krone zu bringen bestimmt war, Vaudreuil gewesen sei. Vaudreuil war tot und der Züchtigung entzogen, aber viele seiner Geschöpfe lebten. Des Prinzen Xavier Haß erstreckte sich auch auf den Autor der zuchtlosen Komödie, welche der Tote in seiner verbrecherisch leichtfertigen Torheit hatte aufführen lassen. Prinz Xavier erbat sich von Monsieur Lenoir den Text des Stückes, und da er literarische Ambitionen hatte, schrieb er zunächst gegen das Werk im „Journal" des Abbé Suard.

Jetzt also mußte er sich im „Mercure" eine „winzige Wanze" nennen lassen. Er beschloß, das dem frechen Beleidiger heimzuzahlen.

Louis und seine Brüder waren beinahe täglich zusammen, einander stichelnd, höhnend, sich vertragend, von neuem stichelnd. Diesen Abend spielte Louis mit Xavier eine Partie jenes Kartenspiels, das man in den letzten Jahren „Boston" zu nennen pflegte; Louis freilich war die Erinnerung an Boston und die Rebellen unangenehm, und er nannte das Spiel beharrlich weiter „L'Hombre". Louis und Graf Gramont bildeten die eine Partei, Xavier und sein Erster Kammerherr, Monsieur d'Arnoult, die andere. Louis war sehr guter Laune. Das L'Hombre-Spiel war eine der wenigen Gelegenheiten, bei denen er seinem Bruder Geld nicht zuzahlte, sondern abnahm, und wenn auch sein Associé Gramont kein guter Spieler war, so war Xaviers d'Arnoult ein noch viel schlechterer und außerdem sehr feig, so daß er nicht wagte, von ihm, Louis, Geld zu gewinnen.

„Sie schulden mir jetzt einen Louis sechs Livres und drei Sous, Messieurs", sagte Louis vergnügt. „Mm", antwortete Xavier, „Sie haben Glück heute abend, Sire." – „Ich spiele nicht schlecht", sagte Louis. Jetzt hielt es Xavier für an der Zeit, von dem unverschämten zoologischen Artikel Carons zu sprechen. Klüglich erwähnte er nicht sein eigenes Referat, nahm auch nicht Anstoß an der Wanze, wohl aber gab er der Vermutung Ausdruck, daß Caron mit dem Löwen den König und mit dem Tiger ihn, Xavier, im Auge gehabt habe; es sei aber auch möglich, daß der Tiger die Königin bedeuten sollte.

Louis dachte grimmig an Carons amerikanische Geschäfte, an die Voltaire-Ausgabe, an die Büsten Houdons. Jetzt verdarb ihm der Bursche auch noch diese Partie L'Hombre, an der er seine Freude hatte. Doch beherrschte er sich, er spielte ruhig weiter und notierte die Punkte, die gewonnen und verloren wurden, wie zuvor. Er begann aber jetzt zu verlieren. „Sie schulden mir nur mehr acht Livres und vier Sous", sagte er. Sie spielten weiter, und er verlor stärker. Als sie zu Ende waren, rechnete er zusammen. „Sie haben Glück gehabt, Xavier, und Sie, Monsieur d'Arnoult", sagte er. „Sie bekommen zwei Louis drei Livres acht Sous", und er zahlte.

Er war in großer Wut. Er war diesem Paar Xavier-d'Arnoult mehr als gewachsen, und wenn die Partie schließlich verlorengegangen war, so war es einzig und allein der Gedanke an diesen Caron, der ihn zerstreut hatte. „Haben Sie gehört, was ich Ihnen von dem Artikel dieses Caron erzählte?" fragte Xavier. „Ja, Monsieur", antwortete Louis. „Und werden Sie etwas gegen den Herrn unternehmen?" fragte Xavier. „Darauf können Sie sich verlassen, Monsieur", antwortete Louis, und er richtete die gern wandernden, weit auseinanderstehenden Augen auf ihn, trüb und entschlossen. Er dachte aber daran, wie ihm dieser Caron keine Ruhe ließ mit seinem schamlosen, niederträchtigen Stück; sogar die Russen hatte er ihm auf den Hals gehetzt, das grenzte schon an Hochverrat. „Ich bin neugierig auf Ihre Entschlüsse, Sire", sagte Xavier. „Sie werden nicht lange zu warten haben, Monsieur", sagte Louis.

Er nahm die Abrechnungstabelle für sein L'Hombre-Spiel. Zwei Louis drei Livres acht Sous Verlust. „Sie werden Augen machen, Monsieur", verkündete er. Und auf die Rückseite der Abrechnungstabelle schrieb er: „An den Herrn Polizeipräsidenten. Wollen Sie, bitte, unmittelbar nach Erhalt dieses Schriftstücks Order geben, den Sieur de Beaumarchais in die Bastille zu bringen." Er hatte es gewagt, dieser Bursche, sogar an die Bastille zu rühren, an seine Bastille. Er war des Aufenthalts in der Bastille nicht wert. Louis durchstrich die Worte „in die Bastille" und schrieb darüber: „nach Saint-Lazare". Es war aber Saint-Lazare eine Korrektionsanstalt für verlotterte Priester und jugendliche Taugenichtse aus bürgerlichen Häusern, und eines der gebräuchlichsten Hausmittel dort war die Rute; sowohl für die Einlieferung wie für jeden Bruch der Hausordnung war eine Tracht Prügel vorgeschrieben.

Triumphierend hielt Louis das Blatt seinem Bruder Xavier hin. Dann schloß er formelhaft: „Denn so ist es Unser Wille", unterzeichnete, faltete, tröpfelte säuberlich Lack, siegelte mit seinem Ring, sandte das Blatt ab.

In sein Tagebuch trug er ein: „13 Hasen erlegt, 18 Fasanen, 32 Rebhühner. Am Gibbon übersetzt, Band II, Seite 118–120. 33 317 436 Livres für die Armee bewilligt. Den unbotmäßigen Untertan Caron gezüchtigt."

Monsieur Lenoir schaute betreten auf die königliche Order. Es hätte Aufsehen genug erregt, wenn man Beaumarchais in die Bastille gebracht hätte; aber den Befreier Amerikas, den gefeiertsten Autor des Landes, den Helden der Schlacht von

La Grenade nach Saint-Lazare zu schicken, das war nicht weise von dem Allerchristlichsten König, das wird der Majestät noch viel Kopfzerbrechen machen, und ihm selber auch. Aber der Befehl war klar und unmißverständlich.

Am folgenden Tage also, des Abends um neun, stellte sich der Polizeikommissar Chenu im Hause an der Rue Saint-Antoine ein. Pierre saß bei Tisch mit Therese; der alte Herzog von Richelieu war da, der Prinz von Nassau, Doktor Lassone, Désirée. Kommissar Chenu ließ Pierre in den Vorraum bitten und eröffnete ihm, daß er ihm zu folgen habe. Pierre überlegte, was er wohl wieder angestellt haben könnte, es fiel ihm nichts ein, er kehrte zurück zu seinen Tischgenossen und erklärte, er müsse sie leider allein lassen, er werde dringlich in Versailles benötigt. Dann begab er sich zurück zu dem Polizeikommissar und sagte, er stehe zu seiner Verfügung. Chenu fragte höflich, ob Monsieur nicht seinen Wagen befehle. Pierre erwiderte lächelnd, deshalb habe er ja sein Haus hierher an die Place Saint-Antoine gebaut, weil er keinen weiten Weg zur Bastille haben wollte. Der Polizeioffizier antwortete, es handle sich leider nicht um die Bastille, sondern um Saint-Lazare. Da erbleichte Pierre und sagte: „Darauf war ich nicht gefaßt."

Inzwischen waren auch die andern herausgekommen. Sie sahen Pierres Verwirrung, sie merkten, worum es ging. Der alte Richelieu fragte den Polizeioffizier, der Haltung angenommen hatte, was denn los sei. Chenu, zögernd, gab Auskunft. Richelieu sagte kopfschüttelnd und voll Ärger: „Ich bin neunundachtzig, aber so was hab ich noch nicht erlebt." Doch Désirée, blaß und zitternd, rief geradezu: „Das ist eine Gemeinheit." Chenu, ernst und leise, wies sie zurecht: „Das will ich nicht gehört haben, Madame. Es ist Befehl Seiner Majestät."

Therese umarmte Pierre, sie weinte nicht. Dann wurde er, in seiner stolzen Karosse, in die Korrektionsanstalt Saint-Lazare gebracht. Während der Fahrt konnte er sich nicht beherrschen, ein nervöses Schluchzen schüttelte ihn. „Nehmen Sie sich zusammen, Monsieur", tröstete der Polizeikommissar. „Monsieur Lenoir hat Weisung gegeben, Sie gut zu behandeln. Sicherlich bleibt Ihnen das Schlimmste erspart."

Gudin schrieb noch in der Nacht in feurigen Worten nieder, wie jetzt eine neue Verfolgung seines großen Freundes eingesetzt und wie würdig er auch dieses Martyrium auf sich genommen habe.

Doch am nächsten Tag erlebte Gudin eine Enttäuschung. Er hatte erwartet, ganz Paris werde empört sein und für seinen größten Sohn demonstrieren. Aber die Pariser fanden es komisch, daß der beinahe fünfzigjährige Beaumarchais in einer Anstalt mit verlotterten Priestern und jungen Taugenichtsen zusammen saß. Sie lachten, die unberechenbaren Pariser, sie lachten schallend. Es erschienen zahllose Karikaturen und Spottverse. Ein Holzschnitt stellte dar, wie der Lausejunge Caron von einem Laienbruder durchgeprügelt wird.

Die Hypothek auf das Haus an der Rue Saint-Antoine war fällig. Geld war nicht da. Darlehen auf die Ansprüche an die französische Krone oder auf die amerikanischen Guthaben waren weniger zu haben als je; denn in beiden Fällen war die Firma Hortalez angewiesen auf den guten Willen des Königs, und nichts konnte deutlicher dessen Ungnade beweisen als Pierres Verhaftung.

Da in Saint-Lazare Besucher nicht zugelassen wurden, beriet Maigron mit Therese und Gudin. Er legte dar, daß, falls man nicht zahle, das Haus übermorgen versiegelt und drei Wochen später versteigert werde. Die Beschlagnahme werde der Firma Hortalez einen weiteren schweren Schlag versetzen. Verhüten könne man die Beschlagnahme, wenn man die Société Industrielle de Chinon aufgebe, auf die ein Preis weit unterm Wert geboten sei.

Gudin hielt es nicht auf seinem Stuhl; aufgeregt, geröteten Gesichtes, lief der beleibte Mann hin und her. Vielleicht habe der Zwang, die Geschäfte zu liquidieren, sein Gutes, sprudelte er dann heraus. Das Schicksal mahne Pierre, sich für eine Weile auf die Dichtkunst zu konzentrieren. Sokrates habe sich unter anderm auch als Soldat ausgezeichnet, aber nicht seine militärische Tätigkeit sei es gewesen, die ihn unsterblich gemacht habe. So könne auch Pierre Beaumarchais seine Unsterblichkeit fester untermauern, wenn er, ein paar Jahre auf seine Geschäfte verzichtend, in seinem schönen Hause unter seinen Büchern und Kunstwerken mit seiner

Muse zubringe. Er, als Pierres Freund und Historiograph, stimme dafür, die Société Industrielle fahrenzulassen und das Haus an der Rue Saint-Antoine zu retten.

Therese saß da, reglos, das schöne Gesicht mit den hohen, kühnen Brauen sehr finster. Das neue wüste Unrecht, das man Pierre antat, hatte sie aufgewühlt. Sie hatte nicht ausfindig machen können, warum man Pierre so plötzlich in dieses schmähliche Gefängnis gesperrt hatte, aber sie war gewiß, daß die letzte Ursache nichts anderes war als Pierres Eifer für die Freiheit und für die menschliche Wohlfahrt. Aber da waren die Gewalthaber an den Unrechten gekommen. Pierre war nicht der Mann, unter diesem neuen Schlag zu ducken und sein amerikanisches Unternehmen aufzugeben. Sie durfte nicht zulassen, daß er seine Firma Hortalez verlor, weil er eingesperrt war und sich nicht um seine Geschäfte kümmern konnte. „Ich glaube", sagte sie mit ihrer tiefen, ruhigen Stimme, „es wäre nicht im Sinne Pierres, die Société Industrielle zu liquidieren." – „Sie ziehen es also vor, Madame", vergewisserte sich der sachliche Maigron, „sich das Haus wegnehmen zu lassen?" – „Ja", sagte Therese.

Zwei Tage später erschien Monsieur Brunelet, der Inhaber der Hypothek, mit einem Polizeikommissar und zwei Gerichtsvollziehern. Monsieur Brunelet war ein kleiner, unscheinbarer Herr. Er bat, Madame de Beaumarchais seine Aufwartung machen zu dürfen, brachte eine dicke Liste zum Vorschein, das Inventar des Hauses, und ersuchte Therese höflich, ihm bei der Nachprüfung an die Hand zu gehen, da, wie er zu seinem Bedauern höre, Monsieur de Beaumarchais durch unvorhergesehene Umstände daran verhindert sei. Therese fügte sich, schickte aber nach Maigron. Auch Gudin stellte sich ein; er wollte den schmählichen Akt mit eigenen Augen sehen, um sein Herz mit der nötigen Bitterkeit für die Beschreibung zu füllen.

Zunächst wurden die Siegel am Hauptportal angebracht, das große Siegel des Königs und das kleine Monsieur Brunelets. Bei dem Rundgang durch den Garten konnte sich Gudin sarkastischer Bemerkungen nicht enthalten. „Vergessen Sie nicht, dem Gladiator Ihr Siegel aufzudrücken, Messieurs", sagte er etwa, oder: „Wie wäre es, wenn Sie den Voltaire-Tempel versiegelten? Sonst könnte einer der Millionen Anhänger Monsieur de Beaumarchais' den Tempel heimlich in die Tasche stecken und forttragen." Monsieur Brunelet zuckte immer nur die Achseln und versicherte: „Es ist mir sehr schmerzlich, Madame", oder: „Es drückt mir das Herz ab, aber ich bin Geschäftsmann."

Monsieur Brunelet, seine Polizisten und die Vertreter Pierres begaben sich in das Innere des Hauses. Dort stürzte ihnen schreiend und schäumend Julie entgegen. „Genügt es nicht", schrie sie, „daß ihr den edelsten, besten Mann dieses Landes in euer Rattenloch steckt? Müßt ihr ihm auch noch sein Haus rauben, seine letzte Zuflucht, wenn er krank und gemartert zurückkommt?" – „Es ist mir selber sehr schmerzlich", antwortete Monsieur Brunelet, „aber Monsieur de Beaumarchais ist Geschäftsmann, er würde mich verstehen." – „Sie verhöhnen mich auch noch", wütete Julie. „Niemals hat Pierre einer Witwe oder Waise weh getan. Niemals hat er dem Armen die Hütte versteigert." Sie ereiferte sich derart, daß der Polizeikommissar einzuschreiten drohte. Gudin gelang es schließlich, die Heulende in ihr Zimmer zurückzubringen.

Im Arbeitszimmer Pierres wollten die Beamten die Truhe mit seinen Dokumenten versiegeln und die Schubladen mit seinen Schriftstücken. „Ich wäre Ihnen verbunden, wenn Sie das unterließen", sagte Therese. Maigron, mit seiner farblosen Stimme, verwahrte sich: „Ich bezweifle die Gesetzmäßigkeit Ihres Vorgehens. Die Manuskriptbehälter sind im Inventar angeführt, nicht aber die Manuskripte." – „Sind Sie sich klar darüber", drang Gudin auf Monsieur Brunelet ein, „daß, was Sie da vornehmen, das schlimmste Verbrechen ist, das ein Sterblicher begehen kann, Schändung der Kunst?" – „Ich mache darauf aufmerksam", protestierte Maigron weiter, „daß ich Schadenersatzklage gegen Sie anstrengen werde, wenn Sie Gegenstände beschlagnahmen, die nicht im Inventar aufgeführt sind. Ich bin bevollmächtigt, in Abwesenheit Monsieur de Beaumarchais' seine Geschäfte wahrzunehmen. Das wird mir unmöglich gemacht, wenn ich zu wichtigen Dokumenten keinen Zutritt habe."

Der Polizeikommissar schaute fragend auf Monsieur Brunelet. „Warten Sie", sagte dieser. „Ich will die Sache mit einem Geschäftsfreund besprechen." Er fuhr fort. Kam zurück mit Monsieur Lenormant.

Charlot hatte diesen Tag mit vielen verwickelten Listen vorbereitet. Er hatte sich darauf gefreut, den Gladiator und den Kaminmantel und das Porträt Désirées in Besitz zu nehmen und Pierre freundlich zu erklären: „Hab ich Ihnen das nicht vorausgesagt, mein Alter?“ Vielleicht sogar hätte er sich nur dieser drei Gegenstände bemächtigt und Pierre das Haus belassen. Nun hatte die törichte Verfügung des Dicken alle seine Pläne über den Haufen geworfen. Die Begegnung mit Pierre war es, die Begegnung mit Pierre in seinem bankrotten Geschäfts- oder in seinem bankrotten Privathaus, die Lenormant herbeigesehnt hatte. Das war ihm jetzt vereitelt worden, es war ihm nur die Übernahme des Hauses geblieben, und er hatte sich gefragt, ob er überhaupt hingehen und sein Herz weiden solle an dem Akte der Versiegelung. Es war überflüssig und konnte im Grunde nur schaden. Er war denn auch der Beschlagnahme ferngeblieben; doch er hatte sich eine Tür offengelassen und seinen Strohmann Brunelet angewiesen: „Falls sich Schwierigkeiten ergeben sollten, aber nur dann, rufen Sie mich.“ Nun hatten sich Schwierigkeiten ergeben, das war ein Wink des Schicksals, er hatte der Versuchung nicht länger widerstanden, da war er.

Mit altväterischer Höflichkeit versicherte er Therese, es sei ihm inmitten all der Trauer eine kleine Genugtuung, daß es ihm vergönnt sei, ihr behilflich zu sein und das Haus seines Freundes Pierrot vor plumpen Übergriffen zu schützen. Er begegnete den trocken höhnischen, sachlichen Bemerkungen Maigrons und den wütenden Anrempelungen Gudins mit stiller, überlegener Ironie. Nach kurzer Zeit erklärte er, der Inhalt des Hauses sei in den Händen Madames in bester Obhut, er selber übernehme dafür die Bürgschaft, und er verhinderte, daß weitere Siegel angelegt wurden.

Allein er empfand nichts von der grimmigen Freude, die er sich von dieser Stunde versprochen hatte. Aus dem Rahmen ihres Porträts schaute Désirée auf ihn herunter, kühl, spöttisch, lustig, und auf dem Rahmen glänzte das Siegel seines Monsieur Brunelet. Da hatte er also das Bild, ein schönes Bild, eine großartige Leinwand des großartigen Malers Quentin de Latour. Was für ein kahler, ärmlicher Triumph, und wie sinnlos hatte er ihn überzahlt mit dem Verluste der lebendigen Désirée.

Als sich Lenormant und die traurige Gesellschaft der Beamten entfernt hatten, gesellte sich Julie zu den andern. Verweint und zornig wies sie auf das Porträt Désirées. „Ich bin überzeugt", sagte sie, „auch hinter dieser Verhaftung und hinter diesem schwarzen Tage steckt das verdammte Weibsbild." Maigron aber erwiderte trocken: „Da irren Sie, Mademoiselle. Dies alles danken wir Amerika."

Doktor Franklin hörte mit Mißbehagen, daß der Inhaber der Firma Hortalez nun wirklich am Ende sei und daß seine Gläubiger sein Privathaus beschlagnahmt hätten. Überall in Paris hieß es, die Säumigkeit des amerikanischen Kongresses trage die Schuld an dem Unglück ihres größten Lieferanten.

Franklin beriet mit seinen Kollegen. Mr. Adams erklärte kühl, unmittelbare Ursache des Zusammenbruchs sei ja wohl Beaumarchais' Verhaftung, und auch der erbittertste Feind Amerikas könne daran dem Kongreß nicht die Schuld zuschieben. „Immerhin läßt sich nicht leugnen", antwortete Franklin, „daß Monsieur Caron noch im Besitz seines Hauses wäre, wenn der Kongreß seine Zahlungen beschleunigt hätte. Auf alle Fälle wäre es eine wirksame Geste, wenn man dem Manne jetzt das Geld zur Verfügung stellte, sein Haus zu retten."

Arthur Lee, in seinem Innern, war empört über die Zumutung des Doktor h. c. Er nehme an, führte er aus, sowohl die Verhaftung wie die Beschlagnahme sei nichts als ein neues Schwindelmanöver des berüchtigten Hochstaplers, der mit seinen gefälschten Aufstellungen dem Kongreß und der Delegation genug zu schaffen mache. Franklin erwiderte mild, er könne sich nicht vorstellen, daß jemand nach Saint-Lazare gehe, um sich finanzielle Vorteile zu verschaffen. Lee meinte hartnäckig, es sei sehr wohl denkbar, daß ein Franzose und Skribent, der so versessen auf Wirkung sei wie Monsieur Caron, sich Vorteil davon verspreche, wenn er sich einem komödiantischen Märtyrertum unterziehe. „So viel ist gewiß", erklärte er, „daß nun auch die französische Regierung in diesem Menschen den Schwindler erkannt und gebrandmarkt hat. Das müßte uns, scheint mir, Anlaß geben, seine Rechnungen doppelt genau anzuschauen, nicht ihm Geld hinzuwerfen."

Mr. Adams meinte säuerlich, nach den Erfahrungen, die er

habe machen müssen, seien die Franzosen ungewöhnlich empfindliche Leute. Wenn man Monsieur Beaumarchais nun gerade jetzt, nach seiner Verhaftung, Geld anwiese, so könnte der immer beleidigte Vergennes darin ein unbefugtes Eingreifen der amerikanischen Delegierten in französische Regierungsmaßnahmen, ja, eine Provokation des Königs erblicken.

Franklin seufzte, und da man sowieso kein Geld hatte, ließ er den Gegenstand fallen.

Um die gleiche Zeit erhielt Désirée ein Schreiben Maigrons. Es werde sie vielleicht interessieren, teilte er ihr mit, daß die Hypothek, deren Nichtzahlung die Beschlagnahme des Hauses an der Rue Saint-Antoine bewirkt habe, auf den Betrag von sechshunderttausend Livres laute. Falls dieser Betrag binnen weiteren zwanzig Tagen nicht erlegt werde, sei das Haus verfallen.

Désirée hatte sich die ganze Zeit über den Kopf zermartert, wie sie die Freilassung Pierres erreichen könnte. Zu diesem Zweck mußte sie vor allem ausfindig machen, wessen eigentlich man ihn bezichtigte; doch niemand wußte Genaues, nicht einmal der Polizeipräsident, da die Herren Gramont und d'Arnoult, die einzigen, die es hätten sagen können, ängstlich schwiegen. Jetzt also wollte dieses Schwein Charlot die Verhaftung noch dazu ausnützen, Pierres Haus zu stehlen. Da sollte er sich schneiden.

Es floß Désirée von vielen Seiten viel Geld zu, doch sie war verschwenderisch und ließ es zerrinnen. Sie hatte die sechshunderttausend Livres nicht, und die hohe Summe schnell aufzutreiben, war nicht leicht. Sie wandte sich an ihren Doktor Lassone.

Der große Arzt erblaßte. All sein Stolz und sein Geiz empörten sich. Wie naiv schamlos sie war. Weil es ihr Spaß machte, zuweilen mit diesem Windhund Caron zu schlafen, sollte er, Josèphe-Marie-François Lassone, den Ertrag zehnoder fünfzehnjähriger Mühen hinwerfen. Aber wenn er's ihr abschlug, der frechen, verdammten, geliebten Hure, dann wird sie freundlich knicksen, sie wird nicht viele Worte machen, aber sein Heiratsantrag war dann für immer in ihren großen Korb gefallen. Und er wollte sie doch heiraten, die Hündin. Dabei fiel es ihm verdammt schwer, das Geld flüssigzumachen; denn um sich selber einen Damm zu setzen, hatte er den größern Teil seines Vermögens so festgelegt, daß es umständlicher Kündigungen bedurfte, ehe er an die Summen heran konnte. Die sechshunderttausend Livres werden ihn sechshundertzehntausend oder gar sechshundertzwanzigtausend kosten. Alles für diese und für diesen.

„Ich habe Sie was gefragt, Herr Doktor", sagte süß und spitzbübisch Désirée. Lassone schluckte. „Bis wann benötigen Sie die Summe, Madame?" fragte er. Désirée nahm den Brief Maigrons aus dem Busen. „Binnen zwanzig Tagen, schreibt mir der Mann", antwortete sie. „Aber davon sind schon zwei Tage vergangen." – „Sechshunderttausend Livres sind viel Geld", sagte Lassone, „und achtzehn Tage sind eine kurze Frist." Désirée erwiderte nichts, sie begnügte sich, dazustehen, liebenswürdig, spöttisch, reizend.

Doktor Lassone nahm einen großen Anlauf. „Der Betrag wird binnen achtzehn Tagen zu Ihrer Verfügung stehen, Madame", erklärte er heiser. Désirée lächelte freundlich. „Ich wußte es, Herr Doktor", antwortete sie, „Sie sind großzügig trotz allem, was man sagt. Schönen Dank." Lassone küßte ihr die Hand.

Er wußte, daß, was er jetzt zu tun im Begriffe stand, falsch war, aber er konnte sich nicht bezähmen. Er lächelte ein wenig verzerrt und sagte: „Ich habe die Ehre gehabt, Madame, Sie um Ihre Hand zu bitten." – „Ich erinnere mich", antwortete Désirée, „und ich habe nicht nein gesagt. Ich sage noch immer nicht nein; denn Sie haben sich großzügig gezeigt", und sie neigte spröd und lächelnd den Kopf, daß er sie auf den Nacken küsse.

„Noch eines", sagte sie, wieder hochtauchend. „Versuchen Sie doch herauszubekommen, warum man unsern Freund Beaumarchais eingesperrt hat. Wenn er rechtzeitig frei wird, spart Ihnen das vielleicht Ihre Sechshunderttausend."

Pierre mittlerweile saß in Saint-Lazare.

Unter dem gutmütigen Louis hatte man eine Reform der Pariser Gefängnisse in Angriff genommen, aber auf die Korrektionsanstalt Saint-Lazare hatte sie sich noch nicht erstreckt. Monsieur Lepin, der Hausvater, ein Veteran mit einem Holzbein, hatte ein starkes, grobes und gerechtes Herz. Er hatte es mit seinen jungen Galgenvögeln nicht leicht. Dreimal hatten sie ihn umbringen wollen; einmal hatte er sich nur dadurch gerettet, daß er einem mit seinem Holzbein den Schädel einschlug.

An den Umgang mit einem Philosophen und Staatsmann vom Range Monsieur de Beaumarchais' war Lepin nicht gewöhnt. Da er von Monsieur Lenoir Weisung erhalten hatte, seinen neuen Häftling gebührend, doch gut zu behandeln, ersparte er ihm die körperliche Züchtigung, unterwarf ihn aber im übrigen der Hausordnung.

Pierre schlief auf verwesendem Stroh zusammen mit fünfzehn übelaussehenden und nicht wohlriechenden jungen Burschen in einem engen, niedrigen Raum. Ratten und Ungeziefer gab es die Menge, zu essen gerade das Notwendigste.

Die zerlumpten jugendlichen Tunichtgute waren erstaunt, den angejahrten, eleganten, wohlriechenden Herrn unter sich zu sehen. Das mußte ein ganz Gerissener sein, der sich zu solch einer Kluft zu helfen gewußt hatte. „Was hast du denn gedreht?" fragten sie ihn. Er erwiderte nicht. Dem Gesprächigen war nicht nach Sprechen zumute, der Humorist sah in seiner Situation keinen Humor. Und: „Wer bist du? Wie heißt du?" fragten sie weiter. Er schwieg beharrlich. Einer, ein Aufgeweckter mit einer sehr hellen Stimme, meinte, er habe ein ähnliches Gesicht schon auf Bildern gesehen. „Jetzt weiß ich", sagte er, „an wen der Neue mich erinnert: an den Zeitungsschreiber Beaumarchais", und er begann, die Romanze des Cherubin zu pfeifen; die andern pfiffen mit. Da konnte Pierre nicht mehr an sich halten, und er sagte kurz und ablehnend: „Ich bin Pierre Beaumarchais." Die Tunichtgute aber schauten sich an und stießen einander an und begannen zu kichern, und schließlich brachen sie in ein schallendes Gelächter aus. Daß sich dieser Mensch bei ihnen mit dem guten Witz einführte, er sei Beaumarchais, versprach Unterhaltung auch für die Folge.

Pierre aber lag die schwarze, stinkende Nacht hindurch in Verzweiflung. So weit hatte er's gebracht mit beinahe fünfzig Jahren. Da hockte er und verkam inmitten dieser Lausejungen, hilfloser als je in seinem Leben. Er hatte alles falsch gemacht. Wer hatte ihn geheißen, sich um die Menschheit kümmern? Wer hatte ihn geheißen, Amerika und die Freiheit retten? Wer hatte ihn geheißen, Flugschriften schreiben und Stücke voll Aufruhr gegen das Unrecht? Hätte er freche erotische Possen verfaßt und riesige Schwindelgeschäfte getätigt und Amerika und die Menschheit sich selber überlassen, dann säße er jetzt dick in Gold und Ehren. Ein Narr war er, ein gigantischer Esel.

Er zerbrach sich den Kopf, wer ihn denunziert haben könnte und um was. Das einzige, was er wußte, war, daß der Befehl, den der Polizeikommissar vorgezeigt hatte, unmittelbar von der Hand des Königs kam, es war eine Lettre de Cachet gewesen. Er fragte sich, wodurch er wohl Louis so in Rage versetzt habe. Überprüfte, was er in den letzten Wochen getan hatte. Fand nichts. Und niemand wurde zu ihm gelassen, den er hätte fragen können. Das Rätsel, wer oder was sich hinter diesem Schlage verbarg, zehrte an ihm.

Er verlangte den Hausvater. Monsieur Lepin kam sogleich und erkundigte sich höflich: „Womit kann ich Ihnen dienen, Monsieur?" Pierre fragte, warum er eigentlich hier sei. „Wegen allgemeiner schlechter Erziehung, Monsieur", erwiderte höflich Monsieur Lepin, „mehr ist mir leider nicht bekannt." – „Kann ich nicht einen meiner Freunde sprechen", drängte Pierre, „den Herrn Ministerpräsidenten oder Monsieur de Vergennes oder wenigstens meinen Anwalt? Oder kann ich jemand schreiben?" – „Die Hausordnung erlaubt das nicht vor vier Wochen", antwortete Monsieur Lepin.

Auf Sauberkeit hielt der alte Veteran nicht viel. Pierre verkam rasch. Der elegante Anzug, in welchem er mit Désirée und dem Herzog von Richelieu zu Abend gegessen hatte, verschmutzte und zerschliß, bräunliches Gezottel, untermischt mit gräulichem, wuchs ihm um Wangen, Mund und Kinn, und vor seinem eigenen Gestank merkte er nicht mehr, daß die andern stanken. So lebte er weiter mit den fünfzehn Tunichtguten, beinahe erstickt vom Gefühl seiner Ohnmacht.

Um diese Zeit hatte sich ein gewisser Abbé da Ponte das Manuskript der Komödie „Die Hochzeit des Figaro" verschafft und daraus ein Opern-Libretto zurechtgemacht, und ein Musiker namens Mozart schrieb Musik zu diesem Libretto.

Monsieur Lenoir erkundigte sich bei dem Hausvater von Saint-Lazare nach dem Befinden und dem Gehabe des neuen

Insassen. Der alte Soldat berichtete, Monsieur de Beaumarchais gebe zu besonderen Klagen keinen Anlaß; er führe sich so wie seine andern Pflegebefohlenen und sehe auch aus wie diese, ein wenig schäbig und ein wenig vernachlässigt. „Hm", sagte der Polizeipräsident und erkundigte sich nach Einzelheiten.

Er erzählte, was er gehört hatte, dem Grafen Maurepas, der verzog den Mund. „Ich glaube nicht, daß das im Sinne des Königs ist", sagte er. „Bräunliches und gräuliches Gekräusel um die Wangen und ums Kinn? Ich bin sicher, das ist nicht im Sinne der Majestät. Geben Sie doch Weisung, daß man unsern Pierrot ordentlich hält."

Fortan schlief Pierre allein. Auch wurde er gut, ja üppig verköstigt. Monsieur Lepin fragte, ob er nicht einen Barbier befehle. Pierre lehnte ab.

Dann wurde ihm das Recht zugestanden, zwei Herren zu berufen, mit denen er seine Angelegenheiten beraten könnte. Er verlangte nach Gudin und nach Maigron.

Sie kamen. Sie erschraken, als sie ihn sahen. Gudin hielt die Tränen nicht zurück. „Reden wir nicht darüber, meine Freunde", sagte Pierre mit einer Lustigkeit, welche Gudin schaurig anmutete. „Machen sie viele Witze über mich in Paris? Erzählt mir doch einige."

Dann berichtete Maigron von der Pfändung des Hauses, und daß offenbar Monsieur Lenormant der wahre Inhaber der Hypothek sei. Gudin schilderte farbig Einzelheiten der Pfändung. Pierre stöhnte. Er beschimpfte Maigron, daß er nicht die Société Industrielle veräußert habe, um ihm diese letzte Schmach zu ersparen. Maigron betrachtete mit seinen unerschütterlich ruhigen Augen den zornigen, verdreckten Mann und sagte: „Ich habe Grund zu der Annahme, daß das Haus auch ohne Preisgabe der Société Industrielle Ihr Besitz bleiben wird. Es hat sich eine Dame gefunden, welche die sechshunderttausend Livres rechtzeitig erlegen will." Pierre starrte verblüfft, auch Gudin war tief erstaunt. „Eine Dame?" fragte Pierre. „Reden Sie doch, Mensch", fuhr er auf Maigron los. „Wer hat Ihnen das Geld angeboten? Die Baronin d'Houdetot? Madame de Clonard?" Er nannte noch mehrere seiner aristokratischen Freundinnen. „Die Dame wünscht nicht, daß ihre Hilfeleistung bekannt werde", erwiderte Maigron. „Wie kam sie zu Ihnen? Reden Sie doch", drängte Pierre. „Ich habe mich an die Dame gewandt", gab zögernd der redliche Maigron zu. „Sie wagen es, in meinem Namen Frauen anzubetteln?" empörte sich Pierre. „Der Erfolg scheint mir recht zu geben", entgegnete sachlich der Sekretär. Im stillen freute sich Pierre, daß Maigron auf diesen Ausweg gekommen war; immer in Fällen höchster Not hatten sich edle Frauen seiner angenommen. Aber er ließ von seiner Befriedigung nichts merken. „Wer ist es, zum Teufel?" donnerte er. „Mademoiselle Mesnard", bekannte Maigron. „Potzblitz", sagte Pierre. Er wunderte sich über sich selber: niemals fiel ihm seine beste Freundin ein. „Woher sie nur das Geld hat?" fragte er. Gudin aber sagte: „Unsere Künstlerinnen. Die Kunst erweicht die Herzen."

Pierre erhielt Erlaubnis, Mitglieder seiner Familie und nächste Freunde zu sehen. „Madame de Beaumarchais wünscht Sie zu besuchen, Monsieur", eröffnete ihm Monsieur Lepin. Doch Pierre ließ Therese nicht vor. Er wollte sich nicht trennen von dem bräunlich gräulichen Gezottel, dem Zeichen seiner Schmach und seines Martyriums, aber er wollte sich auch nicht so häßlich und ältlich vor Therese sehen lassen; denn er liebte Therese.

Wohl aber wünschte er Désirée zu sehen. Sie kam. Jung, sehr hübsch angezogen, strahlend betrat sie die elenden Räume. Sie sah Pierre, und sie erschrak. Es war nur für einen Augenaufschlag, und er nahm es nicht wahr; denn er war zu sehr beschäftigt, ihr seine Schmach vorzuführen.

Nach der Begrüßung sagte er, herzlich und doch ein wenig beiläufig: „Ich danke dir übrigens, Désirée. Ich höre, du hast dich wieder einmal großartig benommen. Ich glaube ja, ich hätte mir auch sonst herausgeholfen; denn wenn eine von meinen Frauen mir treu ist, dann ist es Fortuna."

Sie saßen nebeneinander auf der elenden Pritsche, die zierliche, elegant geschmückte Désirée und der zerlumpte Mann, und im stillen lächelte sie; aber sie spottete nicht über seine Worte, wie sie es sonst wohl getan hätte. Sie war glücklich, daß sie es war, die hier neben ihm saß, und nicht Therese, wiewohl sie die wahren Gründe ahnte.

„Ich werde vermutlich Lassone heiraten", erzählte sie ihm, „hab ich es dir schon gesagt?" – „Den alten Lassone?" empörte sich Pierre. „Das hast du doch nicht nötig, Désirée." – „Er ist sehr bequem", setzte sie ihm auseinander, „und er ist rasend verliebt, und ich habe Spaß an ihm." Pierre dachte nach. Er rückte ihr näher. „Ist er es", fragte er dann vertraulich und geschmeichelt, „der dir das Geld für mich geben will?" Désirée schwieg, aber ihr Gesicht sagte ja. „Ich werde es dir bestimmt sehr bald zurückzahlen können", tröstete Pierre sich und sie. „Das glaubst du selber nicht", sagte Désirée. „Dabei ist es diesmal wahrscheinlich sogar richtig. Ich kann dir nämlich etwas Sonderbares berichten, etwas Erfreuliches, finde ich. Ich hätte es nicht ermittelt ohne meinen Lassone." Und sie erzählte ihm, was seine Verhaftung verursacht hatte. Monsieur d'Arnoult nämlich, der Partner des Prinzen Xavier bei jenem L'Hombre-Spiel, war erkrankt, Patienten sind geschwätzig, er hatte Doktor Lassone erzählt.

Das war erfreulich. Daß ein so nichtiger Anlaß den König dazu verführt hatte, eine so ungeheuerliche Züchtigung über ihn zu verhängen, erfüllte Pierres bewegliches Gemüt mit überschwenglicher Hoffnung. Auch Désirée nahm an, daß der unsinnige Verdacht leicht entkräftet werden könne. Sie hatte um Audienz bei Toinette gebeten, sie wird morgen mit ihr zusammenkommen. „Ich glaube, ich werde deine Freilassung rasch durchsetzen", meinte sie.

Doch Pierre war schon viel weiter. „Freilassung?" fragte er höhnisch. „Rehabilitierung. Ich verlange Rehabilitierung. Und ich kriege sie." Auf und ab lief der verwahrloste Mann in seinem schmutzigen, verschlissenen Anzug, jung, belebt. „Nein, jetzt brauch ich dein Geld nicht mehr", jubelte er. „Die Sechshunderttausend schaff ich mit der linken Hand."

Durch Désirée und ihre Freunde verbreitete sich über ganz Paris die Kunde, unter welch albernen Anschuldigungen der König den Autor des „Figaro" nach Saint-Lazare hatte bringen lassen, und der Spott der Pariser über Pierre wandelte sich jäh in Empörung gegen Louis. Wenn jemand vom Rang und Verdienst eines Beaumarchais so schmählich in übelste Haft genommen wurde, weil eine harmlose Äußerung von ihm dumm und feindselig mißdeutet wurde, wer überhaupt war dann noch sicher, daß man ihn nicht des Nachts in seinem Bette überfiel? Von neuem widerhallte Paris von dem Ruf: „Willkür. Tyrannei."

Louis erfuhr aus dem Polizeibericht von dieser Mißstimmung. Er hatte schon vorher zu zweifeln angefangen, ob seine Verfügung gerecht sei. Maurepas hatte ihm jenen Artikel gebracht, der Pierre zu seinem offenen Brief veranlaßt hatte, und Louis sah ein, daß der Sieur Caron seine zoologischen Vergleiche nicht in der Absicht angestellt hatte, ihn oder die Königin zu kränken. Als er gar erfuhr, daß der Autor jenes Artikels im „Journal de Paris" nicht der Abbé Suard war, sondern Xavier, wurden ihm alle Zusammenhänge klar. Er ärgerte sich und schämte sich. Er hatte sich wieder einmal von dem hinterlistigen Bruder hereinlegen und zu einer übereilten Handlung verführen lassen. Wenn er auch im Prinzip recht hatte und der Sieur Caron in der Tat nichts anderes war als ein alternder Nichtsnutz und Lausejunge, so hatte er doch im besondern Falle dem Manne unrecht getan.

Und nun drängte auch noch Toinette auf ihn ein und klagte und war entrüstet. Désirée hatte ihr Bestes getan, sie aufzustacheln, und vor allem ihre anschauliche Schilderung, wie Pierre verwahrloste und verkam, hatte Toinette ergriffen. Erbittert und gerührt jetzt, ließ sie sich vor Louis darüber aus. Dann machte sie sich lustig über die Begründung der übeln Züchtigung. „Wer Sinn für Dichtkunst hat", erklärte sie, „kann keinen Anstoß daran nehmen, daß man ihn mit einem Löwen oder einem Tiger vergleicht. In unsern verschiedenen Wappen sind eine ganze Menge solcher Tiere. Wegen eines solchen Vergleichs einen großen Dichter nach Saint-Lazare zu schicken, das ist nicht königlich, Sire."

Louis wand und drehte sich schuldbewußt. „Nun ja, nun schön", brummelte er. „Man hatte mich leider falsch unterrichtet. Regen Sie sich nicht weiter auf, Toinette. Ich werde alles in Ordnung bringen."

Er gab Weisung, Pierre sogleich zu entlassen und ihm zu eröffnen, daß er wiedereingesetzt sei in die Rechte, Titel und Ämter, die mit seiner Verbringung nach Saint-Lazare verfallen waren. „Denn so ist es Unser Königlicher Wille", schrieb er und unterzeichnete und setzte sein Siegel hin.

Der Hausvater Lepin legte seine Galauniform aus der Zeit des Siebenjährigen Krieges an, auch seine verschiedenen

Medaillen und Orden, und begab sich, gewichtig mit seinem Holzfuße klappernd, zu seinem Häftling, um ihm den Willen der Majestät zu eröffnen. Der bebartete Pierre hörte ihn düster an und erwiderte nichts. „Sie sind entlassen, Monsieur", sagte unbehaglich der alte Soldat, und da Pierre noch immer schwieg, fügte er hinzu: „Soll ich Ihnen einen Friseur schicken? Befehlen Sie Ihren Wagen?"

Pierre schüttelte den Kopf. „Ich habe nicht die Absicht", sagte er, „mich so mir nichts, dir nichts von hier wegschicken zu lassen. Man hat sich noch nicht einmal die Mühe gemacht, mir zu eröffnen, was eigentlich man mir zur Last legt. Ich denke, man ist mir Genugtuung schuldig." Monsieur Lepin wußte nicht, was er hierauf erwidern sollte, ohne den König oder diesen schwerverständlichen Schriftsteller zu kränken. Er sagte: „Ich habe Ihnen mitgeteilt, was ich Ihnen mitzuteilen hatte, Monsieur. Das übrige steht bei Ihnen." Er entfernte sich und erstattete dem Polizeipräsidenten Report.

Die Erregung der Pariser Bevölkerung hatte sich gesteigert. Demonstrationen fanden statt vor dem Hause Pierres, vor Saint-Lazare. Der fortgesetzte Aufenthalt Pierres in der Korrektionsanstalt wurde zum öffentlichen Skandal.

Monsieur Lenoir bat die Herren Gudin und Maigron zu sich und ersuchte sie, sie möchten Monsieur de Beaumarchais bewegen, Saint-Lazare sogleich zu verlassen. Es verstoße gegen jede Bürgerpflicht, dem Willen des Königs auf solche Art zu trotzen. Selbst wenn Monsieur de Beaumarchais Unbill sollte widerfahren sein, tue er klüger, den König nicht weiter zu reizen, sondern sich seiner Gerechtigkeit und Gnade anzuvertrauen.

Gudin und Maigron fuhren nach Saint-Lazare. „Ich komme zu Ihnen, Pierre", sagte strahlend Gudin, „wie die Abgesandten des Römischen Senats zu Coriolan, um Sie demütig und feierlich aufs Capitol zurückzuholen." – „Wollen Sie sich nicht etwas weniger bilderreich ausdrücken?" forderte Pierre ihn auf. „Sie sollen hier heraus", sagte Maigron, „Sie sollen nach Hause." Und Gudin sagte: „Der König ersucht Sie, dieses Haus der Schmach zu verlassen. Der König bittet Sie dringlich, ihm Ihre bewährten Dienste nicht zu versagen." – „Das könnte ihm so passen", sagte Pierre. Er begeisterte sich an der Schmach, mit der man ihn überhäuft hatte. „Sehen

Sie mich an, meine Freunde“, sagte er. „In diesen Zustand hat man mich versetzt. Zum letzten der Menschen hat man mich gemacht, zu den verlorensten Geschöpfen hat man mich heruntergestoßen, und dann kommt dieser König und sagt einfach: ‚So, jetzt können Sie gehen.‘ Nein, Sire. Ich gehe nicht. So läßt sich Pierre Beaumarchais nicht nach Hause schicken.“

„Was wollen Sie tun?“ fragte Maigron. „Ich werde dem König schreiben“, verkündete Pierre. „Ich werde ihm meine Meinung sagen. Ich werde ihm meine Forderungen stellen. Ich verlange Genugtuung.“

Er diktierte den Freunden einen Brief an den König von Frankreich und Navarra. Zunächst setzte er auseinander, wie unverständlich die Anschuldigung sei, er habe den Allerchristlichsten König beleidigen wollen. Er habe den kläglichen Angriff eines kleinen Kritikasters zurückweisen wollen und nichts sonst. Ihm zu unterstellen, er habe in einem offenen Brief die Majestät beschimpft, und das in einem Augenblick, in dem er wegen seiner Schadenersatzansprüche noch mehr als sonst auf die Gnade des Königs angewiesen sei, heiße offenbar, ihn für verrückt erklären. Nun man ihn aber nach Saint-Lazare gebracht habe und nicht in die Irrenanstalt, müsse er um ein Gerichtsverfahren in aller Form bitten, damit er seine Ehre wiederherstellen könne. „Ich kann meine Hofämter nicht wieder aus Ihrer Hand annehmen, Sire“, schrieb er, „denn vorläufig bin ich durch das mir angetane Unrecht weggestrichen von der Liste Ihrer Bürger. Wenn mir nicht Gerechtigkeit wird, Sire, bleibe ich geächtet. Meine Ehre ist besudelt, meine Stellung in der Gesellschaft erschüttert. Und solange nicht die Wolke verschwindet, die vor der Nation, vor Europa und Amerika meine Person verdunkelt, ist auch mein Kredit erschüttert. Damit aber ist nicht nur mein Vermögen vermindert und gefährdet, sondern auch das der fünfzig mir verbundenen Geschäftsfreunde.“

„Welch ein Meisterwerk ist Ihnen da wieder geglückt“, schwärmte Gudin. „Es gibt zu diesem Briefe würdigen Flehens ein einziges Gegenstück in der Literatur: jenen letzten Gesang der Ilias, in welchem der alte Priamos den Achilleus anfleht um die Freigabe der geschändeten Leiche seines Sohnes Hektor.“ Auch der sachliche Maigron war befriedigt. „Ich glaube“, konstatierte er, „da muß der König klein beigeben, und Monsieur Necker wird einige Sous springen lassen müssen."

Die Art, wie ihm dieser Caron zu schmecken gab, daß ihm Unrecht geschehen war, kratzte und peinigte den König. Er beriet mit Maurepas und Vergennes. Die Herren meinten, man werde gut daran tun, dem begabten und um vieles wissenden Monsieur de Beaumarchais Genugtuung zu geben; man habe ihn wirklich etwas grob angefaßt. Louis, trüben Gesichtes, sagte: „Ich fürchte, Sie haben recht, Messieurs", und versprach, die Angelegenheit andern Tages in Ordnung zu bringen.

Beide Herren waren erstaunt, als sie erfuhren, welche Fülle von Gnaden der König über den Häftling von Saint-Lazare auszuschütten willens war.

Wiederum waren die Herren Gudin und Maigron ausersehen, Pierre die Entschlüsse des Allerchristlichsten Königs mitzuteilen. „Sursum corda – die Herzen himmelwärts", begann Gudin seine Mitteilung. Dann zählte er die Gnadenbeweise auf: „Der König weist Ihnen zum Zeichen seiner Huld aus seiner Privatschatulle eine Jahrespension von tausendzweihundert Livres an. Der König hat den Zensurbehörden Order erteilt, der Veröffentlichung des Buches von ‚Figaros Hochzeit' keine weiteren Schwierigkeiten in den Weg zu legen." Maigron aber, voll Ärger über den Philosophen, der sich so lange bei diesen Kleinigkeiten aufhielt, fiel ihm ins Wort: „Der König ist bereit, unsere Schadenersatzansprüche anzuerkennen in der Höhe von zwei Millionen einhundertfünfzigtausend Livres."

Pierre saß offenen Mundes. „Was sagten Sie?" fragte er. „Haben Sie sich versprochen? Sagten Sie: eine Million einhundertfünfzigtausend?" – „Nein", antwortete Maigron. „Ich sagte zwei Millionen einhundertfünfzigtausend. Monsieur Necker wird sich schön ärgern", setzte er sachlich hinzu. „Der König ist offenbar verrückt geworden."

Désirée ließ es sich angelegen sein, Pierres Entlassung zu einem großen Volksschauspiel zu machen. Tausende standen vor Saint-Lazare, die Polizei wagte nicht, einzuschreiten.

Das Tor öffnete sich, und vorbei an dem salutierenden Monsieur Lepin trat, geleitet von Gudin und Maigron, Pierre ins Freie. Da stand er, schmutzig und bebartet, und blinzelte in der Sonne, und die Menge war lautlos. Denn um ihn war ein großes, unsichtbares Geleite, Figaro und Almaviva und Rosine und Cherubin und zahllose Matrosen, welche Schiffe mit Waffen nach Amerika brachten. Eine halbe Minute war Stille. Dann brach die Menge in ein wildes Geheul aus, trug Pierre in seinen Wagen und brachte ihn nach Hause.

Der Wagen hielt vor dem Gitter des Parks an der Rue Saint-Antoine. Man schickte sich an, das Gittertor zu öffnen. Aber Pierre stieg aus, er wollte seinen Garten mit seinen Füßen betreten. Er stand vor dem Tor, doch er ließ noch nicht öffnen, er stand und beschaute das Siegel des Königs und das Monsieur Brunelets, die am Gitter angebracht waren. Dann endlich schritt er dem Hause zu, vorbei an dem Voltaire-Tempel, vorbei an dem Gladiator. Er fühlte sich schwach in den Knien und konnte die Unterstützung Maigrons und Gudins gut gebrauchen.

Aus dem Hause, lachend, schreiend, heulend, stürzte Julie und warf sich ihm an den Hals. In der Tür aber stand Therese, und Pierre sah sie an, und sie sah ihn an, und sie kamen einander entgegen, langsam, und jetzt bereute Pierre, daß er sich nicht gesäubert und sich das Gezottel des Bartes nicht hatte abnehmen lassen. Therese sagte nichts, und er sagte nichts, und sie kannten einander bis ins Innerste, sie wußten beide, daß er lächerlich war und großartig, und sie umarmten sich, beinahe schamhaft, aber es war nicht Scham darüber, daß es in Gegenwart anderer geschah, und sie waren voll von einer großen Liebe, der eine zum andern.

Da aber stürzte die Hündin Caprice herbei, jaulte, bellte, sprang hoch an Pierre, warf ihn beinahe um, leckte ihn ab. Pierre schluckte, hatte Mühe, nicht zu weinen.

Pierre badete. Emile, ein wenig zaghaft, fragte, ob er ihm den Bart abrasieren dürfe. Pierre antwortete böse: „Nein." Man setzte sich zu Tisch, er aß mit gutem Appetit, aber er sprach fast nichts. Viele Besucher fuhren vor, doch empfing er niemand. Er erklärte, er fühle sich noch schmutzig und überdeckt mit Schmach und wolle sich vor niemand sehen lassen außer vor seinen Nächsten.

Den Tag darauf setzte er sich hin und schrieb die Vorrede für die Buchausgabe des „Figaro". Manchmal sah er auf und stand wohl auch auf und ging auf und nieder, und dann sah er im Spiegel sein verwahrlostes, geschändetes Gesicht, und dann schrieb er mit doppeltem Eifer.

Er stellte sich aber in dieser Vorrede stolz in *eine* Reihe mit Molière und Racine und verteidigte sein gutes Recht, Lumpen, Spitzbuben und große Herren auf die Bühne zu bringen. Sei eine Fabel ohne Moral, weil der Löwe wild, der Wolf raubgierig, der Fuchs verschlagen sei? Trage er die Schuld, daß die großen Herren seien, wie sie seien? Habe er sie so gemacht? War er nicht mild und gelinde, daß er seinem Grafen keine andern Fehler gab als sein Übermaß an Galanterie? War das nicht der Fehler, zu dem sich Frankreichs Aristokraten selber am liebsten, beinahe geschmeichelt, bekannten? „Ich liebe den Grafen Almaviva", schrieb er, „denn ich liebe meinen klugen, geschmeidigen Figaro. Und je glänzender das Wesen des Grafen, je imposanter seine Machtfülle, um so glorreicher ist der Sieg Figaros und seines Mutterwitzes. Mein Thema ist das Thema so mancher Tierfabeln: der siegreiche Kampf der List und des Witzes gegen die brutale Gewalt." Und: „Ich schreibe", schloß der bärtige, die Spuren elender Haft noch tragende Mann, „ich schreibe diese Blätter nicht für meine gegenwärtigen Leser. Aber nach achtzig Jahren werden Schriftsteller ihr Schicksal mit dem unsrigen vergleichen, und aus meiner Darstellung werden die Späteren sehen, welchen Preis es kostete, ihren Vorfahren die Zeit zu vertreiben."

Es wurde ihm leichter, als er sich das vom Herzen geschrieben hatte, doch er schmollte weiter.

Dann aber kam das Geld zur Begleichung seiner Schadenersatzansprüche. Es kam in Gold und in Schatzwechseln, es flutete herein in einer Menge, wie er sie noch nie gesehen hatte: zwei Millionen einhundertfünfzigtausend Livres. Und da konnte Pierre die Maske des Märtyrers nicht länger festhalten, und der Spiegel, der tausend Bilder Pierres aufgefangen hatte, den leichtsinnigen Pierre und den komödiantischen und den begeisterten und den schöpferischen und den verzweifelten und den zornigen, sah jetzt einen närrischen Pierre. Ja, Pierres Spaß daran, daß sein tiefstes Unglück zu seinem höchsten Glück ausgeschlagen, war beinahe noch größer als sein Triumph. In jähem Wechsel wurde der tragisch erniedrigte Mann der Hanswurst, als der er geboren war, der Hanswurst, dem es bestimmt ist, immer von neuem mit tausend Possen Tod und Teufel zu besiegen. Um den Tisch mit all dem Geld herum tanzte der bärtige, alternde Pierre und streckte die Zunge heraus und rief seinem Spiegelbild zu: „Potzblitz, da wär ich."

Jetzt ließ er sich rasieren, und für den Abend lud er seine Nächsten und Freunde zu einem Festessen. Und alle kamen sie, seine Schwester Tonton und ihr Mann, der Gerichtsrat, und der uralte Herzog von Richelieu, und der Prinz von Nassau, und Désirée brachte ihren Doktor Lassone mit, der stolz war, weil er kommen durfte, und gedemütigt, weil er kommen mußte, und es war eine riesige Tafel, beladen mit allen Köstlichkeiten, und tausend Kerzen brannten, und alle aßen und tranken und waren fröhlich, und Pierre hatte für jeden Herzlichkeit und Scherz und ein gutes Wort, und niemals noch hatten Pierres Tischgenossen ihn so lustig gesehen wie an diesem Abend.

Am Tag darauf wollte Maigron Monsieur Brunelet den Betrag der Hypothek zurückzahlen. Doch Pierre verwehrte es ihm, er wollte das selber besorgen. Den Wechsel für Monsieur Brunelet in der Tasche, fuhr er nach Etioles. Doch Charlot war nicht zu sprechen. Da überreichte Pierre den Wechsel für die Hypothek dem Sekretär Monsieur Lenormants und sagte: „Übergeben Sie, bitte, den Betrag Ihrem Herrn Chef, da ist er dann wohl in den rechten Händen. Und hier sind weitere tausend Livres für die Mahlzeiten, die ich bei Monsieur Lenormant eingenommen habe, nebst Trinkgeld."

Viertes Kapitel

Ça ira

Die große amerikanische Fregatte „Alliance" hatte alle Segel gehißt und kam schnell voran. Der junge Herr, sehr mager, rothaarig, langnäsig, stand an der Reling. Es war kühl, hinter dem jungen Herrn lag eine schwere Krankheit und harte Strapazen. Aber nun war er auf der Heimfahrt, schon lag sein Land vor ihm. Er schaute hingegeben zu, wie der kantige Fels, der die Einfahrt des Hafens von Brest beherrschte, mehr und mehr in Sicht kam. Jetzt erkannte er schon die Forts.

Die Überfahrt war nicht leicht gewesen. Gleich zu Beginn, in Boston, hatte es Schwierigkeiten gegeben; man hatte Mühe gehabt, das Schiff zu bemannen. Der junge Herr, Josèphe-Paul-Gilbert Marquis de Lafayette war sein Name, hatte sich dazu verstanden, eine Mannschaft aus Sträflingen und Deserteuren der englischen Armee anzuheuern. Dann hatte man einen wüsten Sturm gehabt, eine schwarze, endlose Nacht lang hatten sich alle verloren geglaubt, und der Marquis, geschwächt von der kaum überstandenen Krankheit, hatte das Schicksal verflucht, das ihn aus dem schönen, üppigen Palais Noailles in Paris auf diese wilde See geworfen und zum Fraß für die Fische bestimmt hatte. Dann, in der letzten Woche der Überfahrt, war man noch, ohne es zu ahnen, bedroht gewesen von einem Komplott des Gesindels, aus dem sich ein großer Teil der Mannschaft zusammensetzte. Die englische Regierung nämlich versuchte Schiffe der Rebellen nach England zu locken und hatte versprochen, daß Fahrzeuge, die von ihren meuternden Mannschaften dorthin gebracht würden, Eigentum dieser Mannschaften sein sollten. Die Matrosen der „Alliance" nahmen an, sie würden, wenn sie gar den berüchtigten Lafayette mitbrächten, in jedem englischen Hafen doppelt willkommen sein, und hatten einen Plan ausgeheckt, die Offiziere zu überwältigen. In letzter Stunde hatten Glück und ein schneller Entschluß Lafayette und das Schiff gerettet. Und jetzt war Frankreich in Sicht, und die Meuterer lagen gefesselt im Kielraum.

Der junge Marquis, während sich die Küste immer deutlicher abzeichnete, dachte an den Empfang, den er finden würde. Seine Lage war nicht ganz geklärt. Er hatte seinen Posten in der französischen Armee und sein Land gegen den ausdrücklichen Befehl des Königs verlassen, er war „Deserteur". Aber mittlerweile war die Politik, die er mit seiner „Desertion" getrieben hatte, die offizielle Politik seines Landes geworden, der Krieg gegen England war erklärt, und er kehrte zurück, hochgepriesen für die Taten, die er in diesem Krieg vollbracht hatte.

Man gelangte in den Hafen, die Geschütze der Befestigungswerke donnerten. Sie grüßten die Flagge mit den Sternen und Streifen, die, als er ausfuhr, nicht hatte gezeigt werden dürfen. Der junge Herr bedachte, wie er sich damals heimlich auf seinem mit Monsieur de Beaumarchais' Gelde gekauften Schiff aus dem spanischen Hafen hatte fortstehlen müssen und wie er jetzt zurückkam, begrüßt vom Salut seines Königs, und ihm hob sich das Herz.

Er raste nach Paris, in die Rue Saint-Honoré, ins Hôtel Noailles. Zitternd umarmte ihn seine Frau, die neunzehnjährige Adrienne. Der Kriegsminister kam, der alte Ségur, reichte ihm die trockene Wange zum Kuß, tätschelte ihn und verkündete ihm seine Strafe. Eine milde Strafe: eine Woche Arrest, zu verbringen im Palais Noailles.

Aus seiner Haft heraus schrieb der Marquis einen demütigen Brief an den König. „Fern liegt mir die Kühnheit", schrieb er, „meinen Ungehorsam rechtfertigen zu wollen, ich bereue ihn tief. Immerhin berechtigt mich das Wesen meines Vergehens zu der Hoffnung, daß mir die Möglichkeit gegeben wird, es wiedergutzumachen. Vielleicht verschafft mir die Gnade Eurer Majestät das Glück, mein Vergehen dadurch auszutilgen, daß ich Eurer Majestät diene, wo immer und wie immer Eure Majestät zu befehlen geruhen."

Schon für den nächsten Tag wurde der Marquis nach Versailles befohlen, um den Tadel des Königs entgegenzunehmen. Louis empfing ihn in der Bibliothek. Blinzelnd betrachtete der dicke, junge Monarch seinen magern, jungen Offizier und sagte ungelenk: „Eigentlich hätten Sie das nicht tun dürfen, Monsieur." Dann, nachdem Lafayette eine halbe Minute schuldbewußt vor sich hin geschaut hatte, forderte Louis ihn lebhaft auf: „Und jetzt, mein lieber Marquis, sagen Sie mir einmal genau, wo liegt eigentlich dieses Saratoga, es ist auf keiner Karte eingezeichnet", und bald waren die beiden Herren in einem angeregten Gespräch über geographische Dinge.

Nachdem dieser Gegenstand erschöpft war, erklärte Lafayette: „Ich habe die Ehre, Eurer Majestät einen Brief des Kongresses der Vereinigten Staaten zu überbringen." Louis nahm und las. Das Schreiben hub an: „Unserm großen, getreuen und lieben Verbündeten und Freund, Louis dem Sechzehnten, König von Frankreich und Navarra", und es rühmte den edlen Jüngling, den Überbringer des Schreibens, der sich im Beratungszimmer klug, auf dem Schlachtfeld tapfer, in den Mühsalen des Krieges ausdauernd gezeigt habe. Und dann bezeichneten sich die Männer des Kongresses nochmals und ein drittes Mal als „die guten Freunde und Verbündeten des Königs", und sie schlossen: „Wir bitten Gott, Eure Majestät in seiner heiligen Obhut zu bewahren."

Louis war der Tag verdorben. Diese Krämer, Bauern und Provinzadvokaten hießen ihn, den Allerchristlichsten König, „ihren lieben Freund", sie legten ihm einen französischen Offizier aus dem ältesten Adel gnädigst ans Herz. Das war genau das, was er gefürchtet hatte, der Beginn des Umsturzes, die Auflösung aller guten Ordnung. „Ich sehe, mein Herr Marquis", sagte er etwas trocken, „Sie haben sich die Liebe dieser" – er suchte nach einem Wort –, „dieser Bürger erworben. Ich habe es nicht anders erwartet, als daß sich ein französischer Offizier unter diesen" – wieder stockte er – „Bürgern auszeichnet." Damit war die Audienz beendet.

Im übrigen war es in Versailles nicht unbekannt, daß der junge Marquis in der Tat bei den Boston-Leuten überaus populär war. „Alle Welt hier in Amerika", hatte der kühle Beobachter Gérard seinem Minister berichtet, „liebt und bewundert den Marquis. Von seinen militärischen Fähigkeiten denkt man überaus hoch. Sein ebenso vorsichtiges wie mutiges und liebenswürdiges Verhalten haben ihn dem Kongreß, der Armee und der gesamten Bevölkerung zum Idol gemacht." Vergennes dachte an den übeln Empfang, den der gleiche Kongreß dem Marquis vor nicht langer Zeit bereitet hatte, er schmunzelte, er fand, der Wankelmut der Republiken war nicht geringer als der der Despotien.

Der Hof, das Volk, vor allem die Frauen bezeigten dem jungen Helden auf jede erdenkbare Art ihre Sympathie und Anerkennung. Josèphe-Gilbert de Lafayette war ein unschöner, schlenkriger, unbeholfener Junge. Er hatte mit seinem brandroten Haar und seinen kleinen Augen bei den Frauen vor seinem Abenteuer nicht viel Glück gehabt; Toinette hatte den ungeschickten Tänzer einmal mitten im Tanze stehenlassen. Wie anders jetzt. Den Zurückgekehrten machten Ruhm und Begeisterung strahlend schön. Seine Magerkeit war Schlankheit, aus seinen entzündeten Augen strahlten Schwärmerei und Intelligenz, seine Zappelei war Ausdruck unerhörter Tatkraft. Die Frauen liebten ihn.

Er sonnte sich in seinem Erfolg. Doch andere Erfolge waren ihm wichtiger. Schon am zweiten Tage, nachdem er vom König empfangen und seines Hausarrests entbunden worden war, suchte er den Mann im Garten auf.

Doktor Franklin hatte, als Lafayette zu ihm kam, einen Vormittag des Unmuts hinter sich.

Jener Mr. Digges, der auf die warme Empfehlung Mr. Lees nach London geschickt worden war, um dort die amerikanischen Gefangenen zu betreuen, hatte von der angewiesenen Summe beinahe vierhundert Pfund unterschlagen, dreihundertachtundachtzig Pfund und vier Schillinge, um genau zu sein, und an diesem Morgen hatte darüber zwischen Doktor Franklin und Arthur Lee eine Auseinandersetzung stattgefunden.

Arthur Lee machte geltend, daß man ein abschließendes Urteil noch nicht fällen dürfe. Es sei zwar der Schein gegen Mr. Digges, doch habe dieser versichert, er werde nach Paris kommen und alles aufklären. „Die Tatsache bleibt", antwortete Franklin, „daß der Mann dreihundertachtundachtzig Pfund verausgabt hat, für die er nicht imstande ist, Belege beizubringen." Arthur Lee zuckte die Achsel und bestand darauf, man müsse abwarten, bis Mr. Digges nach Paris komme. „Ich fürchte“, erwiderte Franklin, „darauf werden Sie lange warten müssen.“ Arthur Lee rötete sich. „Ich bin kein reicher Mann“, sagte er, „aber wenn wirklich die Gefangenen durch Mr. Digges’ Schuld um Geld gekommen sein sollten, dann werde ich aus meiner Tasche fünfzig Pfund beisteuern, um einen Teil des Verlustes zu decken.“ Und da Franklin schwieg, fuhr er heftig fort: „Und nun bitte ich Sie, von dieser Angelegenheit nicht mehr zu reden. Und vor allem muß ich mich entschieden dagegen verwahren, daß Sie daraus Schlüsse ziehen auf meine Sach- und Menschenkenntnis.“ – „Eines aber werden Sie mir erlauben“, entgegnete ruhig Franklin, „nämlich: Schlüsse zu ziehen auf den Charakter Ihres Mr. Digges. Wer einen reichen Mann um eine Guinee beraubt, der ist, das werden Sie zugeben, ein schlichter Lump. Was für eine Bezeichnung aber, Mr. Lee, haben Sie für einen, der einen armen Gefangenen um seine achtzehn Cent Unterstützung bringt? Und das nicht einmal, sondern einen ganzen kalten Winter hindurch, Woche um Woche? Und der das nicht *einem* Gefangenen antut, sondern sechshundert? Wie nennen Sie einen solchen Menschen, Mr. Lee?“ – „Wir alle haben uns schon getäuscht“, antwortete hochfahrend Arthur Lee. „Ich könnte eine lange Liste aufstellen der Leute, in denen Sie sich getäuscht haben, Doktor Franklin.“ – „Sie haben also auch kein Wort für einen Kerl wie den von Ihnen empfohlenen Digges“, sagte mit mühsam unterdrücktem Zorn Franklin. „Es wird Ihnen auch keines einfallen, unsere Sprache hat kein Wort für solche Gemeinheit. Wenn so einer nicht in die Hölle gehört, dann war es nicht der Mühe wert, den Teufel zu erfinden.“ – „Ich sehe“, antwortete Arthur Lee, „dieser Mr. Digges kommt Ihnen sehr gelegen.“ – „Schweigen Sie, Herr“, sagte Franklin, nicht laut, doch so, daß der andere zurückwich.

Diese Unterredung also hatte an dem Tage stattgefunden, da Lafayette den Doktor aufsuchte. Der hatte seinen Besuch erwartet, aber er war ihm gerade heute nicht sehr willkommen. Er war nicht der Mann, sich von der Sensation blenden zu lassen, die den Marquis umgab, und viele hatten ihm erzählt, Lafayette sei nichts als ein wichtigmacherischer Junge. Er begrüßte also seinen Gast höflich, doch ohne viel Erwartung.

Lafayette indes erwies sich als ein angenehmer, intelligenter junger Herr ohne falsche Bescheidenheit, aber auch ohne Anmaßung. Er sprach zu Franklin mit höchster Achtung, doch ferne war ihm jene nichtssagende, allgemeine Liebenswürdigkeit, die den Alten manchmal an Franzosen verdroß.

Er höre zu seinem Bedauern, sagte er, daß viel Post von den Engländern aufgefangen werde; um so mehr freue er sich, dem Doktor einen Brief des Kongresses heil übergeben zu können, und er reichte ihm das Schreiben. Errötend und mit einem hübschen Lächeln fuhr er fort, falls der Brief Sätze enthalten sollte, die von ihm, Lafayette, handelten, so bitte er den Doktor, schnell darüber wegzulesen; man habe ihn in Amerika maßlos verwöhnt und rühme ihn dort weit über Verdienst.

„Ich freue mich", erwiderte Franklin und legte den Brief ungelesen auf den Tisch, „daß man sich bestrebt hat, den übeln Empfang gutzumachen, den Sie, wie ich zu meinem Bedauern erfuhr, in Philadelphia gefunden haben." Ein Lächeln ging über das magere Gesicht Lafayettes, er lachte, er strahlte; man vergaß, wie unschön er war, wenn er so lachte. „Natürlich hab ich mich geärgert", sagte er, „über Mr. Lovells Kurzangebundenheit. Aber hinterher habe ich alles begriffen. Was sich der Kongreß damals von Frankreich erhoffte, war ein großer Sack Geld. Statt dessen kam da ein Haufe abgerissener junger Franzosen, die alle Generäle sein wollten."

Später sprach Lafayette von George Washington. Rühmte seine Ruhe in den schwierigsten Verhältnissen, seinen Gleichmut vor den ewigen Kabalen und Intrigen, die mit Duldung des Kongresses gegen ihn gezettelt würden. Das größte Glück seines Lebens sei, schloß er mit Wärme, daß er die väterliche Freundschaft dieses bewunderungswürdigen Mannes habe erwerben dürfen.

Dem Doktor gefiel der junge Herr. Freilich redete er gerne und hielt nicht zurück mit seinem Urteil. Aber er hatte für seine einundzwanzig Jahre viel Weltverstand, er konnte Menschen und Dinge sachlich sehen. Es mochte Geltungsdrang und Abenteuerlust gewesen sein und nichts sonst, was ihn nach Amerika getrieben hatte, doch war er wohl durch seine Erfahrungen und durch das Vorbild des großen, stillen, langsamen Washington gereift. Klärlich hatte Lafayette offenen Verstandes miterlebt, wie der General geduldig und unerregt die Böswilligkeit, Unfähigkeit und Profitgier gewisser Kongreßmitglieder zuschanden machte, die seiner Armee das Notwendigste verweigerten.

Ein wenig altklug und mit dem bedeutungsvollen Getue eines erfahrenen Politikers ließ sich der Marquis jetzt darüber aus, daß man leider auch schon in Frankreich um die amerikanischen Zwistigkeiten wisse und daß diese Kenntnis Versailles mißtrauisch gegen den Verbündeten mache. Er, Lafayette, suche zu beschwichtigen und stelle die amerikanische Sache im günstigsten Lichte dar. Er redete eifrig. Mühte sich, diesem alten Manne, der nächst Washington der größte Bürger Amerikas war, sein Verständnis und seinen tätigen guten Willen zu beweisen. Franklin hörte lächelnd zu. Die Begeisterung des jungen Herrn war der amerikanischen Sache nützlich, man mußte ihn nur zurückhalten, damit er nicht durch Übereifer schade.

Er habe jetzt Franklins Zeit lange genug in Anspruch genommen, sagte schließlich Lafayette und stand auf, um sich zu verabschieden. Schon in der Tür berichtete er mit halb echter, halb gespielter Schüchternheit, er habe einen zweiten Brief für Franklin mit nach Paris gebracht, einen Brief General Washingtons, den aber habe er nicht bei sich. „Warum nicht?“ fragte etwas verwundert Franklin, und Lafayette, mit jenem Lächeln, das ihm so gut stand, antwortete: „Ich habe Grund, zu glauben, daß der Brief im wesentlichen von mir handelt, so hatte er keine Eile. Und ich wollte einen Vorwand haben, ein zweites Mal zu kommen.“ – „Sie brauchen keinen Vorwand, Herr Marquis“, antwortete freundlich der Doktor. „Wann immer Ihnen danach zumute ist, dann kommen Sie, bitte, mit und ohne Brief.“

Franklin, allein, bedachte das Wesen und Schicksal Lafayettes. Da entflammte sich dieser Aristokrat am Vorbild George Washingtons und setzte seine Kraft und seinen Ehrgeiz daran, das schädliche Alte zu zerstören, wiewohl seine ganze Existenz auf diesem Alten basierte. Das Gute war von ansteckender Gewalt.

Des Doktors Gedanken glitten ins Allgemeine. Was schädlich war, das waren die Gesetze der Tories, die das junge Land einschnürten. Sie sind außer Kraft gesetzt, sie werden außer Kraft bleiben. Aber es wird eine Zeit kommen, eine wahrscheinlich nicht sehr ferne Zeit, da wird die junge amerikanische Republik alt geworden sein, und vieles von dem, was sie geschaffen hat, wird mit ihr alt und unsinnig geworden sein. Und so wie heute der vierte Teil der Bevölkerung mit Opfern und harter Selbstüberwindung kämpfen muß und für das sinnvolle Neue gegen die Majorität, die träg und selbstsüchtig am unsinnigen Alten festhält, so wird dann eine regsamere, klügere, menschlichere Minorität sich wehren müssen gegen die langsame Masse, gegen die Trägen im Herzen und im Geiste. Und so wie heute diese Trägen von der guten, alten, traditionellen englischen Art daherreden, so werden sie dann schwatzen von der guten, alten, traditionellen amerikanischen Art.

Er nahm den Brief des Kongresses zur Hand, den ihm der Marquis übergeben hatte. Er vermutete, das Schreiben werde ihm Lafayette warm empfehlen. So war es auch. Der Marquis, schrieb Mr. Lovell, der Vorsitzende des Komitees für Auswärtige Angelegenheiten, habe den Vereinigten Staaten überaus nützliche Dienste erwiesen. Franklin möge ihm an die Hand gehen und ihn während seines Pariser Aufenthaltes in allen wichtigen Angelegenheiten zu Rate ziehen. Auch solle er ihm einen Ehrendegen überreichen.

Dann aber ging der Brief zu anderm über. Franklin las, richtete sich höher, seine Augen belebten sich. In trockenen Worten teilte Mr. Lovell ihm mit, der Kongreß habe beschlossen, ihn zum Alleinbevollmächtigten der Vereinigten Staaten beim Hofe von Versailles zu ernennen. Sein Beglaubigungsschreiben werde mit dem nächsten Schiff folgen. Er, Lovell, nütze die Gelegenheit, ihm die Mitteilung durch den Marquis schneller zukommen zu lassen, und wünsche ihm Glück.

Mit einer langsamen Bewegung der alten Hand legte Franklin den Brief auf den Tisch zurück.

Er hatte erwartet, daß es so kommen werde. Es hätte nicht anders kommen dürfen. Es war aber trotzdem sehr wohl möglich gewesen, daß es anders kam, und auch damit hatte er gerechnet. Es war ein schicksalsvoller Brief. Er nahm ihm eine schwere Bürde ab und legte ihm eine schwere Bürde auf.

Es war nun entschieden, daß er hierbleiben wird, und vielleicht wird er seine Heimat nicht wiedersehen. Es war ein langer Weg gewesen von der Begegnung mit der Königin bis zu dieser Bestallung. Die Allianz war erreicht. Aber nun mußte er das Geld schaffen, die Anleihe, das wird wieder ein langer, mühevoller Weg sein, und dann wird es noch ein langer Weg sein bis zum Frieden. Aber er wird es schaffen, und er war fest entschlossen, am Leben zu bleiben, bis er es geschafft habe. Ça ira.

Am liebsten wäre er sogleich zu Maurepas gefahren und hätte ihn an sein Versprechen erinnert, daß man über die Anleihe verhandeln könne, sowie die Herren Lee und Adams ausgeschaltet seien. Doch noch während er's dachte, lächelte er über seine Schnellfertigkeit. Wie er seinen Maurepas kannte, wird der herzlich gratulieren und ihm auseinandersetzen, solange er nicht amtlich von der neuen, erfreulichen Wendung unterrichtet sei, könne er nur mit der Delegation in ihrer Gesamtheit verhandeln. Also mußte Franklin wohl warten.

Der sonst so gelassene Mann konnte nicht warten. Etwas mußte er tun, jetzt, sofort. Er brauchte für die Anleiheverhandlungen den Rat eines verlässigen Mannes, und da gab es nur einen, Monsieur Le Grand, den erprobten Bankier der Vereinigten Staaten; der aber saß in dem neutralen Amsterdam. Und so nahm denn der neuernannte Alleinbevollmächtigte seine erste Amtshandlung vor und schrieb mit eigener Hand an Monsieur Le Grand, der möge sogleich nach Paris kommen.

Erst als er dies getan hatte, begrübelte und fühlte er zu Ende, was die Ernennung ihm bedeutete. Er stellte sich vor, welche Wirkung die Nachricht auf die Kollegen haben werde, die nun nicht mehr Kollegen waren. Monsieur Malaprop wird wohl das Ereignis mit guter Miene hinnehmen. Was für ein Gesicht aber wird sein lieber Arthur Lee machen? Franklin lächelte mit den langen Lippen und schaute für den Bruchteil eines Augenblicks durchaus nicht weise aus, sondern recht schadenfroh.

Dann aber rief er sich zurück. Es schien ihm kleinlich, sich an der Enttäuschung der andern zu weiden. Er hatte nun seine gute Gewißheit und konnte in Ruhe warten, bis die jungen Herren die bittere Meldung durch den Kongreß bekämen. Er wird würdiger daran tun, seine Wissenschaft für sich zu behalten, und er wird seinen Spaß daran haben, zuzuschauen, wie ihn die andern während der Wochen, die ihnen noch bleiben, herrisch mit Ratschlägen und Widerreden heimsuchen.

Überhaupt war es klüger, zu schweigen und keinen Menschen was wissen zu lassen, auch die Nächsten und Freunde nicht. Was Nützliches unternehmen konnte man nicht, solange das Beglaubigungsschreiben nicht da war; sonst gab es höchstens Zweifel und Gezänk. Er selber aber hatte, gerade wenn er schwieg, seine Freude an dem Verhalten der andern.

Lange saß er mit geschlossenen Augen, geruhsam, wohlzufrieden.

Er beherrschte sich auch, wie er sich's vorgenommen hatte, und teilte keinem was mit, nicht William Temple, nicht Madame Helvetius.

So saß er eines Tages unter seiner Buche. Es war schon winterlich, und er trug seine Pelze. Doch eine freundliche Sonne schien durch die kahlen Äste, er nahm die Pelzmütze ab und setzte den spärlich behaarten Schädel der angenehmen Wärme aus. Der kleine Ben kam und fragte, ob er ihm Gesellschaft leisten dürfe. Er saß neben ihm, still, kindlich und trotzdem ungeheuer verständig. Sicherlich hätte so sein kleiner Franky ausgeschaut, wenn es ihm vergönnt gewesen wäre, älter zu werden.

Und plötzlich überkam es Franklin. „Nun wollen wir einmal sehen, mein Junge", sagte er, „ob du imstande bist, ein Geheimnis bei dir zu behalten. Glaubst du, du kannst es?" – „Ich glaube schon, Großvater", sagte begierig der Junge. „Gibst du mir dein Wort darauf", fragte der Doktor, „daß du es nicht verraten wirst, wenn ich dir etwas sehr Wichtiges und sehr Geheimes mitteile? Keinem? Auch William nicht?" – „Ich werde es bestimmt niemand sagen", versicherte der kleine Ben. „Dein Wort darauf?" fragte Franklin. „Mein Wort", sagte feierlich der Kleine. „Also höre", sagte Franklin, „dein Großvater ist Alleinbevollmächtigter geworden." Der kleine Benjamin schien ein wenig enttäuscht. Doch: „Ich gratuliere dir, Großvater", sagte er höflich, „und ich werde es auch bestimmt niemand sagen."

Franklin aber lächelte darüber, wie unweise der weise Franklin war. Und er dachte daran, daß im gegebenen Falle sein Freund Dubourg wahrscheinlich die Geschichte vom König Midas erzählt hätte. Es war aber König Midas bei dem musikalischen Wettstreit zwischen Pan und Apollon einer der Preisrichter gewesen und hatte als einziger dem Pan den Preis zuerkannt. Worauf ihm Apollon Eselsohren hatte wachsen lassen. Midas verbarg sie sorgfältig unter seiner phrygischen Mütze. Jedoch sein Barbier entdeckte sie; da er indes wußte, daß, wenn er das Geheimnis verriet, sein Leben gefährdet war, so hielt er lange an sich. Schließlich aber konnte er's nicht länger bei sich behalten, er grub ein Loch in die Erde und flüsterte hinein: „Midas hat Eselsohren, Midas hat Eselsohren." Aus der Grube aber wuchs Schilf, und das Schilf verkündete aller Welt: „Midas hat Eselsohren."

Nun stand es ja um seinen Fall nicht so schlimm. Aber weise war es nicht, daß er den kleinen Ben eingeweiht hatte. Bereuen freilich mochte er's auch nicht, und wenn ihm fortan der Junge männlich und lustig vertraulich zuzwinkerte, dann freute er sich.

Lafayette ging in Paris herum und genoß seinen Ruhm. Man feierte den einundzwanzigjährigen Helden, wie man ein halbes Jahr zuvor den dreiundachtzigjährigen Philosophen Voltaire gefeiert hatte. Der hatte die Ideen gesät, aus denen die Unabhängigkeit Amerikas entstanden und gereift war; Lafayette hatte als erster unter den Franzosen die Allianz verwirklicht. Das stimmte wohl nicht ganz, aber man glaubte es gerne, da Lafayette jung, feurig beredt und stürmisch leutselig war.

Auch im Palais Montbarey sprach Lafayette vor. Der gestürzte Minister und seine Frau fühlten sich geehrt, und sie nahmen es nicht übel, daß sich der Held zweier Welten ungebührlich lange mit Véronique in eine Fensternische zurückzog.

Lafayette erzählte Véronique von Félicien, er überbrachte ihr einen Brief von ihm. Félicien war an der Hand verwundet worden, Lafayette hatte sich des Landsmannes angenommen und seine Beförderung zum Leutnant erreicht. Er hatte den jungen, ernsthaften Mann schätzengelernt, der sich von der manchmal abstoßenden Fremdartigkeit der Neuen Welt nicht irremachen ließ, sondern sein eigenes ruhiges Urteil bewahrte über das viele kleine Böse, das er dort antraf, und über das spärliche, doch entscheidende Gute. Er freue sich, schloß der Marquis, einer so klugen, mutigen und liebenswürdigen jungen Dame die Grüße seines Freundes Félicien Lépine zu überbringen, und er schaute sie mit einem heldischen und zudringlichen Blick auf und ab.

Als er gegangen war, zog sich Véronique mit Féliciens Brief in den Park zurück, an die Stelle, wo sie zum letztenmal mit ihm zusammen gewesen war. Véronique durchlebte eine harte Zeit des Wartens, sie trug sie mit Geduld. Sie sah eine Art Bestätigung darin, daß ihr Vater sein Amt verloren hatte und ihm die Möglichkeit genommen war, das Land zu schädigen. Sie hatte ihren Freund und Geliebten willig in den Kampf für die Befreiung der Menschheit ziehen lassen, sie hatte die erste Prüfung bestanden.

Sie las seinen Brief. Er war geschrieben in einem Lager, aufgeschlagen in einer Gegend, die Valley Forge genannt wurde. Klaglos, doch mit erschreckender Anschaulichkeit schilderte Félicien die Nöte und Entbehrungen dieses Lagers. Das militärische Leben in der Neuen Welt schien sehr anders zu sein, als man sich's nach den Berichten der Journale und den Erzählungen der Kriegsbücher vorstellte; Félicien schrieb mit einer wilden, beinahe verzweifelten Düsterkeit. Aber er schrieb auch: „Ich hatte damit gerechnet, daß der Kampf um die Freiheit seine Dornen hat", und durch all das Finstere und Bittere seiner Worte leuchtete eine große Zuversicht.

Véronique hielt den Brief lange in der Hand und suchte seinen Geist ganz in sich aufzunehmen. Es enttäuschte sie, daß alles so anders war, als sie's geträumt hatte, so gar nicht farbig und romantisch, sondern hart, schmutzig, langweilig und elend. Sie dachte an Féliciens Verwundung; sie stellte sich seine Hand vor – leider hatte ihr der Marquis nicht sagen können, ob es die rechte war oder die linke –, die nun eine Narbe tragen wird. Sie konnte nicht verhindern, daß ihr jene alten gefühlvollen Verse durch den Kopf klangen, die von Jean-Jacques vertonten: „Der Liebste, der mich glücklich machte, ging fort in ein anderes Land. Ach, warum sucht er überm Ozean das Glück, das er hier schon hat?“ Doch bald, mit finsterer Entschlossenheit, vertrieb sie ihre Trauer und tröstete sich an dem stolzen Gedanken, daß sie zu der Jugend gehörte, die sich durch Opfer eine befreite Welt verdiente.

Auch Pierre Beaumarchais wurde durch den Besuch Lafayettes ausgezeichnet. Der Marquis vergaß nicht, daß er Pierre zu großem Dank verpflichtet war. Seine Ausfahrt wäre ohne Pierres tatkräftige Unterstützung kaum zustande gekommen, und auch aus amerikanischen Geldnöten hatte ihm Pierres Agent großzügig herausgeholfen. Der Marquis hatte sogleich nach seiner Rückkehr Monsieur de Beaumarchais den stattlichen Betrag zurückzahlen lassen, den ihm der Agent in Philadelphia vorgestreckt hatte, und nun erschien er selber im Hause an der Rue Saint-Antoine, um ihm seinen Dank abzustatten.

Nicht ganz ohne Neid schaute Pierre auf den jungen Herrn, dessen Verdienste so überschwenglich anerkannt wurden. Wäre Lafayette ein Bürgerlicher gewesen wie er, so wäre es ihm wohl anders gegangen auf dieser Seite des Ozeans und auf jener. Wohl hatte auch er, Pierre, jeden Ruhm schmecken dürfen, den die Welt zu vergeben hatte. Aber mit all seinem Ruhm konnte er's nicht erreichen, daß seine reifste Frucht, das Werk, das sein Stolz und seine große Liebe war, daß der „Figaro“ nun wirklich hätte gezeigt werden dürfen. Noch immer wehrte sich Louis stumpf und zäh gegen die Aufführung.

Bei alledem verspürte Pierre große, beinahe freundschaftliche Freude über den Erfolg des andern und sprach ihm in glühenden Worten seine Bewunderung aus. Lafayette erwiderte mit ebenso überschwenglichen Sätzen der Verehrung.

Dann berichtete er von Dingen, die Pierre interessieren mußten. Erzählte anschaulich, wie traurig und hilflos Deane bei den Kongreßmitgliedern herumsaß. Die Feinde attackierten ihn mit Eifer; diejenigen, die er für seine Freunde hielt, hörten ihm mit mühsam verhehltem Gähnen zu. Ausführlich verbreitete sich Lafayette über die Umtriebe der Lees. Er habe, versicherte er, sein Bestes getan, diese Lügen zu entkräften, und langsam, doch sicher würden sich Pierres Verdienste auch im Kongreß die gebührende Anerkennung schaffen.

Dann erzählte er noch von einem literarischen Erfolg, den Pierre, ohne davon zu wissen, in Amerika gehabt hatte. Monsieur Quesnay, der junge Philosoph, der Sohn des großen Arztes der Pompadour, war übers Meer gegangen, um dort unter liberaleren Bedingungen für französische Philosophie und Kunst zu wirken. Er lebte in Philadelphia, er unterrichtete die Damen der dortigen Gesellschaft in der französischen Sprache, und er hatte es zustande gebracht, daß zu einer Zeit, in welcher Theateraufführungen als frivol verboten waren, Pierres Drama „Eugénie" gespielt wurde, französisch. „Fragen Sie mich freilich nicht", fügte lächelnd der Marquis bei, „in was für einem Französisch."

Doch Pierre sagte sich, verstanden haben werde man sein Stück. Und er freute sich kindisch, daß er die Herzen der Antipoden dem französischen Wort und der französischen Kunst erobert hatte.

Das Geschenk des Kongresses an Lafayette, der Ehrendegen, war die erste Gabe solcher Art, die Franklin in seiner Eigenschaft als Alleinbevollmächtigter herstellen zu lassen hatte. Die junge Republik sollte hier, am prunkvollsten Hofe Europas, gute Figur machen, ihre Gaben sollten hinter denen keiner andern Nation zurückstehen, und erfreulicherweise mußte sich diesmal Franklin nicht mit den Kollegen herumstreiten, welchen Preis er bewilligen dürfe. Er ließ es sich angelegen sein, Symbole, Ornamente, Spruchbänder zu ersinnen, die mit Bedeutung auch gefällig sein sollten, und beauftragte den Hofjuwelier Bassenge mit der Herstellung des Degens, Monsieur Pourrat von der Porzellanmanufaktur in Sèvres mit der Zeichnung der Reliefs und Verzierungen.

Monsieur Bassenge, irrtümlich annehmend, der Auftrag gehe von der Delegation als Gesamtheit aus, stellte eine Rückfrage an Arthur Lee. Der war empört. Der Doktor h. c. hatte einen so ungeheuern Auftrag vergeben, ohne seine Zustimmung einzuholen, er hatte wieder einmal in unverantwortlicher Weise Gelder des Kongresses verschleudert.

Zornig eilte Mr. Lee nach Passy und stellte den Doktor zur Rede. „Ich habe Grund zu der Annahme", erklärte gelassen Franklin, „daß ein solches Ehrengeschenk den Wünschen des Kongresses entspricht." – „Ich wußte nicht", höhnte Arthur

Lee, „daß Sie Gedanken über den Ozean lesen können." Für einen Augenblick war Franklin versucht, den jungen Herrn darüber aufzuklären, daß seine Rolle ausgespielt war; aber er widerstand der Lockung. „Wünschen Sie", fragte er mit einer Ruhe, die Arthur Lee noch mehr aufbrachte, „daß wir den Auftrag auf den Ehrendegen zurücknehmen und Lafayette und ganz Frankreich kränken?" – „Leider dürfte dies untunlich sein", antwortete Arthur Lee, „wiewohl ich diesen unreifen welschen Aristokraten für maßlos überschätzt halte. Unter keinen Umständen aber möchte ich es ohne Protest hinnehmen, daß wir zu einer Zeit, da unser Land von den furchtbarsten finanziellen Sorgen bedrückt ist, fünftausend Livres ausgeben für eine pure Geste."

Franklin nahm seine Brille ab und richtete die weiten, gewölbten, ruhigen Augen auf den erregten Mann. Seine Brauen schienen sich noch höher zu ziehen, der lange Mund verschloß sich noch ablehnender, die großen Augen wurden strenger, es war der Franklin des Duplessis, der Arthur Lee anschaute. Dem wurde unbehaglich. Endlich tat der Alte den Mund auf. „Sie haben recht", sagte er, „fünftausend Livres sind viel Geld, man könnte viel Brot und wohl auch einigen Schinken darum kaufen für hungernde Amerikaner. Aber es schien mir nicht würdig, dem Jüngling, der unserer Sache so gewaltige Dienste geleistet und sein Leben mehrmals für uns eingesetzt hat, ein schäbiges Geschenk zu überreichen. Ich hatte daran gedacht, aus eigenen Mitteln einen Beitrag beizusteuern. Aber dann zog ich es vor, auch meinesteils fünfzig Pfund zu geben für unsere Gefangenen in England, die durch den Betrug dieses Lumpen Digges weiterhungern müssen."

Arthur Lee fand Franklins Art zu debattieren unfair. Es war unfair, daß der Alte, nur um ihn zu demütigen, einen Gegenstand heranzog, der mit dem Thema, mit der verbrecherischen Verschwendung von Staatsgeldern nicht das leiseste zu tun hatte. „Gerade nachdem wir in London auf unvorhersehbare Art Geld eingebüßt haben", erklärte er, „sollten wir jede überflüssige Ausgabe vermeiden." Und er schlug die Arme übereinander, stand starr aufrecht und stieß die Stirn vor.

Franklin wollte scharf erwidern. Aber dann dachte er: Oh, du mein armer Richard, wenn du wüßtest. Er sah die ganze tugendboldisch empörte Würde im Gesicht des andern, und er zog den Mund breit zu einem vergnügten Lächeln. Arthur Lee wußte nicht, was er davon halten sollte; es war nicht mehr beleidigend, wie sich der Alte benahm, es war verrückt. Er zuckte die Achseln und ging.

Wenige Tage später wurde er aufgeklärt, was Franklins Lächeln zu bedeuten hatte. Über Amsterdam traf mit anderer Post des Kongresses die offizielle Nachricht ein, daß Franklin zum Alleinbevollmächtigten ernannt war.

Alles Blut drängte Arthur Lee zum Herzen, ihm wurde schwarz vor Augen, er fiel um, ohnmächtig.

Er tauchte auf aus der Bewußtlosigkeit. Langsam, noch auf dem Boden liegend, überdachte er, was geschehen war. Grenzenlose Wut überwältigte ihn. Er dämmte sie zurück. Sich nicht von seinen Gefühlen hinreißen lassen, denken, logisch erwägen, das war seine Stärke, darin war er dem Doktor h. c. über.

Er stand auf, mühsam, ächzend, setzte sich in einen Sessel. Nochmals, aufmerksam, überlas er das Schreiben des Kongresses. Da war auch die Weisung, Lafayette einen Ehrendegen zu überreichen. Oben am Rande rechts stand eine 4, es war eine vierte Kopie. Drei Kopien waren verlorengegangen. Die Zähne fest aufeinanderpressend, die Lippen hochziehend, überlegte Arthur Lee. Auch die Kopien an Franklin mußten verlorengegangen sein. Der Alte mußte trotzdem von seiner Ernennung gewußt haben und auch von der Weisung mit dem Ehrendegen. Sonst hätte er ihn nicht mit so frechem, mildem Spott behandelt, sonst hätte er nicht so niederträchtig hochmütig gelächelt. Arthur Lee fühlte sich erniedrigt wie niemals in seinem Leben. Wie kläglich war er vor Franklin gestanden, ihn zurechtweisend, ihn tadelnd, und der arrogante Greis hatte es nicht einmal für der Mühe wert gehalten, ihn aufzuklären und niederzuschmettern. Wie tückisch war er, wie abgründig boshaft, der Nestor, der Patriarch, seine Tücke und sein Stolz hatten zugenommen mit den Jahren. Was war das für ein gemeiner Spaß, daß er ihm die Nachricht vorenthielt, um sich an seinem Nichtwissen zu ergötzen. Er dachte an des Doktors Lächeln, an dieses tiefe, amüsierte, unsäglich insolente Lächeln. So mochte man lächeln vor einem Affen, der possierliche Sprünge macht, um eine Frucht zu erreichen, von der er durch ein Gitter getrennt ist.

Er war ein Teufel, der Doktor h. c. Er hatte ihn von Anfang an in den Schatten zu drängen gesucht mit seiner Elektrizität, mit seinem akademischen Ruhm, und er, Arthur Lee, hatte sich gefügt. Dabei war doch er, Arthur Lee, der bei weitem bessere Staatsmann, das mußte ihm der Neid zugestehen. Aber den Alten hatte keine Duldsamkeit versöhnt. Weil er, Arthur Lee, seiner republikanisch strengen Gesinnung treu, dem Doktor Vorhaltungen gemacht hatte über seine Korruptionswirtschaft, seinen Nepotismus, seine „liberale", das heißt gewissenlose und das ganze Vaterland brandmarkende Lebensführung, darum hatte ihn der Alte los sein wollen. Er konnte kein ehrliches Auge brauchen für seine und seiner Freunde Geschäfte. Darum hatte er sich hinter die Götzendiener gesteckt, hinter die Knechte des Despoten. Der Kongreß aber, unter dem Druck der schweren Zeit, hatte den Erbfeinden nachgeben müssen, und von nun an wird der zweideutige Mann ohne Aufsicht in Passy sitzen und dort seine zweideutigen Machenschaften weitertreiben zum Schaden Amerikas und der Freiheit.

Es stand schlimm um die Vereinigten Staaten, wenn Henry Richard Lee, der Schöpfer der amerikanischen Unabhängigkeit, es zulassen mußte, daß seinem Bruder Arthur Lee solcher Schimpf und Undank zuteil wurde.

In großer Schwäche saß er eine Ewigkeit. Dann straffte er sich, stand auf, schlug die Arme über der Brust zusammen, stieß das Kinn vor gegen den unsichtbaren Feind, den Doktor h. c. Der täuschte sich, wenn er glaubte, ein Arthur Lee werde den Kampf so bald aufgeben. Noch saß er zu Recht in Paris und keineswegs ohne Amt; denn von seinem zwiefachen Charakter blieb ihm nach wie vor der eine, noch war er bestellter amerikanischer Gesandter in Madrid. Die Instruktion, welche der Kongreß seinem Bruder William und Ralph Izard mitgegeben hatte, galt füglich auch für ihn. Solange er nicht in Madrid zugelassen war, hatte er die Pflicht, hier in Paris zu bleiben, die Interessen des Vaterlandes wahrzunehmen, den Alten zu überwachen, ihn von verderblichen Schritten abzuhalten.

Am gleichen Tage, in Passy, erfuhr auch Mr. Adams, daß nicht er, sondern Franklin zum Alleinbevollmächtigten ernannt worden war. Für einen Augenblick wurde er finster und fand, es sei sogar in dem gelobten Amerika die Majorität der Esel eine ungeheure. Aber schnell überwand er seine Enttäuschung. Nachdem der Vertrag vor seiner Ankunft zustande gekommen, war sein Aufenthalt in Frankreich von Anfang an verfehlt gewesen; es war gut, daß er ihn abbrechen und zu seiner Abigail zurückkehren konnte. Und wenn man die Dinge sachlich anschaute, dann war es besser, wenn ein einzelner hier in Paris die Geschäfte führte, auch wenn dieser einzelne nicht eben sehr geeignet war.

Mr. Adams hatte Sinn für Fairneß und für starke Gesten. Er begab sich hinüber zu Doktor Franklin, nahm dessen alte, braune Hand in seine warme, fleischige und sagte herzlich: „Ich gratuliere Ihnen, Doktor Franklin. Ich hätte gewünscht, ich hätte die Geschäfte hier weiterführen können, ich sage es offen. Aber ich weiß, die Angelegenheiten unseres Landes sind in Ihren Händen, wenn Sie Alleinbevollmächtigter sind, besser aufgehoben, als wenn wir zu dreien daran herumwerkeln. Auch leben Sie gerne unter den Franzosen, während ich das Leben in der Heimat vorziehe. So hat die Weisheit des Kongresses doch vielleicht die beste Lösung gefunden."

Seiner Frau, Mrs. Abigail, schrieb er: „Nachdem ich Mitteilung erhielt von der Resolution, welche das Schicksal und die Einsichtslosigkeit gewisser Mitglieder des Kongresses ausgekocht hatte, bedauerte ich einesteils die neue Prüfung, die nun dem Vaterlande auferlegt ist. Andernteils schien es mir angebracht, dem Doktor, der sich im privaten Verkehr mit mir einwandfrei benommen hat, zu gratulieren, natürlich ohne meine Meinung zu verhehlen. Ich fand ihn übrigens an seinem Schreibtisch, den einen Fuß nackt und das Haar so wirr und ungekämmt, daß es mich an den Zustand seines Innern gemahnte."

Franklin selber hatte mit der gleichen Post von vertrauten Freunden genauen Bericht erhalten, wie seine Ernennung zustande gekommen war. Nachdem man sich entschlossen hatte, die Pariser Delegation auf einen Mann zu reduzieren, hatte man ein Komitee von dreizehn Mitgliedern eingesetzt, das Vorschläge machen sollte. Von diesen dreizehn hatten zuerst fünf für die Ernennung von Arthur Lee gestimmt, vier für die von Adams, zwei hatten keine Meinung, nur zwei hatten sich für Franklin erklärt. Die Freunde Arthur Lees und die Freunde Adams' konnten sich durchaus nicht einigen. Dann war der Plan aufgetaucht, alle drei Gesandten abzuberufen und einen neuen zu schicken. In der Zwischenzeit aber erklärte der französische Gesandte nachdrücklich und immer wieder, daß bei seiner Regierung einzig und allein Franklin Ansehen genug genieße, um eine Anleihe durchzusetzen. So wurde schließlich Franklin mit *einer* Stimme Majorität vorgeschlagen. In der Plenarsitzung stimmte geschlossen gegen ihn sein Staat Pennsylvanien.

Franklin war von diesem Bericht nicht groß überrascht. Es war viel Haß gegen ihn in den Vereinigten Staaten, er war der Sohn eines Talgziehers, er war in seinem Pennsylvanien Führer der Partei der kleinen Leute gewesen gegen die Partei der Grundbesitzer, und der Verrat seines Sohnes William bot bequemes Propagandamaterial. Um ein Haar also hätte man sich gegen ihn entschieden. Aber er hatte Glück gehabt, er, Benjamin, Sohn der rechten Hand, Sohn des Glückes. Denn wenn er offen mit sich selber sein wollte, dann mußte er sich's zugeben: seine Abberufung wäre ihm ein schwerer Schlag gewesen. Vielleicht hatte lediglich jenes Abendessen in der Redoute Chinoise bewirkt, daß jetzt er hierblieb und nicht Arthur Lee. Das war müßiges Geträume. Es war Sinn in den Geschehnissen, und es war Fügung, daß der bessere Vertreter der amerikanischen Sache hierblieb.

Er schmunzelte. Daß es so sein mußte, das hatte schließlich sogar der Kongreß eingesehen, freilich nur mit Hilfe des französischen Gesandten.

In Passy, in Versailles, in Paris herrschte hohe Freude über das Ereignis. Mit Stolz merkte der kleine Benjamin, daß es in der Tat eine wichtige Begebenheit gewesen war, welche der Großvater ihm allein anvertraut hatte.

Madame Helvetius gab ein Festmahl für Franklin und überwand sich, auch Madame Brillon einzuladen. Der Doktor aß übermäßig, vor allem Schlagsahne, und scheute sich auch nicht, viel Madeira zu trinken; er wollte es seiner alten Feindin, der Frau Gicht, zeigen, daß er sie nicht fürchtete.

Es war bei dieser Gelegenheit, daß Abbé Morellet ein Lied für Franklin dichtete, ein Lied voll Unsinn, voll tiefer, liebender Bewunderung, voll harmloser Fröhlichkeit und voll von schlechten, lustigen, klingelnden Reimen.

Später mag Historia
Singen Franklins Gloria.
Heute feiern wir den Mann,
Der so lustig lachen kann.
Tschin, tschin, tschin,
Lang lebe unser Benjamin.

Sperrt dem Blitz die Häuser zu,
Schafft ein großes Reich im Nu,
Lacht dabei und plaudert froh,
Trinkt Madeira und Bordeaux.
Stets Gewinn
Hat, wer's hält mit Benjamin.

Solon aus Amerika,
Philosoph und Großpapa,
Trinkt er den kathol'schen Wein.
Spaß und Weisheit im Verein,
Scherz und Sinn
Eignen unserm Benjamin.

So ging es fröhlich blödelnd sieben Strophen durch. Franklin amüsierte sich großartig; er begleitete das von den Töchtern der Madame Helvetius gesungene Lied auf dem von ihm erfundenen Musikinstrument, einer Art Harmonika. Er selber gab dann zwei traurige schottische Volkslieder zum besten, die er besonders liebte, eine Romanze über Maria Stuart und ein betrübtes Lied: „So glücklich, wie wir waren."

Den Tag darauf fuhr Franklin nach Versailles, um Vergennes und Maurepas offiziell seine Ernennung mitzuteilen. Über die Vorgeschichte dieser Ernennung waren die Herren durch den Gesandten Gérard schon lange und gut informiert. „Ich gratuliere Ihnen und mir, Exzellenz", hatte Gérard dem Grafen Vergennes geschrieben, „daß wir diesen schrecklichen Arthur Lee los sind. Der Mann hat ein aberwitziges Gewebe von Falschheit und Bitterkeit gesponnen, das jeden gefährdete, der mit ihm zu tun hatte. Ich freue mich vom Grunde meiner Seele, daß es mir vergönnt war, zu verhüten, daß dieser gefährliche und schlechte Mensch an Stelle Franklins ernannt wurde."

Vergennes scheute sich nicht, Franklin wissen zu lassen, was er über den Kongreß dachte. „Sie, Doktor Franklin", meinte er, „mißverstehen mich ja nicht, wenn ich offen mit Ihnen rede. Aber was ist das für eine sonderbare Gesellschaft, die ihr da in eure Volksvertretung gewählt habt. Wenn wir es nicht verhütet hätten, dann hätte wahrhaftig euer gottverlassener Kongreß in seiner höchsten Not seinen besten Mann abberufen."

Auch Maurepas verhehlte nicht seine Freude über Franklins Ernennung. „Ich habe", teilte er ihm schmunzelnd mit, „Meister Duplessis sogleich ein neues Porträt von Ihnen in Auftrag gegeben. Ich will das Gemälde der Königin zum Geschenk machen", verriet er ihm. „Die Majestät hat ja schon sehr früh das Vergnügen Ihrer Bekanntschaft gehabt. Wenn Madame jetzt Ihr Porträt jedem sichtbar aufhängt, so ist das also gewissermaßen die Legitimierung eines zu früh gekommenen Kindes." Später meinte er: „Auch den Monarchen werden Sie ja nun wiedersehen, wenn Sie ihm Ihr Beglaubigungsschreiben präsentieren. Langsam wird sich der Allerchristlichste an Ihren Anblick gewöhnen."

Von der Anleihe sprachen beide Minister nicht. Auch Franklin hielt es für richtiger, die delikate Angelegenheit dieses erste Mal noch nicht zur Sprache zu bringen.

Paris freute sich aufrichtig, daß der Botschafter der Freiheit und Vernunft von neuem anerkannt und bestätigt war. Die Mappen William Temples und de la Mottes bekamen schnellen Zuwachs. Tagelang fuhren in Passy die Wagen vor mit Besuchern, die Franklin gratulieren wollten.

Unter den Gratulanten war auch Pierre Beaumarchais. Die Nachricht, daß der hinterlistige, abgründig schlechte Arthur Lee, der den Namen Amerikas schändete, gestürzt war, hatte Pierres Herz unbändig erfreut. Wieder einmal bewährte sich das Gesetz seines Lebens. Aus tiefen Schlünden wurde er immer wieder emporgerissen auf die höchsten Gipfel des Glückes. Nicht nur hatte sich das absurde Verhängnis, welches ihn unter die Taugenichtse von Saint-Lazare gestoßen, zuletzt als blendender Glücksfall erwiesen, nun wurde ihm noch die neue Genugtuung, daß der Schurke Lee fiel, der sich der Zahlung seiner Guthaben entgegengestellt hatte. Überdies verknüpfte ihn dieses Ereignis von neuem mit dem andern großen Wegbereiter der amerikanischen Unabhängigkeit, dem Patriarchen von Passy.

Überschwenglich gratulierte er Franklin. Der Doktor fühlte sich erleichtert. Er hatte, als dieser Monsieur Caron vor kurzem nicht ohne Schuld des zahlungsunwilligen Kongresses in schwere Fährnis geraten war, sich nicht gerührt und ihm nicht geholfen; nun schien das Monsieur Caron nicht weiter übelzunehmen. Strahlend und naiv sagte er: „Sie müssen sich doch auch gewaltig darüber freuen, Doktor Franklin, daß wir diese Bremse los sind, den Arthur Lee, Sie haben doch auch viel unter ihm zu leiden gehabt." Das machte nun Franklin wieder ein wenig betreten. Er gedachte Dubourgs und der „Mouche au Coche". War das eine Anspielung? Vorsichtig, etwas steif, sagte er: „Ja, man hat Ihnen viel Unrecht getan, Monsieur." – „Ihnen und mir, Ihnen und mir", versicherte eifrig Pierre. „Es ehrt mich, Doktor Franklin, daß ich dieses Schicksal mit Ihnen teile. Es ehrt mich, daß wir beide so vieles gemeinsam haben. Wir ziehen uns aus allen Unglücksfällen immer wieder heraus."

Franklin sagte sich, der Mann habe in Wahrheit für die Sache Amerikas viel geleistet, mehr als sonstwer in Frankreich, mehr als der gefeierte Lafayette, und diese Hilfe sei ihm übel bezahlt worden. Aber er konnte sich nicht helfen, Monsieur Caron blieb ihm zuwider. Er wollte nichts mit ihm gemein haben. Schulmeisterlich sagte er: „Freuen wir uns nicht zu früh. Es liegt noch ein weiter Weg vor uns." Pierre begriff zunächst nicht, welchen Bezug diese Anmerkung auf seine Worte haben könnte. Aber schnell deutete er sie in seinem Sinn. „Ja, auch darin geht es Ihnen wie mir", stimmte er eifrig bei. „Auch mir scheint jeder Erfolg immer nur wie ein Anfang, wie der Fuß eines Berges, dessen Gipfel sich in den Wolken verliert." Franklin, verblüfft über diese Interpretation, antwortete mit einem kleinen Seufzer: „Mein lieber Monsieur, so einen Wolkengipfel zu ersteigen, dürfte es mir wohl an Zeit mangeln. Wenn ich heute über den Friedhof des Innocents gehe, dann habe ich ein Gefühl, als suchte ich Wohnung." Aber Pierre tröstete ihn stürmisch. „Nichts da, verehrter Doktor, nichts da", sagte er. „Seien Sie nicht kopfhängerisch. Ich glaube an Ihr Glück wie an das meine. Wir beide werden das Ende dieses Krieges noch erleben. Das sagt Ihnen Pierre Beaumarchais."

In der Zwischenzeit war Bankier Le Grand aus Amsterdam eingetroffen, und Franklin arbeitete mit ihm an dem Memorandum, das er dem französischen Kabinett überreichen wollte, um die Notwendigkeit der Anleihe zu begründen. Immer deutlicher stellte sich heraus: die schnelle Gewährung der fünfundzwanzig Millionen, die der Kongreß verlangte, war lebenswichtig für die Vereinigten Staaten.

Trotzdem zögerte der Doktor. Es war keine günstige Zeit, eine so hohe Summe zu verlangen. Seit dem Abschluß der Allianz war der Verkehr zwischen Frankreich und Amerika dichter geworden, man war besser informiert über die Zwistigkeiten innerhalb des Kongresses und über die Situation des ganzen Landes, viele Einzelheiten waren bekannt geworden, die ein trübes Licht auf die neuen Alliierten warfen. Französische Offiziere waren mißvergnügt zurückgekehrt und erzählten Unvorteilhaftes über die amerikanischen Zustände. Kaum der vierte Teil der Amerikaner, hieß es, glaube an die Sache der Unabhängigkeit. Monsieur Laroche, einer der unzufriedenen Offiziere, hatte das böse Wort aufgebracht, es gebe mehr Freunde der amerikanischen Republik in Paris als in Amerika. Ein anderer Offizier, Monsieur de Portail, ein verwundeter Kapitän der Flotte des Admirals d'Estaing, erzählte überall herum, man könne sich mit den Amerikanern nicht verständigen und vertragen. Sie faulenzten, sie tränken Tag und Nacht Tee und Rum und rauchten und drückten sich vor den Strapazen, sie würden bestimmt auf die Dauer schlappmachen. Dazu hätten sie eine heftige Antipathie gegen die Franzosen und würden eher zu den Engländern übergehen als gemeinsam mit den Franzosen kämpfen. Ein Beamter des Finanzministeriums, Monsieur Pellier, hatte im Auftrag Monsieur Neckers die Vereinigten Staaten bereist. Feinde Amerikas verbreiteten die Abschrift seines Reports. Die Agenten der amerikanischen Regierung, berichtete er, bezögen von den Regierungslieferungen unglaubhaft hohe Provisionen. Ein selbstischer, rechenhafter Geist herrsche überall im Lande, niemand denke daran, solche Mentalität zu verurteilen, ungeheure Profitgier bilde den am meisten charakteristischen Zug der Amerikaner, vor allem in den nördlichen Staaten.

Es schien Franklin nicht ratsam, zu einer Zeit, da die Salons und die Kaffeehäuser der Stadt Paris von solchen Erzählungen widerhallten, die ungeheure Summe zu verlangen, welche der Kongreß forderte. Zwar hatte er das Versprechen des Regierungschefs, man warte nur darauf, daß er Alleinbevollmächtiger sei, um mit ihm über die Anleihe zu verhandeln. Aber Franklin wußte aus Erfahrung, wieviel auf Versprechungen von Diplomaten zu geben war. Auch an der klarsten Zusage konnte man so lange deuteln, bis sie sich in Rauch auflöste.

In diesen Wochen hatte er mehrere Gespräche mit Lafayette. General Washington – das ging aus den Worten des Marquis klar hervor – war überzeugt, daß ohne die Hilfe einer französischen Armee und einer französischen Flotte eine entscheidende Schlacht nicht geschlagen und der Krieg nicht gewonnen werden konnte. Ein französisches Expeditionskorps war denn auch aufgestellt worden, ohne daß man große Worte gemacht hatte, und es war eine Armee, die sich sehen lassen konnte. Der Marquis hatte Order, in den nächsten Tagen nach Le Havre zu reisen, um als Vizegeneralquartiermeister die Truppen zu inspizieren. Allein, abgehen konnte die Armee nicht: der Kongreß sträubte sich, französische Truppen ins Land zu lassen. Es hatte zwischen den Amerikanern und Admiral d'Estaing böse Reibungen gegeben, und man fürchtete Schlimmeres, wenn eine ganze französische Armee im Lande stehe. „Der Kongreß", klagte Lafayette, „will keine Truppen, er will auch keine erfahrenen Offiziere, er will nichts als Geld. Helfen Sie mir, Doktor Franklin", bat er lebhaft. „Machen Sie dem Kongreß die Annahme eines französischen Hilfskorps schmackhaft. Setzen Sie den Herren auseinander, daß eine französische Armee auch französisches Geld bringen wird, das dann unter die Leute kommt. Ach, was für Krämer sind die Herren von euerm Kongreß", seufzte er. „Ich habe immer gedacht, wir Franzosen seien ein geiziges Volk; aber verglichen mit euch sind wir die reinen Verschwender." Der Autor des „Armen Richard", der seinen Lesern so dringlich Sparsamkeit ans Herz gelegt hatte, ohne selber seinen Lehren allzu ängstlich nachzuleben, schmunzelte.

Aber soviel war gewiß: auch die Absendung des französischen Hilfskorps, ohne das der Krieg nicht gewonnen werden konnte, hing ab von der Anleihe. Franklins Verstand gebot ihm, zu warten; sein Herz verlangte, daß er handle.

Und nun gar erreichte ihn noch ein Schreiben Washingtons. Es war ein kurzer Brief. Die Lage der Armee und des Landes sei dunkel, schrieb in seiner geraden, simpeln Art der General. Amerika müsse entweder Geld von Frankreich haben oder Frieden machen.

Dieses Schreiben Washingtons bewog Franklin, trotz aller Bedenken nicht länger zu zögern. Er übersandte das Memorandum, das er mit Hilfe Monsieur Le Grands verfaßt hatte, dem Grafen Vergennes, und er begleitete es mit einem sehr persönlich gehaltenen Brief. Er mahnte nicht an Maurepas' Versprechen, wohl aber schrieb er: „Ich bin alt, geschwächt durch Krankheit, und es ist unwahrscheinlich, daß ich mich noch lange mit den Geschäften werde befassen können. Ich nehme deshalb die Gelegenheit wahr, Eurer Exzellenz zu versichern: die gegenwärtige Lage ist kritisch. Es besteht Gefahr, daß der Kongreß, wenn er die notwendigen Bedürfnisse nicht mehr beschaffen kann, seine Macht übers Volk verliert. Es würde dadurch das ganze neue Regime in Amerika in Frage gestellt werden. Wenn aber die Engländer aufs neue in Amerika hochkommen, dann würde sich die Gelegenheit einer wirksamen Separation wie der gegenwärtigen auf Menschenalter hinaus nicht wieder ergeben. Und dann würde der unangestrittene Besitz des fruchtbaren, ausgedehnten Landes und der weiten Küste den Engländern durch schnelle Handelsentwicklung und durch den Zuwachs an Matrosen und Soldaten eine so breite Basis zukünftiger Größe geben, daß sie der Schrecken Europas würden und ungestraft jene freche Willkür ausüben könnten, die dieser Nation nun einmal natürlich ist und die mit dem Wachstum an Macht ungeheuer zunehmen würde."

Mittlerweile war der Ehrendegen für Lafayette fertig geworden. Mit Wohlwollen betrachtete Franklin das Meisterwerk. Der Griff und alle Verzierungen waren von purem

Golde. Auf dem Griff, dem Knauf, der Scheide, dem Stichblatt, überall waren Verzierungen angebracht. Da sah man das Wappen Lafayettes und seinen kühnen Wahlspruch: „Cur non – Warum nicht?“ Ein Halbmond stellte die aufsteigende Glorie Amerikas dar. Der britische Löwe lag hingestreckt unter dem Fuß Lafayettes, und Amerika reichte seinem jugendlichen Kämpfer einen Lorbeerzweig. Die Schlachten von Gloucester und Monmouth waren dargestellt und die Rückzüge von Barren Hill und Rhode Island. Eine geflügelte Fama flog der Fregatte voran, die Lafayette nach Frankreich zurückbrachte. In der einen Hand hielt sie den Kranz, den Amerika dem Helden zuerkannte, in der andern eine Trompete, um Europa seine großen Taten zu verkünden. Es war erstaunlich, was alles Franklin und Meister Pourrat auf dem Degen hatten darstellen können.

Lafayette war in Le Havre, wo er befehlsgemäß die für Amerika bestimmten Truppen inspizierte, so daß ihm der Doktor die schöne Gabe nicht persönlich überreichen konnte. Aber das hatte auch sein Gutes. Franklin hatte jetzt vortreffliche Gelegenheit, den jungen William nach Le Havre zu schicken.

Unter allen, die dem Doktor nahestanden, hatte der junge William die höchste Freude über seine Ernennung bezeigt. Seine Neigung für Blanchette Caillot ging tiefer, als er hatte merken lassen; es hätte ihn schmerzlich getroffen, wenn er sich von ihr hätte trennen und nach Amerika zurückkehren müssen. Jetzt hatte er Aussicht, noch Jahre mit ihr vereint zu bleiben.

Seit langem hatte er auf zaghafte Art gebeten, nach Le Havre reisen und seine Freundin sehen zu dürfen. Aber es gab viel zu tun, und der Doktor hielt es für richtig, dem Jungen auf jede Art klarzumachen, daß der Mittelpunkt seines Lebens sein Amt sei. Er wollte ihm also Urlaub nach Le Havre erst dann geben, wenn die Reise mit einer amtlichen Funktion verbunden werden konnte. Eine schönere amtliche Betätigung als die Überbringung des Ehrendegens konnte kaum gefunden werden.

William strahlte. Was vor ihm lag, war Seligkeit. Er sollte eine Reise machen, betraut mit einer höchst ehrenvollen Mission, er sollte dem glänzenden und bewunderten General das glänzende Geschenk überbringen, und er sollte gleichzeitig seine liebe Freundin sehen, die Mutter seines Kindes. Mit Freuden beschaute der Doktor das glückliche Gesicht seines Enkels.

Bevor er ihn entließ, entwarf er einen Brief an Lafayette. „Es sind", schrieb er, „auf dem Degen einige der wichtigsten Kriegstaten dargestellt, durch welche Sie sich ausgezeichnet haben. Diese Darstellungen und die allegorischen Figuren scheinen mir ungewöhnlich geglückt. Es läßt sich eben mit Hilfe der ausgezeichneten Künstler Ihres Landes alles darstellen. Nicht aber darstellen läßt sich die Dankbarkeit, die mein Land und ich für Sie empfinden. Für diese sind bildliche Darstellungen so wenig ausreichend wie Worte."

Das Französisch dieses Briefes überarbeitete Franklin mit Hilfe Madame Brillons. Er überlas die endgültige Fassung des Schreibens und kicherte. Das war die rechte französische Art, dem französischen General zu danken.

Monsieur de Maurepas frühstückte allein, schon den dritten Tag. Seine Gräfin war weggefahren, nach Paris, um die letzten Arbeiten der Restaurierung des Hôtels Phélypeau selber zu überwachen.

Es war dem alten Ministerpräsidenten recht, daß die Gräfin das unwirtliche Stadtpalais wohnlich machte. Er wird fortan auch in Paris eine bequeme, nach seinem Geschmack eingerichtete Heimstätte haben. Er wird viel häufiger seine unter den seidenen Vorhängen schlafenden Bilder beschauen können. Auch wird er nicht mehr gezwungen sein, seine ganze Geselligkeit unter den Augen des Monarchen zu treiben. Aber er mußte diese zukünftigen Annehmlichkeiten mit gegenwärtigen Leiden bezahlen. Es fiel ihm schwer, seine Gräfin zu entbehren, und diese einsamen Frühstücksstunden irritierten ihn.

Er tunkte das zarte Gebäck in die Schokolade, doch er führte es nicht zum Munde, er hatte keine Freude am Essen. Bei meiner Seele, wenn ich eine habe, dachte er, ich werde alt. Er stellte sich die mannigfachen Freuden vor, mit denen er seine Tage zu füllen pflegte. Aber heute gab es nichts, was ihn hätte locken können. Er war müde. Er wünschte, der Tag wäre erst vorbei und er könnte sich ins Bett legen, sich zusammenkrümmen und schlafen.

Er, Jean-Frédéric Maurepas, hatte alles gehabt, wonach sich ein Mensch sehnen mag, Reichtümer und Frauen und Ehren. Es eigneten ihm Witz und Verstand und Geschmack und Kühnheit. Er hatte erregende Erlebnisse gehabt, sein Geltungsdrang hatte sich austoben können, er hatte jeden Hunger gestillt, und jeder Traum war ihm Wahrheit geworden. Jetzt blieb ihm ein einziges Ziel: im Amte zu sterben.

Es kostete unsägliche Anstrengung, der progressive Minister eines reaktionären Königs zu sein. Und war das der Mühe wert? Der Alte saß in seine Schals und Tücher gehüllt, klein, dürr und moros.

Jetzt wieder peinigte ihn der Kollege Vergennes mit dieser albernen Anleihe für Franklin und sein Amerika. Er hatte ihm keine Ruhe gelassen, bis er ihm zugesagt hatte, bei der ersten günstigen Gelegenheit den zögernden Louis zur Unterschrift zu bewegen. Wieviel Kampf wird das wieder kosten. Und wozu eigentlich arbeitete er sich ab? Was ging ihn Amerika an? Böse, neidisch schaute er auf das Porträt, das ihm gegenüber hing. Aus kühlen, prüfenden Augen schaute Franklin durch ihn hindurch und über ihn hinweg. Der hatte es besser. Der vertrat ein junges Land und konnte mit der Jugend gehen ohne langen Kampf und Krampf.

Die Katze Gris-Gris streckte sich, gähnte, gab einen kleinen Laut von sich. Maurepas hielt ihr ein Stückchen Gebäck hin, sie schnüffelte, kehrte sich ab. Sie mochte ihn nicht recht, die Katze Gris-Gris. Der Alte dachte an das letzte Gespräch, das er um des Tieres willen mit der Gräfin geführt hatte. Sie hatte die ganze Zeit über geschwankt, ob sie die Katze hierlassen oder mit nach Paris nehmen solle. „Ich werde sie ungeheuer entbehren", hatte sie geklagt. „Das Frühstück schmeckt mir nicht, wenn nicht Gris-Gris um ein paar Brocken bettelt." – „Dann nehmen Sie sie doch mit, meine Teuerste", hatte er geraten. „Aber sie wird sich nicht wohl fühlen in Paris, das gute Tier", hatte sie zu bedenken gegeben. „Die zwei-, dreimal, die ich's versucht habe, war sie sehr unglücklich, und wie unbehaglich wird ihr erst in dem Wirrwarr des Umbaus sein. Hier an Versailles ist sie gewöhnt. Hier hat sie ihre Mausjagd, hier kennt sie genau jedes Mauseloch. Katzen lieben nun einmal das Haus und nicht die Menschen." – „Nun also, meine Liebe", hatte er erwidert, „dann wird Sie ja der Gedanke trösten, daß sich Gris-Gris hier bei uns wohl fühlt." – „Aber manchmal glaube ich", hatte sie wieder erwogen, „daß sich das liebe Tier doch nach mir sehnt, und ich bin auch nicht ganz sicher, ob Gaspard ihr die Milch immer in der rechten Temperatur gibt." – „Wenn Sie sich darüber Sorgen machen, meine Teuerste", hatte er geantwortet, „dann ist es vielleicht doch besser, wenn Sie sie mitnehmen." – „Mit Ihnen ist nichts anzufangen, Jean-Frédéric", hatte sie geklagt. „Sie wissen einfach nicht, was Sie wollen. Mitnehmen, hierlassen, von Ihnen erhält man nie einen klaren, eindeutigen Rat."

Der Alte, sich dieses Gespräches erinnernd, hellte sich ein wenig auf. Der Gedanke, wie abhängig er von seiner Gräfin und wie er ihr gleichzeitig überlegen war, wärmte sein kaltes Herz. Er streichelte die Katze, die sich ungnädig wegbegab, und nickte ein.

Ein leises Geräusch ließ ihn aufwachen. Die Tür hatte sich geschlossen. Man hatte wohl ins Zimmer gesehen, um das Frühstücksgeschirr abzuräumen, und war, um nicht zu stören, wieder gegangen. Er sah nach der Uhr auf dem Kamin, einem Meisterwerk von der Hand des Falconet. Er mußte über eine Viertelstunde so gedämmert haben. Wieder eine Viertelstunde verronnen, fünfzehn Minuten, neunhundert Sekunden. Die Minuten vergingen einem, die Stunden. Bis man im Amt gestorben sein wird.

Er schellte. Ließ Sallé kommen. Die Stimmungen dieses Morgens in Worte fassend, diktierte er dem Sekretär zynisch geistreiche Betrachtungen über die Nichtigkeit des Lebens. „Lesen Sie, Sallé", befahl er. Sallé, mit seiner scholleriger Stimme, las. „Das ist gut", freute sich Maurepas. „Finden Sie nicht, Sallé, das ist gut?", und über der Erlesenheit seines Stiles vergaß er die Nichtigkeit der Welt. „Das ist beinahe so gut wie der Prediger Salomonis. Finden Sie nicht, lieber Sallé?" wollte er bestätigt haben. Und: „Lesen Sie mir doch einmal ein paar Verse aus dem Prediger, zum Vergleich", forderte er ihn auf.

Sallé nahm die Bibel und las: „Ehe die bösen Tage kommen und die Jahre hertreten, da du sagen wirst: Sie gefallen mir nicht, / Ehe die Sonne und das Licht, Mond und Sterne finster werden, und Wolken wiederkommen nach dem Regen, / Zur Zeit, da die Hüter im Hause zittern und sich krümmen die Starken, und müßig stehen die Müller, weil ihrer so wenige geworden sind, und finster werden die Fenster, / Und die Türen an der Gasse sich schließen, und die Stimme der Mühle leise wird, und man erwacht, wenn der Vogel singt, und gedämpft sind alle Töchter des Gesanges, / Wenn der Mandelbaum blüht und die Heuschrecke beladen wird, und alle Lust vergeht, denn der Mensch fährt hin und die Klageleute gehen umher auf der Gasse, / Ehe der Silberstrick reißt und die goldene Schale zerbricht und der Eimer zerfällt am Brunnenrand. / Denn der Staub muß wieder zur Erde, wie er gewesen ist."

„Hören Sie schon auf, Sallé", unterbrach ihn übellaunig der Minister. „Er war doch der bessere Schriftsteller, dieser alte Jude. Er drückt sich für meinen Geschmack zu dunkel aus, aber er spricht offenbar von den Gebrechen des Alters, und das tut er bildhaft und eindringlich, obwohl die Übersetzung schwach zu sein scheint. Nun ja, mit dem Altwerden war es wohl vor zweitausend Jahren genau wie heute. Es ist nichts Neues unter der Sonne." Und er schickte Sallé weg und nickte wieder ein, in trüben Gedanken.

Louis saß in seiner Bibliothek und betrachtete einen Kupferstich. Spanien hatte in der Tat endlich den Krieg erklärt, und der Stich stellte voll Hohn und Jubel die politisch-ökonomische Situation dar, die sich aus diesem neuen Schlag gegen England ergab. Da war eine Milchkuh, die sichtlich den Handel Großbritanniens verkörperte. Ein Amerikaner war im Begriff, der Kuh die Hörner abzusägen, eines war schon zu Boden gefallen. Ein dicker Holländer profitierte von der Gelegenheit und melkte an der Kuh herum. Ein Franzose trug einen bereits gefüllten Milchtopf davon, und ein Spanier mit einem andern Milchtopf wartete, daß die Reihe an ihn komme. Vorne aber lag, tief eingeschlafen, der britische Löwe, ein kleines, freches Hündchen spazierte auf seinem Rücken herum, und ihm zur Seite weinte, in Trauerkleidung, ein Engländer.

Es war aber auch erfreulich, daß nun Spanien am Kriege teilnahm. Es war tröstlich, daß sich auch sein Vetter Karl in Madrid, dieser ausgezeichnete Fürst, der in seinem Reich die gottgewollte Ordnung so tatkräftig aufrechterhielt, auf die

Dauer dem Bündnis mit den Rebellen nicht hatte entziehen können. Nun wird er, Louis, nicht mehr der einzige sein, der den Rebellen Geld, Schiffe und Soldaten schicken muß.

Freilich benützen seine Herren die angenehme Wendung als Anlaß, noch mehr Geld für die Rebellen aus ihm herauszuquetschen. Sie drängen darauf, daß man nun, da man einen Teil der Zahlung auf Spanien abwälzen kann, den Amerikanern die riesige Anleihe genehmige. Dabei wird unter allen Umständen er den bei weitem größern Teil berappen müssen. Was immer kam, Gutes oder Böses, er mußte zahlen, es war eine Schande. Wenigstens war Monsieur Necker, als Protestant und Schweizer, hartnäckig, er half ihm gegen die andern und sträubte sich, mit den Millionen herauszurücken.

Gestern, als Maurepas und Vergennes gar nicht abließen mit ihren Argumenten, hatte Necker eine erschreckende Ziffer in die Debatte geworfen. Die Ausgaben für den Krieg, hatte er behauptet, betrügen jetzt schon über fünfhundert Millionen. Er, Louis, hatte geglaubt, hatte gehofft, das sei eine Übertreibung, Necker habe die Ziffer nach oben abgerundet, nur um sich gegen die Anforderungen der andern zu wehren. Aber auch als die andern gegangen waren und er Necker vertraulich befragte, hatte dieser steif und fest erklärt, es sei so, die Ausgaben betrügen bereits über fünfhundert Millionen, und er hatte versprochen, heute in einer ausführlichen Bilanz die genaue Ziffer vorzulegen. Louis erwartete diese Aufstellung; er hatte Weisung gegeben, sie ihm sogleich nach Einlauf vorzulegen.

Er drängte die verdrießlichen Vorstellungen zurück und dachte an die große Freude, die ihm bevorstand. Jetzt wird es nur mehr Wochen dauern, bis es mit Toinette soweit sein wird. Mitte Dezember wurde ihre Entbindung erwartet. Er hatte sich etwas ausgedacht, womit er alle Welt überraschen wird. Sein Dauphin wird natürlich Louis-Auguste heißen wie er selber, aber er wird ihm, seinem Ältesten, dem Siebzehnten Louis, einen neuen Namen geben, wie ihn noch kein französischer König getragen hat. Gerade weil er, Louis, gezwungen war, die Allianz mit den Rebellen einzugehen, wird er in der Namensgebung seines Dauphins seinen guten Willen, sein Gottvertrauen betonen und ihn Adeodatus, Dieudonné heißen. Da war ihm etwas Gutes, Frommes eingefallen. Da wird er staunen und sich ärgern, sein Mentor, der heimliche Ketzer. „Bei meiner Seele, wenn ich eine habe." Er, Louis, hat es wohl gehört. Aber gerade darum wird er seinen Dauphin Dieudonné heißen. Und der Alte wird nichts einzuwenden wagen.

Ja, Louis wird einen guten Winter haben, allen Ketzern und Rebellen zum Trotz. Nur eines war schade: er wird infolge der bevorstehenden Niederkunft Toinettes für dieses Jahr auf seine Porzellan-Auktion verzichten müssen.

Leise und ehrerbietig kam Monsieur de Sept-Chênes herein, legte ein Schriftstück auf den Tisch, entfernte sich sogleich wieder. Aha, das Memorandum Monsieur Neckers. Sich die dicken Finger befeuchtend, kurzsichtig, aufgeregt, blätterte Louis in dem Dokument herum, um die Endziffer zu finden. Da war sie. Er lief rot an, schnaufte hart, es wurde ihm eng um den Leib, er mußte sich den Gürtel öffnen. 532 Millionen.

Maurepas und Vergennes hatten einfach gelacht, wenn Necker mit düsterer Miene vorausgesagt hatte, der Krieg werde 1000 Millionen kosten. Und er selber, wenn er auch tat, als glaubte er Necker, hatte ihm in Wahrheit nie geglaubt. Er hatte gerne den Vertröstungen der andern zugehört, der Krieg werde kurz dauern. England werde rasch gezwungen sein, Frieden zu machen, oder es werde zusammenbrechen. Aber Necker hatte es wiederholt, oft und abermals mit seiner scharfen, schullehrerhaften Stimme, die Louis an die Stimme seines alten Hofmeisters Vauguyon gemahnte: 1000 Millionen. 1000 Millionen.

Da lag dieser Stich, der den Zusammenbruch Englands darstellte. Die Hörner abgesägt. Und hier lag die Bilanz, welche der Protestant mit bösartiger Genauigkeit ausgearbeitet hatte. 532 Millionen Schulden, das war die Milch, das war die Realität. Der Stich war eine Phantasie, ein Traum, den er und alle seine Franzosen träumten, ein Wunsch, ein Nebel. 532 Millionen. Ihm selber, seinem Frankreich sind die Hörner abgesägt. Er packte den Stich, zerriß ihn, schmiß die Fetzen auf den Boden, trat darauf herum.

Und da wollten sie noch eine Anleihe. Nochmals 25 Millionen. Dann springt die Ziffer auf 557, mit einem einzigen Federstrich. Alles für diesen Nimmersatt, den Franklin.

Es hielt ihn nicht länger in der Bibliothek. Zornig, ohne

sich erst lange umzuziehen, watschelnd, stampfend, lief er über die Korridore und Treppen hinauf in die Schmiede. Er mußte sich kräftige Bewegung machen, mußte draufloshauen.

Die schwere, niedrige Tür war verschlossen. Er trug den Schlüssel immer bei sich. Er öffnete die Tür. Ein unerwarteter Laut klang ihm entgegen, ein langsames, klägliches und gleichzeitig erfreutes Mauzen. Dort oben, auf dem Werkzeuggestell, kauerte die Urheberin des Geräusches, eine Katze. Laudry oder Gamain waren also so pflichtvergessen, daß sich ein Tier in seine letzte Zufluchtsstätte hatte einschleichen können, und er hatte ihnen doch Gewissenhaftigkeit streng ans Herz gelegt. Hier, in seiner Schmiede, wollte er für sich sein, allein, hier duldete er keinen Menschen und kein Tier.

Er machte sich daran, die Katze zu jagen. Sie saß ganz oben auf dem Gestell, er erstieg einen Hocker. Sie sprang über ihn hinweg, herunter, er jagte sie täppisch, sie sprang auf den Werktisch, einiges fiel mit großem Geklirr, er wurde immer wütender, öffnete die Tür, jagte die Katze, sie flüchtete in den entgegengesetzten Winkel. Er packte eine Zange, schmiß sie nach ihr. Sie heulte kläglich auf, hinkte jämmerlich hinaus. Er schloß die Tür, grimmig befriedigt. Jetzt war er allein und hatte seine Ruhe.

Er zog sich aus bis auf Hemd und Hose, fachte die kunstvoll gehaltene Glut an, machte sich mit seinem Eisen zu schaffen, schwang seinen Hammer. Schlug und schwang und schwang und schlug.

Gamain kam. „Hast du die Katze hereingelassen?" fuhr ihn Louis an, in der Fistel schreiend. „Welche Katze, Sire?" fragte bestürzt der Bursche. „Du weißt es ganz genau", wütete Louis. Gamain wußte nichts und verteidigte sich tapfer. „Wenn eine Katze hier war", erklärte er, „muß sie hereingewischt sein, als ich wegging. Oder vielleicht ist sie unbemerkt durchs Fenster gekommen. Ich hatte es eine Zeitlang offen, weil es übermäßig heiß war." – „Ich will keine Katzen hier", ereiferte sich Louis. „Merk dir das, du Bastard, du Hurensohn. Ich lasse mir nicht von euch allen auf dem Kopf herumtanzen."

Noch eine Weile schimpfte er unflätig weiter. Dann, immer noch grollend und schimpfend, ging er zurück zu seinem Eisen. Schimpfte, schlug, schwang. Beruhigte sich. Und als er die Schmiede verließ, hatte er sich mit den Kosten des Krieges abgefunden.

In einer Hutschachtel brachten der Kammerdiener Gaspard und die Beschließerin Séraphine dem alten Maurepas die tote Katze Gris-Gris. Der Anblick erschütterte Maurepas tiefer als jemals ein politisches Ereignis. Er war kein Feigling; doch mit einer Furcht, die ihm das Mark durchkältete, dachte er an den Gram und die Empörung seiner Gräfin.

Er war ein maßvoller Mann, der selten laut wurde. Diesmal erhob er seine alte Stimme, daß sie wüst schrillte, er schrie die Frau und den Mann, die seit Jahrzehnten in seinen Diensten standen, grimmig an und überhäufte sie mit sinnlosen Beschimpfungen. Besorgt, als er japsend und atemholend in seinen Sessel fiel, wischte ihm Gaspard den Schweiß ab und hüllte ihn in seine Tücher.

Dann, vorsichtig, schilderte er den Untergang der Katze; durch den Bericht Gamains war alles geklärt. Der Allerchristlichste König hatte Gris-Gris allein in seiner Schmiede vorgefunden. Später, das hatten viele gesehen, war sie hinkend, halbtot, jämmerlich heulend durch die Korridore von Versailles gestrichen, bis eine mitleidige Seele sie erkannte und in die Appartements zurückbrachte, in welche sie gehörte. Séraphine schickte nach dem Doktor Lassone, doch Gaspard sah gleich, daß da nichts mehr zu machen war. Bevor denn auch der Doktor kam, war die Katze tot. Und hier war sie, die Leiche, in der Hutschachtel für den großen Florentiner.

Maurepas saß lange schweigend und verzweifelt. Dann gab er Weisung, die Katze noch heute im Park von Versailles zu bestatten; er wollte nicht, daß die Gräfin den Leichnam sehe. Er selber wohnte der Bestattung bei. Den Tag darauf sandte er Gaspard und Séraphine nach Paris, um die Gräfin behutsam zu informieren.

Die Gräfin ließ im Palais Phélypeau alles stehen und liegen und kam mit den Domestiken zurück. Sie, die sonst in jeder Situation ein skeptisches, überlegenes Wort fand, hatte diesmal die Fassung verloren. Ihre Katze, ihre Gris-Gris. Und schuld an allem war, wie immer, Jean-Frédéric, der alte Narr. Eine innere Stimme hatte ihr geraten, die Katze mitzunehmen, aber Jean-Frédéric hatte sie daran verhindert. Und dann hatte er die Katze diesem Tölpel und Barbaren in die Hände fallenlassen, diesem König von Gottes Zorne.

In unmißverständlichen Worten sagte sie Maurepas ins Gesicht, was sie über ihn und seinen jungen Schüler dachte. „Ich mache das nicht länger mit, Monsieur", erklärte sie, die schwarzen, flinken Augen kalt und drohend auf ihn gerichtet. „Mögen Sie sich Ihren Lebensabend durch Ihren leeren Ehrgeiz verderben. Ich stehe noch im Mittag, und ich mache nicht länger mit. Ich begreife es nicht, wie ein Mann, der seinen Verstand zusammen hat, sich aufreiben kann im Dienste dieses Barbaren und Tölpels." Dem Alten verschlug es die Sprache. „Aber ich muß doch respektvoll bitten, Liebste", stammelte er schließlich, „Sie sprechen vom König von Frankreich und Navarra." – „Ja, Monsieur", antwortete die Gräfin, „genau von diesem Barbaren und Tölpel spreche ich Von Ihrem Schüler, von Ihrem Télémaque. Etwas Schönes haben Sie da herangezogen. Sie Mentor, Sie Aristoteles. Einen blutrünstigen Schwachkopf, der alles verfolgt, was liebenswert ist." – „Ich hatte gehofft", sagte zaghaft Maurepas, „es sei Ihnen ein kleiner Trost, daß die Katze von der Hand der Majestät gefallen ist." Die Gräfin hörte nicht auf ihn. „Was hat meine Gris-Gris Ihrem Louis getan?" klagte sie. „Glühende Zangen nach Katzen werfen, das hat er gelernt, Ihr Schüler, nichts sonst. Eine edle Frucht ist da herangereift unter Ihrer Wartung. Sie können stolz sein auf die Leistung Ihres Zöglings. Er hat meinem Franklin jedes Hindernis in den Weg gelegt, er hat meinen Toutou eingesperrt und die beste Komödie Frankreichs verboten, er hat meine Gris-Gris umgebracht. Was soll er denn noch anstellen, Ihr Schüler, ehe Ihnen die Augen aufgehen?" Sie richtete sich höher. „Wenn Sie eine Spur Würde in sich haben, Jean-Frédéric", forderte sie, „dann verlangen Sie Ihre Entlassung und gehen fort von diesem Hof, wo man unschuldige Tiere umbringt. Gehen wir nach Paris, wo wir nicht unter einem Dach mit dem Tyrannen wohnen. Aber vorher gehen wir nach Pontchartrain. Ich brauche Einsamkeit, um über das alles wegzukommen."

In Pontchartrain hatte Maurepas die langen Jahre des Exils verbracht. Die Erinnerung daran stimmte ihn noch trüber. Er hatte eine klägliche Nacht.

„Große Zeitung, Exzellenz, große Zeitung", verkündete am nächsten Morgen strahlend Vergennes. „Haben die Spanier einen Sieg?" fragte teilnahmslos Maurepas. „Etwas viel Wichtigeres, viel Glücklicheres", jubelte Vergennes. „Die Österreicher geben klein bei", und er schwang einen Brief und berichtete. Monsieur de Breteuil, der französische Botschafter in Wien, teilte vertraulich mit, Maria Theresia lasse im Namen auch ihres Sohnes den Allerchristlichsten König bitten, Frieden mit Preußen zu vermitteln. Habsburg sei bereit, auf alle Ansprüche aus dem bayrischen Vertrag zu verzichten und sich mit der Abtretung eines winzigen Gebietes, des Inn-Viertels, zufriedenzugeben.

Das war allerdings eine große Nachricht. Frankreichs Stellung wurde viel stärker, wenn der österreichische Verbündete den unglücklichen, verlorenen Krieg aufgab und die Hände frei bekam. Louis, dem der österreichische Krieg die Seele belastete, wird eine ungeheure Erleichterung verspüren und bereit sein, in andern Fragen Zugeständnisse zu machen. Bestimmt wird man jetzt die Unterschrift unter die amerikanische Anleihe von ihm erhalten können.

„Sie müssen gleich mit mir hinüber, Exzellenz", drängte fröhlich Vergennes. Aber: „Gehen Sie allein, mein Freund", antwortete trüb Maurepas. „Ich bin heute nicht in der Stimmung, das Angesicht der Majestät zu sehen." So erfüllt von seinen Mitteilungen war Vergennes gewesen, daß er jetzt erst wahrnahm, wie traurig bewegt sein Kollege war. „Was hat sich denn ereignet, um Gottes willen?" fragte er. Maurepas erzählte. Vergennes war erleichtert, doch zeigte er Mitgefühl und sprach dem Kollegen in vielen Worten seine Teilnahme aus.

Aber er war Diplomat und wendig und erkannte schnell die guten Seiten auch jedes Unglücks. In behutsamen Sätzen deutete er an, daß Maurepas gerade jetzt nach der Unbill, welche die Krone ihm angetan hatte, sehr viel aus ihr herausholen könne.

Louis kam frostgerötet und fröhlich von der Jagd zurück, als Vergennes ihm mit der guten Nachricht aufwartete. Sein dickes, gutmütiges Gesicht glänzte vor Vergnügen. Das war ja großartig, daß der Schwager, der Römische Kaiser, zur

Vernunft gekommen war. Also mit dem Inn-Viertel wollte er sich zufriedengeben. Das war maßvoll, das war gescheit. Das Inn-Viertel war ein winziges Gebiet, es war wirklich nur eine symbolische Eroberung, die Friedrich von Preußen dem Schwager bestimmt vergönnen wird. „Das Inn-Viertel", erläuterte er geschäftig, stolz auf sein Gedächtnis, „hat einen einzigen Ort, der in Frage kommt. Auch der ist ganz unbedeutend, er hat ein paar hundert Einwohner, bestimmt keine tausend, es ist eine kleine Stadt, Braunau heißt sie." Er lief sogleich nach seinen Karten und freute sich unbändig, als die Karten ihn bestätigten.

Den Frieden vermitteln, das war so recht des Sechzehnten Louis Sache. Vor sich hin, zur Verblüffung seines Ministers, summte er ein altes Lied, das vor vierzig Jahren, zur Zeit des Friedensschlusses von 1735, in den Hallen populär gewesen war.

„Da sagte der König zum Kaiser:
Marsch, raus jetzt aus meinem Land.
Es ist Friede, du alter Scheißer,
Jetzt wird nicht mehr gesengt und gebrannt.
Es ist Fried, Majestät,
Leck mich am Arsch, Majestät.
Diridam, diridum, diridumdum."

Eine ganz kleine Schadenfreude verspürte Louis, wenn er an seinen Schwager Josef dachte, dessen Plan nun so kläglich gescheitert war. Doch sie ging auf in größeren Gefühlen. Gerade jetzt, da es nicht mehr lange dauern sollte, daß er Vater wurde, fühlte er tiefe Dankbarkeit für den Mann, der ihm die Operation angeraten hatte, und der ehrgeizige Josef, der gescheiterte Welteroberer, tat ihm leid. Aber er verspürte eine tiefe, ehrliche Befriedigung auch für Josef, daß der nun das schwere Verbrechen dieses Krieges los war. Überdies wird er ja schließlich sogar noch einen Gebietszuwachs bekommen, dieses Inn-Viertel, dieses Braunau. Vor allem aber, und das wärmte Louis das Herz, wird die erlauchte Frau Mutter die schwere Sorge des Krieges los sein.

Er war bereit, zu tun, was in seinen Kräften stand, um den Konflikt zwischen Habsburg und Preußen aus der Welt zu schaffen. Doch war er sich klar darüber, daß der jetzt sicherlich doppelt empfindliche Josef mit größter Vorsicht behandelt werden mußte. Der Frieden war nahe, aber wenn man was falsch machte, flog er sogleich wieder davon. „Welchen nächsten Schritt raten Sie, Exzellenz?" fragte er seinen Minister.

Nun wußte Vergennes genau, wie er Mercy und wie den preußischen Botschafter zu nehmen hatte. Aber er wollte die herrliche Gelegenheit dieser Friedensvermittlung unter keinen Umständen vorbeigehen lassen, ohne die Zustimmung des Königs zu der amerikanischen Anleihe zu erhalten. Er war behutsam, er wollte sichergehen, diesmal sollte ihm der bei aller Dumpfheit so schwer zu fassende Louis nicht entschlüpfen. Ihn festzuhalten, dazu brauchte er die Hilfe des gekränkten Maurepas. Er bat also, der König möchte ihm etwas mehr Zeit lassen, um diese delikate Angelegenheit zu überdenken. Er werde, wenn es genehm sei, morgen oder übermorgen gemeinsam mit seinem Kollegen Maurepas über die zu treffenden Maßnahmen Vortrag halten.

In dem Augenblick, da Vergennes den Namen Maurepas' nannte, fiel Louis auf, daß dieser nicht da war. Nachrichten von solcher Wichtigkeit pflegten ihm seine beiden Ersten Räte gemeinsam zu überbringen. „Wo bleibt denn Maurepas?" fragte er bestürzt. „Wieso ist denn mein Mentor nicht mitgekommen? Wo haben Sie ihn gelassen?" – „Der Graf ist sehr niedergeschlagen", antwortete vorsichtig Vergennes. Louis blinzelte, ratlos. „Niedergeschlagen? Warum ist er denn niedergeschlagen?" fragte er albern. Vergennes, leise und bedeutungsvoll, sagte: „Es ist wegen der Katze, Sire." Louis begriff nicht. „Was denn für eine Katze?" fragte er. „Was haben denn Katzen mit dem österreichischen Krieg zu tun? Ich verstehe keine Silbe." – „Ich meine die Katze Gris-Gris, Sire", gab ihm Vergennes Bescheid. „Sie war die einzige Freude der Gräfin. Man hat ihr eine Verwundung beigebracht, mit einem Schmiedeinstrument, mit einer Zange, wenn ich recht unterrichtet bin."

Jetzt begriff Louis. „Das war Maurepas' Katze", fragte er unbehaglich, „die in meine Schmiede eingedrungen ist? Und sie ist ernstlich verletzt?" – „Wenn ich recht unterrichtet bin, Sire", antwortete Vergennes, „ist die Katze gestorben." – „Da hab ich ja was Schönes angerichtet", klagte Louis, er war sehr betreten. „Offen gestanden, Sire", sagte Vergennes, „ich habe meinen Freund Maurepas noch nie so deprimiert gesehen." – „Das kann ich mir denken", jammerte der reumütige Louis, „die Gräfin ist eine lebhafte Dame." Er dachte an seine eigenen Gefühle, wenn er etwas getan hatte, das Toinettes Mißfallen erregte. „Da hat er keine gute Zeit, der Arme", fuhr er fort. „Das ist ja schrecklich, daß die Katze gestorben ist. Ich habe sie nur hinausjagen wollen, und nun ist das Tier gleich gestorben. Wissen Sie was, Vergennes", sagte er, sich belebend, „ich muß das gutmachen. Ich werde gleich hinübergehen und meinem Mentor mein Bedauern ausdrücken."

Stehenden Fußes begab er sich zu Maurepas.

Der hatte sich inzwischen überlegt, welche Buße er seinem Zögling auferlegen sollte. Er war nicht rachsüchtig, aber er wollte nicht der einzige sein, der die Folgen des Kummers der Gräfin zu tragen hatte; er war entschlossen, einen Teil davon auf Louis abzuladen. Auch war er Politiker, ein wendiger Staatsmann mit beinahe sechzigjähriger Erfahrung; es müßte mit dem Teufel zugehen, wenn er nicht aus dem Tod der Katze Nutzen für den Fortschritt der Welt sollte herausschlagen können.

Soviel war gewiß: er mußte Louis die ganze Fülle des Leides zu schmecken geben, das er angerichtet hatte, und mußte dann sogleich die Reue des jungen Monarchen ausbeuten, um die Unterzeichnung der amerikanischen Anleihe zu erwirken.

Doch das war keine hinreichende Ahndung. Vergennes hatte recht: um die fünfundzwanzig Millionen für den Doktor Franklin zu erreichen, genügte es, die günstige Schlußwendung des österreichisch-preußischen Krieges auszunutzen. Die Tötung der Katze verlangte strengere Sühne. Als seine Gräfin die Sünden des widerspenstigen Louis aufzählte, hatte sie nächst der schlechten Behandlung Franklins die Unbilden erwähnt, welche der Monarch ihrem und seinem Schützling Pierre Beaumarchais zugefügt hatte. Es ärgerte den fortschrittlichen Staatsmann Maurepas sowieso, daß er die öffentliche Aufführung des „Figaro" noch nicht hatte erreichen können. Auch die Freigabe dieser allerliebsten Komödie wird ihm Louis jetzt einräumen müssen.

Der Alte hatte also, als ein verlegener Louis bei ihm eintrat, genau überdacht, was er und wie er es von ihm verlangen wollte. Daß Louis in Person kam und so schnell, bestärkte ihn in seinem Vorhaben, sowohl auf der Unterzeichnung der Anleihe als auch auf der Freigabe des „Figaro" zu bestehen.

Umwickelt mit seinen Tüchern und Schals, erhob er sich. „Bleiben Sie doch sitzen, verehrte Exzellenz", bat Louis. Doch der Alte blieb stehen, verneigte sich tief und sagte düsteren Antlitzes: „Ich danke Ihnen, Sire, daß Sie mir die Ehre Ihres Besuches schenken. Ich höre, der Römische Kaiser bittet Sie, ihm den Frieden zu vermitteln. Meine untertänigste Gratulation, Sire." – „Danke, danke, meine liebe Exzellenz", sagte beiläufig und ungelenk Louis. „Aber nun setzen Sie sich doch, bitte", drängte er von neuem. „Ich höre zu meinem Bedauern, Sie sind nicht wohl. Ihr alter, leidiger Rheumatismus." – „Weniger das, Sire", antwortete düster Maurepas, „als der Kummer. Der Verlust der Katze ist meiner lieben Gräfin zu Herzen gegangen." – „Es tut mir wirklich leid", sagte Louis, „daß das Tier hat daran glauben müssen. Sie verstehen, die Katze war auf einmal in meiner Schmiede, sie hat fürchterlichen Lärm gemacht und alles über den Haufen geworfen." – „Ich verstehe, Sire", sagte Maurepas. „Gris-Gris war eine gutgezogene Katze, aber sie mag sich im fremden Raum ungebührlich aufgeführt haben. Immerhin hat sie eine solche Züchtigung wohl kaum verdient." – „Ich habe ihr natürlich nichts tun wollen", sagte unglücklich Louis. „Sie kennen mich doch, und Sie werden mir das glauben. Ich habe die Katze hinausjagen wollen, das ist alles. Es tut mir schrecklich leid, daß das schiefgegangen ist." – „Ich danke für Ihre Teilnahme, Sire", sagte Maurepas, „sie wird der Gräfin ein Trost sein." – „Ich werde selber Madame de Maurepas mein Beileid aussprechen", erklärte Louis, „mündlich und schriftlich. Und lassen Sie der Katze ein kleines Mal setzen, auf meine Kosten." – „Ich kenne Ihre Großmut, Sire", bedankte sich Maurepas.

Louis fand, er habe sich nun zur Genüge entschuldigt, und hielt sich für berechtigt, das unbehagliche Thema zu verlassen. „Was sagen Sie zu der großen Nachricht aus Wien?" fragte er. „Ist es nicht herrlich, daß sich Josef zu so löblicher Mäßigung entschlossen hat? Vergennes hat mir versprochen, lieber Graf, sich mit Ihnen ins Benehmen zu setzen; denn Sie müssen ja wohl gleich Mercy sehen und nach Wien schreiben und nach Potsdam." – „Ich werde mein Bestes tun", antwortete etwas trocken Maurepas. „Aber ich werde wohl die Hauptarbeit dem Kollegen Vergennes überlassen müssen. Denn ich fürchte, mein Bestes wird nicht sehr gut sein. Ich fühle mich müd und gedrückt. Nicht nur die Sorge meiner lieben Gräfin lastet mir auf der Seele, es deprimiert mich auch, daß sich die Frage der amerikanischen Anleihe so hinschleppt. Gerade jetzt, da wir in Wien und Potsdam unser Wort zur Geltung bringen wollen, müßten diese Höfe versichert sein, daß die Krone energisch und zielbewußt vorgeht. Aber die Art, wie wir die Angelegenheit der amerikanischen Anleihe behandeln, erweckt schwerlich diesen Eindruck. Unsere Alliierten brauchen die Anleihe, der Kollege Vergennes und ich haben Versprechungen gegeben. Das weiß man, und daß diese Versprechungen noch immer nicht eingelöst sind, muß notwendig den Eindruck erwecken, daß die Regierung schwanke und ohne Entschlußkraft sei. Ein solcher Eindruck aber behindert die Wirksamkeit aller unserer Schritte. Auch die geplante Vermittlungsaktion wird unter diesem Zögern leiden. Denn Friedrich ist ein guter Menschenkenner, und Graf Mercy ist schlau. Es werden harte Verhandlungen werden."

Louis schwieg verdrießlich. Der alte Minister, nach einer kleinen Weile, fuhr leise, doch mit Nachdruck fort: „Ich bin nicht mehr der Jüngste, Sire. Ich kann die österreichische Angelegenheit nicht so führen, ich kann mein Amt nicht so führen, wie ich gerne möchte, wenn ich den Kopf voll habe von den amerikanischen Sorgen."

Mit hilflosem Ärger hörte Louis zu. Er spürte hinter Maurepas' klug gesetzten Worten die Drohung. Der Alte grollte, weil er ihm das mit der Katze angetan hatte. Wenn er die Anleihe nicht guthieß, dann wird der Alte demissionieren.

Louis wußte, daß er zuletzt in der amerikanischen Angelegenheit werde nachgeben müssen. Aber alles in ihm sträubte sich gegen die neue Niederlage. Tausend Millionen Schulden. Schon in den ersten Monaten des nächsten Jahres wird die ungeheure Ziffer, die nie dagewesene, erreicht sein. Hier an der Wand, im Zimmer seines Ministerpräsidenten, hing frech das verhaßte Bild des Rebellen. Wo Louis hinkam, hing es.

Sein Erster Rat hatte sich nicht entblödet, es Toinette zu schenken, und nun mußte er das empörende Bild im Zimmer seiner Königin dulden. Da schaute er herunter, der nimmersatte Franklin, kühl und streng und hochmütig und siegesbewußt schaute er über ihn hin und durch ihn hindurch.

Eine große Müdigkeit überkam plötzlich den jungen, dikken Menschen, eine grenzenlose Sehnsucht, sich nicht länger straffen zu müssen, sich nicht länger wehren, nicht länger streiten zu müssen. „Nun ja, nun schön", sagte er. „Ich werde nochmals mit Necker reden. Ich werde wohl die Anleihe genehmigen. Aber erst nach der Niederkunft der Königin", setzte er schnell hinzu. „Und das Geld darf nicht an den Kongreß gehen, ich will nichts zu tun haben mit diesen Lumpen und Schiebern. Alle Anweisungen müssen auf den General Washington persönlich ausgestellt werden. Dann werden sie wenigstens für Kriegsbedürfnisse verwendet und nicht für düstere Privatgeschäfte."

„Ich danke Ihnen, Sire", sagte Maurepas. Und gleich fügte er hinzu: „Und da ich Sie in so gnädiger Stimmung finde, lassen Sie mich von der zweiten Sorge sprechen, die mir den Schlaf raubt."

Louis' Gesicht verbarg nicht seinen Unmut. Waren die fünfundzwanzig Millionen nicht genug für die tote Katze? Der Alte wurde zu anspruchsvoll.

Maurepas ließ sich nicht abschrecken. „Die Stimmung der Pariser", sagte er, „ist nicht gut. Man findet, unsere Kriegsleistungen entsprechen nicht den hohen Kriegssteuern. Wir sollten etwas tun, Sire, um die Stimmung zu heben. Seit den ältesten Zeiten gibt es für solche Zwecke nur zwei Mittel: Brot und Spiele. Da wir mehr Brot nicht geben können, sollten wir den Parisern mehr Komödien geben."

Louis erkannte sogleich, wohinaus Maurepas wollte. Es ging natürlich wieder um den aufsässigen Caron und sein unzüchtiges Stück. Erst behelligte ihn der Alte mit dem Doktor Franklin, und jetzt kam er ihm mit dem Sieur Caron. Er, Louis, war selber schuld. Nachdem er den Burschen wegen seiner Zoologie in die Korrektionsanstalt hatte sperren lassen, hätte er festbleiben und ihn nicht mehr herausholen sollen. Und schon gar nicht hätte er ihm die Buchausgabe der gemeinen Komödie erlauben dürfen.

Aber wenigstens die öffentliche Aufführung hatte er nicht konzediert. Und da wird er festbleiben, auch wenn sein alter Mentor klagt und droht. „Niemals", hatte er erklärt, und niemals wird er eine öffentliche Aufführung erlauben.

„Wenn Sie eine Aufführung des berüchtigten ‚Figaro' im Auge haben sollten, Exzellenz", sagte er steif, doch sein kleines Doppelkinn zitterte, „dann muß ich Sie darauf aufmerksam machen, daß bei der Aufführung des verstorbenen Vaudreuil lediglich Damen und Herren des Hofes zugelassen waren. An denen gab es nicht mehr viel zu verderben. Und nur deshalb habe ich die Vorstellung gestattet. Aber ich habe von Anbeginn an darauf aufmerksam gemacht, daß ich eine öffentliche Aufführung des Werkes nicht dulden werde. Ich dulde nicht, daß man mein Volk vergiftet mit frecher Aufsässigkeit und mit wiehernder Lüsternheit. Gott hat den eifrigsten Fürsprech des Stückes weggerafft, diesen Vaudreuil. Ich muß mich wundern, Exzellenz, daß jetzt Sie den Ehrgeiz haben, an seine Stelle zu treten."

So scharfe Worte hatte Louis zu seinem Mentor noch nie gesprochen; er erwartete, Maurepas werde einen schnellen Rückzug antreten. Doch dieser fand, wenn er jetzt nicht die günstige Gelegenheit ausnütze, das progressive Stück durchzudrücken, dann werde er es niemals tun und in den Augen der Nachwelt eine schlechte Figur machen. Er gab also nicht nach. Zwar widersprach er nicht, aber er saß da, in seine Tücher und Schals gewickelt, schwach, uralt, gebeugt von Gram und Kummer, und schaute seinem Monarchen traurig in das fette, erregte Gesicht, ein lebendiger Vorwurf.

Louis erschlaffte denn auch und wurde zerknirscht. Er versuchte, sich zusammenzureißen, und sprach: „Erinnern Sie sich, bitte, Exzellenz, daß ich gesagt habe: ‚Niemals.'" Aber es war keine Würde mehr und kein Mark in diesem „Niemals", und Maurepas wußte, er hatte gewonnen. „Das hätten Sie eben nicht sagen sollen, Sire", antwortete er mit sanftem Tadel, „und da Sie es sagten, müssen Sie jetzt Ihr Wort umbiegen. Es gibt Verhältnisse, die stärker sind auch als ein Königswort." Louis schnaubte ein wenig. „Das aus Ihrem Munde zu hören, Exzellenz", sagte er, „nimmt mich wunder." Maurepas aber erwiderte, ungewöhnlich männlich: „Vielleicht ist es der Gram, der mir diese Kühnheit gibt."

Louis, nochmals an seine Schuld gemahnt, hockte unglücklich in seinem Sessel. „Das Verbot des Stückes“, faßte Maurepas zusammen, „verärgert die Stadt. Es verdirbt die Stimmung für den Krieg. Ziehen Sie das Verbot zurück, Sire. Bezwingen Sie sich. Der Krieg fordert Opfer von uns allen.“

Louis erhob sich, ging mit seinem schleifenden Schritt auf und nieder. Dieser zynische Greis. Ins Gesicht hinein sagte er ihm, daß er, da er den Krieg zugestanden habe, nun auch den „Figaro“ konzedieren müsse. Und er hatte leider recht, der Alte. Nachdem er einmal den ersten Schritt getan hatte, mußte er weitergehen auf der abschüssigen Bahn, immer schneller. Mußte dem Doktor Franklin die Millionen in den Rachen werfen. Mußte dem aufsässigen, unzüchtigen Caron die Straße frei geben.

Zänkisch sagte er: „Aber ich verlange, daß ein zuverlässiger Zensor alle anstößigen Stellen ausmerzt.“ – „Das ist doch selbstverständlich, Sire“, antwortete bieder Maurepas. „Glauben Sie, Monsieur Lenoir würde ein zweideutiges Wort auf Ihrer Bühne sprechen lassen?“

Louis, nach einem kleinen Schweigen, sich aufhellend, vertraulich, sagte: „Sie werden es erleben, mein lieber Graf: wenn die unanständigen Stellen gestrichen sind, dann ist die Komödie so langweilig, daß sie durchfällt.“ Der Alte verzog die trockenen Lippen in einem dünnen Lächeln. „Vielleicht wird der ‚Figaro‘ durchfallen, Sire“, sagte er, „aber hundertmal hintereinander.“ Louis sah seinen Minister kopfschüttelnd an. „Es ist wunderlich“, sagte er, „wie der Bursche euch alle behext. Übrigens“, sagte er noch schnell, „werde ich auch diese Genehmigung, wenn überhaupt, dann erst nach der Entbindung der Königin erteilen.“

„Eine ausgezeichnete Idee, Sire“, anerkannte ehrerbietig Maurepas. „Keinen schöneren Gnadenbeweis können Sie anläßlich der Geburt des Dauphins Ihrer Hauptstadt geben als die Erlaubnis, jenes allerliebste Stück zu spielen, und keinen edleren den Amerikanern als jene Anleihe.“ Er erhob sich, verneigte sich tief und sagte: „Ich danke Ihnen, Sire, im Namen der Stadt Paris und der Vereinigten Staaten.“

„Und nun kommen Sie, mein lieber, junger Monarch“, drängte er. „Wir gehen zu meiner Gräfin. Sie reichen Ihr die Hand, Sie teilen ihr mit höchsteigenem Munde Ihre gnädigen

Entschließungen mit, und überall ist Versöhnung und Eintracht.“

Mit seiner ganzen Tatkraft und wilden Geschäftigkeit bereitete Pierre die Aufführung vor.

Zunächst galt es, vom Text zu retten, was zu retten war.

Dem Polizeipräsidenten war die ganze Angelegenheit nicht geheuer. Louis hatte Weisung gegeben, alle anstößigen Stellen auszumerzen, und der vorsichtige Monsieur Lenoir bestellte zum Zensor einen Mann, von dem er sicher sein konnte, daß er jeden Satz auf seine Loyalität und seinen moralischen Gehalt genau prüfen werde, den Abbé Suard, Pierres schärfsten literarischen Gegner. Pierre lief sogleich zu Maurepas, und es wurde dem Abbé das Amt wieder weggenommen.

Nach vielem Hin und Her betraute Monsieur Lenoir mit der delikaten Aufgabe einen gewissen Monsieur Coquely, einen sehr pedantischen Herrn. Dem ging es darum, eine möglichst große Zahl von Worten zu streichen. Sorgfältig immerzu addierte er die ausgemerzten Worte, weniger kümmerte er sich um ihren Sinn. Pierre und Gudin feilschten mit ihm um gewisse Stellen, und Pierre bot ihm für kurze Sätze, an denen er hing, längere zur Streichung. Im übrigen war Gudin viel störrischer als Pierre. „Wenn Sie“, ereiferte er sich, „Monsieur de Beaumarchais zumuten, diesen Satz zu streichen, dann verlangen Sie, daß er sein Stück mit eigenen Händen begräbt.“ Ein anderes Mal fauchte er den Zensor an: „Wenn Monsieur de Beaumarchais diese Streichung zuließe, dann gliche er der Medea, die ihre eigenen Kinder ermordet.“ Es wurden schließlich 2022 Worte gestrichen, das war sehr viel, und Monsieur Coquely war stolz. Es waren aber unter den zahlreichen Worten nicht viele, um die es Pierre ernstlich leid tat, und so kamen alle auf ihre Rechnung.

Monsieur Lenoir las das Manuskript in der letzten, vom Zensor genehmigten Fassung. Gewiß, es waren ungewöhnlich umfangreiche Streichungen vorgenommen, 2022 Worte, aber die Komödie war nach wie vor bedenklich, es wehte durch sie ein ruchloser Wind. Monsieur Lenoir las und las und wagte nicht zu erlauben und wagte nicht zu verbieten. Er ließ eine genaue Liste der gestrichenen Stellen anfertigen, nahm das Manuskript und die Liste, faßte sich ein Herz, ging zu Louis und bat ehrfurchtsvoll, der Allerchristlichste König möge die letzte Entscheidung selber treffen.

Mit gerunzelter Stirn sah Louis auf das Manuskript und auf das Verzeichnis. Er fühlte sich müde. Das Manuskript war hübsch gebunden und die Liste sauber geschrieben. Aber er wollte seine Hände und seine Augen nicht beschmutzen, indem er die widerwärtige Handschrift anrührte und las. Er wollte von der frechen Komödie nichts mehr hören und nichts mehr sehen. Ausrichten konnte er ja doch nichts gegen die steigende Flut des Schlammes. Er hatte Monsieur Caron und seine Denkschriften und seine Stücke und seine Schiffe und seine Geschäfte satt bis an den Hals.

Aber da stand Monsieur Lenoir und wartete und wollte Bescheid haben. „Wie viele Stellen sind denn gestrichen?“ fragte er faul und mürrisch. Der Polizeipräsident griff nach seinem Verzeichnis. „Es sind dreiundfünfzig Stellen gestrichen“, erklärte er, „teils kurze, teils lange. Es sind insgesamt 2022 Worte gestrichen“, sagte er triumphierend. „Hm“, sagte denn auch wohlgefällig Louis, „2022, da hat Ihr Monsieur Coquely gründliche Arbeit geleistet.“ Der Polizeipräsident verneigte sich geschmeichelt. Louis aber klammerte sich an die Hoffnung, die er schon seinem Mentor ausgesprochen hatte. „Wenn 2022 Worte gestrichen sind“, meditierte er laut, „2022 unanständige und aufreizende Worte, dann ist die Komödie so langweilig, daß sie bestimmt durchfallen wird.“ – „Darf ich Sie dahin verstehen, Sire“, fragte begierig Monsieur Lenoir, „daß Sie geruhen, keine weiteren Striche anzuordnen?“ – „Nu ja, nun schön“, beschied ihn Louis. „Aber Sie haben nicht vergessen, Monsieur“, fügte er eilends und nicht ohne Schärfe hinzu, „daß die Mitglieder des Théâtre Français mit Nachdruck darauf aufmerksam zu machen sind, daß von der geplanten Aufführung der Komödie nichts verlauten darf vor der Niederkunft Ihrer Majestät der Königin.“

Während Pierres Freude durch diese kurze Verschiebung kaum gemindert wurde, ärgerte sich Désirée über diesen letzten, albernen Versuch, die Aufführung nochmals hinauszuzögern. Was in aller Welt hatte die Entbindung Toinettes mit dem „Figaro“ zu tun? Dann aber brachte gerade diese Schikane sie auf eine Idee. Wenn die Herrschaften die beiden

Dinge durchaus miteinander verquicken wollten, dann konnte ihnen geholfen werden.

Es war Gepflogenheit, daß bei der ersten Ausfahrt der Königin nach der Geburt eines Prinzen oder einer Prinzessin die Theater der Hauptstadt dem Volke von Paris Freivorstellungen boten. Désirée schlug Pierre vor, die Erstaufführung des „Figaro" für diesen Tag anzusetzen als Gratisvorstellung für die Bürger und Bürgerinnen von Paris.

Pierre, an kühne Projekte gewöhnt, war überrascht von soviel Keckheit. Mit seinem schnellen Verstand erkannte er sogleich die Vorteile und Gefahren des Planes. Natürlich war es verlockend, die Erstaufführung der Komödie zu einem Volksschauspiel zu machen. Aber schließlich war der „Figaro" für Hörer geschrieben, die gewohnt waren, komplizierte Vorgänge und einen geschliffenen, geschwinden, anspruchsvollen Dialog schnell aufzufassen, und werden die Zuschauer einer Freivorstellung ein solches Stück zu schmecken wissen? Und vor allem: wird nicht der König in dem Projekt eine neue Herausforderung erblicken? Liefert man ihm nicht einen Vorwand, die Aufführung von neuem zu verbieten oder doch nochmals hinauszuzögern?

Aber gerade, daß es ein solches Wagnis war, riß Pierre hin, und nach einer Überlegung von noch nicht zwei Minuten war er entflammt von der Idee.

Den Schauspielern des Théâtre Français das Projekt schmackhaft zu machen, war nicht leicht. Aber Pierre war erfüllt davon, er redete auf die Herren und Damen ein, er fand immer neue Gründe, er widerlegte alle Einwände. Wenn der König sein Volk ins Theater lud, dann war das Beste gerade gut genug. Und was gab es Besseres als die Erstaufführung eines lange erwarteten Stückes durch die besten Schauspieler des besten Theaters der Welt? Es war nicht wohl möglich, daß man solche Argumente sollte aus dem Felde schlagen können.

Schließlich fanden die Schauspieler Gefallen an dem tollkühnen Plan, und sie kamen überein, ihn auszuführen.

Es waren sogleich nach der Geburt eines „Kindes von Frankreich" bei Hofe vielerlei Aktionen vorzunehmen, die einem komplizierten Zeremoniell unterlagen, und es mußten anläßlich der bevorstehenden Entbindung Toinettes viele Kuriere zwischen Paris, Madrid und Wien hin und her gehen, ehe alles abgesprochen und geregelt war.

Taufpaten sollten Maria Theresia sein und König Karl von Spanien. Maria Theresia sollte sich vertreten lassen von Madame Joséphine, der Gemahlin des Prinzen Xavier; denn diese war nächst der Königin die höchstbetitelte Dame des Reiches. Geschenke mußten bereitstehen für alle, die mit der Niederkunft Toinettes zu tun hatten. Rechtzeitig schickte denn auch die Kaiserin ihrem Botschafter Mercy Geschenke aller Art, Ringe und Armbänder und Uhren und Tabakdosen, für Madame Joséphine, für die Prinzessin Rohan als die Hofmeisterin der „Kinder von Frankreich", für Doktor Lassone, für viele andere, und sie machte genaue Angaben über die Verteilung. In der Geschäftigkeit und der Aufregung jedoch, die ihr die Friedensverhandlungen mit Preußen verursachten, traf sie über die Geschenke Dispositionen, die ihr hinterher nicht mehr gefielen. Wird Madame Joséphine als die im Range Höherstehende nicht gekränkt sein, wenn die Prinzessin Rohan genau wie sie ein Armband mit dem Porträt der Kaiserin erhält? Nein, Mercy soll Madame Joséphine nicht das eine Armband, sondern das Tabaksdöschen mit dem Porträt der Kaiserin überreichen mit dem Hinweis, daß das Porträt des Döschens von dem berühmten Maler Wertmüller angefertigt sei. So instruierte den Botschafter unmittelbar nach dem ersten Spezialkurier ein zweiter.

Das waren Ordern, die dem Grafen Mercy kein Kopfzerbrechen machten. Leider aber erwies sich ein anderer Auftrag seiner Monarchin als nicht ausführbar. Maria Theresia wollte in Wien keine überflüssige Minute auf Nachricht warten und bat Mercy, er möge seinen Bericht über die Entbindung schon im voraus niederschreiben, so daß er nur Datum und Geschlecht des Kindes einzufügen habe. Hiergegen aber protestierte Graf Vergennes. Nicht der österreichische Botschafter in Paris, sondern der französische in Wien hatte das Privileg, dem Wiener Hofe das erfreuliche Ereignis mitzuteilen. Vergennes verlangte also, daß Mercys Kurier erst achtundvierzig Stunden nach dem seinen abgehe, und Monsieur Lenoir mußte für die Überwachung der von Paris ausgehenden Kuriere besondere Vorkehrungen treffen; denn Vergennes fürchtete, der schlaue und eifersüchtige Mercy könnte ihn sonst um sein Vorrecht betrügen.

Die ängstlich gesuchte Amme hatte man mittlerweile aufgetrieben. Sie war vom Lande und nach dem Zeugnis vieler Ärzte und Geistlichen körperlich und moralisch durchaus unverdorben. Sie hieß Madame Poitrine. Mercy berichtete der Kaiserin, sie mache einen ungewöhnlich günstigen Eindruck, und Toinette schrieb der Mutter, sie ergötze sich jetzt schon an Madame Poitrines Wiegenliedern.

Die Verfasser von Schmähschriften arbeiteten eifrig, das Kind, noch bevor es geboren war, zu verdächtigen. Flugschriften, wer wohl der Vater sei, gingen in allen Vierteln von Paris um, und Monsieur Lenoir bekam zu tun. Dem König selber wurde ein Bändchen unflätiger Gedichte ins Fenster geworfen. Eine Untersuchung wurde angestellt, doch bald wieder aufgegeben; die Spuren endeten im Schlosse selber, in den Räumen des Prinzen Xavier.

Die Kirche, die Stadt Paris, das ganze Land nahmen lebhaften Anteil an diesen letzten Wochen der Schwangerschaft Toinettes. Der Erzbischof von Paris ließ jeden zweiten Tag Gebete lesen. Aus den entlegensten Provinzen brachen Leute auf, um an den Feierlichkeiten teilzunehmen, die anläßlich der Niederkunft in Paris und in Versailles stattfinden würden. Hunderte von adeligen Familien, die sonst auf ihren Landgütern lebten, übersiedelten nach Versailles, um nicht den Tag der Entbindung zu verpassen, an dem sie Gunstbezeigungen einzuheimsen gedachten. Schon waren in der kleinen Stadt Versailles keine Wohnungen mehr aufzutreiben, und die Lebensmittelpreise stiegen. Monsieur Leboiteux, dem der Stellwagenbetrieb von Paris nach Versailles gehörte, verdichtete den Verkehr.

Man erwartete die Niederkunft für den 16. Dezember. Vom 14. an hielten sich sowohl Doktor Lassone wie die Prinzessin Rohan und zwei andere Damen der Königin in ständiger Bereitschaft. Jetzt erfüllten jene „Nebenzimmer“, die soviel Anlaß zu Gerede gegeben hatten, ihre Bestimmung; sie dienten in diesen Nächten dem Arzt und den Damen der Königin als Schlafzimmer.

Der 16. Dezember ging vorbei, der 17. Auch am 18. legte sich Toinette ohne Anzeichen von Wehen zu Bette.

Aber in dieser Nacht, um halb zwei Uhr, überkam es Toinette, und Doktor Lassone erklärte, es sei an dem. Die Prinzessin Rohan läutete die Glocke im Vorzimmer. Pagen und Läufer rannten in alle Richtungen, nach Paris, nach Saint-Cloud, um die Prinzen königlichen Geblütes und die Mitglieder des Kronrates herbeizuholen.

Diese sowie die Ersten Edelleute des Königs, die Ersten Edeldamen der Königin, die Inhaber des Cordon Bleu und die Damen, die das Recht hatten, auf einem Taburett zu sitzen, versammelten sich im Spielzimmer Toinettes. Die andern Edelleute füllten alle Appartements der königlichen Familie.

Auf der großen Straße aber, die von Paris herführte, zogen durch die kalte Nacht immer neue Scharen. Ein alter Brauch erlaubte es jedem französischen Bürger, der Entbindung der Königin beizuwohnen. Die Bürger hatten das Recht, sich mit eigenen Augen davon zu überzeugen, daß das Kind, dem sie einmal untertan sein sollten, in der Tat dem Schoße der Königin entsprang und daß kein falsches untergeschoben wurde.

Die Administratoren des Schlosses von Versailles trafen ihre Vorkehrungen zum Empfang dieser Gäste. Sie rechneten auf Tausende. Tausende kamen, und die Lakaien und Schweizer Garden hatten eine schwere Nacht. Ketten und starke Stricke sperrten die Zugänge. Zur rechten Zeit wird der Leibarzt der Königin die offizielle Ankündigung machen: „La reine va accoucher – Die Königin ist im Begriff niederzukommen." Noch keine Minute wird vergangen sein, und der Ruf wird die Korridore durchlaufen und die Höfe erreicht haben. Dann werden die sperrenden Stricke fallen und das Volk in das Zimmer Toinettes einströmen können.

In diesem Schlafzimmer standen um den Alkoven herum, in welchem das Staatsbett aufgestellt war, siebzehn Sessel für die Mitglieder des Königshauses, neun für das Haus Bourbon, acht für das Haus Orléans. Achtundfünfzig kleinere Stühle standen dahinter für die anderen Mitglieder des Hochadels und des Kronrats. Der übrige Raum – zweihundert bis zweihundertfünfzig Menschen mochten noch Platz finden, wenn sie gepreßt standen – gehörte dem niedrigen Adel und dem Volk. Louis fürchtete, es könnten in dem zu erwartenden Gedränge die Stangen und die großen Vorhänge des Alkovens heruntergerissen werden und Toinette oder das Kind zu Schaden kommen. Deshalb hatte er mit eigenen Händen Pfosten, Stangen und Vorhänge stärker befestigt.

In diesem blauen und goldenen Alkoven also, in ihrem großen, niedrigen Staatsbett, lag jetzt, halb sitzend, Toinette. Ihren Rücken hatte man mit vielen Kissen gestützt, ihre Beine waren hoch gestellt. Um sie herum waren Doktor Lassone, Gabriele Polignac und die Prinzessin Rohan.

Doktor Lassone schien beherrscht, seiner Hand und seines Handwerks unbedingt sicher. Doch unter seiner eiskalten Selbstsicherheit war Erregung. Es hing von den nächsten Stunden viel für ihn ab. Wenn der Mutter oder dem Kind, ob mit oder ohne seine Schuld, etwas zustieß, dann war er für den Rest seiner Tage ein abgetaner Mann. Wenn alles gut ging, dann stand ihm hoher Lohn in Aussicht. War das Kind eine Prinzessin, so erhielt nach der Gepflogenheit der Arzt zwölftausend Livres; war es ein Dauphin, so warteten auf den Arzt zwei hohe Adelstitel mit ihren Privilegien und eine Gratifikation von fünfzigtausend Livres. Lassone kannte seine Désirée. Es war eine glückliche Eingebung gewesen, daß er ihr damals die Sechshunderttausend ohne Zögern zur Verfügung gestellt hatte, die er dann erfreulicherweise nicht hatte zahlen müssen. Aber ganz gewonnen hatte er Désirée damit noch lange nicht. Noch immer nicht hatte er sie dazu bewegen können, den Heiratstermin anzusetzen. Wenn er jetzt Unglück hatte, dann lag der Termin dort, wo die Parallelen sich schneiden. Wenn aber die schwitzende, weißhäutige Frau hier unter seinen Händen den Dauphin gebar, dann wird er noch in diesem Winter am Ziele sein. „Geruhen Sie, Madame, sich etwas weiter zurückzulegen", befahl er, „und pressen Sie, pressen Sie."

Toinette preßte. Das Zimmer war heiß, alle Fensterritzen waren vergipst, damit kein Luftzug eindringe, sie lag und schwitzte in dem dumpfen, menschenvollen Raum. Immer von neuem überwölkte Röte ihr Gesicht. Sie litt große Schmerzen, doch sie bezwang sich und schrie nicht. Nur jetzt nicht Haltung verlieren, befahl sie sich. Ihre Mutter hatte solche schweren Stunden dreizehnmal durchgemacht, und alle erzählten, wie tapfer sie sich bewährt hatte. Ach, wenn die Mutter jetzt da wäre. Gabriele war eine gute Freundin, ihr besorgtes Gesicht um sich zu haben, war tröstlich. Aber die Rohan war störend, sie wünschte, sie wäre weg. Lassone war notwendig, und sicher brachte er ihr Erleichterung und Hilfe, aber er starrte so, sie hatte Angst vor ihm.

Plötzlich waren die Schmerzen fort, für eine Minute, für zwei Minuten. Sie war sehr glücklich. Sie wird einen Dauphin haben, und sie wird sein wie früher, ebenmäßig und nicht mehr plump, und sie wird Theater spielen können wie früher. Und sie wird einen Dauphin haben.

Dann setzten wieder die Schmerzen ein. Gabriele, sehr zart und voll Freundschaft und unendlichen Mitleids, legte ihr die Hand unter den Rücken. „Wie bist du tapfer, Liebste", sagte sie. Toinette sah die blassen, großen, hysterischen Augen der Rohan und schaute gleich wieder weg. „Pressen Sie, Madame", sagte Lassone. „Es ist alles gut, es wird bald vorbei sein." Er sagte es sehr autoritativ, und sie bestrebte sich, es zu glauben, aber es war nicht bald vorbei. Im Gegenteil, die Schmerzen wurden unerträglich. „Gott, o Gott", betete sie, „mach, daß ich nicht schreie." Und sie schrie nicht. Sie biß sich die Lippe, daß sie blutete, und: Es ist eine Corvée, dachte sie, und: Für diese Schmerzen gibt es kein deutsches Wort. Es ist eine Corvée, es ist meine Pflicht und mein harter Dienst, und ich werde nicht schreien. Und Gabriele hielt ihr die Hand unter den Rücken, und Doktor Lassone sagte leise und befehlerisch: „Es ist bald vorbei."

Die Prinzen Xavier und Karl saßen ganz vorne. Wenn das Kind ein Knabe war, dann verlor Prinz Xavier seine Hoffnung auf den Thron, die so nahe gewesen war, und seinen Titel Kronprinz, und dem Prinzen Karl schwand dann jede leiseste Hoffnung. Die Brüder saßen nebeneinander in ihren Sesseln und starrten und schauten zu wie im Theater. Dem Prinzen Xavier war es eine Genugtuung, daß es so lange dauerte und daß Toinette zu leiden hatte. Manchmal machte er eine bösartige Bemerkung hinüber zu seinem Bruder. „Wenigstens", sagte er etwa, „bleibt dem Vater der Anblick ihrer harten Wehen erspart. Er liegt in seinem Grab und wärmt sich an seinem Cordon Bleu." Prinz Karl sagte sich, ein kleiner Trost sei, daß Le Roi de France et l'Avare anläßlich des freudigen Ereignisses werde blechen müssen; er,

Karl, wird dafür sorgen. Er bedauerte Toinette, daß sie zu leiden hatte. Wieviel hübscher war sie als seine eigene Frau. Der Dicke hatte Glück. Zuweilen gähnte der Prinz ein wenig, und die ganze Zeit hindurch sann er nach über giftige Anmerkungen, die er während der Taufe machen könnte.

Diane Polignacs schnelle, scharfe Augen gingen hin und her von der Kreißenden zu dem Prinzen Karl. Sie war nicht schön mit ihrem hagern, dunkeln Gesicht und der scharfen Nase, sie war eher häßlich, aber sie war des Prinzen Karl erklärte Freundin, sie war bei weitem die Klügste im Fliederblauen Klüngel, und der Prinz brauchte sie. Er liebte es, Geist zu zeigen, und war in diesem Bestreben auf sie angewiesen. Seit dem Tode Vaudreuils war die ehrgeizige Frau durch ihren Einfluß auf den Prinzen Karl die Herrscherin des Fliederblauen Klüngels. Was in diesem Raume vor sich ging, konnte ihr nur nutzen; denn Toinettes Macht über den Dicken wird steigen, und damit ihre eigene.

Louis selber hielt sich keine Minute ruhig. Schwitzend, schlampig angezogen, stapfte und watschelte er herum. Ziellos, immer von neuem, bahnte er sich einen Weg durch die Menge seiner Gäste. Dabei sagte er wohl abwesend: „Entschuldigen Sie, mein Sohn", oder er erklärte einem, dessen Namen ihm so fremd war wie sein Gesicht: „Es dauert furchtbar lange, aber finden Sie nicht auch, sie ist ungeheuer mutig?" Dann wieder lachte er ein bißchen blöde und sagte: „Was lange währt, wird gut."

Einmal lief er hinauf in seine Schmiede. Er hatte für die Kassette des Dauphins ein Geheimschloß angefertigt und wollte es Toinette sogleich übergeben. Doch als er auf dem Weg zurück zu ihrem Schlafzimmer war, wurde ihm bange vor dem Anblick der vielen Gesichter, die seine liebe Frau so neugierig und mitleidlos anstarrten. Er lief in seine Bibliothek, das war außer der Schmiede der einzige Raum, in dem keine Menschen waren, und er hockte nieder, allein, auf eine Viertelstunde. Lautlos die Lippen bewegend, betete er: „Laß es gut werden, mein Gott, und wenn ich gesündigt haben sollte, laß es sie nicht entgelten." Dann bezwang er sich und ging zurück in das große Schlafzimmer. Die Garden und Lakaien hatten Mühe, ihm den Weg frei zu machen.

Im Schlafzimmer saßen sie noch immer wie vorher und

glotzten Toinette an, und es war furchtbar heiß und dumpfig, und Toinette lag da, die Beine hoch gestellt, sichtlich in Schmerzen. Aber sie schrie nicht, nur manchmal bewegte sie die Lippen. Und voll Angst und Mitleid erkannte er, daß es deutsche Worte waren, die ihre Lippen bildeten. „O Gott", sagte sie, „o mein Gott."

Die Tausende, welche die kalten Korridore und Treppen und Vorhallen und Höfe füllten, wurden nicht ungeduldig. Aus dem langen Warten wurde ein Volksfest. Die Hausierer sorgten für immer neue warme Gerichte, die man ihnen aus den Händen riß. Auch erteilten sie, die im Schlosse genau Bescheid wußten, gegen Trinkgeld Rat, wie man, wenn erst die sperrenden Stricke fielen, am schnellsten in Toinettes Schlafzimmer gelangen könnte. Andere boten unter Gewisper die bösartigen Pamphlete an; sie waren nicht billig, aber sie fanden Absatz. Man vertrieb sich die Wartezeit, sie lesend; doch war man gut gelaunt und schimpfte nicht, sondern lachte.

Der späte Dezembermorgen graute heran. In den Höfen und Korridoren wurde es heller, aber in dem Schlafzimmer Toinettes mit den verhängten Fenstern blieb es Nacht. Die Kerzen brannten, sie waren schon das zweitemal erneuert worden, und die Luft wurde immer schwüler und schlechter. Es wurde Morgen, und man servierte den im Schlafzimmer Wartenden Kaffee und Schokolade und Gebäck. Und es wurde Vormittag, und man servierte ihnen Suppe. Und es wurde Mittag. Und es wurde zwölf Uhr dreißig, und es wurde zwölf Uhr vierzig.

Da wandte Lassone sein Gesicht den Wartenden zu und sagte heiser, doch beherrscht: „La reine va accoucher."

Der Ruf wurde im Vorzimmer wiederholt, und er lief durch die Korridore, und er lief durch die Höfe, und es begann ein wüstes Geschrei und Gestampf und Gerenne. Da halfen keine Diener und keine Garden. Die Leute überrannten einander, sie überrannten die in den Vorzimmern, und im Nu, genau wie Louis vorhergesehen hatte, war das Schlafzimmer überfüllt. Die vorne die Ehrensessel innehatten, waren aufgestanden, sie starrten auf die Frau, die in höchsten Schmerzen arbeitete. Wie sie hochmütig ausschaute, sogar jetzt mit ihrer kühnen Nase und ihrer habsburgischen Unterlippe. Die hinter ihnen waren auf ihre Stühle gestiegen; ein

Stuhl mit dem Daraufstehenden fiel um. Zwei Savoyarden, Schornsteinfeger, die hier genau Bescheid wußten, hatten den Mantel des Kamins erklettert. „Ätsch, ätsch“, schrien sie triumphierend, „wir haben die besten Plätze, wir sehen alles.“

Und es kam die lang erwartete Minute. Aus dem Schoße Toinettes arbeitete sich das Kind heraus. Lassone, mit seinen langen, geschickten Händen, half nach. Er als erster sah: es war ein Mädchen, und achtunddreißigtausend Livres entschwanden ihm.

Madame Poitrine, die Amme, nahm das Kind und trug es ins Zimmer nebenan, um es zu baden und der Hofmeisterin der „Kinder von Frankreich“ zu übergeben, der Prinzessin Rohan. Louis, voll von verwirrten Gedanken, das fette Gesicht stolz, glücklich und gleichzeitig hilflos und bestürzt, ging hinterdrein, die andern drängten nach. Niemand kümmerte sich um Toinette, nur Lassone.

Plötzlich, mit seiner scharfen, diktatorischen Stimme, rief der Arzt: „Die Königin ist ohnmächtig. Luft. Die Fenster auf. Die Königin ist in Gefahr.“ Toinette, nach der ungeheuren Anstrengung, sich die ganze Zeit über zu beherrschen, erstickt von der verpesteten Luft, lag in schwerer Ohnmacht. Der Ruf des Arztes riß Louis aus seiner halb seligen, halb ängstlichen Beklemmung. Mit ungewohnt schnellem Entschluß drängte er sich durch die erschreckte Menge, rücksichtslos stoßend, und schlug mit der bloßen Faust die Scheibe eines der zugegipsten Fenster ein, so daß die kalte, frische Luft hereinkam. Doktor Lassone ließ Toinette zur Ader. Nach einer Weile öffnete sie die Augen. Louis atmete auf. Lachend, verlegen, etwas blöde beschaute er seine zerschnittene, blutende Hand.

Die Lakaien mittlerweile, unterstützt von Schweizer Garden, trieben die Menge aus dem Raum und holten die sich sträubenden Schornsteinfeger vom Kaminmantel herunter.

Kuriere Vergennes' gingen ab nach Wien und Madrid. Der Marquis de Béon, Kommandant der Garde, machte sich auf den Weg, um den seit frühestem Morgen versammelten Stadtmagistrat von Paris von dem Ereignis in Kenntnis zu setzen.

Das Zeremoniell verlangte, daß die Hofmeisterin der „Kinder von Frankreich“, die Prinzessin Rohan, Toinette die Meldung überbrachte, sie habe ein Mädchen geboren, und ihr das Kind präsentierte. Aber noch ehe die Rohan aus dem Nebenzimmer zurückkam, hatte Gabriele der Königin mitgeteilt, sie habe eine schöne, große, gesunde Tochter.

Toinette nahm die ungeheure Enttäuschung gelassener auf, als die Freundin erwartet hatte. Die Seligkeit, daß das Leiden überstanden war, und die Erschöpfung wirkten sänftigend. „Es ist gut auch so", sagte sie. Ich werde eben das nächste Mal den Dauphin gebären, dachte sie, sich bescheidend, und: Sie wird allen unwillkommen sein, aber mir soll sie willkommen sein. Und laut sagte sie: „Wenn es ein Sohn wäre, gehörte er dem Staat. Meine Tochter gehört mir."

Louis saß an ihrem Bett. Er hatte sich um die blutende Hand achtlos ein Tuch gewickelt, auch sein Gesicht – er war sich darübergefahren – war blutverschmiert. Lassone wollte ihn verbinden, er winkte ab. Er hielt Toinettes sehr weiße Hand in seiner blutigen, tuchumwundenen und sprach auf sie ein. „Ich bin so glücklich", sagte er, „und du hast dich so tapfer gehalten, und du bist meine geliebte, tapfere Toinette, und ich danke dir, und ich bin so froh, daß es vorüber ist." Aber in seinen Augen und in seinem Herzen war Bestürzung. Essig ist es mit dem Dieudonné, dachte er, Essig mit dem Siebzehnten Louis. Es ist eine Strafe. Es ist die Strafe, weil ich mich von diesem Franklin habe einwickeln lassen. Es ist die Strafe, weil ich mich mit den Rebellen eingelassen habe.

Mercy hatte voll Sorge und Mitleid zugesehen, wie die Tochter seiner kaiserlichen Freundin hatte leiden müssen. Wenn einer, dann hielt er auf strenge Einhaltung des Zeremoniells. Jetzt indes beriet er mit Lassone, und dann wandten sie sich beide an Louis und erklärten, es sei durchaus notwendig, daß nicht alle, die zufolge ihres Titels darauf Anspruch hätten, ins Zimmer der hohen Wöchnerin eingelassen würden. Es bestehe sonst ernstliche Gefahr. Louis stimmte eifrig zu, und es wurde beschlossen, daß Toinette in den nächsten Tagen absolute Ruhe und Einsamkeit solle genießen dürfen. Einlaß finden sollten nur diejenigen, die man durchaus nicht ausschließen konnte, die Mitglieder der königlichen Familie, die Damen des inneren Dienstes, der Arzt, der Abbé Vermond; kurz: es sollten alles in allem nur sechsundzwanzig Personen die Ruhe und Einsamkeit der erlauchten Wöchnerin teilen.

Enttäuschung und Schadenfreude herrschten in Paris, als bekannt wurde, der erwartete Dauphin sei ausgeblieben. Nach außen aber boten Hof und Stadt den Anschein freudiger Erregung. In Paris und in Versailles wurde Tedeum gesungen, auf der Place d'Armes vor dem Schlosse wurde ein riesiges Feuerwerk vorbereitet. Die beiden Präsidenten des Pariser Stadtmagistrats gingen selber in die Gefängnisse und lösten arme Schuldner aus.

Noch am Tage der Geburt wurde die kleine Prinzessin getauft, auf den Namen Marie-Thérèse-Charlotte; ihr offizieller Titel war „Madame Royale".

Wiewohl sein Bericht nicht abgehen konnte, schrieb Mercy seiner Kaiserin unmittelbar nach dem feierlichen Taufakt. „Das kleine Gesicht Ihrer Enkelin, Madame", schrieb er, „hat anmutige und sehr regelmäßige Züge, große Augen und einen ungewöhnlich hübschen Mund. Ich habe mir erlaubt, die Haut Ihrer Königlichen Hoheit zu berühren, und ich habe den Eindruck, Ihre Königliche Hoheit ist ein durch und durch gesunder Säugling."

Noch am gleichen Tage, dem ersten ihres Lebens, hielt Madame Royale ihren ersten Empfang ab. Alle Mitglieder des königlichen Hauses, die Mitglieder des Kronrats und die beim Hofe von Versailles akkreditierten Gesandten machten der kleinen Prinzessin ihre Aufwartung. Auch Doktor Franklin erschien und verneigte sich vor dem königlichen Kinde.

Die glänzendsten Feiern wurden aufgespart für den Tag, da die Königin nach Paris fahren sollte zum Dankgottesdienst in Notre-Dame.

Louis, der seiner Toinette die Anstrengung nicht zu früh zumuten wollte, setzte diese erste Ausfahrt für den 8. Februar fest, den einundfünfzigsten Tag nach der Geburt.

Umfängliche Vorbereitungen wurden getroffen. Eine Nacht, einen Tag und noch eine Nacht sollte Paris voll sein von Musik und Tanz. Der König lud zum unentgeltlichen Genuß von Würstchen und Kuchen, aus den öffentlichen Brunnen wird Wein fürs Volk fließen, über der Seine ein wunderbares Feuerwerk abgebrannt werden.

Alle Pariser Theater kündigten Festvorstellungen an. Der Eintritt war frei. Der König zahlte.

Das Théâtre Français kündigte die Erstaufführung der Komödie „Der tolle Tag oder Die Hochzeit des Figaro“ des Monsieur de Beaumarchais an. Der Eintritt war frei. Der König zahlte.

Verblüffung war ob dieser Ankündigung, Gelächter, Jubel. Daß Beaumarchais, der Befreier Amerikas, der Kriegsheld, der erste Theaterdichter des Erdkreises, den Parisern seine berühmte, vom König verbotene Komödie an diesem tollen Tag auf Kosten des Königs vorführte, das war ein Meisterwerk. Und sehr viel gespannter als auf die Prozession des Königspaares durch die Straßen von Paris wartete man auf die Aufführung des „Figaro“ im Théâtre Français.

Die Administratoren des Theaters hatten alle Hände voll zu tun. Das Volk von Paris war geladen, das Volk von Paris wird kommen, das Volk von Paris war zahlreich. Man wird nur einen winzigen Teil der Tausende einlassen können, die kommen werden. Dazu aber begehrten andere Tausende Platz, Aristokraten, Mitglieder des Hofes, Angehörige der Schauspieler, Schriftsteller, Rezensenten. Man entschloß sich, den vierten Teil der Plätze diesen Bevorzugten anzuweisen und die übrigen achthundert Sitze dem Volk von Paris frei zu halten.

Es kamen nicht Tausende, es kamen Zehntausende. Als um fünf Uhr die Tore geöffnet wurden, entstand wüstes Gedränge, Geraufe, Getrete. Die geschulten Pariser Polizisten konnten nur mit Mühe verhüten, daß Frauen und Kinder totgetrampelt wurden.

Endlich hatten alle unter Geschrei, Gejammer und Gelächter ihre Plätze eingenommen. Und nun erschienen die Ehrengäste. Ein alter Brauch erforderte, daß in diesen Freivorstellungen die besten Sitze den Damen der Halle und den Kohlenträgern reserviert blieben. Als Ehrengäste trafen, wie es sich gehörte, diese Besucher erst ein, als die andern bereits versammelt waren. Die Wachen machten ihnen Platz, und das Publikum begrüßte sie mit Jubel, als man sie zu ihren Sitzen geleitete, die Kohlenträger in die Loge des Königs, die Fischweiber in die Loge der Königin.

Hatte jemals eine Erstaufführung des Théâtre Français ein so wunderliches Publikum gesehen? Da saßen nebeneinander Damen vom Hofe und Handschuhmacherinnen, Generalsteuerpächter und Stuhlflicker, Herzoginnen und Damen der Halle, Mitglieder der Akademie und Fleischergehilfen, kurz: das Volk von Paris. Die Schauspieler waren fieberisch erregt; die meisten bereuten schon das Wagnis. Für ein solches Publikum war Monsieur de Beaumarchais' Komödie nicht geschrieben. Wir sind nicht im alten Athen, und wird dieses Publikum die frechen, geistreichen Sätze des „Figaro" begreifen?

Und nun klopfte der Stock auf, und der Vorhang ging auseinander. Die Zuschauer schneuzten und räusperten sich und schwatzten noch eine Weile weiter. Figaro-Préville setzte ein zweites Mal an und ein drittes Mal, bis es endlich unter vielen „Pst, pst", und: „Erzählen Sie gefälligst zu Hause zu Ende, Madame", stille wurde. Und dann kam ein erstes, nicht unfreundliches Klatschen, und dann rief einer: „Was sagt er? Ich habe nicht verstanden", und viele schrien: „Nochmals, nochmals", aber es war sichtlich guter Wille da.

Und allmählich begriffen die Leute, wer diese Herren und Damen auf der Bühne waren, was sie wollten, und worum es ging, daß nämlich dieser Aristokrat mit der Frau dieses netten Mannes, der einer der Ihren war, schlafen wollte. Das war nicht ungewöhnlich und nicht weiter aufregend. Aber der Aristokrat war besonders hochmütig, und dieser Figaro, der zu ihnen gehörte, war besonders sympathisch und hatte seinen guten Kopf, und es war amüsant und was fürs Herz, wie er es dem Aristokraten gab. Bald zeigte sich, daß Pierre mit seinem sichern Sinn fürs Theater ein Stück geschrieben hatte, das vor jedem Publikum bestand.

Das gerade vor diesem Publikum bestand. Ja, Désirée hatte ihrem Pierre einen vortrefflichen Rat gegeben. Bald kamen die Zuschauer dieser Freivorstellung, das Volk von Paris, der Komödie auf den rechten Geschmack. Sie merkten, daß diese leichten, eleganten Sätze nicht so harmlos waren, wie sie klangen, sondern geladen mit dem Haß und der Verachtung, die sie selber verspürten, und daß dieser Kampf um den Platz im Bett der Zofe Suzanne keineswegs nur ein unterhaltliches Spiel war. Die Leute lachten und waren überaus vergnügt; aber es war ein wilderes, gefährlicheres Vergnügen, als man es je im Théâtre Français erlebt hatte, und diese Vorstellung, welche der König seinem Volke gab, war eine seltsame Feier zur Geburt eines Königssprossen. Sie wußten es nicht, aber sie ahnten es. Alle spürten sie es. Die anwesenden großen Herren lachten und freuten sich mit den andern, und sie spürten noch mehr als die andern den sonderbaren Kitzel.

Damals, für die Aufführung von Gennevilliers, hatte Pierre klüglich die gestrichenen Stellen durch plötzliches Verstummen und durch Gesten ersetzen lassen. Mit solchen Listen bei dem Publikum von heute Verständnis zu finden, konnte man nicht hoffen. Désirée aber glaubte, der festliche Anlaß erlaube einigen Übermut, und sie hatte vorgeschlagen, die eine oder andere der gestrichenen Stellen kühnlich zu sprechen. Die meisten der Schauspieler waren vor so gefährlicher Frechheit ängstlich zurückgewichen. Nun indes erwies sich die Zuhörerschaft ungewöhnlich aufgelockert, alles schien möglich, und Désirée als erste sprach mutig ein paar gestrichene Worte. Madame Dugazon folgte, schließlich auch der zaghafte Préville. Der aufsichtführende Polizeikommissar wurde unruhig; dergleichen hatte sich in der hundertfünfundzwanzigjährigen Geschichte des Théâtre Français noch nicht ereignet. Aber es war eine Festvorstellung für Madame Royale, es war ein Fest, welches der König seinen Parisern gab, der Skandal einer Unterbrechung konnte unabsehbare Folgen haben. Der Beamte wagte nicht einzuschreiten. Die Schauspieler wurden kühner, immer mehr gestrichene Stellen wurden gesprochen. Verstanden. Bejubelt. Dreimal, zuweilen viermal mußten die Schauspieler die gefährlichen Stellen wiederholen.

Pierre saß in seiner Loge mit Gudin und dem Freunde und Kollegen Sedaine. Er hatte den Erfolg seines Stückes in der Phantasie oftmals vorausgekostet; nun kostete er ihn in der Wirklichkeit, doch es war eine sehr andere Art Erfolg. Dieses Publikum, das Volk von Paris, verstand den künstlerischen Reiz seiner Komödie, ihr Salz, bei weitem nicht so gut wie die Herren und Damen in Gennevilliers. Aber viel besser verstand das Volk von Paris die Wahrheiten, die sein Stück aussagte. Er erschrak, als ihm der erste der verbotenen Sätze in die Ohren klang, und er erschrak tief und glücklich, als er dann spürte, mit welch wilder Freude das Publikum gerade diese Sätze aufnahm. Zu Beginn der Aufführung hatte er kleine, blasierte, überlegene Witze gemacht; allmählich wurde er still, und schließlich versank er in sich selber und hörte und sah nur mehr, was auf der Bühne geschah, und war nichts als einer aus der Masse der Zuschauer und war doch sehr viel mehr. Habe ich das gemacht? fragte er sich. Habe ich das gewollt?

Er war betäubt. Sedaine sagte was zu ihm, er hörte nicht. Er sah und spürte, wie die Situationen, die er gefunden hatte, wie seine Menschen, seine Sätze, wie das, was er gemacht hatte und was von allein weitergewachsen war, das Volk von Paris ansprang, es in seinem Innersten packte.

Es war Seligkeit gewesen, dieses Stück zu schreiben, Seligkeit, es aufzuführen, dem versammelten großen Adel Frankreichs die Wahrheit ins Gesicht zu sagen. Aber was er jetzt erlebte, war anderes, Tieferes. In diese Stunde verdichtete sich aller Sinn seines Lebens. Diese Stunde, da sein „Toller Tag" seine Pariser nicht nur belustigte, wie kaum je ein Stück zuvor, sondern sie aufwühlte, sie zum Denken anstachelte, sie empörte, das war die beste, die er je erlebt hatte, besser als jede Liebesstunde, als jede Stunde kommerziellen oder politischen Erfolges. Was in diesen Menschen schlief, ohne daß sie es hätten sagen oder denken können, das hatte er in Worte gefaßt, daß es ihnen jetzt entgegenklang, ihnen bewußt wurde für immer.

„Minerva", sagte plötzlich Gudin zu ihm, und da er ihn nicht zu hören schien, stieß er ihn an und wiederholte: „Minerva." Einen Augenblick war Pierre ärgerlich über den Pedanten, der seine beste Stunde durch alberne Anmerkungen störte. Dann aber lächelte er und nickte dem Freunde dankbar zu. Er erinnerte sich. Gudin hatte ihm gesprochen von den zwei Arten des Erfolges, von dem Erfolg, den Merkur verleiht, der schlaue, Gold und äußere Ehren verteilende Gott, und von den innern Erfolgen, welche Minerva verleiht, die große, erhabene Göttin der Weisheit, die dem Haupte des Zeus entsprungene. Erfolge des Merkur hatte er zur Genüge gekostet. Jetzt zum erstenmal spürte er die Seligkeit des Erfolgs der Minerva. Er wußte, dies war eine Höhe, die er nicht werde halten können. Er wußte, so ein Erfolg kam nur einmal. Aber da war er, und er kostete ihn ganz aus.

Es blieben natürlich auch an diesem Abend viele, die meisten der anstößigen Stellen weg. Doch Louis hatte sich getäuscht, das Auditorium fand das Stück trotzdem keineswegs langweilig. Im Gegenteil, je weiter die Aufführung fortschritt, um so besser lebten sie sich hinein, die Leute von Paris. Jede Situation, jedes Wort, jede Geste schlug ein. Eine wilde, aufrührerische Freude füllte das Haus.

Doktor Lassone saß unter den Zuschauern. Er sah Cherubin und hörte Cherubin, und ihm waren Cherubin und Désirée eins. Die Ovationen, die man Désirée brachte, schwellten ihm das Herz. Oft hatte ihn der Gedanke, daß sie, auf der Bühne stehend, so vielen Menschen gehörte, gequält. Einmal hatte er ihr's in vorsichtigen Worten angedeutet, doch sie hatte einfach gelacht, und er hatte begriffen, daß er ihr mit solchen Andeutungen nicht nochmals kommen dürfe. Jetzt verstand er sie. Sie hatte recht: ihr wahres Leben war das Leben auf der Bühne, das gehäufte, verdichtete, vervielfältigte Dasein des Schauspielers. Er selber lebte jetzt in dem, was auf der Bühne geschah.

Doktor Lassone war alles eher als ein Revolutionär, aber er konnte nicht hindern, daß die wilde, verbotene, rebellische Heiterkeit, die von der Bühne ausging, auch ihn ergriff. Es war eine wunderliche und sicher schädliche Erregung. Sein Leben war anstrengend. Der Leibarzt des Königs von Frankreich mußte immer auf dem Posten sein, mußte sich beherrschen, ein gezirkeltes Zeremoniell beobachten und dabei sein ganzes Können immer präsent haben; übrigens hatte Doktor Lassone ernsthafte und ausgedehnte wissenschaftliche Interessen, seine Zeit war ausgefüllt, er war nicht mehr jung, und er, der Arzt, wußte, daß eine Erregung, wie er sie jetzt spürte, seine Tage verkürzen mußte. Aber er war gewillt, den Preis zu zahlen, und kostete seine rebellische, erotische Erregung aus bis ins Letzte. Mit den andern wünschte er, daß Figaros List über die Macht des Grafen siege, mit den andern freute er sich, wenn der Graf trotz all seiner Geschmeidigkeit um seine erste Nacht geprellt wurde. Doch jenseits der andern genoß er, Josèphe-Marie Lassone, er allein, die gierige, herzsprengende Vorfreude, hernach mit Cherubin zusammen zu sein.

Im Publikum saß auch Mr. John Adams. Er hatte seine Rückreise vorbereitet, in der nächsten Woche wird er Frankreich verlassen. Aber er wollte seinen Aufenthalt bis zum letzten Tag ausnutzen, um das verderbte, versklavte Land in seiner ganzen Erbärmlichkeit kennenzulernen. So war er heute hierhergekommen, um mitanzuschauen, wie die servile

Stadt Paris ihrem Despoten huldigte, weil der Vater geworden war. Nun kam freilich alles anders, als er sich's vorgestellt hatte. Aber er mißbilligte deshalb dieses französische Publikum nicht weniger. Gewiß, manchmal riß die Stimmung des Hauses auch ihn mit, und er fühlte sich bewegt wie damals im Jahre einundsechzig, als er die Rede von James Otis gehört hatte. Damals war er sich vorgekommen wie der Knabe Hannibal, dem der Vater Hamilkar den finster feierlichen Eid gegen Rom abverlangt. Damals, im Gerichtssaal, als das Kind Unabhängigkeit geboren wurde, war er bereit gewesen, gegen England zum Gewehr zu greifen, und mit ihm alle andern. Und zuweilen drohte in dieser Aufführung des „Figaro" ein ähnliches Gefühl ihn fortzuschwemmen. Doch immer wieder rief er sich zurück und machte sich mit Logik und mit Abscheu den Unterschied klar. Nein, nein. Was diesen Pöbel bewegte, der da kreischte und sich vor Lachen bog und sich die Seiten hielt, das hatte nichts gemein mit der Liebe zur Freiheit, von der die Neue Welt glühte, nichts mit jener Unabhängigkeit, die er und Jefferson in ihrer großen Erklärung verkündigt hatten; das hier war einfach Zügellosigkeit, Widersetzlichkeit gegen die Behörde, Unbotmäßigkeit, Mangel an Disziplin. Das Gesindel hier würde im Ernstfall kaum davor zurückschrecken, auch gegen wackere Bürger vorzugehen und ihre Habe zu zerstören. Aber was immer er sich vorsagte, es nützte ihm wenig, und sein Abscheu ertrank wieder und wieder in dem Taumel von Zorn und Gelächter, der alle mitriß.

Versteckt in einer Loge saß Monsieur Charles Lenormant d'Etioles. Es ziemte sich nicht, hier zu sein, und er hatte auch lange gezögert. Er hatte gefürchtet, die Gefühle, die er bei den Proben in den Menus Plaisirs und bei der Aufführung in Gennevilliers gespürt hatte, jene schwer erträglichen Wirrungen aus Bewunderung, Haß und Verzweiflung, würden sich diesmal nur verstärken. Dann hatte es ihn doch hergetrieben. Und es geschah ihm, wie er fürchtete.

Zuerst kreiste seine brennende Anteilnahme um Désirée. Er sah sie, er liebte sie wütend, in seinem Herzen war Bitterkeit und zorniger Verzicht. Er erkannte, er hatte sein Leben vertan, er selber, durch ungeheuern Irrtum. Jeanne hätte er wahrscheinlich niemals halten können; diese Désirée, die noch würziger war als Jeanne, noch lebendiger, die so recht aus dem Volke kam, sie hätte er halten können. Doch im entscheidenden Augenblick hatte er's falsch gemacht. Hatte die größte Lust und Freude seines Lebens preisgegeben um des Reizes willen, sich an der Hilflosigkeit seines Freundes Pierrot zu weiden.

Aber der war nicht hilflos, der war unverwundbar.

Monsieur Lenormant wahrte Haltung. Er klatschte mit den andern, halb mechanisch und weil er jedes Aufsehen scheute, er schlug die Hände zusammen, lautlos, anders hatte er's nie gemacht, er hätte es anders für unvornehm gehalten. Allein in seinem Innern war Zusammenbruch. „Vanitatum vanitas." Er hatte den Spruch frech über den Eingang seines Hauses meißeln lassen, gerade weil er glaubte, er habe trotz allem aus seinem Leben das Beste gemacht. Aber der Spruch sagte die Wahrheit.

Wiederum, so genau er es kannte, riß das Stück ihn hin, er spürte die Erregung der Zuschauer, ihre Gefühle mischten sich mit seinen eigenen und mit einer grenzenlosen, die Sinne trübenden Feindschaft gegen Pierre. Der war der Feind, der ewige Vorwurf, die ewige Widerlegung dessen, wofür er stand, Charles Lenormant. Ungetrübt von allen Zweifeln warf sich dieser Pierrot mit seinem ganzen Sein in alles, was ihm begegnete, in jede Lust, in jeden Zorn. Er pfiff auf Würde, er tat und sprach, wie ihm zumute war, redete heraus, was er wollte, Edles und Gemeines, und alles ging ihm gut zu Ende, und aus allem zog er Genuß. Lenormant verzehrte sich vor Neid und vor Gier. Welche Freude mußte es sein, den andern, den Gegnern, seine Meinung so ungehemmt herauszusagen, wie dieser Bursche es tat. Es lohnte, selbst wenn sie einen dann totschlügen. Aber sie schlugen ihn nicht tot, sie bewunderten ihn, bejubelten ihn.

Charlot ertrug es nicht mehr, er wollte nach Hause gehen. Er konnte nicht. Er mußte sitzen bleiben und weiterhören und sein Herz und sein Blut weiterfüllen mit dem Gift.

Und jetzt kam der Monolog, und wiewohl Charlot schon in Gennevilliers hatte erfahren müssen, daß die Länge des Monologs die Hörer nicht hinderte, ihn zu genießen, hatte er eine leise, sinnlose Hoffnung, diesmal werde das Stück zum guten Ende doch noch zu Fall kommen.

Auch Pierre und Préville und die andern hatten gezögert und lange debattiert, ob sie den Monolog nicht für diese Vorstellung auf ein paar Sätze kürzen sollten. Denn wenn auch das raffinierte Publikum von Gennevilliers aufnahmefähig gewesen war, werden Kohlenträger und Damen der Halle bereit sein, sich nach vier oder fünf Stunden ein so langes Selbstgespräch vorsetzen zu lassen?

Sie waren bereit. Sie waren begeistert. Und den Schauspieler Préville riß die Begeisterung des Publikums über sich hinaus. Mit brennender Passion sprach er, lebte er seinen wunderbaren Monolog.

Erstaunt, empört und gleichzeitig gelockt, hörte und sah Lenormant, wie dieser Monsieur Préville, kein mutiger Mann, immer kühner wurde, leidenschaftlicher. Jetzt kam der Satz von den Gefängnissen, von der Bastille. Sollte Préville es wagen?

Préville hatte nicht daran gedacht, den überaus gefährlichen, ganz und gar verbotenen Satz zu sprechen, von dem man wußte, daß gerade er den Zorn Louis' gereizt hatte. Préville hatte den Satz nicht einmal genau im Kopf. Doch es riß ihn hin, er begann den Satz, er improvisierte ihn. Aber sogleich, nach den ersten Worten, hielt er erschreckt inne. Für einen Augenblick war das Publikum überrascht und begriff nicht. Einige aber begriffen und brachen in Gelächter aus und erklärten, und dann stürmte das Gelächter weiter, und dann schrie einer: „Sag uns deinen Satz, Figaro. Heut ist ein großer Feiertag." Und mehrere wiederholten es, und: „Sag uns deinen Satz", schrie das ganze Theater. Und Préville sagte seinen Satz, den Satz von dem Gefängnis, und die Pariser jubelten und riefen kindisch entzückt: „Die Bastille, er spricht von der Bastille."

Lenormant war betäubt. Aber es war in ihm ein rasendes Gift, und er wartete darauf, fieberisch und voll Verlangen, ob der Schauspieler sich erdreisten werde, auch die nächste gebannte Stelle zu sprechen. Denn dies war der gefährlichste Satz. Ungeheuer gespannt, voll Wut und voll Verlangen, wartete Lenormant, er wünschte, daß Préville den Satz spreche, und er fürchtete sich davor.

Jetzt war es soweit. Und siehe, Préville ging ganz vor an die Rampe. Nicht in seinem Kastanienhain wollte er den Satz sprechen, nicht fallenlassen wollte er ihn; nein, jedes Wort verstehen, jede Silbe spüren sollten die Hörer. Ganz vor trat er, die Arme hob er, die Hände zu halben Fäusten rundete er, und, das Gesicht wollüstig vor Zorn und vor Begierde, sehr leise, doch überaus deutlich in das totenstille Haus, sagte er: „Oh, wenn ich einen von diesen großen Herren hier in meinen Händen hielte.“ Wie er das seufzte, stöhnte. Eine wüstere Aufstachelung zur Revolution konnte man sich nicht vorstellen. Und es sprang denn auch das ganze Publikum hoch. Die Fischweiber in der Loge der Königin kreischten, die Kohlenträger klatschten in ihre ungeheuern Pratzen.

Monsieur Charles Lenormant d'Etioles saß ganz still, in manierlicher Haltung. Nicht einmal auf seinem Gesicht wagte er seine grenzenlose Angst und Wut Ausdruck werden zu lassen, er verschloß sie tief in seiner Brust. Er wußte, wenn er jetzt das kleinste Wort der Opposition wagte, einen Zwischenruf, einen Pfiff, dann würden ihn die Zuschauer zerreißen. Aber hinter seiner unbewegten Stirn war Panik ohne Maß. Es waren viele seines Standes im Hause. Sie lachten mit den andern, klatschten mit den andern, freuten sich mit den andern. Sie sahen immer noch nichts, die blinden Kälber. Sie glaubten, das, was ihnen da vorgeführt wurde, seien hübsche Wasserkünste. Merkten sie nicht, daß es die Sintflut war?

Schwarze Hoffnungslosigkeit, unerträgliche Trauer klemmte Monsieur Lenormant die Brust. Er spürte seinen Untergang und den Untergang alles dessen, was ihm und den Seinen das Leben lebenswert machte.

Und es kamen die Schlußcouplets, und dann, endlich und viel zu früh, schloß sich der Vorhang, und die Leute jubelten den Schauspielern zu. Und einige schrien: „Beaumarchais, Beaumarchais“, und allmählich schrien es mehr und immer mehr, und dann drängte das ganze Publikum der kleinen Seitenloge zu, in welcher Pierre mit seinen Freunden saß.

Sedaine sagte, und sein Neid ertrank in seiner Ergriffenheit: „Ein solcher Erfolg ist seltener als ein Wunder.“ Gudin sagte: „In der Geschichte des Theaters gibt es nur *einen* Abend solcher Begeisterung; das war, als Paris der ‚Irène‘ zujubelte und Voltaire krönte. Aber das war ein Ende, und das heute ist ein Anfang.“ Und die Leute schrien: „Pierre Beaumarchais, unser Pierre. Es lebe unser Pierrot, der Befreier Amerikas, der Sieger von La Grenade." Und sie schrien: „Pierre, Figaro, Cherubin." Und sie schrien: „Pierre, Amerika, Pierre."

Aber Pierre hörte nicht, und Pierre rührte sich nicht. Er saß wie im Traum. Er hatte nicht gewußt, daß das, was er getan hatte, so innig verknüpft war mit dem, was er schrieb: Er hatte nicht gewußt, daß es das gleiche Gefühl war, das ihn getrieben hatte, Waffen für Amerika zu liefern und den Monolog des Figaro zu dichten. Der Sieg von Saratoga und dieser Sieg hier in Paris waren Früchte des gleichen Baumes. Er hatte es nicht erkannt. Jetzt lehrte es ihn das Volk.

Aber wenn er's nicht gewußt hatte, so hatte er doch diesem Abend mit seinem ganzen Wesen zugestrebt von Anfang an. „Durch Lachen verändere ich die Welt", zweimal hatte er einem Werk dieses Motto vorgesetzt. Jetzt erfüllte sich ihm seine Bestimmung. Jetzt hatte er das Größte erreicht, was ein Mann erreichen konnte: er veränderte die Welt durch sein Wort. Er war der Erbe Voltaires. Dieses Auditorium, das Volk von Paris, bestätigte es ihm durch seine Begeisterung: mehr noch als durch seine Waffen bewirkte er durch sein Lachen.

War je einem Manne solches Glück vergönnt? Er dachte an seinen Vater, den Hugenotten, der seine Überzeugung hatte verleugnen müssen, damit er seinen Sohn was werden lassen könne. Jetzt war sein Sohn was geworden. „Durch Lachen verändere ich die Welt." Jetzt rächte er seinen Vater an seinen Unterdrückern.

Noch am gleichen Abend beschlossen die Mitglieder des Théâtre Français, die Büste Pierre Beaumarchais' aufzustellen neben den Büsten ihrer Dichter Corneille, Racine, Molière, Voltaire.

Arthur Lee saß in der Braunen Bibliothek und wartete auf Doktor Franklin, um sich zu verabschieden. Er wollte nach Philadelphia und sich neue Instruktionen holen; er hatte sichere Aussicht, zum Gesandten auch für Holland ernannt zu werden. Dies erreicht, also wieder mit zwiefachem Charakter, wollte er rasch nach Europa zurückkehren. Und dann, nicht mehr behindert durch den größenwahnsinnigen Greis, wird er Amerika und der Welt zeigen, was zu leisten Arthur Lee imstande ist.

Er saß jetzt schon beinahe fünf Minuten hier. Man ließ ihn auch dieses letzte Mal warten. Er hatte vor seiner Abreise vielerlei Geschäfte, und es war reine Höflichkeit, wenn er dem Doktor h. c. einen Abschiedsbesuch machte. Aber Franklin war im Erfolg und also noch arroganter als bisher.

Franklin *war* im Erfolg. Versailles hatte die große Anleihe zugestanden; die Verträge waren noch nicht unterzeichnet, aber alles war abgesprochen, und man hatte das Wort des Königs. Freilich wurde die Anleihe der Armee bewilligt und ihrem Oberkommandanten, dem General Washington, nicht dem Kongreß. Er, Arthur Lee, hätte eine solche Demütigung nicht hingenommen, aber leider hatte er ja nicht mehr die Befugnis, Einspruch zu erheben.

Lange genug hatte es gedauert. Vermutlich hatte der Doktor die Unterhandlungen verschleppt, damit die Anleihe nicht zustande komme, solange er und Adams noch Kommissare waren. Franklin wollte behaupten können, die Anleihe sei lediglich seinem ungeheuern Ansehen zu danken; er wollte als der einzige Amerikaner gelten, der in Europa Erfolg hatte.

Der Doktor kam. Höflich dankte er Arthur Lee, daß dieser trotz seiner vielen Geschäfte nochmals herausgefahren sei. Mr. Lee verneigte sich steif. „Es haben sich", resümierte er, „manchmal Meinungsverschiedenheiten zwischen uns ergeben, Doktor Franklin. Aber Sie werden mir zugestehen, daß ich mich ernstlich bemüht habe, Ihrem Standpunkt Rechnung zu tragen." – „Sie haben sich bemüht", sagte Franklin. „Es wäre einfacher gewesen", fuhr Arthur Lee fort, „zu allem, was Sie vorbrachten, ja zu sagen. Doch das Interesse des Landes, das zu vertreten wir beide die Ehre haben, verlangte, daß ich meine Meinung klar und unumwunden äußerte." – „Sie haben sie klar und unumwunden geäußert", antwortete Franklin.

„Wenn Sie mir Depeschen nach Amerika mitgeben wollen", sagte Arthur Lee, „werde ich sie gerne befördern." Der Doktor dankte freundlich; im stillen beschloß er, seine Nachrichten auf zuverlässigeren Wegen zu schicken.

Arthur Lee stand auf. „Es bleibt mir noch übrig", sagte er, „Ihnen und unserm Lande gute Wünsche auszusprechen für Ihren weiteren Aufenthalt in dieser Stadt." – „Danke", sagte Franklin. „Und Ihnen gute Reise und Wind dahinter." Arthur Lee verneigte sich. „Also leben Sie wohl", sagte er. Und damit entschwand der bittere junge Herr aus der Braunen Bibliothek und aus Franklins Sicht, wie dieser hoffte, für immer.

Am Morgen darauf hörte der Doktor seinem kleinen Enkel Ben die Schulaufgaben ab. Es hatte aber Monsieur Lefèvre, der Lehrer, für den Jungen einige Sprüche aus den Klassikern zusammengestellt über Freundschaft und Feindschaft. Langsam, lateinisch und französisch, rezitierte der kleine Benjamin die zusammengestellten Zitate, und der Doktor hörte aufmerksam zu.

Da ließ etwa Plutarch seinen König Agesilaos sagen: „Auf ungerechte Art sein Wort brechen, ist ein Frevel; aber den Feind hinters Licht führen, ist nicht nur gut und ruhmvoll, sondern auch spaßhaft und nützlich." Und nachdem Xerxes in der Schlacht von Salamis besiegt war, sagte Aristides zu Themistokles: „Es scheint mir falsch, den geschlagenen König einzukreisen und durch Furcht zum Äußersten zu treiben. Denn dann wird er sich nicht mehr unter ein goldenes Dach setzen und der Schlacht gemütlich zuschauen, sondern in der Verzweiflung die besten Maßnahmen treffen und alles wagen. Anstatt also die vorhandenen Brücken abzubrechen, sollten wir womöglich noch eine dazubauen, um den Mann, je eher, je lieber, aus Europa hinauszuschaffen."

„Ja, mein Junge", sagte Franklin, „es gab weise Leute unter den alten Griechen. Aber jetzt will ich dir einmal etwas sagen." – „Ist es wieder etwas Wichtiges, Großvater?" fragte begierig der kleine Benjamin. „Muß ich es geheimhalten?" – „Nein", antwortete Franklin, „ein Geheimnis ist es nicht. Was ich dir sagen wollte, ist dies: Es ist ein Vorteil, einen Feind zu haben, der auf jeden Fehler scharf aufpaßt, so daß man sich immer in acht nehmen muß." – „Ich hab eine ganze Menge Jungens, die mich nicht leiden können", versicherte der kleine Ben, „weil ich ein Fremder bin." – „Da siehst du es", sagte der Doktor. „Da mußt du dich hier viel mehr zusammennehmen als etwa in Philadelphia." – „Wenn mich aber einer bei Doktor Lefèvre verpetzt", erklärte der kleine Ben, „dann schlag ich ihn braun und blau."

Der Gedanke an Arthur Lee stak tiefer in Franklin, als er angenommen hatte. „In letzter Zeit", schrieb er seinem Freunde Joseph Reed, „hatte ich, glaube ich, das Vergnügen, nur *einen* ernsthaften Feind zu haben, Arthur Lee. Seine Feindschaft danke ich den Franzosen, die mich zu sehr und ihn zu wenig schätzen. Was ich ertragen konnte, er aber nicht."

Und dann kam der Tag, an dem, lächelnd, der Sekretär de la Motte meldete: „Monsieur Malaprop ist in der Braunen Bibliothek und möchte sich verabschieden."

Ja, in der Braunen Bibliothek, zu Füßen des Generals Washington, ging Mr. Adams auf und ab. Er wird sich freuen, wenn die Haus- und Amtsgenossenschaft mit Doktor Franklin endlich gelöst sein wird. Sie waren höflich miteinander ausgekommen, doch das hatte ihn viel Selbstbeherrschung gekostet. Denn der Doktor hatte große Fehler, die auch den Geduldigsten reizen mußten. Der alte Herr war nun einmal groß geworden in einer Epoche laxer Moral, und niemand konnte über seinen Schatten springen. Andernteils waren ihm gewisse Verdienste nicht abzusprechen. Auch die fünfundzwanzig Millionen hatte er schließlich beschafft, wenngleich verspätet und mit demütigenden Bedingungen.

Mr. Adams hielt es für seine Pflicht, den Doktor auch in diesem letzten Gespräch auf die gefährlichen Eigenschaften der Franzosen hinzuweisen. Beredt schilderte er die tiefe und unerträglich widerwärtige Wirkung, welche die Komödie des Monsieur Caron ausgeübt habe. Jeden amerikanischen Patrioten, meinte er, müßten Vorgänge, wie sie sich bei der Aufführung dieses „Figaro" abgespielt hätten, nachdenklich machen. Er, Adams, hatte ja das Bündnis mit Frankreich von Anfang an als ein leider notwendiges Übel betrachtet. Die Behandlung, welche die Mutter England ihrer Tochter Amerika zuteil werden ließ, war wider die Natur; aber es war schmerzlich, daß sich die Tochter mit dem Erbfeind der Familie verbünden mußte. Und sein ganzer Aufenthalt in Frankreich war für Mr. Adams ein einziger Beweis gewesen, daß die Abneigung gegen dieses Land, die er mit der Majorität der Amerikaner teilte, durchaus berechtigt war. Diese Aufführung des „Figaro" war ein Beweis mehr. „Glauben Sie mir, verehrter Doktor Franklin", ereiferte er sich, „dieses ganze Frankreich, der Hof und das Volk, ist in voller Auflösung begriffen. Es ist ein Leichnam, mit dem wir uns zusammengebunden haben. Ich sage Ihnen: jam foetet – er stinkt schon."

Franklin meinte höflich: „Ich bin ein alter Mann, Herr

Kollege, und vermag Ihnen nicht ganz zu folgen. Sie erzählen, daß die Aufführung einer sehr progressiven Komödie auf die Pariser überaus anregend gewirkt habe, und daraus schließen Sie, daß das ganze Land zum Untergang bestimmt sei. Würden Sie mir das, bitte, erklären?"

„Ich brauche nicht lange auf die Vorgeschichte der Aufführung einzugehen", begann lehrhaft Mr. Adams, „auf das ‚Niemals' des Königs. Das alles ist Ihnen ja bekannt. Die bloße Tatsache der Aufführung beweist also schon, wie brüchig hierzulande die Autorität ist. Und die Wirkung der Komödie beweist es noch soviel mehr. Wir sollten daraus eine Lehre ziehen für unsere französische Politik. Wir sollten einerseits aus diesem versinkenden Lande jeden Vorteil herausholen, uns aber andernteils hüten vor einer zu engen Verbindung mit einem Reich, dessen absoluter König so wenig zu sagen hat, dessen herrschende Schicht so dekadent ist und dessen Bürger so begierig sind nach Aufruhr." – „Verzeihen Sie", antwortete Franklin, „aber ich verstehe immer noch nicht recht. Wenn das Volk hier ebenso freiheitlich fühlt wie wir, dann, scheint mir, kann uns das doch nur recht sein." – „Ich bitte um Entschuldigung, Doktor Franklin", sagte Mr. Adams, „aber ich muß dagegen protestieren, daß man die Liebe der Vereinigten Staaten zur Unabhängigkeit und Selbstbestimmung in *eine* Reihe stellt mit der Neuerungslust und Zerstörungssucht des Pariser Pöbels, der sich nach Unruhen und Aufruhr sehnt nur um der Unruhen selber willen, um nämlich im trüben zu fischen. Was ich in dieser Aufführung des ‚Figaro' erlebt habe, das war nicht die Empörung eines Volkes, das gegen einen Tyrannen aufsteht aus wohlverstandenen Interessen und wegen des Bruches von Verträgen, wie wir das getan haben. Der Pöbel, den zu beobachten ich da Gelegenheit hatte, kennt keinen Zügel und würde auch vor liberalen Männern, wie wir es sind, kaum haltmachen."

„Nun", antwortete Franklin, „wenn ich recht unterrichtet bin, dann haben ja auch die Unsern nicht immer viel Federlesens gemacht, und es ist auch bei uns nicht immer ohne Gewalttätigkeit an der falschen Stelle und ohne einige Ungerechtigkeit abgegangen. Ich fürchte, Mr. Adams", fuhr er fort und richtete sich ein wenig höher, und jetzt schaute er aus wie auf dem Gemälde von Duplessis, „ich fürchte, Freiheit und eine bessere Ordnung wird sich nirgends in der Welt ganz ohne Gewalt und Unrecht herstellen lassen. Wahrscheinlich werden Sie recht behalten. Wahrscheinlich wird auch das französische Volk die Zügel einmal abwerfen, und vielleicht wird, wie Sie es voraussagen, diese Umwälzung begleitet sein von unangenehmen Krämpfen und widerwärtigen Nebenerscheinungen. Aber werden die Segnungen nicht die Schäden aufwiegen? Ich bin ein alter Mann, und ich gestatte mir zuweilen zu träumen. Ich träume von einer Zeit, da nicht nur die Liebe zur Freiheit, sondern auch ein tiefes Gefühl für die Menschenrechte in allen Nationen der Erde lebt. Ich träume von einem Zeitalter, da Leute wie wir, wohin immer auf dem Planeten wir unsere Schritte lenken mögen, sagen dürfen: Hier bin ich zu Hause. Gesetzt den Fall, es ließe sich ein solches Zeitalter herbeiführen, finden Sie, Mr. Adams, es wäre mit Blutvergießen zu hoch bezahlt?"

Mr. Adams hörte höflich zu. Doch konnte er nicht verhindern, daß sein Gesicht Unbehagen zeigte. In seinem Innern dachte er: Dieser Franklin ist ein Mann des achtzehnten Jahrhunderts und versteht nichts von dem, was im Werden ist. Dieser Franklin träumt von einer Welt, geschaffen und regiert von den Ideen der französischen Philosophen. Ich aber lebe bereits im neunzehnten Jahrhundert. Ich sehe ein *amerikanisches* Imperium, das sich ausdehnt und immer weiter ausdehnt, um die Welt zu beglücken und ihr Freiheit zu schaffen, so wie *wir* sie verstehen. Aber laut werden ließ er nichts von alledem. Es hätte keinen Sinn gehabt, und er war hierhergekommen, um in Frieden von Franklin zu scheiden. Höflich sagte er: „Diese Frage werden wir beide heute nicht mehr lösen, Doktor Franklin."

Dann zog er ein Album heraus. „Ich habe Mrs. Adams versprochen", sagte er, „die großen Männer, mit denen ich auf meiner Reise zusammenkomme, zu bitten, ihr in dieses Album Spruch und Namen einzuzeichnen. Würden auch Sie, Doktor Franklin, Mrs. Adams und mir die Freundlichkeit erweisen?" – „Aber gerne", antwortete Franklin und nahm das Stammbuch. Eine kleine Weile dachte er nach. Dann schrieb er: „Dei providentia et hominum confusione Helvetia regitur." Mr. Adams las und war verblüfft. „Durch die Vorsehung Gottes und die wirren Irrtümer der Menschen wird die

Schweiz erhalten und regiert?" übersetzte er ungläubig. „Ja", sagte Franklin, „es ist ein Spruch, den unser Monsieur Necker gerne zitiert. Der Spruch soll in der Schweiz so bekannt sein wie Wilhelm Tell. Finden Sie nicht, es ist ein guter Spruch?" Mr. Adams war die Erinnerung an Monsieur Necker nicht angenehm. „Ja", antwortete er vag, „die Schweizer sind skeptische Leute." – „Aber optimistisch", sagte Franklin. „Sie glauben an die Vorsehung und haben eine Republik zustande gebracht, die schon eine ganze Weile hält."

Unvermittelt, als Mr. Adams bereits in der Tür war, wies Franklin auf das Gemälde, auf welchem Washington vor seiner blutigen Sonne stand. „Sie geht *auf*", sagte er. Der verblüffte Mr. Adams fragte: „Wer? Wieso?" Franklin erwiderte: „Die Sonne. Ich habe den Maler gefragt, und der muß es wohl wissen." Er lächelte. „Sie geht auf", sagte er, „trotz der Konfusion der Menschen." Mr. Adams sagte: „Also dann alles Gute", und beeilte sich, fortzukommen. Er ist doch recht senil, dachte er. Was er da zuletzt gefaselt hat, muß ich mir Wort für Wort merken und es Abigail erzählen. Sie geht auf. Es grenzt an Schwachsinn. Und er beschloß, in Philadelphia mit aller Kraft dahin zu wirken, daß nicht die französischen Geschäfte der Vereinigten Staaten den launischen, verantwortungslosen Händen dieses alten Mannes überlassen blieben.

Franklin seinesteils, nachdem Adams fort war, gab Auftrag, die Gemälde Monsieur Pruniers auf den Speicher zu bringen. Dann setzte er sich hin und schrieb einen Brief an General Washington, dem er sich tief verbunden fühlte. Er berichtete zunächst über die Anleihe und beglückwünschte den General und sich selber. Dann forderte er Washington auf, nach dem Ende des Krieges, das ja nun nicht mehr allzulange auf sich werde warten lassen, nach Europa zu kommen. „Ich wäre glücklich", schrieb er, „Sie auf einer Europareise zu begleiten. Sie würden auf dieser Seite des Meeres Ihre Freude haben an dem Ruhm, den Sie sich erwarben, eine Freude, rein und frei von den kleinen Schatten, mit welchem Neid und Eifersucht der Landsleute lebendes Verdienst zu überdecken trachtet. Hier würden Sie bei Lebzeiten erfahren und genießen, was die Nachwelt von General Washington sagen wird. Denn tausend Meilen haben beinahe die gleiche Wirkung wie tausend Jahre. Die schwache Stimme der gemeinen Leidenschaft reicht nicht so weit, weder in der Zeit noch im Raum. Jetzt genieße ich an Ihrer Stelle dieses Vergnügen. Die Generäle dieses kriegserfahrenen Landes studieren die Karten von Amerika und verfolgen auf ihnen alle Ihre Operationen. Und häufig höre ich, wie sie mit aufrichtiger Anerkennung und höchstem Lob von Ihrer Kriegführung sprechen und darin übereinstimmen, daß Sie einer der größten Heerführer der Epoche sind."

Louis wollte wieder mit ganzer Kraft an die Regierungsgeschäfte gehen, von denen ihn die Feierlichkeiten anläßlich der Entbindung Toinettes lange ferngehalten hatten. Er liebte Bilanzen und hatte von seinen Herren einen resümierenden Bericht verlangt über den Zustand Frankreichs in diesem Februar neunundsiebzig.

In der Bibliothek hörte er den Vortrag der Herren Maurepas und Vergennes. Frankreich, wie sie es an Hand umfangreicher Dokumente darstellten, bot heute, im Ausgang des fünften Jahres der Regierung Louis', das Bild einer blühenden, glücklichen Nation, der größten und mächtigsten Europas. Und sie häuften Fakten und Ziffern, diese Behauptung zu erhärten.

Louis hörte nur mit halbem Ohr hin. Der Gedanke, es sei eine Strafe Gottes, daß ihm statt seines Dauphins, statt seines Dieudonné, eine Tochter geboren war, hatte sich in ihm festgebissen und quälte ihn auch jetzt. Er hatte sein Bestes getan, seine Herrschaft zum höheren Ruhme Gottes und zum Wohl seiner Untertanen zu führen, aber es ruhte kein Segen auf ihm. Er hatte sein Land verstrickt in die heillose Allianz mit den Rebellen, und er hatte es zugelassen, daß seine Pariser durch jenes freche, aufrührerische Stück immer weitergetrieben wurden auf dem Wege der Zuchtlosigkeit und des Aufruhrs. Er war entschlossen gewesen, das Böse zu verhindern; aber alle hatten an ihm gezerrt, und er hatte nachgegeben, einmal und abermals und oft, und darum hatte ihm Gott seinen Dieudonné verweigert, den heiß ersehnten.

Er trachtete das böse Gegrübel zu verscheuchen. Sagte sich, es sei unsinnige Hypochondrie. Er war vierundzwanzig Jahre alt, Toinette dreiundzwanzig. Die Geburt der kleinen Prinzessin hatte nur erwiesen, daß sie sehr wohl imstande waren, gesunde Kinder in die Welt zu setzen; die Hoffnung, daß ihnen die Gnade Gottes einen Dauphin bescheren werde, war mehr berechtigt denn je.

Er zwang sich, seinen Räten zuzuhören, deren Stimmen, die alte, höfliche, zynische Maurepas' und die geschmeidige, schmeichlerische Vergennes', einander ablösten. Vergennes faßte soeben die bisherigen Ergebnisse des Krieges zusammen. Es stand ausgezeichnet. Die englische Flotte, die gefürchtete, hatte keinen einzigen Erfolg erzielt, sie hatte in jedem Zusammenstoß Niederlagen erlitten. Es war nur eine Frage der Zeit, daß Gibraltar genommen wurde. Die für Amerika bestimmte Armee unter Rochambeau war so gut wie marschbereit, und es war eine Mustertruppe, die beste Armee der Welt.

Louis, nicht laut, doch mürrisch, sagte: „Natürlich verteidigen Sie die Allianz, die Sie selber zustande gebracht haben. Sie haben gut reden, Messieurs. Aber mein erstes Gefühl war richtig. Was wir da gemacht haben, das Bündnis mit den Rebellen, Ihr Bündnis, Messieurs, war und ist ein verhängnisvoller Fehler."

Er stand auf, mit ihm erhoben sich die Herren. „Bleiben Sie doch sitzen", befahl er ungeduldig. Er selber aber schleifte einige Schritte auf und ab und machte dann halt vor dem Globus, den er vor wenigen Tagen in seine vollgestopfte Bibliothek hatte bringen lassen. Es war ein großer Globus; er war angefertigt von George Adams dem Älteren, dem Hofkartenzeichner des Königs von England. König Georg hatte ihm den Globus geschickt, trotz des Krieges. Er hatte der Sendung kein Wort beigefügt, aber es war klar, daß das Geschenk als Aufmerksamkeit gedacht war anläßlich der Geburt von Madame Royale. Es war ein mit Sorgfalt, ja, mit Liebe gewähltes Präsent; sein Vetter in England wußte um seine Leidenschaft für gute Karten. Der große Globus war mit bewundernswerter Umsicht ausgeführt. Vieles war darauf verzeichnet, was Louis auf keiner andern Karte gefunden hatte; sehr deutlich zum Beispiel war der Unglücksort Saratoga angegeben. Stumm und mit Bedeutung mahnte ihn dieses Geschenk, daß die Könige vor Gott und den Menschen gerade in dieser schweren Zeit die Pflicht zur Solidarität hatten. Eindringlicher hätte ihm sein Vetter Georg kaum das Unrecht zu Gemüte führen können, das er durch den Abschluß der Allianz begangen hatte.

Vor diesem Globus also stand Louis, und über die Schulter zu seinen verstummten Ministern sagte er: „Nein, Messieurs, ich kann Ihre Hoffnungen nicht teilen. Ich kann nicht finden, daß der Verlauf der Ereignisse Ihnen recht gibt. Ich fürchte, dieser Krieg wird länger dauern, als Sie vorhersagen, und mehr kosten, als Sie annehmen. Tausend Millionen, hat Monsieur Necker erklärt, wird er kosten, wenn er kurz dauert. Und er wird nicht kurz dauern. Unser Gewinn aus der Verbindung mit den Rebellen ist kläglich, unsere Verluste, die innern und die äußern, sind erschreckend. Frankreich ist ärmer geworden in den fünf Jahren meiner Regierung. Und unsere Schuld wächst und wächst. In wenigen Monaten werden die tausend Millionen erreicht sein, und welches Land sollte solche Last aushalten?"

„Wohin verirren Sie sich, Sire?" widersprach ehrerbietig, doch lebhaft, Vergennes. „Die Friedensverhandlungen zwischen Österreich und Preußen sind so gut wie am Ziel. Das bedeutet eine außerordentliche Stärkung unseres Prestiges. Die militärische Lage ist so, daß England lieber heute als morgen mit uns Frieden machen möchte. Mit aller Sicherheit dürfen wir jetzt schon sagen: die Schmach des Jahres dreiundsechzig ist ausgetilgt. Keiner Ihrer Untertanen, Sire, niemand in Europa würde solche Ergebnisse kärglich nennen."

Maurepas nahm ihm das Wort aus dem Munde. „Die Ziffer, die Monsieur Necker in die Debatte geworfen hat", sagte er, „klingt bedrohlicher, als sie ist. Tausend Millionen", und er zuckte die Achseln, und der Betrag wurde ganz klein, wie er ihn aussprach. „Was mit diesem Geld erreicht wurde, ist ein Vielfaches mehr wert." Und mit Wärme sprach er vom Niedergang Englands und vom Aufstieg Frankreichs, welcher dieses erste Lustrum der gesegneten Regierung des jungen Monarchen charakterisiere. Er sprach von der Größe der Armee. Von dem gesteigerten Warenumsatz, dem schnelleren Geldumlauf. Vom Fortschritt der Landwirtschaft, der Industrie. Der Ertrag der Ernten sei Jahr für Jahr reicher geworden, der Preis des Getreides gesunken, die Löhne und Gehälter würden ständig erhöht, die Bevölkerung wachse, und an der Hand seiner Akten nannte er die Ziffern. „Zwölftausenddreihundertsiebenundachtzig Meilen neuer Straßen sind während Ihrer Herrschaft errichtet worden, Sire", begeisterte er sich. „Wir haben ausgebaut die Häfen von Nantes, Marseille, Bordeaux, Rouen. Die Stadt Lyon hat drei Viertel der weißen Welt unserer Schneiderei und unseren Moden gewonnen. Der Konsum Ihres Reiches hat sich erhöht, der Ertrag der Konsumsteuer ist um jährlich drei Millionen gestiegen. Ihr Volk lebt besser, Sire, als in den Jahrzehnten vor Ihrer Herrschaft."

Nur für einen Augenblick erhellten die Ziffern Louis' Gemüt; gleich wieder umwölkte er sich. Außen Glanz, innen Gestank, dachte er. Diese rühmen, wie großartig alles unter mir geworden ist. Monsieur Turgot findet es wahrscheinlich weniger großartig. Deutlich mit seinem innern Aug sah er jenen Brief Turgots: „Man hält Sie für schwach, Sire."

Die Minister sprachen jetzt von der Blüte der Künste und Wissenschaften unter dem Sechzehnten Louis. Sie warfen sich Namen zu: Lavoisier, Monge, Lagrange, Houdon, Clodion, Hubert Robert, Louis David, Marmontel, Sedaine, Beaumarchais.

Louis, als ihm dieser letzte, verhaßte Name ins Ohr klang, sah sich im Geiste wieder im Salon, in dem Kabinett mit den Büsten der drei Männer, der Gottlosen und Aufrührer, die als die erlauchten Geister seiner Epoche galten. Er hatte sich nicht verhört. Seine vertrauten Räte hatten in der Tat den Namen Beaumarchais genannt unter den großen Namen seiner Zeit, und es war ohne Ironie geschehen; sie wollten ihren König nicht verhöhnen, sie wollten ihn rühmen.

Die Künste und Wissenschaften blühen. Eine schöne Blüte. Man hatte ihm berichtet von dem, was sich in der Freivorstellung im Théâtre Français zugetragen hatte. Die Schauspieler, die in der überhitzten Stimmung der Festaufführung die zensurierten Sätze gesprochen hatten, waren natürlich streng verwarnt worden, und seither blieben die gebannten Stellen weg. Aber auch so wirkte die Komödie und gab ihr Gift weiter; seit den Zeiten des toten Voltaire, schrieben die Zeitungen, hatte das Théâtre Français keinen solchen Erfolg erlebt.

Man hatte Louis einen Holzschnitt vorgelegt, der überall auf den Straßen von Paris verkauft wurde. Auf diesem Holzschnitt sah man Figaro als Ritter, und vor ihm ringelte sich ein Drache. Der Drache trug ein Menschenantlitz. Figaro hatte ihm den Fuß auf den Nacken gesetzt und war im Begriff, ihm den Kopf abzuhauen; auf dem Schild aber des Ritters Figaro prangte das Porträt Beaumarchais', und umschrieben war der Holzschnitt: „Figaro-Beaumarchais erschlägt die sozialen Übel.“ So sah sie aus, die Blüte der Künste und Wissenschaften, so sah sie aus, die Welt, die unter seinem Regime erstanden war.

Er hatte sich gefreut, daß Voltaire und Rousseau gestorben waren. Doch sie reichten einander die Hände, die toten Ketzer und Rebellen und die lebendigen. Die Kette riß nicht ab, und der gefährlichste der Verbrecher, dieser Caron, der Sankt Georg des Aufruhrs, der lebte und blühte üppiger denn je. Die Wasser der Rebellion stiegen, und wenn erst die Amerikaner mit Hilfe seiner Armee und seiner Schiffe und seiner Millionen gesiegt haben, dann werden seine Soldaten als Rebellen zurückkehren, und dann werden ihn die Wellen vollends wegschwemmen.

Die Minister sprachen noch immer von dem glorreichen ersten Lustrum seiner Regierung. Handel und Industrie, Armee und Flotte, Kunst und Wissenschaft, alles war im Aufstieg. Es war eine Lust, zu leben. Es war ein Ruhm, Bürger Frankreichs und Untertan des Sechzehnten Louis zu sein. Der junge Monarch verdiente seinen zweiten Vornamen Augustus, er war in Wahrheit Mehrer des Reichs.

Louis hörte nicht mehr hin auf das Gerede der Herren, er widersprach auch nicht, es hatte keinen Sinn. Er stand im Erker, abwesend, und schaute über die Treppen und Höfe.

Gedränge und Bewegung auf der großen Freitreppe riß ihn aus seiner Dumpfheit. Er blinzelte mit den kurzsichtigen Augen, trachtete zu sehen. Man bildete eine Art Spalier, wie man es zu tun pflegte, wenn man die Ankunft oder den Weggang eines bedeutenden Gastes erwartete. Louis fragte: „Können Sie erkennen, Messieurs, was dort los ist?“

Die beiden Minister traten ans Fenster. Maurepas, stolz, daß er noch so gut sah, erklärte: „Es ist Doktor Franklin.“ Und Vergennes setzte erläuternd hinzu: „Er kommt wohl von Monsieur Necker. Wenn ich nicht irre, war für heute die Unterzeichnung der Verträge über die Anleihe vorgesehen.“ –

„Ich hätte von selber daran denken können", sagte Louis, ärgerlich, daß sein schlechtes Gewissen ihn das böse Datum hatte vergessen lassen.

Er wollte Aug und Sinn abwenden von dem Schauspiel auf der großen Treppe, doch konnte er's nicht. Im Gegenteil, jetzt, da er wußte, was dort geschah, unterstützte dieses Wissen sein Aug, und er erkannte deutlich, was vor sich ging. Er sah, wie Doktor Franklin langsam hinunterstieg zwischen einem Spalier ehrfürchtig grüßender Herren und tief knicksender Damen. Franklin wurde gestützt von einem andern. Das war wohl jener junge Mensch, der Enkel. Aus dem Polizeibericht wußte Louis, daß dieser junge Franklin einer Französin ein Kind gemacht hatte. Sie streuten ihren Samen aus durch sein Reich, die Rebellen.

Louis und seine beiden Minister standen im Erker der Bibliothek und schauten hinaus auf die Freitreppe. Es war unziemlich, solche Neugier zu bezeigen, kindisch unwürdig, für den jugendlichen König sowohl wie für seine bejahrten Minister. Allein sie kamen von dem Anblick nicht los.

Louis blinzelte stärker. „Können Sie erkennen, Messieurs", fragte er, „ob er wenigstens anständig angezogen ist, Ihr Doktor Franklin, wenn er einen so wichtigen Vertrag mit mir unterzeichnet?" – „Er scheint seinen Pelz zu tragen und seine Pelzmütze", antwortete etwas zögernd Vergennes. „Er trägt die Kleidung, die man an ihm liebt", sagte Maurepas. Louis murrte: „Für ein Geschenk von fünfundzwanzig Millionen hätte er sich wenigstens anständig anziehen können." Doch klangen seine Worte weniger grimmig als trüb resigniert.

Und er sah weiter zu, wie der alte Franklin hinunterstieg. Den mächtigen Rücken leicht gebeugt, Stufe um Stufe, langsam, schritt er hinab, und hinter ihm fiel riesig sein Schatten auf die große, beschneite, sonnbestrahlte Treppe von Versailles.

Hier endet der dritte und letzte Teil des Romans, „Die Füchse im Weinberg", auch genannt „Waffen für Amerika".

Nachwort des Autors 1952

Der Autor, der heute seinen Stoff der Geschichte entnimmt, muß gewärtigen, daß er von vielen Lesern, auch von wohlwollenden, nur zum Teil oder gar nicht verstanden wird.

Früher war das anders. Die klassische Literatur der meisten Nationen war zu einem großen Teil historische Dichtung, ohne daß ihre Schöpfer gegen enge Vorurteile hätten ankämpfen müssen. Ich glaube nicht, daß etwa Racine jemals beschuldigt wurde, er habe mit der Darstellung der bösen jüdischen Königin Athalie antisemitische Propaganda treiben wollen oder mit der Gestaltung der Königin Esther philosemitische. Und als Schiller zur Zeit, da Napoleon Europa beherrschte, die „Jungfrau von Orleans" schrieb, setzte er sich nicht dem Verdacht aus, er sei ein Propagandist des Kaisers. Schwerlich auch nahmen Goethes Leser an, er habe im „Egmont" Holland glorifizieren wollen, oder Schillers Leser, er habe den „Wilhelm Tell" zur Verherrlichung der Schweiz geschrieben.

Heute muß der Autor historischer Dichtung damit rechnen, daß schon die Wahl der Nation und der Zeit, in welcher er seine Menschen und Geschehnisse ansiedelt, voreilige Leser zu Mißdeutungen verführt. Die bloße Tatsache zum Beispiel, daß ein Roman die Amerikanische Revolution zum Gegenstand hat, erweckt in gewissen Leuten den Argwohn, das Buch sei zum höhern Ruhme des heutigen Amerika und seiner Führer geschrieben.

Noch andern, weniger plumpen, doch nicht weniger gefährlichen Mißdeutungen setzt sich ein historischer Roman aus. Viele Leser erwarten von einem solchen Roman nichts weiter, als daß er ihnen auf angenehme und spannende Art historische Fakten vermittle, eine Folge bunter, abenteuerlicher Erlebnisse, und daß er ihnen die menschlichen Eigenschaften bedeutender historischer Persönlichkeiten zeige. Wenn dann gar noch das Buch den patriotischen Bedürfnissen solcher Leser schmeichelt, sind sie höchlich zufrieden und denken nicht weiter nach. Sie bleiben am Zufälligen des Stoffes hängen, sie suchen nicht das Wesentliche, sie übersehen es, sie übersehen den Sinn hinter den Menschen und Geschehnissen.

Der Autor aber, der es unternimmt, einen ernsthaften historischen Roman zu schreiben, wird von andern Motiven bewegt. Er weiß: die Kräfte, welche die Völker bewegen, sind die gleichen, seitdem es aufgezeichnete Geschichte gibt. Sie bestimmen die Geschichte der Gegenwart ebenso, wie sie die der Vergangenheit bestimmt haben. Diese unveränderten und unveränderlichen Gesetze in ihren Auswirkungen zu gestalten, ist wohl das höchste Ziel, das ein historischer Roman erreichen kann. Ihm strebt der Autor zu, der heute an einem ernsthaften historischen Roman schreibt. Er will die Gegenwart darstellen. Er sucht in der Geschichte nicht die Asche, er sucht das Feuer. Er will sich und den Leser zwingen, die Gegenwart deutlicher zu sehen, indem er sich distanziert.

*

Seit Jahrzehnten hatte mich die merkwürdige Erscheinung beschäftigt, daß so verschiedene Menschen wie Beaumarchais, Benjamin Franklin, Lafayette, Voltaire, Ludwig der Sechzehnte und Marie-Antoinette, ein jeder aus sehr andern Gründen, zusammen helfen mußten, die Amerikanische Revolution zum Erfolg zu führen, und durch sie auch die Französische. Als das Amerika Roosevelts in den Krieg gegen den europäischen Faschismus eingriff und den Kampf der Sowjetunion gegen Hitler unterstützte, wurden mir die Geschehnisse im Frankreich des ausgehenden achtzehnten Jahrhunderts leuchtend klar und sie erleuchteten mir die politischen Geschehnisse der eigenen Zeit. So ermutigt, wagte ich mich an den Roman „Die Füchse im Weinberg". Ich hoffte gestalten zu können, was so viele verschiedene Menschen und Gruppen antrieb, mit oder ohne und sogar gegen ihren Willen in der Richtung des Fortschritts zu wirken.

Ich glaube, ich hab mein Ziel wenigstens zum Teil erreicht. Viele Leser haben den Roman in vielen Sprachen gelesen, und wenn viele ihn mißverstanden, so haben auch viele ihn begriffen. Von meinen deutschen Lesern, das bin ich sicher, werden die meisten ihn begreifen.

Sie werden ohne weiteres verstehen, daß der Held des Romans nicht Benjamin Franklin ist, auch nicht Beaumarchais, auch nicht der König oder Voltaire, sondern jener unsichtbare Lenker der Geschichte, der, im achtzehnten Jahrhundert entdeckt, im neunzehnten Jahrhundert deutlich erkannt, beschrieben und gepriesen wurde, um dann im zwanzigsten Jahrhundert bitter verleugnet und verleumdet zu werden: der Fortschritt.

Aristoteles lehrt, die Dichtung sei besser geeignet, Geschichte darzustellen, als die Wissenschaft. Der Autor des Romans „Die Füchse im Weinberg", wiewohl kein Aristoteliker, teilt diese Meinung. Er unterschreibt mit beiden Händen den Satz: Klio ist eine *Muse.*

Der Autor hofft also, daß, wer seinen Roman ohne Vorurteile liest, ein klares Bild erhalten wird der Kräfte, welche die Amerikanische und die Französische Revolution bewirkt haben.

Wer aber diese Entwicklung einmal wirklich *gesehen* hat, der begreift auch tiefer die Geschichte unserer bitteren und heldischen Gegenwart. Er begreift jenes tiefe Wort des Äschylus: „Strenge Wege geht mit uns die Gnade, die am Weltensteuer sitzt."

L. F.

Inhalt

Stefan Zweig

Ungeduld des Herzens
Roman. Band 1670

Die Hochzeit von Lyon
und andere Erzählungen
Band 2281

Verwirrung der Gefühle
und andere Erzählungen
Band 2129

Phantastische Nacht
und andere Erzählungen
Band 5703

Schachnovelle
Band 1522

Sternstunden der Menschheit
Zwölf historische Miniaturen. Band 595

Europäisches Erbe
Band 2284

Zeit und Welt
Band 2287

Menschen und Schicksale
Band 2285

Länder, Städte, Landschaften. Band 2286

Drei Meister
Balzac. Dickens. Dostojewski. Band 2289

Der Kampf mit dem Dämon
Hölderlin. Kleist. Nietzsche. Band 2282

Drei Dichter ihres Lebens
Casanova. Stendhal. Tolstoi. Band 2290

Die Heilung durch den Geist
Mesmer. Mary Baker-Eddy. Freud. Band 2300

Das Geheimnis des künstlerischen Schaffens
Band 2288

Magellan
Der Mann und seine Tat
Band 1830

Triumph und Tragik des Erasmus von Rotterdam. Band 2279

Maria Stuart. Band 1714

Marie Antoinette
Bildnis eines mittleren Charakters. Band 2220

Joseph Fouché
Bildnis eines politischen Menschen. Band 1915

Balzac
Eine Biographie. Band 2183

Ein Gewissen gegen die Gewalt
Castellio gegen Calvin
Band 2295

Die Welt von Gestern
Erinnerungen eines Europäers. Band 1152

Ben Jonsons »Volpone«
Band 2293

Fischer Taschenbuch Verlag

Die Welt von Gestern
Erinnerungen eines Europäers
496 Seiten, Leinen

Der Kampf mit dem Dämon
Hölderlin · Kleist · Nietzsche
286 Seiten, Leinen

Drei Dichter ihres Lebens
Casanova · Stendhal · Tolstoi
318 Seiten, Leinen

Drei Meister
Balzac · Dickens · Dostojewski
198 Seiten, Leinen

Sternstunden der Menschheit
Zwölf historische Miniaturen
252 Seiten, Leinen

Rausch der Verwandlung
Roman aus dem Nachlaß
330 Seiten, Leinen

Phantastische Nacht
Erzählungen
256 Seiten, Leinen

Die Heilung durch den Geist
Mesmer · Mary Baker – Eddy · Freud
398 Seiten, Leinen

Tersites · Jeremias
Zwei Dramen
358 Seiten, Leinen

Silberne Saiten
Gedichte
246 Seiten, Leinen

S. Fischer